카시지

CARTHAGE
by Joyce Carol Oates

Copyright ⓒ 2014 by The Ontario Review, Inc.
Korean Translation Copyright ⓒ 2019 by MUNHAKDONGNE Publishing Corp.

This Korean edition was published by arrangement with HarperCollins Publishers
through EYA(Eric Yang AGENCY).
All rights reserved.

이 책의 한국어판 저작권은 EYA(Eric Yang AGENCY)를 통해
HarperCollins Publishers와 독점 계약한 (주)문학동네에 있습니다.
저작권법에 의해 한국 내에서 보호를 받는 저작물이므로 무단 전재 및 무단 복제를 금합니다.

이 도서의 국립중앙도서관 출판예정도서목록(CIP)은 서지정보유통지원시스템 홈페이지(http://seoji.nl.go.kr)와
국가자료공동목록시스템(http://www.nl.go.kr/kolisnet)에서 이용하실 수 있습니다.
(CIP제어번호: CIP2019025038)

세계문학전집
1 8 2

Joyce Carol Oates : Carthage

카시지

조이스 캐럴 오츠 장편소설

공경희 옮김

문학동네

일러두기

1. 번역 대본은 *Carthage* (Joyce Carol Oates, Ecco, 2015)를 사용했다.
2. 주석은 모두 옮긴이주다.
3. 본문의 고딕체는 원서에서 이탤릭체로 표기한 부분이고, 굵은 고딕체는 원서에서 대문자 이탤릭체나 큰 글자로 강조한 부분이다.
4. 성서 인용은 공동번역 개정판에 따랐다.

나의 남편이자 첫번째 독자인
찰리 그로스에게

차례 ▌

"지금, 지금 당장 나가서 교차로에 서서
우선 당신이 더럽힌 저 땅에 절하고 입을 맞춘 다음
온 세상을, 사방을 향해 절하고
모든 사람에게 큰 소리로
'나는 사람을 죽였습니다!'라고 말해.
그러면 하느님께서 당신에게 다시 생명을 보내주실 거야."
_표도르 도스토옙스키, 『죄와 벌』, 소냐가 라스콜니코프에게 한 말

이제 나는 젊지 않은 것 같다.
마음이 늙었다는 생각이 든다.
_이라크전쟁에 참전한 미국 병사, 2005년

프롤로그

:

2005년 7월

나를 사랑해주지 않았다.

그것이 내가 사라진 이유였다. 열아홉 살. 내 인생을 주사위처럼 던진 것이다!

그 드넓은 곳—황야—에는 소나무들이 끝없이 서 있고, 애디론댁산맥의 가파른 능선들이 터질 듯 들어찬 뇌처럼 펼쳐져 있다.

노토가주립산림보호구역은 30만 에이커에 이르는 산악지대이자 바위가 많고 나무들이 빽빽한 야생지역으로, 북쪽 가장자리는 세인트로렌스강이 캐나다 국경과 잇닿아 있고, 남쪽 가장자리는 비첨 카운티의 노토가강과 경계를 이룬다. 나는 여기서 '실종'됐다고 알려졌는데, 헤매고 다니다가 길을 잃었거나 다쳤을 거라고, 혹은 시신이 '유기됐을' 거라고 추정됐다. 보호구역 대부분은 외떨어져 있어 아주 대담한 등산객이나 산악인 외에는 들어가 지낼 수도, 접근할 수도 없다. 한여름 무더위 속에서 내리 사흘간 수색자들과 자원봉사자들은 비포장도로의 막다른 곳에서부터 동심원을 점점 넓게 그리며 수색했고, 그 범위는 보호구역 남쪽, 울프스헤드호수에서 북쪽으로 3마일가량 떨어진 노토가강 북쪽 강둑까지 이어졌다. 이곳에서 뉴욕주 카시지에 있는 우리집까지는 약 11마일이다.

이곳은 울프스헤드호수와 가깝고, 전날 자정쯤 나는 호숫가의 오래된 술집들 중 한 곳에서 내 실종에 책임이 있을 것으로 추정되는 동행인과 함께 마지막으로 '증인'에게 목격됐다.

찔 듯이 더웠다. 6월 말 폭우가 내린 후로 벌레가 꼬이는 더위였다. 수색팀은 모기, 흡혈파리, 각다귀떼에 시달렸다. 가장 지독한 것은 각다귀였다. 각다귀가 속눈썹에 달라붙거나 눈이나 입에 들어가면 특히 끔찍했다. 각다귀떼 속에서 숨을 쉬는 것은 더없이 끔찍했다.

그러나 숨을 멈출 수는 없다. 멈추려 해도 폐가 알아서 호흡한다. 멈추려 해도.

경험이 풍부한 구조대원들에게는 하루를 꼬박 수색하면 그녀가 생존 상태로 발견될 거라는 기대가 있었지만, 구조견은 실종된 소녀의 체취를 맡지 못했다. 경찰들의 기대는 그보다 낮았다. 하지만 더 젊은 공원 관리원들과 메이필드가를 아는 자원봉사 수색자들은 살아 있는 그녀를 발견할 거라 확신했다. 메이필드가는 카시지에서 유명한 집안이었다. 제노 메이필드는 카시지의 유명인사이고, 많은 친구와 지인들, 동료들이 이름만 겨우 아는 그의 실종된 딸 수색에 나서주었다.

수색팀은 산림보호구역의 덤불을 헤치며 골짜기와 계곡으로 들어가 돌투성이 비탈을 오르고 때로는 얼굴에 들러붙는 각다귀들을 쫓으며 거대한 바위들의 얼룩덜룩한 표면을 기어오르며 나아갔고, 그중 누구도 일몰 후에도 32도나 되는 애디론댁산맥의 더위 속에서 그녀의 시신이 발견되는 것을, 옷이 벗겨지고 피투성이가 된 시신이 땅 위나 땅 아래서 빠르게 부패하기 시작한다는 것을 생각하지 않으려 했다.

그중 누구도 (숙련된 구조대원에게는 너무도 당연하지만) 소녀를 발견하기 전에 냄새 먼저 맡으리라는 흉측한 생각은 입 밖에 꺼내고 싶지 않았을 것이다.

이런 말이 으스스하게 울리곤 했다. 정신없이 움직이는 제노 메이필드의 목소리가 들리는 거리에서.

땀범벅이 되고 기진맥진해서 목이 쉬도록 외치는 소리—"크레시다! 얘야! 내 목소리 들리니? 너 어디 있어?"

그는 한때 하이킹을 했었다. 그는 산이 주는 고독 속으로 도망치려는 사람이었고, 한때 산은 그에게 피난처요 안식처였다. 하지만 꽤 오래전의 일이다. 지금은 아니다.

벌레가 꼬이는 습하고 무더운 2005년 한여름, 제노 메이필드의 작은딸이 뱀이 마르고 찢긴 허물을 벗듯 노토가주립산림보호구역 속으로 사라져버렸다.

1부

사라진 소녀

1장
수색

:

2005년 7월 10일

노토가산림보호구역에서 사라진 그 소녀. 혹은 어디선가 살해되어 시신이 은닉된 그 소녀.

제노 메이필드의 딸이 어디로 사라졌는가, 살아 있는가, 혹은 살았는지 죽었는지 어떤 상태로 발견될 것인가는 비첨 카운티의 모든 주민을 곤혹스럽게 하는 질문이었다.

메이필드가 사람들을 아는 사람이든 모르는 사람이든 모두에게.

그리고 킨케이드의 아들―전쟁 영웅―을 아는 사람들에게 그 질문은 더더욱 곤혹스러웠다.

이미 7월 10일 일요일 아침에 실종된 소녀를 찾는 수색팀이 급히 구성됐다는 뉴스가 출렁대는 미디어의 바다 속에서 퍼져나갔다. 카시지 지역 라디오와 TV 뉴스에 '속보'로 나갔고, 그 직후 주 전체와 AP통신에 보도됐다.

전문가들과 자원봉사자들로 이루어진 수색팀 십여 명이 어제 7월 9일 밤에 노토가주립산림보호구역에서 실종된 것으로 추정되는 뉴욕주 카시지에 거주하는 19세의 크레시다 메이필드를 찾고 있습니다.

목격자들에 의해 7월 9일 밤 실종된 소녀와 함께 있었던 것으로 확인된 역시 카시지에 거주하는 26세 브렛 킨케이드 상병이 조사를 받기 위해 비첨 카운티 보안국에 구금된 상태입니다.

아직 체포는 아닙니다. 보안국에서는 킨케이드 상병에 관한 어떠한 공식적 발표도 하지 않고 있습니다.

크레시다 메이필드의 행방에 관해 아시는 분은 누구든 제보를……

그는 아이가 살아 있다는 것을 알았다.

인내심을 가지면, 포기하지 않으면 아이를 찾아내리란 것을 알았다.

그녀는 그의 작은딸이었다. 까다로운 아이였다. 그의 억장을 무너뜨린 자식이었다.

그럴 만한 이유가 있었다고 그는 생각했다.

만약 아이가 그를 미워한다면. 아이가 그에게 상처를 주려고 스스로를 상처 입힌 거라면.

그러나 그는 아이가 살아 있다는 것을 의심하지 않았다.

"나는 알아. 그걸 느껴. 만약 내 딸이 이 세상에 없다면 분명 한 곳이 텅 빌 거야. 나는 그걸 느껴."

딸이 실종자로 규정되는 것이 그는 못마땅했다.

그는 그녀가 길을 잃었다고 주장했다.

아마도 길을 잃었을 것이다.

그녀는 길을 헤맸거나, 달아난 것이다. 어쨌든 노토가산림보호구역에서 길을 잃었다. 그녀와 함께 있던 청년은(아버지는 딸이 그날 저녁 친구와 놀 거라고 말했기 때문에 이 점이 이해되지 않았다) 그녀가 어디 있는지 모르며, 그녀가 그를 두고 갔다고 주장했다.

청년의 지프 랭글러 앞좌석에서 핏자국이 발견됐다. 조수석 앞 유리창 안쪽에 피가 난 얼굴이나 머리가 부딪힌 듯한 핏자국이 있었다.

실종된 소녀의 머리색과 같은 머리카락 몇 올이 떨어져 있고, 머리카락 뭉치가 조수석과 청년의 셔츠에서 발견됐다.

차량 외부에 발자국은 없었다. 샌드힐 로드의 갓길은 돌투성이에 풀이 무성하고, 노토가강으로 가파르게 비탈져 있다.

아버지는 (아직) 세세한 데까지는 알지 못했다. 2005년 7월 10일 일요일 오전 여덟시경 노토가산림보호구역 바로 안쪽의 좁은 비포장도로에 아무렇게나 주차된 차에서, 젊은 상병이 술에 취해 의식이 몽롱한 상태로 발견돼 경찰 본부에 구금됐다는 사실만 알고 있었다.

들리는 말에 의하면, 젊은 상병은 브렛 킨케이드이고, 그는 크레시다 메이필드가 '실종되기' 전에 마지막으로 만난 사람이었다.

킨케이드는 메이필드가의 친구였다, 아니 친구였었다. 지난주까지 그는 실종된 소녀의 언니와 약혼한 사이였다.

아버지는 그를 만나려고 시도했다, 그저 대화라도 해보려고!

젊은 상병의 눈을 보려고. 젊은 상병이 그를 어떤 눈빛으로 바라보는지 보려고.

아버지의 요청은 거부되었다. 일단은.

젊은 상병은 구금되었다. 뉴스 보도에서는 아직 체포가 아니라는 데 유의했다.

모든 상황이 매우 혼란스러웠다! 오랜 세월 자신이 똑똑하고 빈틈없고 누구보다 민첩하고 아는 것이 많다고 자부하던 아버지는 코앞에서 무슨 일이 벌어지고 있는지 종잡을 수 없었다. 이제 막 카드 패를 돌린 것 같았다.

그의 생활이, 고급 시계가 작동하듯 복잡하면서도 그의 통제 아래 지금까지 한결같이 돌아가던 생활이 너무도 급작스레 일변해버렸다. 딸이 '사라졌다'는 놀라움—충격—때문만이 아니라 '사라진' 정황 때문이었다.

크레시다가 부모에게 거짓말했을 리 없지만, 그렇긴 하지만, 분명 크레시다는 거짓말을 한 것이었다.

어쨌든 딸은 그들에게 전날 밤 자신이 어디에 가는지 사실대로 말하지 않았다.

정말이지 그녀답지 않은 일이었다! 크레시다는 거짓말을 도덕적 약점이라고 하며 늘 경멸하던 아이였다. 다른 사람들 생각을 지나치게 신경쓰느라 **거짓말**까지 무릅쓴 건 비겁했다.

그리고 호숫가 술집에서 언니의 전 피앙세를 만난 건 훨씬 더 경악스러웠다.

메이필드 가족은 경찰들에게 말할 수밖에 없었다. 그들이 아는 모든 것을 말해야 했다. '타살'이 의심되지 않는 한 이렇게 비교적 짧은 기간

행방불명인 성인을 수색하는 건 수사규칙에 맞지 않았다.

아버지는 딸이 노토가산림보호구역에서 '길을 잃은 것'이 아닌지 걱정된다고 주장해야 했지만, 딸이 '다쳤을' 가능성까지는 인정하고 싶지 않았다.

그러나 만약 '다쳤다면'. '중상을 입었다면'.

성폭력, 강간은 생각하고 싶지 않았다.

그보다 더 나쁜 것은 생각하고 싶지 않았다……

크레시다는 열아홉 살이지만, 이제 막 열아홉 살이 된 것이었다. 체격이 작고, 행동거지가 아이 같고, 남자애 같은 몸매였다. 유연하지만 엉덩이는 작고 가슴은 납작했다. 아버지는 남자들(남자애가 아니라 성인 남자)이 크레시다를 빤히 쳐다보는 것을 알았다. 여름에 헐렁한 티셔츠에 진이나 쇼트팬츠를 입고 화장하지 않은 창백한 얼굴일 때 특히 그랬다. 크레시다가 여자애인지 남자애인지 가늠해보려는 듯 알쏭달쏭한 갈망이 담긴 눈길로 바라본다는 것을 알았다. 그들이 그렇게 탐욕스럽게 바라보는데도 그녀는 그들을 의식하지 못했다.

지금까지 부모가 아는 한, 크레시다는 또래의 남자애와도, 남자와도 경험이 없었다.

경험은 고사하고 그 어떤 친밀한 신체 접촉조차 경멸하는, 청교도적인 성향이 강했다.

그애의 언니 줄리엣은 말했었다. 아, 크레시다는 분명 한 번도 없었을 거예요, 아시죠, 누구하고도…… 제 말은…… 그애는 분명……

그녀는 동생의 기분을 배려해 처녀라는 말은 입에 올리지 않았다.

아버지는 몹시 초조했다. 혈관에서 아드레날린이 솟구치고 심장박동이 예사롭지 않게 빨랐다. 그는 수색 때문에 흥분한 것뿐이라고 자신에게 말했다. 나는 크레시다가 가까이 있다는 걸 알아.

그는 딸이 가까이 있다고 느꼈다. 그는 '미신 같은 헛소리' 따위에 귀기울여본 적이 없지만, 노토가산림보호구역을 누비는 동안 딸이 어딘가 가까이 있다고 초감각적으로 확신했다. 그는 딸이 그를 생각하고 있다고 느낄 수 있었다.

심지어 마음 한편으로는 딸이 산림보호구역 입구 인근, 샌드힐 로드와 샌드힐 포인트 근처에 있고 지금쯤 누군가 그녀를 발견했을 거라고 생각했다.

그는 법조계에서 훈련받았고, 법률가 기질을 타고난 사람이었다. 의심하고, 묻고, 다시 물었다.

그는 그렇습니까, 그런데요? 하고 응수하도록 훈련받은 사람이었다.

아버지는 딸이 캠핑이나 하이킹을 좋아하지도 않는데 정말 아이러니하다고 생각했다. 아이는 황야는 따분하다고 말했었다.

황야의 의미가 그녀를 겁먹게 했다. 황야는 그녀를 보호해주지 않았다.

황야를 좋아하지 않는 또다른 사람들이 있었고, 우연이겠지만 모두 여자였다. 여자들은 한정된 공간, 자신의 정체성이 남들 눈에 보일 수 있는 명확하게 지정된 공간에서 가장 안정감을 느낀다. 그런 공간에서는 쉽게 길을 잃지 않기 때문이다.

자연의 탐욕이라고 제노는 생각했다. 통제할 수 있을 때는 그런 것에 대해 생각하지 않는다. 그러다 더이상 통제하지 못하게 되면, 그때는 너무 늦다.

아버지는 불안해하며 위를 힐끗 보았다. 머리 위로 높이, 빽빽한 소나무 가지들 사이로 보이는 것은 두 마리의 매, 붉은어깨매 한 쌍이 나란히 긴 호를 그리며 사냥하는 모습이었다.

하늘에서 생생한 빛이 갑자기 곤두박질치더니 사라졌다.

그는 올빼미들이 사냥감을 급습하는 것을 본 적이 있었다. 올빼미는 깃털 달린 살상기계이며, 오직 먹잇감이 내뱉는 비명이 들릴 때만 조용해진다.

그가 들장미 덤불을 헤치고 나아가자, 발아래서 뭔가가―토끼들, 쥐들, 스컹크 가족, 뱀들이 후다닥 달아났다. 가까이 어딘가에서 야생 칠면조들이 꿀렁거리고 골골대는 울음소리가 들렸다.

소녀에게, 작은딸에게 황야는 지나치게 넓었다. 제노는 너무 쉽게 포기하는 아이의 성향이 마음에 들지 않았다. 아이는 따분하다고 불평했고, 책과 '예술'이 있는 집으로 돌아가고 싶어했다.

모든 것을 머릿속에 밀어넣으려 하는 아이였다. 그러나 30만 에이커의 땅을 머릿속에 밀어넣을 수는 없는 노릇이다.

크레시다, 우리한테 이러지 마! 어디 가까운 곳에 있다면 알려다오.

아버지는 딸의 이름을 외치느라 목이 쉬었다. 공연한 힘 낭비라는 것은 알았다. 자원봉사 수색자들은 아무도 소녀의 이름을 외치지 않았다.

사람들이 해준 말과 들리는 말로 미루어 아버지는 젊은 수색자들이 자신에게 감탄한다는 것을 알았다. 그들보다 훨씬 나이가 많은 남자가 하이킹 경험이 풍부한데다 신체 상태도 상당히 좋아 보였던 것이다.

적어도 수색을 시작할 때는 그렇게 보였다.

"메이필드씨? 여기 있습니다."

그는 가지고 있던 물을 너무 빨리 마셔버렸다. 그는 입으로 호흡했는데, 노련한 하이커들은 권하지 않는 호흡법이었다.

"고맙지만, 괜찮아요. 젊은이도 물이 필요할 텐데."

"메이필드씨, 받으세요. 저는 한 병 더 있습니다."

청년은 그레이하운드 또는 휘핏처럼 근육이 탄탄하고 날씬했다. 비첨 카운티 보안관보인데, 티셔츠에 반바지와 등산화 차림이었다. 아버지는 이 보안관보가 자신의 딸을 아는지, 그의 두 딸 중 누구를 아는지 궁금했다. 그는 이 보안관보가 크레시다에게 벌어진 일에 대해 자신보다 더 아는 것이 있는지, 아버지인 그에게 아직 알려주지 않은 것이 있는지 궁금했다.

아버지는 사람들을 두루두루 살피고, 호의를 받기보다 베푸는 것이 편한 사람이었다. 강인하고, 남을 보호하는 것을 자랑스러워하는 사람이었다.

하지만 탈수증은 좋지 않다. 현기증. 아드레날린이 마구 솟구치면 기진해버리고, 탈진한다.

그는 물병을 받아들었다. 물을 마셨다.

이날 아침, 처음에는 젊은 상병의 지프 랭글러가 있었던 구역의 노토가강변에서 수색이 진행됐다. 낚시꾼들이 종종 찾는 곳이고, 습지에 바위 천지였다. 바위들 사이로 수많은 발자국이 있었고, 발자국 위에 발자국이 찍힌데다 최근 내린 비 때문에 물이 흥건했다. 구조견들은 소녀의 옷냄새를 맡자 흥분해 짖으며 달렸지만 곧 그 자취를 놓쳐버렸다—혹여 자취가 있었다면. 그리고 어쩔 줄 몰라 낑낑대며 헤매다녔다. 강변을 따라 몇 마일은 구불구불한 곡선의 돌투성이 땅이었고, 거기서 수색팀은 샌드힐 포인트를 중심으로 동심원을 그리며 수색해나가기로 전략을 바꿨다. 몇몇은 전에 산림보호구역에서 길을 잃은 등산객과 어린이를 수색해본 적이 있었고 그들만의 수색 방법도 있었지만, 비첨 카운티 보안당국의 전략은 촘촘하게 붙어 서는 것, 덤불과 나무가 빽빽해서 힘든 곳에서도 몇 야드 이상 떨어지지 않는 것이었고, 요령은 들장미 덤불에 찢긴 옷이든, 나무의 긁힌 자국이든, 바닥에 떨어진 모든 것을, 사라진 소녀가 이 길로 지나갔다는 흔적을, 그녀의 목숨을 구할 수도 있을 중요한 신호를 놓치지 않는 것이었다.

아버지는 그에게 말하는 소리에, 설명하는 소리에 침착하게 귀기울였다. 어느 대중집회에서나 제노 메이필드는 가장 이성적인 인물, 신뢰할 수 있는 인물다운 모습을 보여주었다.

그는 남들 앞에서 한결같은 지성과 열정으로 연설하는 사람으로 경력을 쌓아왔다. 하지만 지금 그에게는 다른 사람들에게 지시를 내릴 기회가 없었다. 산림보호구역에서 제노는 무력감에 휩싸였다. 몸에 밴 요령이 아니라, 체력만으로 터벅터벅 걸어갔다.

그런데 맙소사, 그의 딸이 다쳤다면. 만약 딸이 다쳤기라도 하면.

딸이 어딘가에서 쓰러졌거나, 다리가 부러졌거나, 의식을 잃어 그들이 부르는 소리를 듣지 못하고 대답도 못한다고는 생각하고 싶지 않았다. 그녀가 아무 소리도 들리지 않는 곳에 있거나, 지난주 큰 폭풍우가 지난 뒤 유속이 빨라진 강에 빠져 노토가강과 온타리오호수가 만나는 서쪽까지 30마일쯤 떠내려갔다고 생각하지 않으려 애썼다.

아침 내내 허위 제보들, 엉터리 목격담들이 이어졌다. 수색팀이 어느 야영지에 가까이 가자, 빨간색 셔츠를 입은 여자 캠핑객이 그들을 빤히 바라보았다. 그리고 그녀의 일행인 다른 젊은 여자가 텐트에서 나와 순간 겁을 먹고 적대적으로 대했다.

실례지만 혹시 보셨습니까?

……열아홉 살 여자인데, 어려 보입니다. 우리는 그녀가 이 부근 어디 있을 거라 생각합니다만……

수색 첫날 일곱번째 시간*, 일요일 이른 오후에 아버지는 100야드도 안 되는 거리에서 딸을 보았다.

정신이 번쩍 들어 소리쳤다. "크레시다!"

그가 필사적인 달음질로, 정신없는 달음질로 가파른 길을 내려가자 수색자들이 걸음을 멈추고 바라보았다.

몇몇은 아버지가 본 것을 보았다. 산속 폭이 좁은 개울 건너편 먼 기슭에 쓰러졌거나 지쳐 잠든 소녀가 있었다.

땀이 줄줄 흘러내려 아버지의 눈은 산성 용액을 부은 것처럼 따가웠다. 그는 서투르게 비탈을 달려내려갔고, 어깨뼈 사이와 다리에서 날카로운 통증이 느껴졌다. 크고 흉한 짐승이 뒷다리로 서서 비틀거리며 가는 것 같았다.

"크레시다!"

개울 건너편 멀리 덤불에 몸의 일부가 가려진 채 딸은 꼼짝 않고 누

---

* 유대인은 해가 뜨는 오전 여섯시를 하루의 시작인 영시로 계산한다. 일곱번째 시간은 오후 한시다.

위 있었다. 팔다리의 일부—한쪽 다리 혹은 한쪽 팔—가 개울물에 빠져 있었다. 아버지는 목쉰 소리로 외쳤다. "크레시다!" 그는 딸이 다치거나 어딘가 부러졌다고는 믿을 수 없었고, 그저 그를 기다리다 잠이 든 거라고 생각했다.

이제 다른 사람들도 달려서 다가갔다. 아버지는 그들에게 개의치 않고 가장 먼저 다가가 딸을 깨워 품에 안으리라 마음먹었다.

"크레시다! 얘야! 나다……"

제노 메이필드는 쉰세 살이었다. 그렇게 달려본 것이 몇 년 만인지 몰랐다. 그는 한때 운동선수였다. 아주 오래전 고교 시절에. 지금 그의 심장은 심하게 쿵쾅거렸다. 어깨뼈 사이에서 날카로운 통증이, 작고 날카로운 통증이 연달아 느껴졌다. 그는 날카로운 통증을 피하려는 듯 마구 필사적으로 달렸다. 그는 키가 크고 가슴팍이 두툼하고 등이 넓은 근육질의 남자였다. 지금도 숱이 많은 머리는 감촛빛을 띠었지만 희끗희끗하게 새치가 보였다. 상기되었던 얼굴은 애디론댁산맥의 무더위 속에서 몇 시간 고생하느라 핏기가 가시고 얼룩덜룩해져 허약해 보였다. 심장은 힘겹게 고동치고 뇌에서는 산소가 빠져나가는 것 같았으며, 빨리 뛰느라 제대로 숨을 쉴 수 없었고, 논리적으로 생각할 수도 없었다. 볼썽사나운 다리는 가까스로 넘어지지 않고 버티고 있었다. 그는 생각했다. 아이는 괜찮아. 물론이야, 크레시다는 괜찮아. 하지만 개울가에 도착해서 보니 건너편 먼 기슭에 있던 것은 딸이 아니라 몸 일부가 썩은 어린 암사슴이었고, 아직 뿔도 없고 썩은 고기를 먹는 짐승들에게 가슴 부분을 마구 뜯어먹혀 피로 더럽혀져 있었는데도 여전히 아름다웠다.

아버지는 공포에 질려 울었다.

가슴을 걷어차여 숨이 막힌 동물의 울음소리 같았다.

아버지는 무릎을 꿇고 주저앉았다. 팔다리에서 힘이 다 빠져나갔다.

그날 오전 열시부터 딸을 찾아다녔다. 그리고 지금 동화책에 나오는 소녀처럼 산속 작은 개울가에서 잠든 딸을 발견했는데, 딸은 그의 눈앞에서 썩어가는 끔찍한 사체로 변해 있었다.

제노 메이필드는 십이 년 전 어머니가 세상을 떠난 후로 울어본 적이 없었다. 그때도 이렇게 울지는 않았다. 그는 흐느끼며 몸을 떨었다. 죽어서 몸의 일부가 뜯어먹힌 암사슴에게 강한 연민을 느꼈다.

누군가 그의 이름을 불렀다. 누군가 그의 겨드랑이를 붙잡고 일으켜 세웠다.

그는 숨쉬기 힘들어하는 모습을 그들에게 보이고 싶지 않았다. 어깨뼈 사이의 통증들이 만화에 나오는 지그재그 번개처럼 하나로 합쳐져 찢어질 것 같은 통증이 되었다.

그날 아침 일찍 그는 산림보호구역 수색팀에 합류하겠다고 고집을 피웠다. 실종된 소녀의 아버지가 딸을 찾아나서는 건 당연한 일이었다.

사람들이 그를 제 발로 서 있게 해주었다. 상처 입은 동물이 비틀거리고 있었다. 어떻게 힘이 자존심만큼이나 빨리 몸에서 빠져나갈 수 있는지 끔찍했다.

그들은 젊은 자원봉사자들이었고, 제노는 그들의 이름을 알지 못했다. 하지만 그들은 그의 이름을 알았다. "메이필드씨……"

그는 부축하려는 손길을 뿌리쳤다. 그는 똑바로 일어섰고, 다시 정상적으로, 아니 거의 정상적으로 호흡했다.

평소라면 몇 분 쉬고 미지근한 에비앙을 마시고 이끼 낀 큰 바위 뒤에서 초조하게 소변을 본 뒤 수색을 계속하겠다고 고집을 피웠겠지만, 다시 한번 머릿속이 까매졌고 수치스럽게도 그는 한숨을 토하며 주저앉고 말았다.

하느님 그 아이 대신 저를 데려가소서. 누군가를 데려가야 한다면 저를.

2장
예비 신부

:

2005년 7월 4일

그래 당신은 알지. 내가 그런다는 걸 알아. 당연히 당신은 나를 잘
알아.

당신이 어떻게 나를 의심할 수 있지.

그건 당연히 충격이야. 우리 모두가, 우리 모두가 너무 슬퍼⋯⋯

아니! 나는 슬프다고 했어. 우리 모두가, 당신을 사랑하는 모두가, 그
리고 내가 특히 그래. 우리는 슬퍼.

아니, 기다려봐. 물론 우리는 당신이 살아 돌아와줘서 정말 기뻐, 브렛,
우리에게 돌아와줘서.

우리는 그것이 슬프다는 게 아니야, 그건 정말 기뻐.

그 몇 달 동안 우리는 기도했어. 기도하고 기도했어.

그리고 이제 당신은 우리가 있는 집으로 돌아왔어.

그리고 이제 당신은 우리에게 돌아왔어.

물론 나는 당신이 돌아올 거란 걸 알았어. 한 번도 의심하지 않았어.

당신과 연락이 되지 않았을 때도—당신이 전투중이었을 때—나는 의심하지 않았어.

그 끔찍한 곳에서—어떻게 발음하더라—'디얄라'였나……

제발 믿어, 내 사랑, 나는 당신을 변함없이 사랑해.

당신이 떠나기 전에 약혼하고 싶었던 것도 그래서였어, 혹시 무슨 일 생길까봐…… 거기서.

하지만 당신도 알잖아, 나는…… 나는 당신의 여자야.

나는 당신의 피앙세야. 당신의 예비 신부.

그건 변함없을 거야.

당장은 아니지만, 우리에게는 계획할 게 정말 많아!

계획할 게 얼마나 많은지 머리가 빙빙 돌 지경이야……

당신 어머니가 도와준다고 약속하셨지만 지금은……

……(약속했다고 하지 말걸. 약속했다는 뜻은 아니었는데.)

하지만 이렇게 되기 전에는, 이렇게…… 수술, 회복, 재활 전에는. 이렇게 되기 전에 당신 어머니는 우리 어머니와 할머니와 함께 신나게 결혼식 계획을 세웠고, 우리는 당신이 돌아오는 즉시 결혼식을 올리려

했었어……

　아 그래, 전에도 그렇고 지금도 그런 거야.

아, 전이라고 하면 잘못인가? 지금이라고 해도?

　브렛, 나를 왜 그런 눈으로 보는 거야……

　왜 나한테 화를 내지……

　왜 당신이 나를 미워하는 것 같을까……

　……나를 낯선 사람처럼 대하잖아. 당신도 내게 낯선 사람처럼 굴
고. 그럴 때마다 나는 당신이 무서워.

당신을 사랑하니까, 브렛. 나는 당신을 사랑해.

　당신을 사랑하는데 당신은 가끔 다른 사람, 다른 사람 같은 눈으로 나
를 빤히 쳐다봐……

　나는 그게 너무 무서워. 그 다른 사람을 어떻게 달래야 할지 모르
니까.

당신의 사랑스러운 아내가 되겠다고 맹세할게 항상 그리고 영원히 아멘.

　예수그리스도에게 하듯 맹세할게 항상 그리고 영원히 아멘.

　나는 당신을 사랑하는 게 부끄럽지 않아. 예전처럼 당신과 함께 있
는 게……

　임신했더라도(당신도 알잖아, 임신했을까봐 걱정했었던 거) 부끄럽
지 않았을 거고, 지금은 임신이 아닌 게 (거의) 아쉬울 정도야.

　(당신 아쉬워?)

(그랬다면 지금 아주 달라졌을 텐데!)

나는 이미 당신 아내가 된 느낌이 들어. 하지만 당신이 내 남편이 아니라고 느껴질 때가 종종 있어, 엄밀히 말하자면.

나는 내 사랑 브렛이 있다고 느끼는데, 거기 다른 사람이 있어.

가끔은.

이게 웨딩드레스 디자인이야.

정말 사랑스럽지 않아? 마음에 들어?

제발 그렇다고 말해줘. 나는 그렇다는 대답이 너무 듣고 싶어.

당신이 드레스에 별로 관심 없다는 건 알아. 당연하지……

어떤 드레스는 정말 고가야. 이 드레스는 특가로 나온 건데, 우리가 인터넷에서 찾았어, '보니 벨 디자인'에서.

정말 아름다워.

아이보리색 실크. 아이보리색 레이스. 등은 비치는 레이스로 되어 있고 원숄더 네크라인이야. 주름 잡힌 보디스는 '딱 붙고' 스커트는 '퍼지는'.

베일은 아주 얇은 시폰이야. 길이는 3피트쯤 되고.

그리고 이건 구두야, 아이보리색 새틴 펌프스.

사진을 빛에 비춰볼게, 당신이 더 잘 볼 수 있게……

내가 이 드레스를 입으면…… 예쁠까…… 어때?

내가 당신의 아름다운 사람이라며. 당신이 여러 번 그렇게 말했잖아, 브렛. 나는 그때 당신을 믿었고, 지금도 당신을 믿고 싶어.

제발 그렇다고 말해줘.

당신은 미육군 제복을 입을 거야. 제복을 입고 '훈장들'을 달면 정말 근사할 거야.

당신은 선글라스를 쓸 거야. 흰 장갑을 낄 거고. 그 제복모자는 정말 기품 있어.

브렛 킨케이드 상병. 내 남편.

우리는 연습할 거야. 연습할 시간이 몇 달 있어.

(당신은 '본국' 승진을 한 거라고 말했지.)

(군대 일은 전부가 다 의미 있다고도 했고. 그러니 본국이란 말에도 무슨 의미가 있을 텐데 그건 무슨 뜻이지? 우리는 몰랐어.)

(우리는 브렛 킨케이드 상병이 정말 자랑스럽다는 것만 알아.)

당신이 잘못 생각하는 거야―당신은 다친 사람 같지 않아.

당신은 '망가진' 사람 같아 보이지 않아.

당신은 '개떡같이' 보이지 않는다고!

당신은 나의 잘생긴 피앙세이고, 당신은 정말로 아무것도 변하지 않았어. 몇 번 더 수술을 받을 거야. 의사는 아무는 데 시간이 필요하다고 했어. '자연스럽게 치유될' 거야 시간이 지나면.

완전해지는 기적까지 기대할 순 없겠지만!

귀, 두피, 이마, 눈꺼풀. 턱 아래 목, 당신 신체 오른쪽. 밝은 데서 보지 않는다면 사람들은 평범한 화상 자국인 줄 알 거야. 화상 자국들.

오 제발 움찔움찔하지 마, 브렛. 내가 키스할 때. 제발.

심장에 유리 조각이 박히는 것 같아. 당신이 나를 밀어낼 때면.

카시지에서 사람들이 당신을 쳐다본다면, 그건 다만 그들이 당신을 알기 때문이야. 당신의 훈장들, 당신의 명예. 그들은 당신이 전쟁 영웅이라 감탄하면서도 방해는 하지 않으려는 거야.

아빠처럼. 그는 당신에게 무척 감탄해, 브렛! 하지만 그는 감정적일 때 오히려 우스꽝스러운 태도를 취해, 굉장히 조용해지거든. 그래서 사람들은 제노 메이필드가 사실은 수줍음 타는 사람이란 걸 믿지 못할 거야.

그러니까 내 말은, 기본적으로 그렇단 거야.

남자들에게는 말하기 힘든, 확실히 그런 것들이 있어. 아빠는 아들이 없고 딸들만 있어. 아빠는 우리에게 말해. 우리는 듣고.

그리고 엄마는 늘 당신 얘기를 해. 당신이 이라크에서 전투중일 때도 엄마는 항상 당신을 위해 기도했어. 당신 소식을 듣지 못할 때면 그녀가 나보다 더 걱정했을 만큼, 거의……

우리 가족이 다 그래, 브렛. 메이필드가 사람들 모두가.

믿어봐. 우리는 당신을 사랑해.

당신이 다시 나와 함께 교회에 나가면 좋겠어, 브렛.

거기 사람들 모두가 당신을 보고 싶어해.

새 목사님이 오셨는데 아주 좋은 분이야.

사모님도 참 좋은 분이고.

주일마다 그들은 당신의 안부를 물어. 그들은 당연히 당신에 대해 알지.

내 말은, 당신이 무사히 우리에게 돌아왔다는 걸 안다는 거야.

신도들 중에는 다른 참전용사들도 있을 거야. 그들이 매주 나오지는 않지만. 당신이 아는 사람이 적어도 두 명은 돼, 데니 비셔와 브랜던 크라낙. 아마 그들도 이라크나 아프가니스탄에 있었을 거야.

데니는 휠체어를 타. 데니의 남동생이 휠체어를 밀어줘. 아니면 그의 어머니가. 데니는 늘 내게 브렛은 잘 지내나요 하고 묻고, 나는 당신이 곧 그에게 연락할 거라고 대답해……

킨케이드 상병 잘 지내나요. 그 쿨한 녀석은 어떻게 지냅니까.

아니, 제발! 화내지 마, 미안해.

……다시는 데니 이야기 꺼내지 않을게.

……다시는 교회 이야기 꺼내지 않을게.

제발 화내지 마. 미안해.

그냥 불꽃놀이야, 브렛! 팰리세이드파크에서.

창문은 닫혀 있어. 에어컨도 켜져 있고.

당신에게 안 들리게 음악소리를 키워줄 수도 있어.

말하잖아 그냥 불꽃놀이라고. 당신도 알잖아. 공원에서 하는 독립기념일 축제.

그래 올해는 안 가는 게 낫겠어.

두 분에게 기다리지 말라고 했어, 엄마 아빠에게. 우린 다른 할일이 있다고.

어떤 약? 흰색 알약, 아니면……

물 가져올게.

알았어, 맥주 한 잔. 하지만 의사가……

……'알코올'과 '약'을 섞는 건 좋지 않다고 했어……

그러지 마 제발.

우리가 교회에서 연습하면 돼. 결혼식 리허설 전에 연습하는 거야.

당신은 절뚝거리지 않아. 가끔 균형을 잃은 것처럼 보일 뿐이야, 꿈속에서 갑자기 다리를 휙 움직이는 것처럼.

나는 그게 실제가 아니라고 생각해. 그건 당신 머릿속에서 일어나는 일일 뿐이지.

눈과 손의 협응. 그들이 장담했어.

비디오에서 소년이 얼마나 좋아지는지 보이잖아.

기적은 많이 일어나. 하느님이 주신 큰 기적은 바로 당신이 살아 있고 우리가 함께 있다는 거야.

의사는, 신경과 전문의는 신경세포 재순환의 문제라고 했어.

새 뇌세포들이 손상된 뇌세포를 대체하는 것을 배우는 것이 관건이라고. 신경조직 형성.

불면도 그래. 뇌가 자는 법을 '잊어버린' 거야. 역시―가끔―뇌가 '삭제'를 제어하는 법을 잊어버려서. 그건 누구 잘못도 아니야.

의사는 이런 반사신경들은 시간이 지나면 되살아난다고 했어.

수류탄이 터졌고, 벽이 무너졌어.

전투였어. 교전중이었어. 당신이 퍼플하트훈장을 받은 것도 그것 때문이야.

그리고 U자로 아름다운 금사를 두른 파란 사각형 안에 총구가 긴 라이플이 작게 그려진 특별한 전투보병 배지. 이 배지는 손에 들고 있으면 보석처럼 바라보게 돼.

수수께끼 같은 보석처럼, 혹은 보석 같은 수수께끼처럼.

당신은 처음부터 얼마나 용감했는지 몰라.

그러니까 당신은 우리에게 돌아온 걸 절대 부끄럽게 여기면 안 돼.

당신은 배신자도 겁쟁이도 아니야. 소대를 버린 것도 아니야. 당신은 부상을 당했고, 회복하는 중이야. 그리고 당신은 재활클리닉에 있어.

그리고 당신은 결혼할 거야.

우리는 아이를 가질 거야. 나는 장담해. 아들일 거야.

나는 알아. 그럴 수 있고말고!

우리는 그럴 거야. 그들을 놀라게 할 거야. 재활클리닉 사람들이 장담했어. 나이가 가장 많은 의사가 내게 그랬어. 아내가 남편을 사랑하고 포기하지 않고 끈기를 가진다면 임신이 불가능하지 않습니다.

많은 상이군인들이 아이를 얻었어. 이건 잘 알려진 사실이야.

MRI에서 종양은 발견되지 않았어. MRI에서 혈전도 발견되지 않았어. MRI에서는 아무 '이상'도 발견되지 않았어.

당신이 꿈속처럼 머릿속으로 무엇을 보든 그건 실제가 아니야. 그걸 알아야지!

브렛 그레이엄 킨케이드 상병.

지도상에서 우리는 당신을 따라가보려고 애썼어.

바그다드가 처음이었지.

디얄라주州. 사다흐.

당신이 다친 곳 키르쿠크.

거기서 지도가 멈추고 흐릿해졌지.

카시지에서 너무 먼 곳이야.

이라크해방작전*.

카시지에서 '이라크'와 '아프가니스탄'의 차이를—차이가 있다면—
아는 사람은 거의 없어.

나는 알아, 나는 당신의 피앙세니까 알아야지.

하지만 나는 지금도 헷갈리고, 물어볼 사람도 없어.

당신한테는 감히 못 물어보니까.

그럴 때 당신 눈빛은! 나는 너무 오싹하고, 한기가 들어.

그는 나를 사랑하지 않아. 그는 나를 알지도 못해.

도이그 목사님이 지난 주일에 인간의 영혼 속에는 '해악의 씨앗'이
있기 때문에 전쟁은 끝이 없다고, 끝이 있을 수 없다고, 결코 끝이 없다
고, 예수가 인류를 구하러 재림할 때까지 온전히 근절될 수 없다고 설
명해주셨어.

---

* 미국의 대이라크 작전 명칭.

그런데 그게 언제일까? 예수가 우리에게 재림할 날이?

킨케이드 상병이 돌아온 것처럼.

그래 나는 그걸 믿어! 그걸 믿고 싶어.

그걸 믿을 수 있는 방법이 있다고 믿어야 해 우리 두 사람 다. 도이그 목사님이 우리 결혼을 주재하실 때는.

내가 사람들에게 뭐라고 했느냐면, 나는 사실을 말했어 사고였다고.

내가 미끄러져 넘어지며 문에 부딪혔다고, 정말 멍청하게도.

응급실에서 엑스레이를 찍었어. 내 턱은 빠지지 않았어.

쑤시고 침을 삼키기가 힘들지만 멍은 없어질 거야.

알아, 일부러 그런 게 아니라는 거.

당신을 화나게 해서 미안해.

나 우는 거 아냐, 정말이야!

우리는 이 시련의 시기를 되돌아보며 말하게 될 거야. 그건 사랑의 시험이었지. 우리는 약해지지 않았어.

오늘 아침 침대에 누워 있는데 너무 쓸쓸했어. 오, 브렛 당신이 떠나기 전 당신 아파트에서 단둘이 오붓하게 보낼 수 있었던 특별한 시간들이 그리워……

다시 그렇게 된다면 우리는 예전처럼 행복할 텐데. 지금 우리처럼 사는 건, 지금 우리가 사는 방식은 정상적이지 않아. 우리 사이에 균열이 생긴다 해도 놀랄 일도 아니야. 하지만 이 시간, 이 시련의 시간은 지나갈 거야.

당신 어머니가 나를 싫어하지 않으시면 좋겠어. 나는 그녀를 사랑하려고 무던히 애쓰는데.

그녀가 내게 말했어. 연기할 필요 없다. 그만해도 돼. 언제든 그만둬도 된다. 나는 뭐라고 대답해야 할지 알 수 없었어. 그녀의 눈에 미움이 잔뜩 어려 있었어…… 그래서 결국 나는 이렇게 말했어. 저는 아무것도 연기하지 않아요, 킨케이드 부인! 저는 브렛을 사랑하고, 그와 결혼하고 그의 아내로서 그가 저를 필요로 하는 만큼 보살피고 싶을 뿐이에요, 그게 제가 꿈꾸는 전부예요.

오늘 아침 일찍 눈을 떠 다시 잠들 수 없었을 때(우리집 뒤쪽, 포스트 로드 묘지 뒤 언덕에 수탉이 있는데, 나는 닭 울음소리를 좋아하긴 하지만 그 소리는 밤이 끝났고 나는 다시 잠들지 못할 거란 뜻이야) 나는 우리가 작별인사를 나눴던 그 마지막 순간을 생각했어.

올버니 비행장에서. 다른 병사들이 보안검색대에 도착했고 몇몇은 당신보다 어려 보였어. 더 나이 많은 장교도 있었지. 중위. 그리고 모두―민간인들―당신을 존경스럽게 바라봤어.

작별키스는 정말 슬펐어! 그리고 모두가 마지막 순간에 당신과 포옹하고 키스하고 싶어했지만 당신은 웃으며 그런데 내 피앙세는 여러분이 아니라 줄리라서요 하고 말했어.

우리가 당신을 얼마나 많이 사랑하는데, 브렛. 당신이 그걸 알아주면 좋겠어.

바로 그때 당신이 내게 '특별한 편지'를 줬어. 나는 그것의 의미를 알고―알았던 것 같아―까무러칠 것 같았지만 당연히 얼른 감추고 그 편지에 대해서는 아무에게도 말하지 않았어.

나는 그 편지를 절대 열어보지 않을 거야. 이제 당신이 안전하게 우리에게 돌아왔으니까.

그럼, 당연히 지금도 가지고 있지. 내 방에 숨겨놨어.

내 동생은 그 편지에 대해 알아. 내 말은, 내가 들고 있던 걸 그애가 봤다는 거야. 거기 뭐가 들었는지는 전혀 몰라. 앞으로도 모를 거고.

그애는 내가 당신에게 부족한 사람이라고 했어. 내가 '너무 행복해해서' '너무 깊이가 없어서' 당신을 이해하지 못한다고.

솔직히 크레시다는 우리 사이에 뭐가 있는지 아무것도 몰라. 아무도 모를 거야, 우리 말고는.

우리의 특별한 시간들 말이야, 브렛. 우리는 다시 그 특별한 시간들을 보내게 될 거야……

크레시다는 심성은 착한 아이지! 언제나 그래 보이는 건 아니지만.

그애는 남들이 행복한 걸 보면 고통을 느껴. 심지어 자기가 사랑하는 사람이라도. 지금의 당신을 보는 게 그애에게 큰 영향을 미쳤단 생각이 들어. 그애는 인정하지 않겠지만 크게 영향을 받고 있어.

하지만 만약 당신이 개인적으로 그애에게 무슨 말을 한다면, 그애는 냉정하게 쳐다볼 거야. 뭐라고요? 완전히 잘못 알고 있네요.

그애는 들러리가 되어달라는 내 요청을 거절하며, 자기는 아기 때 이후로 드레스나 스커트를 입은 적이 없고 이제 와서 다시 입지도 않겠다고 비웃듯이 말했어. 결혼식은 내가 믿지 않는 소멸된 종교에서나 하는 의식이야 하며 웃었고.

나는 크레시다에게 네가 믿는 종교는 뭔데? 하고 물었어.

그애처럼 냉소적이 아니라 진지하게 이 질문을 던졌어. 진짜로 알고 싶었거든.

하지만 크레시다는 아무 대답도 하지 않았어. 부끄러운 듯 내게서 고개를 돌리고는 아무 말도 하지 않았어.

내가 바라는 건—나는 그러길 기도해!—언젠가 크레시다가 우리와 함께 교회에 가는 거야. 아니면 그냥 나와 함께, 당신이 교회에 가기 싫다면 말이야. 나는 크레시다가 뭐에 상처받았는지 알아, 내게 솔직히 털어놓지는 않지만 그애는 누군가에게 또는 어떤 일로 상처를 받았어. 나는 그애의 마음이 공허하며, 뭔가로 채워지길, 바뀌길 바라고 있다는 걸 느껴.

아냐, 브렛! 그러지 마.

그런 말은 해선 안 돼.

우리는 당신이 더없이 자랑스러워, 정말. 자랑스러움을 넘어선 감정, 절체절명의 순간에 남들은 할 수 없는 행동을 한 진짜 영웅에게 느끼는 감정이야.

송별 파티에서 당신이 했던 말, 그 간단한 몇 마디가 모두를 울렸잖아. 나는 조국에 이바지하고 싶을 뿐입니다, 최선을 다하는 최고의 병사가 되고 싶습니다.

그게 바로 당신이 한 일이야. 제발, 브렛! 믿음을 가져.

이라크전쟁 시기가 당신 인생에서 가장 흥분되는 시간이었다는 걸 나는 알아. 당신은 우리를 떠나 '배치'를 받았지. 그 몇 달은 위험한 시간이자 흥분되는 시간이었고, 그리고 (나는 이해해) 당신에게는 은밀한 시간이었겠지, 카시지에 있는 우리로서는 전혀 알 수 없는.

이라크해방작전. 그런 말들!

우리는 뉴스에서 파악하려고 애썼어. 인터넷으로도. 우리는 당신을 위해 기도했어.

아빠는 내가 읽지 않았으면 하는 신문은 치워버리곤 했어. 아빠가 주로 일요일에 받는 것들, 특히 뉴욕타임스.

전쟁―전쟁들―에서 사망한 병사들의 사진들. 2001년부터.

물론 나는 몇몇 사진을 봤어. 소년처럼 앳돼 보이는 남자들 속에 여자들이 있나 찾아보지 않을 수 없었어.

여자 병사가 많진 않았어. 온통 남자들뿐인데 그 속에 있는 여자들을 보면 충격적이지.

게다가 늘 웃고 있었어. 여고생들처럼.

카시지에는 전쟁―전쟁들―을 '지지하지' 않는 사람들이 있어. 하지만 그들도 우리 군은 지지해. 그들이 그런 건 확실히 하지.

아빠는 늘 그 점을 확실히 해.

아빠는 당신을 존중해. 지금은 다만 좀 어색해서, 당신에게 어떻게 말을 걸어야 할지 몰라서 그래, 그런 남자들이 있잖아. 아빠는 군인이었던 적이 없고, 자신이 어릴 때 일어난 베트남전쟁에 대해서는 강렬한 감정을 느끼시지. 하지만 그건 개인적인 감정이 아니야.

당신은 주사위 던지기라고 말했었지. 누가 살고, 누가 죽을지 젠장 누가 신경이나 쓰는 줄 알아. 주사위 던지기야.

알아, 그 말이 당신의 본심이 아니라는 걸. 그건 브렛이 아니라 다른 사람이 말한 거야.

절망하면 안 돼. 인생은 선물이야. 우리 인생은 선물이야. 서로에 대한 우리의 사랑도.

우리 엄마는 신앙심이 그리 깊지 않은 사람인데 놀랍게도 당신이 떠나 있는 동안 나와 함께 교회에 다녔어, 거의 매주. 엄마는 기도했어.

모든 신도가 당신을 위해 기도했어. 당신과 그 전쟁—전쟁들—에 참가한 다른 사람들을 위해.

너무나 많은 사람이 전쟁에서 죽었고, 나는 전사자 수도 기억하기 어려운데, 천 명이 넘었나?

그들 대부분이 장교가 아니라 당신 같은 병사들이었어. 그리고 모두 하느님의 사랑을 받는 사람들이야, 당신도 그렇게 생각하면 좋겠어.

모두 하느님의 사랑을 받는 사람들. 심지어 적인 그들도.

그래, 그러니까 우리 스스로를 지켜야 해. 기독교도는 그리스도의 적들로부터 스스로를 지켜야 해.

이건 테러와의 전쟁이야. 그리스도의 적들과 벌이는 전쟁.

당신은 아무도 죽이고 싶지 않았을 거야. 나는 당신을 알아, 사랑하는 브렛, 당신은 적들이건 누구건 아무도 죽이고 싶지 않았을 거야. 하지만 당신은 군인이었고, 그건 당신의 의무였지.

당신은 뛰어난 군인이기 때문에 진급한 거야. 그때 우리는 당신이 무척 자랑스러웠어.

당신 어머니는 당신을 대견스러워해, 그녀가 그런 마음을 좀더 드러내면 좋을 텐데.

그녀가 나를 탓하는 내색을 하지 않으면 좋겠어.

그녀가 왜 나를 탓하려 하는지 잘 모르겠어.

어쩌면 내가 임신했다고 생각했기 때문일 거야. 어쩌면 우리가 결혼하려는 이유가 그것이라고 생각했을 거고. 또 어쩌면 그래서 당신이 군에 입대한 거라고.

나는 당신 어머니와 대화하고 싶었지만 나는, 나는 노력했는데…… 잘 안 됐어. 당신 어머니는 나를 좋아하지 않아.

엄마는 우리가 계속 노력해야지! 킨케이드 부인은 아들을 잃을까봐 두려운 거야라고 하셨어.

내가 당신 어머니에 대해 말하는 걸 당신이 좋아하지 않는다는 거 알아. 미안해, 그러지 않으려고 노력할게. 다만 나는 가끔씩 마음이 너무 아파.

나도 알아, 전쟁이 당신에게 끔찍한 기억이란 거. 9월에―어쩌면 1월이 될지도 모르지만―당신이 플래츠버그에서 강의를 듣기 시작하면 다른 생각거리들이 생길 거야…… 그때쯤 우리는 결혼했을 테고 상황은 훨씬 나아질 거야, 한집에 살 테니까.

나도 플래츠버그에서 강의를 들어야겠어. 그럴까 해. 시간제 대학원에서 교육학 석사과정을 밟을 거야.

석사학위를 따면 고등학교에서 영어를 가르칠 수 있어. 나는 '관리직' 자격을 갖추게 될 거야. 아빠는 내가 교장이 될 거라 생각하셔, 언젠가는.

아빠에게는 우리를 위한 그런 계획이 많아! 우리 둘 다를 위한.

나는 당신이 내게 그 이야기를 해주길 바라, 사랑하는 브렛.

TV 다큐멘터리들을 봤어. 그게 어땠는지 알 것 같아, 어느 정도는.

당신에게는 '아찔한 일'이었겠지. 당신이 친구들에게 하는 말을 들었어. 이라크 민가를 수색하는 임무를 받고 출동하기 전에는 당신에게 어떤 일이 벌어질지, 어떤 일을 하게 될지 몰랐다는 거.

당신이 나나 당신 어머니에게는 하지 않는 이야기를 로드 핼리팩스나 '땅딸이'에게는 한다는 거 알아, 아니면 술집에서 만난 모르는 사람에게는.

다른 참전용사와는 이야기를 나누겠지. 브렛 킨케이드 상병이 어떤 사람인지 모르는 사람과는.

카시지에 그런 '아찔함'은 없지. 인생을 주사위처럼 던지는 일은.

고교 시절 이래 우리의 삶은 너무 초라해, 망원경을 거꾸로 들고 들여다보는 것처럼.

크리스마스트리 아래 작고 슬픈 판잣집들, 집들과 교회, 설탕을 입혀놓은 것 같은 가짜 눈. 초라해.

심지어 우리 상처들도 여기서는 초라해.

카시지에서는 당신의 삶이 당신을 기다리고 있어. 다른 삶처럼 스릴 넘치는 삶은 아니야. 다른 삶처럼 민주주의에 헌신하는 삶은 아니야. 당신은 짐 찾는 곳 옆에서 당신을 기다리던 우리를 발견하고 아주 이상한 말을 했었어. 우리는 당신이 부축을 받지 않고 걷는 걸 보고 흥분해 있었는데, 당신은 전에 한 번도 보이지 않았던, 마치 그 순간 우리를 무서워하는 것 같은 표정을 지으며 말했어. 오 맙소사, 모두 아직 살아 있었어요? 나는 모두 죽은 줄 알았어요. 내가 지옥에 다녀왔는데, 거기서 모두를 봤거든요.

3장
아버지

아, 아빠는 왜 내 이름을 그걸로 지었어요 크레시다라니.

흔치 않은 이름이니까, 얘야. 아름다운 이름이고.

불빛이 아버지의 얼굴에 비쳤다. 그의 두 눈은 불구멍 같았다.

그는 눈뜰 힘이 없었다. 혹은 용기가 없었다.

사슴 몸뚱이는 찢겨 벌어지고 피투성이 내장에 파리와 구더기가 들끓었다. 하지만 눈은 여전히 아름다웠다―'암사슴의 두 눈'.

그는 거기 그 땅바닥에서 딸을 봤었다. 확신했다.

뱃속에 차오르는 통증이 낯설지 않았다. 다시 그 자리에 있었다. 두려움, 공포, 죄책감의 자리에. 그의 잘못이었다.

그런데 어떻게, 어떻게 그게 그의 잘못일까?

침대에 똑바로 누워 양팔을 펼치자(그제야 기억이 났다. 몹시 수치스럽고 창피하게도 사람들이 그를 집으로 데려다놓은 것이었다) 그의 체중 때문에 침대가 출렁거렸다. (마지막으로 쟀을 때, 맙소사, 96킬로그램이었다. 덜 마른 시멘트처럼 둔하고 품위 없었다.)

오래전 아이일 때 이웃집 뒤뜰에 트램펄린이 있었던 것이 기억났다. 그는 거칠고 팽팽한 캔버스에 몸을 던지고 공중으로 튀어올라—엉성하게, 스릴 넘치게—날아오르다 균형을 잃고 등으로 떨어져 누운 채 양팔을 허우적대며 숨을 몰아쉬었다.

트램펄린 위에서 제노는 가장 겁이 없는 아이였다. 다른 남자애들이 제노에게 감탄했다.

세월이 흘러 그의 딸들이 어릴 때는 트램펄린이 아이에게 위험하다는 것이 상식이 되었다. 목뼈나 등뼈가 부러지거나, 스프링 사이로 떨어져 몸을 베일 수도 있다고 했다. 하지만 제노는 자신이 어릴 때 그걸 알았더라도 신경쓰지 않았을 거라고 생각했다. 위험을 감수할 가치가 있었다.

유년의 어떤 일도, 트램펄린에서 튀어오르는 것만큼—위로, 위로—새의 날개처럼 양팔을 뻗고 날아오르는 마법 같은 일과 같지 않았다.

이제 그는 땅으로 내려왔다. 딱딱했다.

그는 사람들에게 절대로 어떤 병원에도 가지 않겠다고 버텼다.

빌어먹을 어떤 응급실에도 가지 않겠다고 했다.

딸이 실종된 동안에는 가지 않겠다고. 자신이 딸을 안전하게 집으로 데려오기 전까지는.

그는 사람들이 돕도록 놔두었다. 무릎이 풀리고 기진맥진해서 선택의 여지가 없었다. 날카로운 바위들에 무릎을 꿇으며 넘어지는 바보짓거리를 하다니. 그는 수색에 계속 참여했고, 아내가 애원하듯 말렸을 때도, 다른 사람들이 그의 붉어진 얼굴을 보고 가쁜 숨소리를 듣고 그만하라 설득해도 듣지 않았다. 일요일 오후에는 족히 오십 명은 되는 구조대와 자원봉사자들이 실종된 소녀가 마지막으로 목격된 것으로 추정되는 샌드힐 포인트의 노토가강에서 시작해 산림보호구역 안에서 동심원을 그리며 수색했다.

아버지의 자존심은 딸을 남이 먼저 찾는 것을 용납할 수 없었다. 크레시다가 처음 보는 구조자의 얼굴은 그의 얼굴이어야 했다.

크레시다의 첫마디는 아빠! 하느님 감사합니다여야 했다.

그는 '흉통'을, 가슴에 전기충격을 받은 것처럼 쿡 찌르는 통증과 피부에서 식은땀이 진득거리는 것을 몇 번 느꼈지만 심각하지는 않다고 믿었다. 아내를 걱정시키고 싶지 않았다.

여자의 사랑은 짐이 될 수 있다. 여자는 필사적으로 남자를 살아 있게 하려고 하며, 그의 생명에 본인이 생각하는 것보다 훨씬 더 큰 가치를 부여한다.

제노가 가장 두려운 것은 그들을 보호할 수 없게 되는 것이다.

그의 아내를, 그의 두 딸을.

이상하게도, 더 젊었을 때는 별로 걱정하지 않았다. 그는 사는 것을―영원하기라도 할 듯!―당연하게 받아들였다. 아무튼 오래 살 거라고.

심지어 교육위원회에서 해고된 '무신론자' 고교 생물 교사 로저 캐시디의 변호를 맡아 살해 위협을 당했을 때도 마찬가지였다.

그는 위협들을 웃어넘겼다. 자신에게 겁을 주려는 수작일 뿐이니 결코 겁먹지 않을 거라고 아내 아를렛에게 말했다.

바로 지난달, 주치의 릭 루엘린이 진료실에서 그를 아주 꼼꼼하게 검진했다. 심전도검사도 했다. 제노의 심장에 '긴급한' 문제는 없었지만, 혈압약을 복용하는데도 혈압이 150/90으로 높았다.

혈압과 콜레스테롤. 사실 제노는 최소 9킬로그램 정도 감량해야 했다.

침대에 누운 채 무거운 등산화 끈을 풀어 벗어던지려 하는데, 아를렛이 와서 벗겨주었다.

"누워 있어. 쉬려고 해봐. 도저히 못 자겠으면 제발, 제노, 그럼 눈이라도 감고 있어봐."

그녀는 당연히 두려웠다. 생각을 다른 데로 돌리려고 남편에게 법석을 떨며 화를 냈다.

그날 새벽 네시경, 그녀는 제노를 깨웠다. 크레시다가 집에 돌아오지 않았다는 것을 알고서였다. 그때부터 제노는 깨어 있어도 깨어 있는 것이 아니었고 통증을 느낄 정도로 모든 신경이 곤두섰다. 마치 눈꺼풀이 벗겨진 것처럼 혹독하게 주시하며 깨어 있었다.

수색. 그의 딸에 대한 수색. 실종된 소녀에 대한 수색.

이런 수색 소식이 이따금 들려온다. 주로 실종된 아이에 대한 이야기다.

납치된 아이. 유괴.

그런 소식을 들으면 사람들은 동정하지만, 그 이상은 아니다. 내 삶과 모르는 이들의 삶은 겹치는 부분이 없고, 그들의 공포감을 내가 공감할 수 없으니까.

그가 깨어 있었나? 아니면 자고 있었나? 고대 지각변동으로 생긴 듯한 거대한 바위들이 있는 가파른 산등성이의 숲이 보였고, 그 숲 뒤쪽에서 소녀의 들어올려진 손과 팔이 보였고 언뜻 심하게 다쳤다는 것을 알 수 있는 맨어깨가 보였다…… 아아 아빠 어디 있어요 아-빠.

"그냥 누워 있어. 제발. 이런 상황에서 당신한테 무슨 일이라도 생기면……"

크레시다의 목소리가 아니었다. 어찌된 영문인지 아를렛이 끼어들었다.

그는 아내가 그를 믿지 않는다는 것을 알고 있었다. 이십오 년 넘게 결혼생활을 했다. 아를렛은 신혼 때보다 남편에 대한 믿음이 줄었다.

이제 그녀는 제노를 알기 때문이다, 어느 정도는. 믿으면 안 되는 남자들이 있다는 것을 아를렛은 알았다.

그녀는 숨이 차고 짜증이 났다. 무서운 것이 아니라—그런 기미는 보이지 않았다—짜증이 났다. 선의를 품은 친척들이 모여들어 집안이 북적거렸다. 경찰들이 미친 거위들처럼 끽끽 꽥꽥대는 조악한 무전기를 들고 드나들었고, 인터뷰를 따려고 안달하는 지역 방송사 기자들도 몰려왔다. 그들은 쓸모가 있을 것 같아 쫓아내지 않았다. 물론 크레시다의 사진을 제공해야 했다.

커피 드실래요? 아이스티? 자몽주스나 석류주스? 아를렛은 약간 침울하지만 안주인답게 상냥스레 손님들에게 다과를 대접했는데, 그건 찾아온 이들을 대하는 다른 방법을 몰랐기 때문이다.

언니인 케이티 휴잇에게는 연락할 겨를도 없었는데 알고 찾아왔다. 이때가 오전 열시쯤이었는데, 케이티는 아를렛이 쉴새없이 오는 전화―집전화, 휴대폰들―를 받을 수 있도록 안주인 역할을 도맡아주었고, 발신자표시가 되는데도 아를렛은 전화가 올 때마다 크레시다의 목소리가 들려올 거라 희망을 품었다.

여보세요! 세상에! 방금 TV에 제가 '실종됐다'고 나온 걸 봤어요……

와우. 죄송해요. 맙소사, 무슨 일이 있었는지 믿지 않겠지만 지금 저는 괜찮아요……

하지만 크레시다의 목소리가 아니었다. 말도 안 돼, 어떻게 크레시다가 아닐 수 있지.

오래전에 이런 위기가 있었다면 아를렛은 침대로 가 남편 옆으로 기어들었을 것이다. 제노의 옷이 땀범벅이라도, 티셔츠와 카키색 반바지가 차고 눅눅하고 체취를 풍기더라도 개의치 않았을 것이다. 그녀는 괴로워하는 남자를 품에 안고 지켜주었을 것이다. 제노도 아내를 품에 안고 지켜주었을 것이다. 한기가 들고 떨리고 지쳐서 기진맥진해도 힘든 시간을 함께했을 것이다.

아를렛은 그의 등산화를 당겼다. 아주 묵직했다! 끈을 풀어야 했다. 커다란 발에서 등산화를 벗기다가 그녀는 노토가산림보호구역으로 급히 가야 하는 와중에도 제노가 양말을 두 겹―흰색 양말과 가벼운 모직 양말―으로 챙겨 신었었다는 것을 알았다.

제노는 조심성이 없어 보이지만 꼼꼼한 사람이었다. 철두철미한 사람이었다. 그는 최근 수십 년을 통틀어 카시지에서―1990년대에 팔

년 동안 재임했다―퇴임하며 시재정에 엄청난 적자가 아닌 상당한 흑자를 남긴 유일한 시장이었다. (물론 메이필드 시장이 중단 위기에 처한 사업들―공원과 놀이시설 유지, 리틀리그 소프트볼, 블랙강 지역사회 무예약 진료소―에 개인수표를 쾌척했다는 것은 공공연한 비밀이었다.) 그가 곧잘 농담하듯, 뉴욕주 북부에서 위법 행위로 기소돼 재판받고 유죄판결을 받는 것은 고사하고, 조사조차 받은 적 없는 몇 안 되는 시장들 중 하나였다.

아를렛은 남편이 사실을 말해주지 않으리란 걸 알았기 때문에, 제노의 랜드로버를 운전해 집에 데려다준 청년에게 산림보호구역에서 무슨 일이 있었느냐고 물었다.

청년은 제노가 과열되었다고 말했다. 과로. 탈수증.

청년은 실종자 수색에 가족이 끼는 것이 좋지 않은 게 바로 이런 것 때문이라고 말했다.

제노는 섬뜩하게 미소지었다. 제노는 늘 자신이 마지막에 말을 해야 하는 사람이라, 힘을 짜내 말했다.

알았다고, 잠을 청해보겠다고. 한 시간쯤 눈을 붙이겠다고.

그런 다음 다시 산림보호구역으로 가겠다고.

"그애가 이틀째 밤도 거기 있으면 안 됩니다. 그럴 수도 없고, 그런 일이 있어서도 안 됩니다."

제노는 계단에서 비틀거렸다. 그는 케이티가 하는 말을 듣지 않았고, WCTG TV가 일요일 오후 여섯시 뉴스에 내보낼 실종된 소녀 부모 인터뷰를 위해 오후에 집에 온다는 말을 알아듣지 못한 것 같았다.

아를렛은 제노와 함께 위층으로 가며 슬그머니 허리에 팔을 두르려 했지만, 그는 못마땅한 듯이 콧방귀를 뀌며 몸을 뗐다.

그는 욕실을 써야겠다고 말했다. 혼자만의 시간이 필요했다.

"이 안에서 꺽꺽대지 않을게, 여보, 약속해."

유머처럼 한 말이었다. 꺽꺽댄다는 표현.

아를렛은 헛웃음 혹은 그것과 비슷한 쉿 소리를 내고는 돌아섰고, 그가 혼자만의 시간을 갖도록 내버려두었다.

이제 부부는 적이나 다름없었다. 피차 무슨 일을 해야 할지, 어떻게 되어야 마땅한지 알기에 맞섰고, 서로에게 맹목적이고 고집불통이라며 짜증을 냈다.

아를렛은 남편이 산림보호구역에서 과열됐었다는 것을 알았고, 그가 서둘러 나가 덤불을 누비고 쏘다녔던 것이 못마땅했다. 그녀 혼자 집에서 연락—연락들—을 기다리고 있는데. 무슨 소식이 오기를 기다리고 있는데.

심란한 한 시간이 지난 후, 그녀는 제노를 살피러 다시 침실로 갔다. 그는 옷을 일부만 벗은 채 침대에 널브러져 있었다. 너무 지쳐 카키색 반바지를 바닥에 벗어던지는 것 이상은 할 수 없었던 모양이었다.

그는 널브러진 채, 해안에 올라온 고래가 호흡하는 것처럼 씨근씨근 젖은 소리를 내며 입으로 숨을 쉬었다.

면도는 하지 않았다. 턱에 뻣뻣한 수염이 돋아 있었다.

제노 메이필드는 스스로를 너무 밀어붙이지 않도록 제지해야 하는 사람이었다. 그는 자제하고 그만두어야 한다고 느끼는 타고난 감각이 없는 사람이었다.

젊은 변호사일 때 까다로운 사건들—가망 없는 사건들—이나 인기 없는 사건들을 맡았을 때도 그랬다. 한번은 그가 논란이 분분한 사건을 무턱대고 수임하자, 그와 가족을 위협하는 익명의 전화들이 걸려왔고, 아를렛은 미친 사람이 우편으로 폭발물을 보내거나 차에 폭탄을 설치할까봐 걱정했다. 당신이 대체 무슨 짓을 하고 있는지 하느님의 이름으로 생각해봐. 익명의 편지가 이렇게 경고했었다.

제노가 했던 일은, 그가 맞서서 했던 일은, '창조론'에 배치되는 다윈의 진화론을 가르쳤다는 이유로 해고된 고교 생물 교사의 변호였다.

그리고 제노는 카시지의 시장이 되자 명목상의 급여(연봉 1500달러!)를 지불하는 '공익사업'에 무턱대고 현실감 없이 뛰어들어 그의 열렬한 지지자들조차 예상 못할 정도로 밀어붙였고, 그의 인기는 곤두박질쳤다. 제노가 시장이었던 기간에 가장 논란이 컸던 문제는 재활용 제도—유리병과 캔은 노란색 통에, 종이류와 상자는 녹색 통에—실시였다. 누가 보면 제노 메이필드가 트로츠키의 후예라도 되는 줄 알았을 것이다! 두 딸은 애처로운 듯이 물었다. 왜 사람들이 아빠를 미워해요? 아빠가 얼마나 재미있고 좋은 사람인지 아무도 모르는 거예요?

아를렛은 남편 옆에 눕지 않았다. 그를 품에 꼭 안아주지 않았다. 하지만 찬물을 적신 수건을 얼굴에 얹어주었는데, 제노는 그것을 치우며 걱정스러운 듯 그녀의 손을 움켜쥐었다.

"레티, 당신 생각에 그놈이 우리 애한테 무슨 짓을 한 것 같아? 그래서 그놈이 창피해서 우리한테 아무 말 못하는 걸까? 레티, 당신 생각에는, 맙소사, 레티……"

너희 엄마와 나는 딸들 이름을 지을 때 특히나 신중했어. 우리는 너희 둘 다

평범하다고 생각하지 않았으니까. 그러니 평범한 이름은 어울리지 않아.

그는 진지하고 집요하게 설명하려 애썼다. 크레시다는 지금보다 어렸고 버릇없이 깔깔댔다.

말도 안 돼요, 아빠. 진짜 말도 안 되는 소리예요.

그의 면전에 대고 웃는 건 크레시다다웠다. 못된 새끼원숭이처럼 얼굴을 잔뜩 찡그리고서. 원숭이가 끽끽대는 것처럼 높은 웃음소리였고, 작고 반짝이는 검은 눈에 조롱과 즐거운 기색이 어려 있었다.

그들은 제노가 알아볼 수 없는 어떤 곳에 있었다. 이제는 숲속이 아니라 여기—메이필드의 집이라고 여겨지는 이곳에.

왠지 몰라도 꿈속에서 '집' 또는 '익숙한 장소'라고 생각되는 곳은 정작 전에는 한 번도 와본 적 없는 곳 같지 않던가?

그는 딸에게 설명하려 애썼다. 크레시다는 여자애 특유의 우스꽝스러운 표정을 짓고 눈알을 굴리며, 말아쥔 두 주먹으로 배드민턴 셔틀콕을 툭툭 쳐내듯 그의 말을 쳐냈다.

말도 안 되는 소리예요 아빠, 얼굴 빼면 줄리엣은 **평-범-하-다-고-요**.

제노는 이 말에 발끈했다. 영리하고 버릇없는 작은딸이 얌전하고 예쁜 큰딸을 놀리면 그는 화가 났다.

그리고 아무튼 그것은 사실이 아니었다. 아니 일부만 사실이었다. 줄리엣의 아름다움은 얼굴에만 국한된 것이 아니니까.

아버지와 크레시다가 말을 주고받은 것은 꿈이었다. 몇 년 전 대화가 거의 이런 식으로 오가긴 했지만.

메이필드가 딸들은 동화 속 왕의 딸들 같았다. 작은딸은 아버지가 예쁜 큰딸을 편애하는 것을(이게 사실이라 해도 증명할 수는 없다) 끔찍이 싫어했고, 아버지는 작은딸의 꼬인 마음을 휘어잡지 못했다.

나는 우리 딸들을 다 사랑해. 사랑하는 이유는 다르지. 그래도 똑같이 사랑해.

그러면 아를렛은 대꾸했다. 나도 당신이 그러길 바라. 혹시 그게 아니거나 그럴 수 없다 해도 그 마음을 잘 숨길 수 있길 바라.

부모라면 다 안다. 사랑하기 수월한 자식이 있고 사랑하려면 노력이 필요한 자식이 있다.

줄리엣 메이필드처럼 빛나는 자식들이 있다. 순수하고, 그늘진 데 없고, 행복한.

크레시다처럼 까다로운 자식들도 있다. 뱃속에서부터 그랬던 것처럼 비아냥거리는 데 이골이 난.

밝고 행복한 자식들은 부모의 사랑에 고마워한다. 어둡고 마음이 꼬인 자식들은 부모의 사랑을 시험해야 직성이 풀린다.

크레시다가 초등학생일 때, '자폐증'일 가능성이 제기되었다.

그뒤 고등학생일 때는 더 어마어마한 병명인 '아스퍼거증후군'일 가능성이 제기됐지만, 더이상 확인해보지는 않았다.

크레시다가 그걸 알았다면 대수롭지 않은 듯 이렇게 말했을 것이다. 누가 신경이나 쓴대요? 그런 멍청한 사람들 말을?

제노는 크레시다가 몹시 신경을 쓴다고 내심 짐작했다.

크레시다는 카시지에서 메이필드가를 아는 사람들이 언니 줄리엣은 예쁜 아이로, 자신은 똑똑한 아이로 본다는 것을 대놓고 싫어했다.

사춘기 소녀이니 똑똑한 것보다 얼마나 예쁘고 싶었겠는가!

물론 크레시다는 누가 봐도 아주 똑똑했다.

과하게 똑똑하다랄까.

나이치고 너무 똑똑하다랄까.

처음 학교에 들어갔을 때 크레시다는 불평을 터뜨렸다. "'크레시다'라는 이름을 가진 애는 아무도 없어요."

발음하기 어려운 이름이었다. 입에 착 달라붙지 않는 이름이었다.

물론 부모는 다른 '크레시다'가 없는 것은 '크레시다'가 작은딸만의 특별한 이름이기 때문이라고 말해주었다.

크레시다는 이 말을 곰곰이 궁리했다. 아이는 분명 자신이 다른 아이들과 다르다고 생각했다. 더 가만있지 못하고, 더 참을성 없고, 더 신경질적이고, 더 똑똑하고(적어도 평소에는) 더 잘 웃고 더 잘 울었다. 하지만 특별한 이름을 가진 게 좋은 것인지를 확신하지 못했는데, 그 이름 때문에 남들에게 비밀로 하지 못하는 게 있었기 때문이다.

"아이들이 나를 비웃는 게 싫어요. 나를 '크레스'나 '크레시'라고 부르는 게 싫다고요."

크레시다는 자기 이름을 제대로 부르지 않는 것을 질색했는데, 그건 리처드가 '딕', 로버트가 '밥'이라는 애칭을 싫어하는 것처럼 원래 여자보다 남자가 더 신경쓰는 일이었다.

나이가 들며 독특한 이름을 (은밀히) 자랑스럽게 여겼을지도 모르지만 그래도 이따금 남들이 이름에 관해 묻는다고 여전히 투덜댔다. 교사들을 포함해 몇몇 사람은 호기심이 과하거나 무례한 것 같았다. "가끔씩 '크레시다'라는 이름 때문에 움츠러든단 말이에요."

혹은 마치 보이지 않는 고리가 그녀의 입술을 당기기라도 한 듯 입꼬리를 내리며 말했다. "'크레시다'라는 이름 때문에 저주받은 기분이

든다고요."

저주라니! 하긴 카시지 공공도서관 성인 열람실에서 다크 판타지와 로맨스를 즐겨 읽는 열두 살짜리 소녀가 그런 말을 하는 건 그리 이상하지 않았다.

당연히 크레시다는 자기 이름을 인터넷에서 검색해보았다.

그런 뒤 잔뜩 골이 난 채 부모에게 말했다. "'크레시다' 또는 '크리세이드*'는 결코 좋은 인물이 아니에요. 중세 사람들은 그녀를 '지조 없는' 여자라고 생각했어요. 초서**가 그녀에 대해 썼고 나중에 셰익스피어도 썼어요. 처음에는 트로일로스라는 군인과 사랑에 빠졌고 다음에는 다른 남자를 사랑했고 그 사랑이 끝나자 그녀에게는 아무도 없었어요. 아무도 그녀를 사랑하지 않았고, 그녀에게 마음을 쓰지도 않았어요. 그게 크레시다의 운명이었다고요."

"오, 얘야. 진정해라. 1996년 미합중국에 사는 우리는 '운명'이 정해져 있다고 믿지 않는단다, 지금이 중세도 아니고."

농담을 던지는 것은 아버지의 특권이었다. 딸은 입가를 일그러뜨리며 상처받은 듯한 엷은 미소를 지었다.

지난가을 뉴욕 캔턴에 있는 세인트로렌스대학에 입학한 크레시다는 어느 교수가 자기 이름에 대해 언급했다고 전해왔는데, 그가 그녀에게 자신이 직접 만나는 '최초의 크레시다'라고 말했다는 것이었다. 교수는 깊은 인상을 받은 것 같았다. 그가 중세의 크레시다에서 따온 이름이냐

---

* 크레시다(크리세이드)는 트로이 왕자 트로일로스를 배신한 후 트로이를 버리고 그리스로 도망친, 예언자 칼카스의 딸이다.
** 『캔터베리 이야기』를 쓴 14세기 영국 시인.

고 묻자, 크레시다는 이렇게 대답했다. "아 그건 아버지에게 물어보셔
야 할 거예요. 우리집에서 과대망상이 있는 유일한 사람이 아버지시거
든요."

과대망상! 제노는 웃음을 터뜨렸지만, 작은딸이 무심코 던진 말이 마
음에 걸렸다.

그리고 그의 딸이 계속해서 그를 기다리고 있는 이 모든 상황.

반짝이는 검은 눈을 가진 그의 딸. 그를 몹시 좋아하고(그는 그렇게 믿었
다) 절대로 그를 속이지 않을 그의 딸.

"아마도 크레시다는 캔턴으로 돌아갔을 거야. 우리에게는 말하지
않고."

"아마도 크레시다는 산림보호구역 안에 숨어 있을 거야. '기분이 안
좋은' 상태로……"

"아마도 누군가 그애에게 술을 먹여서 취한 걸 거야. 아마도 창피해
서……"

"아마도 둘이서 게임을 하는 중일지도 몰라. 크레시다와 브렛이."

"게임을?"

"……줄리엣의 질투를 유발하려고. 줄리엣이 약혼을 깬 걸 후회하게
하려고."

"캔턴이라니까. 당신 무슨 말을 하는 거야?"

부부는 크게 당황해 서로를 바라보았다. 폭풍 전에 전류가 흐르듯
두 사람 사이 허공에 광기가 감도는 것 같았다.

"맙소사. 아니야. 당연히 크레시다는 캔턴에 '돌아가지' 않았어. 그애

는 캔턴에서 몹시 불행했어. 캔턴에는 갈 집도 없잖아. 말도 안 되는 소리야."

제노는 아까 아를렛이 가져왔지만 그가 침대 위에 밀쳐둔 젖은 수건으로 얼굴을 문질렀다.

아를렛이 말했다. "크레시다와 브렛은 '게임'을 하지 않아, 말도 안 되는 소리야. 둘은 잘 알지도 못하는데. 그리고 나는 약혼을 깬 사람이 줄리엣이라고 생각하지 않아."

제노는 아내를 빤히 바라보았다. "그럼 당신은 브렛 때문이라고 생각해? 그애가 약혼을 깼다고?"

"줄리엣이 파혼했다 해도 그건 그애의 선택이 아니었어. 줄리엣 때문이 아니었다고."

"레티, 줄리엣이 그래?"

"줄리엣은 내게 아무 말도 안 했어."

"그 망할 자식! 그놈이 약혼을 깼다고 생각해?"

"브렛은 줄리엣이 파혼을 원한다고 느꼈을지 모르지. 그렇게 느꼈을 거야, 파혼이 최선이라고."

아를렛의 말은, 킨케이드가 스물여섯 살에 장애인이 됐다는 것을 고려할 때 잘한 처신이라는 의미였다.

카시지에 사는 일부 이라크/아프가니스탄 전쟁 참전용사들처럼 심하게 눈에 띄는 장애는 아니고, 머리와 얼굴에 피부이식수술을 한 흉터만 남아 있었다. 뇌의 부상은 심하지 않았다. 다들 그렇다고 믿었다. 그리고 줄리엣의 말에 의하면, 워터타운에 있는 향군병원 의사들은 브렛의 재활치료 예후가 '좋다' '아주 좋다'고 말하고 있었다.

9·11 이후 고교 동창 몇 명과 군에 입대하기 위해 충동적으로 자퇴하기 전까지 브렛은 뉴욕주립대 플래츠버그 캠퍼스에서 재무, 마케팅, 경영학 수업을 들었다. 제노는 그에게 학업에 대한 동기부여가 부족하다고 생각했는데, 킨케이드의 예비 장인으로서 딸의 연애에서 현실적인 부분에 약간의 관심을 가졌고, 자신이 그런 것은 냉소적이 아니라 책임감 있는 아버지이기 때문이라고 생각했다.

(제노가 뉴욕주립대 플래츠버그 캠퍼스에서 브렛 킨케이드가 받은 첫 학기 성적을 봤다는 사실을 안다면 줄리엣은 그를 용서하지 않을 것이다. 성적은 모두 B였고, B+가 하나 있었다. 어쩌면 부당한 점수일지도 모르지만, 빌어먹을, 제노 메이필드는 아름다운 딸이 주립대 플래츠버그 캠퍼스에서 B+보다 약간이라도 나은 성적을 받는 남자를 만나기를 바랐다.)

제노는 브렛 킨케이드가 그의 딸과 사랑을 나누는 모습을 상상하지 않으려고 부단히 노력했다! 그의 딸과.

아를렛은 터무니없이 굴지 말라고 그를 나무랐다. 딸을 소유하려 하지 말라고.

"줄리엣은 내 것이 아니듯 '당신 것'도 아니야. 그애가 그렇게 행복해하는 걸 고맙게 생각해야지. 그애는 사랑에 빠졌어."

하지만 바로 그것이 아버지의 마음을 괴롭혔다. 그의 큰딸은, 애지중지 키운 그의 예쁜 줄리엣은 분명 사랑에 빠진 것이었다.

아빠가 아니라 젊은 라이벌과. 잘생긴 외모에 무의식적으로 거들먹거리는, 성공과 박수에 익숙한 고교 운동선수 출신과. 또래들의 감탄과 어른들의 칭찬에 익숙한 남자와.

그는 여자애들에게도 익숙했다, 섹스에도. 제노는 순전히 성적인 질투심이 밀려드는 것을 느꼈다. 그는 딸과 훤칠한 미남 피앙세가 키스하는 모습을 우연히 힐끗 보고 무척 속이 상했는데, 둘은 서로 허리를 감싸고 속삭이며 함께 웃음을 터뜨렸다. 서로 친밀하고 그 친밀함을 편안해하는 것이 분명했다.

브렛 킨케이드가 이라크로 파견되기 전이었다.

처음에 제노는 그가 카시지의 고교생 세계에서 쉽게 인기를 끌고 너무 편한 시간을 보낸 나머지 다가올 냉엄한 어른의 세계를 맞을 준비를 하지 못했다고 생각하고 싶었다. 하지만 어쩌면 그것은 부당한 평가였다. 브렛은 고교 시절 내내 아르바이트를 했고, 그의 어머니는 남편과 헤어지고 비첨 카운티 법원에서 일하는 저임금의 하급공무원이었고, 줄리엣이 주장하기로 그는 '진지하고 독실한 기독교도'였다.

카시지의 십대 소년이 '기독교도'라니 믿기 힘들었지만 그런 경우도 아직은 있는 듯했다. 제노는 카시지 상공회의소에서 활동하며 그런 아이들을 자주 만났다. 줄리엣 같은 여자애들은 놀랍지 않았다. 여자애들에게는 신앙심이 깊기를 기대하니까. 신앙심이 깊은 여자애는 섹시하게 느껴질 수 있다.

브렛 킨케이드 같은 소년에게 그것은 좀 다른 것 같았다. 제노는 뭐가 다른지는 확신하지 못했다.

각각 미군에 자원입대해 기초훈련을 받기 위해 조지아의 포트베닝 훈련소로 떠나는 그와 동창들을 위한 송별 파티에서, 브렛은 '최고의 군인'이 되고 싶다고 말했다. (그의 아버지는 1차 걸프전쟁에 '복무'했었다.) 2002년 겨울과 봄은 전년에 있었던 테러리스트들의 세계무역센터 공격의 영향으로 애국심이 고조된 시기였고, 개인들의 사고력이 흐렸던 시기였으며, 진심으로 적과 맞서 조국을 지키겠다던 브렛 킨케이드 같은 청년들은 더욱 그랬다. 브렛이 얼마나 열띠게 말했는지, 군복을 입은 그가 얼마나 멋졌는지 모른다! 제노는 브렛과 그에게 팔짱을 낀 사랑하는 딸 줄리엣을 빤히 바라보았다. 제노는 못마땅하고 불안해서 심장이 죄었고, 오 예수그리스도여. 가엾고 상냥하고 멍청한 이 아이를 지켜주십시오 하고 속으로 중얼거렸다.

그리고 제노는 방에 있던 모두가 박수를 치고 줄리엣의 눈이 눈물로 반짝이던 그 사무치던 순간을 떠올리며 딱한 녀석. 멍청하게 굴었던 대가를 이제 톡톡히 치르게 될 거야 하고 생각했다.

베트남전쟁 후반 냉소적인 시기를 보낸 제노로서는 브렛처럼 현명한 청년이 자원입대하는 것이 잘 이해되지 않았다. 징병된 것도 아닌데 왜! 미친 짓이었다.

조국에 '이바지하고' 싶다고 했나. 누구의 조국인데? 실제로 정치 지도자의 아들딸들은 아무도 자원입대하지 않았다. 대학교육을 받은 젊은이들도 그랬다. 2002년에 이미 사람들은 전쟁에 나갈 사람들이 미국 하층민이리란 걸 알았고, 국방부도 이를 파악했다.

하지만 제노는 브렛과 그 문제에 대해 이야기한 적이 없었다. 줄리엣이 그의 '개입'을 원하지 않는다는 것을 알았다. 제노는 주변에 있는 모든 사람에 대해 어떤 아이디어와 계획을 갖고 있었지만, 물러나 있는 것을 원칙으로 삼아야 했다. 그만큼 브렛을 가깝게 여기지도 않았다. 둘 사이에는 어색함이 있었고, 브렛 킨케이드는 예비 장인 제노 메이필드와 악수할 때 겸연쩍음을 떨치지 못했다.

브렛은 그를 주로 '메이필드씨'라거나 경칭을 붙여 불렀다.

제노는 자신을 '제노'라고 불러달라고 했다. "우리가 군대에 있는 것도 아니잖나."

제노는 농담처럼 말하며 웃음을 터뜨렸다. 하지만 근본적으로는 석연치 않았다. 예비 사위가 그와 함께 있는 것을 불편해한다는 건 그를 좋아하지 않는다는 뜻이었다.

아니 어쩌면 제노를 신뢰하지 않는지도 몰랐다.

가령 군대 문제만 해도 그랬다. 제노는 브렛의 자원입대를 말리지 않았지만, 다른 사람들처럼 축하해주지도 않았다.

조국에 이바지하겠다. 최선을 다해 최고의 군인이 되겠다.

나의 아버지처럼……

분명 아버지가 있긴 했다. 부재중인 아버지. 이십 년 전 카시지에서 종적을 감춘 군인 아버지.

브렛은 개신교도—아마 감리교도—로 길러졌다. 그는 비판적으로 따져 묻는 사람이 아니었다. 회의적이지 않았다. 그는 믿고 싶고 이바지하고 싶은 사람이었다.

지휘체계. 상관의 명령을 따르고, 그 상관은 그의 상관의 명령을 따르고, 그 상관은 또 그의 상관의 명령을 따르고 그런 식으로 꼭대기까지 올라가는 것. 테러와의 전쟁을 선포한 행정부와, 행정부 뒤의 호전적인 기독교도의 하느님.

그런 점에 대해서는 어떤 질문도 하지 않았다. 제노는 의구심을 끌어내고 싶지 않았을 것이다. 그는 '창조론'에 배치되는 다윈의 진화론을 가르친 고교 생물 교사 캐시디를 변호한 적이 있었다. 더 구체적으로 말하면, 캐시디가 수업중에 '창조론'을 조롱했고, 복음주의 기독교도인 몇몇 학생과 학부모들이 크게 분노했다. 제노는 카시지 교육위원회에 맞서 캐시디를 변론해 승소했지만, 캐시디는 카시지에서 교육자로서 장래를 잃었고, 사람들은 그의 '오만하고 무신론적인' 태도를 몹시 혐오했으므로 상처뿐인 영광이었다. 그리고 제노 메이필드 역시 상당한 비난에 시달려야 했다.

브렛 킨케이드가 줄리엣과 약혼하지 않았다면 제노는 이 청년을 일깨워줄 마음을 품지 않았을 것이다. 공무를 하려면 종교를 포용하고 사는 법을 배워야 한다. 회의감이 들어도 입 다물어야 할 때를 알아야 한다.

줄리엣은 카시지 조합교회 신도였다. 고교생일 때 친한 친구를 따라 그 교회에 갔다가 입교하기로 결심했고, 나중에 브렛과 사귀기 시작하면서 브렛이 그녀를 따라 주일예배에 참석했다. 메이필드가의 다른 사람들은 교회에 다니지 않았다. 아를렛은 자칭 '온건파 개신교 민주당원'이었고, 제노는 '이신론자'라든가 '우리 미국 건국 아버지들의 거룩한 전통에 따른다'는 말로 신앙에 관련된 질문을 은근슬쩍 피하는 법을 배웠다. 그는 진지한 종교 토론이 당황스러웠다. 자신이 무엇을 '믿는지'를 밝히는 것은 대중 앞에서 발가벗는 것과 다르지 않은 일종의 자기노출이었고, 본인이 바라는 것보다 훨씬 많이 노출되기 쉬웠다. 크레시다는 종교를 '마음 약한' 사람들의 오락이라며 직설적으로 묵살했는데, 중학생일 때 언니를 따라 몇 달간 교회에 다니다가 싫증을 냈다.

크레시다는 정말 많은 것들에 대해 입바른 말을 하는데(제노는 이런 생각을 입 밖에 내지 않았다) 이상하게도 그 말이 듣는 사람 비위에 거슬려서 그녀를 싫어하게 만드는 경향이 있었다.

피앙세의 부상 소식을 들은 후 브렛의 어머니가 급히 두서없이 전한 이야기가 그들이 처음 들은 소식이었다. 기독교 신앙은 줄리엣에게 확실히 큰 위로가 되었다. 브렛이 목숨을 잃지 않아서, 하느님이 '그의 목숨을 구해주셔서' 그녀는 감사했고, 감사의 말을 멈추지 않았다.

제노는 줄리엣이 엄청난 충격을 받았고 피앙세가 다른 사람이 되어버렸다는 사실에 딸이 완전히 적응하지 못했다고 생각했는데, 그 변화가 육체에만 국한된 것은 아니었다.

브렛이 카시지로 돌아와 메이필드네 집에서 3마일 떨어진 어머니 집에서 살게 된 후로 줄리엣은 주로 그곳에서 그와 많은 시간을 보냈다. 메이필드 부부는 브렛을 자주 보지 못했다. 줄리엣은 시간이 될 때마다 브렛과 함께 카시지병원 부속 재활클리닉에 갔다. 그의 피앙세로서 그가 받는 상담치료에도 몇 번 함께했다. 브렛이 좀더 잘 집중할 수 있게 되자, 줄리엣은 그가 대학에 재입학해 경영학 학위를 받으려 한다는 소식을 부모에게 열심히 전했다. 참전용사들을 고용하는 카시지의 사업가가 브렛을 고용할 것 같다는(실현 가능성이 얼마나 있는지 제노는 몰랐지만) 소식도 전했다.

봐요 아빠. 브렛에게도 미래가 있어요!

아빠는 제가 브렛을 버리길 바라겠지만. 전 그러지 않을 거예요.

줄리엣이 그런 말로 그를 비난했다면 제노는 부인했을 것이다.

하지만 물론 줄리엣은 그런 말을 하지 않았다.

아름다운 줄리엣은 누가 저열한 생각을 해도 비난하는 법이 없었다. 그녀가 무척이나 좋아하는 아버지를 비난하는 일은 없었다.

그런데 장난꾸러기 크레시다가 아빠에게 와 팔짱을 끼고 끌어당기며 귀에 대고 긁는 듯한 목소리로 "줄리가 불쌍해요! 브렛은 언니가 기대한 '전쟁 영웅'이 아니거든요" 하고 중얼거렸다. 잔인한 크레시다는 웃음을 참는 듯이 꿈틀거렸다.

제노는 꾸짖듯이 말했다. "네 언니는 브렛을 사랑해. 그게 중요한 거야."

크레시다는 악동같이 웃으며 코웃음쳤다.

"그래요?"

며칠 후 7월 4일 밤, 줄리엣은 집에 일찍 돌아와 혼자서(팰리세이드 파크 하늘에서 그 어느 때보다 멋지고 화려한 불꽃놀이가 시작된 참이었다) 가족에게 파혼했다고 알렸다.

그녀의 뺨은 눈물로 얼룩져 있었다. 얼굴은 빛을 잃어 평범해 보일 정도였다. 줄리엣은 목쉰 소리로 속삭였다.

"둘이 함께 결정했어요. 이게 최선이에요. 우린 서로 사랑하지만 이제 다 끝났어요."

제노와 아를렛은 아연실색했다. 제노는 가슴이 덜컥 내려앉는 듯했다. 그가 원하던 일이었으니까. 안 그런가? 그의 예쁜 딸은 장애가 있는 적의에 찬 남편과의 삶에서 구제된 것이었다.

아를렛이 안아주려고 다가갔지만 줄리엣은 울음을 참으며 그녀를 지나쳐 급히 위층으로 올라가더니 방문을 닫아버렸다.

심지어 크레시다까지 충격에 휩싸였다. 줄리엣과 브렛 킨케이드라는 주제만 나오면 그녀는 반짝이는 검은 눈을 경멸하듯 이리저리 굴렸지만 이번만은 그러지 않았다. "오 어떡해요! 줄리가 정말 슬퍼하겠네요."

줄리엣은 스물두 살이지만 여전히 부모 집에서 살고 있었다. 오나이다에 있는 대학에 다녔고, 카시지로 돌아와 컴벌랜드 애비뉴의 집에서 몇 마일 떨어진 컨벤트 스트리트에 있는 학교에서 (6학년) 아이들을 가르치길 바랐다. 그리고 지난 십팔 개월 동안 브렛 킨케이드 상병과의 결혼 준비—하객 명단, 케이터링, 웨딩드레스와 신부 들러리, 음악, 꽃, 조합교회에서의 혼인 예배—에 열정을 쏟았다. 그런데 이제 약혼은 깨졌고, 줄리엣은 가족과 최소한의 형식적인 대화 말고는 대화도 할 수 없는 듯했다.

그래도 그녀는 변함없이 예의바르고 상냥했다. 눈에 눈물이 고이면 그녀는 사과라도 하는 듯 손끝으로 눈물을 훔쳤다.

아버지는 딸이 입을 열기를 기다리며 살피듯 바라보았는데, 줄리엣의 태도에 책망하는 기색은 없었다. 만족해요, 아빠? 아빠가 만족하시면 좋겠네요, 브렛이 우리 인생에서 없어졌네요 하는 기미는 보이지 않았다.

제노는 멍하니 아내에게 물었다. "애가 혹시 당신에게 무슨 말 안 했어, 아직도? 그 일에 대해 말하고 싶지 않은 걸까?"

"그렇겠지."

"크레시다에게는?"

"안 했어. 줄리엣은 그애와 브렛 이야기를 하지 않을걸."

자매에 대해 아를렛은 똑똑한 아이가 아니라 예쁜 아이를 편들곤 했다.

"그럼 브렛이 크레시다와 그 일에 대해 이야기하고 싶었나보지. 아마도 그래서, 그 이유로 어젯밤 그 둘이 있었던 걸 거야……"

정말 두 사람이 있었다면. 단둘이 있었다면. 제노는 그게 사실인지 궁금하지 않을 수 없었다.

로벅인 같은 곳에 가는 건 크레시다와 전혀 어울리지 않았다. 특히 토요일 밤에 그런 데 간 것은 전혀 크레시다답지 않았다. 하지만 목격자들은 수사중인 경찰에게 전날 밤 거기서 분명히 크레시다가 몇 사람과 같이 있는 것을 봤고, 대부분 남자였고 그중 하나가 브렛 킨케이드였다고 증언했다.

한여름의 토요일 밤, 울프스헤드호수. 호숫가에 늘어선 선술집들 중 로벅인은 가장 오래되고 인기 있는 곳이어서 가장 붐비고 시끌벅적했을 것이다. 손님들이 술집에서 쏟아져나와 호수가 내려다보이는 테라스로 몰려갔고, 심지어 넓은 주차장까지 내려가 자리를 잡았다. 테라스에서는 지역 록밴드가 귀청이 떨어질 정도로 요란하게 연주했다. 호수에서는 모터보트에 탄 취한들의 고성이, 베어밸리 로드에서는 오토바이를 탄 취한들의 고성이 요란했다.

남편이자 두 딸을 둔 착실한 아버지가 되기 전 제노 메이필드도 울프스헤드호숫가에서 시간을 보내곤 했다. 그는 로벅인의 바를 알았다. 로벅인의 남자 화장실을 알았다. 호수 위 로벅인의 테라스를 떠받치는 기둥들은 호수에 잠긴 채 이끼가 끼어 있고, 그 주위에 기수汽水가 출렁인다는 것을 그는 알았다.

그는 토요일 밤의 '광경'을 알았다.

크레시다가 제 발로 그런 곳에 갔다는 게 너무 이상했다! 그의 지각 있는 딸은 라디오에서 록음악만 나와도 얼굴을 찌푸리고, 로벅인 같은 곳도 그런 데 드나드는 사람들도 경멸했다.

"정말 죄다 상스러워요. 너무 흐리멍덩하고."

제노의 작은딸은 어린데도 그런 말을 했었다. 아이의 일그러진 얼굴이 경멸로 더 일그러졌다.

브렛 킨케이드는 호숫가 술집에서 크레시다와 마주쳤다고 인정했다. 브렛은 그녀가 그의 지프에 탔었다는 것도 인정했다. 하지만 크레시다가 그의 차에 계속 있지는 않았다고 말한 듯했다. 전날 밤에 대한 브렛의 설명은 앞뒤가 맞지 않고 일관성이 없었다. 얼굴의 긁힌 자국들과 지프 앞좌석에 있는 핏자국에 대해 묻자, 그는 모호한 대답을 늘어놓았다. 모르는 사이에 얼굴을 긁혔고 앞좌석의 핏자국은 자기 피일 거라고. 일요일 아침 샌드힐 로드에서 오른쪽 앞바퀴가 진창에 박힌 채 발견된 차량을 조사하던 보안관보가 발견한 또다른 '증거물'이 몇 개 있었다.

혈액분석을 하면 그 피가 킨케이드의 것인지 다른 사람의 것인지 밝혀질 것이다. (크레시다는 작년에 카시지의 동네 병원에서 신체검사를 할 때 혈액검사를 받았고, 그 기록이 경찰에 제공될 것이다.)

킨케이드의 지프에 있는 핏자국이 '묻은 지 얼마 안 된 것'이고 '축축하다'는 말을 듣자 제노는 머릿속이 꽉 조여드는 것 같았다. 아를렛 역시 그 말을 듣고 입을 다물었다.

그들은 줄리엣의 피앙세가, 사위가 될 뻔했던 줄리엣의 전 피앙세가 그들의 딸 중 누구도 해칠 사람이 아니란 것을 알았기 때문이다. 그들은 알고 있었다. 그래서 그 사실을 믿을 수 없었고, 믿고 싶지도 않았다.

부부는 실종된 딸이 집에 돌아오지 않을 수도 있다는 것을 한순간도 믿을 수 없었고, 분명 그 아이가 집에 불쑥 돌아와 밖에 주차된 질리도록 많은 차들을—거실에서 북적대는 아는 얼굴들과 모르는 얼굴들을—보고 "무슨 일이에요? 누가 복권에 당첨되기라도 했어요?"라고 외칠 거라 생각했다.

아버지는 그럴 거라고 생각하고 싶었다. 안 그럴 것 같긴 해도 그럴 거라고.

"아아 아빠, 세상에. 제가 실종된 줄 알았어요? 살해됐거나 무슨 일 났다고 생각했어요?"

딸은 흔들리는 얼음장처럼 카랑카랑한 웃음을 터뜨릴 것이다.

그날 아침 제노는 브렛 킨케이드와 이야기해보고 싶었다.

제노는 안 된다는 말을 들었다. 때가 좋지 않다고 했다.

"하지만 그냥, 보기만 하겠소. 딱 오 분만……"

안 됩니다. 제노의 친구이자 비첨 카운티 보안국 고위 간부인 헬 피트니는 지금은 때가 좋지 않고 아무튼 만날 수 없다고 말했다. 보안관 맥매너스가 직접 킨케이드를 조사하는 중이었다.

체포를 의미하는 심문이 아니었다. 조사는 앞으로 체포 가능성이 있다는 의미에 불과했다.

나는 그애에게 이것만 알아내면 된다. 크레시다가 살아 있나?

"……그냥 만나기만 하겠소. 맙소사, 그는 우리 가족이나 마찬가지요. 내 딸과 약혼했었습니다. 내 다른 딸과……"

제노는 미소지으려 애쓰며 중얼거렸다. 제노 메이필드는 환한 미소를, 정치가다운 미소를, 긴 세월을 살아오며 이제는 자기도 모르게 짓게 된 억지미소를 지었다. 제노는 브렛 킨케이드를 만나는 것이, 브렛이 그를 어떻게 대할지 알게 되는 것이 두려웠다.

한마디만 해, 내 딸은 살아 있다고.

피트니는 맥매너스 보안관에게 말을 전하겠다고 했다. 그는 제노가 잠깐이라도 킨케이드와 직접 만나 대화할 '가능성은 없을 것' 같다면서도 "누가 압니까? 빨리 끝날지"라고 말했다.

"뭐가요? 뭐가 '빨리 끝난다'는 거죠?"

피트니의 얼굴에 경계하는 표정이 떠올랐다. 말이 너무 많았다는 듯이.

"'구금' 말입니다. 그가 구금 상태로 조사받는 것. 그가 아는 사실을 전부 밝히면 구금이 빨리 끝날 수도 있죠."

제노는 이 말을 들으며 한기를 느꼈다.

그는 헬 피트니가 지금 할 수 있는 말은 다 했다는 것을 알았다.

제노는 차를 몰고 카시지 동쪽에서 언덕이 많은 시골 지역으로 접어들어, 애디론댁산맥 기슭을 지나 그날 아침 수색팀과 합류하기로 한 노토가산림보호구역으로 들어갔고, 가는 길에 휴대폰으로 연달아 통화하며 브렛 킨케이드 조사에 '진척'이 있는지 알아보려 애썼다. 새로운 메시지가 있는지 몇 분마다 확인하는 강박적인 휴대폰 사용자처럼 제노는 작고 납작한 전화기를 셔츠 주머니에 넣고 잊어버리는 것은 고사하고 화면조차 끌 수 없었다. 버드 맥매너스에게 몇 차례나 통화를 시도했다. 맥매너스 보안관과는 특별한 배려를 기대해도 될 만큼 제법 가까운 사이라고 생각했기 때문이다. (난무장 같은 카시지 정치판에서 적어도 한 번은 맥매너스에게 그도 호의를 베풀지 않았던가? 만약 아니라면, 제노는 후회스러웠다.) 하지만 결국 또다른 보안관보인 게리 아이스너와 전화가 연결됐고, 그는 (은밀히) 아직까지는 브렛 킨케이드에 대한 제대로 된 조사는 이루어지지 않고 있다고 알려줬다. 킨케이드는 '크레스다*'와 '여자애'라고 누군가를 번갈아 지칭하면서 자기 지프에 탄 것 같긴 하지만 어젯밤 무슨 일이 있었는지는 기억나지 않는다고 주장하고 있었다. 어느 시점에선가 그 '여자애'와 헤어졌고, 그녀가 그는 모르는 사람의 차에 올라탄 것 같은데, 이 부분에 대해서는 확신이 없으며 자신은 완전히 '꼴까닥' 상태였다고 말했다.

꼴까닥. 고교생들이 맥주를 마시고 얼마나 취했는지 떠벌릴 때 쓰는 표현이었다. 제노는 분노로 몸이 떨렸다.

조사받는 동안 킨케이드는 상황을 제대로 파악하지 못하고 멍해 보였다. 씻어도 좋다는 허락을 받은 후에도 그는 지독한 토사물 냄새를 풍겼다. 핏발선 눈과 피부이식수술을 한 얼굴은 공포영화 속 '괴상한 뭔가'와 같았다고 아이스너 보안관보는 말했다.

그가 겨우 스물여섯 살이라는 건 짐작도 못할 거라고 아이스너는 말했다.

불과 얼마 전까지만 해도 잘생긴 청년이었다는 건 짐작도 못할 거라고.

"세상에! '전쟁 영웅'이라니요."

제노는 아이스너의 말투에서 놀라움과 약간의 동정과 약간의 혐오를 감지했다.

---

* 크레시다의 이름을 혼동한 것.

그날 아침 메이필드 부부가 실종된 딸 때문에 정신없이 통화를 하던 바로 그때 킨케이드 상병이 연행된 것은 순전히 우연이었다. 오전 여덟 시경 보안관보는 샌드힐 로드에서 토사물과 핏자국이 있는 지프 앞좌석에 의식이 반쯤 나간 상태로 널브러져 있던 그의 신병을 확보했다. 지프의 오른쪽 앞바퀴 하나가 비포장도로를 벗어나 진창에 2피트쯤 박혀 있었다. 이른 아침 산림보호구역을 찾은 등산객들이 진창에 박힌 차량 앞좌석에 사람이 널브러져 있는데 '반응이 없고' 앞좌석 차문이 둘 다 열려 있다고 휴대폰으로 911에 신고했다.

보안관보가 그를 흔들어 깨워 경찰이라고 밝혔다. 그러자 킨케이드는 보안관보를 밀치고 때리면서 난데없이 고함을 질렀는데, 겁에 질려 자신이 어디 있는지도 모르는 것 같았다. 보안관보는 그를 제압해 수갑을 채웠고, 인력을 지원해달라고 요청해야 했다.

그러나 아직은 체포가 아니었다. 액설 로드에 있는 보안국 본부로 끌려왔을 뿐이었다.

제노는 브렛 킨케이드가 약을 복용하는 동안 금주해야 한다는 것을 알았다. 줄리엣의 말에 의하면 그는 매일 대여섯 알씩 처방약을 복용하고 있었다.

제노는 브렛 킨케이드가 이라크에서 돌아온 후로 '많이 변했다'는 것도 알았다. 새롭거나 별난 상황은 아니지만—귀환 후 비슷한 괴로움을 겪는 이라크전쟁 참전용사들을 다룬 보도를 보면 킨케이드의 상황은 놀라운 것도 아니었다—킨케이드를 아는 사람들, 그를 사랑하는 사람들에게는 새로운 일, 별난 일, 괴로운 일이었다.

아이스너 보안관보는 킨케이드가 어떤 면에서 '뇌손상'을 입은 것 같다고 말했다. 확실히 킨케이드는 일어났던 어떤 일은 기억했지만—그는 '여자애'를 기억했다—기억에 대한 확신은 없었다.

"종종 보는 일이죠." 아이스너가 말했다. "때에 따라서는."

제노는 어떤 때냐고 물었다.

아이스너는 조심스럽게 대답했다. "그런 사람들이 기억을 하지 못하는 때죠."

제노는 무엇을 기억하지 못하는 때냐고 물었다.

아이스너는 입을 다물었다. 뒤쪽에서 남자들 목소리가, 어울리지 않는 웃음소리가 났다.

제노는 생각했다. 이 사람은 킨케이드가 크레시다를 해쳤다고 생각해. 아이를 해치고 의식을 잃어서 지금은 기억을 못한다고.

아버지의 냉정하고 철저한 법률가다운 일면은 이 점을 참작했다. 정신이상 호소. 그가 무슨 짓을 저질렀건. 무죄.

어떤 피고측 변호사도 가장 먼저 떠올릴 생각이었다. 그런 상황에서 가장 냉소적이지만 가장 통찰력 있는 생각이었다.

하지만 아버지는 스스로 그런 생각을 밀어냈다. 그는 딸이 해를 입지 않았다고 확신했다.

죄책감, 분함이 밀려들었다. 물론이다, 그의 딸은 해를 입지 않았을 것이다.

샌드힐 로드는 보수되지 않은 비포장도로로, 노토가산림보호구역 남쪽 끝을 지나 구불구불하고 기다란 노토가강을 따라 제법 길게 이어져 있다. 등산로가 몇 개 있지만, 강을 따라 덤불이 빼곡해 뚫고 지날 수 없다고 생각하기 쉬웠다. 하지만 강까지 눈에 잘 띄지 않는 내리막들이 있었고, 이 지점은 강 수심이 최소 10피트로, 큰 바위들 사이로 거품이 이는 급류가 흘러내렸다. 시신이 강에 던져졌다면 바위들과 덤불 사이에 금세 걸렸을 것이다. 아니면 흔적도 남기지 않고 강 하류로 급히 떠밀려갔을 수도 있다.

울프스헤드호숫가에 있는 로벅인에서 노토가산림보호구역 입구까지는 차로 십 분쯤 걸리고, 샌드힐 포인트까지 다시 십 분쯤 걸린다. 인근 주민이라면—가령 브렛 킨케이드 같은 사람이라면—산림보호구역 남쪽 도로들과 등산로들을 알 것이다. 강 쪽으로 돌출된 길고 좁은 반도인 샌드힐 포인트를 알 것이고, 강폭도 가장 넓은 곳이 3피트도 안 된다는 사실을 알 것이다.

산림보호구역 외곽의 샌드힐 로드는 준포장도로로 베어밸리 로드와 교차했다. 베어밸리 로드는 몇 마일 서쪽에서 울프스헤드호수와 호숫가의 로벅인 앤 마리나와 만났다.

샌드힐 포인트는 메이필드의 집주소인 컴벌랜드 애비뉴 822에서 약 11마일 떨어져 있다.

사실 아주 멀지는 않다. 필요하면 딸이 걸어서 오갈 만한 거리다.

만약 예를 들어 (아버지의 마음은 맞바람 속에서 미친듯이 날개를 퍼덕이는 것처럼 날아갔다) 딸의 옷이 찢기고 더러워져서 수치심을 느꼈다면. 만약 크레시다가 남들 눈에 띄고 싶지 않았다면.

남들의 시선을 무척 의식하던 아이였으니까. 예상치 못했을 때 수줍음을 탔다.

그리고 휴대폰을 잘 잃어버렸다! 휴대폰을 잘 간수하고 어딜 가든 들고 다니는 줄리엣과는 달랐다.

제노는 아직도 아이스너와 통화중이었는데, 보안관보는 지역 TV 방송국이 삼십 분마다 '속보'를 내보내며 보안국에 인터뷰를 요청하고, 인용할 만한 말을 내놓으라고 압박한다며 불평했다. "늘 쓸데없는 말만 해댄다니까요. 창피한 줄 알아야지."

"맞아요. 그렇지." 제노는 무슨 말에 맞장구를 치는지도 모르고 중얼댔다. 그는 그럼 언제 브렛 킨케이드와 대화할 수 있느냐고, 브렛은 그의 사윗감이었고 딸의 피앙세였다고, 그가 조사를 받다가 쉴 때 딱 일 분만이라도―"딱 일 분, 그거면 됩니다"―이야기할 수 있느냐고 물었다. 그러자 아이스너는 짜증이 묻은 말투로 대답했다. "미안합니다, 제노. 그건 안 될 것 같습니다." 아이스너는 구금된 동안에는 누구와도 통화할 수 없다고, 제노도 익히 잘 아는 이유를 들어 설명했다(어떤 용의자든, 어떤 혐의를 받든, 용의자가 공범에게 전화를 걸어 떨어진 곳에서도 증거 인멸 또는 방조를 청할 수 있기 때문이다). 변호사를 원하면 그와 통화할 수 있지만, 킨케이드는 필요하지도 원하지도 않는다고 강조하며 변호사를 거부했다. 변호사가 없다고! 다행이군. 제노는 안도했다. 카시지에 브렛이 연락할 만한 변호사는 떠오르지 않았다. 별일 아닌 다른 상황이었다면 브렛은 그에게 연락했을 것이다.

제노는 귀에 거슬리게 공격적으로 변한 말투로 다시 한번 버드 맥매너스 보안관과 통화할 수 있는지 물었고, 아이스너는 안 된다고, 버드 맥매너스와 통화하는 건 안 되지만 무슨 소식이 있으면 맥매너스가 직접 연락할 거라고 말했다. 그러자 제노는 대꾸했다. "하지만 그게 언제일까요? 당신들은 그를 데려가 두 시간이나―적어도 두 시간―데리고 있었지만 그의 입을 열지 못했거나 그러려고 애쓰지도 않고 있어요.

그러니 언제야 그렇게 될까요? 나는 그냥 물어보는 겁니다." 그러자 아이스너가 뭐라고 대답했지만, 제노는 귓속이 울려 제대로 듣지 못했다. 산림보호구역 입구에 다다라 랜드로버를 몰고 바닥이 울퉁불퉁한 주차장으로 들어가던 제노는 휴대폰 연결이 끊어질까봐 조바심이 나 목소리를 높였다. "이봐요, 게리. 나는 알아야겠습니다. 모르는 상황에서는 숨도 쉬기가 힘들어요. 킨케이드는 틀림없이 알 테니까요. 그는 알 겁니다. 뭔가 알 거라고요. 나는 다만 버드나 그애와 대화할 수 있는지 알고 싶을 뿐입니다. 그애와 대화할 수 있는지라도요, 게리. 내 말은, 그애는 내게 말해줄 거라는 겁니다. 만약, 만약 그애가 할말이 있다면 내게 말할 겁니다. 왜냐하면 내가 설명하려고 노력했다시피, 브렛은 우리 가족이나 다름없으니까요. 그애는 우리 아들이나 다름없었어요. 사윗감이었다고요. 제길, 아직도 그럴 수 있소. 약혼은 깨지기도 하고 성사되기도 하니까. 그애들은 아직 어려요. 내 딸 줄리엣. 알잖소, 줄리엣, 그리고 그애 동생 크레시다. 내가 브렛과 대화할 수 있다면, 어쩌면 이렇게 전화상으로, 다른 사람들에 둘러싸여 직접 대면하는 것 말고, 경찰 본부에서건 당신들이 그를 데리고 있는 곳에서건 이렇게 전화로라도 대화할 수 있다면, 약속하지만 딱 이삼 분이면 됩니다, 그냥 목소리나 듣고 물어보려는 겁니다. 그애가 나에게 말할 거라고 나는 믿는단 말입니다……"

전화가 끊어졌다. 휴대폰은 먹통이 되었다.

"아빠."

줄리엣이 그의 어깨를 흔들고 있었다. 순간적으로 그는 여기가 어딘지, 이 아이가 어느 딸인지 기억나지 않았다. 그러다 다른 딸이 실종된 상태라는 생각에 두려움의 파편이 심장을 파고들었다.

줄리엣의 근심 어린 태도로 보아 그는 달라진 것이 없다는 것을 알았다.

하지만 큰딸의 근심 어린 태도로 보아 그는 나쁜 소식이 없다는 것을 알았다.

"얘야, 너는 어떠니."

"그리 좋지 않아요, 아빠. 지금으로선 그래요."

줄리엣은 죽음 같은 잠에서 그를 끌어냈다. 그녀가 깨운 이유를 설명하고 있었지만, 그는 귓속이 울려 알아듣기 어려웠다.

피가 몰려 귀에서 맥박이 뛰었다.

하지만 이제 심장은 무거운 종이 울리듯 느리게 움직였다.

줄리엣은 그에게 키스하기 위해 몸을 굽혀야 했다. 그녀의 차가운 입술이 그의 뺨을 가볍게 스쳤다. 이래야 하는 일이었다.

"곧 내려가마, 얘야. 어머니한테 말하고."

그는 줄리엣이 깊이 상처받았다는 것을 알았다. 동생과 전 피앙세 사이에 무슨 일이 있었는지 대중이 야단스러운 억측을 쏟아낼 만했다. 도리 없이 그녀의 이름은 매스컴에 노출될 것이다. 불가피하게 기자들이 그녀에게 접근할 것이다.

오후 다섯시 이십분. 빌어먹을, 두 시간 반이나 잤다. 그는 수치심에 휩싸였다.

딸이 실종됐는데, 메이필드는 잠을 잤다.

그는 맥매너스와 다른 사람들이 모르길 바랐다. 가령 그가 수차례 걸었던 전화에 응답하려고 그들이 전화했는데 아를렛이 대낮에 남편은 지쳐서 잠들었다고 말해야 했다면. 남편은 지금 통화할 수 없지만 전화해줘서 고맙다고 말해야 했다면.

어처구니없는 공상이었다. 당연히 그들은 전화하지 않았다.

제노는 침대에서 다리를 내렸다. 땀에 젖은 티셔츠와 속옷을 벗었다. 끈적끈적하고 창백한 뱃살이 접히고, 허벅지는 햄덩어리 같았다. 가슴팍과 겨드랑이의 뻣뻣한 구릿빛 털이 산림보호구역의 덤불처럼 빽빽했다.

그는 체구가 컸지만 뚱뚱하지는 않았다. 아직 비만은 아니었다.

장난꾸러기 크레시다는 아버지의 허릿살을 꼬집곤 했다. 우우, 아-빠! 이게 뭐예요.

그의 외모에 대한 자부심은 메이필드 가족과 친척들, 가까운 지인들 사이에서 반복되는 농담거리였다. 체중을 지적받으면 그는 부끄러워했다.

아-빠 앳킨스 다이어트를 해보는 게 좋겠어요. 가공되지 않은 고기와 위스키만 먹는 거예요.

크레시다는 체구가 작고 아이 같았다. 짙은 후광 같은 곱슬머리만 아니면 열두 살짜리 소년으로 오해받을 만했다.

아를렛은 못마땅한 듯이 말했다. "크레시다가 먹지 않는 건 생리를 '거부'하기 때문이야."

아버지는 이 말에 큰 충격을 받았고, 못 들은 척했다.

두어 달 전 브렛 킨케이드가 헐렁한 카키색 반바지 차림으로 집에 왔을 때 제노는 그의 망가진 허벅지를 힐끗 봤는데, 몇 주 동안 입원한

탓인지 약해진 근육이 납작해져 힘줄이 다 드러나 있었다. 일 년 전 브렛의 모습을 떠올린다면! 청년이 더이상 젊지 않은 모습을 보는 건 충격적이었다.

재활치료로 다시 근육이 붙고 있긴 하지만 그 과정은 더디고 고통스러웠다.

줄리엣은 그가 걷도록 도왔다. 그가 걷도록 도왔었다.

몇 마일을 걷고, 걷고, 걸었다. 줄리엣은 가는 팔로 킨케이드 상병의 허리를 감싸고, 언덕이 거의 없는 팰리세이드파크를 걸었다. 언덕길에서는 상병이 숨차하니까.

그의 팔과 어깨 근육은 부상당하기 전과 같았다. 향군병원에서 휠체어를 사용해야 했을 때 브렛은 운동 삼아 직접 휠체어로 갈 수 있는 곳은 모두 돌아다녔다.

그는 폭발사고에 두개골이 골절되지는 않았지만 뇌를 다쳤다. '뇌진탕'이었다.

다친 뇌는 나을 수 있다. 다친 뇌는 나을 것이다.

시간이 필요할 거예요. 사랑도요.

줄리엣은 그렇게 말했었다. 그녀는 피앙세의 손을 잡고 예쁘고 용감하고 진심 어린 미소를 지었다.

그랬으니 불과 몇 주 후 줄리엣이 파혼했다고 알렸을 때는 너무나 큰 충격을, 충격과 안도를 느꼈다.

그러나 매사는 그리 쉽게 끝나지 않는 법이다. 아버지는 알았다.

남녀 사이는 그리 쉬운 것이 아니다.

맙소사! 제노는 자신의 체취를 맡았다. 불안과 절망에 전 땀냄새.

밤에 잠자리에 들기 전, 아를렛이 방에 들어오기 전 그는 직접 침구를 바꿀 것이다. 그는 침대 정리에 유난을 떠는 편이어서, 마법사처럼 시트를 공중에 휘날리며 펼쳤다가, 모서리들을 팽팽하게 당겨 집어넣고 주름을 펴고, 능숙하고 잰 손놀림으로 착착착 움직였고, 그러면 작은딸은 만화 주인공처럼 웃음을 터뜨렸다. 제노는 보이스카우트 캠프에서 손으로 하는 온갖 종류의 일을 배웠다.

그는 당연히 이글스카우트*였다. 제노 메이필드는 열네 살에 애디론댁 지역에서 역대 최연소 이글스카우트가 되었다.

그는 그 생각을 하며 씩 웃었다. 그러다가 미소를 거뒀다.

그는 비틀거리며 욕실로 갔다. 수도꼭지 두 개를 다 돌려 물을 틀었다. 정신을 차리기 위해 쏟아지는 물줄기에 머리를 들이밀었다. 그러다가 균형을 잃고 샤워커튼을 붙잡았지만 (다행히) 커튼이 뜯어지지는 않았다.

얼굴과 몸에 폭포처럼 물줄기가 쏟아지면서 피부를 때리는 뜨거운 물이 주는 순전한 쾌감이 일었다. 순간 제노는 행복할 지경이었다.

욕실문 앞에 선 아를렛이 샤워 소리 속으로 제노에게 다급하게 말하고 있었다. 아이를 봤대! 다 끝났어, 우리 딸을 본 사람이 있대! 하지만 제노가 다시 말해달라고 부탁하자 아내는 초조하게 말했다. "사람들이 왔어. 방송국 사람들. 준비되면 내려와."

"면도할 시간 있을까?"

아를렛은 샤워기 쪽으로 다가와 그를 찬찬히 보았다. 쏟아지는 뜨거

---

* 21개 이상의 공훈 배지를 받은 보이스카우트.

운 물 속으로 손을 넣어 남편의 까칠한 턱을 만지지는 않았다.

"응, 하는 게 좋겠어."

제노는 얼른 커다란 수건으로 몸의 물기를 닦았다. 뿌연 욕실 거울로 겁먹고 핏발선 눈을 보지 않길 바라며, 솔빗으로 머리를 넘기고 빗었다.

"자, 새 옷이야. 이 셔츠로……"

제노는 고마워하며 아내에게 옷을 받았다.

아래층에서 고양된 목소리들이 들렸다. 아를렛이 거기 누가 있는지, 누가 막 도착했는지, 어떤 친척인지, 어느 방송사 기자들인지 알려주려 했지만 제노는 집중할 수 없었다. 그는 열어젖혀진 현관문으로 이제 누구라도 들어올 수 있다는 불안감을 느꼈다.

저 문을 홱 열고 그의 어린 소녀가 슬그머니 빠져나갔다.

물론 그녀는 이제 더이상 어린 소녀가 아니었다. 열아홉 살, 여자였다.

"나 어때? 괜찮아?"

인터뷰는 제노 메이필드에게 특별한 일이 아니었다. 그러나 방송국 카메라들이 지금의 인터뷰를 더 불안하게, 상황을 더 위태롭게 느끼게 만들었다.

"아, 제노. 면도하다 베였구나. 당신 몰랐어?"

아를렛은 속상한 듯 살짝 흐느꼈다. 그녀는 티슈를 뭉쳐 제노의 턱에 대고 눌렀다.

"고마워, 여보. 사랑해."

두 사람은 손을 잡고 당당히 계단을 내려갔다. 아를렛은 머리를 묶고 있었는데 제노는 하룻밤 사이에 그녀의 머리카락에서 윤기가 사라진 것 같다고 느꼈다. 그녀는 립스틱을 바르고 보석함을 마구 헤집으며 뒤지더니, 십 년 동안 걸지 않았던 싸구려 진주목걸이를 찾아 걸었다. 아를렛의 손가락은 얼음장 같았고, 떨리고 있었다. 제노는 다시 한번 속삭이듯 말했다. "사랑해." 하지만 아를렛은 정신이 딴 데 가 있었다.

거실에 모인 너무나 많은 사람을 보자 제노는 혼란스러웠다. 가구는 다 옆쪽으로 밀어놓은 상태였다. 조명 때문에 앞이 보이지 않았다. WCTG TV 에비 에스테스는 제노가 시장일 때 알게 된 여기자인데, 당시에는 낡은 사암 건물 일층 뒤쪽에 있는 담배연기 자욱한 작은 칸막이 사무실에서 시청 공보 담당으로 일했다. 에비는 이제 더 나이가 들었고, 매서운 눈초리와 고집스러운 입매에 짙은 화장을 하고, 숨 돌릴 틈도 없이 중요한 문제를 다루는 사람 같은 진지한 분위기를 풍겼다. "메이필드씨, 두 분—제노와 아를렛—안녕하세요! 두 분에게 얼마나 힘겨운 하루였을까요!" 그녀는 대답을 요구하는 것처럼 두 사람 앞으로 마이크를 쑥 내밀었다. 아를렛은 굳은 미소를 지으며 깜짝 놀란 듯이 에비를 바라보았고, 제노는 얼굴을 찌푸리며 침착하고 침울하게 대꾸했다. "그래요. 끔찍하고 초조한 하루입니다. 우리 크레시다가 실종된 상태이고, 아이가 노토가산림보호구역 안이나 그 인근에서 길을 잃었다고 믿을 만한 이유가 있습니다. 크레시다는 다쳤을 겁니다. 그게 아니라면 지금쯤 우리에게 연락을 했겠죠. 아이는 열아홉 살이고, 안타깝게도 노련한 등산객이 아닙니다…… 우리는 누군가 크레시다를 봤거나 그애에 대해 뭔가 알고 있을 거란 희망을 갖고 있습니다."

제노 메이필드는 긴장되는 이 순간에, 인터뷰를 할 때 눈썹을 살짝 찌푸리고 카메라를 응시하는 공인다운 태도를 되찾았다. 목소리가 떨렸다 해도 아무도 눈치채지 못했을 것이다.

눈에 띄는 화려한 금발로 탈색한 에비 에스테스는 메이필드 가족과 관련해 몇 가지 상식적인 질문을 던졌다. 아를렛이 대답할 것 같지 않자 제노가 침울하고 침착한 말투로 대답했다. 그렇다, 딸은 외출 전인 토요일 저녁에 그들과 대화를 나눴다. 아니다, 그들은 크레시다가 울프스헤드호수에 간다는 것을 몰랐다. "하지만 아마 크레시다도 집을 나설 때는 호수에 가게 될 줄 몰랐을 겁니다. 아마도 나중에 그렇게 됐겠죠." 제노는 딸이 부모에게 거짓말한 것이 아니라고 생각하고 싶었다.

하지만 크레시다가 거짓말했을 가능성을 떨칠 수 없었다. 아이는 사실을 다 말하지 않음으로써 거짓말을 했다. 친구 집에 간다고 말했지만, 그 집에서 나온 뒤 9마일쯤 떨어진 울프스헤드호수에 갈 거라는 말은 하지 않았다.

이즈음 밝혀진 바에 의하면, 크레시다는 친구 마시와 함께 있다 밤 열시쯤 '집'으로 돌아갔다. 마시가 그렇게 생각하도록 만들었다.

크레시다네와 마시네 집은 1마일도 안 되는 거리여서 크레시다는 차 없이 걸어서 갔다. 마시는 크레시다가 집까지 걸어서 돌아갔다고 믿었다. 크레시다는 마시가 차로 데려다준다는 것도 거절했다.

혹은 다른 사람이, 크레시다가 돌아가려고 마시네 집을 나섰을 때 마시는 모르는 누군가가 그녀를 차에 태웠을 수도 있다.

제노는 이 모든 것이 (아직) 납득되지 않았다. 제노는 이 모든 것을 시청자들에게 그대로 드러내고 싶지 않았다.

목격자들 주장에 따르면 크레시다는 브렛 킨케이드와 울프스헤드호수에 같이 있었는데, 정작 언니 줄리엣은 부모와 함께 집에 있다가 그 시간쯤 잠자리에 들었다는 것이 제노는 정말 아이러니하다고 생각했다.

그날 밤 메이필드 부부는 오랜 친구들을 저녁식사에 초대했고 줄리엣은 식사 준비를 하는 아를렛을 도왔다. 크레시다는 고교 동창 마시 마이어를 만나기로 해 그날 저녁식사에 빠지기로 했었다.

에비 에스테스는 그들에게 '의심할' 만한 일이 있었느냐고 물었다. 뭔가 있었나요? 크레시다를 마지막으로 본 것은요?

"없었습니다. 평범한 밤이었어요. 크레시다는 고교 동창을 만난다고 했고, 우리는 아이가 늦어도 열한시까지는 돌아오리란 걸 알았기 때문에 아무 말도 할 필요가 없었죠. 평범한 밤이었습니다."

제노는 에비 에스테스가 말한 '의심'이라는 단어가 마음에 들지 않았다.

제노와 아를렛은 소파에 나란히 앉았다. 제노는 보호하려는 듯이 아내의 손을 꼭 잡았다. 아까 줄리엣은 아를렛을 도와 경찰과 언론사 사람들에게 제공할 크레시다의 사진을 골랐고, 이제 그 사진들은 온종일 TV에 나오고 인터넷에 떠돌게 될 것이다. 제노는 저녁 여섯시 뉴스 인터뷰 중간에 이 사진들이 나올 거라 짐작했다. 그리고 녹화된 십오 분 정도 되는 인터뷰가 대폭 편집되지 않기를 바랐다.

"우리가 바랄 수 있는 건 크레시다가 곧 우리에게 연락하는 겁니다. 그럴 수 있다면요. 만약 크레시다가 다쳤거나 길을 잃었다면 누군가가 그애를 발견할 겁니다. 우리는 딸이 산림보호구역 안에 있기를, 그러니까 누가 아이를 데려가," 제노는 그 가능성에 눈을 깜빡이며 말을 멈쳤고, 갑자기 그의 길에 큰 바위 같은 장애물이 나타났다. "다른 곳으로 데려가지 않았기를 기도하고 있습니다……" 예전에 대중 앞에서 말할 때 느끼던 편안함은 풍선에서 바람 빠지듯 사라져버렸다. 인터뷰가 끝날 무렵 제노는 말을 더듬다시피 했다. "혹시 우리를 도와주신다면, 우리 딸을 찾도록 도와주신다면, 우리 아이와 관련된, 딸의 소재와 관련된 어떤 정보라도 알려주신다면, 우리 딸 크레시다 메이필드를 찾게— 돌아오게—해주시는 분에게 보상금 만 달러를 드리겠습니다."

아를렛은 고개를 돌려 그를 빤히 바라보았다. 만 달러라니!

전혀 모르던 일이었다. 미리 의논한 것이 아니었다. 아를렛이 아는 한 제노는 이 직전까지는 보상금에 대해 생각해보지도 않았다.

'만 달러'라는 말을 내뱉으며 제노의 목소리는 묘하게 활기를 띠었다. 그리고 그는 조명들 아래서 눈을 찡그리며 묘하게 미소지었다.

곧 인터뷰가 끝났다. 제노의 흰 셔츠는 몸에 달라붙었고, 그는 다시 땀을 흘리고 있었다. 이제는 몸까지 떨었다.

물론 메이필드 가족은 만 달러쯤은 감당할 수 있는 형편이었다. 실종된 딸을 돌아오게 하기 위해서라면 그보다 훨씬 큰 돈도 내놓을 수 있었다.

"제노? 당신 어디 가?"

"산림보호구역에 다시 가야지. 수색하러."

"당신 안 돼! 지금은 안 돼."

"해가 떨어지려면 아직 두 시간이나 남았어. 나는 가야 해."

"말도 안 되는 소리야. 당신 안 돼. 우리랑 여기 있어……"

제노는 머뭇거렸다. 하지만 아니, 아니, 아니, 아니었다. 기다리느라 숨도 쉴 수 없는 이 집에 남아 있을 마음은 조금도 없었다.

4장
하강과 상승

나는 알았다. 그애 침대에 잠을 잔 흔적이 없는 것을 보자마자 알았다.

무슨 일인가가 벌어졌다는 것을 알았다.

그날 일요일 새벽 네시 팔분, 아를렛은 깜짝 놀라며 깼다.

말할 수 없이 이상한 느낌, 뭔가가 잘못되고 달라진 느낌이 들었다. 그녀의 침실이, 그녀와 제노의 침실이 어둡긴 하지만 편안하고 아늑한데도. 제노의 깊고 거칠고 규칙적인 숨소리가 그녀에게는 편안하고 아늑한데도.

분명 꿈 때문에 깼을 것이다. 바람굴에서 잎사귀들이 휘휘 돌듯 불안감이 소용돌이쳤다. 그녀는 어딘가로 끌려가고 있었다. 입이 마르고 초조한 상태로 깼고, 집안이나 집안의 기운이 어딘가 달라졌다고 확신했다.

아니면—그녀의 팔다리 하나가 없어졌다. 그것은 꿈이었다.

무슨 현상이라더라? '환각지幻覺肢'였나? 팔다리가 몸에서 떨어져나갔지만 본인은 (없는) 팔다리의 (아픈) 존재감을 느낀다는 것. 하지만 아를렛의 몸에서는 아무것도 떨어져나가지 않았다, 그녀가 아는 한.

그녀는 그 허전함이 기이했다. 그러나 그 느낌은 분명했다.

그녀는 이 시간 이후 내내 그런 기분으로 살아가게 될 터였다.

아를렛은 남편을 깨우지 않고 조용히 침대에서 빠져나왔다.

가끔 그들은 밤에 깨면—잠깐이긴 하지만 하룻밤에도 두 사람 다 몇 번씩 깼다—아를렛은 제노의 입술에 애정 어린 장난스러운 키스를 했고, 제노가 그녀에게 키스하기도 했다. 가벼운 인사와 비슷했다. 상대를 완전히 깨우려는 의도가 아니었다.

사랑하는 우리 자기라고 제노는 중얼대곤 했다. 하지만 아를렛이 대답할 새도 없이 그는 다시 잠에 빠졌다.

제노는 곤히 잠들어 있었다. 아를렛이 감지한 기이하고 돌이킬 수 없는 집안의 변화를 제노는 까맣게 몰랐다. 벌러덩 나자빠진 사람처럼 침대의 3분의 2를 차지하고 큰대자로 누워 웅웅 소리를 내며 잤다.

아를렛은 남편 옆에서 방해받지 않고 자는 법을 익혔다. 어떤 때는 그의 요란한 숨소리가 아주 교묘한 방식으로 그녀의 꿈에 섞였다.

예를 들어 제노의 코 고는 소리가 꿈꾸는 아내의 얼굴을 지그재그로 지나는 쇠벌레들로 나타나기도 했다. 아를렛은 이따금 자신이 낸 놀라는 웃음소리에 잠을 깨기도 했다.

그날 밤 친구들과 저녁식사를 하면서 제노는 손님들의 잔을 채워주는 틈틈이 혼자 와인 한 병을 마셨다. 그는 무척 즐거운 사람처럼 말을 많이 하고 큰 소리로 웃었다. 그는 줄리엣을 세심하게 배려해 평소와는 달리 딸을 놀리지 않았다.

오랜 결혼생활 동안 제노의 과음과 관련된 일들—막간의 촌극들—이 있었다. 아를렛은 이날 밤 제노가 줄리엣의 파혼 소식에 안도감을 비친 데 대한 죄책감 때문에 과음하고 있다고 이해했다.

물론 줄리엣이 아니라 아를렛 앞에서였다. 다행이야. 이제 우린 다시 숨쉴 수 있게 됐어.

그런데 그게 쉽지는 않았다. 전혀 쉽지가 않았다. 딸이 슬픔에 빠졌으니까.

줄리엣은 저녁시간을 부모와 함께 보냈다. 피앙세 대신.

그러니까, 전 피앙세.

부엌에서 정성스레 식사를 준비하는 엄마를 돕고, 식탁에서도 미소를 띠고 명랑하게 거들었다. 마치 다른 곳에서의 삶이 없었던 것처럼. 다른 곳에서의 삶이, 남자와 함께했던, 갑자기 알 수 없는 이유로 갈라서게 된 연인과 함께했던 여자로서의 삶이 없었던 것처럼.

줄리엣의 손가락에서 (줄리엣이 그토록 자랑스러워하던) 약혼반지를 볼 수 없는 건 조금 충격이었다.

줄리엣은 상중인 사람처럼 가느다란 손가락에 아무것도 끼지 않았다.

저녁 식탁에는 세 쌍의 부부와 딸이 앉았다. 중년 부부 세 쌍, 스물두 살의 딸.

그 딸은 정말 아름다웠다. 그리고 슬픔에 빠져 있었다.

물론 아무도 줄리엣에게 브렛에 대해 묻지 않았다. 아무도 브렛 킨케이드 이야기를 꺼내지 않았다. 마치 킨케이드 상병이 존재하지 않는 것처럼, 그와 줄리엣이 결혼하려 했던 일이 없었던 것처럼.

지독하게 안타까운 일이지. 하지만 젠장, 우리 잘못이 아니야.

우리가 뭘 어쨌다고? 아무 짓도 안 했잖아.

그는 술에 취해 중얼댔다. 침대에 푹 주저앉자 침대 스프링이 삐걱댔다. 구두 한 짝을 카펫 위에 벗어던졌다.

줄리엣은 우리에게 그 일에 대해 말해야 해. 우리가 그애의 망할 부모잖아!

남편의 기분이 그럴 때는 내버려둬야 한다는 것을 아를렛은 알았다. 그녀는 제노의 비위를 맞추거나 달래지 않을 작정이었다. 분노처럼 치밀어오르는 감정이 어떤 것이든 거기에 빠지도록 내버려둘 생각이었다.

군에 자원입대하다니 머저리 같은 결정이었지. '조국에 이바지한다'더니 어떻게 됐나 보라고.

아무튼 그 녀석이 우리 딸을 같이 끌어내리지는 않겠어.

아를렛은 허리를 굽혀 구두를 집지 않았다. 하지만 둘 중 누군가 밤중에 화장실에 가려고 일어났다가 구두에 걸려 넘어지지 않도록 발로 저만치 밀어냈다.

곧 제노는 베개에 머리를 대더니 곯아떨어졌다.

그는 목구멍에 가시라도 걸린 듯 깔딱깔딱 숨을 쉬었다.

에어컨이 켜져 있었다. 가볍고 서늘한 공기가 침실에 퍼졌다. 아를렛은 잠든 남편의 어깨까지 이불을 당겨 덮어주었다. 근육이 실팍한 어깨와 뻣뻣한 털이 난 팔뚝, 모로 누우면 늘어지는 턱살을 보는 이런 순간이면 그녀는 그에 대한 사랑과 두려움이 뒤섞인 감정에 휩싸였다. 중년 남자가 아니라, 그녀가 반했던 젊고 경솔한 제노 메이필드가 아직 남아 있었다.

잠이 들면 그는 나이든 것이 더 뚜렷하게 보였다.

그들은 이제 나이가 들었고, 여자들이 남편을 잃기 시작하는—'과부'가 되기 시작하는 더 분명한 연령대로 접어들었다. 아를렛은 그런 자신을 그릴 수 없었다.

나중에 그날 밤을 회상해보니, 그때 그들의 근심은 줄리엣에게, 그들이 다시는 보지 못할 수도 있는 브렛 킨케이드에게 쏠려 있었다.

두 사람은 거의 줄리엣만 생각했다. 킨케이드 상병이 불구가 되어 귀환한 후 메이필드가는 줄곧 그랬다.

크레시다는 유령처럼 그들 사이를 지나다녔다. 그녀는 차 없이 걸어갈 만큼 가까운 곳에 사는 고교 동창을 만나러 저녁에 나갔다. 오후 여섯시쯤 크레시다는 분명 다녀오겠다고 태연하게 소리쳤을 것이다. 부엌에 있던 아를렛과 줄리엣은 그 소리를 거의 듣지 못했을 테고.

안녕! 모두 이따 봐요.

그들이 듣지 못했을 수 있다. 크레시다는 부엌문 앞까지 와서 나간다고 알리는 수고는 하지 않았다.

제노는 집에 없었다. 그는 주류 판매점에서, 실은 와인에 대해 별로 아는 것도 없으면서 잘 아는 것처럼 보이려고 지나치게 꼼꼼하게 살피며 와인을 고르고 있었다.

한여름의 토요일 저녁, 여느 저녁과 전혀 다르지 않았을 저녁이었다. 애디론댁 지역의 뉴욕주 북부는 여름이면 인구가 세 배나 늘었다.

피서객들. 캠핑족과 픽업트럭들. 오토바이족. 밤중이면 컴벌랜드 같은 조용한 주거지역에서도 멀리서 오토바이의 조롱하는 듯한 굉음이 들렸다.

울프스헤드, 에코, 와일드포리스트 등의 호수에서는 매년 여름 '사건들'이 터졌다. 싸움, 폭행, 무단침입, 기물파손, 방화, 강간, 살인. 경찰 몇 명만 소속된 소규모 지역 경찰서들은 뉴욕주 경찰에 지원을 요청하기도 했다.

제노가 카시지 시장이었을 때 헬스 에인절스* 몇몇이 팰리세이드파크에 모인 일이 있었다. 그들이 낮부터 저녁까지 만취해 점점 더 난장판을 벌이자 주민들이 거칠게 항의했고, 제노는 공원을 '평화롭게' 정리하기 위해 카시지시 경찰을 동원했다.

간신히 폭력 사태는 피할 수 있었다. 제노가 적절한 때 올바른 결정을 내렸다는 칭찬이 자자했다.

체포된 자는 한 명도 없었다. 다친 경찰도 없었다. 주 경찰대가 카시지에 투입되지 않고 상황이 마무리되었다.

오토바이족은 팰리세이드파크에 다시 오지 않았다. 대신 주말마다 호수 주위에 모여들었다. 요즘도 가끔 밤에는 열린 창들 너머 멀리서 조롱하는 듯한 반항적인 오토바이 굉음과 밤의 벌레 우는 소리가 섞여서 들려온다.

---

* 미국의 오토바이족 갱단.

아를렛은 침실에서 나왔다. 제노는 깨지 않았다.

그녀는 맨발에 얇은 모슬린 잠옷 차림으로 카펫 깔린 복도를 걸었다. 아를렛은 문이 닫힌 줄리엣의 방을 지나—그녀는 줄리엣이 집에 있다는 것을 알았고, 줄리엣은 부모와 마찬가지로 몇 시간 전에 잠자리에 들었다—분명 문제가 있을 것 같은 방으로 향했다.

새벽 네시가 넘었으니 크레시다는 마시 마이어네 집에서 돌아와 있어야 했다. 몇 시간 전에 귀가했어야 했다. 부모를 방해하지 않으려고 최대한 조용히 계단을 올라 방으로 갔으리라. 그건 아주 어려서부터 보이던 작은딸의 특징이었고, 제노는 크레시다가 자기가 어디 있는지 아무도 모르도록 생쥐처럼 기어다닐 줄 안다고 말했었다.

아를렛은 이런 말을 속으로 중얼대며 문을 열고 들어가 확인하려고 불을 켰다. 크레시다의 침대는 말끔한 상태 그대로였다.

뭔가 잘못되었다. 뭔가 단단히 잘못되었다.

아를렛은 문가에 서서 빤히 바라보았다.

당연히 방은 비어 있었다. 크레시다는 아무데도 없었다.

손님들이 떠나고 부엌을 말끔히 정리한 뒤 부부는 자러 갔다. 밤 열한시 조금 넘어 잠자리에 들면서 제노와 아를렛은 크레시다에 대해 전혀 생각하지 않았거나 스치는 정도로 생각했다. 그들이 믿은 대로 크레시다는 1마일쯤 떨어진 고교 동창 마시 마이어네 집에 갔으니까.

아마 함께 저녁을 먹었을 것이다. 어쩌면 마시의 부모도 함께. 그러고는 DVD를 봤을 것이다. 부적응자 소녀들의 연대라고 크레시다는 농담했었다.

고교 때 두 사람은 크레시다의 말대로라면 피차 다른 친구가 없어서

'절친'이 되었다. 인기 없는 여자애들의 우정은 평생 가거든요 하고 크레시다는 말했었다.

(그것은 크레시다 특유의 과장법이었다. 크레시다도 마시 마이어도 '인기 없는' 아이가 아니었다. 아를렛은 그렇다고 확신했다.)

아를렛은 천천히 앞으로 걸어가 크레시다의 침대에 펼쳐진 이불을 만졌다.

시트 위의 이불은 완벽한 대칭으로 펴져 있었다. 이불을 들추면 주름 하나 없는 말끔한 시트를 보게 될 것이다. 크레시다는 천에 주름이나 구김이 지는 건 못 참았다.

시트가 팽팽하게 당겨져 매트리스와 스프링 받침대 사이에 끼워져 있었다.

뭐든 깔끔하게 하는 것이 작은딸의 방식이었다. 격렬한 혐오를 띠고 싫은 내색을 하지만, 그래도 깔끔하게.

크레시다는 힘든 노동과 허드렛일 같은 '집안일'을 싫어했다. 그녀는 더 고상한 것, 더 추상적인 것을 상상했다.

하지만 그런 일을 질색하면서도 재빨리 달려들어 척척 해냈다.

주부의 인생보다 쓸모없는 것도 없을 거예요! 불쌍한 엄마.

아를렛은 작은딸의 무신경한 말버릇 때문에 자주 신경이 곤두섰다. 크레시다가 엄마를 사랑한다는 건 알지만, 존중하지 않는 기색이 역력할 때가 종종 있었다.

하지만 엄마가 그 일을 떠맡아주지 않았다면 아마 줄리엣과 나는 여기 없었을 테죠.

그러니까 고마워요!

아를렛은 궁금했다. 크레시다는 마시네 집에서 자고 올 생각이었을까, 중학교 때 이따금 둘이 같이 잤던 것처럼? 지금은 그럴 것 같지 않지만……

엄마는 정말 못 말린다니까. 그건 완전히 무뇌아나 할 생각이라고요.

아를렛은 크레시다의 방을 나와 아래층으로 갔다. 심장박동은 차분해졌지만 이제는 숨이 찼다.

그녀는 아래층 부엌의 벽전화기로 가 크레시다의 휴대폰 번호를 눌렀다.

희미하게 연결음이 들렸지만 전화를 받지 않았다.

그러다가 갑자기 전자음악이 들리고 귀에 거슬리는 소리와 삐 소리 후 메시지를 남기라는 냉랭한 기계음이 흘러나왔다.

크레시다? 엄마야. 새벽 네시 십분에 전화한다. 어디 있는지 걱정되는구나…… 되도록 빨리 연락해라……

아를렛은 전화를 끊었다. 하지만 곧바로 다시 수화기를 들고 전화를 걸었다.

두번째 전화에서는 떠듬떠듬 이런 메시지를 남겼다. 또 엄마야. 우리는 너를 걱정하고 있어, 얘야. 너무 늦었어…… 우리한테 전화해줘, 알았지?

이번에는 우리라고 호소했다. 크레시다가 아버지는 존중하기 때문이었다.

크레시다가 제 방에 있지 않을 뿐이지 집에는 있을 거란 생각이 아를렛의 머릿속을 스쳤다.

아주 어릴 때부터 딸은 예측할 수 없는 아이였다. 엉뚱한 곳에 숨어 문틈으로 엿보다가 튀어나와서 걱정하는 표정을 짓는 부모를 보고 웃어대곤 했다.

특히 크레시다는 일그러진 (어른의) 얼굴이 우습다고 했었다.

그래서 아를렛은 아래층 방들을 살펴보았다. 지하의 TV방. 크레시다
는 반지하를 싫어하기도 하고, 많이 습한 날씨에 바닥을 다 덮는 카펫
(시어스에서 산, 살짝 얼룩이 진 회색 카펫) 위에서 작은 지네가 꿈틀
대는 것을 극도로 질색해서 그 방에는 거의 가지 않았다. 제노가 사무
공간으로 쓰는 어수선한 방에는 천장까지 닿는 책장들이 있고 거기에
는 책보다 잡동사니가 훨씬 더 많았으며, 제노가 저택 경매에서 구입하
고는 독립전쟁 시대의 '있지도 않은 조상'에게 상속받았다고 뽐내는 뚜
껑 달린 골동품 책상이 있었다. 제노가 없을 때 변덕스러운 고교생 크
레시다가 가끔 기어들곤 하던 방이다. 아를렛은 다시 거실을 구석구석
살폈다. 기둥 위에 참나무 천장을 이어 환할 때도 그늘이 지는 길고 좁
은 거실에는 반짝이는 검은색 소형 스타인웨이 피아노가 있는데, 아를
렛은 크레시다가 열여섯 살에 피아노 레슨을 그만둔 후로 아무도 피아
노를 치지 않는 것을 무척 안타까워했다.

대체 왜 그만두려는 거니, 얘야? 그렇게 잘 치면서……

그렇죠. 비첨 카운티에서는요.

아무도 보이지 않았다. 아무것도. 어느 방에도 없었다.

아를렛은 제 침대가 아닌 다른 데서 자는 크레시다를 발견할 거라
기대한 것이 아니었다.

아를렛은 잡초가 무성하고 판석이 깔린 테라스의 유리 슬라이딩도
어 밖으로 몸을 내밀고 후덥지근한 밤공기를 들이마셨다. 밤하늘로 시
선을 올리자 크레시다가 아주 어릴 때부터 마치 태어나면서부터 알았

던 듯이 외웠던, 그녀는 이름이 기억나지 않는 별자리들의 미로가 펼쳐져 있었다. 안드로메다자리. 쌍둥이자리. 북두칠성. 소북두칠성. 처녀자리. 페가수스자리. 오리온자리……

아를렛은 삼나무를 깐 덱에 발을 내디뎠다. 옥외 가구들. 튼튼한 나무 두 그루 사이에 매단 제노의 늘어진 해먹도 확인했지만 당연히 크레시다는 보이지 않았다.

옆문으로 들어가 차고로 갔다. 불을 켰지만 차고에도 아무도 없었다.

맨발의 아를렛은 얼굴을 찌푸리며 식구들의 차들을 차례로 확인했다. 제노의 랜드로버, 아를렛의 도요타 스테이션왜건, 줄리엣의 스카이락. 물론 그중 어느 차에도, 차 안에서 잠들었거나 숨어 있는 사람은 없었다.

아를렛은 아스팔트 차도로 나갔다. 긴 차도는 컴벌랜드 애비뉴로 이어졌다. 컴벌랜드 애비뉴는 언덕이 많은 북쪽 고지대에 있고 카시지 성공회교회의 유서 깊은 묘지와 가까워 카시지에서 최고급 주택가로 꼽혔지만, 거리에 가로등이 없고 이웃집들 불도 꺼져 있어 아를렛은 심연과 마주했다고 할 만했다. 마치 밝은 달이 구름 뒤에 갇히기라도 한 듯 하늘에서는 거무스름한 뿌연 빛만 내려왔다.

크레시다가 마시네 집에서 저녁시간을 보낸 뒤 누군가와 만날 약속이 있었을 수도 있다고 어머니는 필사적으로 생각했다. 그들은 아마 지금 같이 있을 것이고, 집 앞 보도 앞에 차를 대놓고 이야기를 나누고 있을지도 모른다……

아를렛도 얼마나 자주 부모의 집 앞에 차를 대놓고 남자애와 앉아 속삭이고 키스하고 애무했던가……

하지만 크레시다는 그런 부류의 소녀가 아니었다. 크레시다는 남자애들과 '데이트하지' 않았다. 적어도 가족이 아는 한 그랬다.

크레시다가 외로운 것 같아 걱정이야. 아주 행복한 것 같지는 않아.

얼토당토않은 소리 마! 크레시다는 독특해. 다른 여자애들이 마음을 두는 일에는 조금도 관심이 없지, 특별한 아이야.

제노는 그렇게 믿고 싶었다. 아를렛은 그보다는 확신이 덜했다.

그녀는 예쁜 딸 뒤에서 똑똑한 딸 노릇을 하는 것이 힘들었을 거라 짐작했다.

아무튼 메이필드네 긴 차도 끝에 세워진 차는 없었다. 크레시다는 집 근처 어디에도 없었고, 고통스럽지만 분명히 그랬다.

맨발에 개의치 않았던 아를렛은 얼른 집으로, 불이 환히 켜져 있는 주방으로 돌아갔다. 너무 환해 새벽 네시 삼십분 같지 않을 정도였다! 호박색 포마이카 조리대는 깨끗이 닦여 있고, 식기세척기는 지난밤 열시 삼십분경에 작동해 아직 미지근했다. 식사 후 줄리엣은 평소처럼 명랑하고 야무지게 엄마의 설거지를 거들었다. 오랜 친구들과 유쾌한 저녁시간을 보낸 뒤 부엌에 함께 있었던 시간은, 줄리엣과 브렛에 대해 이야기할 수도 있었던 인생의 마지막날로 아를렛의 기억 속에 새겨질 것이었다. 하지만 줄리엣은 그런 내밀한 이야기가 내키지 않는 눈치였다.

아를렛도 줄리엣도 크레시다에 대해서는 이야기하지 않았다. 그때 무슨 할 얘기가 있었겠는가?

마시네 집에 다녀올게요, 엄마. 걸어가면 돼요.

저 기다리지 마세요, 아셨죠?

아를렛은 다시 한번 수화기를 들고 크레시다의 휴대폰 번호를 누르며, 딸이 전화를 받지 않을 거라 각오했다.

"전화기를 잃어버렸나봐. 누가 훔쳐갔든가."

크레시다는 휴대폰을 잘 간수하지 않았다. 최소한 두 대는 잃어버렸는데, 두 대 다 연락하고 싶을 때 딸들이 통화 가능한 곳에 있기를 바라는 제노가 사준 것이었다. 그는 긴급상황에 대비해 딸들이 휴대폰을 갖고 다니길 바랐다.

지금이 긴급상황일까? 아를렛은 그렇다고 생각하고 싶지 않았다.

그녀는 다시 크레시다의 방 쪽으로 갑자기 몹시 지친 사람처럼 한결 느리게 걸었다.

아무도 없었다. 빈방이었다.

이번에는 책장마다 책들이 얼마나 가지런히—얼마나 촘촘히—꽂혀 있는지가 눈에 들어왔는데, 크레시다가 원해서 제노가 목수에게 의뢰해 세 개의 벽면에 짜넣은 이 책장들 때문에 아이가 방에 있을 때는 거의 책 감옥에 갇힌 것처럼 보였었다.

표지가 화려한 커다란 그림책들이 있었다. 어릴 때부터 이런 책들을 무척 좋아한 덕분에 크레시다는 글을 아주 빨리 뗄 수 있었다.

그리고 크레시다가 카시지의 화방에서 구입한 커다란 노트들이 있고, 거기에는 상상력이 풍부한 어린아이답게 색색의 크레파스로 환상의 이야기를 표현한 그림들이 있었다.

처음에 크레시다는 부모가 친척들이나 친구들, 이웃들에게 그림을 보여주는 일에 반대하지 않았고, 그들 모두 그림에 강렬한 인상을 받았다. 아니 인상적인 수준을 넘어 어린 소녀의 '미술적 재능'에 깜짝 놀랐다. 하지만 아홉 살쯤 되자 크레시다는 갑자기 남의 시선을 의식하기 시작했고, 제노에게 예전처럼 딸 자랑을 하지 못하게 했다.

방 벽에 자신이 그린 밝은색 환상의 동물 그림들을 압정으로 붙이던 것도 오래전 일이 되었다. 아를렛은 그 그림들이 그리웠는데, 거기에는 그녀와 함께 사는 저 조숙한 어린 여자애에게서는 좀체 볼 수 없는 아이다운 엉뚱함과 장난기가 있었기 때문이다. 딸은 '엄마'라는 호칭이 전혀 이해되지 않는 듯 이상하고 어눌하게 입을 움직였다.

('아빠'에게는 '아-빠'라고 어려움 없이 환하게 웃으며 불렀다.)

지난 몇 년 동안 크레시다의 방 벽에는 빳빳한 판지에 그린 20세기 네덜란드 화가 M. C. 에스허르풍의 드로잉들이 붙어 있었는데, 에스허르는 크레시다가 고교 시절 내내 좋아한 화가였다. 아를렛은 아이의 그림을 칭찬하려 노력했었다. 공들인 교묘하고 세밀한 그림은 보는 사람을 끌어들이는 작품이라기보다 시각적인 수수께끼처럼 보였다. 가장 크고 가장 공을 들인 〈하강과 상승〉이라는 제목의 가로세로 각 3피트의 그림이 판지에 붙어 있었다. 에스허르의 유명한 석판화 〈상승과 하강〉을 모작한 것인데, 에스허르의 작품에서는 수도사 같은 인물들이 중력이 작용하는 것처럼 보이는 초현실적 구조의 끝없는 계단을 여러 방향으로 오르내린다. 크레시다의 그림은 미묘하게 뒤틀린 가족의 집을 그린 것인데, 벽지는 다 벗겨져 있고, 보통의 집보다 훨씬 많은 계단이 서로 부자연스러운 각도—'직각'—로 뻗어 있고, 인간 형체들이 이 계단들 위를 '올라갈' 때 다른 인간 형체들은 같은 계단의 아랫면에서 '내려온다'.

이 그림을 보고 있으면 혼란스럽고 어지러웠다. 올라가는 것은 동시에 내려가는 것이었다.

크레시다는 열여섯 살 때 적어도 일 년 동안 에스허르풍의 그림에 집착했다. 크레시다는 M. C. 에스허르가 거울로 자신의 영혼을 비춰준다는 묘한 말도 했었다.

〈하강과 상승〉의 인물들은 용감하기도 하고 애처롭기도 했다. 그들은 열심히 '위'로 올라가고, 열심히 '아래로' 내려갔다. 반대편 계단에 누군가 있는 것을 모르는 듯했다. 에스허르의 작품을 변형한 크레시다의 그림은 원본보다 더 현실적이었다. 뒤집어진 계단의 구조는 메이필드가의 넓고 오래된 식민지풍 주택과 비슷했고, 가구류와 벽장식들도 같았으며 인물들도 분명 메이필드가 사람들이었다. 키가 크고 육중하고 머리가 헝클어진 아빠, 차분하게 미소짓는 공허한 얼굴의 엄마, 과장된 눈과 입술을 가진 예쁜 줄리엣. 크레시다는 검은 곱슬머리에 험상궂게 찡그리고 있는 아이인데, 막대기 같은 팔다리에 키는 다른 사람들 반밖에 되지 않아 그들 속에서 난쟁이 같았다.

그들 가족이 여러 번 반복 등장하며 코믹한 인상을 자아냈고, 반복되는 진지함이 백치 같은 느낌을 주었다. 아를렛은 벽에 붙은 〈하강과 상승〉이나 또다른 에스허르풍의 그림들을 볼 때마다 불안감으로 몸이 살짝 떨렸다.

크레시다는 감탄보다 조롱을 잘하는 아이였다. 다른 사람들에게 가까워지기보다 멀어지는 것이 쉬운 아이였다.

아를렛은 그 이유가 상처 때문일 거라 짐작할 수밖에 없었다. 9학년 때 크레시다는 수학지도단 프로그램에(사실 이것은 제노가 시장으로 재임하던 시절, 주 교육예산 삭감에 직면한 행정부가 시작한 프로그램이었다) 교사로 자원해 매주 몇 차례 '불우한' 환경의 중학생들을 열심히 가르쳤는데, 어느 날 집에 돌아온 크레시다가 창피한 듯 살짝 얼굴을 찡그리며 앞으로는 가르치러 가지 않겠다고 말했다.

제노가 이유를 물었다. 아를렛도 이유를 물었다.

"바보 같은 아이디어였어요. 그게 이유예요."

크레시다가 그만두려는 이유를 말해주지 않자, 제노는 놀라고 실망했다. 하지만 아를렛은 분명 어떤 특별한 이유가 있고 그것이 딸의 자존심에 관계된 일일 거라 짐작했다.

아를렛은 크레시다가 에스허르에 집착하는 것과 관련해 고교 시절에 벌어졌던 안타까운 사건도 기억하고 있었다. 하지만 세세하게는 알지 못했다.

크레시다가 직접 조립한, 넓고 매끄러운 널빤지와 알루미늄 서랍들로 된 책상에는 (닫아놓은) 노트북과 (덮어놓은) 노트, 책 몇 권과 종이들이 있었다. 하나같이 줄을 맞춘 듯 깔끔하게 정돈되어 있었다.

아를렛은 작은딸이 방에 있고 들어오라고 할 때가 아니면 그 방에 들어가지 않았다. 기웃댄다는 비난을 들을까봐 두려웠다.

새벽 네시 삼십육분이었다. 크레시다의 휴대폰으로 방금 전에 전화한 터라 또 전화하기에는 너무 일렀다.

그녀는 대신 옆방인 줄리엣의 방으로 갔다.

"엄마?" 줄리엣이 놀라서 일어나 앉았다.

"아, 줄리엣, 깨워서 정말 미안해……"

"아뇨, 깨어 있었어요. 무슨 일이에요?"

"크레시다가 집에 없어."

"크레시다가 집에 없다니요?"

놀랐다기보다 의아하다는 투였다. 크레시다가 이렇게 늦게까지 안 들어온 적이 없었기 때문이다. 지금까지 가족이 아는 한은 그랬다.

"마시네 집에 갔잖아요. 몇 시간 전에 돌아왔어야죠."

"크레시다 휴대폰으로 걸어봤어. 아직 마시에게는 전화하지 않았는데, 이제 연락해봐야 할 것 같구나."

"지금 몇시예요? 맙소사."

"이런 시간에 그 가족들을 성가시게 하는 것 같아서⋯⋯"

줄리엣이 재빨리 침대에서 일어났다. 브렛 킨케이드와 파혼한 후 그녀는 회복기 환자처럼 주로 집에서만 지내며 일찍 잠자리에 들었다. 하지만 겨우 몇 시간 쪽잠을 잘 뿐 나머지 밤시간에는 책을 읽거나 메일을 쓰거나 인터넷서핑을 했다. 그녀의 침대 옆 탁자에는 노트북과 도서관에서 빌린 책 몇 권이 있었다. 아를렛은 『두려움의 공화국: 사담의 이라크 내막』이라는 제목을 보았다.

두 사람은 기억을 떠올려보았다. 크레시다가 집에서 나갈 때 뭐라고 소리쳤지? 아를렛과 줄리엣 모두 특별한 말은 없었다고 확신했다.

"마시네 집에 걸어서 간다고 했어. 그러니 분명 집에 걸어왔을 거고, 아니라면⋯⋯"

아를렛은 말끝을 흐렸다. 줄리엣은 동생이 걱정되기 시작하며 점점 불안해졌다.

"아직 마시네 집에 있을까요⋯⋯"

"하지만 그랬다면 우리한테 전화했을 거야, 그렇잖니⋯⋯"

"⋯⋯그애는 절대 거기서 자고 오지 않을 거예요, 대체 왜요? 당연히 집에 돌아왔을 거예요."

"하지만 집에 없어."

"그애 방 말고 다른 데도 찾아보셨어요? 다른 데 있을 것 같지는 않지만, 그래도……"

"제노를 깨우고 싶지는 않아. 아빠가 얼마나 잘 흥분하는지 너도 알잖니……"

"휴대폰으로 전화해보셨다고 했죠? 다시 해볼까요?"

나이트크림을 바른 줄리엣의 아주 부드러운 피부가 기름이 새어나오는 것처럼 반짝거렸다. 층이 진 깃털 같은 연갈색 머리카락이 한쪽으로 눌려 있었다. 자매 사이에는 오래되고 해결되지 않은 경쟁의식이 있었다. 동생은 착하게 행동하려고 노력하는 언니를 훼방하고 망치려고 애썼다.

줄리엣은 자기 휴대폰으로 동생에게 전화했다. 이번에도 크레시다는 받지 않았다.

"마시에게 연락해봐야 할 것 같아요. 하지만……"

"제노를 깨우는 게 낫겠어. 아빠는 어떻게 해야 할지 알 거야."

아를렛은 제노가 자고 있는 어두운 침실로 들어갔다. 남편의 어깨를 가만히 흔들었다. "제노? 깨워서 미안한데, 크레시다가 집에 없어."

제노는 눈꺼풀을 떨며 눈을 떴다. 잠에서 깰 때 그는 왠지 짠하고 약하고 안쓰러워 보이는 구석이 있는데 아를렛은 그를 보며 잠자는 곰을, 겨울잠을 자고 있었는데 위험하게 깨워진 곰을 떠올렸다.

"새벽 다섯시가 다 돼가. 크레시다가 밤새 집에 돌아오지 않았어. 전화도 걸고 집안도 구석구석 다 찾아봤는데……"

제노가 일어나 앉았다. 그는 다리를 침대 밖으로 내렸다. 그러고는 눈을 비비고 엉킨 머리를 손가락으로 빗어넘겼다.

"그래, 크레시다는 열아홉 살이야. 귀가 시간을 정해놓진 않았으니까 우리한테 보고할 필요는 없지."

"하지만 그저 저녁을 먹겠다고 마시네 집에 간 거였어. 걸어서 갔단 말이야."

걸어서 갔다. 아를렛은 지금 그 말을 두번째로 하며 등골이 오싹해지는 것을 느꼈다.

"……그애는 걸어서 돌아왔을 거야. 밤에, 그애 혼자서…… 어쩌면 누군가가……"

"최악을 상상하지 마, 레티. 제발."

"하지만 그애는 혼자였어. 틀림없이 혼자였을 거야. 마시에게 전화해보는 게 좋겠어."

제노는 놀랄 만큼 재빠르게 침대에서 일어났다. 잠옷으로 입는 사각 팬티 차림에, 빳빳한 털이 난 처진 몸통과 윗배를 드러낸 채 맨발로 화장대로 걸어가 휴대폰을 집어들었다.

"우리가 크레시다에게는 전화해봤다니까, 제노. 나랑 줄리엣이……"

제노는 아내의 말을 듣지 않았다. 그는 전화를 걸고 집중해서 소리를 듣다가 끊더니 바로 다시 걸었다.

"전화를 받지 않아. 잃어버렸을 수도 있어. 걱정돼서 미치겠어. 만약 집에 걸어서 돌아왔으면…… 토요일 밤이고, 누군가 차를 몰고 지나쳤을지도 모르는데……"

"내가 말했잖아, 레티. 제발, 최악을 상상하지 말라고. 그래봤자 아무

도움도 안 돼."

제노는 짜증을 내며 날카롭게 말했다. 그는 잠들기 전 의자에 던져
둔 구겨진 카키색 반바지를 입었다.

제노는 자신이 감정적이 되는 것은 합리화했고, 가족 중 다른 사람
이 그러면 지나치다고 여겼다. 특히 그는 아내가 이따금 경계심을 드러
내면 최악을 상상한다, 히스테릭하다고 몰고 갔다.

아래층에서는 불을 켜둔 부엌이 무대 세트처럼 그들을 기다리고 있
었다. 제노가 전화번호부에서 마이어의 번호를 찾아 전화하는 동안 아
를렛과 줄리엣은 그 옆에 서 있었다.

"여보세요? 마시니? 제노야, 크레시다의 아버지. 이 시간에 전화해서
미안한데……"

아를렛은 점점 커지는 두려움을 안고 귀를 기울였다.

제노는 몇 분 동안 마시에게 질문했다. 전화를 끊기 전 아를렛은 마
시를 바꿔달라고 했다. 제노가 했던 질문 외에 보탤 것은 없었지만, 마
시의 목소리를 듣고 그 목소리에서 위안을 얻고 싶었다. 딸의 친구는
체구가 다부지고 주근깨가 많은 소녀로, 플래츠버그에 있는 간호대학
에 다녔는데 예전처럼 친밀하지는 않았지만 그래도 크레시다와 오래
어울린 친구였다.

하지만 마시는 크레시다가 자기 엄마와 (연로하고 병든) 할머니와
함께 식사하고 DVD를 보고서 밤 열시 반쯤 예정대로 걸어서 집에 돌
아갔다는 말을 반복했다.

"제가 차로 데려다주겠다고 했는데 크레시다가 괜찮다고 했어요. 늦
은 시간이고 혼자니까 차로 데려다주려 했는데, 크레시다 아시잖아요.

얼마나 고집스러운지……"

"그애가 달리 갈 만한 곳이 있었을까? 너를 만난 뒤에?"

"아뇨, 메이필드 부인. 저는 모르겠어요."

메이필드 부인. 마시는 고교생 같은 말투로 말했다.

"크레시다가 혹시 다른 사람에 대해 얘기하지는 않았니? 누구랑 통화를 하거나?"

"안 그랬을걸요……"

"크레시다가 휴대폰으로 누구와도 통화하지 않은 게 확실해?"

"음, 저는, 제 생각에는, 그러니까 저는 크레시다를 아주 잘 알거든요, 메이필드 부인. 크레시다가 누구랑 통화하겠어요? 가족 중 누가 아니라면요?"

"그럼 대체 어디 있단 거지, 새벽 다섯시가 다 됐는데?"

아를렛이 날카롭게 말했다. 그녀는 토요일 밤에 딸을 걸어서 돌아가게 놔둔 마시 마이어에게 화가 났다. 몇 블록밖에 안 되는 거리이고 그 길 일부는 노스포크 스트리트이고 주립고속도로와 교차하는 곳이라 어두워진 후에도 오가는 차량이 제법 많기는 했다. 또 그녀는 마시 마이어가 발끈하는 아이 같은 말투로 맞받아친 것에도 화가 났다. 크레시다가 누구랑 통화하겠어요? 가족 중 누가 아니라면요?

메이필드네 집에는 동트기 전의 어둠이 급히 물러가고 절망적인 분위기가 내려앉았다.

서둘러 대충 옷을 입은 제노와 아를렛은 제노의 랜드로버를 타고 반 마일쯤 되는 마시 마이어네 집이 있는 프리몬트 스트리트로 갔다.

프리몬트 스트리트는 비탈에 있는 좁고 포장 상태가 좋지 않은 도로였다. 모르타르가 퍼석해진 낡은 벽돌집들이 연립주택처럼 다닥다닥 붙어 있었다. 아를렛은 크레시다와 마시 마이어가 초등학교에서 처음 친구가 됐을 때, 직설적이고 때로는 조심성 없는 딸이 마이어네 집의 크기나 실내장식에 대해 본의 아니게 상처 주는 말을 할까봐 걱정했던 것을 떠올렸다. 크레시다가 마시에게 무뚝뚝하게 노골적으로 놀리듯이 조롱하는 것을 듣고 깜짝 놀라기도 했는데, 말주변이 없고 인내심이 있는 마시는 크레시다처럼 재치가 있거나 자기방어적이지 않고, 받아쳐서 크레시다를 놀리지도 않았다. 크레시다는 짧고 검은 곱슬머리에 뚱한 표정의 여자애와, 키와 체구가 크고 얼굴에 주근깨가 난 명랑한 표정의 여자애가 학교에서 우스꽝스러운 모험을 하는 연재만화를 그린 적이 있었다. 놀리려는 것이 아니라 재미삼아 그린 것이었고 악의는 없어 보였다.

한번은 아를렛이 두 아이를 학교 행사에 태워다주는 길에 마시에게 함부로 장난스럽게 말하는 딸을 야단친 적이 있었는데, 그때 마시가 웃으며 말했다. "괜찮아요, 메이필드 부인. 크레시는 어쩔 수 없어요."

그녀의 딸이 무슨 전갈이나 독사라도 되는 듯이, 어쩔 수 없어요라니.

하지만 아이가 크레시다를 '크레시'라고 부르는 것은 뭉클했다. 크레시다도 반발하지 않았다.

마이어네 집 앞에 이르자, 제노는 집안에 들어가 마시와 그녀의 어머니와 이야기하려 했다. 하지만 아를렛이 간곡히 말렸다.

"마시가 한 얘기 외에 더 들을 것도 없을 거야. 아침 일곱시도 안 됐어. 당신이 찾아가면 그들은 당황할 거야. 그러지 마, 제노."

제노는 천천히 차를 몰고 프리몬트 스트리트를 내려가며, 집들의 외벽을 이쪽저쪽 흘깃대며 살폈다. 이른 시간이라 모든 집이 흐릿해 보였고 어떤 기미도 보이지 않았다. 커튼을 친 집이 많았다.

제노는 프리몬트 스트리트 끝 주변 차도에서 차를 돌려 천천히 언덕을 올라갔다. 마이어네 집 앞을 지나 크레시다가 집에 돌아올 때 걷는 길을 훑었다.

제노와 아를렛 모두 앞을 주시했다. 얼마나 영화 같고 다큐멘터리 같은지! 어떤 일이 벌어진 걸까, 그런데 어느 집에서? 그리고 무슨 일이 일어난 걸까?

크레시다가 전날 밤 마시 마이어네 집에 가고 그 집에서 나오는 길에 지나쳤을 특별할 것 없는 집들이 이어졌다. 그곳 모퉁이, 노스포크와의 교차로에는 랜드마크처럼 서 있는 번개 맞은 참나무가 있었다. 한 블록 뒤 컴벌랜드 애비뉴에 있는 언덕 등성이에는 붉은 벽돌로 지은 크고 인상적인 성공회교회가 있고, 그 옆쪽과 뒤쪽에 교회 묘지가 있었다. 교회와 묘지 모두 1780년대에 지어진 '역사적인 랜드마크'였다.

크레시다는 교회와 묘지를 지나갔을 것이다. 어느 쪽 거리로 걸었을까? 아를렛은 궁금했다.

제노는 랜드로버를 세우며 툴툴대고 반쯤 흐느끼는 듯이 중얼거리고는 아무 설명도 없이 차에서 내렸다.

그는 빠른 걸음으로 교회 묘지로 들어갔다. 그는 큰 키에 옷차림이 단정하지 않고, 수염이 돋고, 공격적으로 보일 정도로 자신감을 풍기고 있었다. 후줄근한 티셔츠에 카키색 반바지를 입었고, 양말도 없이 지저분한 운동화를 신고 있었다. 아를렛이 급히 옆으로 다가갔을 때 그는 오래된 묘비들 맨 앞줄 끝에 서 있었는데, 묘비들에 새겨진 이름과 사망일은 세월과 풍파에 닳아 알아볼 수 없었다.

교회 묘지 너머는 덤불과 나무들뿐인 빈 땅으로 지자체 소유지였다.

교회 묘지에서는 풀을 벤 듯한 냄새가 났는데 싱그러운 냄새가 아니라 뭔가 썩은 듯이 시큼했다. 예측 불가능한 그곳은 공기가 후덥지근하고 밀도가 높고, 각다귀가 많았다.

"제노, 뭘 찾는 거야? 아, 제노."

아를렛은 겁이 났다. 제노는 계속 그녀에게 등을 돌린 상태였다. 제노 메이필드는 누구보다 따뜻하게 사교적이고 누구보다 사회적이지만, 때로는 냉담하고 적대적이어서 누군가 그에게 손을 대면 뿌리칠 수도 있는 사람이었다. 그는 스스로를 남자 중 남자라고 자부했다. 이 세계, 카시지와 이 인근에서 일어난 수많은 일을, 아를렛 같은 여자는 모르는 일들을, 지면에도 방송에도 나오지 않은 일들을 아는 남자였다. 그는 묘지 가장자리의 풀이 높이 자란 곳에서 아를렛에게는 경악스러운 체계적인 방식으로 딸의 시신을—그게 가능할까?—찾고 있었는데, 더 큰 묘비들 뒤쪽과 베어낸 너저분한 풀더미와 나뭇가지들 속, 시들고 버려진 꽃들을 보관하는 헛간 뒤쪽을 두루 살폈다. 무섭게도 아를렛은 제노가 냉담한 호기심을 갖고 몸을 숙여 그 속과 밑을 들여다보는 더미들에서 소녀의 손상된 몸, 부러진 나뭇가지 사이로 삐져나온 팔을 언뜻 본 것 같았다.

"제노, 돌아와! 제노, 집에 돌아가자. 크레시다가 지금쯤 집에 돌아왔을지도 몰라."

제노는 그녀의 말을 무시했다. 어쩌면 못 들었을 수도 있었다.

아를렛은 랜드로버에 탄 채 그가 돌아오기를 기다렸다. 시동을 걸고 라디오를 켰다. 오전 일곱시 뉴스를 기다렸다.

"그애는 분명 어딘가에 있어. 그게 어딘지 우리가 모를 뿐이지."

그리고 아를렛은 마치 그 사실에 이의라도 제기하는 듯이 말했었다. "크레시다는 열아홉 살이야. 귀가 시간을 정해놓진 않았으니까 우리한 테 보고할 필요는 없지."

제노와 아를렛이 유선전화로 통화하는 사이, 줄리엣은 휴대폰으로 전화를 걸었다. 우선 이른 시각에 전화해 크레시다에 대해 물어도 큰 실례가 되지 않을 만한 친척들에게 연락했고, 오전 일곱시 반 이후에는 이웃들과 친구들에게, 아마 13개월 전 크레시다가 졸업한 후로 만난 적 없을 것 같은 반 여자애들에게도 전화했다.

(줄리엣이 말했다. "크레시다가 알면 펄쩍 뛸 거예요. 우리가 자기 비밀을 흘렸다고 생각할걸요." 아를렛이 말했다. "크레시다에게는 말할 필요 없어. 우리가 언제든 그 사람들에게 다시 전화해서 크레시다에게는 말하지 말아달라고 하면 돼.")

남자 여자 할 것 없이 친구 범위가 넓은 줄리엣은 먼저 그들에게 전화하기 시작했고, 걱정하거나 불안해하는 기색을 드러내지 않고 따뜻하고 다정한 목소리로 말했다. 그녀는 누구에게든 쓸데없는 경각심을 느끼게 하고 싶지 않았고, 소문의 후폭풍이 일어날까봐 두려웠다. 줄리엣은 휴대폰을 들고 밖으로 나가 앞쪽 보도에 서서 통화를 하는 동안에도 컴벌랜드 애비뉴를 내다보며 크레시다가 집으로 오는지 살폈다. 나중에 줄리엣은 저는 크레시다가 집으로 오는 중이라고 확신했어요. 예수님이 제게 약속하셨다 하더라도 그보다 더 확신할 수는 없었을 거예요라고 말할 것이었다.

줄리엣은 자기 결혼식에서 신부 들러리를 하기로 했던 친구인 캐럴라인 스콜닉에게도 전화했다. 줄리엣이 동생 크레시다가 전날 밤에 집에 돌아오지 않아 식구들 모두가 걱정한다고, 혹시 크레시다에 대해 알거나 생각나는 게 있느냐고 묻자, 놀랍게도 캐럴라인은 머뭇거리며 전날 밤 크레시다이거나 무척 닮은 아이를 울프스헤드호수의 로벅인에서 봤다고 말했다.

줄리엣은 너무 놀라 휴대폰을 떨어뜨릴 뻔했다.

크레시다를 로벅인에서 봤다고? 울프스헤드호수에서?

캐럴라인은 자기 약혼자인 아티 펫코, 또다른 커플과 그곳에 갔지만 오래 있지는 않았다고 말했다. 예전에는 멋진 곳이었지만 최근 로벅인은 주말마다 오토바이족이, 애디론댁 헬스 에인절스가 진을 치는 곳이었다. 지역 젊은이들로 구성된 인기 록밴드가 공연을 하지만, 음악소리는 귀를 먹먹하게 하고 술집 안은 너무 혼잡했다—"너무 많은 일이 일어나는 곳이잖아."

술집 안에는 그들이 아는 남자 무리가 있었고, 칸막이 자리 몇 곳에는 여자도 몇 명 있었다. 실내에 담배연기가 자욱했다. 캐럴라인은 거기서 브렛을 보고 놀랐다. "여자와 있는 건 아니었고 그냥 친구들이랑." 그녀는 얼른 덧붙였다. "하지만 그들과 어울려 노는 여자들이 있었어. 브렛은 아마 그랬을 것 같진 않지만, 술집 조명 덕분인지 아무튼 괜찮아 보였어. 받은 수술이 도움이 많이 됐나봐. 그리고 그는 선글라스를 쓰고 있었어. 아무튼 거기에 크레시다가 온 거야. 나는 크레시다였다고 생각해. 갑자기 뜬금없이 우리는 크레시다를 봤고, 그애는 우리를 보지 못했어. 바에 막 들어선 것 같았어, 혼자. 그 많은 사람들 사이를 뚫고 들어와야 했지, 걔 체구가 정말 작잖아, 누가 함께 온 것 같지는 않았어. 누구와, 커플로 온 것 같지는. 누가 누구와 일행인지 분명하지 않았지만. 크레시다는 늘 입는 검은색 진에 검은 티셔츠, 가는 줄무늬 스웨터 같은 걸 입고 있었어. 크레시다를 보고 놀랐어, 아티와 나 둘 다. 아티는 네 동생을 로벅인 같은 곳에서 본 적이 없다고 하더라, 여태 한 번도. 그는 너희 아빠를 알거든. '저애가 제노 메이필드씨 딸이야? 아주 똑똑하다는 그 딸?' 그가 묻길래 나는 '맙소사, 아니면 좋겠어. 저애가 여기서 뭐하는 거지?'라고 했어. 브렛은 로드 핼리팩스, 지미 와이스벡, 그리고 망나니 두에인 스텀프와 칸막이 자리 하나에 앉아 있었는데 다들 꽤 취했더라고. 그런데 크레시다도 거기서 브렛과 대화를 나눴어, 아니면 브렛에게 말을 붙이려고 애썼거나. 그런데 술집에 사람이 너무 많아 통제가 안 되는 지경이라 우리는 나가기로 했어. 그러니까 그애가 네 동생이 맞는지는 모르겠어, 줄리엣. 내 말은 확실히는 모른단 뜻이야. 하지만 분명히 그런 것 같았어, 크레시다 같은 애는 없으니까."

줄리엣은 그때가 몇시였느냐고 물었다.

캐럴라인은 밤 열한시 삼십분쯤이었을 거라고 했다. 자기들이 거기서 나와 에코호수 술집에서 사십 분쯤 마시다 새벽 한시쯤 집으로 왔으니까 그쯤일 거라고.

"어떡하니, 줄리엣, 그러니까 네 말은 크레시다가 집에 안 돌아왔단 거지? 집에 돌아오지 않았어? 어디 있는지 몰라? 우리가 가서 말을 붙여볼걸, 안 그랬던 게 너무 후회돼. 어쩌면 집으로 돌아올 차가 필요했을지도 모르는데, 어쩌면 거기서 오도 가도 못했을지 모르는데. 하지만 저, 우리는 말이야, 그애가 분명 누군가와 같이 왔을 거라고 생각했어. 브렛이 있었고, 크레시다는 브렛을 알고 브렛도 크레시다를 알잖아. 그러니까 우리는 아마도……"

줄리엣은 천천히 집으로 들어갔다. 아를렛은 문 바로 안쪽에서 큰딸을 보았다. 줄리엣은 들어가지 않는 큰 물건을 머릿속에 쑤셔넣기라도 한 듯 기이하고 경악한 표정을 짓고 있었다.

"무슨 일이니, 줄리엣? 혹시 무슨 이야기를 들은 거야?"

"네. 그런 것 같아요. 뭔가 들은 것 같아요."

그후의 상황은 급속히 전개되었다.

제노는 브렛 킨케이드의 휴대폰으로 전화했지만, 그는 받지 않았다.

제노는 카시지 전화번호부에서 킨케이드, E를 찾아 전화했지만, 그는 받지 않았다.

제노는 랜드로버를 몰아 프리몬트 뒤쪽 언덕의 또다른 거리 포츠댐 스트리트에 있는 에설 킨케이드의 집으로 달려갔다. 그 집은 정면의 베이지색 칠이 벗겨진 이층 목조주택으로 보도에서 가까웠는데, 제노가 여러 번 문을 두드리자 후줄근한 기모노 가운을 입은 에설 킨케이드가 현관문을 열더니 놀라 불안한 표정을 지었다.

"브렛 집에 있습니까? 지금 어디 있습니까?"

에설은 창백한 싸구려 조명에 비쳐 형광색으로 보이는 기모노 가운의 앞섶을 매만지며 조심스레 제노를 바라보았다.

"나는—몰라요…… 짐작이 가지 않는데, 그애 지프가 차도에 없네요……"

제노 메이필드와 에설 킨케이드 사이에는 복잡한 모종의 내력이 있었다. 애매하고, 묘하게 밉살스럽고(에설의 입장에서는, 제노 메이필드가 카시지 시장이라 명목상 상관이었을 때 그는 그녀와 마주쳐도 이름을 기억하는 것 같지 않았다) 묘하게 미안한(제노의 입장에서는, 인생이 이상하게 꼬여버린 여자, 허름한 차림으로 그를 쏘아보는 이 여자를 자신이 전에 무시했었다는 것을 알았다) 관계였다. 그리고 이제 제노의 딸과 에설의 아들의 파혼이 두 사람 사이에 잔해처럼 놓여 있었다.

"브렛이 어디 있는지 압니까?"

"아, 아뇨……"

"그가 어젯밤 어디 갔는지 압니까?"

"아뇨……"

"아니면 누구와 있었는지라도?"

에설 킨케이드는 헝클어진 옷매무새, 철가루 같은 수염이 까칠한 턱, 애원과 위협이 동시에 담긴 도전적으로 경고하는 듯한 축축한 제노의 눈을 살폈다. 그녀는 남자들의 변덕스러운 감정에 이골이 난 듯한, 한눈에도 지쳐 보이는 여자였고, 남자가 갑자기 달려들어 잡을 수 있을 만한 거리에 있으면 안 된다는 것을 아는 여자였다.

"나는 몰라요, 메이필드씨. 브렛의 친구들은 집에 오지 않고, 그애가 친구들에게 가죠. 아마 그애들에게 갔을 거예요."

그녀는 메이필드씨라고 말할 때 조금 앙심을 품고 내뱉었다. 제노의 딸과 에설의 아들이 약혼하기로 했을 때, 그들은 분명히 사회적 지위가 동등했거나, 동등했었다.

제노는 아를렛이 브렛의 어머니가 너무 쌀쌀맞다고 말했던 것이 기억났다. 좀처럼 남에 대해 험담하지 않는 줄리엣까지도 약혼자의 어머니에 대해 자연스럽게 마음을 열거나 쉽게 사귈 수 있는 분이 아니에요. 하지만 우리가 노력할 거예요!라고 중얼거렸었다.

가여운 줄리엣은 노력했고, 실패했다.

아를렛은 노력했고, 실패했다.

"에설, 이렇게 이른 시간에 미안합니다. 전화를 했지만 받질 않아서요. 나는 반드시 브렛과 이야기해야 합니다. 적어도 어딜 가야 그를 찾을 수 있는지 알아야 해요. 이건 줄리엣이 아니라, 우연하게도 내 딸 크레시다와 관련된 일입니다." 제노는 천천히 또박또박 말하려 애썼고, 도움이 안 된다고 느끼는 여자에게, 마치 그가 구겨진 기모노 가운을 잡고 열어젖히기라도 할까봐 두려운 듯 앞섶을 움켜잡고 한 걸음 물러나 있는 여자에게 화난 내색을 하지 않으려 했다. "우리는 어젯밤 두 사람이 로벅인에서 한동안 같이 있었다는 말을 들었습니다. 크레시다는 밤새 집에 돌아오지 않았고, 우리는 아이가 어디 있는지 모릅니다. 우리 생각에는 당신의 아들이 알고 있을 것 같아요."

에설 킨케이드는 고개를 젓고 있었다. 빗질하지 않아 엉키고 백발이 섞인 금발이 어깨를 스쳤다. 옷 속의 물렁하고 늘어진 살찐 몸에서는 땀이 마른 냄새와 탤컴파우더 냄새가 풍겼다.

그제야 그녀의 얼굴에 두려움이 떠올랐다. 그리고 교활함이.

에설은 아니라고 강조하듯 고개를 저었다. "나는 아들이 하는 일에 대해서는 전혀 몰라요."

"그의 방을 좀 볼 수 있을까요?"

"그애의 방을요? 방을 보고 싶다고요? 이 집에 들어와서요?"

"네. 부탁합니다."

"하지만, 왜죠?"

제노도 이유를 알 수 없었다. 그런 충동이 필사적으로 솟구쳤다. 아무것도 시도하지 않고 물러설 수는 없었다.

에설은 혼란스러운 표정을 지었다. 그녀는 내키는 대로 살아온 오십 대 중반의 여자였다. 혈색이 누르스레하고, 속눈썹과 눈썹은 거의 숱이 없고, 입술은 칙칙한 얼룩처럼 보였다. 에설은 마치 제노의 노려보는 눈빛에 위축된 듯, 어둑하게 불이 켜진 복도로 한 걸음 더 물러났다. 그녀는 집에 들어오는 건 안 된다고, 좋은 생각이 아니라고, 이제 그만 인사해야겠다고, 문을 닫아야겠다고, 더이상 그와 대화할 수 없다고 더듬거리며 말했다.

"에설, 잠깐만요! 브렛의 방을 보게만 해주십시오. 어쩌면 거기 뭔가가, 내게 도움이 될 뭔가가 있을지도……"

"아니요. 그건 좋은 생각이 아니에요. 이제 문을 닫을게요."

"에설, 부탁합니다. 일이 이렇게 된 데는 분명 이유가 있겠지만, 지금으로선 아를렛과 나는 너무나 걱정이 됩니다. 게다가 어젯밤 브렛과 내 딸이 함께 있었다는 말을 들었습니다. 우연일 리가 없잖습니까, 당신의 아들과 내 딸이……"

"메이필드씨, 당신이 영장을 가지고 있지 않다면, 나는 당신을 들여야 할 의무가 없어요."

"영장이요? 나는 경찰이 아닙니다, 에설. 말도 안 되는 소리죠. 게다가 이제는 시공무원도 아닙니다. 나는 그저 브렛의 방을 보고 싶을 뿐이에요, 딱 일 분만이라도. 어떻게 그런 청까지 거절할 수 있습니까?"

"아니요. 안 돼요. 브렛이 원치 않을 거예요. 그애는 당신들을 다 싫어해요."

에설 킨케이드가 앞에서 문을 닫으려 하자 그는 손바닥으로 막았다. 제노의 이마에서 맥이 마구 뛰었다. 에설 킨케이드가 그렇게 생각 없이 내뱉은 말을 믿을 수 없었지만, 결코 잊지 못할 것 같았다.

당신들을 다 싫어해요. 당신들을.

"당신 아들이 내 딸을, 내 딸 크레시다를 해쳤다면, 만일 크레시다에게 무슨 일이 생겼다면, 그는 내 손에 죽을 겁니다."

에설 킨케이드는 문에 체중을 실어 닫으려 했다. 제노는 문에서 손을 뗐다.

그는 혼란스러웠다. 명료하게 생각할 수 없었다. 그는 자신의 눈앞에서 무례하게도 쾅 닫혀버린 거지같은 문짝을 두드려대는 돌이킬 수 없는 짓을 저지르기 전에 얼른 랜드로버로 돌아가 집으로 돌아가는 편이 낫겠다고 생각했다.

킨케이드의 집에 무단 침입하는 짓을 벌이기 전에.

앙심을 품은 여자가 911에 신고할 것이다. 일말의 구실만 주면 그녀는 있는 힘을 다해 제노 메이필드와 그의 가정을 망치려 들 것이다.

그는 보도에 비딱하게 세워놓은 랜드로버로 돌아갔다. 운전석 안전띠가 망가진 듯 밖으로 흘러내려 있었다. 성공회교회 묘지에 쌓인 쓰레깃더미의 광경이 불현듯 눈앞에 떠올랐다. 그는 돌아보지 않고 킨케이드의 집 앞을 출발해 달리며 그 여자는 내 말을 알아듣지 못했어. 아마 기억 못할 거야 하고 생각했다.

아를렛은 진입로에서 제노를 기다렸다.

그가 딸을 데려오는지 보려고 기다리고 있었다.

그래서 랜드로버에서 내렸을 때 제노는 아내의 실망한 표정을 보았다.

"크레시다가 거기 없었어?"

"응."

"에설과 얘기해봤어? 브렛이 거기 있어?"

"에설은 도움이 안 됐어. 브렛도 없었고."

아를렛은 집안으로 들어가는 제노를 따라잡으려 걸음을 재촉했다.

벌써 오전 여덟시 이십분이었다. 순식간에 밤이 지나 동이 트더니 해가 쨍쨍하고 무더운 아침으로 접어들었다.

프라이버시가 있는 밤. 노출되는 아침.

아를렛은 떨리는 목소리로 물었다. "크레시다와 브렛이 함께 달아났을 수도 있다고 생각해? 아니면 브렛이 그애를 어딘가로 데려갔을까? 애를 해치려고? 우리를 당황하게 하려고? 제노?"

"크레시다는 열아홉 살이야. 어른이라고. 집밖에서 밤을 보내기로 했다 해도 그건 그애의 권리야."

제노는 매몰차게, 반어적으로 말했다. 그는 자신이 하는 말을 스스로도 전혀 믿지 않았지만, 그 말을 반복해야 한다고 느꼈다.

아를렛이 그의 팔을 움켜잡았다. 그녀의 손가락이 그의 팔을 짓눌렀다.

"하지만 만약 그애가 선택하지 않았다면? 누군가 아이를 해쳤다

1부 사라진 소녀 123

면? 끌고 갔다면? 우리는 딸을 구해야 해, 제노. 그애에게는 우리밖에 없어."

두 사람 다 입 밖에 내지는 않았지만, 그애는 진짜 어른이 아니야. 아직 애야. 온갖 성숙한 척은 다 하지만 아직 애야 하고 생각했다.

이제 선택의 여지가 없었고, 통화를 미룰 수 없었다. 제노는 진입로에 서서 심연을 들여다보듯 컴벌랜드 애비뉴 쪽을 빤히 바라보았다. 부질없이 바라보느라 눈이 화끈거리고 따가웠다. 언제라도 그의 딸 크레시다가 나타날 가능성이 있었다(그렇고말고! 말이 안 되거나 불가능한 일이 아니다! 젊고 공격적인 변호사이던 시절 제노 메이필드는 종종 그의 [유죄] 의뢰인들의 혐의가 '무죄'임을 입증할 대안적인 설명이 있는 대안代案우주의 가능성에 마음이 끌렸고, 거기서 생각을 풀어나갔다). 그는 경찰에 연락하는 것 외에는 선택의 여지가 없음을 알았다. 비첨 카운티 보안국에 전화해 핼 피트니와 통화해야 했다. 핼은 부국장으로, 친한 친구는 아니지만 제노 메이필드가 정치를 하던 시절부터 오랫동안 알았고, 제노는 핼이 믿을 만한 친구라고 생각하고 싶었다. 억지로 마음을 가라앉히며 알고 있는 내용을 핼에게 말했다. 크레시다는 열아홉 살이고 어린애가 아니니까 실종 신고를 하는 것이 시기상조 같을 수 있겠지만, 정황상 근거가 있다고 설명했다. 딸은 밤새 종적을 감췄지만, 무책임하게 행동할 아이는 분명 아니었다. 가족이 알아낸 바에 따르면, 딸은 전날 밤 혼자 로벅인에 간 것이 목격됐고, 나중에 몇 사람과 함께 있었는데 그중 하나가 브렛 킨케이드였다. (피트니는 지역 언론의 기사들을 통해 브렛 킨케이드 상병에 대해 알고 있었다.) 제노는 가족들이 계속해서 크레시다의 휴대폰으로 전화를 걸었고, 카시지에서 그녀를 알거나 알 만한 사람과 모두 통화해봤지만, 애가 사라져버린 것 같다고 말했다.

제노는 킨케이드의 집에 다녀왔다고 말했다. 킨케이드 역시 실종 상태라고.

제노는 빠르게 말했고, 설득력 있게 들렸길 바랐다. 그가 마음의 준비를 하기도 전에 피트니가 말하길, 그들은 그의 딸에 대해 모르지만 우연히 브렛 킨케이드가 오늘 아침, 한 시간 전쯤 이곳 보안국 본부로 끌려와 있다고 했다. 지프 랭글러에서 정신이 혼미해 보이는 킨케이드를 발견한 등산객들이 신고했다. 차는 샌드힐 로드에서 조금 벗어나 노토가산림보호구역 바로 안쪽에 주차돼 있었다. 브렛은 혼자였지만 얼굴에 '긁히거나 물려 피가 난 자국'이 있었고 차량 앞좌석에 핏자국이 있었다. 그는 '동요하고' '공격적인' 상태로 보안관보에게 저항했고, 보안관보는 그를 제압해 수갑을 채우고 본부로 데려왔다.

"킨케이드가 협조하지 않고 있습니다. 완전히 정신이 나갔어요. 숙취 때문에 욕지기를 하고 겁을 먹은 상태죠. 본인이 어디에 있었는지, 거기 왜 있었는지, 여자나 누가 같이 있었는지 모르는 듯해요. 우리는 보안관보 두 명을 다시 보내 현장과 킨케이드의 지프를 조사했습니다. 지금 그를 조사하는 중이죠. 본부로 오시는 게 좋겠습니다, 제노. 부인도 함께요. 그리고 딸의 사진을 가져오십시오, 최근 것일수록 좋습니다."

전혀 예상하지 못했던 소식에 제노는 비틀거리며 집으로 들어가 의자를, 식탁 의자를 대충 당겨 털썩 주저앉았다. 배를 걷어차여 숨이 막힌 느낌이었다. 그는 기운이 전혀 없고 너무 무서워서, 아를렛이 간절하게 하는 말을 알아들을 수 없었다. "제노, 왜 그래? 그들이 아이를 찾았대? 그애가 살아 있어? 제노?"

*

이제 시간은 지그재그로 건너뛰듯 흘렀다.

일단 제노가 그 통화를 했다. 일단 개인적인 걱정거리가 돌이킬 수 없는 공개적인 사건이 되었다.

일단 그들의 딸은 공개적인 실종자가 되었다.

일단 그들은 실종된 딸의 사진을 경찰들에게 넘겼고, 이제 그것은 언론사와 TV 방송국, 인터넷, 신문 지면에 실릴 것이다.

일단 그들은 딸에 대해 설명했다. 일단 그들은 딸을 찾는 데 중요하다고 생각되는 모든 면에서 딸에 대해 설명했다.

시간은 아찔할 만큼 빠르게 흘렀고, 반대로 애간장이 탈 만큼 더디게 흘렀다.

빠른 건 너무 많은 것이 너무 작은 공간에 들어앉아 있었기 때문이다. 고속으로 재생해서 잔인하고 희극적인 효과가 나는 공포영화처럼 빨랐다.

느린 것은 모든 일이 일어나는 와중에 중요해 보이는 일은 없었기 때문이다.

느린 것은 하루, 이틀, 며칠, 일주일 내내 많은 전화를 받았지만 그들이 기다리는 크레시다가 발견됐다는 전화는 오지 않았기 때문이다.

살아 있고 건강합니다. 우리가 당신의 딸을 발견했습니다. 살아 있고 건강합니다.

그들이 애타게 기다리는 그 전화는 오지 않았다.

(그리고 그들은 실종된 시간이 길어질수록 아이가 다치거나 더 험한 일을 당할 가능성이 더 커진다는 것을 알았다.)

(브렛 킨케이드가 협조를 거부하거나 협조할 수 없는 시간이 길어질수록, 아이가 다치거나 더 험한 일을 당할 가능성이 더 커지고, 발견될 가능성은 더 줄어들었다.)

경찰들에게 크레시다의 사진들을 제공했다.

탁자에 사진 대여섯 장을 죽 펼쳐놓았다.

그들을 올려다보는 듯한 딸을 보자니 놀라웠다.

크레시다의 신중한 눈빛, 자신의 허락 없이 남들이 자기 얼굴을 바라보고 기억하게 될 줄 알았다는 듯한 조소와 아주 얼핏 적대감이 어린 숱 없는 속눈썹 아래 검은 눈.

웃는 얼굴의 사진은 한 장도 없었다. 크레시다는 어릴 때부터 사진을 찍을 때 웃지 않았다.

아를렛은 설명하고 싶었다. 우리 딸은 불행한 아이가 아니었어요. 사진 찍을 때 웃는 걸 거부했을 뿐이에요. 고등학교 졸업사진에서도 웃지 않았어요. 왜냐하면……

하지만 아를렛은 이 말을 꺼낼 수 없었다. 목이 잠겨 말이 나오지 않았다.

……그애가 그랬었죠, 사진들 중 한 장은 사망 기사에 실릴 거잖아요. 그러니 웃을 수가 없죠. 바보천치나 자기 장례식 때 웃을걸요.

2005년 7월 10일 토요일 늦은 아침, 노토가산림보호구역에서 시작된 실종 소녀 수색은 해질녘 수색자들이 공원을 떠나야 할 때까지 계속됐다. 다음날 아침 수색이 재개되어 해질녘까지 이어졌고, 그다음날에도 아침부터 해질녘까지 계속됐다.

매년 여름 드넓은 산림보호구역에서 길을 잃은 산책객이나 캠핑객, 등산객을 찾아다니는 일이 종종 있었다. 하지만 그 평범한 수색과 이번 수색은 상당히 달랐다. 이 실종 소녀가 누군가에게 폭행을 당했을지도―강간당했을까, 살해됐을까?―모르기 때문이었다.

실종 소녀가 노토가강에 유기되어 주검이 하류로 떠내려갔을 가능성 때문에 수색 작업이 복잡해졌다.

하지만 사기가 드높았다. 크레시다 메이필드를 아는 자원봉사 수색자들과 해당 지역에서 실종 소녀를 찾겠다고 나선 (젊은, 여자) 산림관리인들의 열의가 뜨거웠다.

십일 년 전 산림보호구역에서 길을 잃은 소년이 살아서 발견되지 못한 적이 있었는데, 겨울에 가출했다는 그 아이의 시신이 발견된 것은 이듬해 봄이었다.

수색 과정에서 다양한 유류품이 발견됐다. 속옷(남자 것과 여자 것)을 비롯해 말라비틀어진 옷가지, 한 짝뿐인 손가락장갑과 벙어리장갑, 한 짝뿐인 구두, 등산화, 허리띠, 망가진 모자, 플라스틱 병, 깡통, 스티로폼, 산림보호구역 안내도, 하이킹 안내서, 조류 관련 책, 장난감 등등. 머리 없는 인형을 발견한 자원봉사 수색자는 순간적으로 머리 없는 아기로 착각하고 기겁을 했다.

흩어져 있는 뼈들은 확인해보니 짐승이나 새의 뼈였다.

여기저기 짐승의 썩은 사체가 널려 있었고, 그것은 제노 메이필드가 발견했던 것, 지치고 절망한 아버지가 발작을 일으켜 쓰러진 원인이라 여겨졌던 뜯어먹힌 암사슴 사체와 비슷했다.

내 목숨을 딸의 목숨과 바꿀 수 있다면. 그럴 수만 있다면……

아주 많은 차량이 메이필드네 집 앞 진입로와 컴벌랜드 애비뉴에 세워졌다. 실종 소녀가 집에 돌아왔다면 무슨 잔치라도 벌이는 줄 알았을 것이다.

입술을 일그러뜨리며 투덜거리는 말이 어머니의 귀에 또렷이 들리는 듯했다―이게 무슨 난리예요? 줄리엣이 약혼이라도 해요 다시?

거실에 방송국 카메라 조명이 환하고, 카시지의 컴벌랜드 애비뉴에 사는 실종 소녀의 부모 아를렛과 제노 메이필드가 지역 방송사와 인터뷰를 했다. 에비 에스테스가 진행한 인터뷰는 WCTG TV 오후 여섯시 뉴스에 방영될 예정이었다.

아를렛은 말을 할 수가 없었다. 말은 제노가 도맡았다.

물론 제노 메이필드는 입담이 아주 좋았다.

그의 목소리는 아주 미세하게 떨릴 뿐이었다. 축축한 두 눈에는 피로감이 역력하고 초점이 또렷하지 않은 듯했다.

하지만 그는 샤워와 면도를 했고, 다림질한 깨끗한 옷을 입고, 부스스한 머리도 말끔히 빗은 상태였다. 제노는 시청자들에게 말하려면 진행자를 통해야 한다는 것을 알았고, 진행자의 질문에 화내거나 당황하면 안 된다는 것도 알았다.

아를렛은 구깃구깃한 휴지를 오른손에 꼭 쥐고 있었다. 그녀의 혀는 굳어 있었다. 아를렛의 시선이 짙게 화장한 에비 에스테스의 욕심 많은 눈에 쏠렸다. 그녀의 걱정은 콧물이 흐르거나 눈물이 새어나와 눈부신 카메라 조명에 부각되는 것이었다.

우리 딸. 우리 크레시다. 누구든 아시는 게 있다면……

그러더니 1만 달러의 보상금을 내겠다는 놀라운 이야기가 나왔다.

메이필드 가족과 면담했던 경찰들도 미처 몰랐다. 카메라에 잡힌 아를렛의 어리둥절한 표정으로 보아하니 그녀 역시 몰랐다. 제노는 우리 딸 크레시다를 되찾을 수 있도록 아이가 돌아올 수 있도록 단서를 제공해준 사람에게 보상금 1만 달러를 주겠다고 절절한 목소리로 말했다.

놀라운 뉴스였다—보상금이라니.

좋은 아이디어가 아니었다.

전화가 더 빗발칠 것이다.

전화가 더 빗발칠 것이다.

예를 들어 '목격자들'의 전화. 그들은 노토가산림보호구역 안에서, 그 근처에서, 멀지 않은 곳에서 실종 소녀를 봤다고 확신했다.

북쪽 멀리 뉴욕주 머시나에서. 남쪽 멀리 빙행턴에서.

세븐일레븐에서. 히치하이킹을 하고 있었어요. 80번 주간고속도로에서 남쪽으로 향하는 밴의 조수석에 타고 있었어요.

야구모자를 이마 밑까지 푹 눌러쓰고 있었어요.

선글라스를 쓰고 있었어요.

33번 도로에 있는 오논다가의 시네맥스에서 수염을 기른 남자와 나왔어요—톰 크루즈가 나오는 〈우주전쟁〉이었어요.

북쪽 멀리 뉴욕주 머시나에서도. 남쪽 멀리 빙행턴에서도.

수십 통의 전화가 걸려왔다. 이윽고 수백 통이 됐다.

가장 귀중한 전화는 7월 9일 토요일 밤 로벅인에 있었다고 주장하는 '목격자들'에게 걸려온 것들이었다.

킨케이드 상병을 알아봤다는 사람들. 로벅인의 복잡한 바에서, 호수가 내다보이는 테라스에서, 여자 화장실에서 '토하는', '얼굴에 물을 끼얹는' 크레시다 메이필드를, 그녀라고 의심되거나 그녀라고 생각되거나 그녀임이 분명한 인물을 봤다는 여자들.

킨케이드와 그의 친구들인 핼리팩스, 와이스벡, 스텀프를 안다는 어느 바텐더는 이렇게 말했다. "그 여자애가 어디선가 들어왔어요. 혼자 온 듯했고 겁먹은 것 같았어요. 진바지에 검은색 티셔츠에 스웨터 같은 걸 입고 있었고요. 토요일 밤에 로벅인에 오는 부류 같진 않았어요. 아마 킨케이드의 일행이었거나 우연히 만났겠죠. 그 둘은 함께 나갔을 거예요. 아니면 그들 모두와 함께 나갔든가. 테라스에서 밴드가 연주를 하고 있었기 때문에 무척 시끄러웠어요. 하지만 오토바이족과 어울리지 않았던 건 확실해요, '크레시다'라는 그 여자애가요. 저어, 만약 다른 사람들이 킨케이드에 대해 제보했다면, 혹시 그녀가 해를 입었고 그게 그가 한 짓으로 밝혀지면 사람들과 1만 달러를 나눠 갖게 되는 건가요? 조건이 어떻게 되죠?"

로드 핼리팩스의 전 애인인 내털리 캔터도 있었다. 그녀는 제노 메이필드의 사무실로 전화해 고교 시절 줄리엣 메이필드의 '친구'였다고 주장했고, 격앙되고 매우 불명료한 목소리로 그의 딸에게 무슨 일이 벌어졌는지는 로드와 그 일당이 알 거라고 말했다. "전에 그 개자식이 나에게 약 탄 술을 먹이고 나랑 헤어지고 싶어서 정말 구역질나게 굴면서 거지같은 친구들에게 날 넘기려 했어요, 지미 와이스벡이랑 그 빌어먹을 스텀프에게—자기 트럭에서요. 바로 그 주차장에서, 개새끼. 그들은 전부 더러운 주정뱅이들이에요. 나는 킨케이드는 모르지만 줄리엣은 알아요. 당신 딸이요, 줄리엣은 천사예요. 농담이 아니라 그애는 천사예요. 줄리엣 메이필드는 천사예요. 다른 딸인 '크레스다'는 몰라요. '크레스다'는 본 적이 없어요. 가여운 그애에게 무슨 일이 벌어졌는지는 로드 핼리팩스가 알 거예요. 그 자식이 싫증내며 쓰레기 취급했던 여자가 내가 처음은 아니거든요. 그건 '합의한' 일이 아니었어요. 엿같은 강간이었다고요. 그뒤에 나는 아팠어요, 그러니까, 옳은 거예요. 그러니 그놈한테 물어보세요. 그놈을 체포해서 그놈한테 물어보시라고요. 만약 가여운 여자애를 강간하고 목 졸라서 그 시신을 호수에 던졌다면, 로드 핼리팩스의 짓이 확실할 거예요."

그녀의 머릿속에서 시간감각이 오락가락했다. 매시간은 강바닥의 개흙처럼 느리게 흘렀지만, 하루하루는 술에 취한 채 위태롭게 퍼덕이는 날개에 올라탄 듯 휙휙 지나갔다.

그러다가 일주일이라는 것을 깨달았다. 이번 일요일이면 일주일이다. 그런데 아이는 발견되지 않았고, 불확실하지만 그건 희소식의 기미일지도 모른다. 아이가 끔찍한 곳에서 발견되지는 않았다는 것은.

그녀는 그가 스스로를 용서하지 못하리란 것을 알았다.

이 일이 그의 잘못일 리 없지만. 그래도 그는 그럴 것이다.

아를렛은 이미 오래전에 딸들에 대한 시샘을—정도야 어떻든 시샘을 드러내는 것을—극복했다. 특히 제노는 줄리엣을 예뻐했지만 '까다로운' 딸, 사랑하기 어려운 아이 크레시다에 대해서도 애틋한 마음을 품었다.

딸들이 아주 어렸을 때는 엄마를 따랐다. 아기일 때는 젊은 엄마가 전부였다. 물론 그건 극히 자연스러운 일이다.

하지만 곧 아빠가 딸들의 마음을 훔쳤다. 크고 건장하고 환한 얼굴을 가진 아빠는 아주 재미있고 너무도 예측불허였고, 그가 농담으로 말하듯 엄마의 사과 수레를 뒤집어버리는 일*을, 엄마의 지시를 뒤엎어버리기를 즐겼다.

질서 잡힌 가정생활—식사시간에 가족들과 식탁에 제대로 앉아서 먹기—계단에서 뛰거나 서두르지 않기—침실을 말끔하게 정돈하고 다른 사람을 배려해서 욕실 더럽히지 않기—이 아빠가 재미삼아 뒤집어버리는 우스운 엄마의 사과 수레였다.

하지만 엄마는 웃음거리가 될 때 웃어줄 줄 알았다.

엄마는 그것이 사랑이라는 것을 알았다. 일종의 사랑임을.

하지만 때때로 그녀를 놀려대면서 아버지가 딸을 편들 때는 속이 상했다.

(물론 줄리엣은 그렇지 않았다. 줄리엣은 남을 놀리지 않았다.)

(크레시다는 툭하면 놀려댔다. 그녀는 상냥한 마음이 자신을 연약하

---

* '계획을 망치다'라는 뜻의 속담.

게 만들까봐 두려워하는 것 같았다.)

아를렛은 만일 크레시다에게 끔찍한 일이 벌어졌다면, 제노가 자책하리란 것을 알았다. 그럴 이유가, 그럴 만한 합당한 이유가 있을 리 없지만, 그는 자책할 것이다.

이미 그는 들어주는 사람이 있을 때마다 그애가 외출할 때 나는 그 자리에 없었습니다. 세상에!라고 말하고 있었다.

그는 의아한 듯 자책하는 말투로 나에게는 뭔가 말했을 텐데. 그애가 어쩌면 나에게는 말하고 싶었을 텐데라고 중얼거렸다.

헤아릴 수도 없이 여러 번이나 그들은 그 토요일 저녁 크레시다가 저녁을 먹으러 마시네 집에 가기 위해 집을 나가던 순간을 떠올렸다.

무심하게, 그녀는 부엌에 있던 어머니와 언니에게 태연히 외쳤을 것이다. 안녕! 다녀올게요.

아니면 크레시다가 마시네 집에서 밤늦게까지 있지 않았으니 가능성은 낮지만 이렇게 말했을지도 모른다. 나 때문에 깨어 있진 마요.

(크레시다가 그런 말을 했던가? 나 때문에 깨어 있진 말라고? 일부러 그런 걸까 아니면 다른 뜻이 있어서 그런 걸까? 기다리지 마요가 아니라 깨어 있지 마요다. 크레시다 특유의 별난 유머였다. 문득 아를렛은 그 말에 무슨 의미가 있는지 궁금했다.)

(지푸라기라도 잡는 심정으로 하는 생각이었다. 한심했다!)

제노가 그 시간에 집에 없었던 것을 자책하는 건 분명 황당했다. 그는 자신이라면 어떻게든(하지만 어떻게?) 크레시다가 예정된 시간, 가족이 예상하는 시간에 돌아오지 않으리란 것을 예상했을 거라는 듯이 굴었다.

황당하지만 그 아버지다웠다.

특히 그 딸들의 아버지다웠다.

매시간 전화벨이 울렸다!

메이필드의 집에는 전화기가 몇 대 있었다. 집전화, 제노의 휴대폰, 아를렛의 휴대폰, 줄리엣의 휴대폰.

항상 심장이 내려앉는 기분으로 더듬거리며 전화를 받았다.

아를렛은 일부러 발신자 확인을 피했다. 크레시다의 전화일 거라 희망을 갖고 싶었다.

혹은 전화한 사람이 모르는 사람, 경찰, 어쩌면 어떤 여자일 거라 희망을 품었다. 아를렛의 환상 속에서 좋은 소식을 전하는 건 여자였다. 메이필드 부인! 우리가 당신의 딸을 찾았는데 어머니와 통화하고 싶어 합니다.

그 환상 너머로는, 열심히 귀를 기울여봐도, 아무것도 없었다.

마치 그 전화를, 크레시다의 목소리가 들려오기를 기다리는 압박감 속에서 정작 아이의 목소리가 어땠는지 잊어버린 것 같았다.

차를 몰아 은행으로 가며, '이 시각 주요' 뉴스를 들어야 한다는 절박함에 라디오 다이얼을 만지다 하마터면 청소차와 부딪칠 뻔했다.

정신을 차리던 와중에 다음 블록에서 SUV와 충돌할 뻔했고, 그 운전자가 그녀에게 짜증을 내며 경적을 울렸다.

그리고 은행에서는 사람들의 동정 어린 시선을 피하기 위해 (필사적으로, 속이 빤히 보이는) 밝은 얼굴로 미소지으면서 출납 창구 앞에 줄을 섰다. 딸이 실종되지 않았으면 꼭 그랬을 모습으로.

그 사실이 당황스러웠다. 그 사실이 그녀를 비웃는 것 같았다.

숨고 싶은데. 얼굴을 감추고 싶은데. 당연히 그럴 수가 없었다.

"아를렛? 아를렛 메이필드 맞으시죠? 따님 일은 정말 유감입니다, 정말 무척이나 유감입니다…… 우리 애들에게 말해뒀어요. 하나는 11학년 고등학생이고, 하나는 7학년이죠. 애들에게 어떤 이야기든 들으면 곧바로 우리에게 알리라고 당부했어요. 요즘은 애들이 부모들보다 더 많이 알거든요. 호수나 산림보호구역에서는 별별 일들이 벌어지죠. 미성년자 음주는 아무것도 아니에요. '필로폰'이니 온갖 종류의 약물이 있죠. 애들은 자기들이 뭘 하는지도 몰라요, 너무 어려서 그게 얼마나 위험한지 모르죠…… 댁의 따님이 그런 마약 하는 자들과 같이 있었다는 뜻은 아니에요, 그런 뜻이 아닙니다만 로벅인은 그런 아이들이 어슬렁대는 곳이죠. 마약거래상으로 알려진 헬스 에인절스 오토바이족이요. 하지만 부모들은 현실을 외면하죠, 카시지에 심각한—비극적인—문제가 있다는 걸 인정하고 싶지 않으니까……"

은행 주차장에서 울 수는 없었다. 은행 고객들이 잇달아 드나드는 곳에서 그럴 수는 없었다. 그리고 누군가 아를렛 메이필드를 아는 사람이, 개인적으로는 모르지만 WCTG TV에서 그녀의 남편이 딸의 귀환을 호소할 때 그녀를 본 사람까지 포함해서 아는 사람이 자동차 창문 너머로 볼 수도 있고, 아마 그녀를 봤다는 이야기를 듣는 사람은 눈을 휘둥그레 뜨고 전율할 것이다. 딱해라! 아를렛 메이필드 말이야! 실종된 여자애 어머니……

경찰 본부로 계속해서 신고가 들어왔다.

이틀째인 7월 11일 월요일에 가장 많았지만 카시지포스트저널 1면에 사진과 함께 기사가 나간 후 기록적으로 신고 전화가 이어졌다. 그리고 보상금 1만 달러 공지.

크레시다 메이필드를 어디선가 봤다고 주장하는 무수한 '목격자들'. 또는 그녀에게 무슨 일이 벌어졌는지, 지금 어디 있는지 안다고 주장하는 사람들.

크레시다 메이필드를 '납치'하거나 '무슨 짓을' 저질렀을 것 같은 사람(이웃, 친척, 전 남편 등)들을 암암리에 고발하는 경우도 있었다.

제노는 이런 전화들이 그에게 연결되기를 바랐다. 보안국에서 그중 누군가의 소중한 정보를 놓칠까봐 몹시 걱정했다.

수사관들은 보상금을 걸었으니 전화가 홍수처럼 밀려들 수 있다고, 모두 쓸데없는 내용일 거라고 제노에게 설명했다.

하지만 쓸데없는 내용일지라도 신고 전화들을 참작해야 하고, '단서들'을 조사해봐야 한다.

비첨 카운티 보안국은 인원이 부족했다. 규모는 훨씬 작지만 카시지 경찰국이 나서서 돕고 있었다.

만약 납치가 의심되면 FBI가 관여할 것이다. 뉴욕주 경찰도.

공개적으로 보상금을 제시한 것이 실수였을까? 제노는 그렇게 생각하고 싶지 않았다.

"보상금 액수가 적은 게 실수인 것 같아. 두 배로 올려야겠어, 2만 달러로."

"맙소사, 제노, 진심이야?"

"물론 진심이지. 우리는 뭔가를 해야 해."

"맥매너스 보안관과 이야기해봐야 하지 않겠어? 아니면 —"

"크레시다는 그의 딸이 아니라 우리 딸이야. 2만 달러로 올리면 더 많은 관심을 가져줄 거야. 우리는 뭔가를 해야 한다고."

아를렛은 생각했다. 하지만 아무 소득도 없으면? 우리가 아무것도 할 수 없게 된다면?

제노는 수화기를 들었다. 도전적인 제노는 집전화와 그의 휴대폰, 두 대의 전화기를 즉시 들었다.

"여보세요? 제노 메이필드입니다. 보상금을 두 배로 올려 2만 달러로 하겠습니다. 네, 맞습니다. 우리 딸 크레시다 메이필드를 찾을 수 있게 정보를 제공해준 분에게 2만 달러를 주겠습니다. 신고자가 원한다면 익명으로 처리하겠습니다."

크레시다의 방. 소리가 울릴 정도로 큰 저택의 위층에서 뭔가가 그 방으로 이끄는 듯 그들은 맴돌았다.

아이가 돌아와서 자기 방에 들어왔다면 부모를 보고 놀랐을 것이다. 그리고 좋아하지 않았을 것이다.

안녕 아빠. 엄마. 왜 여기 있어요?

몰래 살펴보는 건 아니겠죠?

"침대에서 잔 흔적이 없었어. 내가 처음 본 게 그거였어."

아를렛이 목쉰 소리로 속삭이듯 말했다. 그들은 웅장한 무덤 속에 웅크리고 있는 것 같았다. 방안 조명은 너무 흐릿했고, 너무 삭막하고 잠잠했다.

제노는 방 한가운데에 서서 멍하니 바라보았다. 아를렛은 그가 딸의 방에 들어온 것이 몇 년 만일 수도 있다고 생각했다.

수사관들은 아를렛에게 그 방에서 뭔가 '없어진' 것이 있느냐고 물었다. 없는 것 같았지만, 그녀가 그걸 어떻게 알 수 있을까. 작은딸의 사생활은 몹시 은밀했고, 이따금 겨우 일부분만, 그것도 마지못해 어머니에게 알려주었다.

수사관들이 방을 수색하는 동안 아를렛과 제노는 초조하게 옆에 서 있었다. 수사관들이 방의 한 부분—옷장, 크레시다가 여섯 살 때부터 쓴 오래된 체리목 서랍장—을 수색했고 그것이 끝나자마자 아를렛은 서둘러 원래대로 돌려놓고 다시 정리했다.

라텍스장갑을 낀 수사관들은 의류 한 점을 비닐봉투에 담았다. DNA 검사용인 듯 별로 깨끗하지 않은 머리빗과 칫솔, 다른 사적인 물건들도 가져갔다.

크레시다의 노트북. 그들은 이것을 확인해봐도 되느냐고 물었고, 제노는 물론이라고 대답했다.

물론 그들에게 노트북을 보게 하는 건 내키지 않았다. 딸아이의 사생활을 들여다보는 건 너무 지나친 침해다! 크레시다가 얼마나 화를 낼지 뻔했다.

수사관들은 인수증을 쓰고는 노트북을 가져갔다.

아를렛은 크레시다가 돌아오기 전에 돌려줘야 할 텐데라고 생각할 뻔했다.

아를렛은 저들이 노트북을 돌려주기 전에 크레시다가 집에 오면 안 되는

데라고 생각할 뻔했다.

제노는 다정함을 가장한 말투로 말했다. "당신이 깨서 다행이야, 레티. 뭔가가 당신을 깨운 거지. 당신이 깨서 이 방에 들어와본 게 다행이라고."

"그래. 뭔가가 나를 깨운 거지……"

집의 일부가 떨어져나간 느낌. 그녀의 신체 일부가 떨어져나간 느낌. 환각지.

아를렛은 제노의 눈으로 방을 본다면, 남자가 상상하는 소녀 방의 분위기는 아닐 거라고 생각했다.

크레시다의 옷가지는 모두 치워져서 보이지 않았다. 가지런히 개켜져 서랍장 안이나 선반 위나 옷장 속 옷걸이에 있었다. 그리고 뭉뚝해 보이는 구두들은 반듯하게 짝이 맞춰져 옷장 바닥에 놓여 있었다.

수사관 한 명은 친절을 베풀려는 듯 그의 십대 딸이 쓰는 방과는 전혀 딴판이라고 말했다.

제노는 설명하려 했다. 그들의 딸은 십대다웠던 적이 없다고.

오래전 크레시다는 밝고 부드러운 색 또는 소녀 취향의 보송보송한 천들을 모두 치워버렸다. 그 대신 이상할 정도로 푹 빠져 있던 M. C. 에스허르의 황량한 흑백 기하학적 디자인과 매끈한 질감의 천으로 채웠다. 크레시다는 색에 관심이 없었고(대부분 검은색 진, 셔츠와 티셔츠와 스웨터도 검은색이었다) 아를렛은 딸이 색을 구분하는지 의아할 지경이었다. 아니면 색이 있는 것을 감상적이거나 유약하다고 생각하는 걸까.

제노는 미로 같은 〈하강과 상승〉을 생전 처음 보는 듯이 쳐다보고 있었다. 마치 그림 속에 딸의 실종에 대한 실마리라도 있는 것처럼.

그는 그림에서 자신을 알아봤을까? 아를렛은 궁금했다. 아니면 축소된 인간 형체들이 너무 왜곡되고 희화됐다고 생각했을까?

제노의 눈은 크고 노골적이고 눈부신 것에 익숙했다. 축소된 것을 보는 눈썰미는 없었다.

아를렛은 남편의 팔을 꼈다. 일요일 이후 그녀는 계속 살을 맞대고 그를 붙들고 있었다. 그럴 때면 제노는 아주 가만히 있었다. 호응하진 않았지만 그렇다고 몸이 굳지도 않았다. 차마 감정을 밑바닥까지 드러내지는 못하기 때문이라는 것을 아를렛은 알았다. 아직은 그러지 못했다.

"크레시다와 수학 교사 사이에 무슨 일이 있었잖아, 제노? 기억나? 그 애가 10학년 때였어. 크레시다가 나한테는 얘기해주지 않았지만……"

"'리카드.' 그는 기하학을 가르쳤지."

아를렛은 그날들, 아마 몇 주는 되었을 그때 일을 회상했다. 제노와 크레시다는 학교에서 정당하지 않은 방식으로 일어났던 일에 대해 은밀한 대화를 주고받았다. 크레시다가 학교에 가져갔던 그림들과 관계된 일이었을 것이다. 아를렛은 그 이상은 알지 못했다.

아를렛이 뭐 때문에 힘드냐고 묻자, 크레시다는 엄마가 상관할 일이 아니라고 대꾸했다. 그녀는 제노에게 물었고, 그는 미안해하는 말투로 그건 크레시다가 알아서 할 일이라고 대답했다.

"애가 당신한테 말하고 싶으면 말하겠지."

부녀간의 동맹이라고 아를렛은 생각했다.

아를렛은 두 사람이 미웠다. 그 순간에는 그랬었다.

그녀는 절망적인 마음으로 줄리엣에게 물었었다. 하지만 당시 집에 살지 않았던 줄리엣은 오나이다에 있는 주립대학 신입생으로, 10학년 동생과는 수준이 맞지 않아 크레시다의 감정적 위기에 별 관심이 없었다. "어떤 교사가 크레시다를 충분히 칭찬해주지 않았나봐요. 크레시다가 어떤지 아시잖아요!"

하지만 아를렛은 몰랐다. 그게 문제였다.

제노는 지금도 딸과의 신의를 깨는 것이 못마땅한 듯이 망설이며, 크레시다가 처음 M. C. 에스허르에게 관심을 갖게 됐을 때 그의 석판화를 흉내내어 숫자와 기하학적인 형태를 이용한 그림을 그렸었다고 말했다.

"이 그림 〈변형〉은," 제노는 크레시다의 방 벽에 걸린 그림들 중 하나를 가리켰다. "내가 본 첫 작품일 거야. 나는 처음 봤을 때 대관절 이게 뭔가 했어." 아를렛은 그림을 찬찬히 살펴보았다. 〈하강과 상승〉보다 작고 단순해 보였다. 왼쪽에서 오른쪽으로 갈수록 인간 형체들이 마네킹들로, 다음에는 기하학적 형체들로, 그리고 숫자들로, 그다음에는 추상적인 분자 디자인들로 변했고, 다시 인간 형체들로 변했다. 형체들은 변형되며 왼쪽에서 오른쪽으로 그들의 '백색' 그림자들을 지나 흑백이 반전된 '어둠'으로 들어갔다. 그러다 음화처럼 반대의 변형 상태를 지나서 다시 '백색'이 됐다. 일부 장면들은 카시지의 다리들을 배경으로, 역시 변형을 거친 물에 그림자들이 비쳤다.

"물론 이 그림은 에스허르의 작품을 기반으로 그렸지. 하지만 표현해낸 솜씨가 정말 기가 막혀! 이 그림 〈변형〉을 보며 형체들의 변화를 따라 내 시선이 이리저리 움직였던 게 기억나…… 그때 처음으로 우리 딸이 진짜 특별하다는 걸 깨달았는데. 줄리엣이라면 이런 일은 상상도 못하지."

"줄리엣이라면 하고 싶어하지도 않았을 거야."

"당연하지. 내 말이 그 말이야."

"크레시다의 그림들은 수수께끼 같아. 나는 항상 그애의 그림이 너무 '어려워서' 너무 아쉽다고 생각했었어. 크레시다가 어렸을 때를 생각해봐. 네 살도 안 된 아이가 크레파스로 짐승이나 새 그림을 정말 잘 그렸잖아. 다들 그 그림들에 감탄했었고, 나는 언젠가 크레시다와 함께 작업할 거라고, 그애와 함께 어린이책을 만들 수도 있을 거라 죽 생각했어. 그런데……"

"레티, 아니야! 크레시다는 '어린이책' 같은 건 관심도 없어, 지금도 없고 그때도 그랬어. 크레시다의 재능은 더 중요한 일에 어울려."

"하지만 이제 크레시다는 그림을 그만둔 것 같아. 여기 이 벽만 봐도 새로운 그림이 안 보이잖아."

"크레시다는 세인트로렌스대학에서 미술 과목을 수강하지 않았어. 교수들을 존경하지 않는다고 말했고, 그들에게서 배울 만한 게 없다고 생각했지."

얼마나 크레시다다운가! 하지만 그녀가 다른 길로 나갈 것 같지는 않았다.

아를렛이 물었다. 리카드 선생과 대체 무슨 일이 있었어?

아를렛은 이따금 카시지의 거리나 쇼핑몰에서 토끼처럼 콧수염을 기른 밴스 리카드와 마주쳤다. 그녀는 그에게 미소지으며 따뜻한 인사를 건네려 했지만, 고등학교 수학 교사는 찌푸리며 못 본 체하고 몸을 돌렸다.

"나쁜 자식! 그는 크레시다가 노트에 그린 그림들을 보고 칭찬했어, 자기도 에스허르의 팬이라며. 그래서 크레시다는 새로 그린 그림까지 모아서 학교에 가져가 그놈에게 보여줬는데, 그 개자식이 '나쁘지 않구나. 사실 제법이야. 하지만 독창적이어야지. 에스허르가 이미 그린 걸 왜 베끼니?' 하며 아이에게 상처를 줬어. 크레시다는 큰 충격을 받았지."

아를렛은 예민한 딸이 그런 매정한 말에 충격을 받았으리란 것을 충분히 이해했다.

하지만 그녀도 크레시다에게 비슷한 질문을 하고 싶었던 적이 있었다.

"그는 좋은 뜻으로 말했는지도 몰라. 다만, 배려가 없었던 거지…… 크레시다가 그렇게 속상해했다니 마음이 안 좋네."

"그래서 그 학기에 기하학 성적이 그렇게 나빴던 거야. 크레시다는 수업에 들어가지 않았거든, 너무 창피해서. 낙제를 간신히 면한 정도로 학기를 마쳤지."

아를렛은 딸의 인생에서 그 불안했던 시절을 기억하고 있었다.

"크레시다가 내게 리카드가 했던 말을 들려줬어. 그애는 완전히 풀이 죽어 있었지. '나는 돌아갈 수 없어요. 그 사람이 미워요. 그를 해고해주세요, 아빠.' 나도 화가 났지. 리카드와 약속을 잡고 이야기를 나눠봤는데, 그는 자기가 무슨 말을 했는지, 심지어 그런 말을 했는지조차 기억 못하더군. 크레시다에게 그런 말을 했다면 틀림없이 농담이었을 거라고. 크레시다의 그림들과 수업시간의 성과에 깊은 인상을 받았는데, 그애가 '꾸준하지 않아서' '의욕을 너무 쉽게 잃어서' 걱정스럽기는 했다고."

아를렛은 맞아, 바로 그렇지 하고 생각했다. 하지만 제노는 여전히 분개하고 있었다.

"물론 그를 해고하려고 했던 건 아니야. 만약—어쩌면—내가 그럴 수 있었다고 해도. 그는 막돼먹고 생각이 없었을 뿐이지. 크레시다 역시 마음을 바꿨어. '우리가 그 일을 잊어야 할지도 몰라요, 아빠. 우리가 그러면 좋겠어요. 사실 나는 내가 받은 성적보다 더 나은 성적을 받을 자격이 없어요.' 하지만 말도 안 되는 소리였어. 그 망할 에스허르에 대한 몰이해가 아니었다면, 크레시다는 분명 A학점을 받았을 거야."

제노가 더 말할 것도 없었다. 10학년 때 수학에서 D+를 받지 않았다면 크레시다의 고교 내신성적은 훨씬 좋았을 것이다.

고교 때 크레시다는 공부를 잘하다가 알 수 없는 이유로, 마치 자신의 우수한 면모에 앙심이라도 품은 것처럼 학기를 수료하지 못했다. 혹은 기말고사 공부를 하지 않았거나 심지어 기말고사를 치르지 않았다. 그녀는 자주 아팠다. 호흡기질환, 구토, 편두통. 크레시다의 고교 성적은 10학년 때 정점에 오른 후 오르락내리락하는 체온표 같았다. 크레시다를 좋게 본 교사는 부모에게 졸업식에서 졸업생 대표가 될 아이라고 말했지만, 12학년을 마칠 때 성적은 116명 중 30등이었다. 총명한 아이가 받은 성적이라기에는 실망스러웠다. 크레시다는 코넬대학에 합격하길 바랐지만, 세인트로렌스대학에서 입학허가를 받은 것만도 다행이었다.

집을 떠나 작은 대학 도시인 캔턴에서 보낸 첫해에 크레시다는 집이 그립고 외로웠다. 관습적인 '빤한' 행동을 경멸하던 소녀였지만 자기도 모르게 집과 일상, 안정감을 그리워했다. 그래도 부모에게 자주 메일을 보내거나 전화하지는 않았고, 아를렛의 연락도 되도록 피했는데, 어쩌다 겨우 전화가 연결돼도 심드렁하고 말도 별로 하지 않았다.

"애, 무슨 일 있니? 엄마한테 말해줄 수 있어? 응?" 아를렛은 애걸했지만, 크레시다는 어깨를 으쓱하는 것 같은 탄식을 내뱉었다. "학교 공부에 문제가 있는 건 아니지, 그렇지?" 아를렛이 물으면 크레시다는 냉랭하게 아니라고 대꾸했다. "그럼 무슨 일인데? 엄마한테 말 못하겠어?" 아를렛이 물으면 크레시다는 그녀를 흉내내어 대답했다. "'무슨 일'이라는 게 뭔데요?" 아를렛은 자살할 만큼 우울증에 빠진 대학생들에 관한 글을 읽은 적이 있어서, 크레시다의 반응이 걱정스러웠다. (그녀가 제노에게 이런 이야기를 하자, 그는 아내를 비웃었다. "레티! 당신은 늘 그렇게 최악을 생각하는군." 아를렛은 청소년 자살을 다룬 TV 다큐멘터리에서 유행이라는 단어를 들었지만, 차마 남편에게 그 말을 꺼내지는 못했다.)

크레시다는 겨울방학과 봄방학 때 집에 돌아왔지만, 무기력해 보이고 혼자 지냈으며, 마시 마이어 같은 고교 동창들을 만나려고 하지도 않았다. 마시는 크레시다에게 몇 번 전화를 하다가 마침내 집으로 찾아왔다. 크레시다는 의기소침하고 뾰루퉁하고 침울했다. 내내 방에 틀어박혀 문을 닫고 지냈다. 줄리엣은 브렛 킨케이드 상병과 약혼한 행복에 젖어 있고, 메이필드 부부와 그 친구들이 다가올 결혼식 이야기를 꽃피울 때, 크레시다는 심드렁하고 무관심했다. 그리고 브렛이 부상당했다는 소식이 날아들자 그녀는 한동안 놀라고 충격을 받은 표정으로 있다가 말했다. "하긴, 브렛은 군인이고 결국 전쟁터에 갔잖아요. 그런 사람이 늘 죽이기만 하겠어요?"

다행히도 크레시다는 줄리엣이 없는 자리에서 말했다.

하지만 브렛이 심하게 다쳐서 처음에는 휠체어에 앉은 채 그들의 삶으로 다시 들어오자, 크레시다는 눈에 띄게 충격을 받았고 잠잠했다. 평소의 비꼬는 말버릇도 보이지 않았다.

크레시다가 아를렛에게 말했다. "이제 줄리엣은 브렛과 결혼하지 않을 거예요. 나는 그럴 거라고 봐요."

아를렛은 화가 나서, 그건 오해라고 딸에게 쏘아붙였다. 네가 언니를 잘 모른다고.

"글쎄요, 두고 보세요! 나는 그렇게 봐요."

또다른 날 우연히 어머니와 단둘이 집에 있게 되자, 크레시다는 불쑥 화내듯이 말했다. "이러는 게 다 무슨 소용이에요?" 그러자 아를렛이 대꾸했다. "다 무슨 소용이라니, 뭐가?" 크레시다는 파리를 쫓는 것처럼 짜증스럽게 손을 저으며 대답했다. "이 모든 노력이요."

마치 세상 전체에 대해 말하는 것 같았다. 세상의 역사까지도.

크레시다에게 직접 들은 건 아니지만, 아를렛은 딸이 대학에 가서 놀랐다는 것을 알고 있었다. 어릴 때부터 크레시다는 자신의 지적인 우수성을 당연시했고, 물론 그녀는 터무니없다고 했겠지만 가족을 위해 컴벌랜드 애비뉴의 근사하고 유서 깊은 식민지풍 주택을 매입한 제노 메이필드의 딸이라는 사회적 지위도 당연하게 여겼다. 크레시다는 가족의 집에서 호흡하는 그 공기를 당연하게 여기며 살았다. 그런데 캔턴에서는 이방인들 속에서 살아야 했고, 그 이방인들 다수는 학생클럽에 소속돼 있었다. 안락한 집을 떠나, 그녀를 알고 사랑하고 그녀의 소소한 변덕이나 불행에 요란을 떠는 사람이 없는 곳에서 지내면서 마음을 붙이지 못했을 것이다. 길을 잃은 기분이었을 것이다.

딸이 친구들을 사귀었을지도 모르지만 아를렛은 그들에 대해 전혀 몰랐다. 크레시다가 제대로 먹지 않아도, 잠을 못 자도, 매서운 날씨에 얇은 옷차림으로 돌아다녀도, 건강을 챙기지 않아도, 수업을 빼먹어도, 자신의 선택이나 의도와 달리 무기력하게 대학이라는 세상의 끄트머리에 있다고 스스로 느낀다 해도, 아무도 그녀에게 특별히 주의를 기울이지 않았다. 아무도 신경쓰지 않았다.

안쓰러운 크레시다! 캔턴에서는 그녀가 똑똑한 사람이라는 것조차 아는 사람이 없었다.

"크레시다가 집에 돌아와 내내 혼자서 지낼 때 내가 더 많은 대화를 나누려고 노력했어야 했어. 크레시다는 엄밀히 말하면 아이가 아니지만 아이처럼 예민한 감정을 가졌어. 고등학교 때 그애는 스타가 됐어야 마땅했는데, 아니라는 사실을 극복하지 못했던 거야."

제노는 시무룩하게 말했다. 지금 그가 하는 혼잣말은 모두 크레시다에 대한 것이었다. 전에 줄리엣이 파혼한 뒤로 과도하게 그녀만 걱정했듯이.

전화벨이 대화를 방해했다. 제노는 전화를 받으러 급히 갔다. 크레시다의 침실 옆방에 있는, 메이필드 가족의 집전화였다.

"그가 나왔다고요? 집으로 말입니까? 그러니까—보석금을 내고?"

브렛 킨케이드가 보안국 본부에 구금된 지 사흘 만에 풀려났다는 사실을 알자 제노는 어처구니가 없었다.

브렛이 보석금을 내고 풀려난 게 아니라는 사실을 알자 더욱 화가 치밀었다. 브렛은 체포된 적이 없었고 기소되지도 않았다.

애초의 혈액검사는 결론이 나지 않았다. 킨케이드는 A형이고, 차량 조수석에 묻은 피는 B형, 즉 크레시다의 혈액형과 일치했지만 크레시다의 것이라고 확정할 수 없었다. 차량 앞좌석에서 나온 머리카락 몇 올이 크레시다의 것과 '거의 확실히' 일치했고, 조수석 문손잡이에서 채취한 뭉개진 하나 이상의 지문이 크레시다의 침실에서 채취한 지문과 일치하는 것으로 나왔는데도 그랬다.

버드 맥매너스가 전화로 킨케이드를 풀어줘야 했던 이유를 설명했다. 제노는 쾅 소리가 나게 수화기를 내려놓았다.

"머저리들! 그를 붙잡아두기엔 '증거가 불충분'하다니! 무슨 헛소리야."

브렛은 수사관들에게 긴 조사를 받았지만, 토요일 밤 로벅인에서, 혹은 그 이후에 무슨 일이 있었는지 잘 기억나지 않는다고 주장했다. 그는 누군가 그의 지프에 같이 타고 있었다고 어렴풋이 기억하는 듯했다. 그전에 친구들인 핼리팩스와 와이스벡, 스텀프와 술을 마셨던 건 기억나는 듯했다. 브렛은 불편하고 혼란스러운 꿈을 기억해내려 애쓰는 듯이 가까스로 회상했다. 여자애인지 여자인지 누군가 지프에 있었는데, 어느 시점에 그녀가 차에서 내리고 싶어했고, 차가 도로를 벗어나 미끄러졌지만 (그의 생각에) 그는 그녀가 밤중에 지프에서 내려 황량한 곳으로 가는 것이 안전하지 않다고 생각했고 그래서 여자와 '실랑이 같은 것'을 벌였다고 했다.

그러나 어쩌면 그렇지 않을 수도 있다고 했다. 어쩌면 그건 다른 때 일어난 일일 수도 있다고.

그런 일이 있었다면, 언제 그런 일이 벌어졌든 간에 —그는 몹시 유감스러워했다.

브렛은 두서없고 조리 없이 말했다. 행동에 '일관성이 없었다'. 몇 차례 감정이 무너져 흐느꼈다. 몇 차례 분노를 터뜨렸다. 그는 조사를 그만 받으려고 일어나려다 강제로 제지당했다.

그러는 와중에, 조사실에서 그가 의자에 앉은 채 몸부림치는 바람에 의자가 옆으로 쓰러졌다. 그는 둔중하게 바닥에 떨어졌다. 경찰들이 부축해서 일으키기까지 그 아찔한 몇 초 동안, 그는 봉합한 얼굴을 바닥에 박은 채 자기 힘으로는 못 움직이는 사람처럼 널브러져 있었다.

맙소사 그는 유감스러워했고 몹시 유감스러워했고 무슨 일이 벌어졌는지 누가 옆에 있었는지 기억 못하면서 유감스러워했고 집에 가고 싶어했다.

그때까지도 브렛은 변호사가 필요 없다고 했다. 잘못한 일이 하나도 없는데 망할 변호사가 왜 필요하냐고 했다.

그는 식사를 거부했다. 아니 먹을 수가 없었다. 다이어트콜라만 겨우 몇 모금 삼킬 수 있었다.

브렛은 가장 하고 싶은 것이 양치질이라고 말했다.

하지만 칫솔도 치약도 없었다.

그의 어머니 에설 킨케이드는 몹시 흥분하고 반발심을 품은 채 액설로드의 보안국 본부에 들이닥쳤다. 그녀는 아들이 복용해야 하는 처방약들(적어도 각기 다른 열두어 종류의 약, 대부분은 하루에 한 번 이상 복용해야 했다)과 진단서, 미군 제대 서류를 가져갔다. 또 끈을 양쪽으로 당겨 여미는 가죽주머니에는 퍼플하트훈장과 이라크전쟁 참전메달이 들어 있었다. 그녀는 괄괄한 목소리로 아들은 범법행위를 하지 않았으며, '범죄 용의자'로 심문당하면 안 된다고 주장했다. 브렛은 '건강하지 않고' '의사의 치료를 받고 있고' 복무중 '신체장애'로 제대한 것이라고 말했다. 그는 '상병'이고 '전쟁 영웅'이므로 존경 어린 대접을 받아야 하며, 본인이 원치 않는다 해도 변호사가, '무료' 변호사가 있어야 한다고 주장했다.

킨케이드 부인에게는 기진맥진하고 거의 망상 상태로 보이는 아들과 만나는 것이 허용됐다. 브렛은 일요일 이른 아침에 끌려올 때처럼 여전히 피와 토사물이 묻은 옷을 입고 있었다. 그녀는 변호사를 원치 않는 그의 결정을 만류할 작정이었다.

킨케이드 상병은 죄를 지은 사람에게나 변호사가 필요하다고 믿는 듯했다.

그러므로 그가 변호사를 구한다면 죄를 인정하는 셈이 되는 것이었다.

킨케이드 부인은 아들이 의사의 진찰을 받아야 하고, 얼른 나가서 재활클리닉에서 처방받은 치료를 받아야 한다고 수사관들을 설득하는 데 성공했다.

일요일 오후, 그리고 월요일에 수사관들은 에설 킨케이드의 집에 재차 찾아가 아들에 대해 물었다. 그런데 그녀가 보안국에 찾아오자, 그들은 이 기회에 다시 그녀에게 질문하기로 했다. 이때쯤 킨케이드 상병의 어머니는 내 아들은 어떤 범법행위도 하지 않았고, 필요하면 법정에서 이를 증명할 것이라는 문구를 내걸었다.

집에 돌아온 에설 킨케이드는 아들을 위해 여기저기 전화를 걸었다. 9·11 이후 비첨 카운티의 아프가니스탄과 이라크 전쟁 참전용사들을 돕기 위해 '인간적으로 할 수 있는 모든 일'을 하겠다고 공개적으로 발표한 이 지역 사업가 엘리엇 피스크와 접촉해, 아들의 변호사를 구해달라고, 국선 변호인이 아닌 '진짜' 변호사를 구해달라고 부탁했다.

결국 킨케이드 상병의 변호는 제이크 피더슨이라는 어느 정도 이름이 있는 카시지 형사사건 변호사가 맡게 되었다. 제노는 부아가 치밀었다. 피더슨은 카운티 공채발행 때 그와 함께 주의 공채발행운동을 지지한 사람이고, 제노가 시장에 출마했을 때는 선거를 도와주기도 했기 때문이다. 각자 비첨 카운티 민주당에서 돋보이는 인물이었다.

화요일 오후, 피더슨이 보안국에 도착한 지 한 시간 만에 브렛 킨케이드는 구금에서 풀려나 어머니와 변호사에게 인도되어 귀가할 수 있었다. 그는 어떤 명목으로도 기소되지 않았지만, 비첨 카운티를 벗어나는 것과 '어떤 상황'에서도 메이필드 가족과 접촉하는 것은 금지되었다.

이때쯤 브렛은 흥분이 가라앉았다. 그는 어머니가 가져다준 지팡이를 짚고 걸었다. 약을 먹었고, 허락을 받아 보안국 화장실에서 어머니가 가져온 깨끗한 옷으로 갈아입을 수 있었다. 그는 잇몸에서 피가 날 때까지 거칠게 이를 닦았다.

"이제 나는 돕고 싶습니다. 나도 돕고 싶어요."

그들은 브렛에게 물었다. 어떻게 돕는다는 거지? 누구를 돕는다는 거지?

"그애를 찾는 일이요. '크레스다'. 나도 돕고 싶어요."

152

적극적인 보안국 지인들을 통해 브렛 킨케이드가 한 말이 제노 메이필드에게 전해졌다.

"망할 자식, 가만히 있는 게 좋을걸. 우리 근처에는 얼씬도 하지 않는 게 이로울 거야."

제노는 격노하고 분개하며 부들부들 떨었다. 그는 꿈틀하는 해양생물의 집게발처럼 양손을 쥐었다 폈다 했다.

TV 뉴스에 킨케이드 상병이 나왔다. 표독한 표정의 어머니 에설과 변호사 제이크 피더슨의 호위를 받으며 그는 비첨 카운티 보안국 본부 후문 근처에서 대기중이던 차량으로 급히 이동했다.

기자들이 청년에게 몰려들었다. 킨케이드 부인은 화가 나서 팔을 풍차처럼 휘둘러 기자들을 내몰았다. 킨케이드 상병은 지팡이를 짚고 불안한 걸음걸이로 제이크 피더슨이 운전하는 차 뒷자리에 탔다. 선글라스를 써서 얼굴 절반이 가려졌지만 방송국 카메라들은 가차없고 무자비하고 구석구석 훑듯이 그의 얼굴을 잡았다. 흉터가 있는 불그스름한 마네킹 같은 얼굴과 꿰맨 자국이 보이는 입까지.

토요일 밤 노토가산림보호구역 내 울프스헤드호수에서 마지막으로 목격된 것으로 추정되는, 카시지에 거주하는 19세 크레시다 메이필드의 실종과 관련해 조사를 받았습니다.

WCTG TV에서는 이 영상이 나왔고, 계속 재생됐다.

이어서 일요일 저녁에는 메이필드 부부의 인터뷰 편집본이 나왔고, 에비 에스테스가 눈을 반짝이며 '메이필드의 보상금'이 두 배인 2만 달러가 됐다고 덧붙였다.

그리고 노토가산림보호구역의 소나무숲을 수색하는 구조대원들과 자원봉사자들을 공중에서 촬영한 장면이 나왔다.

건장한 금발의 산림관리인이 한 5초짜리 인터뷰도 있었다. 그는 크레시다 메이필드가 산림보호구역 안에 있다면 반드시 찾아낼 거라고 말했다.

그리고 크레시다의 사진들이 소개됐다. 고교 앨범 속 진지하고 웃음기 없는 얼굴은, 평범한 외모의 소녀가 자신을 바라보는 사람들을 은근한 경멸을 띠고 바라보는 것 같았다.

"지금까지 실종 소녀의 자취에 대한 신고는 없었습니다. 크레시다 메이필드의 소재와 관련해 정보를 제공하시려면 이 번호로…… 그리고 신고자가 원할 경우 익명을 보장한다고 합니다."

"내가 그를 만나야 합니다. 이야기를 해봐야 한다고요. 약속하죠. 감정적으로 대하지 않겠습니다."

제노는 브렛 킨케이드를 만나려 하지 말라는 경고를 받았다. 에설 킨케이드의 집을 다시 찾아가지 말라는 경고를 받았다.

분개한 에설이 카시지 경찰에 그를 신고했던 것이다. 그녀는 제노가 아들의 방을 수색할 '영장'이 있는 것처럼 굴었고, 그녀가 집에 들어오지 못하게 하자 그가 '위협을 하고 위협적인 제스처를 취했다'고 말했다. 제노가 아들 브렛에 대해 '악의적인 거짓말을 퍼뜨리고 있다'고도 했다. 그녀의 아들은 부상당한 참전용사이자 전쟁 영웅이고, 그의 딸과는 아무런 상관도 없다고 말했다.

브렛이 제노 메이필드의 다른 딸과 한 '힘든 약혼을 깼다'는 것이 제노가 그녀를 협박하려고 집에 찾아온 이유 중 하나라고 했다.

제노가 아는 카시지 경찰국 경위가 제노의 집에 들러 이런 고소 내용을 알려주었다. 경위는 킨케이드 가족을 피하라고 말했다. 지나치게 흥분할 수 있는 상황은 모두 피하라고.

법을 아는, 혹은 법을 알았어야 하는 제노는 이렇게 된 요지를 이해했다. 그는 실종 소녀의 아버지이고, 스스로 법을 위반하는 잘못을 저질러서는 안 되었다.

"하지만 어떻게 그를 그냥 보내줄 수 있나? 심지어 보석금도 내지 않았다며? 경찰은 왜 그를 체포하지 않지?"

"아직은 그럴 수가 없으니까요. 하지만 그렇게 될 겁니다."

제노는 이 말을 들으며 한기를 느꼈다.

"그러니까 크레시다가 만약, 혹시 그애가……"

제노는 무슨 말을 하는지 몰랐다. 그는 양손으로 얼굴을 덮었다. 그의 턱에는 다시 수염이 거뭇했고 입에서는 자신도 알 수 있을 만큼 시큼한 냄새가 났다.

카시지 경찰국 경위는 제노의 어깨에 손을 올렸다. 친절을 의미하는, 남자다운 친절을 의미하는 그 손아귀 힘은 경위가 메이필드 집안에 감도는 적막감에서 벗어나기 위해 슬그머니 떠난 후에도 오랫동안 남아 있었다.

아를렛은 폭언을 내뱉는 남편을 진정시켜야 했다. 7월 10일 새벽 네시 이후 거의 잠을 자지 못한 아를렛은 남편의 고혈압과 씨근대는 호흡, 손을 떠는 것이 걱정스러웠다.

"지프에서 나온 지문들 중에 크레시다 것이 있었어. 머리카락도! 혈흔도 아마 그렇겠지. 그리고 로벅인의 '목격자들'도 있는데……"

"그래. 우리는 알지."

"……그런데 어떻게 그놈을 보내줄 수 있단 거야! 그리고 이제 그놈에 겐 변호사도 있어, 자기 자랑이나 해대는 피스크 그 개자식이 변호사 비용을 지불한다고!"

"그래. 하지만 지금 당장 우리가 할 수 있는 일은 없어, 제노. 여기 와서 좀 앉아봐. 내가 안아줄게. 제발."

그들의 결혼생활이 예전으로 퇴행하고 있었다. 성숙하고 재치 있는 말이 오가던 어른들의 오래된 부부생활이, 고집스럽고 노골적인 감정을 필사적으로 드러내고 심지어 성욕까지 느끼는 신혼생활로 돌아간 것 같았다. 대중 앞에서 열띠고 호전적인 제노는 사적인 영역인 집에서는 다독여주는 아내 품속에서 쉽게 유약해지고 몸을 떨었다.

아를렛은 생각했다. 내가 그에게 최악의 상황을 준비시켜야 해. 그는 스스로 마음의 준비를 하지 못해.

혈액검사가 결론이 나지 못한 것은 안타깝게도 크레시다의 혈액이라고 확정할 수 없기 때문이었다. 뭉개진 지문 하나와 머리카락 몇 올역시 '결론을 내지 못했다'. 그것들이 지프에 남겨진 시점이 토요일 밤인지 다른 때였는지 확정할 수 없기 때문이었다.

그것이 킨케이드의 변호사 피더슨이 제시한 논점이었다. 그는 크레시다가 전에 브렛의 지프에 탄 적이 있었고 토요일 밤은 아니라고 주장했다.

즉 토요일 밤에 탔다고는 증명할 수 없다는 것이다.

술집이 붐비고 정신이 없었고, 목격자들의 진술이 엇갈렸기 때문이었다. 일부는 크레시다 혹은 그녀와 아주 닮은 사람이 자정 무렵 브렛 킨케이드와 바닥에 석탄재 콘크리트가 깔린 주차장을 지나가는 것을 봤다고 주장했다. 킨케이드가 그녀에게 기댄 채 절룩거리며 그의 차로 가고 있었다고 했다. 다른 사람들은 크레시다 혹은 그녀와 아주 닮은 사람이 로벅인의 테라스에서 사람들과 있는 것을 봤고, 일행 중 브렛 킨케이드가 있었다고, 혹은 없었다고 주장했다.

아무도 크레시다가 브렛의 지프 랭글러에 탄 것을 봤다고 단정하지 못했다.

목격자들은 로벅인에 온 '오토바이족'에 대해 말했다. 오토바이 소음이 귀를 먹먹하게 하는데다 그들이 취해서 고함을 질러댔다고 했다.

크레시다가 화장실에서 얼굴을 씻는 것을 봤다고 했던 여자들도 그녀와 대화를 나눴다고 주장하지는 못했다. "그녀가 누군가의 도움을 바라는 것 같진 않았어요. 어깨를 두드리며 '괜찮아요?' 하고 물어볼 만한 인상도 아니었고요. 그러면 발끈할 것 같은 사람 있잖아요."

킨케이드의 친구들인 로드 핼리팩스, 지미 와이스벡, 두에인 스텀프는 모두 이십대 중반으로, 평생 카시지에서 살았고 브렛과 카시지 고교 시절부터 알았다. 그들은 비첨 카운티 수사관들에게 개별 조사를 받았다. 세 사람 중 핼리팩스와 스텀프는 지역 경찰에 익히 알려져 있었다. 이미 고교 시절에 싸움이니 재물 파손이니 좀도둑질, 공공장소에서 음주를 하다 체포된 적이 있지만 지방법원에서 징역형을 받지는 않았다. 젊은 여자들은 핼리팩스와 와이스벡에게 '추행'과 '폭행'을 당했다고 고발하기도 했지만, 그것도 모두 기각되거나 유야무야되었다.

핼리팩스는 2001년 11월 해병대에 지원했지만, 노스캐롤라이나주

캠프 가이거에서 23일간 신병 훈련을 받은 후 퇴소당했다.

그 무렵인 2001년 가을, 브렛 킨케이드는 군에 지원했고 와이스벡과 스텀프 역시 지원했지만 입대하지는 않았다.

핼리팩스와 와이스벡과 스텀프는 대본을 외운 아마추어 배우들처럼 어색하게 토요일 밤의 일을 열심히 설명했다. 친구 브렛 킨케이드와 로벅인에 있었다는 대목은 셋의 증언이 거의 일치했다. 그들은 각자의 차로 로벅인에 도착해서 밤 열시경부터 술을 마시다가, 테라스 자리에서 실내로 옮겨 바 근처에 있었다. 그러다 언제부턴가 남녀 열두어 명이 같이 어울리게 됐는데, 몇몇은 알던 친구들이고 몇몇은 생판 모르는 사람들이었다. 자정 즈음 술집은 발 디딜 틈 없이 꽉 찼고, '메이필드 여자애'가 혼자서, 혼자인 듯 나타난 것은 바로 그 무렵이었다. 그녀는 그들보다 카시지 고교를 몇 년 후에 다녔기 때문에 (브렛을 제외하면) 아는 사람이 없었고, 전에 호수 근처에서 그녀를 봤던 사람도 없었다— "그 동네에서 얼쩡댈 타입이 아니었어요."

'메이필드 여자애'가 브렛과 구석에서 얼마나 오래 대화했는지 그들은 몰랐다. 이십 분이나 삼십 분쯤일까. 그녀가 언제 나갔는지도, 누구와 같이 나갔는지도 그들은 몰랐다.

오토바이족과 나갔을 수도 있었다. 그곳에 그 패거리가 있었으니까. 애디론댁 헬스 에인절스가 주차장에서 바닥에 깔린 석탄재를 파헤치고 있었다.

하지만 그녀와 같이 나간 사람이 브렛 킨케이드가 아닌 건 확실하다고 했다. 브렛 일행은 술집에서 동시에 나왔기 때문이다.

그러니 그들 중에 누구도 아니었다.

"내가 그들을 직접 조사할 수만 있다면. 내가 혼자 만날 텐데. 딱 오 분만. 그중 한 명이라도. 딱 한 명이라도."

"하지만 그럴 수가 없잖아, 제노. 당신도 알잖아. 그럴 수 없어."

"먼저 스텀프가 입을 열 거야. 일 분도 안 걸릴 거라고. 내가 조사할 수만 있다면……"

"맞아, 제노. 하지만 당신은 그러지 못해. 제발 알겠다고 말해줘, 당신은 그럴 수 없어."

상처 입은 코뿔소 같은 가여운 제노. 아를렛은 그를 달래기 위해 헝클어진 머리를 쓰다듬고 텁수룩한 뺨에 키스했다. 아를렛은 그가 얼마나 가슴 아파하는지, 그가 그들을 기다리고 있는 뭔가를 얼마나 두려워하는지 알았고, 그는 아내를 밀어내지 않았다.

5장

위기에 처한 실종자

크레시다 캐서린 메이필드

이 사건과 관련해

수사에 도움이 될 정보를 아시는 분은

비첨 카운티 (뉴욕) 보안국(315 440 – 1198) 또는

카시지 (뉴욕) 경찰국(315 329 – 8266)으로 연락해주십시오.

크레시다 메이필드의 발견과 귀환에 관련된 정보에 대한

보상금은 2만 달러입니다.

제보자가 원할 경우 익명을 보장합니다.

이름: 크레시다 캐서린 메이필드

유형: 위기에 처한 실종자

가명/별명: 없음

생년월일: 1986. 4. 6　　　　실종일: 2005. 7. 10

실종 도시/주: 카시지, 뉴욕　　실종된 곳(국가): 미국

가족사항: 아를렛 메이필드(모), 제노 메이필드(부)

실종 당시 나이: 19　　　　성별: 여

인종: 백인　　　　　　　　키: 155센티미터

체중: 45킬로그램　　　　머리색: 진갈색

눈동자 색: 진갈색　　　　피부색: 창백

안경/콘택트렌즈 상세: 투명 콘택트렌즈/금속테 안경

외모 특징: 단신, '가늘고 곱슬곱슬한' 짙은 머리, 돌출된 짙은 눈썹, 왼쪽 팔
뚝에 납작하고 희미한 딸기 같은 반점, (어린 시절) 오른쪽 무릎 흉터.

병력: 편두통, 기관지염, (어린 시절) 천연두, 홍역, 유행성 이하선염, 성홍열

장신구: 알려진 바 없음. 귀를 뚫지 않음.

실종 당시 복장: 검은색 진, 검은색 티셔츠, 검은색/흰색 줄무늬 면스웨터,
샌들.

실종 정황: 경찰 조사 때 알려지지 않음. 7월 9일 자정 뉴욕 울프스헤드호수
의 '로벅인 앤 마리나' 주차장에서 마지막으로 목격된 후 노토가주립산림보
호구역으로 이동한 것으로 추정됨.

수사처: 비첨 카운티 보안국, 카시지시 경찰국

사건번호 # 04-29374

NCIC*번호 # K-84420081

---

* 국제범죄정보센터.

7월, 그 악몽 같은 한 달이 지나고 2005년 8월로 접어들었다.

전화벨이 울리기를 기다리며.

"소식은 전화로 올 거야. 다른 방식이 아니라 전화로."

그는 전단 6천 장을 주문했다. 첫 인쇄에만.

이 전단은 전국의 위기에 처한 실종자 웹사이트에 기재된 내용 중 크레시다 캐서린 메이필드 건만 옮긴 것이었다.

그는 비첨, 허키머, 해밀턴 카운티의 집집으로 대량 우편물이 발송되도록 했다.

자원봉사자들이 카시지, 울프스헤드호수, 에코호수, 블랙강 인근 마을들의 전신주, 나무, 공공건물 외벽, 건물 옆면에 전단을 붙였다. 이 지역들과 멀리 워터타운, 포트드럼, 새키츠하버, 오그던스버그의 우체국에까지 전단을 붙였다.

그리고 노토가주립산림보호구역 내 모든 구역에, 화장실에도 산림관리인 사무실에도 인기 있는 트레일 코스에도 100피트마다 전단을 붙였다.

산림보호구역 안에 들어가 (그가 고집스럽게 생각하기에) 수색팀이 못 보고 지나쳤을지 모를 딸의 옷가지나 소지품이 나올 만한 샌드힐로드를 따라 걸어가며, 제노는 나무에 붙은 위기에 처한 실종자 크레시다 메이필드 전단들을 빤히 쳐다보았다. 한 전단에서 다음 전단으로 그 다음 전단으로, 다리가 한쪽밖에 없어서 목발을 짚고 절룩거리는 사람처럼 움직였다.

전단이 없어지거나 찢어지거나 비에 젖은 곳에는 새 전단을 붙였다.

그의 배낭에는 전단이 가득했다.

"누군가 그애를 알아볼 거예요. 누군가 정보를 갖고 있을 거예요. 우리는 믿고 있습니다."

7월, 그 악몽 같은 한 달이 지나고 8월로, 9월 초로 접어들었고, 메이필드 집안에는 기대감이 퍼졌다.

그녀는 여기가 어딘지 (지하 TV방 주저앉은 소파에 푹 꺼져 있었는데, 그닥 깨끗하지 않은 낮고 옆으로 길쭉한 창으로 햇살이 쏟아져 들어왔다) 시간이 얼마나 됐는지 모르는 채, 문득 뒤통수에 찌르는 듯한 통증을 느꼈다. 위층에서 전화벨이 울렸다!

비틀거리며 위층으로 올라가 수화기를 잡아챘다.

언제나 크레시다에게 전화가 올 거라는 기대가 있었다.

또는 크레시다의 소식이.

메이필드 부인입니까? 아를렛? 좋은 소식이 있습니다……

메이필드 부인입니까? 크레시다의 어머니죠? 드디어 부인과 남편에게 좋은 소식이 있습니다……

"아니요. 아, 내 말은 우리는 기다리는 것을 포기하지 않는단 거예요. 절대 포기하지 않을 거예요. 딸이 살아 있고 연락할 거라고 확신해요……"

혹은 "이것은 믿음의 문제죠. 우리는 크레시다가 어딘가에 있다는 것을 알아요. 그리고 언젠가는 다시 그애를 만날 거예요."

그들은 인터뷰를 했다. 방송국 카메라들.

그들은 사진 촬영을 했다. 플래시 불빛.

그들은 메이필드 부부인 아를렛, 제노였다. 그리고 가끔 줄리엣도 함께였다.

실종 소녀의 가족.

"아니요. 우리는 화나지 않았습니다. 수사관들이 '수사'하고 '증거 수집'을 하고 있다는 걸 잘 압니다. '사건을 기소하기' 전까지는 그를 체포하지 못하죠."

그리고 "우리는 그가 알고 있다고 생각합니다. 크레시다에게 무슨 일이 벌어졌는지 브렛 킨케이드가 알 거라고 카시지 주민 모두가 생각합니다. 하지만 그는 법의 보호를 받고 있습니다. 당분간은요. 수사관들이 '사건을 기소할' 때까지는요."

확고한 제노는 딸이 실종된 지 사십여 일이 지난 후에도 딸이 살아 있다는 믿음과 브렛이 딸과 관련된 범죄로 곧 체포되리라는 믿음이 상충한다는 것을 모르는 듯했다.

아를렛은 이 논리적 모순을 알고 있었다. 메이필드 가족의 완고한 믿음을 아는 사람들이 그들을 동정한다는 것을 말했다.

그리고 망연자실한 채 미소짓는 줄리엣이 있었다. 아름다운 줄리엣 메이필드, 컨벤트 스트리트 소재 초등학교의 교사, 2000년 카시지 고교 졸업파티의 퀸, 7월 10일 이른 새벽 크레시다 메이필드를 만난 '마지막 사람'으로 추정되는 브렛 킨케이드 상병의 전 피앙세.

"제 동생 크레시다는 살아 있고 잘 있을 거예요, 어딘가에서요. 브렛이 동생을 해치지 않았다고 생각하지만, 누가 크레시다를 해쳤는지 또 그애가 어디 있는지는 브렛이 알 거라고 생각해요. 저는 동생을 위해, 그리고 브렛을 위해 기도하고 있어요…… 기도의 힘을 믿습니다, 그럼요. 아니요, 이제 우리는, 브렛 킨케이드와 저는 만나지 않아요. 지금은 안 만나요. 하지만 그를 위해서도 기도하죠. 그의 고통받는 영혼을 위해 기도하고 있어요."

그녀는 쉰한 살이었다! 불과 몇 달 전까지만 해도 그녀는 소녀였다.
　쉽게 흔들리지 않을 뼈대 같은 것이 그녀의 내면에 뿌리를 내렸다.
　아침에 눈을 뜨는 것이 두려운 일이 되었다.
　일단 눈을 뜨면 밤이 될 때까지 다시 감을 수 없었기 때문이다.
　잃어버린 딸에 대한 생각이 산사태처럼, 갑작스러운 홍수처럼 일단 터지면, 잦아들지 않았다. 담아둘 수가 없었다.
　오, 제발. 크레시다! 어디 있는지 우리에게 알려다오, 얘야.
　우리가 네게 갈 수만 있다면—말해다오……
　아를렛은 옆에 지쳐 곯아떨어져 누운 남편을 의식하지 않을 수 없었다. 그는 상처를 입고 숨을 헐떡이는 짐승처럼 자면서 신음을 하고 잠꼬대를 하고, 아니면 더 나쁘게도 깬 채 누워 있었다. 몇 시간이나 깨어 있었고 그의 머릿속에서는 세탁기에서 돌아가는 빨래처럼 생각들이 휘휘 돌아갔다.
　아침 키스는 부부의 오랜 습관이었다. 인사 같은 가벼운 입맞춤. 하지만 이제 아를렛은 자신이 깼다는 것을 제노가 알아채지 못하길 바라며 꼼짝도 않고 누워 있었다.
　하지만 제노는 늘 알았다. 그는 밤중에 들리지 않게 중얼대던 수심에 찬 독백을 입 밖으로 내뱉었다.
　"빌어먹을. 오늘 아침에 맥매너스 보안관을 만나러 갈 거야. 나쁜 자

식이 어제 내 전화에 답을 하지 않았는데 내 생각에는—전부터 생각
했는데—그들은 뭔가 알면서도 우리한테 감추는 것 같아. 그들이 킨케
이드를 아직 구속하지 않은 데는 뭔가 이유가 있어."

아니면 "오늘 아침에 마이어네 집에 가볼 거야. 내 생각에—전부
터 생각했는데—마시가 더 아는 게 있으면서도 아무한테도 말하지 않
는 것 같아. 어쩌면 내가 마시를 설득해서 나한테 털어놓게 할 수 있을
거야."

아를렛은 말없이 남편의 입술에 키스했고, 그 주장은 그녀에게 하는
말이 아니라 끊임없는 독백이었다.

키스는 침묵의 수단이다. 비겁한 수다.

아를렛은 크레시다의 그림 〈변형〉에 대해 생각했다.

백색의 인간이 점점 추상적인 형태로 변하면서 '검은색'이 되었다가
다시 원래의 형태와 원래의 '백색'으로 변했지만 그것은 처음과는 완전
히 달랐다.

줄리엣도 수사관들에게 조사를 받았다.

줄리엣은 아를렛이 적당하다고 생각하는 시간보다 몇 시간씩 더 오
래 집을 비웠다.

아를렛은 줄리엣의 휴대폰으로 전화를 걸어 반복했다. 얘야, 엄마다.
그냥 잘 있는지 궁금해서 걸었어. 언제 집에 올까. 전화해줘, 알았지?

하지만 전화는 오지 않았다. 그건 줄리엣답지 않았다.

아를렛은 이내 줄리엣이 집을 떠나버릴까봐 두렵기 시작했다.

유일하게 남은 딸이 떠날지도 모른다는 공포감.

그러면 큰 집에는 아를렛과 제노만 덩그러니 남을 것이다.

줄리엣으로 인해 정말 행복했을 때. 줄리엣이 브렛 킨케이드와 결혼하리라는 기대로 정말 행복했었다. 정말 멋지고, 신사답고, 잘생긴 젊은이야! 군대에 있는 것만 아니라면, 레티, 너는 엄청나게 운이 좋아.

신혼부부는 카시지에서 신혼생활을 시작할 것이었다. 그럴 계획인 것 같았다. 줄리엣은 컴벌랜드 애비뉴에서 2마일 떨어진 컨벤트 스트리트의 학교에서 교편을 잡고, 브렛은 엘리엇 피스크의 회사에서 일할 것이었다. 모든 일이 잘 풀린다면. 잘 풀리지 않을 거라 생각할 이유가 없었다. 제노는 딸 커플과 대화하다가 가능한 한 무안하지 않게, 집 구하는 걸 도와줄 수 있다고, 그들이 원하면 언제든 주택담보대출을 받아 도와줄 수 있다고 말했었다……

줄리엣은 수사관들에게 조사를 받고, 초저녁에 집에 돌아왔다. 가라앉은 기분으로 회피하려는 듯 배고프지 않다고 말하고는 서둘러 위층 자기 방으로 올라가 문을 닫았다. 아를렛이 노크했을 때 줄리엣은 아 엄마 제발, 그냥 가세요라고 말한 것 같았지만, 아를렛은 듣지 못한 듯했다. 그녀는 문을 열고 들어가 조사가 어땠는지, 수사관들이 뭘 물어봤는지 알고 싶을 뿐이라고 말했다. 줄리엣은 옷도 갈아입지 않은 채 침대에 누워, 초조하게 미소짓는 어머니에게 표정을 감추려는 듯 한 팔을 얼굴에 올리고 있었다. 줄리엣은 대답하지 않으려고 하다가 말했다. 조사가, 대답하고 싶지 않은 브렛에 관련된 질문들이 그녀를 몹시 지치게 했다고…… 아를렛은 침대에 걸터앉아 딸의 예쁘고 빛나는 금빛 도는 갈색 머리를 쓰다듬었다. 그녀는 무슨 질문을 해야 할지 난감했지만 캐물지 말아야 한다는 것은 알고 있었다. 늘 상냥한 딸이라 해도 캐물지는 말아야 했다. 결국 줄리엣은 살짝 흐느끼며 말했다. "브렛에 대한 질문들이요! 저는 다만 너무 창피했어요……"

"'창피했다고'? 어째서?"

"왜냐하면, 왜냐하면 그에 대한 것이었으니까요, 아주 가까운 사람들에게도 말하지 않는 '개인적인' 것들, '친밀한' 것들이 당연히 있잖아요…… 말하지 않는 것들이."

아를렛은 불평이나 경고처럼 들리지 않길 바라며 말했다. "너희 아빠가 우리에게 경고했잖니. 일단 경찰에서 조사가 시작되면, 우리 삶에서 '개인적'이거나 '사적인' 건 없어질 거라고. 그들은 질문—온갖 종류의 질문들—을 해야 하니까. 그들은 브렛에 대해 알고 싶어겠지." 아를렛은 조심스럽게 말을 이었다. "혹시 그애가 그랬었는지, 그걸 네가 아는지. 그애가 위협적이거나 폭력적이었는지 말이야."

"그래요. 알아요."

"'그래요'라니, 뭐가? 브렛은 그렇지 않았단 거지?"

"네. 그들에게도 아니라고 말했어요."

"그래, 그게 사실이잖니, 그렇지?"

"네."

하지만 줄리엣이 너무 오래 머뭇거렸고, 아를렛은 이 대답의 의미가 궁금했다.

"수사관들은 브렛이 이라크에서 있었던 일에 대해 무슨 말을 했느냐고 물었어요. 그가 거기서 어떤 일을 했는지 아느냐고. 브렛이나 그의 소대 병사들에게 어떤 일이 있었는지 아느냐고. 그래서 모른다고 했어요, 브렛은 그런 이야기는 하지 않으려 했다고요."

브렛은 이라크에 간 초기에는 줄리엣에게 메일을 자주 썼고, 휴대폰으로 찍은 사진들을 많이 보냈다. 줄리엣은 가족들과 두 사람의 지인들에게 그것들을 보여주었다. 그러다가 메일이 급격히 줄어들었다. 부상을 입고 입원하기 직전까지는 이삼일에 한 번 정도 메일을 보냈는데, 내용도 훨씬 짧아지고 뭔가를 회피하려는 듯했다.

제노는 그 초기에 브렛의 메일과 사진에 대해 이렇게 말했다. 다른 종류의 전쟁 소식이 있었다 해도, 피앙세에게 그런 걸 보내진 않을 거다.

아를렛은 심술궂은 예비 사돈 에셜 킨케이드와 잘 지내보려고 몇 번쯤 만났고, 언젠가 그녀에게 이렇게 말했다. 브렛이 돌아오기를 기다리는 건 숨을 참고 있는 것과 비슷해요.

그러자 에셜 킨케이드는 아를렛의 가족에게는 그녀의 아들을 기다릴, 심지어 그런 공허한 말을 늘어놓을 권리가 없다고 말하는 듯한 표정으로 아를렛을 바라보았다.

이제 에셜 킨케이드는 그들의 적이 되었다. 그녀는 WCTG TV와 인터뷰하며 메이필드 가족이 아들에 대해 '과장'하고 '허위'로 말하고, '전쟁 영웅을 중상한다'고 비난했다. 부끄러운 줄도 모르고 지역에 흥분과 논란을 일으키는 일에만 몰두하는 에비 에스테스가 더욱 부추기자 에셜은 '메이필드의 딸들이 모두' 그녀의 아들을 '쫓아다녔다'는 용서할 수 없는 주장까지 했다.

그런 끔찍한 말들이 나오는 것에 대해 줄리엣이 어떻게 느끼는지 아를렛은 알지 못했다. 그녀는 신앙이 줄리엣에게 도움이 되기를 바랐다. 영혼의 어떤 영역에서는 사랑하는 어머니라도 그녀를 쫓아갈 수조차 없었으니까.

아를렛은 줄리엣이 혼자 있고 싶어하는 걸 알면서도 딸의 방에서 미적거렸다. 딸이 파혼한 후로 그녀가 딸과 나눈 가장 친밀한 대화인데 중단하려니 내키지 않았다.

"저, 애야! 너는 수사관들에게 할말이 별로 없었겠지? 브렛이 너한테 '위협적'이거나 '폭력적'이었던 적이 있었느냐는 질문에 말이야."

"네. 맞아요."

"그러니까, 너는 경찰에게 그렇다고 말하지 않았을 거야. 너는……"

"'개인적'이거나 '친밀한' 이야기는 안 했어요. 하지 않았어요."

"그래 왜냐하면, 말할 게 없었으니까. 그렇지?"

"네. 말했잖아요, 엄마."

아를렛은 줄리엣을 찬찬히 바라보았다. 딸의 말투에서 답답해하는 듯한 낌새를 감지한 어머니는 잠시 물러나는 편이 낫다는 것을 깨달았다.

*

2005년 노동절 다음날, 위기에 처한 실종자 크레시다 캐서린 메이필드 웹사이트 전단이 비첨, 허키머, 해밀턴 카운티의 집집에 배달됐다.

우체국 제4종 대량우편물로 그렇게 필사적으로 익명의 '집주인' 수천 가구에 배부하는 비용이 얼마인지 제노는 아를렛에게 말하지 않았고, 그녀도 묻지 않았다.

아를렛은 그런 우편물이 몇 퍼센트의 의미 있는 응답—전화 혹은 메일—을 끌어내는지도 묻지 않았다.

그녀는 제노가 전에 집의 우편함에 쌓인 제4종 우편물을 얼마나 가

차없이 버렸는지는 지적하지 않았다. 허접한 광고 전단과 지역 주간 쇼핑 전단에 그런 우편물이 섞여 있었다면, 제노 메이필드는 눈길조차 주지 않았을 것이다.

아를렛이 그런 의심을 입 밖에 내기라도 한 것처럼 제노는 방어적으로 말했다. "맞아, 사람들은 이런 전단은 보지도 않고 버리지. 하지만 그 수천 장 중에서 딱 한 장이라도 중요한 정보를 끌어낼 수 있다면 전단을 보낼 가치는 충분해!"

지역의 다른 사건들이 비첨 카운티 보도의 머리기사와 속보를 차지했다.

에코호수의 보트에서 만취로 인한 사고가 발생했다. 카시지 남부의 어느 거리에서 집안싸움이 벌어져 어른 세 명과 열 살 어린아이가 총에 맞아 죽었다. 뉴욕주 경찰이 인디펜던스강 유역을 급습해 벌인 마약 수사에서 애디론댁 헬스 에인절스가 체포됐는데, 구금된 일곱 명 중 셋은 크레시다 메이필드 사건과 관련해 비첨 카운티 수사관들에게 조사받은 자들이었다.

"네. 힘들었어요. 그 일은……"

"……하지만 우리는 희망을 갖고 있고, 깊이 감사드리고……"

"……알거나 모르는 아주 많은 분이 우리를—크레시다 일을—지지해주고 계십니다. 산림보호구역 수색에 참여한 많은 자원봉사자가……"

"……믿음을 갖고, 네. 딸이 우리에게 돌아올 거라는……"

"네, 슬픕니다. 세인트로렌스대학에서는 가을학기가 시작되는데 그 애는 거기 없으니……"

"……크레시다는 수업을 좋아했어요……"

"……네, 그들은 장담했습니다…… 곧 '돌파구'를 찾을 거라고요. 그들이 조사하고 있다고……"

"……많은 사람을 조사하고 있다고요……"

"……주州의 다른 지역들에서 '단서들'을 추적하고 있다고……"

"……우리 딸을 '본' 사람들이……"

"……선의였지만……"

"……경찰은 브렛 킨케이드를 조사하기 위해 두 번 더 소환했습니다…… '기소'하려면 시간이 걸리고 성급하게 체포한다면……"

"……몇 달의 작업이 원점으로 돌아갈 수도 있어서……"

"……물론 믿음을 갖고 있습니다. 비록 우리는 '신앙심이 깊지' 않지만…… 믿음을 갖고 있습니다……"

"……우리 딸은 우리에게 돌아오게 될 겁니다."

그러자 제노가 끼어들어 꼼꼼하게 교정했다. "……우리 딸은 우리에게 돌아올 겁니다."

컴벌랜드 애비뉴의 집 거실에서 사진을 찍느라 소파에 바싹 붙어앉아 제노 메이필드는 두툼한 팔로 아내의 어깨를 감쌌고, 아를렛은 그 무게를 견뎌야 했다.

무슨 인터뷰 때였을까? 수많은 지역 언론의 '후속' 인터뷰 때였나? 카시지포스트저널. 워터타운저널타임스. 블랙리버밸리가제트.

제노는 카메라 앞에서 굳은 미소를 지었다. 아를렛은 더이상 미소지을 수 없었다. 사진 찍을 때 웃기를 거부하던 크레시다가 떠올라서.

사진들 중 한 장은 사망 기사에 실릴 거잖아요. 그러니 웃을 수가 없죠!

헬스 에인절스 오토바이족이 영장이 발부되지 않았던 과거의 특수폭행과 마약 밀매, 절도 기록에 대한 '심문'을 받기 위해 비첨 카운티 보안국에 구금되자 지역 언론이 흥분해서 반짝 떠들어댔다. 하지만 이번에도 아무 성과가 없는 듯했다.

여기에 비밀이 있었다. 아를렛 메이필드는 진짜로 믿음을 갖고 있지는 않았다.

딸이 그녀에게 돌아오리라는 믿음.

거의 처음부터 그랬다. 첫날 수색이 성과 없이 끝나고 브렛이 크레시다와 관계가 있다는 것을 드러내는 확실한 정황들과 그의 얼굴 상처, 지프 앞좌석에 '막 생긴' 핏자국, 뭔가 석연치 않은 브렛의 행동을 보며 아를렛은 생각했다. 최악의 상황이 벌어졌어. 그애가 크레시다를 죽인 거야, 줄리엣 때문에. 우리를 미워하기 때문에. 브렛은 크레시다를 죽이고 숨겼어. 어쩌면 크레시다를 못 찾는 것이 그나마 다행일지도 몰라.

아를렛은 그런 끔찍한—비뚤어진—어머니답지 않은 생각을 아무에게도 말하지 않았다. 당연히 제노에게도, 줄리엣에게도.

심지어 언니 케이티 휴잇에게도 말하지 못했다. 아를렛보다 세 살 위인 케이티는 누구보다 현명한 여자인데, 카시지 부교육감으로 일하면서 아주 선량한 사람에게서조차 속임수나 의도적 혼란, 기만을 감지해내는 전설적인 능력을 발휘했다.

케이티는 자주 아를렛의 손을 꼭 잡아주었다.

케이티는 갈비뼈가 아플 정도로 아를렛을 세게 포옹했다.

케이티는 아를렛의 옆얼굴에 축축하고 뜨거운 입맞춤을 했다.

마치 다 이해한다고 아를렛에게 알려주려는 듯이.

딱 한 번 아를렛은 언니에게 말했는데, 수색이 오 주에서 육 주째로 접어들어 자매가 메이필드네 부엌에서 식사를 준비하고, 제노는 다른 방에서 휴대폰을 든 채 명령에 익숙한 사람의 말투로 빠르게 말하고 있을 때였다. "오, 케이티. 나는 노력하고 있어, 케이티. 알 거야, 내가 애쓰고 있다는 거. 절대 포기하지 않을 거야. 내가 포기하면 그는 나를 용서하지 않을 거야."

*

여전히 아를렛은 사라진 휴대폰에 계속 전화했다.

무작정 번호를 눌렀다. 숨을 멈춘 채, 그저 유령벨소리를 들었다.

카시지포스트저널 뒤쪽 면에 열아홉 살 크레시다 메이필드를 찾는, '수색이 계속되고 있다'는 내용의 전보다 간략해진 기사가 실렸다. 이런 기사들은 매번 '아직 체포된 사람은 없고' 경찰 조사가 '계속되고 있다'는 것으로 마무리됐다.

소문이 무성했다. 브렛 킨케이드가 마침내 구속됐는데, 전 피앙세의 동생 실종사건에 관련된 의혹 때문이 아니라 포츠담 스트리트의 집밖에서 그가 '밀치고 소리를 질러' 이웃이 신고했기 때문이라는 소문, '소녀의 시신'이 와일드포리스트 인근 매립지에서 발견됐는데 애디론댁 헬스 에인절스가 멋대로 들어와 지내는 올프스헤드호수에서 동쪽으로

8마일 떨어진 곳이라는 소문, 브렛 킨케이드 상병의 전 피앙세 줄리엣 메이필드가 수치스러움을 견딜 수 없어 컨벤트 스트리트 초등학교를 사직하고 카시지를 떠난다는 소문이었다.

아를렛이 아는 한 어떤 소문도 사실이 아니었다.

아니, 줄리엣이 플래츠버그로 가서 교육대학원에 진학하려 한다는 건 사실이었다, 언젠가는 그럴 것이다.

카시지의 교사직을 그만두지 않고 일주일에 한 번씩 통학하며 야간 수업을 들으려 했다.

그리고 브렛 킨케이드가 이웃과 일종의 말다툼을 벌였다는 것도 사실일 가능성이 높았다.

또 '소녀의 시신'이 와일드포리스트 인근 매립지에서 발견됐을 가능성도 아주 높았다. 현재가 아니라면 한참 전에. 혹은 앞으로 언젠가.

마시 마이어가 간호대학 2학년으로 돌아간 지 일주일쯤 후 오그던스버그에서 일종의 '신경쇠약'을 일으켰다는 소문도 있었다.

8월 말이었다. 간호대학은 일반 대학보다 학기를 일찍 시작했다.

아를렛은 마이어네 집에 전화했고, 마시의 어머니가 전화를 받았다.

마이어 부인은 마시에게 '사고'가 있었다고, 기숙사 삼층 방에 옷가방을 끌고 올라가다 계단에서 굴렀다고 말했다.

마시는 몇 분간 의식을 잃었다. 발목을 삐고 어깨뼈가 탈구됐다. 진통제를 투약했는데도 통증이 너무 심하자 간호대학측은 마시에게 가을학기를 휴학하고 집으로 돌아가라고 권했다.

아를렛은 안 좋은 소식을 들어서 너무나 안타깝다고 중얼댔다!

"내가 마시를 만나볼까요? 내가 도울 수 있는 일이 있을까요?"

고교의 같은 학부형이라도 속한 무리가 달라 잘 알지는 못했던 린다 마이어는 잠시 머뭇거리다가 단호히 말했다. "아니. 그럴 필요 없어요, 아를렛. 당신을 보면 마시가 크레시다를 떠올릴 텐데, 안 그래도 힘든 상황이거든요."

제노는 마시 마이어를 몇 번 찾아가 이야기를 나눴다.

아를렛은 제노가 여러 번 찾아가는 것이(남편을 말리고 싶지는 않았다) 이미 수사관들에게 한 차례 이상 조사를 받은 마시에게 고역임을 알고 있었다.

마시는 친구의 실종에 '타격'을 받았다. 크레시다가 마이어네 집에서 나온 뒤 집에 돌아가지 않고 아마도 브렛 킨케이드를 만나러 울프스헤드호수로 간 것 같다는 말을 듣자 '큰 충격'을 받고 '당혹스러워했다'.

사실로 단정하는 건 꺼려지지만, 그녀의 친한 친구가 그녀에게 거짓말을 했을 가능성이 있었다.

마시가 오그던스버그에 있는 간호대학으로 떠나기 직전 제노는 마지막으로 마시를 만나고 돌아와 아내에게 말하길, 그의 상상이겠지만 어쩐지 마시가 크레시다의 삶에 있는—누군가, 또는 무언가를—조금 질투하는 것 같다고 했었다.

아를렛은 그 누군가가 당연히 브렛 킨케이드일 거라 생각했었다.

제노는 거실의 가죽소파에 앉아 있었다. 그가 양쪽 엄지를 눈에 대고 마구 문지르자, 아를렛은 그의 눈구멍 속 안구가 움직이는 소리에 소름이 돋았다.

"맥주 좀 갖다줘, 레티. 부탁할게! 나는 너무 젠장, 제기랄, 진이 빠져 버려 가져올 힘이 없어."

하지만 잃어버린 딸과 관련된 새로운 아이디어, 새롭고 전혀 쓸모없 지는 않은 아이디어에 몰두하며 제노는 빠르게, 심지어 열정적으로 말 했다.

"마시가 마침내 내게 말했는데, 이건 경찰에게는 하지 않은 얘기 같 아. 그날, 그날 밤 언젠가 자기 집에서 크레시다가 휴대폰으로 누군가 와 통화를 한 것 같대. 전화벨이 울리지는 않았으니까 진동모드로 해 놓고 다른 방으로 가서 통화했을지도 모른다고(마시의 부모, 할머니와 다 같이 식사하고 있었는데 크레시다가 화장실에 간다고 양해를 구하 고 나갔다는군). 확실하지 않은데다 뭔가 기억해내려고, 경찰의 질문에 대답하려고 애쓰느라, 모든 것을 낱낱이 떠올리려 애쓰느라 너무 혼란 스러워 경찰에게는 그 말을 못했던 것 같다고 말이야. '제 상상일지도 몰라요. 그날 밤에 대해 너무 생각을 많이 해서 머릿속에 엉터리 기억 들이 넘쳐나는 것 같기도 했고, 경찰에게 그런 말은 할 수 없었어요. 그 들은 한마디도 빼놓지 않고 녹음을 하는데, 그러면 제 말이 영원히 남 아서 지울 수도 없는 거잖아요.' 마시는 울지 않으려고 애썼는데, 우리 가 늘 마시를 건강하고 튼튼한 아이로 생각하고 크레시다도 그렇게 표 현했지만—영양처럼 튼튼하고 속이 깊은 아이예요—가엾게도 마시는 지금 체중이 5킬로그램쯤 빠진 것 같고 무척 불안해 보였어. '우리가 이렇게 자기 이야기를 한다는 걸 알면 크레시다가 얼마나 화를 낼지 아시잖아요…… 자기가 한 말을 한마디도 빼지 않고 말하며 온갖 추측 을 다 한다는 걸 알면……' 마시가 울기 시작하자 나는 그애의 두 손을 꼭 잡고 위로해줬어. 그리고 나도 울었던 것 같아."

"결정적인 것은 없습니다. 추정이지만, 중요한 건 없습니다."

경찰은 몇 주 동안 크레시다의 노트북을 보관했다. 컴퓨터 과학수사 전문가가 조사했을 것이다.

하지만 노트북은 결국 메이필드 부부에게 반환됐고, 동봉한 보고서에는 그들의 딸이 특이하거나 위험한 인터넷 활동에 결부되지는 않은 것으로 보인다고 적혀 있었다. 크레시다는 노트북을 주로 학업에 필요한 검색을 할 때 사용했다. 과목명 파일에 학업 관련 문서들이 잘 정리되어 있고, 메일 수신함과 발신함에도 특이한 사항은 없었다. 사적인 메일은 거의 없고 대부분 세인트로렌스대학에서 온 것이었다. 친구가 별로 없는 듯했고, 모두 젊은 여자들이고, 그중 마시 마이어가 눈에 띄었다.

은밀한 생활은 없었다! 그 사실이 어쩐지 아를렛은 슬펐다.

하지만 사실은 그렇지 않았다. 마음이 놓였다.

"메일 기록으로 볼 때 따님의 사교생활은 폭이 좁군요. 혹시 남자친구가 있습니까?"

아를렛은 없다고 고개를 저었다. 제노는 인상을 쓰며 대꾸하지 않았다.

아를렛은 수사관이 그들의 딸에 대해 현재시제로 말하는 게 고마웠다. 좁군요. 있습니까.

"여기 카시지에서는 어땠습니까, 고교 시절에는 혹시 누가 있었습니까?"

아를렛은 생각해봐야 한다는 듯 머뭇거렸다. 하지만 대답은 없다였다.

"크레시다가 여자애들에게 관심이 ― 관계가 ― 있었나요? 아시는 게 있습니까?"

아를렛은 다시 머뭇거렸다. 얼굴이 달아올랐다.

제노는 담담한 말투로 대답했다. "'레즈비언'이냐는 뜻입니까? 내 딸이 '레즈비언'이라고 생각하는 겁니까?"

"혹시 그렇다면, 부모님이 알아차렸을까요?"

"대답하기 어려운 질문이네요, 형사님! 당신이 그것을 어렵게 표현하는 것처럼."

"아를렛, 어떻게 생각하십니까?"

아를렛이 생각한 대답은 아니다였다. 내 딸이 자신과 같은 누군가를 사랑할 리 없어.

"정말로 그렇게 생각하지 않아요. 크레시다에게도 또래 애들만큼 여자친구들이 있어요. 어떤 면에서는, 우리가 설명했다시피, 아주 어린 열아홉 살이었어요. 언제나 똑똑했고, 조숙하게 똑똑하고, 대부분의 시간을 자기 속에 빠져 지내죠. 자기 속에 빠져 있느라 다른 사람들에게 주의를 기울이지 못하는 거예요. 크레시다는, 이렇게 말할 수 있겠네요, 아주 성숙하지는 않아요."

아를렛이 떠듬떠듬 말했다. 낯선 사람들에게 자기 딸에 대해 적나라하게 말하는 건 어머니로서 끔찍한 일이었다!

크레시다의 화난 창백한 얼굴이 아를렛의 눈앞에 빠르게 스쳤다.

"메이필드 부인, 킨케이드와 그의 친구들 외에 그날 밤 딸을 마지막으로 본 사람은 '마시 마이어'라는 아가씨죠. 두 사람은 얼마나 가까운 사이입니까?"

"둘은 초등학교 때부터 친구였어요. 하지만 사실 그렇게까지는, 크레시다의 입장에서 보면 확실히 그렇게 가깝지는 않았어요."

"그것을 어떻게 아시죠, 메이필드 부인? 그걸 정확히 어떻게 아십니까?"

딸에 대한 것을 어떻게 아느냐니! 수사관의 질문은 대답하기 난처했다.

"크레시다가 했던 말로 알죠. 크레시다가 한동안 마시를 잊은 것처럼 보였으니까요. 크레시다에게 먼저 연락하는 건 마시였으니까요."

"그러면 지금 두 사람이 연락을 한다면—따님이 어딘가에 살아 있다고 잠시 가정해보면"—실버 형사는 얼마나 거침없고, 얼마나 사실에 입각한 태도로 가정을 하던지—"마시 마이어가 혹시라도 따님과 연락한다는 것을 숨길 수도 있을까요? 만약 크레시다가 말하지 말아달라고 한다면 마시가 두 분에게 말하지 않을 수도 있을까요?"

아를렛과 제노는 어리둥절한 채 서로를 바라보았다.

어떻게 대답해야 할지 난감했다.

크레시다의 방에 들어갔다. 노크를 했지만 소리가 너무 작아 크레시다는 분명 못 들은 듯했다. 그건 실수였다. 크레시다는 플란넬 파자마 바람으로 침대 헤드보드에 등을 기대 반쯤 눕다시피 앉아 있었다. 엉거주춤하게 벌린 채 세운 무릎에 노트를, 정확히는 아를렛이 처음 보는 대리석 무늬 표지의 일기장을 올려놓고 뭔가 쓰는 것 같았다. 크레시다는 아를렛을 노려보더니 일기

장을 침대 위로 떨어뜨리고 일부는 이불로 가렸다. 그리고 화를 내며 버릇없이 소리쳤다. "나가요! 누가 들어오랬어요! 여기서 기웃대지 말라고요!"

크레시다가 열한 살인가 열두 살 때였다.

아를렛은 마음이 상해 물러났었다.

그후 그녀는 그 양장본 일기장을 다시 보지 못했다. 그후로 크레시다의 방에 거의 들어가지 않았다. 그때 일이 너무 당황스러워서, 기웃댄다는 비난을 비롯해 딸의 버릇없는 태도까지 전부 자기 탓 같아서 (그렇게 믿었다) 아무에게도 말하지 않았다. 여자친구에게도, 언니 케이티에게도, 남편 제노에게도.

크레시다가 실종된 지 구 주하고도 이틀이 지났을 때 한 가지 사실이 밝혀졌다. 7월 9일 오후, 카시지 재활클리닉 물리치료사로 브렛 킨케이드를 몇 달간 치료하며 친해진 세스 시거는 중심가에 있는 카시지 CVS편의점에서 우연히 크레시다 메이필드를 보았다. 크레시다는 세스 시거를 모르지만 그는 그녀를, 제노 메이필드의 두 딸 중 똑똑한 아이로 알고 있었다. 그가 큰 소리로 인사하고는 재활클리닉에서 브렛 킨케이드를 알게 된 새 친구라고 소개하자 처음에는 그를 미심쩍어하는 듯했지만 그녀의 태도가 달라졌다.

"크레시다에게는 뭔가가 있었어요. 내 마음에 쏙 들던데요. 마치 내 사촌 여동생 같았어요. 말괄량이지만 똑똑하고 입바른 소리를 잘하는 타입. 나는 그런 여자애들을 좋아하거든요. 쿨한 아가씨라는 뜻입니다. 말하자면 그런 여자애는 남자가 칭찬을 하거나 듣기 좋은 말을 해주기를 기다리지 않아요. 남자가 그러지 않을 거란 걸 아는 거죠. 대부분의 남자가 그러지 않거든요. 남자가 그런 식으로 반할 타입의 여자애는 아니잖아요. 하지만 나는 크레시다가 무척 맘에 들었고 그애도 내가 맘에 들었던 것 같아요. 나는 그애에게 그날 밤 브렛 킨케이드가 친구 몇 명과 로벅인에 간다고 했다고 말했어요. 내게도 같이 가자고 했는데 나는 그 동네 분위기가 영 별로여서 사양했었죠. (물론 브렛에게 그 약들을 먹으면서 술을 마시는 건 좋지 않다고 말했지만, 브렛은 어깨를 으쓱하며 웃었어요. '무슨 상관이야. 괜찮을 거야. 안 괜찮대도 그게 뭐.') 크레시다는 브렛이 '축하하고 있느냐'고 괴상한 질문을 했고, 나는 모르겠다고, 그가 뭘 '축하하겠느냐'고 물었어요. 그러자 '결혼하지 않게 된 것'이라고 대답하더군요. 그래요, 나도 그 이야긴 들었지만 브렛에게 직접 들은 건 아니었어요. 클리닉에서 브렛은 누구에게도 사적인 이야기를 하지 않거든요. 나는 뭐라고 말해야 할지 모르겠더라고요. 그러자 크레시다는 마음이 변한 듯, 그리고 그런 말을 한 것이 마음에 걸리는 듯 내게 말했어요. '그런 뜻이 아니었어요. 분명 브렛은 괴로워할 거예요. 두 사람 다 분명 그럴 거예요. 내가 괜한 말을 했네요.' 그때 마치 울 것같이 보였는데, 그건 잘 울지 않거나 아무튼 다른 사람 앞에서는 눈물을 보이지 않는 쿨한 여자애에게 예상되는 반응은 아니었어요. 그러고는 내게 '그가 자신을 해치지는 않겠죠, 그렇겠죠?'라고 물었는데, 그건 난처한 질문이었죠. 그건 우리 같은 사람들이 화제로 삼지 않는 문제거든요. 말하자면 우리는 회복기에 자살하는 환자들에 대해 이야기하지 않아요. 다리를 잃었거나 용변주머니를 차게 되었거나 뇌손상으로 다른 사람이 알아듣도록 문장을 구사하지 못하게 된 사람들이 일단 삶을 조금이나마 스스로 통제하게 됐을 때 목숨을 끊는 일이 있거든요.

'약물을 과다 복용'하거나 '치명적인 사고'를 일으키기도 하고요. 그래서 나는 '설마, 그럴 리가. 킨케이드 상병은 안 그럴 거예요, 절대로' 하고 말했죠. 그러자 그녀는 '그럼 그가 잘 견뎌낼 거라고 생각해요?'라고 비아냥이나 농담조가 아니라 내가 이 질문에 진짜로 대답할 수 있다고 믿는 듯이 나를 쳐다보며 말했고요. 그래서 나는 재활클리닉에서 흔히 하는 말을 했어요. '당연하죠! 언젠가 그렇게 될 겁니다'라고요."

이 진술을 들은 수사관들은 세스 시거에게 경찰에 왜 이렇게 늦게 연락했느냐고 물었다.

세스 시거는 겸연쩍은 얼굴로 자기도 모르겠다고 대답했다.

그는 이라크에서 망가진 브렛 킨케이드의 '상황을 더 악화시키는 것'이 꺼려져서 그랬던 것 같다고 말했다.

그는 말했다. "나는 크레시다가 돌아올 거라고, 어딘가에 있다가 돌아올 거라고 늘 생각했고 스스로에게도 그렇게 말했어요. 와서 무슨 일이 있었는지 직접 설명할 거라고요. 그러면 브렛이 비난받거나 체포되지 않을 거라고요. 그러니까 나까지 끼어들 필요는 없다고요."

수사관들은 크레시다가 카시지 프리몬트 스트리트에서 9마일쯤 떨어진 로벅인까지 어떻게 갔을 것 같냐고 시거에게 물었다. 그는 웃으며 대답했다. "그녀가 내 사촌동생 도리와 비슷하다면, 33번 도로에서 엄지를 들고 히치하이크해서 갔을 거예요. 7월의 토요일 밤에는 다들 그 호수로 가는 것 같던데요."

*

2005년 9월 15일. 새키츠하버에 있는 다리 밑 바위들과 녹슨 쇠파이

프들 사이에 이상하게 바싹 마른 물체가 걸렸다. 카시지에서 서쪽으로 30마일 떨어진 그곳은 노토가강이 이리호수로 접어드는 지점이었다. 열두 살 소년이 장대로 그것을 물가로 끌어냈다. 흙색 널빤지처럼 뻣뻣한 그것은 나중에 크레시다의 스웨터로 판명된다. 소년은 말라비틀어진 스웨터를 집에 가져가 어머니에게 보여주었다. 그는 실종 소녀와 2만 달러 보상금에 대해 알고 있었다.

다음날 비첨 카운티의 한 수사관이 메이필드 부부에게 전화해 보안국으로 와달라고 요청했다. 새키츠하버 노토가강변에서 의류 한 점이 발견됐는데 크레시다의 옷인지 확인해주길 바란다고 했다.

제노와 아를렛과 줄리엣은 제노의 랜드로버를 타고 액설 로드의 보안국 본부 건물로 향했다.

제노가 말했다. "너무 멀어, 새키츠하버라니. 가능성이 없을 거야."

아를렛이 아무 대꾸도 하지 않자 다시 제노가 말했다. "새키츠하버는 너무 멀어. 이건 시간낭비야."

랜드로버 뒷좌석에는 줄리엣이 팔짱을 낀 채 앉아 있었다. 제노가 에어컨을 너무 세게 틀어 몸이 떨렸지만 그녀는 불평하지 않았다.

메이필드 가족이 비첨 카운티 보안국에 가는 것은 몇 주 만이었다. 클레멘트 루이스턴 수사관이 그들을 기다렸다가 어느 방으로 안내했다. 탁자 위에 말라비틀어진 스웨터가 놓여 있었다. 원래 무슨 색이었는지는 모르지만 이제는 말라붙은 진흙 빛깔이었다. 성인 여자가 입기에는 너무 작아 보여서 아를렛은 크레시다의 옷일 리 없다고 안도했다. 제노는 미간을 찌푸리고 옷을 빤히 바라보았다. 그는 본 적 없는 옷이라고 확신했다. 아를렛은 우물쭈물하며 검지로 옷을 건드렸다. 모직도 아니고—'스웨터'라고 할 수도 없었다—간신히 소매가 붙어 있는 옷, 나일론이나 아크릴 같은 화학섬유로 만든 카디건 같았다. 솔기도 거의 없었다. 완전히 싸구려 옷이었다. 깨진 작은 단추 두 개가 남아 있고, 단춧구멍은 진흙투성이였다. 아를렛은 안도하는 목소리로 말했다. "아니에요. 이건 크레시다의 옷이 아니에요."

하지만 창이 없는 방에 들어가 선글라스를 벗은 줄리엣은 말라붙은 스웨터 위로 잠시 몸을 숙이고 보았다. 동생이 실종된 후로 그녀는 체중이 줄어 뺨이 홀쭉해지고 눈가에 다크서클이 생겼다. 제노는 낮은 목소리로 클레멘트 루이스턴 수사관과 이야기했고, 아를렛은 그들의 말소리를 알아들을 수 없었다. 방에 들어온 후부터 그녀는 까무러칠 것만 같았고, 말라붙은 스웨터에서 나는 소금기 밴 강물 냄새에 속이 메스꺼웠다.

거의 떠날 때가 됐다. 아를렛은 남편의 팔을 잡고 문으로 끌고 가고 싶었을 것이다. 줄리엣 역시 끌어내고 싶었을 것이다.

"맞아요. 이거예요. 이건 크레시다의 스웨터예요. 검은색과 흰색 줄무늬 스웨터." 줄리엣이 생각에 잠긴 채 느릿느릿 말을 이었다. "자세히 들여다보면 줄무늬를 볼 수 있어요. 원래 제 것이었는데, 제가 크레시다에게 줬어요. 아니면 크레시다가 가져갔거나. 제게는 너무 작았어요. 확실해요. 이건 크레시다의 스웨터예요. 의심할 것도 없어요, 형사님, 이건 제 동생 스웨터예요. 우리 곁을 떠난 밤에 그애가 입고 있었던 옷이에요."

6장
죽은 자들의 땅에 간 상병
:

2005년 7월~10월

세상에! 그들이 무슨 짓을 했지.

그들이 한 짓이 뭐였지.

여자를 찍어눌렀다. 비명을 지르는 입에 재갈을 물렸다.

그녀를 윤간했다. 투덜대고 개처럼 왕왕거리며.

그러다가 하나가 그녀의 얼굴을 베었다.

얼굴 양쪽을 반쯤 썰어냈다. 그는 스위스 군용 칼로 그녀의 양쪽 입

가를 갈랐다.

그래서 그녀는 빙긋 웃는 표정이었다. 정신 나간 어릿광대처럼.

그리고 그녀는 눈을 뜨고, 노려보았다.

그들은 그녀에게 무슨 짓을 한 거냐고, 그녀를 해쳤느냐고, 그녀를 어디 뒀

느냐고 묻고 있었다.

그들이 말했다. 뭐 열받는 일이라도 있었던 건가. 지금 털어놓고 우리를 그녀 있는 데로 안내해주겠나. 그녀를 버려둔 곳으로 말이야, 상병.

변호사를 부르고 싶지 않았다. 변호사는 유죄를 의미했다.

변호사는 수치스러움을 의미했고, 유죄를 의미했다.

입에서 토사물맛이 났다. 그는 시큼한 맛을 헹궈내려고 애썼다. 그리고 언제 혀를 깨물었는지 몰라도 구강염인 모양이었다. 이라크에서도 그는 구강염을 앓았다. 거울에 비친 작고 흰 반점들을 보며 암인지도 모른다고 생각했다.

암에 걸려 산 채로 잡아먹히는 끔찍한 죽음. 입에서부터 바깥으로.

다른 죽음보다 더디기 때문에 더 나쁜 죽음이었다.

그는 폭발 소리를 들었고―느꼈고―사람들이 비명을 질렀고, 그다음에는 욕설이 들렸다.

그들의 전초지인 폐교에서였다. 낡은 건물에 창문은 눈알을 파낸 것처럼 횡했는데, 학교 뒤쪽 하수관 속에서 일어난 폭탄 사고로 하디 일병의 양손이 날아가고 퀸 일병이 즉사했다.

그는 그들에게 뛰어갔다. 도와줄 수 있을 거라고 생각하며 정신없이 달려갔다.

그가 본 것은 ■■■■■■■■■■■ 였다.

나중에 다른 곳에서 그가 죽을 차례가 됐다면. 그렇게 깜짝 놀랄 일도 아니었겠지만, 사실 그는 놀랐다.

우리는 언제나 신이 나에게는 그런 일이 생기지 않게 해주실 거라고 생각하니까, 그렇게 생각할 수밖에 없으니까. 예수님은 안 그러실 거야. 나는 선량한 사람이니까, 해를 입지 않을 거야.

그는, 킨케이드 상병은 선량한 사람이었다. 평생 그러려고 애쓰며 살았다.

병장은 멍청하고 큰 얼굴로 조소하며 킨케이드를 예수의 보이스카우트라고 불렀다.

살라흐 앗딘 지역에서였다. 먼지가 일고 모래투성이에 불쾌한 곳.

매일 열대여섯 시간씩 정찰을 했고, 열여덟 시간이 최고기록이었다. 머리의 나사가 풀리고 다리와 발은 태엽 감은 좀비인형처럼 계속 움직였다. 군화는 추를 매달거나 족쇄를 채운 것처럼 우라지게 무겁고, 양말이 두껍지 않아 발꿈치가 벗겨지거나 날카로운 발톱이 유리 파편 박히듯 발가락 옆을 파고드는 것을 막아주지 못했다. 보병은 전투 지역에서 쉽게 일어날 수 있는 감염에 특별히 유의해야 했다. 감염되면 생명이 위험할 수도 있었다. 목표는 파쇄성 폭탄들과 저격병들의 발포, 반군들의 공격에서 육군 기지를 (하지만 대체 왜 기지가 이렇게 먼지가 일고 모래투성이에 불쾌한 곳, 저격병들이 요구되는 곳에 있을까) 사수하는 것이었다.

이동! 아무리 지쳐도 사 초 이상 가만히 서 있으면 집록Ziploc 지퍼백에 진공포장되는 신세가 될 공산이 크다.

젠장맞을 저격병들은 잠도 자지 않았다.

아니, 아마 다른 곳에서 있었던 일일지도 모른다. 제대로 들었는지 모르겠고, 틀려서 비웃음 사고 싶지 않다는 압박감이 머릿속으로 느껴지는 수수께끼같이 기이하고 몽환적인 지명이었다.

고국으로 보내는 메일을 쓸 때 그는 정확성을 기했다. 학교에 다닐 때도 그는 정확하려고 노력했다. 적어도 그게 현상태에서 상황을 더 망치지 않기 위해 할 수 있는 일이라고 생각했었다. 하지만 거기가 디얄라나 아스 사다흐가 아니라 살라흐 앗딘이었다고 확신할 수는 없었다. 그리고 키르쿠크가 있었다.

그들은 거기서 산산조각난 그를 그러모았다. 키르쿠크에서.

병사들은 장기기증에 대해 농담을 주고받았다. 예를 들어 불알, 고환 같은 것.

사우디 부자들이 신장이나 간, 폐, 심장, 안구, 골수를 암시장에서 사들인다는 소문이 있었다. 그들과 같은 부류―'아랍인'―'무슬림'―에게서는 싼값에 거둘 수 있다고 했다.

미국에서는 불법이다. 미국에서는 인체의 일부나 장기를 거래할 수 없고, 미국의 윤리기준에 어긋나는 일이다.

테러와의 전쟁은 미국의 윤리―기독교 신앙과 그 적들이 벌이는 싸움이다. 이 황폐한 곳 어딘가에 세계무역센터를 폭파한 알카에다 테러범들의 이맘*들이 있다. 고대의 이교도들이 그러했듯, 미국 기독교도들의 민주주의를 무너뜨리겠다는 순수한 증오심에서 비롯된 일이었다. 검투사 시대의 옛 로마제국 사람들은 신념을 위해 죽어야 했고, 종군목사는 병사들에게, 우리는 기독교를 지키기 위해 싸우는 십자군이라 말했다. 파월 장군은 선택의 여지가 없다고, 미국은 군사대응을 해야 한다고 주장했다. 미국은 악과 타협하지 않는다고. 미친 독재자 사담이

---

* 이슬람교 성직자, 최고지도자.

핵폭탄, 독가스와 세균 같은 대량살상무기를 풀기 전에 군대를 보내는 것 외에는 선택의 여지가 없다고 했다.

아주 멍청하고 겁 많은 국가만이 어떻게 되는지 '뒷짐지고 지켜볼 것'이라고 했다. 교회에서 목사가 그들에게 말했다. 우리 선조들은 선제공격을 감행할 만큼 용감했습니다.

반군들은 테러리스트 – 적들이었다. 다른 이라크인들 — '민간인들' — 은 미국의 친구들이고, 미군에게 보호를 의탁했다.

일부는 이라크인이 아닌 쿠르드족이었다. 키르쿠크는 대규모 유전지대였다.

병사들도 사실의 일부를 알았거나, 아니면 한때 알았었다.

그들은 곧 잊기 시작했다. 명령을 따르다보면 전날이 무슨 요일이었는지도 잊어버린다.

지명들은 잊어버리기 쉬웠다. 모래 속으로 흘러가버렸다. 눈과 콧구멍, 입 속으로 모래가 들어왔다. 숨을 쉴 때마다 모래가 폐까지 들어오며 몸속 깊이 사막을 끌어들였다.

나중에 병원에서 그는 입안에서 모래맛을 느꼈다. 폐에서도. 캑캑 기침해서 폐에 든 것을 뱉으려 했지만, 올라오는 건 피가 섞인 끈끈한 점액이었다.

그의 머릿속에서 뭔가가, 구더기 같은 것이 꿈틀대고 바글거렸다.

골절된 두개골을 단단하게 붙이기 위해 한 티타늄 임플란트.

짓이겨진 왼쪽 눈과 눈 뒤쪽의 말랑한 물질(뇌)에 작은 안내렌즈(화씨 1000도 아래서는 녹지 않는다고 보장된)를 삽입했다.

시각은 뇌 안에 있다. '눈'은 뇌의 렌즈다.

(죽은, 공격당한) 반군에게서 그들은 전리품을 취했다. 눈, 엄지손가락, 귀 같은 것. 얼굴을 통째 취하는 일은 드물었다.

거즈에 싸서 손바닥만한 지퍼백에 넣어 보관했다.

왜 안 그러겠나. 얼마나 힘들게 손에 넣었는데.

보이스카우트 킨케이드는 그러지 않았다. 하지만 다른 병사들은 그랬다.

먹시 일병은 소대의 익살꾼이었다.

'코요테' 먹시는 섀버 하사의 오른팔이었다.

반군. 반군 저격수들. 이들은 그림자부대였고, 불꽃처럼 밀려오면 바로 진압하는 것 외에 그림자와 싸울 방법은 없었다.

킨케이드 상병이 도착하기 전부터 대⟨게⟩반란작전이 있었다. 여전히 여단장 T___ 대령이 만든 예전 전략에 대한 기억이 생생하게 남아 있고 아직도 선호되었다. **그들을 모두 죽이고 정리는 신에게 맡겨라.**

그는 약을 잃어버렸다. 죽음의 박테리아에게 산 채로 잡아먹히는 것을 막아줄 항생제들이었다.

핏속에서 시작해 연조직으로. 그다음은 뇌로.

머릿속 폭발 이후 그는 걸핏하면 거기에 없는 것들을 보고 거기에 없는 것들의 소리를 들었다.

문제는 구별하지 못하는 것이었다.

그는 그들에게 모르겠다고 말했다. 그 여자애—그는 이름을 잊어버렸다.

여자의 이름은 몰랐습니다. 누구의 이름도요. 민간인들은.

심문은 밤새 계속됐다. 그는 세부적인 임무를 부여받은 젊은 병사들

중 하나였다. 반군들이 숨어 있다고 의심되는 이라크 작은 민가들에 들어가는 것은 스릴이 있었다. 머리를 숙이고 좁디좁은 문가에 발을 들여놓는 순간 총에 맞는다는 것을, 머리통이 박살난다는 것을 안다. 그렇게 될 수 있었다.

나중에 그는 수치심에 속이 메슥거렸다. 당시에는 그 일처럼 짜릿한 것도 없었다.

물론 그는 마리화나를 피워봤다. 코카인, 헤로인은 해본 적 없었다. (아직) 필로폰을 해본 적도 없었다. 하지만 그만큼 짜릿한 일도 없다는 것을 알았다. 그것은 자연적인 짜릿함이었으니까.

'살상위원회'. 섀버 하사가 감독관이었다.

먹시는 실행을 부추겼다.

그들은 그에게 물어보지 않았다. 초대하지도 않았다. 그가 일러바치리란 걸 알았기 때문이다. 잘난 보이스카우트 킨케이드는 그를 쏴버렸어야 했다.

파쇄성 폭탄. 그를 파쇄성 폭탄으로 죽여버렸어야 했다.

그것은 비밀이 아니었다. '코요테'가 많은 사람에게 떠들고 다녔다.

집단 내 한 사람이 한 일은 그것이 무슨 일이든 모두가 한 일이다.

군대는 개미떼다. 기본적으로.

그는 이삼일 동안 앓았다. 유리병 속 포름알데히드에 담긴 태아처럼 뇌가 물컹하고 출렁이며 떠 있는 느낌이었다.

종군목사에게 갔다. 모래 때문에 목구멍이 건조해 말을 거의 할 수 없었다.

확신하는 건가, 상병. 시간을 갖도록 하게, 상병.

우리 사이에 오가는 이야기는 비밀일세.

그들은 누가 발포했느냐고 물었다.

그는 여자애가 그에게서 달아났던 것을 기억해내려 애썼다.

그는 그녀가 왜 그에게서 달아났는지 이해되지 않았다. 그가 불렀지만 그녀는 그에게서 달아났다.

그녀를 다치게 하고 싶지 않았다. 그녀는 말했다. 오직 나만 당신을 이해해요. 다른 사람들은 아무도 우리가 아는 것을 알지 못해요, 그들은 신의 사랑을 받죠.

그의 내장은 콘크리트 같았다. 변을 보려면 변이 몸속에서 액체로, 질척한 액체가 되어 으깨져서 몸밖으로 쏟아져나오게 하는 것뿐이었다.

그렇지 않으면 그것은 콘크리트였다.

미치도록 수치스럽고 창자가 아팠다. 통증에 몸이 흔들렸다. 땀을 뻘뻘 흘렸다. 도뇨관을 쓰고 난 다음에는 그것 없이 소변을 보려고 노력했다. 방법을 배워야 합니다, 본능적으로 되는 게 아닙니다.

그는 그들에게 보지 못했다고 말하려 했다. 근처에도 가지 않았다고.

아니 어쩌면 그는 거기 있었는데, 병사들이 무슨 짓을 하는지, 또는 했는지―정확히―보지 못했는지도 모른다. 아니면 그 무렵 상황은 이미 끝났을 것이다. 어쩌면 몇 시간이 지났는지도. 며칠이 지났는지도.

어쩌면 그도 실수로 거기 끼어들었을 것이다. 섀버 하사가 그를 불렀다. **킨-케이드! 빌어먹을 킨-케이드 상병!** 그를 위해 놀랄 일이라도 만든 것처럼!

휴대폰을 가져와, 킨-케이드! 사진 찍을 기회야!

그들은 여자애의 나이가 확실히 그보다는 많을 거라 생각했었다. 그렇게 어린 줄 몰랐다.

여자애의 남동생은 여덟인가 아홉 살이었다.

그리고 그녀의 부모는 너무 왜소해서 미국에서라면 아이로 보았을 것이다.

그리고 늙은이들—조부모……

여자애를 끌어내 일을 마치자 새버 하사는 넌더리난다는 듯이 목격자가 있으면 안 돼! 치워버려 하고 말했다.

그러려고 계획했던 것은 아니었다. 모든 것이 온당하게 느껴지지 않았다. 그 여자애는 그들의 기대와는 달리, MTV나 랩 음악에 나오는, 많은 사람이 아가씨! 섹시 베이비!라고 말하는 십대 여자애가 아니라 그냥 어린애였다. 누군가 강간을 당하거나 피투성이가 되도록 얻어맞고 죽어도 웃으며 끝나는 MTV와는 달랐다. 그것과 이것은 전혀 달랐고, 이건 슬프고도 어리석은 실수 같았다…… 그들은 마을 도로 끝에서 100피트쯤 떨어진 지하배수로로 여자애를 끌고 가서, 진흙더미와 바윗돌과 무너진 담장의 슬레이트 밑에 묻으려고 했다. 일단 짜릿한 일이 끝났으나 빌어먹을 임무가 하나 남아 있었다. 기본적으로 이라크 민간인들을 진지하게 대하기가 어려웠다. 그들이 죽든 살든 왜 신경을 써야 하는지 이해하기 어려웠다. 그들의 자식이나 노인네가 죽든 살든. 그 누구라도.

먹시, 브로카, 머핸, 라미레즈. 킨케이드는 아니었다.

나중에 킨케이드는 새버와 그의 '살해요원'들과 몇 피트나 떨어져 있었는지 말하라는 요구를 받았다. 당시 그는 혼란과 경계심 때문에, 그들이 정확히 무슨 짓을 하고 있는지 몰랐다.

그러다가 그는 큰 가위를 든 먹시를 봤다. 그들의 웃음소리를 들었다. 고교 수업시간에 학교 옥상에 올라가 쿵쾅대며 뛰어다니는 아이들처럼 두렵고 숨이 막혀서 터뜨리는 웃음 같았다. 무모한!

그는 거부하려고 목소리를 높이려 했다. 그런데 소리가 나오지 않았다.

뱃속이 메슥거렸다. 뱃속의 것을 다 게워냈다.

사진 찍을 기회야! 잘 봐!

그는 그것을 가지고 돌아왔다, 그 마지막 시간을.

새 휴대폰, 처부모가 될 사람들의 선물.

메이필드네는 저기 저 언덕 위에 사는 거만한 인간들이지. 사람을 개처럼, 훈련받은 똥개새끼처럼 업신여길걸. 나중에 알고 나한테 와서 징징거리지 마.

사실 그는 그들에게 반했다. 제노, 아를렛에게.

전에 그가 그들에게 미움을 느낀 것은 어머니가 시장에게 푸대접받거나 대우받지 못한 데 대한 반감 때문이었는데, 그것은 에설이 시장에게 더 많은 관심을 받고 싶어했다는 뜻일 것이고, 모름지기 아이(아버지가 필요한 아들)를 둔 제법 예쁘장한 (혼자 사는) 여자라면 제노 메이필드처럼 방에 들어오는 것만으로도 후끈한 열기를 뿜는 남자의 관심을 기대할 것이다. 여–어! 숙녀 여러분, 안녕하세요!

그는 누구인가, 위선자였다. 빌어먹을 위선자 정치인.

그녀는 서류담당 직원이었다. 창구에서 근무했다. 하이힐을 신고 립스틱을 바르고. 진급은 하지 못했다. 십일 년 동안.

그녀는 복수하는 마음으로 슈퍼마켓 봉투에 사무용품을 담아 집에 가져왔다.

쓸데도 없는 종이, 엄청난 양의 종이. 볼펜도 몇 주먹씩. 심지어 프린터 카트리지들도. (하지만 그녀는 조심해야 했다. 카트리지는 비쌌다. 일이 주에 한 개 이상은 감히 가져오지 못했다.) 창고 비품함에서 새 두루마리 화장지도 가져왔다. 그래서 집에는 늘 빌어먹을 화장지가 넉넉했다.

아들은 말했다, 아니, 엄마! 그러다 사람들한테 들키면 뭐라고 말하려고요?

이렇게 말할 거야, 당신들은 내게 빚이 있어! 사기꾼 개자식들은 내게 빚이 있다고.

그는 어머니가 창피했다. 그러나 에설에게는 흥분되고 신나게 만드는 뭔가가 있었다.

예를 들어 쇼핑몰 푸드코트 같은 공공장소라 할 만한 곳에서 고객들은 소형으로 포장된 설탕, 소금, 후추, 유독 거친 종이냅킨, 플라스틱 포크 같은 것을 가져갈 수 있다. 에설은 어두운 표정으로 은밀히 이런 것들을 나일론 파카의 깊은 주머니에 잔뜩 넣어 오곤 했다. 숨기기 어려운 스티로폼 컵까지도. 언제 필요할지 모른다고 그녀는 말했다. 에설은 그것을 훔치는 거라고 생각하지 않았고 저녁 일거리라 불렀다.

어떤 사람들에게는 세상이 빌어먹게도 불공평한 곳이었다. 홀로 자식을 키우는 어머니들, 남자들에게 엿같은 취급을 받고 버려진 여자들. 할 수 있는 곳에서라면 복수할 권리가 있었다.

196

가진 것들에게서 빼앗아. 빼앗고 또 빼앗아.

아주 오랫동안 에설은 브렛의 아버지를 맹렬히 비난했었다. 그러다가 어이없을 만큼 돌연 그를 칭찬하곤 했다.

브렛은 아버지에 대한 기억을 떠올리려 무척 애썼다! 기름기 많은 수건으로 문질러 생긴 얼룩처럼 흐릿한 기억만 남은 아버지가 떠났을 때 브렛은 여섯 살이었고, 보통 그 나이 아이라면 기억할 만도 했다.

양친이 다 있지 않은 사람은 평범한 것이 뭔지 안다고 확신하지 못한다. 기울어진 바닥 위를 걷지만 바닥이 어느 쪽으로 기울었는지 가늠하지 못하는 것과 비슷하다.

브렛의 아버지는 미군 부사관이었다. 중사 그레이엄 킨케이드는 1990년 5월에서 1991년 3월까지 1차 걸프전쟁에 참전했다. 기념앨범에는 색이 바래고 모서리가 말린 사진들이 있었다. 킨케이드 중사는 미남이었던 것 같지만 턱이 두껍고 사시인데다 입술 반쪽으로만 웃어서 상대를 불쾌하게 만들곤 했다.

군대에서 찍은 모든 사진에 킨케이드 중사는 군복 차림으로 다른 소대원들과 함께 있었다. 가장 나이든 사람부터 어린 사람까지 가족 같은 분위기를 풍겼다. 군인-형제라는 묘한 가족이 있었다.

아버지 없는 아이는 그 가족이 몹시 부러웠다. 그의 초라한 삶에는 없는 것이었으니까.

브렛 킨케이드, 너는 자라서 뭐가 되고 싶어?

중사! 우리 아빠처럼.

군에서 제대한 킨케이드 중사는 카시지에 남아 클링어자동차 부품 회사 생산반장으로 계속 일하기에는 지나치게 활동적이었다. 그는 '일

자리를 찾는다'며 적당한 직장을 구하면 가족을 부르겠다고 약속하고 는 차를 몰고 서부로 떠났다. 도중에 '에설과 브렛'에게 몇 번 엽서를 보냈고(이 엽서들은 아직도 브렛이 어릴 때 쓰던 방의 침대 옆 벽에 누렇게 변한 스카치테이프로 붙어 있다), 마지막은 요세미티국립공원 엽서였다. 들쭉날쭉하고 줄무늬 같은 산들 위로 흐릿한 안개구름이 끼어 있었다.

안 돼요 엄마! 제발 그러지 마요 하고 브렛이 막지 않았다면 에설은 이 엽서들을 갈기갈기 찢어버렸을 것이다.

그의 아버지는 아무도 모르게 부상을 당해 불구가 된 것 같았고 그의 일부가, 부러지고 주저앉은 일부가 남아 있었다.

에설은 때로는 그레이엄 킨케이드를 자랑스러워했고, 때로는 그에게 분노했다. 그는 타고난 리더였다. 소령 혹은 대위가 됐어야 하는. 아니면 그는 망할 개자식이었다. 끝.

두 사람이 만났을 때 에설은 겨우 열일곱 살이었다. 에설은 그에게 이용당했다고 말했다. 에설은 그가 그녀를 임신시켰다고 말했다.

그는 그녀와 결혼하고 싶지 않았지만, 일이 그렇게 되고 말았다.

(브렛은 입이 가벼운 외할머니에게서 첫 임신이 유산으로 끝났다는 이야기를 들었다. 두번째 임신은 고작 며칠밖에 살지 못한 '미숙아' 출산으로 끝났다. 그래서 브렛이 태어날 즈음 에설은 일종의 광란 상태에 빠졌고 그레이엄은 남자들이 그렇듯 싫증을 내고 있었다.)

에설은 세상의 불공평함을 뼈저리게 느꼈다. 광택 나는 잡지 표지에 여자 얼굴—여배우? 록스타?—이 있으면 잡지를 낚아채 얼굴 옆에 갖다대고 물었다. 이 여자가 나보다 예뻐? 아니겠지!

또는 브렛에게 물었다. 이 여자랑 나랑 무슨 차이가 있는지 알겠니? 브렛은 알지 못했고, 그러면 에설은 말하곤 했다. 이 여자는 운이란 운은 다 가졌어, 바로 그거야. 그런데 나는 뭘 가졌을까? 쓰레기야.

카시지에서 에설이 경멸하는 '거만한' 집안이 메이필드 집안만은 아니었지만, 제노 메이필드가 가까이에서 일한 탓에 그는 특별한 악명까지 얻게 됐다. 어릴 때 브렛은, 시장이 금요일 저녁에 시청 직원들을 술집에 데려가는데 그녀를 초대한 적은 없다는 이야기를 여러 번 들었다.

그녀의 이름조차 기억한 적 없는 위선자 개자식!

브렛이 더 자라서 고등학교 풋볼 대표팀에 들어가자 사정이 달라졌다. 신문에 브렛의 사진이 실리자. 사람들이 브렛에 대해 이야기하자. 제노 메이필드는 그것을 모르는 척할 만큼 거만을 떨지는 않았다. 어느 날 사무실에서 그는 걸음을 멈추고 에설에게 말했다. 당신이 브렛 킨케이드의 어머니입니까? 무척 자랑스럽겠어요.

그녀는 네, 메이필드씨, 그렇답니다 하고 대답했었다.

그걸로 빌어먹을 끝이 아니면 좋았을 것을! 이후 수년 동안 위선자 개자식은 그녀에게 다섯 단어 이상을 말한 적이 없었다.

그러다 이 년 전, 브렛이 메이필드 집안의 두 딸 중 하나와 '사귀는' 사실이 드러났다.

에설은 그 딸들을 본 적이 없었다. 하지만 사람들에게 들어서 그중 하나, 그러니까 언니는 예쁜 아이, 동생은 똑똑한 아이라는 건 알고 있었다.

브렛이 줄리엣에 대해 말하자 에설은 어안이 벙벙하고 믿을 수가 없었다. 메이필드? 네가 사귀는 애가 메이필드라고?

브렛은 이따금 여자친구들을 집에 데려와 소개해도 어머니가 재수 없는 계집애들이라고 심하게 혹평을 해대는 바람에 더이상 집에 데려오는 것은 포기했었지만, 줄리엣은 소개하지 않을 수 없었다.

설마 진지한 건 아니겠지. 그애는 너를 바보 취급할 거야.

아니면 못생긴 쪽이니? 딸이 둘이라던데.

이 무렵 브렛은 별난 어머니 때문에 속상해하거나 짜증내면 안 된다는 것을 익히 알고 있었다. 그는 줄리엣에게 어머니가 '어려운' 사람이긴 하지만 '심성은 착하다'고 일러두었다. 그것이 에셀 킨케이드에 대한 정확한 표현인지 스스로도 확신하지 못했지만.

그는 시큼한 냄새가 나는 어머니의 집이 아니라 중립적인 장소인 카시지의 강변 카페에서 줄리엣과 에셀을 만나게 함으로써 사실임을 증명하며 묘한 짜릿함, 만족감을 느꼈다.

줄리엣 메이필드를 처음 힐끗 보자마자 브렛의 마음속에서는 메이필드 집안에 대한 모든 미움이 사라졌다. 둘은 금세 잘 통하는 사이가 되었다, 성냥을 그어 불꽃이 일어난 것처럼.

브렛은 자신을 보는 그녀의 웃는 눈을 보았다. 마음이 환해지는 것같았다.

브렛의 젊은 인생에는 여자애들이 줄줄이 있었고 최근에는 여자들이 있었다. 그는 고등학교를 졸업하자 어머니의 반대를 무릅쓰고 포츠댐 스트리트의 집에서 독립했다. 혼자 살고 숨쉴 공간이 필요했다.

군에 입대하면서 사우스팰리세이드파크의 임차한 아파트에서 나왔다. 달리는 트럭 뒤에서 쓰레기 버리듯 군에서 내처져 불구의 몸으로 되돌아왔을 때, 그는 포츠댐 스트리트에 있는 본가로 다시 들어가야 했다. 그것은 브렛에게 사형선고와도 같았다. 어린 시절에 쓰던 낡은 방으로, 에설이 죽은 자식의 방처럼 예전 그대로 놔둔 그 방으로 돌아갔다.

하지만 그건 나중의 일이었다. 처음 줄리엣 메이필드를 만났을 때는 그녀를 데려갈 곳이, 단둘이 오붓하게 있을 곳이 있었다.

그가 어떤 감정을 느끼든 그것을 에설에게 설명한다는 건 말도 안 되는 짓이다. 그는 그러고 싶지 않았다.

브렛은 줄리엣과 그녀의 가족에게 반했다, 사실이 그랬다. 그리고 그들도 그를 좋아하는 것처럼 보였다.

제노가 성큼 앞으로 나와 악수를 청할 때 브렛은 가슴이 뛰었다.

야아, 자네인가! 만나서 반갑네.

그는 메이필드 가족처럼 좋은 사람들을 만나본 적이 없었다. 한 번도.

웃기는 이름을 가진 이상한 여동생 크레시다까지도.

처음에 브렛은 이름을 잘못 알아들었다. 그들이 소녀를 크세디타, 크레시카 비슷한, 외국 이름으로 부르는 줄 알았다.

작고 까만 눈을 가진 그녀의 머리는 아프로스타일과 흡사하게 새까만 머리가 머리통부터 곱슬곱슬했다. 열한두 살짜리 아이처럼 젓가락 같은 몸매, 무슨 생각을 하는지 도무지 감을 잡을 수 없는 무표정한 얼굴.

메이필드 딸들 중 똑똑한 아이.

하지만 크레시다까지도 그에게 친절했다! 악수할 때 지은 진지한 미소는 곧 사라졌지만, 잉크처럼 까만 눈은 탐색하는 듯, 놀란 듯 계속 그에게 머물렀다.

우리 모두 당신을 사랑해, 브렛. 엄마, 아빠, 크레시도. 당신은 우리 인생에 들어온 가장 멋진 사람이야. 내가 맹세해!

줄리엣은 그의 손에 자기 손을 밀어넣었다. 손가락으로 그의 손가락을 지그시 눌렀다. 줄리엣은 뭔가 주의를 주려는 듯 자기 어깨로 그의 어깨를 가만히 밀었다……

브렛의 친구들은 그에게 줄리엣 메이필드에 대해 묻지 않았다. 고등학교 동창들, 그가 어느 정도 거리를 두게 된 핼리팩스, 와이스벡, 스텀프.

그들은 자신에게 의미 있는 여자애나 여자에 대해 말할 수 있는 어휘를 몰랐다. 그래서 여자에 대해 말할 때는 가장 천박한 어휘 외에 다른 말을 쓰지 않았다. 거시기, 젖퉁이, 궁둥짝. 끝내주게 화끈해. 걸레야.

그러니 그가 어떻게 그들에게 줄리엣에 대해 말할 수 있었겠는가. 그는 말할 수 없었다.

그녀의 이름만 말해도 핼리팩스, 와이스벡, 스텀프가 줄곧 그녀의 이름을 읊어댈 위험이 있었으므로 브렛은 말할 수가 없었다.

그녀는 꽃송이처럼 그를 향해 열렸다. 여러 장의 꽃잎이 겹겹이 감싼 장미 한 송이가 단단하고 작은 봉오리였다가 웬지, 햇살의 따스함 때문인지, 꽃잎들이 열리고 또 열리고 하듯이.

브렛은 너무나 행복했었다. 그는 중얼거렸었다. 내가 너를 사랑하나봐, 너무 성급한가. 이 말을 하는 게 너무 성급한 걸까? 나를 비웃지 마, 응?

그는 왜 자신이 그녀를 아프게 했는지 이해할 수 없었다, 그때는.

사랑하는 여자를 그가 아프게 했다. 그가 그랬나? (그가 그랬나?)

처음에는 그녀를 떠밀었다. 발길질당한 짐승처럼 새된 작은 비명.

그리고 그녀의 턱이 멍들고, 탈구가 됐다.

아니, 사실 탈구는 아니었다.

응급실에서 엑스레이 촬영을 했다. 뼈가 움직인 건 아니었다. 그녀가 그렇다고 말했다.

그녀는 미끄러져서 넘어졌다고 설명했다. 허둥대다가! 그녀 잘못이지 누구의 잘못도 아니라고.

이상하게도 모두 그 변명을 받아들였다. 그 말을 믿었다.

왼쪽 턱밑에서부터 뺨까지 보라색 아이리스 같은 흐린 멍이 피어오른 예쁜 줄리엣은 미끄러졌다고, 넘어졌다고, 전혀 아프지 않다고 주장하며 웃었다. 어쨌거나 그녀는 멍자국을 화장으로 가릴 수 있었고 아무도 알아차리지 못했다.

심지어 부모까지도. 그들은 보지 못했다.

사람들은 보고 싶은 것만 본다. 다른 모든 것에는 장님이다.

그러다가 또 언젠가. 그녀가 그 자식—망할 그 자식이 누구였지—, 그가 고교 시절부터 알던 놈들 중 하나인 그 비셔와 같이 그를 놀려대며 자극했다. 그 쿨한 남자 킨케이드 상병은 어디 있어 하며.

아니, 그녀는 카시지에서 당신을 이해할 수 있는 사람은 오직 나밖에 없어요. 우리 둘 다 별종이니까라는 말로 그를 자극했다.

악몽 속에서 그 여자애를 살리려고 안간힘을 썼다. 훈련받은 대로 그 여자애의 가슴 위로 몸을 숙이고 손바닥으로 가슴을 눌러 호흡을 되살리려고 애를 썼다. 흐느껴 울며 안 돼 안 돼 안 돼 안 돼 안 돼 죽지 마 하고 매달렸다.

나중에 그는 늪 같은 흙바닥과 돌들 사이에 여자애가 들어갈 만한 얕은 곳을 발견했다. 돌들과 더러운 흙을 그러모아 여자애를 덮으려 했다. 시신은 묻어야 한다고 생각하려 애썼다. 주검을 짐승들과 새들이 해치도록 내버려두면 안 된다고. 그는 소중한 시간을 표지標識—십자가를 찾는 데 허비했다.

왜 그랬지, 상병?

그게 기독교식 매장이니까요.

*

코끼리들도 죽은 종족을 묻는다. 그는 그렇다고 생각했다.

디스커버리 채널이었을 것이다. 거기서 다큐멘터리를 봤을 것이다.

그러나 코끼리는 오랜 세월이 흐른 뒤에도 그들이 묻은 코끼리의 뼈를 알아볼 수 있었다. 우두머리 코끼리가 동요한 듯 큰 소리로 울며, 마른 흙 속에 있던 할머니 코끼리의 커다란 흰 뼈들을 코로 말아 꺼냈다.

하지만 인간은 동족의 뼈를 분간하지 못한다. 눈앞의 쟁반에 올려놓아도 자기 동족의 뼈를 구분하지 못한다.

지상의 생물 중 종족을 매장하는 건 호모사피엔스와 코끼리뿐이다. 비통한 마음에서, 존경하는 마음에서.

그리고 죽은 이가 죽은 그 상태로 남기를 바라는 마음에서.

우리가 남겨둔 그 자리에 그대로. 진흙덩이와 돌과 흙에 뒤덮여. 죽은 그 상태로.

줄리엣에게 보내며 자신이 전쟁터에서 돌아오지 못했을 때만 열어보라고 당부한 편지에서 그는 글씨를 좀체 쓰지 않는 사람처럼 조심스럽고 반듯반듯한 필체로 적어넣었다. 아는 것이 힘이라지만, 때때로 인간은 그 힘만으로는 부족해. 신은 인간을 충분히 강하게 만드시지 않지.

남에게 베풀어라. 이웃을 사랑하라.

살인하지 마라.

그는 자신이 강변의 얕고 질척한 무덤에 소녀와 함께 그 편지를 묻었을 수도 있다는 생각에 혼란스러웠다! 그랬다면 (젖고 찢어진) 편지에 그가 쓰고 서명한 사랑하는 브렛이라는 부분이 해독되어 추적당하게 될 것이다.

일이 그렇게 되게 정해져 있었을지도 모른다. 그가 손편지를 쓰도록 신이 이끌었던 이유가 바로 그것일지도 모른다.

또다른 언젠가 상병은 이런 질문을 받았다. 무엇을 보았는가. 누구를 보았는가.

얼마나 가까이 있었는가. 그리고 언제였는가.

라이플총 발사 횟수. AK47은 몇 번 발사됐는가.

집안에서 시체들을 봤는가. 지하배수로의 시체를 봤는가.

상병이라는 호칭이 불릴 때마다 그는 조롱당하는 것 같았다.

귀관이 주장하는 것은 뭔가, 상병. 귀관은 목격했나.

귀관은 그 자리에 없었는데, 주장하고 있다.

귀관은 그 자리에 있었는데, 주장하고 있다.

어떻게 확신할 수 있지. 이것은 심각한 진술이다.

귀관이 다른 사람들에게 들은 게 아니라 직접 본 것.

사람들이 귀관한테 했던 말 말고. 귀관이 종군목사에게 말했거나 기억하는 것 말고. 귀관이 보거나 봤다고 믿는 모습 말고.

심각한 진술이란 말이다, 상병. 고발이라고.

정확히 뭘 봤나. 정확히 어떤 자들이었나.

귀관이 거기 있었다고 '알았던' 사람들이 아니라 귀관이 본 사람들, 그리고 서로 어떤 관계였는지 또 귀관과는 어떤 관계였는지 그게 언제였는지 아는 사람들. 귀관이 거기에 있었다고 '들었던' 사람들이 아니라 귀관이 본 사람들.

얼굴들을 직접 봤나, 상병. 각각을 알아볼 수 있겠나.

목격했나.

귀관이 거기 있었나. 있었다면 왜 개입하지 않았지.

목격하지 못했다면 왜 거기 있었던 건가.

심각한 진술이야. 고발이라고.

입증할 게 있나?

그들은 말하고 있었다. 당신 짓이 틀림없지?

상병? 어떻게 된 일인지 우리한테 말만 하게.

그들은 군복을 입고 있지 않다. 양쪽 머리를 짧게 밀지 않았다.

그는 혼란스러웠다. 어떻게 심문자들의 모습이 바뀌었을까. 그들이 그의 머릿속 한가운데 뿌연 부분으로 들어왔다가 다른 쪽으로 나가 다른 사람이 된 것 같았다. 이런 공상에 집중력이 흩어져 그는 질문을 명확히 알지 못했고 어떻게 진실하게 답할 수 있는지는 더더욱 알지 못했다.

그녀를 해칠 의도는 없었나? 그냥 제어할 수가 없었나보군.

……당신을 유혹했나? 흔한 일이지.

게다가 그녀는 그쪽 여자의 동생이고.

아무도 당신을 비난하지 않아, 이 친구야. 미군에서 개똥같은 대접을 받았고 피앙세는 '불구'라고 무시하고, 그러다 여동생이 면전에서. 그러니 뭐, 자극받지 않았겠어.

자극받지 않았느냐고? 상병이? 당연하지 젠장!

우리한테 어떻게 된 일인지 말해주겠나? 그러고 나서 그녀—그 시신—를 어떻게 했는지?

우리는 당신이 그녀를 강에 던졌다는 걸 알고 있어. 새키츠하버에서 그녀의 옷가지를 발견했거든. 꽤 떨어진 곳에서 말이야, 상병. 믿기 어렵지만 그게 사실이야.

보라고, 이게 그거야, 그녀의 스웨터. 그 가여운 여자애의 스웨터를 새키츠하버의 바위틈에서 어떤 아이가 발견했지. 상병 당신에게는 너무 안된 일이지만 스웨터는 호수 밑으로 가라앉지 않았어. 혹시 그녀의 시신이 거기 호수 속에 있나? 아니면 강 속에 가라앉았나? 혹시 그것에 대해 뭔가 아는 것이 있나?

우리는 주검을 찾아낼 수 있어. 당신이 협조하지 않고 말해주지 않아도 가능하다고, 상병. 시간은 걸리겠지만 찾아낼 수 있어. 주 경찰이 강과 호수

밑을 뒤지는 걸 도와줄 거야. 가여운 그 여자애는 45킬로그램도 안 됐고, 당신 지프와 셔츠에 그애 핏자국이, 지프에 그애 머리카락이 남아 있었어. 당신이 머리를 홱 잡아당길 때 빠졌겠지 그렇지 않나, 상병? 머리채를 잡고 얼굴을 앞유리창에 박았을 때 피가 묻었겠지? 그애 지문도 있어. 그애를 찾는 데는 시간이 걸릴 테니 만약 당신이 그 시간을 줄여준다면, 당신에게 득이 될 거야. 협조를 하면 판사가 참작해줄 거란 소리야. 들어보게, 상병. 멍청한 약쟁이들과 얼간이들이 지방 검사에게 협조하지 않는 우를 범해 결국 사형선고를 받고 댄모라의 변기통만한 감방에서 죽기만 바라며 십 년 십이 년 썩다가 막상 시간이 다 지났을 때는 뇌가 알츠하이머 환자처럼 썩어문드러졌어. 하지만 그 여자애에게 무슨 짓을 했는지 털어놓으면, 지방 검사는 죄목을 살인에서 과실치사로 낮춰줄 거야. 검사가 그렇게 하더라도 판사는 이십 년 또는 종신형을 줄 수도 있겠지만, 그래도 구 년 후에는 가석방될 가능성이 있지. 당신이 그 불쌍한 여자애에게 한 짓에 비하면 제법 괜찮은 거래 아닌가, 상병. 당신이 알고 우리가 알잖나, 그만 인정해야지. 그래야 피해자 가족이 사정을 듣고 마음을 가라앉힐 수 있을 거야. 카시지 사람들은 모두 킨케이드 상병은 선량하고 예의바른 미국 청년이었는데 이라크 적들 때문에 망가졌다고 말할 거야. 당신 잘못이 아니란 소리야, 상병. 아무도 당신을 비난하지 않을 거야, 심하게는.

그는 수치심 때문에 괴로웠다. 죄책감 때문에 괴로웠다. 속이 파이프가 막힌 듯 막혀버렸다. 안에 있는 것을 배출할 수가 없었다.

죽는 게 나았다. 죽었으면 좋았을 것이다. '전투중에.'

이제 너무 늦어버렸다. 그는 살해됐지만 죽지 않았다. 정확히는.

자신이 대충 인간 비슷하게 만들어진 인간 같았다. 마네킹 같은. 원래 피부는 마른 가죽 같고, 머리카락은 자연사박물관에서 본 것과 비슷했다.

그가 갔었던 워싱턴디시의 박물관들에서. 스미스소니언, 내셔널갤러리에서.

죽은 것들을 보관하는 박물관을 생각하자 마음이 가라앉았다. 사람들은 그런 곳에 있는 게 어울리는 죽은 것들을 빤히 쳐다보면서도 감흥을 느끼지 않았다. 그것은 방부처리와 비슷했다. 서늘한 공기, 대리석 바닥, 높은 천장.

크리스마스 휴가 '대이동' 기간―포트베닝에서 실시한 기초훈련 도중―에 그는 열흘 휴가를 얻었고 카시지의 집으로 갈 수도 있었지만, 워싱턴디시로 날아갔다.

혼자서 갔다. 오래전 책에서 본 베트남전쟁 참전용사들의 기념탑을 혼자서 보고 싶었다. 애당초 그 기념탑이 '논란거리'가 되었다는 것을 그는 알고 있었다. 직접 보고 싶었다.

브렛은 선대의 친척―아버지의 사촌―이 베트남에서 죽었다는 것을 알았다. 카시지 출신 사망자들이 더 있었지만, 그는 그들의 이름을 잘 몰랐다.

톰이거나 팀일 것이다. 어릴 때 그는 친척의 이름을 귀담아듣지 않았다.

그가 군에 입대한 걸 아버지가 알면 좋을 거란 생각이 들었다. BCT―기초전투훈련―에서 지금까지 브렛은 탁월했다.

훈련교관은 그를 좋아하는 것 같았다. 다른 사람들도 그를 좋아하는 것 같았다. 그는 훈련조에서 '소대 대표'로 뽑혔다.

그가 9·11이 일어나고 십이 일 후에 입대를 신청했다는 것을 아버지가 알 수 있다면 좋을 텐데.

아버지는 결코 알 수 없을 거라는 생각이 그를 두렵게 했다.

어쩌면 그는 중동으로 가게 될 것이었다. 보병. 그의 선택이었다. 이라크든 아프가니스탄이든 어느 곳이든 상관없었다. 그가 얼마나 떠나고 싶은지는 줄리엣, 어머니, 메이필드 가족에게는 비밀이었다.

기초훈련을 끝마치고 싶어 몸이 달았다. 조지아주 포트베닝에서 고급훈련에 참가하고 싶었다. 마음 한구석으로는 미친 생각이라 여기면서도 그는 자신이 그곳 미군 부대에 합류하기 전에 전쟁(들)이 끝나지 않기를 아이처럼 간절히 바랐다.

정상적인 행동이 아님을 브렛도 알았다. 기초훈련을 받는 신병들은 육 주간 훈련소에서 시달리고 나면 모두가 집에 가고 싶어 안달했지만, 브렛 킨케이드는 첫 주말을 아는 사람 하나 없는 워싱턴디시에서 혼자 보내기로 했다. 카시지에는 그를 기다리는, 그를 사랑하려고 기다리는 피앙세가 있었다. 그녀는 그가 집으로 곧장 오지 않는다는 것도 몰랐다.

줄리엣을 데리고 갈 수도 있었다. 그는 그러지 않았다.

찬비가 내리는 토요일 아침인데도 기념비를 찾아온 방문객들이 있었다. 대부분 가족 단위였고, 몇 커플이 손을 잡고 있었지만 브렛 킨케이드 이병을 제외하면 혼자 온 사람은 아무도 없었다.

줄리엣은 그가 어디 있는지 몰랐다. 아무도 몰랐다.

다른 방문객들과 옆으로 긴 기념비 벽들을 마주보고 움직였다. 묘지는 V자 형태로 조형되어 기념비들 높이가 갈수록 낮아졌지만 방문객들은 감지하지 못했다. 그가 멈칫하고 숨이 차는 묘한 기분을 느끼기 시작한 것도 이상하지 않았다.

정말 많은 이름이 있었다! 시선이 닿는 곳 너머까지 명단이 이어졌다.

방문객들은—사망한 군인들의 친척들이 분명한—이름을 찾은 뒤 멈춰 서서 몽유병자들처럼 오랫동안 물끄러미 바라보았다. 그들은 아이 같은 경외감으로 검은 화강암에 새겨진 이름들을 만졌다. 몇몇은 손이 닿지 않는 곳에 있는 이름을 만지려고 발꿈치를 들었다. 명단이 더 높은 데 있는 경우에 쓰는 발판이 있었다. 보는 것으로는 부족해서 만져야 했으니까.

기념비 단에 비에 젖은 작은 깃발들, 사진들, 조화나 생화 다발들이 있었다. 브렛은 매일 저녁 이 소중한 물건들이 치워진다는 글을 읽은 적이 있었다.

아버지의 사촌은 언제 죽었을까? 브렛은 확실히는 모르지만 긴 전쟁의 시작보다는 끝 쪽에 가까울 거라 믿었다.

이름들을 쭉 훑어보며 킨케이드를 찾았다.

물론 그의 아버지 이름은 여기 없을 것이다. 브렛은 그것을 알았다. 아버지가 나간 전쟁은 베트남전쟁이 아니라 1차 걸프전쟁이었고, 아무튼 그는 전쟁터에서 죽지 않았다.

5만 8천 명 이상의 군인이 베트남에서 죽었다! 그 규모는 얼른 감이 잡히지 않았고, 생각하려니 머릿속이 텅 비는 것 같았다.

1959년, 1963년, 1967년, 1970년…… 눈물로 시야가 흐려져 글씨를 읽기 어려웠다. 낯익은 이름이 눈에 띄지 않다가 1971년 하단의 명단 끝부분에 이르자 티머시 킨케이드가 보였다.

바로 그였다! 아버지의 사촌.

브렛은 미동도 없이 멈춰 서 있었다. 그는 자기 어깨높이쯤에 있는 그 이름을 응시했다. 이름을 만져보려고 몸을 기울여 손가락을 대고 움직였다.

그는 침을 꿀꺽 삼켰다. 기본적으로는 모르는 사람의 이름인데 왜 이리 가슴이 뭉클한지 알 수 없었다.

"실례합니다만?" 어느 여자가 그에게 말했다. 지팡이를 들고 투명한 비옷을 입은 노부인은 그녀보다 젊은 사람들과 함께 있었다. 그녀는 브렛에게 티머시 킨케이드와 어떤 관계냐고 묻고 있는 것이 분명했고, 그는 뭔가 애매하지만 공손한 말을 중얼거리고는 눈물을 참느라 눈을 깜빡이며 몸을 돌렸다.

"신의 축복이 함께하시길."

재빨리 빠져나왔다. 한 번도 뒤돌아보지 않았다.

그는 계획과는 달리 휴대폰으로 사진 한 장 찍지 않았다.

카시지로 돌아온 그는 워싱턴시 방문에 대해 아무에게도 말하지 않았다. 사람들이 연락이 끊긴 친척이나 오랫동안 만나지 않은 형제의 이름을 떠올리듯 그는 티머시 킨케이드라는 이름을 기억할 것이다.

그의 손끝도 기억했다―티머시 킨케이드.

그곳, 죽은 자들의 땅.

그의 어머니, 그의 피앙세와 그녀의 부모. 그의 친구들.

고교 동창 친구들 / 형제들. 소대 병사들.

모두 말이 없고, 그들의 얼굴에서 색이 사라졌다.

그의 할머니의 낡은 사진첩 속 빛바랜 코닥 스냅사진들처럼.

브렛? 이리 와.

그래 딱 이 자리야.

그래 우리는 너를 기다리고 있었어.

포르노그래피, 싸구려 사탕, 이가 썩는 사탕.

마약. 헤로인. 엿같은 것 피우기. 빌어먹을. 말라붙은 미라 꼴이라니. 모래 폭풍.

폭탄이 터졌을 때 그는 죽었다. 벽이 날아갔을 때.

그는 호출을 받았다. 급히 전진하라는 명령을 받았다. 개머리판이 어깨를 세게 짓누를 정도로 라이플총을 꽉 끌어안고 발포 준비를 했다. 적이 보인다! 그가 들은 마지막 말소리는 귀에 거슬리는 새버 하사의 목소리였다. 이리 와 킨케이드! 이리 와! 젠장 얼른 이리 튀어와!

그는 죽었고 그곳으로 갔다. 거기서 그는 추위를 막으려고 옹기종기 모여 있는 사람들을 봤다.

그런데 그들이 그의 신체 조각들을 삽으로 떠서 모았다. 교묘하게 꿰매고 붙이고 철사를 넣어 그를 봉합했다. 그는 형태들의 패턴―머리 위로 흐르는 구름 같은―을 봤고, 계속 변하는 패턴에서 그것을 보는 중심을, 자아를 추론해야 한다는 것을 알았다. 패턴을 인식하는 메커니즘을 가진 자아.

이 자아를 편한 이름으로 부르면―브렛 킨케이드. 티머시 킨케이드.

오른다리, 왼다리, 오른팔, 왼팔을 '들어'보라는 말을 들었지만, 그는 어떻게 하는지 알 수 없었다. 그들이 '들어'보라는 것을 어떻게 '들' 수 있는지—어떻게 사람 몸의 일부가 일부를 '들' 수 있지?—알 수 없었고, 그럴 방도가 없다고 설명하려 애썼다.

그리고 그들이 그의 몸을 건드리면—발뒤꿈치 같은 데를(어느 발이었지?)—막대기나 날카로운 꼬챙이였나?—간지럽혔나?—그것이 뭔지 알아맞혀야 했다. '뜨거운지' '차가운지', '매끄러운지' '거친지' 그는 대충 짐작해 말하거나 때로는 괜찮다는 신호로 아무 말이나 했다, 그게 뭐든, 그게 뭐였든.

충성심. 의무. 존중. 이타적인 봉사.

명예. 도덕성. 개인적인 용기.

군의 핵심 가치.

미군 소속 브렛 그레이엄 킨케이드 상병.

곤죽이 된 그의 왼쪽 눈에 안내렌즈를 삽입했다. 티타늄 임플란트로 골절된 두개골을 이었다. 얼굴 피부를 봉합했고, 개미에게 물린 것 같은 발진은 미치도록 가려웠지만 긁으면 터져서 피부가 벌어지며 피가 나고 감염될 수 있기 때문에 긁을 수 없었다. 철사로 하반신을 (창자, 사타구니) 조여맸고, 흐느적대는 고무 같은 음경에는 도-뇨-관을 꽂아 독성 소변을 빼냈다. 안 그랬으면 병원에 있는 다른 몇몇 환자처럼 소변이 겨자색으로 변했을 것이다. 그 환자들은 그의 또래인지 아버지 연배인지 나이를 가늠할 수가 없었다.

맙소사, 그는 행복한 아이였는데! 그때는 어머니가 막힌 변기처럼 괴로움과 쓰라림으로 꽉 막혀 고통스러워하는 줄 몰랐지만(에설은 포츠댐 스트리트에 있는 그들의 집 변기가 맨날 막힌다고 불평했고, 변기 뚫는 더러운 도구를 들고 직접 뚫으려고 애쓰며 흐느꼈다). 브렛은 초등학교에서 쉽게 친구들을 사귀었다. 키가 큰 편에 발이 빠르고 타고난 운동선수였지만, 아버지가 떠나버렸다는 마음속 슬픔 때문에 남을 괴롭히거나 우쭐대지는 않았다. 사람들은 그가 그레이엄을 닮았다고 말했다. 잘생긴 얼굴, 구불대는 갈색 머리카락에 연갈색 눈을 가졌고, 샐쭉하거나 시무룩해지는 법이 없었다. 어른들이 늘 아끼고 믿어줬기 때문에 어른들에게 대드는 법도 없었다.

기본적으로 브렛은 아주 괜찮은 애였어요. 아이들도 어른들도 다들 그를 좋아했죠. 그는 다른 아이들처럼 함부로 말하지 않았고, 조용히 생각에 잠기곤 했어요. 사람들을 평가하지 않았고, 비웃지도 않았어요. 장애가 있는 아이에게 브렛은 친절했어요. 선생님이 아이들을 통제하지 못하면, 브렛이 나서서 질서를 지키게 도왔고요. 학교에서는 수학과 영어를 열심히 해야 했는데, 브렛은 성적이 제법 괜찮았어요. 대부분 B학점. 두에인 스텀프와 로드 핼리팩스, 그리고 이름이 뭐더라, 와이스벡 같은 친구들과 자주 어울렸어요. 그들은 어릴 때 포츠댐 스트리트에서 같이 자라 형제 같은 사이였거든요. 어릴 때는 동그랗고 포동포동하고 앳돼 보이던 두에인 스텀프는 무슨 뜻인지도 모르면서 막돼먹고 더러운 말로 상대방의 기를 꺾곤 했어요.

그애들이 브렛 킨케이드에게는 다른 애들 대하듯 함부로 대하지 않았어요. 브렛에게는 알랑거리고 감탄하고 그랬다고요. 그들은 브렛처럼 운동 실력이 뛰어나지 않았으니까요.

브렛은 필요할 때 부탁을 해도 될 것 같은 애였어요. 가능하면 부탁을 들어줄 것 같고—캐묻거나 생색을 내거나 나중에 농담거리로 삼거나 으스대거나 할 애가 아니었어요.

그는 돈을 빌려주지는 않지만 다른 것들은, 예를 들어 자전거 같은 건 잘 빌려줬어요. 방과후에 적어도 두 가지 아르바이트를 했는데, 슈퍼마켓에서 물건 담는 일을 하거나 묘목원 같은 데서 일했고 가능한 한 돈을 모아야 했어요. 그의 어머니는 늘 돈이 없다고 푸념했거든요. 브렛이 군에 자원한 건 급여를 받을 수 있으니까, 장교에 지원해서 몇 년 후 뉴욕주립대에 다니려고 했기 때문이에요. 그는 돈을 벌어 어머니에게 주고 싶어했어요.

브렛의 이상한 어머니 에셜! 그녀는 목욕가운만 걸치고 집 앞에 나오곤 했어요. 영화에서나 볼 법한 번들거리는 실크 옷 같은 거 있잖아요. 안에 아무것도 입지 않아서 젤로처럼 출렁대는 가슴과 허벅지가 보였어요. 다리 사이의 털이 보기 싫어 얼른 고개를 돌려야 했죠.

포르노 잡지나 비디오에서는 보고 싶지만, 현실에서 다른 애의 엄마라니! 그건 아니죠.

브렛은 자기 어머니가 민망했을 거예요. 그래도 브렛은 그녀를 감싸주곤 했어요.

우리가 10학년 때 일이었어요. 우리집 상황이 엉망진창이었죠. 아버지는 술을 퍼마시고 아팠고, 어머니는 잡히는 대로 약을 몽땅 털어넣고 싶다는 말을 입에 달고 살았고, 나는 학교를 툭하면 빼먹었죠. 그런데 브렛은 나와 어울리면서도 별말은 하지 않았어요. 그는 아르바이트나 풋볼 연습을 마치고 집에 가는 길에 우리집에 들르곤 했어요. 집에 들어오려고 하진 않았고, 나도 들어오라고 하지 않았죠. 우리는 진입로나 도로에서 얼쩡댔어요. 아니면 세븐일레븐 주차장에 가거나. 브렛은 왜 학교에 안 나왔느냐고 묻지 않았어요. 어떤 질문도요. 같이 마리화나를 피우려고 하지도 않았고 그냥 자기는 됐다고 말했어요. 그는 다른 사람을 비난하는 일이 거의 없었어요. 어느 날 나는 기분이 개떡 같았는데 브렛이 자기 집에 가서 저녁을 먹자고 했어요. 우리집에 저녁밥이 없을 거라는 걸, 우리 엄마가 식사를 준비하지도, 심지어 식사할 상태도 아니란 걸 아는 눈치였죠. 나는 됐어! 하며 사양했어요. 누구에게도 식사 초대를 받아본 적이 없었거든요. 이전에도, 이후에도요. 브렛은 내가 가도 그의 어머니가 괜찮다고 할 거라고 말했어요. 그래서 나는 가기로 했어요. 누가 내게 하자고 한 일 중에서 최고로 좋은 일 같았죠. 놀라운 건, 그날 밤 브렛의 그 이상한 어머니가 평소 알던 것과는 달랐다는 거예요. 아마 나 혼자뿐이고 다른 애들이 없어서였겠죠. 어쩌면 그녀는 나를 측은히 여겼는지도 몰라요, 틀림없이 브렛이 내 사정을 이야기했을 테니까요.

우리는 브렛이 일하는 숍라이트 슈퍼마켓에서 가져온 냉동피자를 먹었어요. 페퍼로니와 치즈와 토마토가 든 피자에 킨케이드 부인이 토마토 통조림을 다져넣어 오븐에서 구워도 딱딱하지 않게 해줬죠. 우리 셋은 앉아서 TV를 봤어요. 〈ER〉였는데 브렛의 엄마가 가장 좋아하는 드라마였어요. 그녀는 자기보다 처지가 더 나쁜 사람들이 상황을 어떻게 처리하는지 보는 걸 좋아했고, 나는 이런 생각이 들더라고요—그런 이유 때문에 킨케이드 부인이 내가 주위에 있는 걸 좋아하는구나. 하지만 나는 괜찮아, 이해할 수 있어.

그해에 브렛의 집에 다섯 번쯤 갔을 거예요. 매번 저녁을 먹은 건 아니고, 가끔 빈둥거리기만 했어요. 한번은 킨케이드 부인이 맥주를 마시다가 내게 그랬어요. 네 이름이 버드니지, 맞지? 내가 그렇다고 하자 부인이 이상한 말을 했고, 그후로 그 말이 잊히지 않았어요—네 어머니는 고교 시절 내 친구였어. 하지만 이제 그녀에게 악감정은 없어.

내 짐작에 부인은 우리 엄마가 계속 친구로 지내지 않아 화났다는 뜻 같앉어요. 그런 뜻 같았어요. 그런데 킨케이드 부인이 그때 우리 엄마가 어떤 지 알았다면 그런 말은 하지 않았을 거예요. 엄마는 어떤 친구나 친척도 반대 방향으로 내뺄 정도로 엉망진창이었거든요.

우리가 아는 한 우리 집안에는 결혼식을 올린 사람이 없고, 금세 곧 엉망이 되지 않은 사람이 없었어요.

브렛은 말하자면 진짜 기독교도라고 할 수 있는 애였어요. 종교에 대해 말하진 않았고, 그런 말이 나오면 무지 겸연쩍어했을 테지만, 그런 사람이었죠. 기독교도들은 '남을 대접하라'고 말하잖아요. 브렛은 그러려고 했어요. 그가 이라크에서 감당 못할 일을 한 것도 그 때문이었겠죠. 그러다가 그렇게 '장애인이 되어서' 독한 약물을 복용하고 술도 마셨죠. 약을 먹을 때는 술을 마시면 안 되는데. 사람들이 그렇게 말하더라고요. 하지만 브렛의 큰 약점은 스텀프와 핼리팩스와 와이스벡 같은 오랜 친구들에게 안 된다고 말하지 못하는 거였어요. 그렇게 못했죠.

재판에서 증언— '성격 증인'—같은 걸 할 사람을 구한다면 내가 할게요. 재판이 열린다면.

누군가 그랬어요. 시신이 없으면 살인죄로 체포할 수 없으니 재판은 열리지 않을 거라고. 하지만 만약 재판이 열리면 사람들이 그가 무슨 짓을 저질렀다고 하든 내가 브렛 킨케이드를 위해 나설 거예요. 결국 브렛이 자신이 그랬다고 자백한다고 해도요. 왜냐하면 내 친구 브렛 킨케이드는 누구를 해칠 사람이 아니고, 만약 그가 메이필드를 해쳤다면 그는 브렛 킨케이드가 아니라 나는 모르는 다른 사람일 테니까요.

삽으로 흙/잡석 더미를 퍼낼 때 보게 되는 작은 색유리 조각들은 '보석'을 의미하는 신호일 수도 있다. 추함 속에 아름다움이 있다. 악 속에 선이 있다. 믿음을 가져라!

그렇지 않다고 믿기가 어려웠다. 그는 가슴 저 밑바닥에서 그게 아니라고 믿을 수가 없었다.

기초훈련 때 그는 다른 병사들과는 달리 겁을 먹지 않았다. 훈련교관은 냉담한 눈으로 신병들을 훑어보며 누가 괜찮고 믿을 만하고 성숙한 사람인지 판단했고, 병사를 강인하게 만드는 것이 교관의 임무이므로 마땅히 더 약한 병사들에게 주의를 기울였다. 더불어 어쩔 수 없는 말썽꾼 몇에게도 주의를 기울여 병사들 앞에서 그들에게 굴욕을 주고 때리고 무너뜨렸다. 승리에 도취한 권투선수가 상대가 벌렁 자빠져 나가떨어질 때까지 때리고 그의 얼굴에서 피를 보는 것처럼. 브렛은 교관이 어떻게 지켜보는지 보면서 자신이 괜찮은 병사이고, 사내 중 사내라는 것을 확인했다.

그래서 그 시간이 되었을 때, 이라크 소녀와 가족에게 저지른 만행을 알고 (아마도) 종군목사에게 알렸다는 것을 알거나 짐작한 소대원들이 그를 죽이려고 음모를 꾸몄다. 당장은 아니더라도 그가 '전투중에' 살해될 수 있도록 (가능성 있는) 상황들을 조성했다. 그는 잡석이 깔린 키르쿠크 북부 변두리에서 순찰 도중 하사의 호명을 받아 앞으로 나설 것이고, 병사로서 훈련받은 대로만 할 뿐 다른 대안을 모르는 그는 상관의 명령에 따를 것이었다.

그리고 그는 죽었고, 징계 청문회에서 증언할 필요가 없었다. 육군범죄수사사령부.

그는 신경이 손상돼 — '역행성 기억상실증' — 2004년 12월 11일 초

저녁, 잡석이 깔린 이라크 키르쿠크 북부 변두리에서 무슨 일이 일어났는지/일어나지 않았는지 조금도, 명료하고 정확하고 자신 있게 기억하지 못했다.

누가 칼을 잡고 소녀의 뺨을 갈랐는지조차 몰랐다. 누구의 얼굴도, 누구의 이름도 기억하지 못했다.

변호사도 필요하지 않았다.

워싱턴디시까지 여행할—'이송될'—필요가 없었다.

비행기에서, 택시에서, 국무부 청문회에서 도와줄 사람이 동반할 필요가 없었다. 그가 걷도록 부축하고, 알약을 세어주고, 술을 못 마시게 만류하고, 호텔 욕실에서 자살하지 않도록 예방하고, 변을 지리는 항문을 닦아줄 사람이.

줄리엣에게 워싱턴디시까지 같이 가달라고 애원할 필요도 없었다. 그가 걷도록 부축하고, 알약을 세어주고, 그가 개처럼 껄떡대는 술을 못 마시게 하고, 서글프게도 변이 새는 치질 걸린 항문을 닦아주며 사랑한다고, 허락만 한다면 아플 때나 건강할 때나 앞으로의 인생에서 항상 그를 사랑하겠다고 말하라고 간청할 필요도 없었다.

내가 사람들에게 뭐라고 했느냐 하면, 진실을 말했어. 사고였다고.

미끄러져서 넘어지며 문에 부딪혔다고. 완전 바보같이.

응급실에서 엑스레이를 찍었어. 턱은 탈구되지 않았어.

욱신거리고 침을 삼키기 어렵지만 멍은 가실 거야.

나도 알아, 당신은 그럴 의도가 아니었어.

속상하게 해서 내가 미안해.

우는 거 아냐, 진짜야!

우리는 이 시련의 시기를 되돌아보며 말하게 될 거야. 사랑의 시험이었다고. 우리는 약해지지 않았다고.

그는 아니라고 말했었다. 그렇게 생각하지 않았다고.

그가 씩 웃는 광대 같은 얼굴을 바짝 들이밀어서 그녀는 그것을 보지 않을 수 있었다.

심각한 진술이야. 확신하고 그런 주장을 하는 게 좋을 걸세, 상병.

귀관이 이 진술을 밀고 나가면 귀관의 안전과 보안은 보장받을 수 없네.

C_ 중위는 킨케이드 상병에게서 악취라도 나는 것처럼 노려보았다.

경찰은 곧장 지프 랭글러를 압수했다. 차 안을 구석구석 조사했다. 제이크 피더슨이 항의하자, 지프는 결국 (아직) 체포되지 않은 주인에게 되돌아왔다.

증거 수집중. 계속되는 수사.

브렛 킨케이드가 운전할 수 있는 상태인지가 명확하지 않았다. 혹은 지금 운전을 해도 되는지.

그의 치료사이자 친구인 세스는 운전해도 괜찮을 거라고 말했었다. 다른 사람이 늘 동승한다면.

오른쪽 눈 시력은 0.5로 교정됐다. 왼쪽 눈 시력은 ▇▇▇▇▇▇이었다. 그래서 운전면허를 가질 수 있는 최저요건은 충족됐다.

왼쪽 다리는 힘이 없지만 오른쪽 다리는, 중요한 쪽은 괜찮았다. 발, 가속페달, 브레이크.

그건 (아마도) 사실이었다. 상병의 반사신경이 예전처럼 잘 협응하지 않았다. 주변시周邊視는 솔직히 맛이 갔다고 할 수 있었다.

그래도 운전은 할 수 있었다. 차를 운전할 권리가 있었다.

탄원은 하지 않을 작정이었다. 에설이 그를 대신해서 탄원할 것이었다.

내 아들의 운전면허증까지 빼앗아갈 수 없어! 하면서.

이미 그애에게서 모든 걸 빼앗아갔는데 그애 건강, 그애 인생—남은 인생—까지 부자놈들에게 빼앗길 수는 없어.

여자애를 산 채로 묻은 건 틀림없이 꿈이었다.

입이 흙으로 가득찼으면서도 비명을 지르려 했다.

그는 공포에 질려 여자애를 삽으로 때리다 비명을 지르며 깼다.

그녀가 가만히 있을 때까지 돌을 던졌다. 그러고는 돌맹이, 자갈, 양손으로 퍼낸 진흙덩이를 움직이지 않고 얼굴이 덮일 때까지 작은 몸뚱이 위로 더 던졌다.

어쩌면 농땡이 부린 건 스텀프였다. 스텀프—땅딸보*를 비웃어야 했다. 9학년 어느 날 학교 이층 교실에서 사회 수업을 받다가 창밖을—콘크리트 통로를 가로질러—봤는데, 거기 지붕에 스텀프가 있었다! 그

---

* Stumpf와 stump는 발음이 유사함.

는 관리인들만 이용하는 계단을 올라갔다. 학교 옥상으로 나가는 길을 찾아내 들키지 않게, 혹은 너무 금방 들키지는 않게 몸을 웅크리고 걸어다녔다. "야! 봐!" 로드가 브렛을 쿡 찔렀다.

교단에서 니콜스 선생이 말하고 있었다. 아니 한 여학생이 칠판 앞에서 발표하고 있었다. 창밖 타르페이퍼를 붙인 지붕에 있는 두에인 스텀프의 모습은, 미친 꼴통이 벽돌 굴뚝 뒤에 웅크리고 앉아 건물 벽에 오줌을 갈기고 있는 것처럼 보였다.

스텀프—'땅딸보'—는 고등학교에 다니기 전부터 유명했다.

11학년 앨범에서 그는 반의 어릿광대로 뽑혔다.

별로 웃기지 않을 때도 가끔 있었다. 하지만 스텀프가 웃기는 아이인 건 분명했다.

입이 거친 아이. 수업중에 방귀를 뀌는 아이.

곰팡이 핀 다람쥐 시체를 삽으로 떠서 랭글리 선생의 차 앞바퀴 뒤에 놓았다.

그가 여자애들에게, 여교사들에게 했던 짓들.

가끔은 다른 남자애들과 함께 했지만, 대개는 땅딸보 혼자 했다.

어떤 일은 들키지 않았다. 아무도 모르고 넘어갔다.

반에서 거들먹대는 여자애. 미인, 치어리더, 예쁜 얼굴, 복슬복슬한 앙고라 스웨터. 그애의 아버지는 캐딜락 영업소 주인이었다. 그들은 컴벌랜드 애비뉴의 사암으로 지어진 화려한 교회 옆에 살았다. 밸런타인 데이에 스텀프는 '데비'를 위해 진짜 개똥을 벨벳으로 포장해 그녀의 사물함에 걸어두었다.

아이들은 고디너 선생의 옷 위로 확연히 튀어나온 작은 북 같은 (임신한) 배를 빤히 쳐다보지 않으려고 애썼다. 몇몇은 불쾌해했는데, 일부 남학생들이 불쾌해했고, 여학생 몇 명도 그랬다. 그러나 아무튼 11학년과 12학년 영어 교사이면서 연극반 지도교사였던 고디너 선생을 상대로 장난이 잦았다. 미친 스텀프는 인터넷에서 포름알데히드에 담긴 실제 인간 태아 사진을 다운받아, 밸런타인데이 분위기에 맞춰 분홍색 봉투에 담아서는 그녀의 책상에 올려놓았다.

스텀프는 반 여자애들의 사진을—여자애 얼굴에 성인 여자의 벗은 몸을, 어떤 몸은 진짜 뚱뚱하고, 완전히 벗은—합성해 메일로 보내고 인터넷에 포스팅했다. 그런 그에게 고교 고학년 때까지도 여자친구들이 있었다. 나중에도, 고교를 졸업한 뒤에도 있었다. 그는 그녀들을 주로 돼지들이라 불렀다. 갈보들.

브렛은 스텀프를 그리 재미있다고 생각하지 않았다. '코요테'를 재미있다고 생각하지 않았다.

전에 둘이 있을 때, 두에인 스텀프는 브렛에게 아무에게도 한 적 없는 얘기라며 털어놓았다.

"어렸을 때 아버지가 사람들을 웃길 수 있다며 씨팔—쌍놈—씹새끼 같은 욕을 가르쳐줬어. 아버지는 나를 데리고 술 마시러 가기도 했어. 헤르턴 밀스에 가서 집이나 정원에 필요한 물건들을 산 뒤 울프스헤드로 차를 몰았어, 나는 뒷좌석에 재우고. 가끔 내가 있다는 걸 잊어버리고는 늦게까지 집에 돌아가지 않는 일도 있었어. 어머니는 우리가 어디에 있는지 몰라 돌아버리곤 했지. 내가 학교에 들어가기 전 여름에 둘이 대판 붙었는데, 아버지가 날 데리고 집을 나왔어. 그냥 그래야겠다고 생각했을 뿐 계획은 없었던 것 같아. 아버지는 어머니한테 전화해서 내가 납치된 게 아니라고, 우린 집에 안 들어간다고 말했어. 나는 처음에는 많이 울었지만 그러다 괜찮아졌고, 사람들을 놀라게 하고 웃기는 게 좋았어. 내 말은 충격을 주는 걸 말하는 거야. 여자들도, 여자애들도. 그녀들은 사람들에게 내 말 좀 들어보라고 소리쳤고, 술집에서 사람들이 내 주위로 몰려들었어. 그러면 아버지는 TV에 나오는 사람처럼 완전히 빠져들었고, 나는 진짜, 진짜 너무너무 끝내줬지…… 쪼그만 놈이 자기가 무슨 말을 하는지도 모르고 그런 '더러운' 말을 내뱉으니 진짜 웃겼겠지. 아버지랑 같이하는 농담도 있었는데―어떻게 했는지는 잊어버렸지만 나는 '쌍놈의 애새끼'였고―사람들이 죽어라 웃어댔어. 아버지는 이 쌍놈의 애새끼가 언젠가 TV에 나올 테니까 두고 보라고 말했어.

물론 평소에 아버지는 술에 취해서 차에 내가 있다는 것도 잊어버렸어. 내 밥을 챙기는 것도 까먹었지. 그런데 이날만은 달랐어."

여자애를 어떻게 했느냐는 질문. 그녀의 시신을 어떻게 했느냐는.

그는 기억나지 않는다고 사실대로 말했다.

어떤 것들은, 하수구로 흘러온 오수 같은 것의 소용돌이는 기억했지만 그는 그것에 이름을 붙일 수 없었고, 그 단어를 입으로 소리 내어 말할 수 없었다.

뇌와 입/혀 사이 어디서 미끄러지는 것이 있었다.

……우리도 좋고 당신도 좋게 좀 쉽게 가잔 말이야. 판사는 당신이 조국에 봉사한 걸 후하게 쳐줄 거야. 그리고 여자애 가족이 시신을 찾아 매장할 수 있게 해주는 것이 인간의 도리일 거고. 상병 당신은 염치 있는 사람이고

아직 젊어. 팔구 년 후면 가석방될 거야.

어떻게 하겠나, 친구?

*

놀라운 일이 있었다. 경찰이 상병을 풀어주었다.

이해가 가지 않았다! 착오가 있는 것이 분명했다.

이제는 브렛 킨케이드를 '대리'하는 변호사도 있었다.

브렛은 여태껏 단호했다. 변호사를 원하지 않았다. 아버지가 안다면, 그레이엄 킨케이드 중사가 아들이 이런 상황에서 변호사를 뒀다는 것, 변호사를 요구했다는 것을 안다면 못마땅해했을 것이다. 브렛은 변호사를 두는 것은 유죄를 인정하는 것이라 믿었고, 그래서 변호사가 그를 범죄자처럼 '대리'하는 것이 수치스러웠다.

섀버, 먹시, 브로카, 머핸, 라미레스 모두 변호인단이 있었다.

군검찰은 그중 가장 어린 아직 열아홉 살밖에 안 된 라미레스와 협상을 벌였다. 유죄를 인정하고 다른 사람들을 밀고하면 형기가 이십 년 이하가 될 거라고 했다.

에셜은 장애를 가진 영웅 아들이 유죄 누명을 쓰고 사형수 감옥에 들어가게 생겼다고 거세게 항의했다.

그녀는 몇 가지 일을 도모했다. 킨케이드 상병을 지지하는 사람이 많았다. 국선변호인이 아니라 일류 사선변호인을 구했다.

이제 제노가 무슨 수작을 벌이는지 봐요. 우리를 파멸시키려 한다고요!

브렛은 이름이 피더슨인가 뭔가 하는 사람과의 대화를 거부했다. 그의 뇌가 멈춰버렸다.

이제 녀석들은 그와 멀찍이 떨어져 있었다. 그의 오랜 친구들. 그들은 불안한 듯했다. 그가 그들을 밀고할까봐.

머저리 고자질쟁이. 그런 꼴을 당해도 싸.

비첨 카운티 경찰이 그를 풀어준 건 깜짝 놀랄 일이었다. 그는 본부 건물을 떠나도 좋다는 허락을 받았고, 에설과 피더슨인가 뭔가 하는 사람에게 의지해서 밖으로 나왔다.

주차장에는 사진기자들과 방송국 카메라맨들이 있었다. 에설은 창피할 것 없다고 말했다. 방송 조명 아래 에설의 눈빛은 고양이 눈처럼 앙칼졌다.

불명확한 시기였고, 아픈 그는 에설의 거실에 있는 낡은 소파에 무너지듯 앉았다. 요 며칠, 일주일쯤 내장이 콘크리트처럼 굳어 움직이지 않았다. 통증이 심해 비명이 터졌다. 하이에나 웃음소리 같은 비명이었다.

'코요테'의 웃음소리─칼로 소녀의 얼굴을 난도질하는 먹시.

섀버 하사가 의료용 가위로 새끼손가락을 잘라냈다.

브로카는 사진을 찍었다. 그림자 속에서 휴대폰의 작은 플래시가 번쩍였다.

그곳은 어디서나 기름 냄새가 났다. 기름, 더위와 모래.

상병은 보지 못했다, 실제로는. 20피트 반경 내에 있지 않았던 것으로 추정됐다.

봤지만 그는 맹세할 수 없었다. 증인선서를 하면 맹세해야 한다.

선서를 하면 모호하게 말해선 안 된다. 감정적으로 말해서도 안 된다.

그에게, 킨케이드에게 일이 벌어지리란 것은 공공연한 비밀이었다.

친구들이 그에게 경고했다. 친구들은 그 때문에 불안해했다. 한 친구가 집으로 보내는 메일에서 해군 퇴역장교인 아버지에게 키르쿠크의 상황에 대해 적었다.

그는 머저리 고자질쟁이였다. 씹새끼 고자질쟁이. 그들은 킨케이드에게 경고했고, 그는 귀담아듣지 않았다.

아니, 귀담아들었고 종군목사에게 말했다. 아마도 그게 실수였던 것으로 후에 밝혀졌지만.

하지만 그는 달리 어떻게 처신해야 할지 몰랐다.

나중에, 폭발 후에, 병원으로 이송된 후에, 그가 집중하지 못할 때 군은 그를 군 복무에서 풀어주었다―'명예제대'시켰다.

퍼플하트훈장. 이라크전쟁 참전메달. 그의 용기와 희생을 기리는 특별한 상징인 아름다운 전투보병 배지.

에설은 자랑스럽게 이것들을 거실에 진열했다. 언론과 방송국과 인터뷰하며 에설은 카메라에 찍히도록 이것들을 양손으로 떠받쳤다.

조사위원회는 킨케이드 상병을 소환하지 않으려 했다.

그의 증언은 일관성이 없었다. 그의 증언에는 하자가 있었다.

이상하게도 그는 다시 풀려났다. 보안국 본부에 구금당해 있는 동안 그는 생각했다. 내가 총에 손을 뻗으면. 저 총들 중 하나에. 손을 뻗으면 저들이 나를 직사直射하고, 나는 괴로움에서 벗어날 텐데.

사복 수사관들은 재킷 안에 권총을 차고 있었다. 근무중인 경찰은 반드시 총기를 소지해야 한다.

그는 어디선가 라이플총을 잃어버렸다―뼈아픈 사실이었다. 30킬로그램 가까운 장비를 잃어버린 것 같았다. 어디서 그랬지?

땀에 젖은 채 훈련교관의 성난 목소리를 기다렸다.

킨케이드. 대체 뭔 짓을 하는 건가.

병신 새끼 킨케이드 도대체 무슨 생각으로 군을 실망시키려는 거야. 또라이 자식.

그의 변호사는 구금 해제 조건을 협상했다. 브렛 킨케이드가 비첨카운티를 벗어날 때는 반드시 경찰에게 통보해야 한다는 조건이었다. 상병은 살인, 납치, 시신 불법유기, 공무방해 죄목으로 체포되지 않았다―아직은.

수사관들은 체포할 수 있는 단계에 임박했지만 신중했다. 그들은 애디론댁 헬스 에인절스 오토바이족도 조사중이라고 했다.

포츠댐 스트리트의 집에서 브렛은 이런 문제들을 생각할 시간을 얻었다. 그런데 폭우가 내려 진흙탕이 된 노토가강 입구처럼 머릿속에 오물이 가득찼다.

에설의 친척들이 찾아왔다. 브렛이 몇 년이나 보지 못했던 친가 쪽 몇 명도 방문했다.

그들은 카시지에서 전쟁 영웅을 '개똥같이' 푸대접한다고 분개했다.

적으로 인식된 것은 처음부터 브렛을 비난했던 장본인 제노 메이필드였다. 그는 파혼 문제를 동기로 보았다.

브렛의 고교 동창 몇 명이 들렀다. 오래전에 알았던 남자 녀석들과 여자 몇 명이 왔고, 그중 한 명은 결혼해서 임신중인데 남편의 반대를 무릅쓰고 찾아왔다는 것을 브렛에게 강조했다.

핼리팩스, 스텀프, 와이스벡이 찾아왔다. 그들은 에설이 TV 앞에 놓아둔 맥주를 벌컥벌컥 마시고 감자칩을 우적우적 씹으며 떠들었고 줄 곧 브렛이 침묵하자 그 자리를 어색해했다.

더럽게 꼬였어, 브렛. 빌어먹을 경찰들이 뭔 짓을 하려는지 봐.

사람들이 정신 나간 소리를 지껄여대고. 제기랄……

……우리는 거기 없었어, 경찰에게 그렇게 말한 거지? 우리 중에 거기 있었던 사람은 없었다고, 무슨 일이 벌어졌든, 네가 어디로 여자애를 데려갔 든, 그게 무슨 일이었든……

로벅인에서 나온 다음에. 그게 어디였든……

너만 갔다고, 브렛. 알겠어? 그 여자애가 네 위로 올라가서, 분명 미친듯 이 흥분해서 요구했겠지―무슨 일이 일어났든 간에.

엿듣던 에설이 방에 뛰어들어와 꺼지라고 악을 썼다. 브렛의 친구들 이라면, 마땅히 그를 도와줘야 했다. 그러나 멍청한 그들은 그를 돕긴커 녕 자기들 더러운 데나 가리려고 전전긍긍했다, 빌어먹을 도움이 필요한 사람은 브렛인데도.

이웃들이 찾아왔다. 많지는 않았다. 다른 사람들은 보도에서 성난 눈 빛의 에설이나 재활클리닉에 가려고 절룩거리며 지프로 걸어가는 브 렛을 보면 인사도 없이 얼른 몸을 돌렸다.

이제는 인터뷰하러 집에 찾아오는 사람도 없었다. 손님도 끊겼다.

에설 킨케이드가 예상하지 못한 상황이었다! 전화벨이 울려서 받으 면, 안부를 묻고 브렛의 결백을 믿는다고 위로하는 친척이나 친구나 이 웃이 아니라 에설이 살인자를 끼고돈다고 비난하려고 전화한 모르는 사람들이었다. 부끄럽지도 않나! 당신이 그의 어머니잖아. 아들에게 자백 하라고 타일러야지.

킨케이드 상병의 집으로 카드가 쏟아졌다. 혐오스러운 살인자. 너는 어린 여자애를 강간하고 죽여놓고는 겁쟁이라서 자백을 못하고 있어.

예수님이 네 속을 들여다보실 거고, 너는 죄인이고 심판받을 거야.

그는 거의 매일 포츠댐 스트리트의 집에 틀어박혀 지냈다. 어릴 때 쓰던 방의 벽에 아버지가 보낸 바랜 엽서들이 여전히 붙어 있었지만 이제는 쳐다보지도 않았다. 브렛이 외출할 때마다 지켜보는 눈이 있었다. 재활클리닉에 들어갈 때마다 지켜보는 눈이 있었다. 그가 줄리엣과 헤어질 무렵, 또 그후에도 한동안 치료사이자 친구였던 세스 시거는 작별인사도 없이 일자리를 옮겼다. 클리닉에서 치료하는 시간은 힘들고 고통스러웠다. 번쩍이는 통증 코일이 전기처럼 등뼈를 오르내렸다. 호흡하기 힘들고 폐에는 아직도 죽음 같은 고운 모래가 가득했다. 뺨에 눈물이 줄줄 흘렀지만 그는 얼른 닦을 수 없었다. 세스의 후임으로 온 새 치료사는 잉게라는 중년 여자인데, 신체 접촉이 많은 일인데도 브렛과 살이 닿는 걸 못 견디겠다는 듯이 어색하게 웃었다.

가끔 잉게는 그를 '상병'이라고 불렀고, 그는 못 들은 척했다.

상황이 나쁜 날에는 에설이 브렛을 태우고 클리닉까지 왕복 6마일을 다녀와야 해서 출근하지 못했다. 한여름이 지나 여름이 끝날 무렵 에설 킨케이드는 아들이 경찰 구금에서 풀려났다는 사실에 의기양양했었지만, 시간이 흘러 가을이 되자 지속적인 경찰 감시를 받는 장애를 가진 이라크전쟁 참전용사의 어머니라는 자신의 상황에 점점 화가 치밀었다. 그녀는 적개심 어린 압박감 속에서 브렛의 찌그러진 지프 랭글러를 운전하다가 차선을 이탈하고, 미끄러지고, 급정거를 하고, 도로 난간 또는 정차중이거나 달리는 차 옆을 스쳤다.

TV 영화에서처럼 브렛이 (줄리엣 메이필드 이전에) 알던 여자가 불쑥 그의 인생에 재등장했다. 그녀는 재활클리닉과 워터타운의 병원들은 물론 그가 원하는 곳이 어디든 태워다줬다. 그런데 어느 날 게일 내시가 브렛에게 전화했을 때 에설이 전화를 받더니 무뚝뚝하게 말했다. 이제 됐어요. 브렛이 아가씨를 더이상 만날 수 없대요. 아가씨에게 전해달라는군요. 지금까지 해준 일은 고맙지만 이제 됐다고.

슬픔에 젖은 어머니는 남자에 미친 여자가 또다시 아들을 쥐고 흔드는 꼴을 보고 싶지 않았다. 지난번 계집애가, 우쭐대는 메이필드 년이 그러더니 어떻게 됐는지 좀 보라고.

이제 브렛은 바깥출입을 거의 하지 않았다. 주말 밤 호숫가 술집에서 친구들과 술 마시는 일은 7월의 그날 밤으로 뚝 끝나버렸다.

이따금 그는 에설과 쇼핑몰에 갔다. 에설의 아이디어였다. 집밖에 나가서 네 얼굴을 보여주자. 창피할 것 없어, 창피해야 할 사람들은 그들이야!―개새끼들.

쇼핑몰에서 브렛은 머뭇대며 걸었다. 그는 여전히 장신이었지만―척추가 뒤틀리고 엉덩이가 일직선으로 있지 않은 듯 묘하게 균형이 맞지 않았다. 그는 야구모자를 이마까지 푹 눌러쓰고 헐렁한 긴소매 셔츠와 밑단이 늘어진 면바지를 입고 있었다. 언뜻 보기에 그의 얼굴은 거즈로 만든 마스크, 혹은 거즈로 만든 마스크의 일부 같았다. 어두운 색 안경이 얼굴 위쪽 절반을 가렸다.

그는 앞을 똑바로 응시했다. 양팔을 몸 양옆에 꼭 붙이고 걸었다. 에설은 팔을 잡아 부축했다. 아무도 그들을 쳐다보지 않을 때도 그녀는 화가 치밀어 몸이 떨렸다.

뭘 쳐다봐, 당신?—똑똑히 좀 봐.

이 사람이 누군지나 알아?—부상당한 이라크전쟁 참전용사야.

당신을 위해서 자신을 희생한—이제 그를 똑똑히 보라고!

왜 그래—왜 우리를 똑바로 못 쳐다봐? 병신!

한번은 십대 아이들이 에설과 짝이 안 맞는 부분들을 맞춰놓은 것 같은 장신의 허우적거리는 아들을 빤히 쳐다보자 그녀는 달려들어 윽박질렀다. 꺼져! 지옥에나 떨어져! 너희 순서는 안 올 줄 아나본데—곧 올 거야!

아무도 브렛에게 크레시다 메이필드에 대해 묻지 않았다. 아무도 그 여자애, 바로 그 여자애—실종된 여자애에 대해 말하지 않았다.

에설은 아들에게 크레시다에 대해 묻지 않았다. 브렛은 그녀가 그날 밤이나 키르쿠크에서 겪은 일에 대해 아무것도 묻지 않는다는 것을 이미 오래전에 깨달았다.

그는 어머니가 친척과, 아마도 자매들 중 한 명과 통화하는 것을 엿들은 적이 있었다.

그 킥-킥이란 데는—이라크에 있는—알고 보니 대규모 유전이 있는 데였어—정말 큰 유전. 그래서 미국 정부가, 너도 알겠지만, 대형 석유사업가들이 그들을 매수해서 석유를 확보하려고 아랍에 들어가는 거야. 자본가들이 빌어먹을 큰 송유관을 꽂는 거지. 그게 부시가 전쟁을 선포한 이유야! 가여운 브렛, 우리 애는 쥐뿔도 몰랐고, 누구도 몰랐지만, 그런 건 금방 알게 돼. 가여운 이 미련한 아이가 이른바 부-수-적 피해라는 걸 입었는데, 일단 군복을 벗으면 아무도 신경쓰질 않아. 그애의 빌어먹을 애비처럼. 그 개자식은 서부로 사라져버렸지, 그 누구나—클린트 이스트우드처럼.

저들은 우리한테 큰 빚을 진 거야. 이 재판이 끝나면 우리는 미국 정부를 상대로 '책임'에 대한 소송을 낼 거야. 국무부. 럼즈펠드*를 상대로. 다들 말하더라. 신문과 방송국에서 브렛의 사연을 다뤄서 미국에 열렬한 지지자들이 생기면 처음에 합의금으로 제시된 고작 백만이나 이백만 달러를 덥석 받는 게 바보라고.

각자 손가락 하나씩, 각자 귀 하나씩을 잘랐다.

다른 신체들에서는 다른 부위의 살점을 잘라냈다. 작은 살점은 사막의 열기에 금세 말랐다―인스턴트 '미라'가 만들어졌다.

거의 온 얼굴 하나. 그는 민간인 세 명의 얼굴로 만든 주머니를 힐끗 본 적이 있었다. 남자 얼굴 같았는데 아무렇게나 이어 꿰맨 것이었다. 먹시는 수족과 이로쿼이족**이 그런 일을 했다고 말했었다.

휴대폰으로 찍은 시신 사진들, 빈둥거리는 사진들. 엉뚱한 사람 손에 들어가면 곤란해질 은밀한 사진들.

킨케이드한테는 보여주지 마. 상병한테는 안 돼!

하지만 그는 봤다. 봐야 했다. 보지 않을 수 없었다.

전 소대원이 알았다. 대부분 반응은 뻔했다. 맙소사 역겨워서 정말. 너희 개자식들은 구역질이 나, 알아?

하지만 발설하지는 않겠지. 종군목사에게도 말하지 않겠지. 너희는 안 그럴 거야, 안 그러겠지.

그런데 킨케이드는 마음속으로 알려야 한다고 믿었다. 내가 해야 한

---

* 럼스펠드를 잘못 알고 있다.
** 아메리칸인디언의 부족들.

다는 걸 알고는 잠을 이룰 수가 없었다.

손가락 사이로 모래가 흘러내리는 것 같았다. 움켜쥘 것이 없었다. 이름을 붙일 수가 없었다. 고국에 돌아가면 특별한 친구들에게, 어쩌면 형제 같은 친구들에게는 털어놓겠지만 다른 가족에게는 말하지 않을 것이다. 무엇을 견뎠는지, 왜 이것들―전리품들이 중요한지 이해하는, 아는 남자들에게만 말할 것이다.

엄마나 여자친구나 아내, 누이, 사촌에게는 그런 은밀한 전리품들을 보여주지 않는다. 어떤 여자도 이해하지 못한다. 줄리엣의 독한 표정을 한 여동생처럼 여자가 아닌 척하는 여자라도 이해하지 못한다. 그들에게는 전리품 대신 '풍경 좋은' 사진, 장신구, 기념품, 선물 같은 것만 보여준다. 이라크가 어디에 있는지, 이 나라에 대해 아는 사람은 아무도 없다. 그러니 중동풍의 장신구나 프랑크푸르트공항에서 파는 상아로 조각한 아프리카 동물 미니어처, 인도산 숄이나 사가면 그만이다―누가 차이를 알겠는가?

첫 배치 후 집에 돌아오면서 그는 줄리엣과 어머니, 메이필드 부인에게 줄 그런 물건들을 샀다. 두번째 배치 후 집에 올 때 그는 밀봉된 지퍼락 같은 비닐백에 담겨 이송됐다.

*

그들은 핼리팩스의 차를 타고 31번 도로를 달려 마리화나를 사러 갔다.

빌어먹을 마약은 뇌에 이상한 짓을 한다.

그는 천식처럼 숨을 가쁘게 몰아쉰다. 핼리팩스가 등을 두드려준다.

환장하겠네! 내 눈앞에서 죽으면 안 돼 킨케이드!

그를 대리하는 잘나가는 변호사는 킨케이드 상병을 삼인칭으로 지칭했다. 심지어 바로 앞에 있는데도, 뇌사자나 시체를 가리키듯 그런 식으로 말했다.

제 의뢰인은 그녀가 그의 차량에 탔었을 거라 인정하며, 그것이 그녀의 지문과 혈흔, 머리카락이 남은 이유입니다. 하지만 그날 밤이 아닙니다. 다른 밤이었습니다.

제 의뢰인은 신경학적으로 장애가 있습니다. 그건 의학적인 사실입니다. 여기 진료기록을 제출합니다. 이라크에서 부상당한 뒤로 그는 기억이 명료하지 못합니다―'외상에 의한 뇌손상'이죠. 어떤 배심원도 그에게 유죄선고를 내리지 않을 겁니다.

키르쿠크 북쪽 주둔지 막사 화장실에서. 지금 놈을 죽여야 한다. 반드시 해야 한다고 생각한 것은 아니었다. 그는 라이플총을 양손으로 겨우 들고 움직일 수 있는 좁은 공간에서 개머리판으로 먹시 일병의 머리통 옆을 한 번, 두 번, 세 번 재빨리 후려갈겼다. 먹시는 경악한 표정으로 신음하고 무릎을 꿇으며 주저앉더니 더러운 시멘트 바닥에 피를 뿜었다. 신이 나를 이끄셨어. 이게 첫번째야라고 생각한 것은 아니었다.

하지만 누군가 그를 봤다. 병사 한 명이 서둘러 그를 도우러―브렛을 도우러―와서 그의 손에서 라이플총을 빼앗아 개머리판을 깨끗이 닦았다.

뒈졌어! 이게 첫번째야.

그는 웃고 있었다. 비틀거렸다. 동료들이 그를 끌고 막사로 돌아갔다.

나중에 순찰에서 돌아오는 먹시 일병—'코요테'—을 보았다.

완전히 정신을 차리고 관자놀이를 문질렀다. 안에서 두꺼운 핏줄이 펄떡, 펄떡, 펄떡 터질 것처럼 뛰었다.

귀관의 안전을 보장할 수 없다, 상병. 유의하도록.

그녀는 그가 이런 이야기를 해주기를 원했었다. 다른 사람에게는 말할 수 없는 비밀들이요. 나는 알아요—당신은 그런 비밀들을 가졌죠.

그녀는 목소리를 더 낮추며 단언했다. 오직 나만 당신을 이해해요. 다른 사람들은 아무도 우리가 아는 것을 알지 못해요, 그들은 신의 사랑을 받고 우리는—부적격자들이니까.

그가 운전하는 지프에서. 술을 마셨기 때문에 양손으로 핸들을 꽉 잡았다. 머리통이 말벌집이라도 된 듯 고약한 윙윙 소리가 파고들었다.

그에게 중요한 건 줄리엣의 동생인 여자애를 집에 데려다주는 것이었다.

그에게 간절하게 이야기했고, 그는 술에 취해 있었지만 당황스럽다는 것은 알았다. 줄리엣은 당신을 차지할 자격이 없어요. 줄리엣은 '빛 속에 사는' 사람들에 속하니까—우리가 아는 것에 대해서는 눈곱만큼도 모르죠. 내가 당신을 사랑할 수 있는 사람이에요, 브렛—제발 나를 믿어요.

그는 충격을 받았다. 줄리엣의 동생이!

그녀에게 뭐라 대꾸해야 할지 난감했다. 비록—약간은—멀리 떨어진 것처럼—다른 삶이었다면, 성적 욕망 같은 것이 꿈틀거렸겠지만.

……당신을 사랑할 수 있는 사람이에요. 브렛 제발.

그가 처음 한 생각은—너무 어리다는 것이었다.

그리고 만약 줄리엣과 결혼했다면, 그녀는 그에게 여동생 같은 존재였을 것이다.

그는 필사적으로 그녀를 보내고 싶었다.

안전하게 집에 데려다주고 싶었다.

만약 줄리엣이 안다면…… 충격을 받을 것이다.

그는 그녀를 편하게 느낀 적이 없었다. 아마 크레-시다라는 이름을 불러본 적도 없었을 것이다.

처음에는 그녀와 잘 지냈다. 그녀를 알고 있었고, 우연히 마주치기도 했었다. 몇 년 전 크레시다가 자전거 사고를 당했을 때—그때 그녀는 다른 사람 같았었다.

그때는 더 어렸다.

나중에 그녀는 변했다. 사람들에게서 떨어져 관찰하고 평가했다. 브렛이 같이 시간을 보낼 때 미소를 짓지도 웃지도 않았다. 자기 자신을 우월하다고 생각했다.

브렛이 있을 때 크레시다는 자주 그를 쳐다보는 것 같았다—그 눈길의 의미를 그는 해석하고 싶지 않았다.

메이필드 집안에서는 크레시다가 뜻대로 해도 되기 때문이라고 브렛은 이해했었다.

줄리엣에게 들은 이야기들로 미루어 과연 그렇다고 브렛은 이해했었다.

권위적인 제노까지도 작은딸의 말을 들었다. 아를렛은 크레시다와 부딪치는 일이 거의 없었고 함께 있을 때는 종종 말수가 줄었다. '조숙한' 작은딸에게 매몰차거나 비아냥대는 소리를 듣지 않으려고 그러는 듯했다.

크레시다는 부엌일을 돕는 경우가 거의 없었다. 잘 구슬려서 식사 후에 식탁을 치우라고 하면, 그녀는 경멸하듯 빙글대며 식기와 포크 등을 헹구지도 않고 식기세척기에 처넣었다.

한번은 식사를 마치고 제노까지 부엌에서 일을 거들 때, 크레시다는 브렛을 위층 자기 방으로 데려갔다. 벽에 붙여놓은 '에스-허르 그림들'과 서가에 있는 포트폴리오를 보여주겠다고 고집을 부렸다. 브렛은 예상하지 못했던 무척 세밀한 드로잉들을 보자 놀라고 감탄했다. 카시지에서는 볼 수 없었던 것이었는데, 대단히 뛰어난 미술작품 같았다.

나중에 책과 이상한 그림이 빼곡했다고 기억하게 된 그녀의 방은 줄리엣의 여성스러운 방과 전혀 달랐다. 그 방에서 크레시다는 브렛에게 자신의 그림은 자기 뇌 '안쪽'을 탐험하는 방식이라고 말했다.

펜을 잉크에 담글 때 전류 같은 찌릿함이 팔을 타고 올라와요. 마치 황홀경에 빠지는 것처럼. 눈을 뜨고 꿈을 꾸는 것과 비슷해요. 그러더니 그녀는 말을 멈췄다가, 작은 어깨를 으쓱하며 덧붙였다. 아 그런데 거기는 쓸쓸해요.

그녀는 가족에게는 한 적 없었던 말을 브렛에게 했다. 캔턴에 있을 때 가족이 그리워서 자신도 놀랐다고 했다. 그도 그리웠다고.

모두가 그리웠어요. 내가 향수병을 앓았던 거겠죠! 너무 진부하고 감상적인 말이네요. 당신은 조지아에 있었지만, 나는 당신이 가까이 있다고 느꼈어요. 같은 기숙사의 괴상한 아이들보다 더 가까이 있다고요. 줄리엣이 당신의 메일들, 휴대폰 사진들, 그리고 다른 것들도 보내줬는데……

브렛은 이상하다고 생각했다. 크레시다가 향수병을 앓는 자기 자신에게 놀랐다는 것이 이상했다. 그는 포트베닝 신병훈련소에 있는 동안 거의 내내 분명히 향수병으로—또한 줄리엣이 그리워서 몹시 힘들었었다.

크레시다는 브렛에게 메일도 보냈었다. 무뚝뚝하고 수줍은 글이었지만, 브렛은 굳이 시간을 들여 그 수수께끼 같은 글을 해석하려 애쓰지 않았다. 신병훈련소는 진이 다 빠질 만큼 강도 높은 훈련을 시켰고, 생각할 짬이 날 때마다 그는 줄리엣을 떠올렸다. 그리운 사람은 줄리엣이었다.

브렛은 크레시다가 줄리엣과 그를 질투했다고 생각하고 싶지 않았다. 모두에게 사랑받는 아름다운 언니를 질투했다고는. 크레시다는 신에게 사랑받는 사람들—분명 줄리엣도 포함된 그들에 대해 조롱조로 말했다.

하지만 지금 그녀가 진지하게 그를 사랑한다고 주장하는 것을 브렛은 믿을 수가 없었다.

로벅인의 인파 속에서 그녀를 발견했다. 정말 놀랐다! 순간 그녀가 그를 만나러 왔다는 것을 깨달았다.

브렛은 그녀를 부추긴 적이 없었다. 그는 크레시다에게 반응하지 않았다. 하지만 그녀에 대해 책임감을 느꼈다.

크레시다는 칸막이 자리에 가서 단둘이 앉자고 고집했다.

브렛이 집까지 태워다주겠다고 하자, 크레시다는 아 고마워요 브렛 그런데 당장은 말고요, 제발이요 하고 말했다. 수줍은 듯, 용기를 낸 듯, 그녀는 손—작고, 떨리는 손—을 내밀어 그의 팔을 잡았다.

그는 그 손을 밀어내거나 뿌리쳤어야 하지만, 그러지 않았다.

브렛은 여자애들과 여자들이 접근하는 데 익숙했다. 아니, 얼마 전까지는 그랬었다. 하지만 이건 달랐다.

그녀를 쳐다보기가 힘들었다, 충격이 컸다.

못마땅하고 당황스러웠다.

하지만 그는 크레시다의 요구에 응했다. 그녀의 의지에.

그는 호숫가 술집에서 나가 돌아오지 않기로 마음을 정했다. 친구들에게도 말했듯 여자애를 집에 데려다주려고 했다.

친구들은 크레시다를 빤히 쳐다보았다. 브렛이 그녀를 데리고 나가기만 기다렸다. 그래야 브렛이 싫어하는 지저분한 농담을 주구장창 할 수 있을 테니까.

브렛은 크레시다가 지프에 탈 때 도와줘야 했다. 그녀는 흥분하고 초조한 듯했다. 캔맥주 하나에 취하기라도 한 듯 비틀거렸다.

지프에 올라 그는 조금 빠르게 달렸다.

창문을 내리자 바람이 밀려들어 크레시다의 말이 잘 들리지 않았다.

그녀는 애걸하는 것 같았다. 우리는 함께 나눌 이야기가 정말 많아요, 브렛. 당신은 나를 전혀 모를걸요. 사실 나는 그들—'메이필드 가족'—중 한 사람이 아니에요.

핸들을 잡자 브렛은 기분이 좀 나아졌다. 얼굴과 폐에 불어드는 싱그러운 바람, 호수 냄새, 소나무숲 냄새.

……당신을 만나야 했어요. 당신이 줄리엣이나…… 혹은 우리에 대해 이야기하고 싶지 않을까 해서요. 내가 생각하는 것을 당신에게 전하려고요, 어

떻게 당신을 도울 수 있는지…… '적응하는' 것이 아니라…… '적응' 같은 어처구니없고 진부한 것이 아니라…… 당신 인생이 너무 바뀌어버렸고 그걸 이해하는 사람은 오직 나뿐이란 생각이 든다고요.

브렛은 그녀의 말에 귀를 기울였다. 그것이 실수였다.

그는 귀기울여 들었고 설득당했다. 크레시다가 한 말이 그의 마음을 끌거나 그녀가 그의 마음을 끈 것은 아니었다. 다만 그녀가 한 놀라운 말이 그에게는 희망적으로 들렸다. 브렛은 희망이야말로 가장 가당찮다고 믿는(그렇게 주장했을 것이다) 사람이었다.

크레시다는 그에게 제발 카시지로 돌아가지 말자고 간청했다. 아직은 그러지 말자고.

그녀는 그에게 제발 산림보호구역으로 들어가서 강을 따라―달빛을 받으며 달리자고 했다.

(달빛은 맑지 않고 뿌옇게 흐렸다. 가늘고 길쭉한 구름들이 걸쳐 있어 뿌연 초승달은 저절로 나아가듯, 멍한 물고기처럼 움직였다. 지프 헤드라이트 뒤로 희미한 불빛이 잦아들며 암흑 같은 그늘이 졌고, 쭉 뻗은 소나무 몸통들이 극적으로 불쑥 드러났다.)

브렛은 그녀에게 경고하고 싶었다. 줄리엣과 나의 일에 대해서는 이야기하고 싶지 않아. 하지만 나는 사람들 가까이에 있을 수 없어. 내가 사람들을 다치게 할 거야.

실수라는 걸 알았지만 어찌어찌해서 지프는 산림보호구역으로 접어들었다.

어찌어찌해서 지프는 샌드힐 로드로 들어섰다.

달빛 아래서 바큇자국이 파인 흙길을 달렸다. 겨우 몇 야드 떨어진 거리에서, 조수석 창 뒤쪽으로 흰 거품이 이는 강물이 반짝거렸다. 지프의 창문으로 바람소리와 물소리가 뒤섞여 들려왔다.

크레시다는 지프를 세워달라고 부탁했다. 그저 세워달라고만.

그는 이것은 기억하지만(비첨 카운티 보안국 수사관들의 조사를 받을 때가 아니라 몇 주 후에야) 그녀를 쳐다보지 않은 채 뭐라고 설득했는지는 기억하지 못한다. 신병훈련소에서는 윽박지르는 훈련교관을 쳐다보는 것은 금물이다. 동등한 양 쳐다보는 것은, 눈을 맞추는 것은 금기시됐다. 그녀가 무슨 말인가 했고, 그녀가 그의 팔을 만지자 팔뚝 털이 곤두섰다. 그녀는 그에게 몸을 기울였고, 그를 겁내면서도 자신의 뻔뻔함에 몸을 떨었다. 물론 이애는 처녀야, 잔뜩 겁을 먹었군. 하지만 당연히 일어나야 할 일이지, 이애한테는 지금이 그때고. 되돌릴 수 없어.

브렛은 그녀에게 더 강력하게 말하고 싶었다. 그녀를 다치게 하는 위험을 무릅쓸 수 없다고.

그녀는 피앙세의 동생이었다. 그녀를 다치게 할 수 없었다.

빌어먹을 빌어먹을 빌어먹을 이건 빌어먹을 실수야 킨케이드. 너무 늦기 전에 빠져나가.

크레시다의 뺨에 눈물이 흘렀다. 그녀는 성급했고, 제정신이 아니었다. 자신을 그에게 밀었다. 마치 그녀가 믿는 것 전부를 깨기로 작정한 것 같았고, 그가 그녀를 거부할 수 있다는 게 이해되지 않는 눈치였다.

그녀가 이 일을, 또는 이 비슷한 일을 얼마 동안이나 계획하고 연습하고 궁리했는지, 얼마나 들떴는지, 얼마나 어리석고 슬프다 생각했는지 그는 짐작도 못했을 것이다.

몇 주, 몇 달일까. 그녀는 부인하겠지만 질투심에 전전긍긍하며.

그리고 이제 줄리엣은 그의 인생에서 빠졌다. 그녀가 아는 한은.

……우리는 서로를 이해해요. 부적응자들, 별종들—이제 당신은 그게 어떤 건지 알고, 그게 당신을 더 깊게 하고 당신을 더 나같이 만들었어요. 당신이 겪은 일은 눈에 보이고, 내가 겪은 일은……

그들은 샌드힐 포인트 인근 샌드힐 로드에 주차했다. 여기 와본 것이 얼마 만이던가? 이라크로 떠난 이후로 오지 않았다.

그가 죽은 이후로는. 머릿속 깊숙한 곳에서 기괴한 윙윙 소리가 났다.

처음에 여자애는 그에게 가볍게, 장난스럽게 매달렸으므로 그때까지는 그녀가 하는 말을 일시적인 감정으로 해석할 수 있었다. 그러다가 힘이 더 들어갔다.

그는 여자애가 자신이 뭘 하는지 모르고 있다는 것을 이해했다. 그녀가 뭘 불러들이고 있는지 모른다는 것을 이해했다. 그녀는 섹스가 뭔지도 몰랐다.

우월감에 넘쳐도, 높은 자존감을 지녔다 해도, 그녀는 기본적으로 아이였다.

그녀는 킨케이드 상병을 만지듯 누구를 만져본 적이 없었다. 비난받을까봐 두려워 감히 그럴 수가 없었다.

이봐 아니야, 관두는 게 낫겠어 하며 그녀를 비웃을까봐.

브렛은 그녀를 밀어냈다. 힘껏 밀진 않았지만 그가 진지하다는 것을 그녀가 알 만큼은 세게. 그러자 바로 크레시다는 웃으며 되밀었고, 상처와 분노가 섞인 거친 웃음소리였다. 브렛 나는 알아요, 이제 그 누구도 나처럼 당신을 사랑할 순 없다는 걸. 이제 당신은 변했어요. 내가 당신을 넘치도록 사랑할 거라고 장담해요. 내가 두 사람분의 충분한 사랑을 할 수 있으니까 당신이 날 사랑하지 않아도 문제될 건 없어요.

7장
상병의 자백

:

2005년 10월 12일

"그가 자백했대요."

"'자백'이라니 — 뭘?"

"크레시다에 대해서. 그가 무슨 짓을 — 저기…… 그가 크레시다에게
무슨 짓을 했는지요."

하지만 제노는 알아듣기가 어려웠다. 뭘 자백했다는 거지?

늦은 저녁식사를 마치고 잠자리에 들기 전 남는 시간에, 그는 적당
히 어수선한 서재의 가죽 의자에 눕다시피 앉아 있었다. 제노는 다초점
렌즈 너머로 아내를 힐끗 올려다보았다. 그녀는 들어오지 않고 문가에
서서 숨을 몰아쉬었다.

제노는 대학 시절에 봤던 낡은 윤리 교재를 들고 있었다. 이제 희미
해진 노랑, 초록, 빨강 형광펜이 그어진 구절들을 호기심이 들어 살펴

보고 있었다. 예를 들어 플라톤의 『향연』 여백에는 어떻게 증명할 수 있지? 의심스러움! 헛소리!라고 적혀 있었다.

열아홉 살 스무 살 무렵의 그는, 제노 메이필드는 참으로 열심이었다. 존경받는 고대 철학자들에게 심취해서, 그의 비평과 의견과 질문이 그들의 철학과 명성에 어떤 영향이라도 줄 수 있다는 듯이 굴었다.

아를렛은 문가에 불안하게 서 있었다. 제노는 문득 아내가 이상하다는 것을 알아챘다. 미소 비슷하게 입가가 움직이면서 떨릴 때 괴롭지만 꿈꾸는 듯한 표정이 떠올랐다.

이제는 누구도 그의 소중한 아내를 아가씨로 착각하지 않을 것이다, 멀리서 본다 해도.

7월 이후로 그녀의 머리는 확연히 하얗게 세기 시작했다. 아주 오랫동안 젊어 보이던 얼굴에 양피지 같은 주름이 생기기 시작했다.

"맥매너스 보안관이 전화했어. 그가 여기로 온대. '뉴스'가 있다고 했어—내가 전화상으로 말해달라고 했거든. 그런데 여기로 와서—우선—이야기하고 싶다고 했어. 그러고 싶은가봐. 그는 감정적으로 동요하고 있었어…… 버드 맥매너스가 감정적으로 흔들린다는 게 상상이 안 되지 않아?"

제노는 머뭇머뭇 문고본을 옆으로 치웠다. 정맥류를 앓는 노인처럼 오래돼서 반질거리는 가죽 의자의 팔걸이에 놓여 있던 미지근해진 캔 맥주가 바닥으로 떨어지며 맥주가 쏟아졌다.

아를렛은 나뒹구는 캔과 젖은 카펫을 잔소리도 하지 않고 그저 물끄러미 바라보았다.

2005년 10월 12일, 오후 열한시 팔분이었다. 메이필드 가족은 기억할 것이다―그달 12일을.

몇 달 사이 그녀의 환영이 사방에 있었다.

너무도 오랫동안 실종 상태여서 그녀는 어디에나 있는 존재로―해로운 영향을 미치지 않는―여겨졌다.

갑자기 그 상태가 끝나버렸다.

그가 그녀를 해쳤다. 그랬다.

그는 그럴 의도가 아니었지만 그랬다. 그랬다.

아 그는 참으로 후회스러워했다. 신의 자비가 그의 영혼에 임하시길. 그는 후회스러워했다.

자신이 그녀를 해쳤다고 그는 생각했다.

그렇다고 생각하는 것 같았다―그가 그녀를 해쳤다고.

기억하지는 못했다―왜 그랬는지……

왜 그녀를 해치고, 그런 뒤에 묻으려 했는지. 왜 그랬는지 기억하지는 못했다.

보안국 본부에. 구금중.

그는 31번 도로에서 체포됐다. 어느 술집 주차장에서 시비가 붙었고, 누군가 경찰에 신고했다. 두 사람이 싸움을 벌였고 그중 하나가 브렛 킨케이드였다. 그는 피범벅이 된 얼굴로 비틀거리며 공격적으로 분노를 터뜨렸는데, 처음에는 술 때문이었고 나중에는 펜시클리딘*―

PCP가 섞인 마리화나 때문이었다.

경찰이 지원병력을 요청했다. 경찰 세 명이 다친 상병에게 달려들어 지저분한 땅바닥에 쓰러뜨리고 수갑을 채웠다.

순찰차 뒷좌석에 구금된 채 그는 경찰들에게 말하려고 했다. 내가 했습니다, 내가 범인이에요. 내가 그녀를 죽였어요. 자백하고 싶습니다.

담당 변호사 접견을 거부했다. 어머니의 면회도 거부했다.

그는 그들이 그에게 거짓말하게 할 거라고 말했다. 그는 거짓말을 그만두었다.

일곱 시간의 조사. 비디오 녹화.

왜 둘 사이에 언쟁이 벌어졌는지 정확히 기억나지 않았다.

그가 생각했던 건—그녀를 집에 태워다주는 것이었다.

그들은 로벅인에 함께 간 것이 아니었다. 나중에 그녀가 혼자서 왔다.

어찌어찌하다가 노토가산림보호구역에 들어갔다.

아마 그녀가 그의 뺨을 때렸던 듯하다. 그녀가 떠밀자 그는 자제력을 잃었다. 그런 일이 벌어졌었다는 것을 그는 이제야 이해했다.

자제력을 잃었다. 그녀를 해칠 의도는 없었다. 그러다가 끝이 났다.

어떻게 했지? 그는 확신할 수 없었다. 아마 주먹질을 했을 것이다. 아니면 아이처럼 왜소한 그녀를 앞유리창이나 조수석 창문에 아주 세

─────────────

* 환각제의 일종.

게 밀어댔을 것이다. 폭발할 줄 모르고 불붙은 성냥을 던졌다가 폭발하면 없던 일로 되돌릴 수 없는데, 왜 그런 짓을 했는지—그런 실수를 저지른 게 누구였는지—명확히 기억하지 못했다.

그가 저지른 많은 실수. 없던 일로 되돌릴 수 없다.

어쩌면 그녀의 목을 졸랐을 것이다. 이제는 그랬을 가능성이 있는 것 같았다. 그의 손으로 그 짓을 저질렀을.

왜 그랬지? 그것은 알아내기 어려웠다.

머릿속에서 아주 크고 날카로운 것이 떠미는 것처럼 그는 얼굴을 찌푸렸다.

비디오테이프에서 상병의 젊지만 망가진 얼굴은, 피가 굳어 딱지가 앉았다가 양파껍질처럼 한 겹씩 벗겨지기 시작했다.

그것은 아마도—왜 그녀를 죽였는가—그녀가 행복하지 않기 때문이라고 말했다.

혹은 아마도—그녀가 그를 자신처럼 별종이라고, 자신처럼 별종인 그를 사랑한다고 했기 때문에 죽였을 거라고 말했다.

그리고 그는 자신을 막을 수 없었다.

그는 그녀에게 민간인을 해칠지도 모른다고 경고했었다.

왜 민간인인지, 왜 민간인을 해치는지 그는 확신하지 못했다. 다만 민간인들은 그를 겁냈다. 그들의 눈에서 그가 자신들을 해치리라 예상하는 것을 읽을 수 있었다.

그는 그녀에게 경고했었다. 그리고 그녀의 언니—그의 피앙세에게.

그는 그녀—줄리엣을 해쳤다. 그럴 의도는 없었지만 그런 일이 벌어

250

졌다.

그는 비판하지 않는 것 때문에 줄리엣에게 화가 났다. 그녀는 그가 어떤 사람인지 보지 않고, 그가 무슨 짓을 했는지, 어떤 끔찍한 짓을 저질렀는지, 그가 목격하고 저지르기도 한 짓들을 알고 싶어하지도, 확인하거나 받아들이려 하지도 않았다. 그가 견딜 수 없는 것은 그녀가 그가 무슨 짓을 저질렀는지도 모르면서 무작정 그를 용서했다는 것이었다. 마치 그런 것은 중요하지 않다는 듯이. 그리고 그런 게 중요하지 않다면 그녀에게는 두 사람—줄리엣과 브렛—사이에 있는 어떤 일도 당연히 중요하지 않은 것이었다. 마치 성스러운 결혼인 양, 예수님이 그들을 축복한다는 듯이. 그리고 그가 그곳에서 했거나 목격했던 것들이 별것 아니라면, 다른 것들 역시 별것 아닌 것이었다. 그렇기 때문에 그는 웃어야 했고, 그 기괴하고 뒤틀리는 웃음을 지으려니 입이 아팠다. 그래서 맙소사, 그는 그녀를 때렸다, 아니 아마도 그녀를 밀쳤다. 당연히 그녀는 넘어졌고, 놀라고 당황하고 심지어 수치스러운 듯한 표정을 지었다. 아! 이건 나에게 일어난 일이 아니야. 탁자 모서리에 턱이 부딪히자 그녀는 소리치며 비틀비틀 물러났고, 그는 그녀를 거기—거길 뭐라고 하더라—'응급실'로 태워다주려 했다. 병원에 데려다주려 했지만 그녀는 아니라고, 직접 운전해서 가겠다고 했고, 기괴한 그의 얼굴에서 두 사람이 함께하는 삶을 본 듯 두려워하며 그에게서 도망쳤다. 그는 그녀가 돌아오지 않기를 바랐지만, 그녀는 그를 용서하고 돌아왔다. 그녀의 눈에서 용서와 두려움이 반짝이는 것을 볼 수 있었다.

하지만 그는 그녀를 목 조르지는 않았다.

적군이 실제로 죽었는지 확인해야 한다.

발포만으로는 충분하지 않고 반드시 명중시켜 죽여야 한다.

보통은 상사가 명령을 내린다. 혹은 현장의 장교가 명령한다.

놈을 마무리해.

마무리! 그 단어가 머릿속에 박혀 있었다. 삼킬 뻔한 상한 대추야자처럼 목구멍 안쪽에 박힌 단어. 그리고 검문소에서. 명령이 떨어지고 라이플총 몇 대가 (도주하는?) 차량에 사격을 시작하면, 누가 쐈는지 불분명한 총알이나 총알들이 이라크 민간인 가족에게 박히고 사격이 중지될 즈음에는 모두 죽거나 죽어가고 있었다.

이런 것이 교전규칙이다.

이라크해방작전.

조사관 몇 명이 그의 방에 찾아왔고 그는 말하고 있었다.

어디 소속 조사관들이지? 그는 그들을 헌병대라고 생각했다.

사실 그들은(그는 이제야 알았다) 비첨 카운티 경찰이었다.

포츠댐 스트리트에 있는 그의 방에서. 그들은 영장도 없이 왔다.

아니 어쩌면 그는 그들을 혼동했을 것이다―확실하지가 않았다……

그중 한 명은 지프에서 상병을 깨웠던 사람이었다. 그가 널브러져 있던 지프에서. 그는 겁에 질린 나머지 이라크로 되돌아가 순찰중에 잠이 든 줄 알았다.

이라크가 아닌 걸 제외하면 거기가 어딘지 알 수 없었다. 입속에서 토사물맛이 나서 또 토하고 싶었다.

바지에서 삐져나온 셔츠 앞자락에 묻은 토사물과 핏자국. 빌어먹을 몸뚱이의 모든 관절과 근육이 쑤셨고, 눈알 뒤쪽이 뭉근하게 고동치며 아팠다. 그가 잠에서 깨자마자 증세가 다시 시작됐다.

청회색 제복을 입은 경찰이 그에게 운전면허증, 자동차등록증을 요구하고 있었다. 그는 정신을 차리려고 애썼지만 경찰이 원하는 만큼 빨리 움직여지지 않았고 그래서 어찌어찌 일이 벌어져서 경찰이 경찰봉을 꺼내 상병을 눌렀고, 그것으로 상병을 제압하며 힘주고 있던 그의 왼팔을 눌렀다.

이봐 이걸 원하진 않겠지. 내가 수갑을 채우길 바라진 않을 텐데.

깜짝 놀랄 일이 있었다. 지프가 거의 직각 방향으로 도로에서 벗어나 있었다. 오른쪽 앞바퀴는 진창에 빠져 있었다. 아침 같았다. 황야였는데, 상병은 어딘지 알아차리지 못했다.

나중에 샌드힐 로드였다는 걸 알게 되지만 그때는 도로 이름도 몰랐다. 그리고 그는 노토가산림보호구역 입구에서 그리 멀지 않은 곳에 있었다.

지프의 앞문들이 홱 젖혀졌던 듯 열려 있었다. 조수석 문은 열려서 아래 들장미 덤불에 닿아 있었다.

다른 차량인 보안관보의 순찰차에서 지지직대는 무전기 소리가 났다. 여치들이 사납게 우는 소리와 혼동될 만한 소리였다.

강은 지프의 조수석 쪽에서 20피트쯤 떨어져 있었다. 수위가 높은 강물이 철썩철썩 흘러가며 이른 아침 햇살 속에서 반짝였다.

보안관보는 상병에게 차에서 물러나라고 명령했다. 차에서 물러나 바닥에 무릎을 꿇고 양손을 머리에 올리고 팔꿈치를 바깥쪽으로 향하라고.

보안관보는 차 안 앞쪽과 뒤쪽을 살폈다.

여기서 그가 알아낼 것이 있을까? 총, 마약, 주삿바늘이 있을까?

누군가 같이 타고 있을까? 있었을까?

이건—뭐지—피 같은데? 앞유리창에 피가 묻은 건가?

누가 당신 얼굴을 할퀸 건가, 당신 옷은 왜 찢어졌지?

보안관보는 지원 요청을 했다. 그는 지프를 확보했고, 말없고 반응 없이 멍한 상병은 구금됐다. 상대가 고함쳐도 알아듣지 못하는 적敵처럼 그의 눈에서 뭔가가 빠져나가버렸다.

여자를 마무리해! 일을 마무리해.

아니다. 그는 여자애를 살려보려 애썼다. 그는 CPR*를 할 줄 알았다. 기초훈련에서 배웠다.

그러다가 여자애를 땅에 묻으려 했는데, 맨손으로 땅을 팔 수밖에 없었다. 지프에는 삽도 다른 도구도 없었다. 편평하고 제법 날카로운 돌로도 해봤지만 잘되지 않았다. 충분히 깊게 팔 수가 없었다. 늪지대지만 강가에 자갈이 많았다. 수심이 가늠되지 않았다. 초봄에 산에서 눈이 녹으면 범람할 수도 있고, 늦여름에는 수심이 몇 인치에 불과할 수도 있었다. 그러나 지금은 지난주의 폭풍우로 강가에 가까운 곳 수심이 10피트나 12피트에 육박했다.

마무리해! 병신 새끼야 계집애를 마무리해.

파낸 땅이 너무 얕아 그는 여자애 몸 위에 돌멩이들과 자갈들을 올

---

* 심폐소생술.

렸다. 얼굴은 흙에 묻고 싶지 않았기 때문에(만약 그녀가 숨을 쉰다면 흙을 들이마실 수도 있으니까) 지프에서 찾아낸 걸레로 여자애 얼굴을 덮었다. 날이 밝으면 새들이 와서 눈을 쪼아댈 거라는 걱정도 있었다—매들이, 까마귀들이. 혹은 밤에 올빼미들이. 하지만 더러운 걸레를 펼쳐 올리자마자 그는 기분이 나아졌다.

그런데 그는 여자애가 누군지 확신이 없었다. 그가 바란 것도 아닌데 그녀와 같이 산림보호구역에 들어오게 되었다.

그의 팔에 손을 얹어 욕망을 도발했다.

목구멍에서 뜨겁게 치미는 맹렬함에서 멈추는 불구자의 성난 욕망.

어쨌든 무덤이 너무 얕았다. 볼썽사납게 판 무덤, 빌어먹을 무덤. 이라크에서는 그렇게 멍청하지 않았었다. 그는 그렇게 아둔하고 한심한 고문관이 아니었다. 그는 믿을 만한 병사, 대답할 때 장교의 눈을 주시하는 언제나 믿을 만한 병사로 꼽혔다. 그런데 이제 그는 자신이 망가져서 논리적으로 사고하지 못한다는 것을 알았다. 하지만—어쨌든—다행이었다. 그는 부러진 나뭇가지를 찾았고 그것을 다시 부러뜨려 대충 십자가 모양을 만들었다.

기독교식 매장. 적절한 처사였다.

메이필드 가족은 고맙게 생각하겠지. 어머니, 그리고 줄리엣. 그들은 십자가가 뭘 뜻하는지 알 것이다.

그는 더이상 믿지 않았다. 심드렁해 보이는 종군목사에게 설명하려고 노력했다. 그는 신이 있지만, 어쩌면 예수그리스도가 있지만, 그를 위해 있는 존재하는 건 아니라고 생각했다.

그 여자애를 위해 존재하는 것도 아니었다. 신은 그녀를 '구해주지'

않았으니까.

신이 왜 어떤 사람은 구하고 어떤 사람들은 구해주지 않는지 알 수 없었다.

이제 여자애는 너무도 잠잠했다. 그녀는 무모한 말로 그를 화나게 했고, 감히 그를 만지려 했다. 그는 이제 누군가의 손길을 견딜 수 없었다. 그녀의 아름다웠던 눈에서 생기가 빠져버렸다. 그는 기름 묻은 걸레를 걷어내고 보았다. 그랬다, 눈에서 생기가 빠져버렸다.

너무 안타까웠다! 그를 사랑해줬던 메이필드 가족을 다시는 대면할 수 없게 되었다.

그 가족 누구도 다시 보지 않게 된 것은 다행이었다. 그들의 사랑이 그에게는 짐이었다. 그들의 사랑은 그를 숨막히고 답답하게 했다. 속을 울렁거리게 했다. 민간인들의 눈에서 두려움을 보고 그들을 죽이는 것 말고는 그 두려움을 치유할 방도가 없다.

민간인 한 명을 죽일 수 있다면, 왜 싹 다 죽이지 못하겠는가.

왜 하나에서 멈추는가. 왜 둘에서 멈추는가.

왜 셋, 넷, 다섯에서…… 우라질 왜 멈추는가.

총살 집행팀에게 죽기를 바랐다. 비첨 카운티 수사관들에게 일곱 시간 동안 자백하며 그는 그 바람을 말했다.

네바다에서만 그렇지. 여기는 뉴욕주지 네바다가 아니야.

뉴욕주 댄모라에서 그는 영원히 사형수 감옥에 있을 것이다.

소수의 사형수가 있지만 이제 뉴욕주에서는 사형이 집행되지 않았다.

독물주사. 전기의자도 아니다. 총살 집행팀도 아니다.

그는 밤새도록 수사관들과 이야기했다. 그는 그 여자애를 죽였다고 돌발적으로, 횡설수설하며, 일관성 없이 자백했다.

그들이 크레시다 메이필드냐고 물으면 그는 인정하곤 했다. 하지만 단 한 번도 크레시다 메이필드라고 자기 입으로 말하지는 않았다.

이름을 잊어버렸을까? 그 이름을 입에 올릴 수 없었을까?

그 여자애. 줄리엣의 동생.

로벅인으로 나를 만나러 왔던 사람.

AIDS, HIV에 감염되는 것처럼. 접촉하는 사람들을 감염시키지 않을 수가 없다. 그게 악의 본성이다.

다른 한 사람—그의 약혼자—은 아기에 대해 말했었다. 그는 그녀를 해치게 될까봐 극도로 두려워했지만, 그녀는 여전히 그를 사랑했다. 아니 사랑한다고 주장했다.

그녀가 잘 때 얼굴 위에 베개를 놓고 싶었다. (예를 들자면 그렇다.) 그러면 그녀를 해치지 않을 테니까.

그녀는 무척 예뻤다. 그는 그 예쁜 얼굴을 해칠 수가 없었다.

그녀는 그를 돕겠다고 말했다. 그들은 아기를 갖게 될 거라고, 그녀가 임신을 하게 될 거라고 말했다. 방법들이 있었다. '기술들'이 있었다. 그들은 그것을 알게 될 것이라고.

그는 그녀를 실망시키기보다 죽이는 편이 더 자비로운 일임을 깨달았다.

자신을 사랑해주거나 자신이 사랑하는 사람들을 실망시키고 싶지 않은 법이다. 그들을 죽이는 편이 언제나 더 쉽다. 불만을 터뜨려 나를 엿 먹이는 민간인을 죽이는 편이 더 쉬운 것처럼. 협상보다는 살인이 더 쉽다. 일단 상대가 죽으면 더이상 대화의 양측 같은 건 없어지니까.

이것이 섀버 하사의 충고였다. 모든 병사가 그 말을 반복했다. 매번 말할 때마다 더 우스워지는 농담이라도 반복하는 듯이.

아침에 수사관들이 그를 태우고 산림보호구역으로 갔다. 경찰차 다섯 대가 같이 갔다.

샌드힐 포인트에서 그는 불안정하게 걸었다. 수갑을 앞으로 차고 있었는데도 불안정하게 걸었다.

그는 기침하느라, 마구 캑캑대는 기침을 하느라 멈춰 섰다. 눈물이 양파껍질 같은 얼굴로 방울방울 흘러내렸다.

무덤의 위치를 가리키지 못했다. 어느 방향에 있는지 확신할 수 없었다.

수사관들은 그 근처에 무덤 같은 것이 있을 수 있다는 데 회의적이었다. 좁은 지역을 여러 번 샅샅이 뒤졌다. 수색은 실제로 구석구석에서 진행됐다.

한참 후 상병은 무덤의 위치를 찾아낸 것 같았다. 보이는 것은 습한 토양, 돌 몇 개뿐이었다. 거기에 시신을 묻었다는 증거가 없는데도 사진사는 사진을 찍었다.

그는 그녀를 강에 집어넣어야 했다고 말했다.

무덤에 묻은 건 실수였다. 야생동물에게 뜯어먹힐 테니까. 그는 그녀의 시신이 훼손되는 것은 견딜 수 없었다.

그는 그녀를 옮겼다고 말했다. 그는 수사관들을 노토가강변의 덤불 속으로 이끌었고 그들은 큰 암석들과 바위들에 걸려 비틀거렸다. 강폭은 50피트 정도였고, 건너편 물가에 낀 새벽 아지랑이 속에 놀랍도록 희고 아름답게 자작나무가 솟아 있었다. 그는 그녀를 강에 집어넣었다고 생각했고, 물가의 큰 암석들 사이로 걸어갔다.

그는 쭈그려앉아서 어떻게 했는지 재현했다.

그리고 그때 지프는 어디 있었느냐는 질문을 받았다.

지프! 틀림없이 어디 가까운 데 있었을 텐데.

그는 그녀가 강에 떠내려갔다고 말했다.

그뒤 그녀가 어떻게 됐을지, 시신이 얼마나 멀리 떠내려갔을지, 혹시 온타리오호수까지 갔을지, 그는 알 리 없었다.

신의 손에 달렸죠. 내 짐작에는.

그런 다음 그는 비틀거리며 지프로 돌아와 정신을 잃었다.

밤중 어느 땐가 그는 정신이 들었고, 뱃속이 심하게 뒤틀리더니 구토하기 시작했다.

입안에서 쓴 커피맛이 났다. 뇌 속의 것들, 눈 속의 것들, 그리고 작은 밸브를 통제하는 심장의 것들 중 하나 또는 전부가 구토 때문에 제대로 작동하지 않을 수도 있다고 생각했지만, 알 수는 없었다.

다음으로 알아챈 것은 보안관보가 그를 흔들어댔다는 것이다.

이봐! 이봐! 정신 차려봐.

이 과정의 많은 부분을 메이필드 부부가 직접 보았다.

넋을 놓고 숨도 제대로 못 쉬며 메이필드 부부는 직접 보았다.

절대 상상하지 못하는 뭔가와 비슷해요─내가 그 안에 없는 세상처럼요.

우리는 조사실에서 카메라를 통해 지켜볼 수 있었어요.

들을 수 있었고, 지켜볼 수 있었어요.

다만 브렛이 고개를 숙여서, 너무 푹 숙였죠. 우리가 볼 수 있었던 건 머리에 비스듬히 쓴 야구모자뿐이었어요. 수치심에 푹 눌러썼겠죠.

그들이 보고 듣고 있는 것이 무엇인지 깨닫는 데는 시간이 걸릴 것이다. 전화 통화를 하고 하루 열두 시간씩 인터넷에 매달리고, 위기에 처한 실종자 전단을 수천 가구에 배부하며 딸을 찾느라 기나긴 몇 주, 몇 달을 보낸 그들은, 딸이 살아 있지 않았다는 것을 깨닫는 데 그보다 더 시간이 걸릴 것이다.

브렛 킨케이드의 진술이 사실이라면, 그들이 딸이 실종됐다고 믿은 시점에도 이미 그녀는 살아 있지 않았던 것이다.

메이필드 부부는 각자 속고 있었다. 자기기만에 빠져 있었다.

아를렛은 자신이 끔찍한 소식을 들을 마음의 준비가 되어 있다고 믿었었다. 내가 제노를 준비시켜야 해. 그는 스스로 마음의 준비를 하지 못해라고 얼마나 자주 그녀 자신을 타일렀던가.

제노는 부부 중 더 강인한 사람은, 더 책임감이 있는 사람은 분명 자신이라고 믿었었다. 그가 레티를─그리고 줄리엣을 보호해야 했다. 그들은 못해. 그럴 만큼 강인하지가 않아. 내가 해야 해.

사실 제노는 크레시다가 죽었을 수도 있다는 것을 믿지 않았었다.

사실 아를렛은 크레시다가 죽었을 수도 있다는 것을 믿지 않았었다.

실종자가 사망자가 될 수는 없다. 더구나 시신이 발견되지 않았다면 실종자가 확실한 사망자는 아니지 않은가.

마침내 그들은 브렛을 만나도 된다는 허락을 받았다.

열두 시간 동안의 자백이 녹화된 후, 마침내 그들은 사위가 될 뻔했던 피폐한 청년을 만나 대화해도 된다는 허락을 받았다.

제노는 왜?라고 물었다.

킨케이드는 모르겠습니다. 모르겠습니다 하고 말했다.

그는 갑자기 너무도 지쳤다!

그는 탁자 위에 엇갈리게 올린 팔 위로 고개를 떨궜다. 성냥불이 훅 꺼지듯 순간적으로 그는 잠에 빠졌다.

8장
상병의 편지

그녀는 침실 옷장 서랍 속 부드러운 실크 같은 것들 밑에 그것을 넣어
두었다. 피앙세가 이라크로 떠나며 주고 갔던 편지—"나를 다시 못 보
게 되면 열어봐."

그녀는 곧바로 그 말뜻을 알아들었다.

남들이 못 보게 얼른 그에게서 편지를 받았다.

그리고 작별키스를 했다. 포옹하고 키스하고, 눈물로 얼룩진 뺨을 그
의 뺨에 댔다.

"나는 당연히 당신을 다시 보게 될 거야, 브렛! 그런 말 하지 마."

2005년 10월 13일 저녁, 크레시다 메이필드를 살해한 의혹을 오랫동
안 받아온 젊은 상병이 경찰에 자백했다는 소문이 카시지 전체에 퍼졌

다. 이제 메이필드 가족은 크레시다가 완전히 없어졌다는 것을, 그들에게 돌아오지 않으리라는 것을 알았다. 브렛 킨케이드 역시 죽은 사람이었고, 그들에게 돌아오지 않으리라는 것을 알았다. 줄리엣은 조용히 방에 들어가 옷장 서랍을 열고 편지를 꺼냈다. 이 년 전 그녀가 뜯어서 읽기는 고사하고 찾아볼 일도 없기를 바라며 숨겨뒀던 편지였다.

아래층에서 사람들이 웅성대는 소리가 들렸다. 친척들과 친구들이 위로하기 위해 모여들었다.

시신이 없는 죽음을 어떻게 애도할까? 영원히 실종 상태인데.

하지만 교회에서는 어떤 식으로든 크레시다를 위한 예배―실종자를 위한 장례식―가 열릴 것이다. 그러지 않으면 절망에 빠진 아를렛을 위로할 수 없을 것이다.

편지봉투에는 신중하고 약간 누운 듯한 브렛의 필체로 나의 피앙세 줄리엣 메이필드라고 적혀 있었다.

그녀는 무작정 봉투를 뜯었다. 침대 모서리에 걸터앉아 머뭇머뭇 편지를 꺼냈다.

사랑하는 줄리엣,

만약 당신이 이 편지를 읽고 있다면, 나에게 무슨 일인가가 벌어진 걸 거야.

나는 이제 당신을 다시 보지 못하겠지. 당신을 정말 많이 사랑해!

'사후'―우리가 다시 만날 곳―가 있다는 생각을 하곤 해. 항상 그렇진 않지만 그걸 믿으려고 노력하는 중이야.

세월이 흐르다보면 누구에게나 무슨 일이 일어나기 마련이야. 지금 나와 헤어지는 슬픔은 인생에서 정말 아주 엄청난 일은 아니야, 다음번 슬픔도 마찬가지일 거고. 줄리엣, 이 편지를 읽는다면 이제는 뒤돌아보지 마. 그럴 수 있다면 그래야 해.

어떤 일에 대해 알면 그것을 할 수 있는 힘을 갖게 된다지만, 가끔은 그 힘이 충분하지 않으니 이상하지. 신이 언제나 우리를 충분히 강하게 해주시진 않으니까.

남에게 베풀어라. 이웃을 사랑하라.

살인하지 마라.

군인이라면 해야만 하는 일들이 있어. 선택권이 있다면 안 할 수도 있겠지.

집으로, 사랑하는 이들에게로 몸 성히 돌아오지 못할 수도 있다는 걸 알아야 해.

사랑하는 줄리엣, 우리가 결혼을 하고, 당신이 숨겨두었다가 잊어버린 이 편지를 내가 나중에 발견한다면 얼마나 좋을까. 그럼 나는 이것을 원래 있던 자리에 놓고 아무 말도 하지 않을 거야.

왜냐하면 줄리엣 당신을 정말로 사랑하니까. 이것이 내가 아는 유일한 진실이야. 이제 나는 젊지 않은 것 같아. 마음이 늙었다는 생각이 들어.

내 어머니와 슬픔을 나누려는 건 좋은 생각이 아니야. 어머니는 자기 나름의 방식으로 화를 내고 혼자 애도하실 거야. 당신과 당신 어머니가 그녀를 도우려고 애쓸 필요도 없어. 어머니는 아마 싫어하실 거야.

이제는 미래를 바라봐, 줄리엣. 당신에게 사랑받을 자격이 있는 남자와 결혼해서 우리가 가졌을 자식들을 낳아야지(미친 생각 같다는 거 알아. 아주 심각하게 쓰는 건 아니야) 그리고 무엇보다 내 사랑 줄리엣이 행복하도록 신의 축복이 있기를. 내가 언제나 당신을 생각할 거란 걸 알아줘.

나는 지금 어디에 있을까—당신이 이 편지를 읽는 바로 지금.

사랑해. 당신은 언제나 내 사랑 줄리엣으로 남을 거야.

사랑과 키스와 포옹을 보내며

브렛

2부

도피

9장

사형장

:

플로리다주 오리온, 2012년 3월

"누가 이 문을 열 수 있겠습니까? 자원하실 분?"

문은 무거워 보였다. 돌담에 끼운 문이었다. 오래되고, 풍파에 시달린 무덤 같았다. 방문자들은 망설였다. 약하고 습한 바람이 유령의 손가락처럼 그들의 머리카락 속에서 일렁거렸다.

부소장은 요란하고 추궁하는 말투로 반복했다.

"자원하실 분 없어요? 분명 자원자가 있을 텐데요."

인턴은 그녀의 고용주인 연구원을 감히 쳐다보지 못했다. 인턴은 사람들의 이목을 끌지 않았다. 인턴이 바라는 것은 두드러지지 않아서 남의 눈에 띄지 않는 것이었다. 빽빽한 덤불 속에서 잘 구분되지 않는 갈색 반점이 있는 평범한 암탉처럼.

인턴이 연구원 조수로서 하는 첫 견학이었다. 그녀는 이번이 마지막이지 않기를 간절히 바랐다.

"어느 분입니까? 제가 기다리고 있습니다."

부소장은 붙임성 있고, 백인의 얼룩덜룩한 피부에 번뜩이는 면도날 같은 묘한 미소를 가진 남자였다. 마흔아홉에서 예순아홉 살 사이로 보이고, 키는 175센티미터쯤 되는 중키였다. 체중은 80킬로그램쯤 되어 보이는데, 최근 살이 빠진 듯하고 관리되지 않은 몸이었다.

그는 플로리다주 오리온 소재 '오리온 남자 중범죄자 교정시설'의 회갈색 교도관 제복을 입고 있었다. 총기는 소지하지 않았지만, 권총집에는 보기 흉한 경찰봉인가 막대기인가가 달려 있었다. 풍파에 시달린 듯 주름 많은 얼굴은 원시부족 토템 같았다. 그의 자갈 같은 눈이 방문자들의 얼굴을 훑었다.

견학은 약 구십 분 전에 시작됐다. 마지막 코스인 사형장은 사형수들이 수감된 칙칙한 콘크리트 블록 건물 먼 끝 쪽에 있었다. 부소장은 견학단을 이제 막 C동으로 안내했고, 사람들은 출입금지 구역인 사형수동에는 가지도 않았는데 이곳을 보는 것이 괴로운 경험이 될 거라 생각했다. 열다섯 명의 방문자 대부분이 피로와 불안에 휘청대기 시작했다.

C동에 가기 전 들렀던 식당에서 두 명의 자원자가 수감자의 식사를 시식했고, 그 젊은이들은 이제 당황한 듯 입을 다물고 있었다.

"문을 열지 않으면 들어가지 않을 겁니다, 여러분. 분명 자원자가 있을 텐데요."

불안한 눈길들이 사람들을 급히 스쳐갔다. 부소장은 견학이 시작되어 열다섯 명의 민간인이 교도소 입구 첫번째 문을 지나 높은 철망이 처진 담장 안으로 들어온 후에도 강박적으로 인원수를 헤아렸다. 그는 눈으로 그들을 셌다. 하나, 둘, 셋…… 여섯, 일곱…… 열둘, 열셋, 열넷…… 열다섯.

교도소 안 교도관들은 항상 인원수를 세도록 훈련되어 있다는 것을 알 수 있었다. 그들은 확인하도록 훈련되어 있었다.

교도소 담장 안에서 교도관들 주위에 있는 모든 개인은 전부 그들 각자의 책임이었다. 열다섯 명의 민간인은 보안검문소를 통과해 부소장의 안내를 받았고, 견학이 끝나 해산할 때까지 언제나 열다섯 명이어야 했다.

그렇지 않을 경우 부소장이 그들에게 친절하게 통고한 대로 교도소 전체가 폐쇄 상태가 될 것이다.

그럴 때는 시설 안에 있는 전 인원이 확인될 때까지 아무도 들어오거나 나가지 못한다.

인턴은 침을 꿀꺽 삼켰다. 인턴은 눈에 띄지 않는 상태를 벗어나 앞으로 나서서 자원했다.

"부소장님, 제가 할게요."

놀랄 일이었을까? 부소장은 다른 민간인이 나서길 바랐을 것이다.

다른 민간인 열네 명은 인턴보다 체구가 크고, 더 튼튼해 보이고, 외모와 행동거지도 더 성숙해 보였다. 인턴은 155센티미터도 안 되는 키에, 교도소 입장이 허가되는 연령(21세)은 됐을 텐데도 그 나이로 보이지 않았다.

견학 시작 전 신분증을 확인한 부소장은 인턴이 스물다섯 살 여자라는 걸 알았거나 알아야 마땅했지만, 견학하며 딱히 그녀에게 관심을 두지 않았기 때문에 그런 세부사항은 잊어버렸다. 그는 도발적인 언사를 할 때도 대부분은 대여섯 명의 유스티스대학 사회학과 대학원생과 여자 교수에게 던졌다. 아니면 거기서 가장 눈에 띄는 민간인 방문자인 장신에 등이 꼿꼿하고 흰 수염을 기른 신사에게나. 말끔한 양복에 흰 와이셔츠, 타이를 맨 신사는 일흔 살이 넘은 은퇴한 전문가 또는 판사처럼 보였고, 견학 내내 작은 수첩에 뭔가를 썼다.

자원할 만한 남자가 몇 명 있었다. 하지만 그들은 부소장의 묻는 듯한 눈길을 피했다.

식당을 견학한 뒤, 특히 C동을 방문한 뒤 건장한 남자 민간인들은 교도소에서 나가기를 몹시 바라는 듯 보였다.

견학 도중 부소장은 몇 번 사람들에게 윙크하며 말했다. "여긴 숨쉬기가 답답하죠, 네? 그런데 여러분은 방금 오리온에 도착했습니다. 여러분이 남은 평생 다시는 여길 떠나지 못한다고 생각해보십시오!"

부소장은 앞으로 나선 자원자가 그가 점찍어둔 사람이 아니라서 약간 짜증이 났다. 교도소 견학은 부소장의 공적 생활이며, 그들이 들른 곳들은 맨 끝에 있는 흉물스러운 콘크리트 건물인 사형수동이고 사형장에 이르기까지 십자가의 길과 같았다.

"자! 45킬로그램도 안 나갈 것 같군요, 젊은 친구. 하지만 앞으로 나오십시오."

실제로 인턴의 체중은 마지막으로 체중계에 올라갔을 때 44킬로그램이었고, 최근에는 계획 없이 되는대로 살며 체중을 재본 적이 없었다. 인턴은 무시하는 듯한 젊은 친구라는 말을 무시했다.

인턴은 지금 여기서 자신이 부소장과 다른 사람들에게 어떤 성별로 보이는지 개의치 않았다. 이 순간 그들은 그녀가 아니라 그들을 대표해 문을 열려는 그녀의 노력을 주시하고 있었다.

빌어먹을 무거운 문.

"다시 해봐요."

인턴은 더 힘껏 당겼다. 그녀/그가 발육이 멈춘 왜소한 젊은 친구라는 견해에 반박하고 싶은 듯한 기색이 역력했다.

하지만 빌어먹을 문은 꿈쩍도 하지 않았다.

사람들 앞에서 공개적으로 웃음거리가 되는 괴로운 상황. 계속할 수밖에 없었다.

다른 사람들 눈에, 모르는 사람들 눈에, 그녀는 친절하게 장난을 받아들일 줄 아는 사람으로 평가된다.

이게 장난이라고? 문을 너무 세게 잡아당기는 바람에 누가 팔을 잡아빼기라도 하는 것처럼 아팠다.

"잠긴 건가요, 부소장님?"

"아뇨. 잠기지 않았습니다."

부소장은 짜증스럽게 껄껄댔다. 마치 민간인에게 잔인하고 못된 장난을 치는 것처럼!

부소장님이라는 공손한 호칭은 마음에 들었다. 견학단은 남녀가 섞인 예측할 수 없는 개인들의 집단으로, 개중에 견학 안내자를 달가워하지 않는 이가 있기 마련이었다.

인턴은 다시 한번 문을 열어보려 힘을 주었다. 숨이 찼고, 당황스럽고 창피했다. 어쩌면 부소장은 다른 사람들에게 하듯 인턴에게 못되게 군 것이 아니었을 것이다. 그녀보다 튼튼해 보이는 사람들이 겁을 먹고 물러난 탓에 발육이 멈춘 듯한 왜소한 젊은 친구가 앞으로 나선 것이었다.

인턴은 이 부소장이 수감자들에게 수십 년 동안 권력을 행사해오며 타락했고, 가장 단단한 나무가 무자비한 바람에 변형되듯 뒤틀려버렸다는 것을 간파했다.

아무도 나서지 않는데 왜 인턴은 그 문을 열겠다고 자원했을까?

아무도 알지 못했다. 연구원이 인턴을 눈으로 재촉해 앞으로 내보냈다는 것을. 수첩을 든 장신의 백발 신사가 바로 그 연구원이었다.

그러나 연구원은 그녀가 보라고 눈짓을 한 게 아니었다. 그녀가 그것을 감지했을 뿐이다.

해봐, 맥스웨인! 앞으로 나서.

그런 상황, 그런 공공장소에서 그러는 건 두 사람의 관례였다. 연구원은 말없이 신호로 지시하고, 인턴은 그에게 동기를 물으면 안 됐다.

그 신호는 둘 사이에 흐르는 뉴트리노처럼 빠르고 매끄럽게 오갔다. 두 사람은 겉으로 보이는 것과는 달리, 모르는 사이가 아니었다(견학할 때 서로 약간의 거리를 두려고 신경썼지만, 인턴이 운전하는 차로 함께 오리온에 왔다). 하지만 그 누구도, 죄수들끼리 은밀히 오가는 눈빛을 간파하는 훈련이 된 눈썰미가 매서운 부소장조차도 알아채지 못한 것 같았다.

"부소장님, 제 생각에는 문이 잠기거나 박혀 있는 것 같은데요……"

"한번 더 해봐요, 젊은 친구! 그래도 안 되면 포기해도 좋습니다."

짙은 색 코르덴 바지에 긴소매 셔츠, 코르덴 재킷을 입고 아동화 사이즈의 등산화를 신은 인턴은 플로리다 중부 시골에서 실제로는 보기 힘든 조숙한 남학생의 변종 같았다. 그녀는 검은색 동그란 뿔테안경을 쓰고 있었다. 긴소매 면셔츠는 흰색이고 별로 깨끗하지 않았다. 뼈대가 가늘고 수수한 얼굴이지만 강렬한 분위기가 있었다. 검은 머리는 소년처럼 목덜미가 드러나게 면도칼로 깎은 듯했다. 이마에 솜털이 있고, 오른쪽 관자놀이에 푸릇한 혈관이 튀어나와 있었다.

마지막 시도에서도 문은 꿈쩍도 하지 않았다.

"이제 됐습니다! 제가 열어보죠. 실례합니다."

부소장이 아주 오래돼 보이는 문 앞에 서서 손잡이를 당기며 위로 올리자(인턴은 이것이 요령임을 알았다) 문이 입을 벌리듯 확 열렸다.

부소장이 시범을 보인 요지는 죽음은 쉽게 다가갈 수 있는 것이 아니다인 듯했다.

그는 얼마나 힘들이지 않고 해냈는지 자랑하는 듯한 담담한 목소리로, 사실 사형장 문은 항상―당연히―잠근다고 설명했다. "이 문은 지금 같은 경우와 형을 집행할 때만 열어둡니다."

그런데 이제 그 안으로 들어간다는 걸까? 안에 들어가서 내려간다는 걸까? 아무도 걸음을 옮기지 않았다. 이미 사람들은 열린 문 앞에서 풍기는 흙냄새가 섞인 듯한 농익은 화학물질 냄새를 맡을 수 있었다.

"들어가십시오, 여러분! 미리 숨을 크게 한 번 쉬시길 권합니다." 부소장은 잔인한 지휘관처럼 문 옆으로 비켜서서 들어가라고 손짓했다.

물론 아무도 들어가려 하지 않았다. 특히 젊은 여학생들은 망설이며 새떼처럼 동요하고 겁을 냈다.

"아! 사람들이 이 안에서 죽었다면……"

"몇 명은 밖에서 기―기다려도 되겠죠……"

부소장은 넉살좋게 웃었다. "안 됩니다. 아무도 밖에서 기다릴 수 없습니다. 견학을 마무리하지 못할 거고, 사형장을 통하지 않으면 밖으로 나갈 수 없습니다. 그게 우리 오리온의 전통입니다."

사실일까? 부소장은 손가락이 뭉툭한 커다란 손을 비비며, 열띤 분위기를 풍겼다. 그는 자갈 같은 눈으로 그에게 붙잡힌 사람들 표정을 계속 훑어보았다.

"하지만 여기서 사람들이 죽―죽었다면……"

"물론 여기서 사람들이 죽었습니다. 이 안에서 아무도 죽지 않는다면, 세금으로 운영되는 사형장이 왜 있겠습니까?"

견학단 중 몇 명이 소리 내어 웃었다. 견학이 시작된 후로 그들은 그런 웃음을 터뜨렸다, 신경질적으로.

위엄 있는 연구원이 맨 앞에서 동굴 같은 공간에 들어갔는데, 아주 자연스러워 보였다. 장신에 등이 꼿꼿한 그는 몸을 숙이고 들어갔다. 그는 거무튀튀한 첫번째 돌계단에 발을 디뎠다. 계단 세 개를 내려가자 허름하고 사용하지 않는 지하저장고 같은 우중충한 콘크리트 바닥이 나왔다.

반들거리는 검은 가죽 정장구두를 신은 연구원의 날렵한 발이 인턴의 눈에 들어왔다. 견학자들 중 그렇게 유별나게 차려입은 이는 아무도 없었다.

견학하러 온 민간인들 중 이 백발의 노신사는 처음부터 다른 사람들과는 어울리지 않았다. '친해지려는' 사람들의 노력을 거부했다―부소장과 방문자들이 주고받는 신랄한 농담에 끼는 것도, 먹잇감에게 달려드는 피라냐 같은 집단에서 그것은 강력한 본능인데도 억눌렀다. 연구원은 무시한다거나 무관심해 보이지는 않았다—그는 작은 수첩에 열심히 뭔가를 메모했다. 메모는 사진이나 비디오 촬영과 달리 교도소에서 금지 사항이 아니었다. (카메라는 아무리 작고 평범한 것이어도 교도소 내에 반입할 수 없었다.) 연구원이 작은 스프링노트에 휘갈겨쓰는 것을 본 사람은 누군가 암호를 쓰는 것을 어깨너머로 들여다볼 때와 비슷한 느낌을 받았다.

연구원은 눈길을 주지 않고 인턴 옆을 지나쳤다. 인턴은 연구원을 쳐다보지 않았지만—그녀는 그런 실수를 저지를 정도로 아마추어는 아니었다—존경과 두려움으로 연장자를 바라보는 어린 사람다운 표정을 지었다.

제게 더이상 뭔가를 시키지 마세요, 선생님! 이 끔찍한 곳에서는.

연구원 뒤로 사람들이 차례로 사형장으로 들어갔다. 잔뜩 흐린 3월 아침 변덕스러운 플로리다의 햇살은 잔광만 남은 듯 뿌옇게 빛났지만, 침침한 형광등이 켜진 사형장 내부와 비교하면 빛이 강해 앞이 안 보일 정도였다.

인턴은 머뭇거렸다. 교도소 정문으로 얼마나 달아나고 싶었는지! 하지만 교도소 단지는 미로 같고 위험했다. 어떤 민간인도 무리에서 떨어져 돌아다닐 수 없었다.

인턴은 침을 꿀걱 삼켰다. 그녀는 연구원과 방문자 주차장의 외진 구석에 차를 대고 내리기 전부터 상사인 그와 오리온 교정시설에 온 것이 후회스러운 실수임을 알았다.

문가에서 부소장이 그녀를 기다리고 있었다. 그는 이 왜소한 젊은 친구가 빠져나가지 못하도록 날카로운 눈길을 거두지 않겠다는 듯이 미소지었다.

인턴은 심호흡을 하고 안으로 들어갔다. 하지만 이미 늦어버렸다. 사형장의 축축한 공기가 폐부를 찔렀다.

"안으로 쭉 들어가세요, 제발. 공간이 충분합니다. 앞에 있는 분들은 더 앞쪽으로 이동하십시오, 제발."

부소장은 나무라듯 말했다. 우울한 농담을 던지듯이 말했다. 그는 방문자들에게 이 좁은 공간에 삼십 명이 들어간다고 장담했다.

"최근 몇 년 사이 이따금 독물주사로 2인 집행을 하기도 했습니다. 상상이 되시겠지만 그럴 때는 필요한 좌석도 두 배가 되죠."

아무도 앞으로 움직이려 하지 않았다. 겁먹은 여학생들과 교수는 사형장 앞쪽 몇 야드 떨어진 곳에 우뚝 멈춰 있었다. C동에서 야유와 욕설을 퍼붓는 수감자들 앞에서도 용감하고 담담히 돌아다니던 남자들조차 지금은 주저하고 있었다. 그들은 옆쪽의 창 없는 우중충한 콘크리트 블록 벽 앞에 두 줄로 놓인, 등받이가 똑바른 의자들이 있는 곳으로 물러났다.

천장이 낮은 방의 중앙과 뒤쪽은 특이한 구조였는데, 다이빙벨처럼 생기고, 어울리지 않게 녹청색 칠이 되어 있었다. 팔각형 구조인데 옆면 군데군데에 플렉시글라스가 끼워져 있었다. 안에는 등받이가 똑바른 의자가 두 개 나란히 놓여 있었다.

다이빙벨 천장, 굴곡진 부분의 꼭대기는 높이가 6피트도 안 될 것 같았다.

밀폐된 구조라고 인턴은 생각했다. 최근까지는 가스가 플로리다주의 사형집행 수단이었다.

인턴은 경고를 무시하고 위험에 다가간 사람처럼 현기증을 느꼈다—하지만 무슨 경고가 있었는데?

그녀는 어떤 경고도 기억해낼 수 없었다.

오리온에 있는 중범죄자 교정시설에 나와 함께 가지. 평소 급여의 1.5배를 주겠네.

인턴은 연구원의 초대를 고맙게 생각했다. 인턴은 일자리가 필요했고, 현재 경제적으로 연구원에게 기대고 있었다. 감정적으로도 그에게 의존하고 있었는지도 모른다.

부소장은 귀에 거슬리는 목소리로 잔소리했다. "앞쪽에 있는 분들, 제발 통로를 막지 마십시오. 그 의자에 앉으시라고요! 그 의자들은 희생자의 가족과 집행에 특히 관심 있는 법집행자들을 위해 마련해놓은 여기서 가장 좋은 자리란 말입니다."

방문자들이 웅성거리고 서로 속삭였다. 집행장의 관람구역은 아주 협소했다—어디에 앉든 사형수와 가까울 것이다.

죽음에 오염되지 않은 공기를 들이마실 수가 없었다.

부소장은 짓궂게 놀리는 태도로, 사형수가 지금 그들처럼 '말을 안 들으면' 사형장에 억지로 밀어넣는다고 말했다.

부소장이 킥킥거렸던가? 아무도 따라 웃지 않았다.

이곳에 온 것이 실수였다고 인턴은 생각하고 있었다. 왜—뭔가가 여기서 그녀를 기다리고 있어서?

마침내 방문자들은 사형장 안에서 흩어졌고, 일부는 다이빙벨 같은 것 가까이에 불편하게 자리를 잡았다. 몇 사람은 마지못해 플렉시글라스 창과 마주보는 귀빈석에 앉아 집행장 안을 들여다볼 수밖에 없었다.

연구원은 여전히 통로에 서 있었다. 어쩌면 그는 옷깃 아래 주머니에 넣어둔 만년필 속 (소형) 녹음기의 전원을 켰을지도 모른다. 연구원은 가능하면 모든 것을 보고 녹음하고 싶어했다.

부소장이 열심히 손을 비비며 흐뭇한 듯이 말했다. "자, 여러분 자리를 잡으셨으면 문을 닫겠습니다."

천장이 낮은 공간에 공포가 일렁였다! 새들이 감지했다면 당장 날아가버렸을 것이다. 새들은 날개를 퍼덕이며 도망치겠지만, 방문자들에게는 날개가 없고 그들은 창 없는 굴에 갇혀 있었다.

항의하는 목소리가 높아졌다. "문을 닫는다고요? 오 그런데 왜—"

위쪽에서 구불구불한 큰 뱀이 숨을 쉬는 듯 광물 냄새가 밴 서늘한 바람이 덜컥거리며 흘러나와 방안을 환기시켰다. 완전히 지하는 아닌데도 그런 느낌을 주었다. 검은 흙에 에워싸여, 죽음과 파멸을 끌어당기는 기분이었다.

반은 조롱조로, 반은 진지한 태도로—반은 꾸짖고 반은 진짜 으스대는 태도로—부소장은 붙잡힌 청중에게 말했다. "오리온 사형장은 일반에게 개방하지 않는 곳입니다. 이곳에 들어올 수 있는 개인은 거의 없습니다. 그리고 그중 모두가 다시 나가는 것도 아닙니다. 집행이 탁 트인 하늘, 맑은 공기, 신속한 퇴장 수단과 관계있다고 생각한다면 오산입니다."

부소장은 성큼성큼 걸어가 문을 닫았다.

인턴은 생각했다. 영원은 시간과 연결된 것이 아니야. 이것은—우리가 있는 곳—장소일 뿐이고, 시간일 뿐이야. 이것은 나를 이기지 못하고 나를 가둘 수도 없어.

*

그는 의심하는 눈빛으로, 자네가 하게 될 거야, 라고 말했다.

그는 지원서들, 지원자들을 꼼꼼히 추려내고 있었다. 그는 단순히 학문을 연구할 조수를 구하는 것이 아니라고 말했다. 플로리다대학 템플파크 캠퍼스 사회심리학 범죄학 인류학 고등연구소의 코닐리어스 힌턴 교수와 일하고 싶어하는 사람이 수십 명도 더 될 거라고 말했다.

코닐리어스 힌턴 교수—이것이 연구소에 있는 그 연구원의 방 작은 명패에 적힌 이름이었다.

처음에 그녀는 그 이름이 맞는다고, 백발 신사의 이름이 '힌턴'이라고 생각했다. 나중에야 '힌턴'이 신분을 숨길 때 사용하는 몇 개의 가명 중 하나라는 것을 알게 되었다.

연구원은 '힌턴'이 아니라 다른 사람이며, 코팅된 연구소 신분증에 1941년생이라 기재된 '힌턴'보다 나이가 많았다.

그가 흘린 단서로 인턴은 그 연구원이 가공의 코닐리어스 힌턴보다 몇 살 많다는 것을 알게 되었다. 하지만 그 나이의 신사치고 꽤 젊어 보이고, 작은 신분증에 흐릿흐릿하고, 구레나룻을 기르고 안경까지 낀 백발의 교수와 너무나 닮았는데 누가 그를 의심했겠는가?

그녀는 연구원의 개인 파일들을 찾아보려 하지 않았다. 자신을 그런—몰래 살피고 속이는—사람으로 받아들이기 싫어서였을 것이다. 이름 없는 쓰레깃더미에 던져진 사진첩 속 흩어지고 빛바랜 사진들처럼 이제는 사라진 과거의 삶에서 그녀는 거장 M. C. 에스허르에게 집착했고 그의 화풍으로 장난스럽고 재기 넘치는 그림을 그렸었다. 복잡한 문양의 벽지같이 촘촘하고 어지러운 대칭형 배경에 작은 인간 형체들이 서로를 염탐하는 모습을. 아찔할 만큼 하얀 인간 형체들과 아찔할 만큼 검은 인간 형체들이 게슈탈트* 패턴을 이루어, 눈이 '흰 것'을 보면 동시에 '검은 것'을 볼 수 없었다. 눈이 '검은 것'을 보면 동시에 '흰 것'을 볼 수 없었다. 그림의 트릭은, 그 모든 멍청한/무력한 형체들이 서로를 염탐하지만 염탐당하는 줄 모른다는 것이었다. 그림의 재치는, 인간 형체들이 서로 조금도 다르지 않다는 것이었다. 모두 똑같았다.

그녀가 영감이 휘몰아쳐서 처음 그런 그림을 그린 것은 열세 살 때였다.

염탐, 엿보기―그녀는 그런 인간의 행위들에 대해 윤리적 반감을 느꼈다. 연구원의 개인 파일을 엿보는 것은 연구원뿐만 아니라 그녀 자신을 위해서도 하고 싶지 않았다.

그녀는 여전히 회복중인 환자였다. 몇 년이나 그런 상태였는지 헤아리다가 잊어버렸다.

그녀는 달아났었고, 도피중이었다. 예전 그곳은 이름 붙일 수 없는 곳을 부르는 방식이었다.

기본적으로 인생에서 우리는 지속적으로 X지점―여기, 우리가 있는 곳―에 있다. 예전 그곳―우리가 쫓겨나온 곳―으로 여행할 수 있다는 생각은 망상이다.

그래서 그녀는 연구원이 잘못 놔둬서 서류를 찾아야 할 때 외에는

---

* 전체가 통합된 유기체로 된 것.

다른 서류를 뒤지지 않았다. (연구원은 꼼꼼함과 정리정돈을 신성불가침처럼 여기는 용의주도한 사람이었다. 책상 위의 사소한 물건도 제자리에 없으면 화가 나서 입술이 새하얘진다고 알려져 있었다.) 그런데 더 오래된 서류함의 삐걱대는 아래 서랍에서 그녀는 구깃구깃한 마닐라지 봉투를 발견했고, 그 속에 코팅된 신분증 여러 개가 있었다. 다양한 '신분', 모두 남자이고, 출생연도는 1938년에서 1943년 사이였다. 전부 미네소타, 일리노이, 뉴욕주, 워싱턴디시, 베제스다, 플로리다 소재 학술기관이나 연구기관 신분증이었다.

그 신분증들이 발급된 시기는 분명 다른 시대였다. 1980년대였는지도 모른다. 그 시절 연구원은 짙은 금발이고, 날렵한 얼굴에 구레나룻을 기르고, 색안경에 가려진 눈매가 날카로웠다.

그 사진들은 그가 아니라 그와 닮은 다른 사람, 검문소에서 똑똑히 들여다보더라도 통과시키기에 충분할 만큼 닮은 타인의 사진 같았다. 작은 신분증 사진을 들여다볼수록 그녀가 아는 그와 닮지 않고 사진들 각각도 닮지 않은 것 같았다.

운전면허증을 비롯해 신분증을 제작하는 업계가 호황이었다. 인턴은 자신의 신분도 확실히 고정된 것이 아니었기에 그것을 이해했다.

그럼에도 분명 연구원의 다양한 신분증들에 있는 사진들을 보면 그인지 그가 아닌지 확신할 수 없었다. 겉으로 보기에 그는 차분하고, 언제나 생각에 잠겨 있고, 나직이 콧노래를 흥얼대고, 묘하고, 멍하니 한눈을 파는 것 같았다. 멀리 대서양 위 오팔색 구름이 뜬 하늘을 창밖으로 내다보는데─머릿속에서는 생각들이 폭풍처럼 휘몰아치고(그런 것처럼 보였고)─자기가 누구인지는 전혀 모르는 것 같았다.

플로리다주 중부 평지에 있는 오리온 중범죄자 교정시설에 갈 때 연구원은 플로리다 템플파크 소재 플로리다대학 사회심리학 범죄학 인류학 고등연구소 코닐리어스 힌턴 교수의 코팅된 신분증을 소지했다. 늙은 야자수들이 있는 포트로더데일 교외지구들 중 한 곳에 플로리다대학 템플파크 캠퍼스가 실제로 있듯 그 연구소도 실제로 존재했다. 거기서 인턴은 '새버스 메이 맥스웨인'이라는 이름으로 연수과정에 등록해 몇 학기 동안 야간강좌를 들었고―내용보다 일정상 편의를 고려해 수강과목을 선택했다. 그녀는 본토에 붙은 나무 없는 작고 흩어진 섬들처럼 큰 대학 캠퍼스들 언저리에서 살아가며 대학에 적을 둔 개인들 중 하나였다.

궤도 이탈. 도피. 심한 수치, 모욕. 하지만 그녀는 본래 자존감이 부족한 사람이어서 거의 매일 그저 살아 있는 것만으로도 감사했다.

미니멀 아트가 있고, 미니멀리스트 삶이 있다.

경쟁 없이 그녀는 어떤 부류의 학생이 되었다―나이 많고, 혼자인 학생.

도피중인 사람에게는 이상적인 위장이었다―전혀 위장하지 않는 것.

그리고 이즈음 그녀는 쫓는 사람이 없다고 확신했다.

한동안 마이애미의 여러 곳에서 살았다. 그전까지는 '친구'가 있었다―그녀의 '보호자'. 그러다 그들은 포트로더데일로 이사했고, 그녀는 템플파크에서 혼자 살았는데, 혼자 사는 것은 만족스러웠다. 혹은 그렇게 생각했다. 템플파크는 포트로더데일 북쪽에 있는 주거지로 극히 일부 지역만 바다에 면해 있었다. 이 지역들―마이애미, 로더데일,

템플파크─에서 그녀는 각종 최저임금 일자리(점원, 주방 보조, 웨이트리스〔한 번, 굴욕적인 저녁〕, 수의사 조수, '연구실 조교', 청과물가게 판매원)을 전전했다. 망해가는 먼지 쌓인 중고서점('게이 앤 레즈비언 프라이드, 뉴 레어 앤 유즈드 북스')을 몇 주 동안 관리하다 문을 닫기도 했다. 템플파크에서 보낸 그 시기에 그녀는 빙 돌아오긴 했지만 대학에 들어가는 일이 진척되고 있다고 생각했다. 대학은 복잡다단한 틈새로 학생들에게 근로장학금을 주었는데, 그녀는 자신도 언젠가 그 자격을 얻게 될 거라 믿었다. 해변에서 귀한 돌멩이들을 쌓듯 더디고 힘들게 대학에서 학점을 쌓아가는 자신을 상상했다. 이렇게 열심히 노력하다보면 언젠가는 학사학위, 그다음에는 대학원 장학금, 박사학위와 교원자격을 얻게 될 것이라고─어떤 학교, 어떤 학과에서. 그녀는 대학 수준의 교원 또는 연구소의 연구원으로만 미래의 자신을 상상할수 있었다. 고등학교나 그 아래 공립학교에서 가르친다고 생각하면 끔찍하고 수치스러워서 얼굴이 찌푸려졌다.

어린 소녀일 때 이미 그 일에 실패했다.

기억을 되살릴 수는 없었다. 하지만 실패라는 것만은 알았다.

예전 그곳에서 그녀는 자존심이 완전히 무너졌다. 한심하고 형편없는 아이로 까발려졌다. 하지만 이제 그녀는 예전 그곳에 있지 않다.

여기, 아무도 그녀를 아는 사람이 없고 신경쓰지도 않는 이곳에서 그녀는 일말이나마 희망을 느꼈다. 친구 비슷한 사람들이 있었고, 혼자 사는 것이 더 좋아서 그들과 헤어졌다. 대학에서 그녀가 이루는 '발전'은 암벽등반가의 움직임과 비슷한 구석이 있었다. 벽에 바싹 붙어 몇 인치씩 오르느라 등뒤의 장관을 보지 못하는 것 같았다.

신념을 가져야 해, 네 노력은 위를 향하고 있어. 너는 올라가고 있어.

그녀는 별 특징도 없고 내세울 것 없는 일터를 전전하면서 기대가 없기에 거의 불평 없이 일하며, 별 특징 없고 내세울 것 없는 거처에서 살았다. 눈부신 모래사장과 해안도로, 고층의 화려한 호텔들이 있는 대서양에서 멀리 떨어진 곳들이었다. 플로리다의 대단한 관광도시들에서, 바다로부터 반경 일 마일 남짓한 곳에 살면서 바다를 보지 않고, 볼 생각도 하지 않고 보고 싶어하지도 않으며 살 수도 있었다. 그녀는 몇 달, 몇 년 동안 되는대로 물결에 편승하는 부유물처럼 살아왔다. 힘겨운 삶이 한 해에서 다음해로, 또 다음해로 넘어갔고, 마침내 템플파크에서 일시적이나마 해변에 닿은 기분을 느꼈다. 허물어져가는 빅토리아풍 진분홍색 주택의 비스듬한 지붕 아래 작은 다락방에서 살게 됐다. 페퍼다인 애비뉴 건너에는 다양한 인종의 학부생들과 대학원생들의 숙소인 인터내셔널하우스가 있고, 그 건물 식당에서 그녀는 긴 공동식탁에 앉아 값싼 외국 음식을 먹었다. 낯선 사람들을 사귀고 영화 상영회와 강연과 토론회에 참석했고, 특히 이 건물에 센터가 있는 '국경없는여성들'이라는 페미니스트단체와 친해졌다. 그런 환경이어서 새버스 맥스웨인이라는 그녀의 신분은 의심받은 적이 없었다.

새버스 메이 맥스웨인, 1986년 8월 15일 메릴랜드주 브레싯 출생.

이것은 코팅된 신분증이 아니라 여러 번 접어 구깃해진 실제 출생증명서 사본이었다. 그것과 함께 사회보장카드가 있었다―새버스 메이 맥스웨인의 사회보장번호는 113-40-3074였다.

국경없는여성들에서 임상심리학 박사후과정을 밟는 여자를 만났고, 그녀가 코닐리어스 힌턴을 소개해줬다―"좋은 분이야. 별난 사람이기도 하고. 나이는 많은데―너를 들볶지는 않을 거야."

힌턴은 조수를, '인턴'을 구하는 중이었고, 보수는 대학에서 조교들에게 주는 것보다 훨씬 높은 수준이었다. 이전 인턴이(역시 젊은 여자였는데, 힌턴은 페미니스트라 언제나 여자를 고용하려 한다고 했다) 갑자기 그만둔다고 하자 그는 몹시 허탈해했다. 인턴은 단거리 여행이든 장거리 여행이든 힌턴의 차를 운전해야 했다. 힌턴의 약속들을 챙기고 장을 보고 약국에서 처방약을 받아와야 했다. 힌턴이 항공편으로 여행할 때는 비행기와 호텔 예약을 하고 세부 일정도 전부 잡아야 했다. 그가 강연이나 세미나 지도를 하러 가면―코닐리어스 힌턴은 문화 분석이라고 표현했지만 그가 무슨 일을 하든 간에―인턴도 자주 동행해야 했다.

"그는 여러 가지 것을 조사하고, 글을 써―예를 들면, 정신장애아들을 돌보는 수준 미달의 보호시설이나 환자를 부당하게 대우하는 요양병원이라든가. 그는 잠입취재를 하지. 이름을 여러 개 쓰고. 가명으로 베스트셀러 책들을 썼는데 표지에 저자 사진을 싣지 않는다는 얘기도 있어. 그 사람에 대해서는 모든 것이 다 비밀이야. 1960년대에 체포된 적이 있었대. 이라크전쟁에 반대하는 데모도 했다고 하고. 그는 말하자면 '늙은 좌파'야―그게 무슨 뜻인지는 잘 모르겠지만. 공산주의자 비슷한 거겠지. 아무튼 사회주의자야. 처음에는 반감을 보이고 냉담하지만 시간이 지나면 어느 날 좋은 사람으로 변해―너그러워진다고. 여기 우리 센터에도 돈을 줬어. 그는 나와 내 여자친구를 개인적으로 도와준 적도 있어. 우리를 위해 연구소 공문서로 일종의 문서위조를 해줬거든. 그는 상대가 요구하지 않을 때, 기대하지 않을 때 너그러워지는 사람이야. 좋은 사람이지—미스터리하게도. 이상하지."

챈텔은 생각에 잠겨 잠시 말을 끊었다.

"부자일 거고, 아마도."

"자네가—'새버스 맥스웨인'인가?"

그렇다. 그녀가 그녀였다.

"그리고 '인턴'—내 조수 자리에 지원하는 건가?"

그렇다. 그녀는 그랬다.

"챈텔 리오스가 추천했군."

그렇다. 그녀가 추천했다.

연구원은 호기심 어린 눈으로 그녀를 바라보았다. 그녀는 그의 파란 눈이 노인의 눈이 아니라 젊고 예리하고 명민하다는 것을 알았다. 촘촘한 수염은 말끔히 다듬어지고 머리카락처럼 눈부신 흰색이었지만, 머리카락이 부드럽고 가볍고 찰랑거리는 반면 수염은 숱이 많고 뻣뻣했다. 그의 얼굴은 오래되고 빛바랜 구리 동전을 연상시켰다. 태도는 무뚝뚝하고 사무적이었다. 자세는 군인 같았다. 하지만 연구원은 정중하고 품위 있었다. 짙은 색 터틀넥스웨터에 캐주얼한 트위드재킷 차림이었는데 옛날 영국 영화에 나오는 노년의 남자 배우 같은 분위기를 풍겼다—온갖 비밀을 다 털어놓고 싶게 하는 사람, 물론 그는 그것을 듣고 싶어하지 않겠지만.

연구원은 신축성 있는 밴드에 문자반이 볼품없이 커서 운동을 즐기는 젊은이들이나 좋아할 알루미늄 시계를 왼쪽 손목에 차고 있었다. 방수가 되고, 어둠 속에서 빛나고, 조수潮水, 날짜, 일출 일몰 시간까지 알려줄 것 같은 디지털시계였다.

그는 오른손 중지에 별 모양의 두꺼운 은반지를 끼고 있었다.

"'새버스 맥스웨인'—자네는—여성인가?"

그녀는 웃었다. 전혀 예상치 못한 질문이었다.

"네. 그럴 거예요."

"그냥 '그럴 거다'인가? 그런가?"

그녀가 소년 같은 옷차림을 선호하는 건 사실이었다. 남성복이 아니라 아동복이 그녀의 가냘프고 엉덩이가 빈약한 몸에 맞는 것 같았다. 남아용 셔츠, 남아용 풀오버스웨터, 남아용 면바지와 진바지. 남아용 운동화, 등산화. 그녀가 좋아하는 색은 베이지색, 갈색, 검은색—칙칙한 무광 검정—이었다. 왜소하고, 밋밋하고, 단순하고 보잘것없었다.

그녀는 이제 더이상 눈에 띄는 것에 대해 큰 두려움을 느끼지 않았다. 그녀를 알아볼 만한 사람, 예전 그곳에서 그녀를 알았던 사람도 지금쯤은 잊었을 거라는 확신이 들었다.

잊힐 만하지, 잊었을 거고. 잘됐어!

"체크해야 할 때는 '여'에 해요. '남'보다 그게 적절한 것 같아서요. 하지만 그게 그렇게 중요한 문제는 아닌 것 같은데요."

"어째서 그렇지, 맥스웨인 양?"

"왜냐하면 저는 성정체성이 눈동자 색깔보다 더 중요하다고는 생각하지 않으니까요—적어도 우리 가운데 일부에게는. 그건 큰 의미가 없어요."

"의미가 없다! 정말 여성과 남성 사이에 기본적인 차이, 생물학적 차이가 없다고 생각하는 건가?"

"저는 문화적으로 규정된 차이에 대해 말하는 거예요."

"그럼 그것은 어디서 나오지?"

"문화에서요."

"그럼 문화는 어디서 나오지?"

그것은 익숙한 학문적이고 지적인 응수였지만 새버스 맥스웨인은 어떻게 대답해야 좋을지 난감했다. 쏘아보는 듯한 연구원의 하늘색 눈 때문에 집중이 되지 않았고, 그의 질문은 무례하고 곤혹스럽지만 묘하게도 친밀했다. 교수—어른—와 이런 지적인 대화를 나눠본 것이 몇 년 만이라서, 즉흥적으로 탁구경기라도 하는 것처럼 심장이 두근거렸다.

새버스 맥스웨인이 말했다. "힌턴 박사님, 물론 양성 사이에 기본적인 생물학적 차이가 있다는 건 저도 알아요. 하지만 '문화적으로 규정된' 차이는 별로 없다고 생각합니다. 제일세계第一世界에서 우리는 단순히 생물학적인 면을 초월해 발전해왔어요. 몸이 쇠해 죽을 때까지 계속해서 임신을 하는 게 여성의 운명은 아닌 거죠."

조금 열띤 발언이었다. 열띠고, 격하고, 독창성이라고는 전혀 없는 뻔한 발언. 하지만 연구원은 공감하는 듯한(시기상조지만 그녀는 그렇게 생각하고 싶었다) 눈을 인턴에게 고정했다.

"물론 맞는 말이야! 아무도 자네—또는 다른 '여성'—에게 몸이 쇠해 죽을 때까지 연달아 아기를 낳으리라 기대해선 안 되지. 그건 아주 타당한 말이라고 생각하네. 사실 나는 자네가 여성이라는 것을 확실히 알고 싶을 뿐이야. 인턴은 여성이 훨씬 더 유능하다는 걸 알게 됐거든."

새버스 맥스웨인은 당황해서 그렇다고, 자신은 여성이라고 중얼댔다.

뜨거운 수치심이 밀려들었다. 이유는 말할 수 없지만 마음속 가장 깊은 곳에서 커다란 성적 수치심이 느껴졌다.

그녀는 거울이나 반사되는 표면 앞에서 옷을 벗어 노출된 자신의 왜소한 체구를 어쩌다 볼 때면 반감을 느꼈다. 추하다 추한 몸이다라고 조롱하는 목소리가 그녀를 괴롭혔다.

"하지만 나는 자네가 조금도 그렇지 않다는 게, 아마도 자네가 선택했기 때문인 듯한 그 '여성스럽지' 않음이 마음에 드는군. 누구든 자네를 보면 다시 쳐다보게 되지는 않을 것 같다는 게 마음에 든다는 거야. '힌턴' 교수라면 안 그럴 것 같지만."

연구원이 힌턴 교수라는 말을 너무 이상하게 경멸하는 듯이 내뱉자 인턴은 웃지 않을 수 없었다.

"그리고 그 웃음도 마음에 드는군, 새버스. 들리지 않아서."

인턴은 다시 들리지 않게 웃었다. 그녀가 그런 식으로, 누가 간지럼이라도 태운 것처럼 웃은 건 분명 그때가 처음인 것 같았다.

"챈텔은 자네가 무척 고립적인 젊은 여성이라고 하던데. 애착하는 대상이 따로 없는 듯한 신비로운 젊은 여성이라고 말이야."

인턴은 웃음을 거뒀다. 웃어야 할까, 웃지 말아야 할까?

누가 그녀에 대해 말하는 것이 뜻밖의 놀라운 일이어서 그녀는 마음이 불편했다.

"'새버스 맥스웨인'—묘한 이름이군. 어쩐지 지어낸 이름 같기도 하고."

"'지어냈다'고 하셨나요?"

"그런 건가?"

인턴은 뺨이라도 맞은 것처럼, 심할 정도는 아니지만 격투기에서 말하듯 사람의 주목을 끌 만큼은 세게 얻어맞은 사람처럼 연구원을 쳐다보았다.

"본명이에요. 우리 집안 성이에요. 언니가 있는데, 헤일리 맥스웨인이에요. 우리 두 사람은—둘 다—포트로더데일 지역에 살아요—예전처럼 가까운 사이는 아니지만."

"그럼 가족이 있나? 챈텔이 잘못 안 건가?"

연구원은 찌푸리고 있었다. 좋지 않았다!

"아뇨. 실은 아니에요. 헤일리는 이복언니예요. 그러니까 의붓자매죠. 지금은 언니와 만나지 않아요—사이가 멀어졌어요."

"'새버스 맥스웨인'이 자네 이름인가?"

"네. '새버스 맥스웨인'은 제 이름이에요."

(그랬다, '새버스* 맥스웨인'은 그녀가 직접 고를 수 있었다면 고르지 않았을 이름이었다. 그 이름은 선물이었다. 대가 없이 받은 사랑 넘치는 선물이었고, 그녀는 거절할 수 없었다. 왜냐하면 그 이름이 당시 너절하고 후줄근한 그녀의 인생을 구제해주었기 때문이다.)

(그녀는 헤일리에게 남은 인생을 빚졌다. 하지만 헤일리에 대해 그렇게 되는대로 말함으로써 그녀는 헤일리를 배신한 셈이었다.)

중요한 그 증서들을 찾느라 백팩을 뒤졌다. 그것이 없으면 그녀는 무작정 위험한 바위 표면을 더듬느라 나아가지 못할 것이었다.

그녀가 올라가고 있는 한은. 어떤 노력도, 어떤 위험도 정당화되었다.

---

* '안식일'을 뜻함.

"신분증을 가지고 있습니다. 두 개예요. 출생증명서와 음, 사회보장 카드요. 보여드릴 수 있어요, 혹시……"

그녀가 마닐라지 서류철에 들어 있던 증서들을 보여주자 연구원은 꼼꼼히 살펴보았다. 인턴은 그가 증서의 기본 특성—각 증서의 종이—에 그렇게 관심을 갖는 것이 '새버스 맥스웨인'이라는 이름과 생일 때문인지 궁금했다.

위조된 것들이라고 생각할까? 하지만 왜 그렇게 생각할까?

"합법적인 문건입니다, 힌턴 박사님! 원하시면 현미경으로 조사해보셔도 좋아요. 메릴랜드주 인장이 찍혀 있어요—분명히 합법적인 것들이에요. 발행처인 메릴랜드주 브레싯의 카운티 기록법원에 가보셔도 되고요. 사회보장번호도 그렇고요. 새버스 맥스웨인—86년 8월 15일."

"사진이 붙은 신분증은 없나?"

"있어요. 운전면허증이, 어딘가 있어요. 지금 없는 건 제가—당장은 차가 없기 때문이에요. 운전하지 않거든요. 지금은 그렇단 뜻이에요."

"알다시피 인턴십 동안은 운전을 해야 할 텐데. 그게 기본적인 요구 사항이거든. 나는 가능한 한 운전을 하지 않으니까."

"운전면허증이 있다고 분명히 말씀드렸는데요, 힌턴 박사님. 플로리다가 아니라 다른 주에서 딴 거지만요. 돌아가서—제가 사는 곳에—찾아보면 돼요."

"그럼 사는 곳이 어딘가? 어디 보자, '템플파크 페퍼다인 애비뉴 928.' 거기가 집인가?"

"아니에요. 거긴 임시 거처예요. 여기 대학에서 강의를 듣는 동안이에요."

사실 이번 학기에는 수강하는 과목이 없었다. 그녀는 크고 해진 그물망 바닥 바깥으로 빠져나와 있었다. 그러나 뭔가 작고 팔딱거리는 것이 아직 그물망에 필사적으로 달라붙어 있었다.

"그러면 집은 어딘가, '새버스'? 이 부근은 아닌 건가, 응?"

"저는―저는 영구적인 집이 없습니다, 힌턴 박사님. 지금까지 여러 곳에서 살았어요―이사를 많이 다녔고요. 부모님이 사는―아니 사셨던…… 우리 가족은 '뿔뿔이 흩어졌어요'……"

"어디서 태어났지?"

"태―태어나요? 그 말은―"

"문자 그대로지, 어머니가 자네를 어디서 낳으셨나? 미국 어디서?"

"제 생각에는―음, 분명히―메릴랜드주 브레싯일 거예요. 그냥 타운―아주 촌구석 카운티에 있는 곳이요. 사실은 갓난아기 때 말고는 거기 살지도 않았어요. 그리고 어머니는―어머니와 아버지는―이제 거기 살지 않으세요."

"그러면 어디서 성장했지?"

"성장이요? 말씀드렸다시피―그 내용은 지원서에 있을 텐데요……"

"아니. 여기 없네."

"제가 태어나고 몇 개월 지나 우리 가족은 브레싯에서 펜실베이니아의 어느 타운으로 이사했어요. 아마 사람들은 들어본 적도 없는 곳일 거예요―'에프러타'라고. 그러다가 제가 학교에 들어갔을 때 이스트스크랜턴으로 이사했어요. 그다음에―우리 가족은, 말하자면 붕괴됐어요. 그다음에 저는 대학에―지역전문대학에 다녔고―한동안 휴학을 했고―그 무렵 집을 나왔고―일도 하고 여행도 다녔어요."

그녀의 목소리는 느리고, 머뭇거리고, 의심하는 듯한 기미가 있었다.

이게 내 인생인가? 이게—내 인생이야?

하지만 이건 인생이 아니야—그렇지 않아?

"제게 속사정 따위는 없어요. '은밀한' 삶은 없어요. 그냥 제가 하는 일을 하는 사람이에요. 여기서 저기로 거처를 옮겨다니죠. 마치 소라게 같다고 할까요? 남들의 껍질 속에 들어가 사는 것처럼."

인턴은 자신이 심각하게 읊조리는 말에 연구원이 강한 인상을 받았을 거라 생각했을지도 모르지만, 그는 그렇지 않았다. 그는 어깨를 으쓱하고 말했다. "타인의 껍질도 괜찮지. 이 사람이 되었다가 벗어던지고. 껍질들은 사라지지."

면접의 목적이 접대이기라도 한 양 그녀는 재빨리 대꾸했다. "그러다가 플로리다에 왔어요. 처음에는 친구들과 함께 마이애미에요. 정확히 말하면 '친구들'이 아니라—아는 사람들이에요. 알았던 사람들."

"왜 마이애미였지?"

"제 선택이 아니었어요. 사람들이 그냥 저를 거기로 데려간 거예요."

그녀는 그 시기를 그리 생생히 기억하지 못했다. 몇 달쯤?

그때 그곳에서 여러 가지 일이 일어났다. 하지만 직접적인 일들은 아니었다. 딱지처럼, 비늘로 덮인 껍질처럼 쉽게 벗겨지는 일들이었다.

"스물네 살인가?"

연구원은 얼핏 믿기지 않는다는 듯 치아 사이로 휘파람을 불었다.

크고 넓적하고 희게 빛나는 치아가 아니라 회색이 도는 하얀 치아였다.

말끔히 정돈된 새하얀 수염 사이로 그의 치아는 정직하고 심지어 겸손한 분위기를 풍겼다.

"네 아마도요. 스물넷이에요."

그녀 인생에 일어난 일이 거의 없었기 때문에, 어떻게 이십사 년이 흘렀는지 이해하기 어려웠다.

"더 어려 보이는군. 보기에는," 연구원은 약간 놀리듯 말했다. "십대 같군."

인턴은 아니라고 고개를 저었다.

"뉴욕주 북부에서 산 적은 있나?"

"뉴욕주 북부요? 그건 왜 - 왜 물으시는데요?"

"내가 왜 물을 것 같은가, 새버스?"

"저는 - 저는 잘 모르겠는데요."

"나는 언어학 전문가는 아닐세. 그건 아니지. 하지만 문외한인 내 귀로도 뉴욕주 북부처럼 특별한 지역 억양은 감지할 수 있거든. 뉴욕주 북부와 서쪽 - 온타리오호 인근. 자네는 거기 산 적이 있어 - 오랫동안."

"글쎄요. 딱히 기 - 기억나지는 않지만…… 어쩌면 에프러타에 살다가 아버지가 우리를 어딘가로 데려가셨을 거예요. 거기가 뉴욕주 북부였을 수도……"

"플로리다에 아주 오래 산 사람의 억양은 아니야. 정확한 시기를 잊었나보군."

연구원은 어리둥절한 듯 새버스 맥스웨인의 지원서를 다시 한번 쭉 훑었다. 맨 위에 국경없는여성들 템플파크, 플로리다라고 찍힌 용지에 쓴 짧은 한 문단이 지원서였다. 챈텔 리오스의 추천으로 힌턴 박사의 조수로 일하길 바란다는 내용이었다.

나의 자매이자 친구인 새버스 맥스웨인에 대한 칭찬 일색인 챈텔 리오스의 추천서도 첨부돼 있었다. 완벽하게 맞는 내용은 아니지만, 챈텔은 새버스가 그녀의 대학 심리학 실험실에서 '조사요원'으로 근무했고 국경없는여성들에서 '중요한' 행정업무를 도왔다고, 새버스 맥스웨인은 '열의 있고, 지칠 줄 모르고, 이상적이고 백 퍼센트 신뢰할 만한' 인재로, 힌턴 박사가 그런 '민감하고 비밀을 엄수해야 하는' 자리에 고용한다면 후회하지 않을 거라고 적어놓았다.

또한 지원서에는 새버스의 소소한 최저임금 근무 이력—점원, 주방 보조 등—과 함께, 스테이플로 찍은 플로리다대학 템플파크 캠퍼스의 교무과장이 발행한 수강내역서와 성적표 사본 두 장이 포함되어 있었다.

글씨가 약간 번진 성적표는 모두 A나 A−였다. 모두 새버스 맥스웨인, 평생교육원 발행이었다.

연구원은 사본 증명서들이 위조되었을 수도 있다는 듯이 빤히 쳐다보았다.

그것들은 위조된 것이 아니었다.

"학사학위는 없는 건가?"

또다시 뜨거운 감정이 밀어닥쳤다. 격렬한 구토증이 일었다. 그녀는 오른쪽 관자놀이의 파란 실핏줄이 눈에 띄게 불끈대지 않기를 바랐다.

"제게는 없는 게 많습니다, 힌턴 박사님. 학위도 그중 하나고요."

연구원은 웃음을 터뜨렸다. 괜찮은 응수였다.

그녀는 코닐리어스 힌턴이 유수 대학—하버드, 케임브리지, 컬럼비아 대학교―학위 몇 개를 갖고 있다는 것을 파악할 수 있었다. 그는 대학출판부에서 의미론, 사회심리학, 인지심리학, 심리철학과 관련된 난해한 주제들을 다룬 저서를 여러 권 출간했다. 『텍스트/서브텍스트/부호화된 '의미': 의미론의 실존 이론』(옥스퍼드대학출판부, 1979)은 그의 저작 중 가장 칭송받는 학술서로, 국립과학원에서 주는 상을 받았다. 그때 이후 그의 관심사는 다른 곳으로 옮겨간 것 같았고, 집필은 계속했지만 다른 이름, 혹은 다른 이름들로 출간했다. 연구소에서 그는 저명한 인사였지만 늘 '휴가중'인 눈에 띄지 않는 인물이었다. 인기 있는 학부 강의 '미국 문명의 해부'를 수년째 맡지 않았고, 난해한 주제들('찰스 샌더스 퍼스: 기호학과 시각적 광기')을 다루는 대학원 세미나들은 소수의 선택된 대학원생만 수강할 수 있었다. 힌턴은 가장 자리를 많이 비우는 지도교수였지만 논문 지도교수로 가장 인기 있었다. 그의 지도 아래 논문을 쓰면서도 몇 년씩이나 직접 대면한 적 없는 학생들이 많다고 챈텔은 말했다. 힌턴은 직접 만나 지도하기보다 메일 연락을 선호했고, 책상과 생활에서 넓은 공간을 차지하는 '두툼한 양장본'은 질색했다. 그는 전문적인 학술자료는 스크롤하며 읽기를 선호한다고 말하기도 했다.

연구원 뒤쪽에는 바닥부터 천장까지 닿는 서가에 책들이 특별한 순서 없이 잔뜩 꽂히거나 눕혀져 있었다―의미론, 언어학, 정치철학. 업턴 싱클레어, 존 더스패서스, 윌라 캐더, 윌리엄 포크너의 소설들. 케테 콜비츠, 게오르게 그로스, 벤 샨, (뜻밖에도) 솔 스타인버그의 커다란 화집들. 매슈 브래디, 에드워드 웨스턴, 도러시아 랭, 로버트 프랭크, 브루스 데이비드슨의 사진집들. 데이비드 흄의 『인간 오성에 대한 탐구』,

토머스 홉스의 『리바이어던』. 그 옆에 놈 촘스키의 『지식과 자유의 문제』, 프란츠 파농의 『대지의 저주받은 사람들』, 도스토옙스키의 『학대받은 사람들』, 존 롤스의 『정의론』, 피터 싱어의 『동물 해방』과 『역습: 21세기 동물권리운동』이라는 선홍색 문고판 선집이 있었다. 아리스토텔레스의 『정치학』과 데카르트의 『성찰』 옆에는 얇고 노란 책 『역설: 엘레아의 제논』이 꽂혀 있었다.

연구원은 인턴이 그의 어깨 너머를 보는 것을 알아채고 고개를 돌려 서가를 바라보았다. "이중 어떤 책에 관심이 있지? 『엘레아의 제논』인가?"

"아니요."

"아니라면—관심이 없나?"

인턴은 없다고 고개를 저었다. 그녀는 얼른 책장에서 연구원에게로 시선을 돌렸다. 연구원은 의아한 표정으로 그녀를 바라보았다.

"'엘레아의 제논'을 잘 아는 사람은 없지. 그는 소크라테스와 동시대인이었고, 기본적으로 소크라테스와 아주 비슷했어. 그들은 남들이 생각을 하도록 자극하는—그래서 적을 만드는—사람들이었고."

인턴은 계속 연구원의 책상 위를 물끄러미 보았다.

그녀는 담담하게 눈을 내리깔았다. 눈물이 고였지만 뺨으로 흘러내리지는 않았다.

가늘고 긴 연구원의 손을 내려다보았는데, 남자 손이지만 손톱을 짧게 자르고 다듬어 우아했다. 오른손에 낀 별 모양의 은반지는 부적처럼 보였다.

연구원은 다시 면접에 어울리는 화제로 돌아갔다.

"과거에 조수—'인턴'—를 몇 명 뒀었지. 서로에 대한 이해가 생기면 다들 일을 아주 잘했네. 기본적으로 나는 믿음직하고 의지가 되는 사람을 찾고 있어. 내가 좀 현실감각이 없어서—잘 잊고 물건도 아무 데나 놔두거든—실제로 물건을 잃어버리진 않아, 인턴이 대신 그것들을 찾아주니까—인턴에게는 아주 고역이겠지만! 나는 머리 좋은 사람을 찾는 게 아닐세—'독창적'이거나 '창의적'이라서 남 밑에서 일하는 게 부업일 뿐인 사람을 찾는 게 아니란 말일세. 어떤 면에서 나에게 소속감을 느끼고 나에게 반대하지 않을—내가 주는 과제들에 대해—사람을 찾고 있어. 과제들은 아주 흥미로울 걸세! 종종 위험부담이 있긴 하지만. 그래서 겁이 없지만 무모하지는 않은 인턴이 필요하네. 인턴은 나의 지시에 성실하게 따르고 문제를 예측해서 나를 끌어들이지 않고도 일을 해결할 수 있어야 해. 명석하고 말을 잘하지만 말수가 많으면 안 돼—마치 한마디 한마디에 돈이 드는 것처럼 입이 무거워야 하지. (내 첫번째 인턴은 '매력을 발산하려는' 욕심에 말을 너무 많이 했는데, 나는 그녀에게 중요하지 않은 말을 할 때마다 한 단어에 1달러씩 급여에서 제하겠다고 엄포를 놓았네. 즉시 알아듣더군!) 특히 나는 사람들의 눈길을 끌지 않는 인턴을 찾고 있어—내가 발각될 것 같으면 슬그머니 커버해줄 수 있는 사람을. 내게 매혹을 느낄 사람을 찾는 게 아닐세—장담하지만 내게 '매혹된' 사람은 이미 충분히 많으니까. 이곳에서 유혹은—오직 내가 대상자들에게 하는 '유혹'이어야 하네. 그들을 경솔하게 만드는, 본인에게 불리한 것도 말하게 만드는. 인턴은 심리분석에서 말하는 '감정의 전이'라는 수렁에 빠지지 않게 조심해야 하며, 나는 어떤 종류의 '고백'도 부추기지 않네. 인턴은 나를 '코닐리어스'가 아니라(사실 그 촌스러운 옛날 이름은 내 진짜 이름도 아니고, 당장은 내가 쓰는 예명도 아니야) '힌턴 박사님' 또는 '선생님'이라고 부르면 될 걸세. 인턴은 나와 사랑에 빠져서도 안 돼―상상 속에서라도. 혹은 나를 아버지로 여겨서도 안 돼, 할아버지는 더더욱 안 되고. 우리는 내가 긴급한 일로 여기는 일을 할 걸세. 미국 정신의 병적인 취약점을―이런 초현실적인 표현을 허락한다면―폭로하는 일들이지. 그래서 위험부담을 짊어져야 해. 우리는 미사일처럼 인간미가 없어야 하고 능률적이어야 하네. 나는 인턴의 속사정 따위에는 눈곱만큼도 관심 없네."

인턴은 애매하게 미소지었다. 그녀가 속사정 따위는 없다고 연구원에게 털어놓았던가? 그랬었다.

"맥스웨인 양―'새버스'. 말해보게, 법을 준수하나?"

"아닙니다."

"아니라고?"

"음, 제가 여쭤봐야겠네요―어떤 법 말씀인가요? 뭉뚱그려 그냥 법이라는 게 있나요?"

연구원은 만족한 듯 고개를 끄덕였다. "좋아! 그런 의심하는 태도가 마음에 드는군. 까탈스럽게 입술을 삐죽이는 것도 그렇고―'뭉뚱그려 그냥 법이라는 게 있느냐고?' 여기……" 연구원은 겸연쩍으나 뽐내는 기색이 역력한 태도로 재빨리 고개를 숙여 왼쪽 머리통의 백발 속을 가리켰다. "'1968 시카고 반전시위'에서 경찰봉에 맞아 생긴 이 기념할 흉터는 법의 포악성을 보여주는 것이지. 그래서 실은 나도 법을 곧이곧대로 받아들이지 않아." 인턴은 지퍼같이 들쭉날쭉한 자국이 있는 두피를 보고 순간 깜짝 놀랐다―흘러내린 흰머리는 자기희생에 가까울 만큼 절제해온 남자의 자만을 보여주는 증거인 듯했고, 오래되고 아픈 상처를 어루만지는 것 같았다.

"자네는 법 '바깥'은 아니지만 어떤 면에서 법과 직교直交로 살아온 사람처럼 보이는군. 내 말이 맞나?"

직교. 그녀는 다급히 추측했다. 평행인가? 수직인가? 가장 근접하지만 관계가 없는 것을 뜻하나?

"그렇습니다, 선생님."

"'어떤 법'─'누구를 위한 법'인지 묻는 건 늘 좋은 태도야. 때로는 그런 법을 위반하는 것이 윤리적으로 꼭 필요해─그것을 철폐하는 것이 더 숭고한 일이니까. 그래서 나는 어떤 유형의 전과가 있네─하지만 '코닐리어스 힌턴'으로는 아니야. 그럼 자네는 어떤가, 맥스웨인?"

"그럼 제가─뭐요?"

"전과가 있나?"

"아─아닙니다……"

"정치활동가로 살고 있지 않나? 챈텔과 그 친구들처럼? '코드핑크*' 아닌가?"

"아닙니다."

"그럼 그렇게 옮겨다니며─플로리다 주변을 떠돌며 산 몇 년 동안─좀 애매한 말이긴 하지만, 말하자면 '단속'에 걸린 적은 없었나?"

"네. 그런 적 없습니다."

인턴은 웃었다. 불쾌해야 하는지 흐뭇해야 하는지 아리송했다.

---

* 반전단체.

"정말 무고하고 순진한 사람들도 종종 체포되곤 하지." 연구원이 말했다. "예를 들면, 사는 곳에서 공화당 전당대회가 열렸는데 알고 보니 지역 경찰이 공화당 기마 돌격대원이었을 때가 그렇지. 특히 유색인종과 애매한 성정체성을 가진 사람들이 그런 일을 당해. 그러니 내 질문을 무례하게 받아들이지는 말게."

인턴은 새버스 맥스웨인에게 전과가 없다고 확신했다, 새버스는 아주 어릴 때 죽었으니까.

그녀는 그 이름을 컴퓨터에 입력해본 적이 없었다. 어떤 미신 때문에 자신의 잃어버린 옛 이름—예전 그곳에 있던 자신에 대해 검색하고 싶지 않은 것과 마찬가지였을 것이다.

인턴은 과거에 대해선 간단히 넘겨버릴 정도로 아무런 호기심도 없었다. 진흙탕에 끌려 가볍고 섬세한 소재의 여름 스웨터처럼 더럽혀진 자신의 과거보다는 공적인 과거, '역사적인'—사회적, 정치적, 문화적인—과거가 훨씬 더 흥미로웠다.

연구원이 말했다. "그러니 필요하다면 '법률 위반'—'침입'—'절도'까지 기꺼이 할 수 있겠나? 남의 재산을 훔치는 보통의 절도가 아니라, 기만과 부정을 폭로하기 위해 필요하지만 대중에게 공개되지 않는 증거물을 훔치는 걸 말하는 거야."

"그-그렇습니다, 선생님."

"만약 내가 요구하면 함께 불쾌한 곳, 심지어 위험한 곳까지 함께 갈 수 있겠나? 발각된다 해도 내가 도울 수 없을 거야."

"그-그렇습니다, 선생님. 가겠다는 뜻입니다. 기꺼이 가겠습니다. 해볼게요."

침입하라는 요구가 좋았다. 범법자의 인생, 정의를 위한 기만은 정당하다는 생각이 마음에 들었다.

체제 전복적인 인생을 위해 그녀는 대가를 치를 것이다. 인생을.

"그리고 급여. 우리가 '급여'에 대해 의논했나?"

연구원은 별것 아니라는 듯이, 인턴이 기대했을 금액의 몇 배를 주급으로 주겠다고 말했다.

인턴은 어정쩡하게 미소지었다.

"그럼 그 액수면 되겠나?"

인턴은 더 어정쩡하게 미소지었다. 예가 적절한 대답일까?

"자네의 어떤 점이 마음에 드는지 아나, 새버스 맥스웨인? 쓸데없는 말을 안 하는 거야. 자네는 차지하는 공간이 아주 작은 사람이군."

면접이 마무리되어가는 것 같았다. 아마도 끝났다.

연구원은 새로 온 메일이 신경쓰이는 듯 컴퓨터 화면을 힐끔대기 시작했다. 인턴은 퇴짜당한 것인지 궁금했다. 거절인가? 그녀가 중요한 뭔가를 놓쳤을까?

"저는—이제 저는 가볼까요, 힌턴 박사님? 그럼 이제 뭘 하면 되죠?"

몹시 어설픈 말이었다. 인턴은 다른 말을 생각할 수가 없었다.

그녀는 길 때는 며칠이나 아무와도 말하지 않고 지내곤 했다. 그리고 몇 명 되지도 않는 아는 사람을 마치 부끄러운 듯 피하려 했다.

연구원이 대답했다. "그래. 좋네. 물론 이제 나가도 좋아. 하지만 내일 오전 일곱시 십오분에 다시 오게."

"내일 다시 오라고요?"

"그렇네. 현장에 오지도 않고 어떻게 내 인턴으로 일하겠나?"

"그 말뜻은―제가 고용됐다는 건가요?"

"그런 뜻 같은데―당분간 자네면 되겠어."

인턴은 놀라서 멍한 상태로 일어났다. 연구원은 더 느릿느릿 일어나 그녀를 내려다보았다. 그는 문까지 배웅하지 않았다. 정중한 태도를 취하지 않았다―그런 태도가 그들 관계의 특징이 되지는 않을 것 같았다. 실은 그가 개인적인 소통을 원하지 않는 거라고 인턴은 이해했다.

하지만 그녀는 어색하게 손을 내밀었다. 아이의 손, 남자애의 손― 손질하지 않은 손톱, 때가 낀 손톱, 물어뜯은 손톱이었다. 체크무늬 셔츠 소매에 얼룩이 묻고, 남아용 겨울 부츠 앞코에도 얼룩이 있었다. 연구원은 인턴과 악수하며 불안한 듯한 엷은 미소를 지었는데, 화를 내는 정도는 아니어도 감정을 감추지는 않았다. 연구원은 인턴을 그의 사무실, 연구소에서 내보냈다. 연구소가 몰려 있는 대로에 면한 대학 캠퍼스의 끝자락에 있다는 것은 대학 캠퍼스와 부수적이고 직교적인 관계이며, 기금의 대부분을 개인적인 출처에서 마련한다는 의미였다. 인턴은 밖으로 나와 빨리 걸었다. 달리기 시작했고, 뿌연 하늘에서 보슬보슬 내리는 가을비 속을 달리며 자신의 웃음소리를, 들리지 않게 속으로 웃는 웃음소리를 들었다. 얼굴의 열기를 식히는 비를 맞으며 눈을 깜빡거렸다. 당분간 자네면 되겠어. 그런 뜻 같은데. 자네!

연구원의 감독 아래 인턴이 처음 맡은 과제는 불과 몇 걸음 거리에서 (태평한, 상황을 모르는) 대상을 촬영하는 '교묘한 기술'을 익히는 것이었다.

"잘 보게. 어제 찍은 거야."

연구원은 인턴에게 데스크톱컴퓨터 화면—최신의 대형 평면—을 보라고 했다.

그녀는 **맥스웨인**이라는 이름이 붙은 사진 열여덟 장을 보자 화들짝 놀랐다. 나?

인턴은 미간을 살짝 찌푸리고 연구원의 말했듯이 까탈스럽게 입술을 삐죽이고 아무 의심도 없이 정면을 바라보고 있는 자신을 바라보았다. 사진은 약간 초점이 맞지 않았지만 새버스 맥스웨인이 분명했다.

인턴은 놀란 나머지 동요하거나 화를 내지도 못했다. 그저 감탄할 수밖에 없었다.

"어떻게 하신 거죠, 힌턴 박사님? 저는 전혀 모 - 몰랐어요……"

"당연히 자네는 '몰랐지'. 그게 미니카메라의 핵심이거든."

연구원은 인턴이 한 말이 순진하기 짝이 없다는 듯이 웃었다.

그가 설명했다. 그는 그녀와 대화할 때 손목시계 속에 감춘 소니 미니카메라로 재빠르게 감쪽같이 사진을 찍었다. 카메라는 휴대폰처럼 충전된 작은 배터리로 작동하는 것이었다.

그는 인턴에게 카메라 사용법을 가르쳐주었다. 그리고 지난번 대화할 때 그녀의 이목을 완전히 끌어 자신의 손목시계로는 눈이 가지 않게 했던 상황을 상기시켰다.

연구원은 입꼬리로 씩 웃었다. 흡족한 기색이 역력했다.

"시계미니카메라는 새로 마련한 장비야. 아직 시험중이지. 그동안 펜카메라를 쭉 사용했는데 그것도 괜찮아. 이런 장비로 찍은 사진은 평범한 휴대폰 사진보다 선명도가 떨어지지. 기술이 필요해. 연습이 필요한 거야. 침착함—대담함도 필요하고. 내 인턴으로서 자네는 두 가지다 갖춰야 하면서도 그렇지 않게 보여야 하네." 연구원은 말을 멈췄다. 오랜 세월 아무도 인턴에게 그런 말투로, 그렇게 친밀하고 그렇게 적극적으로 오래 말한 적이 없다는 것을 그는 알 리 없었고 (그렇지 않겠는가?) 또한 그가 목소리만으로 그녀를 약간 떨리게 한다는 것도 알 리 없었다.

물론 인턴은 말하지 않았다. 그녀는 침착함뿐만 아니라 대담함에 대해서도 잘 알았다—경험이 아니라 글로 배웠다. 하지만 그녀는 아무 말도 하지 않았다. 연구원이 계속 말했다.

"예컨대 고성능 감시 첩보활동의 세계에서 이런 장비는 그렇게 정밀한 도구도 아니지만, 내 대상자들은 아직까지 눈치챈 적이 없는 것 같거든. 물론 코닐리어스 힌턴 교수는 꽤 겸손한 사람이라서 말이야."

연구원은 자신의 명민함이 자랑스러운 듯 웃었다.

인턴은 시계와 시계 속 미니카메라에 감탄했다. 인턴은 자신이 대상자의 면전에서 그런 섬세한 조작을 능숙하게 할 수 있을지 막막했다.

"제 손가락이 너무 투박해서요, 힌턴 박사님. 절대 못할 거예요—박사님처럼은요. 저는 들킬 거고, 저는—"

"자네는 '들키지' 않을 거야. 나 못지않게 찍을 수 있어, 결국은 더 잘할걸. 시작해보지. 자."

연구원은 인턴에게 소니 미니카메라를 주었다. 그는 문자반이 큰 디지털 여성용 손목시계를 그녀의 가는 팔목에 채웠다.

인턴의 눈에 눈물이 고였다. 정말 근사했다!

*

그것이 팔 개월 전이었다. 그후 인턴은 연구원을 상세히 알게 됐다.

내적으로는 아니지만—상세히.

예를 들어 연구원은 작은 수첩에 휘갈겨쓴 것을 컴퓨터로 몇 시간이고 며칠이고 집요하게 옮기는 작업을 할 때면 모차르트를 들었다.

주로 모차르트 피아노 소나타들.

간결한 초기 소나타—소나타 15번 F장조.

호로비츠의 연주로 한결 강렬한 소나타 K. 330 C장조.

컴퓨터에서 이 곡들이 콸콸 쏟아지는 폭포수처럼 흘러나왔다. 순전한 청아함. 완벽함.

연구원의 사무실에서 보다 일상적인 비서 업무 따위를 가까이에서 할 때면 인턴은 자기도 모르게 음악에 매료되곤 했다. 연구원의 문장은 종종 적나라하고 분개로 인해 거칠었지만—그의 표현에 의하면 조너선 스위프트처럼 격렬한 분개—그의 이상은 전형적으로 명료했다.

"사회정의보다 진정으로 더 중요한 건 없어." 연구원은 말했다. "불의 때문에 우리가 앞으로 거의 나아가지 못한다는 것을 아는 것만으로도 중요하지, 하지만—" 그의 목소리가 떨렸다. 도전은 그를 전율하게 했다.

인턴은 연구원이 '개인적인 삶'에서 낭패한 적이 있는지 궁금했다. 다치거나 장애를 입은 적이 있을까, 남을 다치게 하거나 장애를 입게 하거나 절망하게 한 적이 있을까. 그래서 (공적인) 봉사의 삶을 (사적인) 삶으로 삼은 걸까. 그러나 묻지는 않을 작정이었다.

오래전 인턴은 모차르트를 연주했었다. 모차르트가 아이였을 때 쓴 초기 피아노곡들. 그녀는 미소지으며 그때 기억을 떠올리려 했지만, 떠올릴 수 없었다.

가슴속 그 가벼운 두근거림─기억의 전율! 아니다.

예전 그곳의 모든 것은 이제 그녀에게 닫혀 있었다. 그들은 그녀를 수모와 조롱 속에서 내쫓았다. 그녀는 못난이였고 사랑받지 못했다.

진흙과 배설물로 뒤덮였던 (거의 벌거벗은) 몸을 어렴풋이 기억할 수 있었다. 머리카락, 눈. 그들은 조롱하며 웃음을 터뜨렸다.

못난이 못난이 못난이. 저기 못난이가 있네.

그녀는 가족에게 수모를 안겼다. 집안의 위신을 떨어뜨렸다. 그녀는 그 생각을 하는 것만으로도 견딜 수 없어 생각하지 않았다. 전에도 그랬고 영원히 생각하지 않을 것이다.

다만 연구원의 컴퓨터에서 흘러나오는 모차르트의 피아노 선율을 들으면 어쩔 수 없이 기억이 났다.

음악을 흘려들으며 연구원의 뒤통수를─숱 적은 흰머리가 길어 칼라에 닿는─멍하니 바라보면, 들을 줄 모르는 사람들은 듣지 못하는 것을 더 섬세하게 들으려는 듯 갸웃한 머리에서 지성이 빛났다.

그럴 때면 그녀의 영혼은 증발하는 것 같았다. 빨려나가는 느낌. 수정 같은 피아노 선율, 그 청아함과 아름다움, 서두르지도 다급하지도 않은 느긋함, 어떤 익명성이 있었다. 마치 작곡가 모차르트가 개인이 아니라, 수세기 전 세상을 떠난 죽을 수밖에 없는 보통의 인간이 아니라, 조악하고 역겹고 천박하고 못난 것을 모두 정제한 인류 본연의 목소리 같았다.

"맥스웨인!" 연구원이 그녀를 부르고 있었다. (그는 이제 자주 경칭을 생략하고 불렀다. 맥스웨인이라고 부르는 것이 훨씬 편하고 상황에 더 어울렸다.)

"네, 선생님?"

"바쁘지 않지?"

"저는―아―아니요……"

물론 인턴은 바빴다. 연구원은 인턴이 하루에 처리할 수 있는 양보다 몇 배 많은 업무를 맡겼다.

인턴들이 바뀌는 사이 연구원은 일이 '밀렸다'. 그런 것 같았다.

집과 사무실의 일상적 공과금―가스, 전기, 세금―을 처리해야 했다. 연구원의 계좌(들)가 있는 은행(들)에 인세로 받은 수표들을 입금해야 했다. 은행계좌 내역서를 기입하고 국세청 서류들을 작성해 포트 로더데일에 있는 연구원의 세무사에게 보내야 했다. 더 알 수 없는 것은 개인들과 업체들에 보내야 하는―일부는 매달―수표들이었다. 무엇보다도 인턴에게 맡겨진 파일들―메모, 문건, 신문기사, 프린트한 메일이 든 마닐라지 서류철들―이 있었다.

"차 좀 갖다주겠나? 녹차로. 큰 머그잔에. 꿀도 좀 넣고. 원하면 자네도 마시지. 부탁해."

연구원의 고유한 의사소통 방식은 남에게 지시를 내리는 것이었다―사무적이고, 약간 거만하게. 그는 이 연구소와 이전 대학들의 심리학 실험 연구실에서 선임자―'선임 연구원'―라서 그보다 어린 조교, 박사후과정생, 대학원생과 학부생에게 지시를 내리는 역할을 맡았다.

하지만 부탁해라는 말이 말투를 부드럽게 해줬다.

"알겠습니다, 선생님."

그러다가 인턴은 연구원이 예상했을 것보다 그에 대해 훨씬 많이 알게 되었다.

그의 이름(들)을 알게 되었다. 본명, 직업생활 초기에 쓴 이름, 출판할 때 쓰는 '연구원' 이름(들). 그리고 은행계좌의 이름(들).

인턴은 연구원의 서명(들)을 위조할 줄 알았고, 그것은 그가 그녀에게 맡긴 일이었다. 연구원은 너무 바빠 사소한 일까지 챙길 수 없을 때 인턴에게 서명을 대신 하라고 지시했다.

"우리가 '위조'할 수 없는 건 법적 문서뿐이야. 그 경우 증인과 공증인이 필요하니까."

여기에 놀라운 점이 있었다. 연구원은 비밀스럽고 은둔하는 것으로 유명해서 (예컨대 **수치!** 시리즈의 저자로서 인터넷상에서 회자되기를) '인터뷰가 불가능'하고, 그를 담당하는 뉴욕과 런던의 저명한 편집자들과 에이전트들도 복잡한 가짜 메일계정들을 통해 연락했다. 하지만 그는 인턴을 신뢰하기로 마음을 정한 뒤로 놀랄 만큼 격의 없이 대했다.

크고 냉정하고 빈틈없지만 자신 없어 보이는 눈을 가진 인턴의 무표정한 얼굴에서 연구원은 그녀가 보이는 그대로 꿍꿍이가 없고 배신할 동기가 있을 리 없다는 것을 알게 된 듯했다. 또한 연구원은 이전에 고용했던 젊은 여자 인턴들처럼 그녀 역시 그를 흠모한다고 믿는 듯했다.

인턴은 누구를 흠모하는 사람이 아니었다. 아주 오랫동안 그러지 않았다.

흠모한다고 해도 어떤 행동도 하지 않을 것이다. 감정은 거기 있을 뿐이었다—인턴의 목에 걸린 부적처럼 우리가 볼지 보지 않을지 선택할 수 있는 것이었다.

1938년 3월 1일 미네소타주 세인트폴에서 앤드루 에드거 매키 주니어로 태어난 연구원이 1958년에서 1959년까지 미네소타주 로클랜드에 있는 예수회 신학대학에 다녔었다는 것을 알자 인턴은 놀랐다. 그는 신학대학을 자퇴하고 미네소타주립대학에 입학해 1963년에 심리학과 인류학 학사학위를 받고 졸업했다. 그러나 연구원은 이후에도 예수회 신앙을 저버린 적이 없다고 말했다고 한다. 신을 사랑하고, 하려는 일을 하라.

그는 신을 전 인류의 프로젝트 가운데 '가장 숭고하다'고 해석했다—독일 철학자 루트비히 포이어바흐가 믿었던 것처럼. 인간의 의지, 인간의 사랑, 인간의 소망, 인간의 욕망—거대한 이미지가 스크린에, 파랗고 불투명한 하늘이라는 스크린에 투영된다.

인턴은 틀림없이 그럴 거라고 생각했다. 그녀 자신은 종교적 신념이 없지만.

연구원은 신학대학과 로마가톨릭교회를 떠난 뒤 냉소적인 불신자—'공격적인 무신론자'—가 됐고, 수십 년이 지난 지금도 여전히 종교단체를 경멸했지만, 삶에서 신앙이 꼭 필요한 개인들에게는 연민을 느꼈다.

연구원은 1960년대 어느 시점에 중서부 출신 앤드루 에드거 매키 주니어라는 신분을 버렸다.

그리고 곧 하버드대학, 케임브리지대학, 컬럼비아대학의 석박사학위를 가진 코닐리어스 힌턴이 등장한다.

힌턴은 활기차고 야심만만한 학자였다. 그의 분야는 의미론, 사회심

리학, 인지심리학, 심리철학―극소수만이 뚫고 들어갈 수 있는 학문
분야였다. 1970년대에 힌턴은 학계 저널들에 널리 이름이 오르내리기
시작했고, 컬럼비아나 듀크, 예일, 코넬 같은 명문대학들에서 교수직을
제의받았다. 그는 초빙교수로 옮겨다녔다. 연구기관들의 초빙연구원
으로 옮겨다니기도 했다. 그는 학계의 지위나 종신직에 관심이 없었다.
한 대학에 겨우 한 학기만 머무르는 경우가 다반사였다. 그는 휴가중인
교수들의 주택과 아파트에서 (임차해) 살았다. 이서카에서는 코넬대학
캠퍼스에서 차로 삼십 분 걸리는 레버넌주립공원의 야영지에서 많은
시간을 보냈다. 머리는 장발이었다. 면도를 하지 않았다. 차가 필요할
때는 렌트했다. 뉴욕주 북부에서는 바람이 세차고 눈 내리는 한파 속에
서도 자전거를 타고 다니는 것을 더 좋아했다.

1991년 그는 버지니아주 알링턴에 있는 국립과학재단에서 연구비
를 받았다. 그 직후 세계적 수준의 연구기관을 세우려는 포트로더데일
의 백만장자들에게 기부를 받은 플로리다주립대학 템플파크 캠퍼스의
고등연구소에서 고액 연봉의 종신직을 받아들였다. 그런데 이상하게
도 코닐리어스 힌턴은 템플파크에 온 무렵 출판을 중단해버린 듯했다.

연구원의 첫 저서로 나중에 **수치!** 시리즈가 되는 논쟁적 베스트
셀러는 사실 1979년에 출간된 것이었다. 이 책 『**수치! 아케이디아홀,
1977~1978**』은 펜실베이니아주에서 운영하는 최대 규모의 청소년 정
신질환자 시설인 필라델피아의 아케이디아홀에 잠입한 생생한 기록이
다. 이 정신질환자 치료시설의 근무자들은 입소자들을 항시 괴롭히고
폭행하고 성적으로 학대했지만, 의료진과 관리자들은 묵인했고 결국
심한 부상자들과 사망자가 속출했다. 『**수치! 아케이디아홀, 1977~1978**』

은 익명을 고수한 연구원이 일기 형식으로 쓴 것인데, 책표지에 나온 저자는 'J. 스위프트'였다―훌륭한 선배 조너선 스위프트에 대한 경의로. 책날개의 약력을 보면 'J. 스위프트'는 '대공황 말기'에 중서부 지방에서 태어났으며 '미국 국경 안에서 넓고 깊은 여행을 했다'는 내용 외에 별다른 것이 없었다. 사진도 없었다. 이 일기 저자의 이야기에 의하면, '연구원'은 한때 열렬히 예수회 사제가 되려 했지만 신학대학을 자퇴한 후 시민평등권운동에 가담했다. 『수치! 아케이디아홀, 1977~1978』을 집필하기 위해 연구원은 펜실베이니아주립간호대학에서 의료보조 인력으로 훈련을 받았다. 이후 아케이디아홀에서 구 개월 동안 근무했는데, 이십사 시간 동안 스트레스에 시달리며 경험한 나날의 일을 기록하고 촬영했다. 결국 그는 '불복종'으로, 환자들과 동료 의료진 사이를 중재하려고 애쓰다가 해고됐다.

논란을 불러일으킨 『수치! 아케이디아홀, 1977~1978』에는 저자 자신이 구타를 당해 입원한 내용도 포함돼 있다. 그를 구타한 사람들은 결국 체포되어 재판을 받았고 공갈폭행죄를 선고받았다. 그는 여러 차례 생명의 위협을 받았지만 『수치! 아케이디아홀, 1977~1978』은 출간되었고 베스트셀러 차트에 올랐다. 저명한 정신과의사이자 하버드대학 교수인 로버트 콜스의 세상을 떠들썩하게 한 리뷰가 뉴욕 타임스 북리뷰 1면을 장식한 덕분이었다. 그 무렵 미스터리한 인물 'J. 스위프트'는 돌아온다는 예고도 없이 필라델피아에서 자취를 감췄다.

그런 일이 벌어진 것은 1979년이었다. 인턴은 그로부터 칠 년 후에나 태어났다.

그녀는 이미 고교 시절에 **수치!** 시리즈에 대해 들었다. 총 아홉 권, 자칭 '연구원'이라는 어느 개인이 솔직하고 충격적으로 꼼꼼히 조사하고 기록한 일기 형식의 글들이었다. 각 표지의 저자 이름은 여전히 'J. 스위프트'였다. 세월이 흘러도 J. 스위프트의 약력은 늘어가는 수상 이력 추가—전미도서상, 전미도서비평가협회상, 애니스필드울프상, 퓰리처상—외에 변화가 없었다. 연구원/J. 스위프트는 사생활이 없는 사람 같았다—부인도, 자녀도, 일정한 주거지도. 그리고 사진도 없었다.

열정적인 연구원은 중서부 지방의 참혹한 공장형 농장과 뉴잉글랜드에 있는 인력이 태부족한 향군병원들에 위장 잠입했다. 그는 패스트푸드 체인점들에 재료를 공급하는 도축장들에도 잠입했고(그의 우상 중 한 명인 업턴 싱클레어의 『정글』*에 대한 경의로), 침팬지와 개, 고양이를 대상으로 실험하는 의료연구소에도 잠입했다(그가 인터넷에 올린 무시무시한 사진들은 엄청난 분노와 반감을 일으켰다). 'J. 스위프트'가 아닌 이름으로 샌프란시스코에서 체포된 적도 있었는데, 동물권리활동가이자 '환경 - 테러리스트'(공식적인 혐의는 '테러리스트') 로서였다. 결국 증거 불충분으로 끝났다. (인턴은 연구원의 재정상황을 훑어보다가 그가 동물을 윤리적으로 대우하는 사람들PETA, 동물해방전선ALF, 동물권 시민군ARM 같은 동물의 권리를 수호하는 단체들에 통 큰 기부를 해왔고, '코드핑크' 같은 좌파활동조직과 '국경없는여성들' 같은 여성운동단체에도 상당액을 기부해왔다는 것을 알게 되었다.) 가장 최근의 베스트셀러 『수치! 당신의 (불)명예』는 2009년에 출간되었는데, 롱아일랜드주 나소 카운티의 가정법원 판사 서너 명의 부패상

---

* 육가공 공장의 비인간적인 상황을 적나라하게 묘사해 미국에서 식품위생법을 촉발했던 소설.

을 충격적으로 폭로한 책이었다. 이 판사들은 2005년 이후 200만 달러 이상의 뇌물을 받고 3천 명이나 되는 초범들을 민간 교정시설로 보냈다. 초범들의 죄목은 대부분 흉악범죄가 아니라 경범죄였고, 만약 그들이 소년범들을 교정시설로 보내지 않았다면 보호관찰로 끝났을 것이었다. 피고들에게는 변호사가 없었다. 그들의 부모가 역시 뇌물을 받은 가정법원 직원들에게 속아 법적 권리를 포기하는 데 서명했기 때문이다. 악명 높은 비행청소년 교정시설로 꼽히는 포코노스의 허름한 소년원에서 어린 원생들은 교도관들과 동료 원생들에게 괴롭힘과 구타와 성적 학대를 당했다. 그 결과 라이트에이드 잡화점에서 25달러도 안 되는 물건을 훔치다가 체포된 열일곱 살 소녀가—초범이었다!—자살했다. 연구원은 민간 교정시설 파이어니어아메리카 갱생원의 대표 '행크 카펜터'로 위장해 그 추악한 자료들을 모았다. 그는 나소 카운티 가정법원 판사들에게, 소년범들을 시설로 보내주면 '한 사람당 5천 달러'를 주겠다고 다짜고짜 제안했다. 그리고 그들과 주고받은 경악을 금치 못할 대화를 녹음해 『수치! 당신의 (불)명예』에 그대로 옮겼다.

책이 공식적으로 출간되기에 앞서 연구원은 밝혀낸 사실들을 나소 카운티 검사와 뉴욕주 최고 법무관에게 넘겼고, 뉴요커에 실린 발췌문은 전국적으로 엄청난 분노와 반감을 불러일으켰다.

결국 부패한 판사들은 뇌물수수죄를 인정해서 직위를 박탈당했고, 칠 년에서 십오 년에 이르는 다양한 징역형을 선고받았다.

칠 년에서 십오 년! 그러나 전직 판사들은 적당한 (주립)교도소에서 수감생활을 하다 '모범수'로 인정받게 될 것이고, 선고된 형기의 아주 일부만 살고 나올 것이다.

그들은 민간 교정시설에서 받은 뇌물로 비싼 자동차와 요트와 새집을 사고, 수영장을 만들고, 바하마로 호화 크루즈 여행을 떠나고, 자녀를 비싼 사립학교에 보냈다. (뇌물은 한 푼도 반환되지 않았다.)

그때까지 민간 교정시설은 어떤 범법행위로도 고발된 적이 없었다.

전체주의 국가 중국이라면 부패 판사들 같은 공무원들은 처형됐을 것이다.

나소 카운티 사법제도에 환멸을 느낀 연구원은 과거 몇 년 동안의 미국의 사형제도 실태로 관심을 돌렸고, 널리 알려진 이노센스 프로젝트*의 잇단 성공 사례들을 추적했다. 특히 일부 사형수들이 DNA검사를 통해 부당하게 사형선고를 받았음이 밝혀졌는데도 계속 집행이 강행되고 있는 주에 주목했다. 일리노이, 뉴욕, 뉴저지 등에서는 재조사에 들어가며 즉시 사형집행을 연기했다. 그러나 텍사스, 조지아, 앨라배마, 미시시피, 루이지애나, 플로리다 등은 이노센스 프로젝트가 밝혀낸 사실에 아무런 조치도 취하지 않았다. "일단 배심원이나 판사가 '유죄'라고 보면, 사람들은 원고가 '유죄'인지 아닌지에 전혀 관심이 없는 것 같다. 어떤 사람이 결백한가는 그를 사형할 것인가 사형하지 않을 것인가에 작용하는 요인이 아니다." 연구원은 격분하고 분통을 터뜨렸다.

그가 인턴을 고용한 것은 이 프로젝트 때문이었다.

연구원은 그녀에게 '속이 뒤집힐' 수도 있을 거라고—'어쩌면 위험할 수도 있다'고—경고했으며, 그들은 변호사, 범죄학자, 사회학이나 심리학을 전공하는 대학교수로 위장해 최고의 보안시설을 갖춘 사형

---

* 억울하게 유죄판결을 받은 이들이 무죄를 입증할 수 있도록 돕는 미국의 인권단체.

수 감옥에 잠입할 계획이었다. 교도관들은 그가 악명 높은 **수치!** 시리즈의 추문을 폭로하는 저자라는 것을 알면 출입을 허가하지 않을 것이다. 인턴에게는 의심의 눈길이 덜할 거라고 그는 확신했다. "내 조수로서 자네는 내가 갈 수 있는 곳이라면 어디든 갈 수 있어. 아무도 자네에게는 눈길을 주지 않을 거야."

"맥스웨인! 이것들 좀 처리하게."

개봉하지 않은 봉투 뭉치.

인턴의 업무 중에는 연구원의 수표들을 현금화하고 공과금을 납부하는 일이 있었다. 연구원은 자신이 재무라고 부르는 그것을 아주 질색했다.

연구원은 인세 수표가 담긴('코닐리어스 힌턴'과 몇몇 다른 이름뿐 아니라 'J. 스위프트' 앞으로 온) 봉투들을 열어보지 못했다. 혹 연다고 해도 수입을 확인하는 건 품위 없는 일이라고 생각하는 듯 숫자를 힐끔 보지도 못했다. '코닐리어스 힌턴'이 매달 연구소에서 받는 수표마저도 그는 찬찬히 쳐다보지 못했다.

연구원은 인턴이 들어오자 놀랄 정도로 급히 공과금 납부를 비롯해 그런 업무를 전부 맡겼다. (연구소가 아니라 템플파크와 포트로더데일을 연결하는 리오비스타 캐널에 위치한 연구원의 집에서였다. 치장벽토를 바른 타운하우스는 휴가중인 동료 교수에게 임차한 집이었다. 동쪽으로 1마일 반쯤 떨어져 있는 대서양과 그 위 안개 자욱한 하늘이 마치 우연인 듯이 타운하우스 이층 거실의 유리벽으로 내다보였다.)

그래 베스트셀러란 이런 거야! 인턴은 잇새로 살짝 휘파람을 불었다.

"부자네! 은행계좌로 쏟아지는 돈을 그는 어떻게 할지 몰라."

신작뿐만 아니라 번역본들과 해외 판매, 페이퍼백으로 재출간되는 옛 저작들이 있었다. **수치!** 시리즈 중 몇 종은 TV물 또는 다큐멘터리영화로 만들어졌고, 스웨덴 스톡홀름의 대형극단에서는 『**수치! 당신의 (불)명예**』를 연극으로 제작하겠다고 제안했다.

연구원은 코닐리어스 힌턴 교수가 되어 대중에게 설득력 있는 이미지를 보이고 싶을 때는 신사다운 분위기로 차려입었다. 하지만 인턴이 판단하기에, 전반적으로 그는 벌이에 걸맞은 씀씀이와는 거리가 멀었다. 소유한 부동산이 없고, 2012년 늦겨울에야 교도소에 갈 때 이용하려는 실용적인 목적을 위해 마지못해 고급차인 청회색 어큐라 MDX를 리스했다.

(인턴은 운전면허증이 있다고—어딘가에—연구원에게 분명히 말했고, 그건 거짓말이 아니었다. 연구원의 인턴으로 취직하자 그녀는 브로워드 카운티 교통안전국에서 일하는 포트로더데일의 지인을 통해, 86년 8월 15일생 새버스 맥스웨인의 사진이 붙어 있는 면허증을 입수했다. 연구원은 가능한 한 운전을 하지 않으려 했기 때문이다. 인턴은 평소 처리하는 공과금—가스요금, 전기요금, 보험료—과 함께 매달 여러 시설에 돈을 보냈는데, 미니애폴리스에 있는 마운트 세인트 조지프라는 장기요양병원도 그중 한 곳이었다. 또 세인트폴의 F. J. 매키에게 매달 1500달러짜리 수표가 나갔고, 그보다 조금 적은 액수가 시카고의 데니즈 딜레이니에게 나갔다. 다양한 액수를 거의 중부 지방에 사는 열두어 명에게 보냈다. (친척들, 전 배우자, 자식들일까? 연구원에게 자식이 있을까? 손주들일까?) 연구원이 2005년에서 2011년 사이에 3만 5천

달러 이상을 입금한 계좌 중 하나였던 뉴욕주 화이트플레인스에 거주하는 홀리스 휘태커에게는 2011년 입금이 중단됐다. 연구원은 수기로 작성하는 계좌 거래기록 기입장의 그 이름에 빨간 색연필로 **종료**라고 적어놓았다.

그는 미네소타대학, 웨이크포리스트칼리지, 이서카칼리지, 시카고로욜라칼리지, 플로리다대학 템플파크 문리대를 포함해 몇 개의 단과대와 대학에 50만 달러에서 90만 달러까지 학부생을 위한 장학기금을 설립했다. 또한 2007년에는 코넬대학에 학부생과 박사후과정생을 위한 J. 스위프트 생명윤리학과 탐사보도 지원금으로 90만 달러를 출연했다.

인턴이 어림으로 계산해보니, 연구원이 지난 십 년 동안 출연한 돈은 수백만 달러에 달했다. 표를 만들어 기록해놓은 이가 없어 누구도 그 사실을 알 수 없었고, 그는 자신이 기부한 수많은 장학금을 일일이 대지도 못할 것이다.

임차한 타운하우스의 남는 방에 기다란 흰색 파슨스테이블이 있었다. 그 위에 놓인 아코디언 모양의 편지함 속에 타자로 치거나 손으로 쓴 편지들이 있었다. 수백 통의 편지 중에는 쓰인 시기가 1960년대까지 거슬러올라가는 것도 있었다. (전에 일한 인턴이 포스트잇에 1991년까지 분류와 정리. 미완료라고 메모해놓았다.)

그리고 비교적 최근의 메일을 모아놓은 파일들이 있었다. 발신자는 대부분 편집자였고, 일부는 독자였다. 연구원의 친구나 지인, 옛 학계 동료, 제자의 편지도 더러 있었다. J. 스위프트, 코닐리어스 힌턴, '앤디' ('앤디'가 수십 년 전 사라진 '앤드루 에드거 매키 주니어'의 약칭일 가능성이 있을까?)에게 보내는 인사였다. 인턴은 사랑하는, 무척 사랑하는,

언제나 사랑하는 같은 문구에 주의를 기울이며 훑어보았다.

편지와 카드가 섞여 있었다. 마티스, 드랭, 루소의 작품을 복제한 기막히게 아름다운 그림엽서들…… 가장 현란한 카드들은 이저벨 또는 이네즈라고 휘갈겨쓴 동일인물이 보낸 것들이었다.

마지막 카드는 2008년 2월 22일자였고 벨기에 브뤼셀 소인이 찍혀 있었다.

인턴은 치장벽토를 바른 임차한 타운하우스에서 '싹 정리할 것'—'분류해서 라벨을 붙일 것'—'복사본, 가제본 등은 버릴 것'이라는 지침을 받았다. 타운하우스 임차 기간이 일 년도 채 남지 않았고, 인턴은 연구원이 다음에 어디로 이사할지—당연히—생각해본 적이 없었다. (연구원은 임박한 미래를 계획하는 데 무관심했고, 당장의 프로젝트에 온통 집중했다.)

이전의 인턴들이 연구원의 많은 문서를 분류해 서류철에 정리하고 라벨을 붙여놓았다. 인턴은 연도별로(1970~1980, 1980~1990 등) 라벨이 붙은 종이상자들에서 연구원의 글이 실린 뉴욕 리뷰 오브 북스, 네이션, 뉴요커, 하퍼스, TLS 같은 잡지를 발견했다. **수치!** 시리즈의 교정지와 가제본, 연구원이 J. 스위프트라는 이름으로 한 인터뷰, 서평, 호평하거나 일부 그렇지 않은 기사들이었다. 1981 **여름 / 애스펀**이라고 표기된 서류철에는 야외 결혼식 사진들이 들어 있었는데, 사진 속 연구원은 사십대 초반쯤 되어 보이고 신랑이 아니라 신랑 들러리인 듯했다. 그는 홀치기염색을 한 삼베 같은 이국적 소재의 정장에 샌들을 신고 있었다. 검은 머리를 레게스타일로 구불구불하게 땋고, 수염을 지금처럼 짧게 다듬지 않아서 고불거리는 검은 수염이 덥수룩했다. 그 같지가 않았다. 혁명가 체 게바라의 혈색 좋은 미국판 같다고 할까.

결혼사진은 대충 찍은 것들이었다. 카메라 초점이 거의 맞지 않았다. 배경인 산비탈에는 야생화들이 야수파 그림처럼 화려하게 피어 있었다. 인턴은 생각에 젖어 미소지었다─모두 취했네. 다들 아주 행복해! 삼십 년이 지난 지금 이 사람들은 어떻게 됐을까?

어린 신부가 있었다─너풀대는 흰 실크드레스, 비단결 같은 긴 금발, 맨발. 그리고 신랑이 있었다─삼십대 청년, 햇볕에 그을린 얼굴, 말총머리─말끔하게 면도했고, 역시 맨발이었다.

1981년 여름의 연구원은 정말 훤칠했다! 그렇게 오래전 젊은 시절에도 그는 미남이었다. 가까운 사이임을 알 수 있는, 축하하고 있는 친구들 속의 그는.

1981년에 인턴은 아직 태어나지도 않았다. 그녀는 연구원이 한 젊은 여자와 서 있는 몇 장의 사진을 보며 강렬한 질투를 느꼈다. 들창코에 다갈색 곱슬머리, 발목을 덮는 레이스 스커트를 입은 젊은 여자는 아름답지는 않지만 매력적이었다. 두 사람은 함께 느긋하게 웃고 있었다. 두 사람 사이에 성적인 편안함이─역력히 드러났다─육체의 광채 같은 것이 있었다.

인턴은 이 사진들을 창가로 가져가 더 찬찬히 살펴보았다. 그녀는 생각했다. 나는 삶을 누려본 적이 없어. 삶을 누리는 건 어떤 기분일까?

그저 호기심일 뿐 쓸쓸하지는 않았다. 과학적 호기심과 비슷하다고 할까.

하지만 그는 이런 삶─감정들을 포기했어. 거기서 빠져나왔고 이 사람들을 버렸어. 그런 조건들이 우리가 함께할 수 있도록 해준 거야, 라고도 생각했다.

*

새 프로젝트의 가제는 **수치! 잔인하고 일상적인 처벌**: 미국에서 공공연히
용납되는 살인이었다.

연구원은 조사에는 공을 들였지만, 글을 쓸 때는 윌리엄 제임스 같
은 교묘한 문체를 구사하지 않았다. 그의 목표는 사람들을 놀라게 하고
충격을 주고 낙심시키고 불쾌하게 하고 설득시키고 감정이입하게 만드
는 것이었다.

21세기의 첫 십 년 동안 이노센스 프로젝트로 구제된 사례들이 널리
알려진 후로 연구원은 사형이 언도된 사건들의 정보를 수집하기 시작
했다. 이노센스 프로젝트 결과, 260명 이상의 기결수들이 DNA검사를
통해 결백을 증명하게 됐고, 그중에는 사형수도 많았다. 연구원의 컴
퓨터 파일에는 배리 셰크, 오스틴 새럿, 리 뷰캐넌 비넨 같은 법전문가
들이 법학저널에 기고한 긴 글들을 포함해 수백 쪽에 달하는 문건들이
있었다. 얼마나 많은 개인이, 대부분 검은 피부를 가진 그들이 실제로
짓지도 않은 죄 때문에 사형선고를 받았는지 생각하면 정신이 번쩍 들
었다―아니 정신이 번쩍 드는 정도가 아니라 경악스러웠다. 이노센스
프로젝트를 거쳤다면 자유의 몸일 텐데 지금 사형수로 갇혀 있는 이들
이 얼마나 많을까 생각하면.

연구원은 자신의 성격이 '회의적'―'스무 살 이후 스위프트나 볼테
르와 비슷하게 냉소적'―이라고 했지만, DNA검사로 무죄를 밝힐 가
능성이 있는데도 사형에서 감형하기 위한 아무 조치도 취하지 않는 주

들이 끔찍이 많다는 데 몹시 놀라고 분개했다. 연구원은 인턴에게 분통을 터뜨렸다. "일단 유죄판결이 내려지면 형 집행이 되든 않든 대법원조차 개의치 않는 것 같단 말이지!"

연구원은 '우익 성향'의 대법관들을 특히 싫어했다. 그가 혐오하는 사람은 스캘리아와 토머스였다. 그는 **수치!**에 대법관들의 (은밀하고 감취진) 삶을 무척 폭로하고 싶어했지만, 이 미국 시민들은 어느 누구에 대한 책임과도 관련이 없었다. 'J. 스위프트'가 그들을 폭로한다는 건 상상일 뿐 불가능한 일이었다.

"미치겠군! 내가 영원히 살 수만 있다면. 내 기운이 예전 같기만 해도 좋을 텐데. 과거로 돌아가 법대에 입학해서 스캘리아나 토머스의 말단 서기라도 할 수 있다면! 너무도 많은 이 시대의 악이 백악관과 국방부뿐만 아니라 법원에까지 뻗쳐 똥칠이 된 천장에서 뚝뚝 흘러내리지……"

인턴은 연구원이 말을 가리지 않고 하는 것이 흐뭇했다. 연구원은 인턴이 그를 감시할 목적으로 누군가가 보낸 사람은 아닌지 의심하지 않았다.

그녀는 연구원이 옛친구들, 동료들, 소속 단체의 동지들과 통화하는 소리를 자주 들었다. 그의 분개한 목소리, 거친 웃음소리를 들었다.

인턴은 자부심에 몸을 떨었다. 그녀는 연구원의 인턴이었다.

지금으로서는 연구원 외에는 아무도 그녀를 모르지만, 언젠가 새로운 **수치!** 프로젝트가 완료되면 '새버스 맥스웨인'이라는 이름이 그의 이름과, 그들의 이름과 연결될 수도 있을 것이다.

그녀는 순진하게 생각했다. 아마도 우리는 변화를 만들 거야. 우리가 세상에 폭로하는 것이―세상을 바꿀 거야.

첫번째 사형수 감옥 방문이 잡혔다. 2012년 3월 11일 오전 열시, 플로리다주 오리온에 있는 남자 중범죄자 교정시설이었다. 오리온은 오키초비호수 북서쪽, 플로리다주 중부의 소도시로, 템플파크에서는 차로 약 두 시간 반 걸리는 거리였다.

"견학이 잡혔다고, 맥스웨인? 잘했군!"

연구원은 자신이 잘 못하는 종류의 일들을 인턴이 해낼 때마다 반색하는 표정을 숨기지 않았다. 간단한 전화 요청, 예약, 동네 약국에서 처방약 받기, 이미 지불한 청구서에 대한 문의. 연구원은 처리해야 하는 그런 평범한 일상사를 기질적으로 성가셔했다. 음악 신동이 〈젓가락행진곡〉 연주를 성가셔하듯이.

인턴은 오래전부터 '수줍음'을 탔었지만―몹시 비사교적이고, 극도로 말수가 적어 무뚝뚝하기까지 했지만―코닐리어스 힌턴 박사의 조수가 되자 곧 지위에 맞게 자신감 있는, 거만에 가까운 태도를 취했다. 평소에는 머뭇대고 잘 들리지 않는 긁는 듯한 목소리로 말했지만, 통화할 때는 날카롭고 당당한 목소리로 말했다. 수년 동안 해온 말인 듯 매끄럽게 플로리다주립대학 템플파크 캠퍼스 고등연구소 코닐리어스 힌턴 교수라고 말해 상대에게 강한 인상을 주었다.

게인즈빌에 있는 플로리다대학 법대 연구원 인맥을 동원해 인턴은 오리온 견학단에 두 자리를 얻어냈다. 형법 분야 관련자, 교수, 교육자, 심리학자, 정치가, 사회복지사, 성직자를 대상으로 하는 견학이었다. 플로리다의 교정시설을 방문하는 자는 누구나 신원조사를 받아야 하는 것이 원칙이지만, 실제로는 대충 겉핥기식으로 한다는 것을 인턴은 알았다. 법대 교수가 힌턴 박사의 신원을 보증했기 때문에 교도소당국은 힌턴과 그의 젊은 조수를 의심하지 않을 것이었다.

2012년 3월 11일 아침, 인턴은 아침 일찍 연구원 사무실로 갔다. 연구원이 렌트한 어큐라 SUV를 인턴이 운전해서 함께 오키초비호수 북서쪽에 있는 그곳으로 갈 계획이었다. 노스뉴리버 캐널을 따라 27번 국도를 타고 가며 연구원은 인터넷에서 다운로드한 사형수 감옥 관련 서류를 검토하고 휴대폰으로 통화하고, 안내를 받아 견학하는 동안 구사할 전략을 인턴과 미리 상의했다. "나는 가능한 한 녹음을 할 거야. 녹음할 필요가 있는 내용만. 안내자가 교도관이라면 그의 이야기가 필요한 내용이지. 사형수 감옥 관련 일화들. '오프더레코드' 내용들—그 교도관이 인터뷰에서는 말하지 않을 이야기. 그리고 견학중 사형장에 들어가게 된다면, 거기서는 가능하다면 우리 둘 다 촬영을 하면 좋겠지. 사형장과 가까울수록 좋을 테고. 하지만 걱정 말게. 나는 자네가 위험한 일을 하기를 바라지 않아. 게다가 자네는 이번이 처음이잖나. 자네는 내 '조수'이지만 견학할 때는 서로 모르는 척해야 해. 견학은 교도소 소장실에서 잡은 거고, 안내자는 '새버스 맥스웨인'이 '코닐리어스 힌턴'의 조수라는 걸 알지도 못해. 자네에게 특별히 요구할 것이 있을 때는 신호를 보내겠지만, 자네는 기다리지 말고 그냥 자연스럽게 행동하게. 다른 사람들 속에 섞여서. 자네는 학생처럼 보이니까 이목을 끌지 않을 거야. 나는 우리 프로젝트에 쓸 만한 사진을 최대한 많이 찍을 생각이야. 하지만 우리 둘 다 '몸을 사려야지'."

인턴은 어색하게 미소지었다. 몸을 사린다!

인턴은 시선을 끌고 싶지 않았다. 가능하면 오래도록 사람들 눈에 띄지 않게 지내고 싶은 마음이 강했다.

오리온 출구 근처, 모든 표지판은 교도소 방향을 가리켰다.

오리온 출구 근처, 넓은 평지에 위치한 교도소 단지가 벌써 눈에 들어왔다. 단지 경계선에 15피트가량 전기가 흐르는 철망 담장이 둘려 있고 꼭대기에 끝이 날카로운 철선이 감겨 있었다. 이 담장을 따라 꼭대기에 일정한 간격으로 경비원용 감시탑들이 있었다. 그 뒤쪽으로 흉한 요새 같은 교도소 건물들이 살짝 보였다. 연구원이 생각에 잠겨 말했다. "나는 몇 번 '수감된' 적이 있지만 아직까지 '복역한' 적은 없어. 이 두 가지 상태에는 아주 커다란 심리적 차이가 있다고 하지. 한번 상상해보게. 징역선고. 사형선고."

인턴은 상사의 목소리에서 흥분과 초조의 기미를 감지했다. 하지만 이 사람 역시 불안하지만 내색하지 않을 뿐이라고는 생각하고 싶지 않았다.

템플파크를 출발해 두 시간 반 동안 운전하며 인턴은 생각했었다. 지금 뭔가 안 좋은 일이 일어난다 해도─사고가 나도─우리는 몸을 사리는 셈이 되는 것이다. 더 나쁜 위험을 피하게 되는 거니까.

하지만 인턴은 조심스러운 운전자였다. 빈틈없는 운전자였다. 인턴은 강박적일 정도로 조심스럽고 빈틈없었고, 오전에 그들이 해야 할 일을 할 수 없게 되기를 (은근히) 바라면서도, 또 연구원과 자신이 맞닥뜨릴 중범죄자 교도소와 그 안의 현실로 인한 위험을 피하고 싶으면서도 법규를 준수하는 운전자였다.

오전 아홉시 사십오분, 교도소는 늦겨울 플로리다주 중부의 뿌연 겨울 빛에 싸여 있었다. 하늘에 해는 보이지 않고 구름이 성기게 끼었지만, 사방에 그림자가 지지 않는 빛이 있었다. 인턴은 여기보다 더 북쪽 지방의 아주 다른 느낌의 늦겨울을—어릴 때 끝까지 안 봤거나 대충 봤던 영화처럼 어렴풋이—떠올릴 수 있었다.

특히 3월 중순이면 산중 어디에나 눈이 있을 것이다—산더미같이 쌓이고, 켜켜이 쌓이고, 녹아 흐르고, 일부는 흙모래가 섞여 우중충한 빛을 띠고 일부는 이제 막 내려 눈부시게 흰.

이곳 플로리다는 눈이 내리지 않는다. 하늘에서 화들짝 놀라운 것—눈이 내리는 일이 없다.

오전 아홉시 사십오분, 교도소의 일과가 시작된 지 한참 지났다. 교도관들이나 시설에 출입하는 직원들에게 교도소의 하루는 분명 새벽에 시작될 것이다.

직원 주차장은 거의 만차였다. 뒤쪽으로 적어도 8분의 1마일은 떨어진 방문자 주차장도 이미 3분의 1가량 찬 상태였다.

연구원과 인턴은 교도소에 들어가기 전 신용카드와 현금이 든 지갑, 휴대폰과 노트북과 아이패드 등의 개인 전자기기를 자동차 트렁크와 글러브 박스에 넣어둬야 했다. 반입 금지 품목이 있었다. 담배, 모든 종류의 약품. 모든 종류의 기구나 무기. 칫솔이나 집 열쇠나 자동차 열쇠, 금목걸이, 눈에 띄는 장신구처럼 무기로 만들 수 있는 물건도 금지였다. 손목시계는 허용됐고 펜과 작은 수첩 하나씩은 가지고 들어갈 수 있었다. 당연히 녹음 장비나 카메라는 금지였다. 죄수복의 기본 색상이 파란색이므로 파란 색조 옷을 입으면 안 되고, 죄수복의 주요 옷감이 데님이므로 검은색은 물론 어떤 색 데님도 금지였다. 주황색 옷도 금지였다. 아직 일반 수감자로 분류되지 않은 특정 수감자들이 주황색 점프 슈트를 입기 때문이었다. 갈색 또는 밝은 갈색도 교도관의 제복 색상이기 때문에 방문자는 입을 수 없었다.

견학단에게는 반바지, 민소매 셔츠나 스웨터, 샌들처럼 발가락이 보이는 신발도 금지됐다. 특히 여자 방문자들은 아무리 더워도 '도발적인' 옷을 입을 수 없었다. (오리온의 일부 행정실에는 냉방장치가 되어 있지만, 햇볕이 뜨거운 4월부터 10월까지는 물론이고 다른 시기에도 교도소는 전반적으로 푹푹 찌고 타는 듯 더웠다. 32도 이상의 고온을 견디기 어려운 사람에게는 그 시기에 오리온 방문을 권할 수 없었다.) 서늘한 이날 인턴은 짙은 색 코르덴 바지를 입었고, 연구원은 아주 세련되고 가벼운 플란넬 모직 양복 차림으로 나타나 인턴을 놀라게 했다. 그는 보라색이 감도는 회색의 가는 세로줄무늬 양복 안에 흰 셔츠를 입고 그녀가 처음 보는 실크넥타이를 매고 있었다.

그는 흰 수염을 다듬기까지 했다. 손톱도 손질되어 있었다.

당연히 견학단은 수감자와 말을 나누는 것—'신호를 하는 것'—이 허용되지 않았다. 어떤 상황에서도 견학단 무리에서 벗어나면 안 됐다. 수감자—또는 교도관—에게 메모를 전달하는 것도 금지였다. 안내자가 반장—수감노동자—을 소개하면 그와 대화할 수 있지만, 그게 아니라면 말을 걸어도, 어떤 사적인 질문도 금지였다.

"'공장형 농장'이나 도축장을 견학하는 것과 비슷할 텐데, 내가 이미 경험해본바 꽤 으스스할 수도 있을 거야. 기본적으로 우리의 목적은 최대한 정보를 알아내고 가능할 때 사진을 찍고 살아 돌아오는 거지." 연구원은 마치 재치 있는 말이라도 던진 듯 껄껄 웃었다.

그는 인턴에게 먼저 걸어가서 다른 방문자들을 따라잡으라고 지시했다. 대여섯 명이 위쪽 차도로 이어지는 엉성한 돌계단을 올라가고 있었다. 연구원은 몇 분 더 차에 남아 있다가 그녀를 뒤따라갔다. 오전 아홉시 오십팔분, 정문에 모인 열네 명의 견학단과 합류한 연구원은 인턴에게 눈길 한번 주지 않았다.

견학은 오전 열시 정각에 시작할 예정이었지만, 열시 삼십팔분 견학 안내자인 부소장이 교도소 안에서 나오며 시작됐다. 흐린 갈색 오리온 교도관 제복을 입은 키가 크고 체격이 건장한 그는 나이가 가늠되지 않았다. 늙지도 젊지도 않았다. 어깨는 탄탄하지만 조금 구부정했다. 마치 얼마 전까지 병치레를 하느라 체중이 줄고 아직 기력을 회복하지 못한 사람처럼 가슴팍이 살짝 오목했다. 턱은 며칠 면도를 하지 않은 것 같았는데, 했다 하더라도 말끔히 하지는 않은 듯했다. 그의 눈가는 이유는 종잡을 수 없지만 뭔가가 즐거운 듯 주름이 잡혀 있었다. 부소장은 방문자들의 신분증을 확인한 뒤 말없이 돌려주었다. 다만 플로리다주립대학 유스티스 캠퍼스 '범죄사회학' 수강생들과 (여자) 교수에게는 한마디 던졌다. "어쩌면 제가 여러분에게 한 수 배울 수도 있겠군요." 조소와 아부의 중간쯤 되는 말투였다.

교도소 정문 바로 안쪽에 금속탐지기가 있었는데 부소장은 양몰이 개처럼 방문자들을 탐지기 밑으로 떠밀었다. 그리고 다시 한번 경비원에게 코팅된 신분증을 제시했고, 경비원은 얼굴을 찌푸리며 견학단을 처음 보는 것처럼 의심의 눈길로 바라보았다. 경비원이 방문자들의 팔목에 은현隱現잉크 스탬프를 찍어주며, 만일 스탬프가 지워지면 교도소 전체가 폐쇄될 거라고 경고했다. "누구도 들어올 수 없고, 나갈 수도 없습니다."

다른 경비원들이 방문자들과 함께 검사대를 지나갔다. 부소장이 말하길, 방문자들은 교도관이 민간인보다 앞서 가도록 비켜줘야 한다고 했다.

인턴은 머뭇대지 않고 움직였다. 심장이 침착하게 뛰었다. 이런 놀라움의 순간에는 나는 진짜 살아 있는 게 아니야─이건 사후야. 나는 견딜 수 있어, 라고 생각하는 게 도움이 됐다.

"가시죠, 여러분. 이쪽입니다. 제 옆에서 떨어지지 마십시오."

이제 일행은 교도소 안, 아니 교도소 안뜰로 접어들었다. 발아래 자갈이 깔린 개방된 구역에는 가장자리에 잡초가 자라 덤불이 무성했고, 오른쪽 치장벽토를 바른 세파에 시달린 듯한 건물의 벽에는 수감자가 그렸음직한 무지개 그림이 있었다. 인턴은 견학단의 다른 사람들을 힐끗 돌아보았다. 두 사람 외에 여학생들과 (여자) 교수, 중년 남자 몇 명, 모두 백인이었다. 그리고 눈에 띄는 가는 세로줄무늬 정장을 입은 연구원은 이미 작은 수첩에 메모를 하기 시작했다.

연구원은 손목에 커다란 최첨단 소니 시계를 차고 있었는데 인턴은 날짜, 조수, 일몰과 일출 시간이 표시되는 그 시계로 즉석 소형사진을 찍을 수 있다는 것을 알고 있었다.

인턴도 연구원이 준 소니 시계를 손목에 찼고, 별로 눈에 띄지 않는데도 그것을 사용하기가 꺼림칙했다. 연구원은 인턴에게 수차례 촬영 연습을 시켰지만 교도소 안에서 불안하면 찍지 않아도 된다고 했었다. 여기서 사진 촬영을 하는 건 플로리다 법에 저촉됐고 여차하면 체포될 수도 있었다.

그는 들키거나 체포되는 건 안중에 없었다. 그는 1970년대 이후 어떤 프로젝트에서도 잠입했다가 발각된 적은 한 번도 없다는 것을 자랑스러워했다.

부소장은 견학단에게 1907년 정확히 20에이커의 대지에 설립된 오리온 남자 중범죄자 교정시설의 내력에 대해 말하고 있었다. 이후 몇십 년 동안 교도소는 확장됐고, 1939년 서른다섯 명을 수용하는 현재의 사형수 감옥이 지어졌다. 1982년 '점점 증가하는' 수감자들을 수용하기 위해—'주로 마약과 마이애미 지역 마약거래 관련 범죄자들 때문에' 플로리다 중부에 중범죄자 교정시설들이 세워졌다. 플로리다주에는 사형수 감옥이 세 개 더 있었다. 스타크 교도소라고도 불리는 플로리다주립교도소, 레이퍼드에 있는 유니언 교정시설, 여자 사형수들이 수감된 로웰 교정시설 분관.

인턴은 이런 정보의 대부분을 조사해서 알아냈다. 부소장의 말소리는 빠르고 시끄러워 귀에 거슬렸다. 인턴은 부소장의 자갈 같은 눈이 강박적으로 견학단을 일일이 훑어보고 있다는 것을 알았다. 그는 자신이 무슨 말을 하는지 주의를 기울일 필요가 없었다. 여러 번 반복했던 말이라서 미소나 초조한 웃음이 나올 만한 곳에서 잠시 말을 끊어야 한다는 것을 알았다. 부소장은 계속해서 견학단의 머릿수를 세는 것 같았는데 자신도 어쩔 수 없이 그렇게 되는 모양이었다.

인턴도 가끔 자기도 모르게 수를 헤아렸다—사람들, 형체들, 물체들. 왜 그러는지 누가 알까?

영원을 붙드는 방법. 시간이 날아서 가버리기 전에 멈추는 것.

M. C. 에스허르를 좋아한 것도 아마 그 때문이었을 것이다. 강박 같은 것.

인턴은 뭔가를 간절히 그리고 싶었다. 연구원이 정보를 수집하고 기록하고 싶어서 손가락이 꿈틀거리듯 그녀의 손가락도 꿈틀거렸다. 금지된 이곳에서는 특히 더 그랬다. 여기서 그들은 유령처럼 움직였다, 비밀스러웠다.

인턴은 '새버스 맥스웨인'으로서 다른 두 젊은 여성 예술가와 함께 템플파크의 국경없는여성들 센터에서 미술전시회를 열었었다. 오랫동안 그림을 그리지 않았다가—창작 욕구는 있었지만 그런 노력을 할 에너지와 희망이 여전히 부족해서—몇 주 동안 들떠서 세밀한 드로잉을 그렸다. 에스허르처럼 비현실적인 주제가 아니라 가까이 밀접해 관찰한 개인들을 그렸고, 그중 몇몇은 망해가는 서점에서 그녀의 마음을 끈 손님들이었는데, 그들의 얼굴에는 그녀의 내면과 비슷하게 고독과 특유의 갈망이 있는 것 같았다.

그녀 안에서 추상화에 대한 본능이 수그러들었다. 수량화數量化와 반복을 통해 존재를 재치 있게 포착하려는 본능. 이제는 주로 개인들의 얼굴을 그리는 것이 더 좋았다. 울퉁불퉁하고 못나고 잘난 척하지 않는 개성 있는 얼굴들. 수백만의 개인, 특별히 두드러지는 점은 없지만 하나같이 개성이 있었다. 바로 그것이 미스터리였다!

연구원은 창의적인 조수를 원하지 않았다. 인턴은 이런 충동을 연구원에게 숨기려 했다. 국경없는여성들 센터에서 전시회를 했다고 말하지 않으려 했다. (연구원이 그 전시회를 봤을 수도 있지만, 극히 간결한 드로잉 초상화 스물다섯 점에 달린 그녀의 이름은 기억하지 못할 것이다.)

인턴은 싱긋 웃었다. 견학단의 한 젊은 여자가 일행에게 연구원을 가리키며—'저기 흰머리 남자'는 '은퇴한 판사 같다'고—속삭이는 소리를 우연히 들었기 때문이다. 인턴은 그 말을 전하면 상사가 재미있어 할 거라 생각했다.

"질문 있습니까, 여러분? 없으면 저를 따라오십시오!"

부소장은 견학 전 개괄적인 설명을 끝마쳤다. 그는 열다섯 명의 방문자를 데리고 안뜰을 지나 치장벽토를 바른 건물 예배소로 들어갔다.

"여기는 '특정 종교와 관계없는' 예배소입니다, 여러분. 우리는 이 예배소를 아주 자랑스럽게 생각합니다."

실내장식은 간소했다. 소나무 신도석, 낮은 천장, 벽 앞의 촛불들, 예배소 앞쪽에 예수가 못박힌 십자상이 아닌 단순한 T자형 십자가가 약간 높은 위치에 걸려 있었다. 칼라꽃 조화로 장식된 설교단이 있고, 그 뒤쪽에 파란색 죄수복을 입은 서른다섯 살쯤 된 깡마른 흑인이 그들이 다가오기를 초조한 듯 기다리며 서 있었다. 소년 같은 얼굴에 열정적인 눈빛이었다. 부소장이 그를 '환칼로스'라고 소개했다—'무기수', 즉 '삼십 년에서 종신까지 부정기형'을 받았으며, 장차 어느 시점엔가는 가석방이 될 거라고.

환칼로스는 반짝이는 눈으로 신도석을 응시하며 빠르게 말했다. 복음성가처럼 경쾌한 목소리였다. 그는 어릴 때 '잘못된 선택'으로 마이애미의 갱단에, 마약거래를 하는 갱단에 들어가 '삶을 헌신짝처럼 던졌다'고, 그러나 지금은 '우리 주 그리스도의 도움으로 삶을 되찾고자 노력하고 있다'고 말했다.

그는 열다섯 살 어린 나이에 처음 갱단에 들어갔다. '찌르기'—나중에 '죽이기'에 관여했다. 직접 죽인 적은 없지만 두 명이 살해되는 현장에 있다가 '우발적 살인' 죄목으로 유죄선고를 받았다.

또 그가 훔치고 얼굴을 때린 적이 있는 사랑하는 어머니는 어느 마약중독자에게 맞아 죽었는데, 그는 그것을 자신의 잘못으로 여겼다.

환칼로스는 자신이 죽음을 목격한 사람들을 위해 매일 기도한다고 말했다. 거리에서 피를 흘리며 죽은 사람들을 위해. 유가족들을 위해. 그는 매일 엄마를 위해 기도했다. 그리고 자신을 위해, 자신의 영혼을 위해 기도했다. 그 사람들이 죽은 지 이십이 년 팔 개월이 지난 지금까지 매일.

이듬해 열일곱 살이 됐을 때 그의 영혼에 '보이지 않는 혜성'처럼 예수님이 찾아왔다.

인턴은 환칼로스의 이야기에 마음이 아팠다. 듣지 않기 위해 귀를 틀어막고 싶었다.

내 삶을 내던졌습니다.

헌신짝처럼.

예배소의 대화가 끝나가고 있었다. 부소장이 통로에 서서 견학단에게 환칼로스에게 하고 싶은 질문이 있느냐고 물었다.

처음에는 아무도 입을 열지 않았다. 그러다 여자 교수가 손을 들어 환칼로스에게 '가입했던 갱단' 이름을 물었지만, 부소장이 끼어들었다. "미안합니다! 그것은 밝힐 수 없습니다."

다른 몇 명이 가석방에 대해 질문했다. 환칼로스는 두 차례 가석방위원회와 면담하고 두 차례 다 불허됐지만 포기하지 않을 거라고, 내년에 다시 신청할 거라고 대답했다.

"나는 매일 하느님에게 기도합니다. 사형선고를 받지 않았다는 데 감사드리죠. 왜냐하면 그럴 수도 있었으니까요. 그랬다면 오늘 아침 나는 사형수 감옥에 있었을 거고 여러분과 이렇게 이야기를 나누지도 못했을 겁니다. 아멘!"

연구원이 질문하려고 손을 들었다. 모두의 눈이 그에게 쏠렸다. 값비싸 보이는 양복, 흰 셔츠와 타이 차림의 백발 신사를 두고 은퇴한 판사 같다는 말이 있었다.

하지만 자극적인 질문은 아니었다. 그는 다만 이렇게 물었다. 이 교도소에서 교육을 받고 있습니까? 고교과정, 직업교육 같은?

환칼로스는 아니라고 고개를 저었다. 현재 오리온에 수감자를 위한 교육과정은 없었다.

"그러면 고교 졸업장이 없겠군요. 그럼 가석방을 받아 나가면 어떤 일을 할 생각입니까?"

환칼로스는 연구원에게 미소지었다. 환칼로스는 전에 '차량번호판' 가게에서 일했고, 그쪽 경험이 있다고 대답했다.

"읽기 능력은요? 쓰기는요? 수학은 합니까?"

부소장이 짜증스러운 듯이 가로막지 않았다면 환칼로스는 대답하려 했을 것이다. "질문해주셔서 감사합니다, 좋은 질문이군요, 우리가 고려해보겠습니다. 하지만 이제 이동할 시간입니다."

어두운색 제복을 입은 경비원이 급히 환칼로스를 설교단에서 데리고 나갔다. 부소장은 견학단을 두 줄로 세워 예배소에서 나와 자갈 깔린 안뜰로 다시 안내했다. 머리 위 하늘에 희뿌연 빛이 남아 있었다. 얇은 고무막을 팽팽하게 씌운 것 같았다.

인턴은 손가락으로 눈을 가렸다. 수감자의 말이 아프게 느껴져서 그의 얼굴을, 그의 수척한 모습을 그리고 싶었다. 바지 오른쪽에 세로로 찍힌 **수 감 자**라는 흰 글자가 그가 했던 말을 죄다 시답잖은 것으로 만들었다. 마치 광대가 자신을 감금한 사람의 비위를 맞추려고 하는 말처럼.

인턴은 예배소에서 보낸 시간이 얼마 되지 않는다는 것을 알기에 굳이 시간을 확인하려고 손목시계를 힐끔거리고 싶지 않았다. 교도소 담장 안의 시간이 지긋지긋하게 느리게 흐른다는 것을 그녀는 이미 알고 있었다.

부소장은 뿌연 빛깔의 화강암 기념비가 자리한 곳으로 방문자들을 인솔했다. 기념비에는 두 줄로 이름들이 새겨져 있었다. "1907~2010년 여기 오리온에서 순직한 교도관들."

기념비 옆에 성조기가 영구 조기 형태로 게양되어 있었다.

순직에 대해 다양한 질문이 쏟아졌다. 부소장은 동료 교도관들이 '난동을 부리는' 수감자들에게 공격받아 구타당하고 심지어 살해되는 것을 두 눈으로 똑똑히 봤다고 말했다. 1980년대에 '교도소 폭동'이 일어났을 때 그는 인질로 잡힐 뻔했다가 겨우 빠져나왔다.

부소장은 1969년에 일어난 교도소 역사상 '가장 폭력적인 십 분'에 대해서도 말해주었다. 탈옥 시도였다. '블랙팬서*측 변호사'가 자동 리볼버를 교도소 내에 밀반입해 자신이 변호하는 수감자에게 주었고, 그

---

* 미국의 급진적 흑인운동단체.

수감자는 옷 속에 리볼버를 감추고 있다가 교도관을 따라 감방으로 돌아가던 길에 갑자기 난사하기 시작해 교도관과 동료 수감자 몇을 죽였고, 결국 급박하게 대응한 감시탑 경비원들 총에 맞아 죽었다.

"십 분간 벌어진 일인데 열 명이 죽었습니다. 이 시설에서 매일 매 순간 우리가 감수해야 하는 상황이죠. 언제라도 벌어질 수 있는 일입니다."

견학단 중 한 명이, 그 변호사는 어떻게 됐습니까? 교도소에 무기를 밀반입한 죄로 체포됐습니까? 하고 물었다.

"아닙니다. 그는 체포되지 않았습니다. 이 나라를 빠져나가 쿠바로 갔습니다. 제가 아는 한 그는 지금도 거기 있습니다."

부서장은 신랄하게, 열을 내며 말했다. 인턴은 연구원이 더 자세히 묻고 싶어할 거라 생각했다. '블랙팬서측 변호사'가 어떻게 무기를 소지하고 금속탐지기를 통과했는가? 그 변호사는 어떻게 그리 쉽게 이 나라를 빠져나갔는가? 부소장이 말한 것보다 더 세부적인 이야기가 있을 것 같았다.

하지만 연구원은 그 순간을 그냥 넘겼다. 전략상 적대감을 사면 곤란해질 수 있었다. 잠입한 동안에는 어떤 개인과 접촉하더라도 의심을 사지 않아야 한다.

의무실은 비교적 신축건물이었지만, 부소장은 견학단을 의무실로는 데려가지 않았다.

"가장 안전한 곳이 아닙니다. 냄새가 좋지 않죠. 환자들의 병균이 많겠죠. '감염'도요. 지난 11월에 돼지인플루엔자가 돌았고, 그후 대상포진과 수두가 유행해서 교도소의 절반이 격리됐습니다. 많은 교도관이 병에 걸렸습니다. 저도 그중 한 사람이었고요. 중증이라 살이 10킬로그램쯤 빠졌습니다. 하지만 이곳에서 걸리는 최악의 병은 결핵이죠. 새로운 변종이어서 이겨낼 약도 없습니다.”

방문자들은 오리온에 근무하는 '의무관'이 몇 명이냐고 물었다.

방문자들은 '심각한 질환'에 걸린 수감자들은 시설에서 병원으로 옮겨지느냐고 물었다.

부소장은 이런 질문들에 교활함이 번뜩이는 미소로 답했다. 부소장은 만약 수감자가 노인에 무기수라면 의무실에서 죽는 것이 '예상되는 가장 평범한' 결말이라고 말했다.

“당연한 예상입니다, 여러분. '죄를 지으면 옥살이를 해야죠.' 오리온에 보내진 사람이 오리온에서 죽을 거라고 예상하는 건 그리 이상할 게 없습니다.”

몇몇 사람은 모든 수감자가 '건강과 의료 선택권'을 가져야 한다고 반박했는데, 부소장이 말할 때마다 고개를 끄덕이면서도 아무 말도 하지 않았던 나이든 남자가 한마디하며 나섰다. 그는 중범죄자 시설에 수감된 자가 교도소 밖에서보다 나은 수준의 치료를 기대하는 건 '어처구니없는 일'이라고 말했다.

“납세자들이 이런 자들 치다꺼리에 지치는 겁니다. 미국 시민 백 명 중 한 명이 '구금되어' 있거나 혹은 앞으로 그럴 거고, '미국흑인' 지역 사회에서는 남자 열 명 중 적어도 한 명이 구금되어 있거나 앞으로 그럴 겁니다. 여러분은 이곳 오리온—'현장'에서 그 사실을 알게 되실 겁니다…… 가족, 가족가치의 붕괴와 관련된 문제를 교정제도 탓으로 돌릴 수는 없는 것 아니겠습니까……”

말을 한 사내는 턱살이 늘어지고 얼굴이 불그레했고, 문제 많은 학군에 위치한 학교의 고지식한 교장처럼 발끈했다. 혹은 고상한 중산층 개신교회 목사 같기도 했다. 부소장은 턱살이 늘어진 사내에게 웃으며 맞장구를 쳤다. 마치 더 진보적인 방문자들(대학교수와 제자들? 작은 수첩에 뭔가 휘갈겨쓰는 백발 신사?)의 감정을 자극하려는 듯이.

"선생님, 아주 지당한 말씀입니다. 교도소가 수감자들로 꽉 차 있다는 이유로 교정제도를 탓할 수는 없습니다."

일행은 굵은 자갈이 깔린 길로 안내되었고, 인턴은 등산화를 신었는데도 발이 아팠다. 그들은 건물 뒤쪽에 서서 수감자들이 금속으로 '번호판 제작' 작업을 하고, 나무로 '가구 제작' 작업을 하는 모습을 지켜보았다. 놀랄 만큼 나이 많은—오십대, 육십대의 '무기수'—수감자들을 포함해 연령대가 다양했다. 수염이 제멋대로 자란 사람, 대머리, 지팡이를 짚은 사람도 있었다. 대개 피부가 검고 젊은 축에 속하는 수감자들 중에 지팡이나 성인용 보행기를 쓰거나 심지어 휠체어를 타는 '장애인'이 여기저기 있었다. 인턴은 부소장의 말을 흘려들으며 수감자들을 바라봤고, 그들은 낯선 민간인들이 무례하게 자신들을 구경하고 있다는 것을 몰랐다(혹은 그렇게 보이려 했다).

인턴의 심장은 빠르게 뛰었다. 인턴은 수감자들이 고개를 돌리지 않기를, 그녀를 보지 않기를 바랐다.

범죄자들, 그들은 '수감자들'이었다. 하지만 그녀는 그들을 '작전중 부상당한' 참전용사와 아주 비슷하다고 생각했다.

가까이 서 있던 여자 교수가 고개를 돌려 걱정스러운 표정으로 인턴을 보았다.

"저기요? 혹시 기절할 것 같은 거예요?"

인턴은 이상하게 호흡하고 있었다. 아주 심하게 동요하고 있었다.

머리에서 피가 빠져나가는 것 같았다. 감각이 뇌에서 빠져나가는 기분이었다.

"아뇨. 아니에요. 고맙습니다. 저는― 괜찮아요."

인턴은 부소장이 가구와 번호판 제작 작업을 관할하는 동료 교도관에게 하는 질문에 귀기울이고 있었다. 그들의 대화는 같은 말이 자주 반복됐지만, 그래도 흥미롭지 않은 건 아니었다.

견학단의 민간인들은 지적장애아의 작품을 보고 아이를 맹목적으로 사랑하는 부모나 조부모처럼 칭찬을 쏟아냈다.

"어머 이거 정말 잘 만들었네요! 이건 아주, 아주 뛰어난 작품이에요."

"여기 이것들은 내가 살 만한 가구 같아요. 이 가구를 사는 내 모습이 보이는 것 같군요……"

"……이 탁자는 단풍나무인가요? 아주 튼튼해 보여요……"

"……이런 뚜껑 달린 책상을 사서 우리 아들들 방에 놓고 싶네요. 예쁘고 단단하고……"

"아주 매끈하고 반짝거려요. 니스칠을 한 건가요? 이어붙인 조각도 안 보이고……"

그들은 플로리다 주정부 사무실에 있는 가구 대부분이 교도소들에서 만들어진 거라는 설명을 들었다. 초중등학교들, 지역전문대학들도 마찬가지였다.

"보십시오, 교도소는 '배움의 장'입니다. 읽기 쓰기 수업뿐 아니라 직업교육도 하고 있거든요."

부소장이 연구원에게 하는 말인 듯했다. 연구원은 옆에 있는 가구를 부드럽지만 깐깐한 시선으로 살펴보고 있었다.

"어떤 사람들은 오리온에서 가석방되면 곧바로 가구회사에 취직합니다. 재취업에 아무 문제가 없죠."

다음에 부소장은 견학단을 오르막길로 데려갔다. 방문자 여럿이 이내 숨을 헐떡이기 시작했다. 삭막하고 높은 건물의 모퉁이에서 일행은 갑자기 왼쪽으로 틀어 내리막길로 접어들었다. 앞쪽으로 불쑥 확 트인 대지가 나타났다. 일부는 포장되고 일부는 덤불 섞인 풀밭인 교도소 '안마당'이었다.

민간인들은 빤히 쳐다보았다. 안마당에는 수감자 수백 명이—수백 명일 수 있을까?—언뜻 보기에 몇 명뿐인 경비원들의 감시를 받고 있었다.

물론 감시탑에 경비원들이 있었다. 50피트쯤 되는 전류 흐르는 철망 담장을 따라 일정 간격으로 감시탑이 있었다.

부소장은 수감자 집단들이—미국흑인들, 푸에르토리코인들, 도미니카인들, 쿠바인들, '백인들', 그리고 최근 몇십 년 사이 '중국인들'까지—어떻게 이 마당에서 영역을 차지해 텃세를 부리는지 설명했다. "안에서 중요한 건 피부색이죠. 다른 건 별로 중요하지 않습니다. 그건 변하지 않거든요."

견학단은 나이가 든—적어도 연구원 연배의—수감자가 많은 것을 보고 놀랐다. 몇 명은 흰 수염이 길고 성기게 자랐는데 지팡이를 짚고 흙바닥을 걷고 있었고, 그보다 젊은 수감자들이 뛰어서 그 옆을 지나갔다. 수감자들이 네트 없는 골대로 농구공을 던지고, 역기를 들어올리거나 운동을 하고 있었다. 그냥 서 있거나 천천히 걸으며 쉬지 않고 왔다 갔다하는 이들도 있었다. 그들의 '인종', 피부색이 의식됐다. 부소장이 말했듯 수감자들은 피부색에 따라 끼리끼리 분리됐고, 그 사실은 낙담스러우나 확실하고 이론의 여지가 없었다. 인턴은 연구원에게 정면에서 따지고 싶었을 것이다. 인종차별 없는 세상에 대한 선생님의 이상주의는 어디로 간 건가요?

연구원은 인턴보다 훨씬 더 이상주의적이었다. 그는 미래에—'어떤' 미래에—결국은 사회정의가 근절되고 말 거라고, 예컨대 플로리다 주에서 특정한 동식물 외래종이 근절되길 바라는 듯이 그렇게 될 거라 믿고 있었다.

이제 견학단은 그저 조용히 부소장을 뒤따라 마당을 지나갔다. 그들을 눈여겨보지 않는 수감자들도 있었지만 일부는 대놓고 빤히 쳐다보고 일부는 아이들처럼 몰래 힐끔거렸다. 마당의 덤불 무성한 바닥에 구름의 그림자가 맹금류 그림자처럼 재빠르게 휘리릭 지나갔다.

"여러분 이쪽입니다. 빤히 쳐다보면 안 됩니다, 예의가 아니잖습니까, 여러분에게 이미 설명하지 않았나요? '눈을 맞추지 마십시오'—'수감자들과 교감하지 마십시오'—다들 아시겠죠?"

부소장은 견학단을 신속히 다른 거친 자갈길로 이끌었다. 10피트의 철망 담장이 트인 마당과 이 길을 분리하고 있었다. 가까운 곳 옥외에 소변기들이 있는 것을 보고 인턴은 깜짝 놀랐고 견학단의 다른 (여자) 방문자들도 놀라자 부소장이 주의를 주었다. "'옥외 소변기들'을 보지 마십시오. 보지 않는 것이 규칙입니다. 수감자들은 자신에게 시선이 올 수밖에 없다는 걸 알지만 방문자들은 매너를 지켜야 합니다. 쳐다보지 마십시오. 옥외 소변기를 쓰는 사람이 누구든 보이지 않는 사람으로 취급하십시오. 원숭이는 보지 않으면, 아무 짓도 안 합니다."

이 말이 무슨 의미일까? 부소장이 사람들을 놀리는 걸까, 야단치는 걸까? 협박하는 걸까? 인턴은 얼른 옥외 소변기들에서 눈을 돌렸다.

"어쨌거나 여기서 벗어납시다, 여러분. 여기서 머뭇거릴 이유가 없습니다."

하지만 인턴은 보았다. 수감자들의 눈길이 제법 멀리까지 뻗쳤다. 그들은 여자들이 있다는 것을 의식하고 있었다.

인턴은 그들이 그녀를 어떻게 볼지 궁금했다.

못난이 못난이 못난이. 그거겠지.

못생긴 게 방패라는 생각을 하자 마음이 놓였다.

못생기면 성욕을 일으키지 않아.

"수감자들은 이렇게 매일 마당에 나와 운동을 할 수 있고, 이 시간을 매우 소중히 여기기 때문에 이 시간에 허튼짓은 하지 않습니다. 여러분은 대부분의 중범죄 수감자들은 보지 못할 겁니다. 그들은 독방이나 특별 감방, 사형수 감방에 있으니까요. 마당에 나올 권리를 얻으려면 모범적인 행동을 해야 합니다. 저들 중에도 갱단의 일원이 있지만 최악인 자는 없습니다. 남의 영역을 침범하지 않으면 아무 일도 벌어지지 않습니다. 그들이 우리를 쳐다보는 건 걱정 마십시오. 저들은 우리를 어떻게 하려고 하지 않을 겁니다. 교도소는 인질 협상을 하지 않습니다. 수감자들은 다 알죠. 저 같은 교도관은 총기를 소지하고 있지 않아요. 여러분도 아시겠지만, 저는 총기를 소지하지 않습니다. 그러니 제게서 총기를 탈취할 수 없겠죠. 그리고 누군가 이 담장 주변에 접근한다면 감시탑 경비원들이 즉시 알아챌 겁니다. 순식간에 말이죠. 그들은 확성기에 대고 외칠 겁니다—**전원 엎드린다! 전원 엎드린다!** 경비원들이 그렇게 외치면 일단 몸을 던져 엎드려야 합니다. 두 번 생각해선 안 됩니다, 대체 무슨 일인지, 크게 위험한 상황인지 아닌지 판단하려고 해선 안 됩니다. 명령이 들리는 즉시 엎드려야 합니다. 여러분, 만약 그렇게 하지 않고 그대로 서 있는 건 총을 맞겠다고 나선 꼴입니다. 우리가 방문자에게 파란색 옷을 입지 못하게 하는 이유가 이겁니다. 위급한 순간에 수감자들과 혼동하면 안 되기 때문이죠. 감시탑 경비원은 주저 없이 총을 쏠 것이고 그것은 그의 권한입니다. '경고사격 없음'은 사실입니다. 민간인이 무지로 인해 목숨을 잃을 수도 있단 말입니다. 어떤 종류든 폭동이 일어나면 경고사격은 없습니다. 그렇긴 하지만, 아무 일도 없을 겁니다. 보세요, 저들은 아무 짓도 하지 않고 우리를 지켜보기만 하잖습니까. 워낙 영리한 자들이라 환한 대낮에는 잘 움직이지 않습니다. 말했다시피, 최악의 죄수들은 마당에 나와 있지 않습니다. 그러나 다행히 그들도 사십팔 시간에 한 시간씩은 감방 밖에서 '운동'도 하고—마당에서는 아니지만—샤워도 할 수 있죠, 물론 그게 전부입니다. 그중 일부는 완전히 짐승 같고 미치광이 같아서 기회만 생기면 이빨로 사람 목을 물어뜯습니다. 그래서 여러분은 그들을 보지 않는 겁니다, 그들을 보는 위험을 면하는 거죠. 그러니까 숙녀 여러분, 걱정 마십시오! 사실 오리온에서 어떤 견학단도 위협을 받은 적은 없습니다. 인질이 된 적도 없고요! 제가 감독하면서 그런 일은 없었습니다. 견학단을 안내해온 지도—아, 이제 이십 년이 됐군요. 이게 제 주업무는 아닙니다만, 견학단 안내가 오리온의 누구에게나 어울리는 일은 아닐 겁니다. 혹은 누구에게나 그런 능력이 있는 건 아니라서 소장님이 저를 믿고 맡겼을 테고, 저는 그를 실망시키지 않을 겁니다. 혹시 질문 있습니까?"

연구원이 교도소의 다양한 업무 중에 가장 중요하게 여기는 것이 무엇인지 물었다.

"사형수동. 저는 사형수동을 꼽겠습니다."

"이유가 뭘까요, 부소장님?"

"흠, 글쎄요. 이런 질문은 처음이군요. 사형수동이라고 한 건 죄수들이 대부분 안정적이기 때문입니다. 그들은 아직 정리가 되지 않고 상황을 파악하지 못한 신입 수감자들과 다릅니다. 신입은 들어오면, 스무 살 아이가 종신형을 받아 들어오기도 하니 우선 그를 파악해야 하죠. 아주 난폭하고 필사적이라 손에 잡히는 대로 아무나 죽이고 자신을 죽일 수도 있으니까요. 그런 이유로 신입 수감자가 목을 매는 일도 벌어지니까, 처음 며칠 동안 면밀히 지켜봐야 합니다. '정신이 온전하다'고 할 만한 자는 그중 1퍼센트도 채 안 됩니다. 일단 들어오면 그렇습니다. 하지만 사형수동 수감자들은 다르죠. 그들 역시 '미쳤다'고 할 수 있지만, 더 안정적이랄까요. 사형수들은 법적 문서를 파악하고 변호사, 판사, 신문사, 방송사에 편지를 씁니다. 미쳤지만 폭력적이진 않다는 겁니다. 그리고 사형수 중에는 감형된 사람들도 많습니다. 그런 전례들이 있어서 보통의 사형수는 희망을 가질 수가 있죠. 여기서 몇몇은 십이 년, 십오 년, 십팔 년 동안 형을 살았습니다. 변호사들이 계속 청원을 하고, 사형집행이 있을 때는 '사형제도를 반대하는' 사람들이 교도소 앞에 와서 시위를 합니다. 방송국 카메라들이 돌아가고 꼭 무슨 축제일 같죠. 이제 그 모습은 인터넷으로도 볼 수 있습니다. 지난달에 팝 크렁크*라는 사형수의 사형집행이 있었는데, 그는 1987년부터 죽 여기 사형수동에 있었습니다. 그는 지팡이를 짚고 다니다가 다리를 쓸 수 없게 되자 휠체어를 탔었죠. 마치 미친 산타클로스처럼 흰 수염도 길렀는데, 그와 대화하면 아주 흥미로웠습니다. 그들은 이곳에서 지혜를 축적합니다. 나이들면서 점점 그렇죠. 사형수들은 대부분 생각이 더 깊습니다. 그들은 다른 수감자들과 한 감방을 쓰지 않아도 됩니다. 요즘은 대부분 세 명이 한 감방을 쓰는데, 원래는 둘만 쓰게 되어 있어요. 하지만 세 명이 한 감방을 씁니다. 그래서 동물처럼 다닥다닥 붙어 지내고, 그러니 돼지인플루엔자 같은 병에 걸리면 끝장이죠! 눈뜨고 못 볼 지경이 됩니다. 서로를 죽이지 않더라도 서로를 지독하게 감염시킬 수 있는 겁니다. 하지만 사형수동은 뭐랄까, 엘리트 같아요. 그리고 그들의 감방은 가로세로 9피트 6피트에 (높이가) 9피트 반입니다. 전에는 이런 생각을 해본 적이 없습니다—그 질문을 받기 전까지는—선생님, 아니 교수님. 제 대답은 사형수동입니다.”

인턴은 고개를 돌려 연구원을 힐끔대지는 않고 주의깊게 듣기만 했다.

그녀는 상사의 요령 있는 접근법에 감탄했다. 그는 사람들이 자기도 모르게 훨씬 더 많은 말을 하도록 유도했다. 사람들은 친구 대하듯 그에게 자발적으로 털어놓았다. 음악을 다루는 예술가가 있듯, 그는 말의 예술가였다. 연구원은 작품을 ‘연주’해 사람들에게 감정을 불러일으

---

* 크렁크는 만화 〈덱스터의 실험실〉 시리즈의 ‘저스티스 프렌즈’ 에피소드에 나오는 캐릭터이고, 팝(Pop)은 아빠, 아저씨 등을 뜻하는 구어다.

켰고, 이것이 **수치!** 시리즈의 목적이었다. 그 자신은 감성적인 사람이지만, 그가 독자들에게서 끌어내려는 것은 지성적 분노, 자신과 다른 타인을(동물의 경우에는 자기와 다른 종을) 윤리적으로 살인하도록 청부하는 무서운 폭력성에 대한 인식이었다. 그는 솔직하고 직접적으로— '계산적으로'가 아니라—집필하는 쪽을 선택했다. 가능할 경우에는 다른 사람이 대신 말하도록 했다. 부소장의 경우도 마찬가지인데, 연구원은 그의 말을 몰래 녹음하고 있었다.

"여기로 들어가십시오, 여러분! 최대한 오래 숨을 참는 게 좋을 겁니다."

부소장은 견학단을 비행기 격납고처럼 생긴, 넓고 긴 탁자들과 의자들이 들어찬 방으로 안내했다. 식당이었다. 이 넓은 방 옆에 비슷하게 물건들이 갖춰진 두번째 넓은 방이 있었다. 식당들은 비어 있지만 식탁마다 수감자들이 바싹 붙어앉아 있고 남자들이 웅성대는 소리, 접시와 식판이 달그락거리는 소리를 상상하는 건 어렵지 않았다. 쓰레기 냄새, 부패한 냄새, 역한 냄새, 가스 냄새, 배설물 냄새가 뒤섞여 풍겼다. 오래되고 퀴퀴한 흘린 음식 냄새, 오래되고 찌든 흘린 소변 냄새. 인턴은 살짝 구역질이 났다.

"수감자들은 점심시간에 교대로 식사합니다. A동, B동, C동, D동— 자동운반장치로 내려오는 소떼처럼 다들 이곳으로 들어오죠."

양쪽 식당의 벽마다 아주 세밀한 괴상하고 환영 같은 벽화가, 아니 모자이크 벽화 같은 것이 잔뜩 있었는데, 원근법을 잘 모르는 아마추어 화가가 그린 듯한 인간의 얼굴들과 몸들이었다. 난쟁이 같은 몸통에 지나치게 큰 머리, 팔은 가냘프고 다리는 짧았다. 얼굴들은 죽은 자의 얼굴처럼 창백하고 멍했다. 지옥이라도 들여다본 걸까, 아니면 식당을 비추는 걸까?

바닥에서 약 10피트 높이에 경비원이 식당을 내려다볼 수 있도록 보행용 통로가 빙 돌아 설치되어 있었다. 통로에는 경고사격 없음이라고 쓰인 경고판이 눈에 띄게 붙어 있었다.

부소장은 확연하고 진지하게 '교도소 화가'라는 사람을 칭찬했는데, 그는 1981년 오리온에서 가석방됐지만 얼마 후 75번 도로 밑 불법 거주지에서 부랑자로 생활하다 잡혀 탐파의 구치소에서 죽었다고 했다. 인턴은 눈을 감고 싶었다. 기형의 머리들과 얼굴들, 죽은 자의 멍한 눈빛을 보는 것이 견딜 수 없었다.

죽은 화가에 대한 다른 사람들의 견해를 조롱하는 것인지 몰라도 부소장은 죽은 화가를 칭찬했다. "디부오나는 벽과 일부 천장 공간을 사용하는 데서 이탈리아 화가 '미켈란젤로'에 비견됩니다. '디부오나 작품 보존'을 위한 특별기금도 있었고……"

인턴은 잠시 눈을 감았다. 너무 좋았지만, 너무 위험했다! 그녀는 서서 잠이 들까봐 겁이 났다.

부소장은 방문자들을 식당 안쪽으로 몰아가며 야단치듯이 말했다. "금방 나가지 않을 겁니다, 여러분! 긴장을 푸세요." 사회학을 수강하는 여학생들이 긴 식탁 하나에 자리잡고, 인턴과 연구원과 다른 사람들 무리가 근처의 식탁에 앉았다. 발목을 붙잡힌 청중은 얼마 전 이 식당에서 벌어진 사건을 신나게 떠드는 부소장의 이야기를 들었다. 이때쯤 견학단의 여자 방문자들은 말수가 없어졌다. 남자들은 땀이 나기 시작하자 재킷을 벗었다. 백발의 연구원 혼자만 변함없이 호기심을 내비쳤는데, 불쾌해하지도 않았고 졸도할 것 같은 기색도 없었다.

부소장은 청중에게 상자 속 물건들을 보여주었는데, 지난 한 달간 식당에서 수감자들이 지녔다가 발각된 수제 무기들이었다. 칫솔을 날카롭게 깎아 얼음송곳처럼 만든 것과 판지 손잡이를 붙인 녹슨 면도날, 큰 페이퍼클립으로 만든 철제 갈고리가 있었고, 강력 접착테이프 손잡이를 단 대못은 눈알을 파내기에 안성맞춤일 듯했다. "우리는 이것들을 상자에 잘 담고 봉해서 박물관에서 하듯 보관합니다. 무기가 될 만하다 싶은 온갖 기이한 것들이 이미 오리온 수감자들에 의해 전부 만들어진 셈입니다."

부소장은 자랑하듯이 말했다.

갑자기 식당 뒤쪽 문이 열렸다. 거구의 두 교도관이 파란색 죄수복을 입은 수감자 몇을 채근하며 들어왔는데, 그들의 등장은 놀라움을 주고 주의를 흩뜨렸다. 견학단은 몇 피트 앞의 수감자들을 멀뚱멀뚱 쳐다봤고, 수감자들도 그들을 마주보았다. 수감자들의 눈빛은 황량하고 번들거렸고, 움직인다는 점만 빼면 벽화의 눈처럼 명했다. 수감자 셋은 피부가 검었고, 네번째 수감자는 피부색이 약간 옅은 이십대 중후반의 히스패닉이었다. 잘게 땋은 머리가 목덜미에 달라붙어 있었고, 턱을 살짝 일그러뜨리면서 목발을 짚고 걸었다.

인턴은 히스패닉 청년과 눈이 마주치지 않게 재빨리 고개를 돌렸다.

부상병. 참전용사.

최근의 참전용사라면 이라크? 아프가니스탄?

커다란 슬픔이, 죄책감이 밀려들었다. 죄책감이 너무 깊어서 속이 울렁거렸다.

그녀는 자신과 또래이고 같은 세대인 청년을 눈으로 좇지 않았다. 근육이 단단한 그의 어깨에서, 팔뚝에서, 목발을 꽉 잡은 손과 팔에서 분노가 느껴졌다. 목발을 짚는 불편한 몸이지만 그는 조용하고 민첩하게 움직였다.

말하자면, 부상당한 참전용사.

인턴이 보기에는 견학단의 누구도 그 부상당한 수감자를, 다른 수감자들을 알고 싶어하지 않았다. 부소장이 동료 교도관들에게 큰 소리로 인사하자, 그들은 무표정한 채 의례적으로 경례했다—"부소장님!"

이런 시간에 교도관들과 수감자들이 어디서 왔고 이제 어디로 가는지에 대해서는 아무 설명도 없었다. 다른 방문자들도 똑같았겠지만 인턴은 수감자들이 교도관들의 손아귀에서 쉽게 빠져나올 수 있다고 느낄 수밖에 없었는데, 교도관 수보다 수감자들 수가 훨씬 더 많았기 때문이다……

아마도 취사원으로 동원되는 수감자들 같았다. 그들은 곧 있을 점심시간에 맞춰 대량의 음식을 준비하러 가는 듯했다.

부소장이 말했다. "대부분의 사람들은 우리가 총 2668명의 수감자—중범죄자—에게 어떻게 하루 세끼를 제공하는지 궁금해합니다. 하기야 쉽지 않은 일이죠! 우선 벨이 울리면 수감자들이 감방에서 나와 줄을 지어 식당으로 온 뒤 벽을 따라 걸어가—저기와 저기—배식대에서 쟁반을 들고 음식을 받아 식당으로 돌아와 앉습니다. 정해진 자리에 앉는다는 뜻입니다. 다른 탁자로 갔다가는 보복을 당할—예컨대목을 베일—위험이 있죠. 누구든 껄렁거렸다가는(양해하십시오, 숙녀분들) 홀딱 벗긴 채 독방에 던져집니다. 들어왔다 나가는 데—벨 한 번에—이십 분이 걸리고, 수감자들은 줄을 지어 다시 감방으로 돌아갑니다. 자동운반장치로 옮겨지는 소들처럼, 한꺼번에 한방향으로. 그리고 음식도 나쁘지 않습니다. 수감자들은 배가 많이 고파서 시장이 반찬이거든요."

넓은 식당들이 텅 비어 있었지만, 수감자들이 탁자마다 다닥다닥 앉아 낮게 웅성대고 접시들과 포크들이 부딪치는 소리를 상상하는 건 어렵지 않았다. 코를 찌르는 냄새—음식, 쓰레기, 씻지 않은 몸, 방귀 냄새—를 상상하는 것도 어렵지 않았다. 수감자들의 절망감과 그 절망 속에 깃든 위험도 어렵지 않게 감지할 수 있었다.

건물 내부 어디선가, 아마도 교도관들과 수감자들이 들어간 뒤편 주방에서 격앙된 목소리들과 문이 쾅 닫히는 소리, 냄비 뚜껑이 부딪치는 소리가 났다. 인턴은 마음이 불편하고 불안했다. 수감자들이 식당으로 몰려들고 그들의 목소리가 웅웅 울릴 것 같은 공포감에 사로잡혔다. 하지만 부소장은 어이없게도 담담한 어조로 일장 연설 같은 이야기를 늘어놓았고, 그러다 어느 시점에 '단체 급식'에 대해 말했다.

"여러분! 자원자 두 명이 필요합니다."

부소장이 손가락으로 딱 소리를 냈다. 이 신호에 수감자 취사원인 머리에 망을 쓰고 파란색 긴소매 티셔츠, 오른쪽에 **수 감 자**라고 적힌 파란 바지를 입은 흑인 청년이 웃는 얼굴로 나타났다. 그는 빵가루를 입힌 덩어리 같은 것과—치킨너깃?—작고 납작하고 거뭇한 고기 패티, 으깬 감자와 그레이비소스, 부리토와 감자튀김, '미국 치즈'를 넣은 샌드위치, 젤리 입힌 도넛이 담긴 '시식용 음식' 쟁반을 들고 있었다.

"여러분 모두 출출하실 것 같은데," 부소장이 견학단을 놀리듯이 말했다. "점심시간까지는 아직 멀었습니다. 그러니까—자원하실 분?"

시식용 음식이 그렇게 신속히 나온 것을 보면 시식이 견학의 일부임이 분명했다. 부소장과 기름진 곱슬머리에 망을 쓰고 미소짓는 흑인 청년 사이에 공범 같은 눈길이 슬쩍 오갔다.

"어이, 하면? 오늘 우리를 위해 괜찮은 시식 음식을 준비했나?"

"그럼요. 그럼요 부 - 소장님."

부소장은 매우 우스꽝스러울 정도로 정중하게 말했다. 하지만 하면은 전혀 개의치 않는 듯했고, 곧 농담으로 맞장구쳤다.

아무도 나서지 않았다. 인턴은 연구원이 자신을 힐끗 쳐다보며 신호를 보내지 않기를 바랐다.

마침내 젊은 방문자 두 명—사회학 수강생이고 묶은 긴 머리가 찰랑대는 여학생 두 명과 말린스 야구모자를 쓴 청년—이 불안한 미소를 지으며 나섰다.

"좋아요, 좋아요! 감사합니다! 조금씩 들어보세요! 음식의 질에 좋은 인상을 받을 겁니다."

부소장은 이죽대는 건지 진지한 건지 모호하게 자원자들을 쟁반 앞에 앉게 했다. 두 사람은 다른 사람들의 시선을 의식하며 천천히 먹기 시작했다.

여학생은 손가락으로 치킨너깃을 집어먹고 남학생은 '비프스테이크' 한 점을 포크로 찍어 먹었다. 으깬 감자와 그레이비소스, 감자튀김, 부리토…… 자원자들은 음식을 거의 씹지 않고 삼켰다. "나쁘지 않죠, 네? 요리사를 칭찬할 만하죠?" 부소장이 웃음을 터뜨렸다.

그는 감시하는 부모처럼 버티고 서서 자원자들이 모든 음식을 골고

루 맛보는지 확인했다. 인턴의 눈에 여학생은 아픈 사람처럼 보이기 시작했고 남학생은 계속 턱을 움직였지만 침울해 보였다.

인턴은 이런 시설에 있는 주방의 상태가 어떨지 충분히 알 것 같았고, 그런 음식을 먹는다는 생각만 해도 몸이 떨릴 만큼 끔찍했다. 연구원도 알고 있을 것이다. 당연하다. 그녀는 연구원 쪽을 바라볼 엄두를 내지 못했다. 독성 박테리아가 페트리접시에서 배양되듯 자라고, 눈에 보이진 않지만 몰려들고 있을 것이다……

레스토랑 화장실에 붙은 경고문은 얼마나 우스운가. 직원은 일하러 가기 전 비누와 물로 손을 깨끗이 씻어야 합니다. 하물며 이런 중범죄자 교도소에 그런 경고문이 있다면 얼마나 더 아이러니할까.

부소장은 이곳의 식사 준비에 관한 방문자들의 일상적인 질문에 힘들이지 않고 대답했다. "음, 예상하시겠지만 교도소에서 이루어지는 서비스의 93퍼센트는 수감자들이 직접 합니다. 그렇지 않으면 '수감'이라는 호사를 누리게 해줄 수가 없습니다."

자원자들은 더 천천히 음식을 먹었다. 더 천천히 씹고 삼켰다. 부소장은 즐거운 듯 윙크하며 말했다. "나쁘지 않죠? 여기 이 하면을 칭찬해주십시오, 이 사람이 요리사입니다!"

머리에 망을 쓴 흑인 청년이 치아를 드러내며 웃었다.

머리를 묶은 여학생이 희미하게 미소지었다. 말린스 야구모자를 쓴 남학생은 손등으로 입을 닦았다.

"보십시오, 배가 고프면 먹기 마련이죠. 먹지 않는 건 배가 고프지 않은 겁니다. 자연의 법칙입니다."

부소장은 다른 방문자들에게 남은 시식용 음식을 권했다. 아무도 웅하지 않자 그는 손가락으로 치킨너깃 한 점을 집어 입 쪽으로 가져갔다가 알 수 없는 웃음을 킥킥거리더니 입에 넣지 않는 쪽을 택했다.

"이봐 하면. 자네는 진짜 프로가 되어가는군. 여기서 나가면 사우스비치에서 솜씨 자랑 좀 하겠는걸. 내 말을 믿어봐, 이 친구야."

마침내 식당에서 벗어났다. 밖으로 나온 인턴은 신선한 공기를 깊이 들이마셨다.

얼마나 견학단에서 벗어나고 싶었는지, 얼마나 출입구로 돌아가고 싶었는지 모른다. 너무 진이 빠져서 출입구까지 기어가야 할 수도 있을 것 같았다.

그러나 그런다면 연구원이 단단히 실망할 것이다.

새버스 맥스웨인을 못마땅해하고 화를 낼 것이다.

몇 피트 떨어져 있는 연구원은 인턴이 안중에도 없었다. 작은 수첩에 메모를 하고 있었다. 그는 식당에서 있었던 일이 별로 거슬리지 않았다. 아니면 얼른 마음에서 지웠거나.

다음에 부소장은 견학단을 재촉했다.

견고한 치장벽토 건물에 있는 C동에 들어가려면 다른 검문소를 통과해야 했다. 민간인들의 손목에 찍힌 (은현)잉크 스탬프를 자외선에 비췄다. 새버스 맥스웨인에게 발급된 인턴의 운전면허증도 특별한 이유 없이 면밀히 검사했다. 사회학 교수는 이미 검문소를 두 곳이나 지나왔는데 왜 또 검문을 하느냐고 부소장에게 물었다. 부소장은 구십 분 남짓 견학단에게 보이던 상냥함은 온데간데없이 쏘아붙였다. "부인, 원래 이렇게 하는 겁니다. 하고 싶지 않다면 교도관을 불러 입구까지 데려다 드리죠. 그러면 이것저것 할 필요 없이 그냥 돌아가시면 됩니다."

여자 교수는 면박을 당하자 얼굴을 붉혔다. 그녀와 부소장이 주거니 받거니 시시덕거리던 것도 이제 끝이었다!

인턴은 이곳이 미친 곳이라는 것을 깨닫기 시작했다. 사람들은 상황의 표면, 테두리와 윤곽만 보았기 때문에 상황을 온전히 파악하지 못했다. 사람들은 아래에 있는 것이 아니라 겉만 봤다.

누군가의 자존심─자부심, 진실성─권력─아주 살짝만 건드려도 즉각적인 반발이, 광적인 반발이 튀어나왔다.

그런데다 인턴은 어쩐지 C동을 돌아볼 마음의 준비가 되지 않았다. 가구와 번호판 작업장에서 민간인 방문자들을 의식하지 않는, 서로 친근하고 협력하는 별로 위협적이지 않은 수감자들을 본 뒤였는데도. 또 하먼이 백인 부소장과 가벼운 농담을 주고받는 모습을 보았는데도.

견학단이 검문소 구역을 지나 나지막한 C동으로 떠밀리듯 갔을 때, 인턴은 뭔가 차이점을 감지했다. 남자들의 강한 체취. 공기 자체가 찐득하고 진동하는 것 같은 팽팽한 긴장감.

부소장이 짐짓 상냥한 말투로 견학단을 그곳 교도관들에게 소개하자, 그들은 무시하는 기색을 감추지 않고 민간인들을 힐끗거렸다. 이들은 부소장과 친근한 인사를 나누지 않았고, 그 속에서 부소장은 갑자기 나사 빠진 얼간이 같아 보였다. 성난 말벌들이 윙윙대는 듯한 시끄러운 소리가 들리고─일층 감방들은 도시의 한 블록처럼 늘어선 것 같았으며, 그 위쪽─머리 위─에 아래서는 거의 보이지 않는 이층이 있었다. 부소장이 견학단에게 "주로 신입 수감자들이 수감되는 곳입니다"─"분류되어 어떤 무리에 들어갈지 아직 정해지기 전이죠"라고 C동에 대해 설명하자 등골이 오싹해지는 광경이 서서히 인턴의 눈에 들어왔다.

감방들을 둘러싼 위쪽 통로에 경비원들이 겨드랑이에 자동소총을 끼고 일정한 간격으로 서 있었다. 가장 가까이 있는 흑인 경비원은 심각한 표정을 지은 채 부소장과 견학단 머리 바로 위에 있었다. 그는 한쪽 발을 난간에 걸치고 언제라도 쏠 준비가 된 듯 소총을 양손으로 잡고 있었다.

그의 등뒤로 아래층과 위층에서 모두 잘 보이는 치장벽토 벽에는 경고사격 없음이라고 쓰인 험악한 경고판이 있었다.

인턴은 부소장의 소매를 당겨서 머리 위에 경비원이 있는 것을 아는지 물어보고 싶었다. 인턴은 연구원이 이 경비원의 사진을 찍고 싶어할 거라 생각했다.

(하지만 무장한 교도관의 사진을 찍는다는 건 분별 있는 생각이 아닐 것이다. 만약 연구원이 교도소의 규칙을 위반했다가 발각되어 체포되기라도 하면 어떻게 될까?)

오리온을 방문하기 전 인턴과 연구원은 이 시설에 대해 상당히 자세하게 조사했다. '수감자 대 수감자' 폭력사건—'교도관 대 수감자' 폭력사건—'사고사'로 얼버무려진 사건—'의심스러운 자살' 등 수위가 높았다. 그러나 플로리다주와 미국의 다른 지역에 있는 교정시설에 비해 월등히 높지는 않았다.

하지만 인턴은 유독 C동에서 개인적인 무력감, 뭐라 이름 붙일 수 없는 강한 절망감을 느꼈다……

민간인들이 거북하게 시선을 의식하며 서 있는 곳은 비좁았다. 견학단이 차지할 만한 공간이 없었다. C동에서 부소장은 환영받지 못했고, 그가 견학단을 위해 질문을 던지면 동료 교도관들은 퉁명스럽게 중얼거리며 답했다. 사회학과 여학생 몇 명과 인턴은 자신들도 모르는 사이에, 감방이 아니라 통로에 나와 있던 파란색 죄수복의 수감자 세 명과 겨우 몇 걸음 거리에 서 있다는 것을 알아챘다. 그들은 수갑이나 족쇄를 차고 있지 않았다. 수감자 둘은 검은 피부의 히스패닉이고, 가장 키가 큰 마지막 수감자는 백인이고, 모세혈관들이 뚝뚝 끊어진 것처럼 보이는 악마 같은 얼굴과 대머리에 문신이 잔뜩 있었다. 불룩한 팔뚝 이두근에는 만자卍字, 초록 뱀, 단검에 찔린 피 흘리는 작은 심장 문신이 있었다. 그런 모습을 보면 사람들은 웃음을 흘릴 것이다. 이게 현실일 수도 있나? 수감자들은 인턴을 빤히 보더니 그대로 지나쳐 어쩔 줄 모르는 대학생들을 바라보았다. 그들의 얼굴은 가죽을 꿰매 만든 것처럼 무표정했다.

이들은 감방 밖에서 무엇을 하는 걸까? 아무도 설명해주지 않았다. 부소장은 마치 그 수감자들을 의식하지도 못하는 듯했다.

다음으로 부소장은 견학단을 일층 끄트머리 감방까지 쭉 뻗은 통로로 이끌었다. 견학단을 일렬로 세워 바로 옆에 쇠창살이 있고 안에 남자들이 모여 있는 감방 앞으로 행진시키려는 것이 부소장의 의도 같았다.

"경고합니다, 여러분! 여자분들뿐만 아니라 남자분들도 마찬가집니다. 가능한 한 왼쪽으로, 이 난간 옆으로 붙으세요. 감방에 너무 가까이 다가가지 마십시오. 만약 수감자가 팔을 내밀어 여러분을 붙잡는다면 그의 손아귀에서 빠져나오기 어려울 수 있습니다. 아시겠습니까?"

부소장은 비열하게 킥킥 웃었다. 인턴은 충격을 받았다. 견학 안내자는 이 상황을 재미있어하는 걸까? 농담하는 걸까? 민간인 견학단을 감방들 앞으로 지나가게 하는 것이 과연 좋은 생각일까? 젊은 여학생들은 겁먹은 표정을 짓고 있었다. 그들의 교수도 겁에 질렸다. 식당에서 이성적으로 차분한 태도를 취하려 애쓰던 몇몇 남자마저 걱정스러운 얼굴을 하고 있었다.

오직 연구원만 침착했다. 당당한 큰 키, 예의바른 태도, 나부끼는 백발의 견학단 최고령자인 그는 못마땅한 얼굴로 부소장을 옆으로 불러 말했다. "이건 좀 위험하지 않습니까, 부소장님? 자극적인데요? 저 수감자들이 지나치게 흥분하지 않을까요? 그리고 방문자들이 위험하지 않을까요?"

"아무도 '위험하지' 않습니다. 말도 안 되는 소리입니다. 수감자들은 감방에 제대로 들어가 있습니다. 부수고 나올 수가 없습니다. 감방 안을 보느라 시간을 지체하진 마십시오, 대화를 나누거나 하며 시간을 질질 끌면 안 됩니다. 이것은 여러분의 오리온 견학에 포함된 항목 중 하나입니다. 나중에는 '감방 앞을 행진'해보지 않고서는 중범죄자 교도소의 '분위기'를 알 수 없다는 데 모두 동의하실 겁니다."

하지만 부소장은 연구원 때문에 짜증이 났고, 권위에 도전받았다고 느꼈다.

인턴은 수감자 세 명이 왜 감방 밖에 나와 있는지 추측해보았다. 그들은 교도소의 다른 곳으로 걸어서 이동하는 중일 것이다. 교도소에 수감중인 중범죄자를 마치 놀리는 듯하지만, 수갑을 차지도 않고 어떠한 조치도 없는 걸로 미루어 가석방 심사를 받기 위해 호송되는 중이거나 혹은 가석방을 받았거나, 어쩌면 '형기를 마친' 것인지도 모른다. 이것이 위로가 될까? 그럴까? 인턴은 문신한 나치주의자 같은 사람을, 악명 높은 아리안형제단*을 가까이에서 본 적이 없었다.

사형수 감옥에 대해 조사하면서 인턴은 사형수들과 기소된 그들의 범죄에 대해서도 알아보았다.

인턴은 연구원의 조언이 옳다는 것을 알게 되었다. 사형제도에 반대하려면 사형수들이 희생자들에게 어떤 죄를 저질렀는지 모르는 편이 나았다. 자비심에 지나치게 많은 정보를 보태지 않는 편이 현명했다.

인턴은 불안감을 느끼면서도 정신을 똑바로 차리고 줄 맨 앞에 섰다. 그녀는 체구가 작고 민첩하고 발이 빨랐다. 더디게 움직이는 일행 앞으로 나서는 건 일도 아니었다.

그녀의 본능은 자신을 보호하는 것이었다. 즉각적이고 원초적인 본능이었다. 그것은 양심이나 의무감이나 '선'과는 무관했다. 그녀는 어떤 일이 닥칠지 알았고 최악의 벌을 모면하고 싶었다.

부소장은 뒤쪽에 자리잡고 서서는 견학단을 앞으로 밀려고 했다. 인턴은 맨 앞에서 빠르게 걸어갈 작정이었다. 왼쪽으로, 난간에 붙어서, 할 수만 있다면 어떤 감방도 들여다보지 않으면서. 어떤 수감자든 공연히 자극하고 싶지 않았고, 무엇보다도 그녀가 몸이 가냘픈 청년이 아니라 남자 아동복을 입은 젊은 여자라는 것을 그들에게 들키고 싶지 않았다.

사회학과 여학생 몇이 뒤에 남아 있어도 되느냐고 물었지만, 부소장은 안 된다고, 절대 안 된다고 대답했다.

"이것은 오리온 전체를 돌아보는 견학입니다! 여러분은 전체 견학에

---

* 교도소 내 백인우월주의 범죄조직.

서명했고요! 전체 견학을 끝내야만 오리온을 떠날 수 있습니다, 숙녀 분들! 시작합시다."

자갈 같은 눈에 잔인한 즐거움이 번뜩였다. 인턴은 생각했다. 그는 우리를 미워한다. 수감자들이 그를 미워하는 것 못지않게.

행진이 시작됐다. 선두에 선 인턴은, 감방에 들어찬 수감자들이 상황을 파악해—부소장이 견학단을 이끌고 감방 앞을 지나가는 것—특히 여자들에게 흥분과 조롱의 함성을 지르기 전에 대부분의 감방 앞을 지나칠 수 있었다.

인턴은 재빠르게 성큼성큼 걸었다. 인턴은 아랫입술을 깨물었다.

인턴은 생각했다. 나는 '여자'가 아니야—다른 여자들 같은 여자가 아니야. 이 남자들은 나한테 아무 관심도 없어.

하지만 인턴은 남자들이 자신에게 달려드는 것을 느꼈다. 그들이 철창 사이로 팔을 내밀고 손가락을 뻗어 그녀를 잡으려고 허공을 휘젓는 것을 느꼈다. 그녀는 그들이 내뱉는 상소리를 듣지 않을 수 없었다. 점점 많은 수감자가 견학단이 감방 앞을 지나가는 것을 알아차리고 있었다. 그들에게는 익숙하면서도 미치게 만드는 사건임이 분명했다.

수감자 전부가 날뛰는 짐승처럼 행동하지는 않았다. 인턴은 그것을 나중에야 깨달았다. 어쩌면 절반도 안 됐을 것이다. 3분의 1이 안 됐을지도 모른다. 하지만 주춤하거나 빠르게 지나가는 겁먹은 민간인들의 행렬을 가만히 쳐다보기만 하는 수감자들은 눈에 들어오지 않았다.

야만적인 짐승들. 우리를 붙잡을 수 있다면 저들은 어떻게 할까.

특히 여자들에게.

하느님, 헤치고 나아가게 해주세요. 조금만 더 앞으로!

잔인한 교훈이었다. 부소장은 그들에게 알려주고 싶었을 것이다. 교도소의, 철창의 가치를. 수감의, 처벌의 가치를.

인간들을 인간들과 맞부딪치게 하는 것. 인간들을 분노의, 격분의 병적 흥분상태로 몰아가는 것. 공포.

특히 여기에는 성적 혐오가 있었다. 여자들에게 자신의 존재가 얼마나 위태로운지, 짐승 같은 남자들 앞에서 얼마나 다른 남자들의 보호에 의존하는지 일깨우려는 것이었다.

이것은 허술하고, 잔인하고, 단순하기 짝이 없는 수작이었다. 인턴은 머리로는 이해했다. 하지만 마음속 깊이 떨렸고 쉬 잊히지 않을 것 같았다.

(궁금했다. 연구원은 어디 있을까? 그도 그녀와 같은 생각을 할까? 아니면 남자니까 덜 떨고 덜 겁낼까? 아마도 그는 행렬의 맨 뒤, 부소장 바로 앞에 있을 것이다. 가장 취약한 자리였다. 연구원이 감방들 앞을 지날 쯤에는 일층 감방의 수감자들도 모두 흥분해서 경계하고 있을 테니까. 그때쯤이면 민간인을 움켜잡고 싶은 수감자들이 얼마든지 마음의 준비를 하고 철창에 달려들 테니까.)

(연구원이 감방 앞을 지날 때 겁내기는커녕 빨리 걷지도 않았다는 것을 인턴은 나중에 알게 된다. 그는 죄수들이 화를 내며 날뛰지 않는 감방 앞에서는 시간을 끌었고, 몇 번은 나이 많은 수감자들에게 먼저 다정하게 인사하고 그들의 인사까지 받았다. 이봐요! 안녕하십니까. 연구원은 침착한 분위기를 풍겼다. 그는 처음부터 끝까지 감옥 안을 찍었을 가능성이 높다. 소음과 부산함 속에서 아무도 눈치채지 못했을 것이다. 많은 수감자가 흥분하고 성욕과 분노로 날뛰었으니 교도관들은 이

백발 신사에게 눈을 돌릴 겨를도 없었을 것이다. 수감자들은 감방 철창에 몸을 던지듯 달려들어, 철창 사이로 팔을 내밀고 손가락을 쭉 뻗었다. 마치 민간인들을 잡아 멱살을 쥐고 흔들고 목을 조르고 갈기갈기 찢어버리고 싶은 듯이.)

민간인 견학단은 완전히 침묵한 채 겁에 질려 억지로 행진했다! 다들 숨을 멈추고 시련이 끝나기만 기다렸다.

시련은 질질 늘어졌다. 부소장은 감옥 안을 다 돌고 처음 시작한 곳으로 일행을 이끌었다. 그러는 데 고작 몇 분이 흘렀겠지만 훨씬 더 길게 느껴졌다.

인턴은, 눈을 내리깔았다. 인턴은, 입으로 숨을 쉬었다. 인턴은, 제논의 역설을 생각하고 있었다. 유한성 속 무한성.

한 걸음 한 걸음은 전체 거리에서 미미한 일부에 불과하니까. 전체 거리는 경험을 초월하는 어느 곳이다.

제논의 역설에서 사람은 결코 목표에 도달하지 못한다.

제논의 역설에서 사람은 영원히 갈망하는 상태에 있다.

"자, 여러분! 이제 중범죄자 감옥의 분위기를 아셨겠죠?"

하얗게 빛나는 3월의 태양 아래서 사람들은 지쳐 비틀거렸다.

심지어 연구원도 피곤해 보였다. 심지어 부소장도 언뜻 피곤한 기색이 엿보였다.

"안에서의 시간은 바깥에서의 시간과 같지 않습니다. 교도관은 주간근무나 야간근무를 하루만 해도 퇴근해서 가족에게 돌아갈 때는 헤아릴 수 없는 시간 동안 떠나 있었던 기분이 들죠."

부소장은 우울하게 킬킬 웃었다.

방문자들은 다시 숨을 쉬게 되어 감사한 듯 폐 한가득 크게 숨을 들이마셨다. 인턴은 밀려드는 현기증을 떨치려 두 눈을 꼭 감고 아랫입술을 깨물었다.

하지만 그녀는 강인하고 회복력이 있었다. 연구원은 여자 조수가 다른 여자들처럼 겁에 질려 행진에서 빼달라고 간청하지 않았다는 데 감탄했을 것이다.

부소장이 견학단에게 육체적 고통뿐만 아니라 상당한 수모를 주며 함부로 대하는데도 방문자들은 그를 원망하지 않는 듯했다. 인턴은 그 점에 주목했다.

이제 무시무시한 C동을 벗어나자 사람들은 감탄하며 주절댔다. 수감은 정말 좋은 아이디어이고, 세금은 너무도 값어치가 있으며, 교도소와 형벌, 총을 들고 시민을 보호하는 경비원들이 없다면 문명사회는 유지되지 않을 거라고.

"한숨 돌렸으면 이쪽으로 오십시오, 여러분—사형수동입니다."

부소장은 견학단을 거친 자갈이 깔린 길로 활기차게 이끌었다. 사형수동에 붙은 사형장이 교도소 견학의 마지막 코스였다.

이제 삼십 분이면 돼. 그럼 해방이야!

여학생들은 서로를 꼭 붙잡고 숨을 몰아쉬고 웃음을 터뜨렸다. 감옥 안에서의 경험 때문에 정신이 멍하고 몸이 떨리고 어지러웠다. 그중 한 학생이 울자 다른 학생이 달랬고, 다른 학생은 중얼거렸다. 맙소사! 그건—그건 끔찍했어……

악몽……

……잊지 못할 거야.

하지만 이제 그들은 C동 밖에 있었다. 반쯤 목을 졸렸다 풀려나고 다시 목을 졸렸다 풀려나서 이제 숨쉬고 있다는 것, 살아 있다는 것만으로도 감사한 듯 그들은 웃고 숨을 몰아쉬었다.

인턴은 냉소적으로 생각했다. 저들은 위기를 함께 겪은 경험을 애들처럼 함부로 재잘댈 거고, 이 일을 어떤 특이한 성적 전율 같은 것으로 회상할 거야.

그들은 부소장 바로 뒤에서 걷고 있었다. 교도소 단지 끝에 있는 유난히 흉한 콘크리트 건물로 향했다. 그 뒤쪽으로 트인 땅에는 덤불이 무성했고 가까이에 고압전류가 흐르는 울타리와 경비원이 있는 감시탑들이 있었다.

"염려 마십시오, 여러분—우리는 사형수동은 방문하지 않습니다. 사형장에는 가지만 '사형수동'은 가지 않습니다—여러분은 가장 사악한 자들과는 대면하지 않을 겁니다." 부소장은 신중하게 어휘를 고르기라도 하는 듯 말을 멈췄지만, 견학의 이 시점에서는 여러 차례 입에 올린 익숙한 표현이었다.

방문자 한 명이 어째서 사형수동은 견학 코스가 아니냐고 물었다.

"소장이 금지했으니까요, 그게 이유입니다. 과거에 '사형제도를 반대하는' 선동자들이 어찌어찌 견학단에 끼어들어와 사형수동에서 소동을 벌였기 때문입니다." 부소장은 못마땅한 듯 고개를 저었다.

"사실 아까도 말했다시피, 사형수동에서 한동안 지내다보면 안정을 찾습니다. 악한 면을 잃는다고 말할 수도 있을 겁니다. 나이가 들고, 몸도 병들죠. 우리 '사형수' 한 명이 장폐색증을 앓았는데, 결국 이 가여운 자는 도통 먹지를 못해 체중이 40킬로그램 이상 줄었습니다. 내장이 꼬이고 불치병이 됐죠. 아직 살아 있긴 하지만, 1987년 오리온에 오기 전 범죄를 저질렀을 때와는 완전히 다른 사람이 되었습니다. 그런 사람들이 더 있고, 모두 나이가 들면서 누그러졌습니다. 반면 C동 수감자들은 대부분 신입이고 대단히 위협적입니다. 그들은 잡히기만 하면 여러분의 목을 따버릴 거고 그걸 아무렇지 않게 생각할 겁니다. 그곳에는 악이 도사리고 있습니다. 거기 있는 수감자의 절반, 아니 대부분은 사형수동에 올 수도 있었던 사람들입니다. 아시겠지만 그들이 오리온에 뭔 짓을 해서 왔겠습니까."

부소장은 생각에 잠긴 듯이 말했다. 그는 눈썹을 찌푸리며 골똘한 표정을 지었다.

"그래요, '온정을 베푸는' 판사들과 배심원들이 있습니다―매년 늘어나죠. 바깥사람들은 '온정을 베풀' 때 악이 얼마나 더 활개를 치는지 알지 못합니다. 그들은 이렇게 생각해요. 선의를 베풀면 '선의'로 보답이 올 거라고요. 하지만 그렇지가 않습니다, 여러분. 이 오리온 견학이 적어도 여러분에게 그걸 가르쳐줘야 할 텐데 말이죠."

이전에 열변을 토했던 얼굴이 붉은 남자는 C동을 돌아보며 눈에 띄게 동요했다. 그가 분개하며 말했다. "'약자한테 쩔쩔매는 진보주의자들'이 문제지. 그들이 범죄 관리를 위해 한다는 생각이라곤 세금을 늘리자는 것뿐이니까! 사형수동 같은 데 수감되고 싶지 않다면 벌받을 짓일랑 하지 말아야지."

남자들이 웅성대며 맞장구쳤다.

인턴은 부소장이 자갈 같은 눈으로 좌중을 훑으며 무의식적으로 수를 헤아리고 있다는 것을 알아챘다. 부소장에게는 열다섯 명에 대한 책임이 있었다.

견학단은 사형수동을 지나갔다. 콘크리트 벽에 반쯤 감은 눈처럼 빗장이 걸린 작은 창들이 있었다. 사형수동은 교도소 안에서도 외따로 있었다. 그렇지 않겠지만, 사형수들이 창밖을 내다보고 있을 것만 같았다.

교도소 안에서 보니 밖에서 창문으로 보이는 것은 통로나 복도로 개방된 벽에 설치한 개구부였다. 창문이 있는 감방은 하나도 없었다. 식당 벽에도 창문이 없었고, 가구와 번호판을 만들던 작업장에도 창문은 없었다. 플로리다의 태양은 눈부시고 뜨거워서 여름에는 기온이 50도 가까이 오르기도 하지만, 감방 안으로는 뚫고 들어가지 못했다.

연구원은 가능하다면 전과자들을 인터뷰할 계획이었다. 그는 교도관 노조가 미국 전역, 그리고 플로리다주에서도 가장 힘있는 노조로 꼽힌다는 사실을 익히 알고 있었다. 강력한 노조의 보호를 받는 교도관들 중에는 마약과 총기류를 교도소 안으로 밀반입하는 자도 있었다.

"여러분은 특권을 누리는 겁니다. 교도소 시설의 이 구역, 사형장은 거의 모든 사람에게 출입금지인 곳입니다. 극소수만 올 수 있습니다. 사형집행팀, '사형수'와 증인들, 그리고 우리 견학단이 그렇습니다. 여기가 대부분의 교도관들에게도 제한구역이라는 사실을 알면 놀라실 겁니다."

부소장은 으스대듯이 말했다. 인턴은 앞쪽 돌담을 멍하니 바라보았다. 돌담에 문이 있었다. 그들이 본 교도소의 다른 문들과는 달리 고풍스러웠다.

습하고 차가운 바람이 잡초가 무성한 바닥에서 올라왔다. 땅에는 콘크리트 조각 같은 잡석들이 널려 있었다. 인턴은 몸이 떨렸다.

부소장은 모두 모일 때까지 기다렸다. 그들은 담장에 있는 문 주위에 반원으로 둘러섰다. 문은 땅속으로 들어가는 입구 같았다.

부소장은 방문자들에게 익살스러운 목소리로 '올드 스파키*'에 대해 말했다. "오늘 여러분은 그것을 보지 않습니다. 올드 스파키는 우리 구내가 아니라 레이번에 있기 때문이죠. 여러분은 올드 스파키가 오리온에 있을 거라 생각하시겠지만 아닙니다─오해입니다. 우리에게도 따로 전기의자가 있지만 올드 스파키처럼 유명하지는 않고 더이상 사용되지도 않습니다. 요즘 사형수는 독물사형이나 전기사형 중에 선택할 수 있는데, 모두가 독물사형을 택합니다. 그쪽이 전기사형보다 쉬운 길이라고 생각하거든요. 그런데 어느 쪽이든 상황이 복잡해질 수 있습니다. 올드 스파키 사용을 그만둔 이유는 기계에서 전기불꽃과 불똥이 튀고 두 번에 한 번꼴로 오작동을 일으키기 때문입니다. 사람 머리통에서 연기가 나고 뚱뚱한 사람의 경우에는 튀겨지고 다 타버려 통돼지구이처럼 몸에서 지방이 녹아내리니, 증인들이 토하고 기절하기 일쑤죠. 이곳의 전기의자가 마지막으로 사용된 건 몇 년 전인데, 첫번째 충격을 가하자 의자에 앉은 사람의 다리에서 전기불꽃과 불똥이 튀었습니다. 끈에서 불똥이 튀어 불이 붙은 겁니다. 그러자 두건 아래 머리통에서 연기와 불꽃이 솟았죠. 사람 머리에서 진짜 불이 난 겁니다. 한 뼘 높이 화염이 사람 머리통에서 나왔단 말입니다. 그건 '인재人災'였습니

─────────────

* 전기의자를 뜻하는 속어.

다. 지독한 연기가 형장 안에 자욱했고, 사형집행관들까지 토악질을 했습니다. 그래서 의사 두 명을 불렀어요—'의사'였을 겁니다—어쩌면 병원 직원일 수도 있지만—진짜 의사는 워낙 잘나서 사형장에는 안 들어오려 하거든요. 그 두 명이 들어와 심장박동을 살폈습니다. 그리고 사형수의 변호사는 시민자유연맹 소속의 아주 어린 친구였는데, 그도 토악질을 하더군요. 변호사는 소장에게 중지해달라고 애걸복걸했죠. 하지만 사형집행은 멈출 수 없는 법이죠—계속 진행해야 합니다. 그래서 집행관이 다시 스위치를 올렸는데, 그놈의 불꽃과 연기가 더 이는 겁니다. 그러자 의사들이 다시 사형수를 살폈는데, 그때까지도 심장이 뛰고 있었습니다. 마침내 세번째로 충격을 가했습니다. 십사 분이 흘렀습니다. 의자에 앉은 가여운 인간은 구운 고기처럼 까맣게 타고 연기가 나서 한참이나 아무도 다가가지 못했습니다. 나머지 참관인들은, 가까이 앉아 그의 죽음을 지켜보고 싶어했던 희생자의 일가붙이들까지도 문이 열리자마자 뛰쳐나갔죠."

견학단 사이에 침묵이 흘렀다. 부소장의 의도는 뭐였을까—놀리려는 거였을까? 정보를 주려는 거였을까? 그의 으스스한 독백은 허공에 대고 읊조리는 셰익스피어극의 독백처럼 이미 여러 번 읊어댄 듯한 분위기였다.

인턴은 불쾌한 기분으로 부소장을 노려보았다. 감히 연구원 쪽을 힐끔대지는 못했다. 인턴은 그가 부소장의 말을 녹음하고 사진도 여러 장 찍었을 거라고 짐작했다.

방문자들은 질문을 많이 하지 않았다. 얼굴이 붉은 남자까지도 부소장의 설명이 달갑지 않은 눈치였지만, 이제는 기운을 차리고 떨리는 목소리로 말했다. "'사형'을 당하지 않으려면 죄를 짓지 않으면 되는 겁니다. 인간에게 자유의지가 있다는 걸 믿는 사람들도 많습니다."

"우리는 모두 자유의지를 믿습니다, 선생님! 우리는 동물도 아니고 기계도 아닙니다. 우리는 하느님의 형상으로 만들어진 존재입니다." 부소장이 강조하며 말했다.

부소장의 얼굴에 미묘한 표정이 떠올랐다. "제가 여기 오리온에서 전기사형 집행 현장에 있었을 때 일입니다. 165킬로그램의 뚱뚱한 자라서 의자에 꽉 꼈죠. 올드 스파키처럼, 일어날 수 있는 빌어먹을 온갖 일은 다 일어났어요. 사형수는 의식을 잃은 것도 아니어서 늑대처럼 울부짖었습니다. 그러자 두건이 비뚜름히 돌아갔죠. 집행관은 어떻게 해야 할지 몰랐고, 소장도 우리도 다 마찬가지였어요. 그때 우리는 그의 머리에서 피가 흘러 두건을 적시고 핏자국이 십자가 모양으로 번지는 걸 봤습니다. 아시겠습니까? 뭣 같은 사소한 문제가 생기든 말든 하느님이 사형을 용납하신다는 신호였던 겁니다."

인턴은 연구원을 보지 않을 수 없었다. 십자가 모양의 핏자국! 사형 제도 옹호! 하지만 연구원은 얼굴을 찌푸리기만 했을 뿐 인턴을 모르는 체했다.

"누가 이 문을 열 수 있겠습니까? 자원하실 분?"

부소장은 붙잡힌 어린이 무리를 보는 어른처럼 그들을 살폈다.

인턴은 어딘가로 달아나 숨고 싶었다. 뱃속에서 욕지기가 올라왔다. 하지만 인턴은 연구원이 그녀에게 신호를 보내는 것을, 다른 사람들은 눈치채지 못하게 손짓하는 것을 보았다. 그래서 용감하게 앞으로 나섰다. "부소장님, 제가 해보겠습니다."

인턴은 문을 열려고 안간힘을 썼다. 문은 땅속에 박히고 잠긴 것 같았다. 부소장이 그녀를 힐끗 보았다. 그러더니 채근했다.

"잠겨 있지 않아요, 계속해봐요."

마지막으로 밀었을 때도 문은 꿈쩍도 하지 않았다. 부소장이 문 앞에 자리를 잡고 손잡이를 힘껏 당기며 위로 올리자(인턴은 미는 게 아니라 당겨서 위로 올리는 것이 요령임을 깨달았다) 문이 벌어진 입처럼 열렸다.

견학단은 마지못해 밀려들어갔다. 안으로 들어가서 내려갔다. 돌계단이 세 개 있었다. 벌써부터 C동보다 더 고약한 냄새, 식당보다 더 역한 냄새가 코끝을 스쳤다.

방문자들은 무기력하게 사형집행장으로 내려섰다. 부소장이 문가에서 사람들을 안으로 몰아댔다. 인턴이 마지막으로 들어갔다. 부소장은 인턴에게 눈을 찡긋했다. 자신이 주시하지 않으면 이 왜소한 젊은 친구가 슬쩍 빠져나갈 거라고 말하는 듯한 눈빛이었다. ·

사형장에 놀라운 것이 있었다. 구형球形잠수기처럼 생긴 작은 방이 더 있었다.

팔각형이고, 녹청색 칠이 되어 있었다. 그리고 플렉시글라스 창문이 있었다.

저건 무슨 장치입니까? 하고 연구원이 물었다. 다이빙벨―구형잠수기처럼 생겼군요.

부소장은 웃음을 터뜨렸다. 그가 견학단을 몰고 들어온 방에는 창문이 없었고, 그는 사람들을 방 앞쪽 의자들에 넓게 흩어져 앉게 했다. 사람들은 놀란 닭처럼 초조해하며 파들거렸다. 감옥 안에서의 트라우마 때문에 몇 명은 졸도할 지경이어서, 부소장은 사람들이 얼마나 더 감당할 수 있을지 알아봐야 했다. 그가 연구원에게 말했다. "맞습니다. '구형잠수기'입니다. 데이턴비치에서 공연하는 쇼단에게서 사온 거죠."

척 봐도 다이빙벨/구형잠수기는 쇼에나 나올 것 같은 모양이었다. 일그러진 원 같은 팔면체는 일그러뜨린 눈알 같기도 했는데, 가장 순전한 녹청색이었다.

녹청색. 발랄한 아이 같은 희망이 담긴 색.

방문자들 중에는 그 어휘가 낯설거나 불편한 사람도 더러 있었다. '구형잠수기'에 대한 설명이 필요했다. "심해에서 다이빙벨로 쓰이던 물건으로, 교도소당국에서 비공개적인 루트로 구입했습니다. 사형장은 밀폐되고 방음이 되는 편이 더 나으니까요."

어떤 방식으로 집행됩니까? 한 방문자가 물었다. 구형잠수기가 가스실입니까? 부소장은 플로리다주에서는 1923년부터 1999년까지 전기의자를 사용하다가 독물주사를 도입했고, 가스는 사용하지 않는다고 대답했다.

1923년 이전에는 교수형이 있었다. 교수형이 많았다.

아까 열을 냈던 남자가, 전처럼 얼굴을 붉히지는 않고 얼룩덜룩한 반점이 보이는 남자가 확신 없는 말투로 말했다. "젠장, 내가 하고 싶은 말이 뭔지 압니까? '이 처형은 잔인하고 범상치 않은 방식으로 해야 한다'입니다."

"맞는 말씀입니다. 일부 살인범들이 무고하고 가여운, 상당수는 어린 아이인 희생자들에게 어떤 짓을 저질렀는지 여러분이 안다면, 여러분이 앞장서서 '잔인하고 범상치 않게'라고 말할 겁니다. 아멘!"

부소장은 단호히 말했다. 그러고는 문을 닫으러 갔다. 그의 포로들은 몸을 떨었다.

"여기가," 그가 사람들을 앞으로 불렀다. "희생자의 가족석입니다. 여기 있는 의자들이." 그는 일렬로 늘어선, 묘하게 작아 보이는 의자들을 가리켰다. 등받이가 똑바른 의자들은 폴 스트랜드*가 찍은 대공황시대의 가구와 비슷했다. 의자들은 녹청색 팔각형과 마주보게, 빈 공간 없이 다닥다닥 부채꼴로 놓여 있었다. 구형잠수기의 플렉시글라스 창은 크지는 않지만 길쭉해서, 1열에 앉으면 코앞에서 사형집행을 볼 수 있었다. 이런 비밀스러운 공간에서 다른 사람이 수술대 같은 것에 묶인 채 죽어가는 것을 볼 수 있다고 생각하자 인턴은 욕지기가 치밀었다.

"이 의자들을 잘 보십시오. 우리 주의 관료들, 교도소장, 사형집행관, 원한다면 사건을 담당한 경찰이나 지방검사, 상원의원이나 주지사가 앉을 수도 있습니다. 그리고 여기 뒤쪽은 언론인석입니다. 예전에는 서로 앉으려고 경쟁을 했겠죠."

사형집행을 중계하는 것이 허용됩니까? 하고 한 방문자가 물었다. 녹음이나 촬영이 가능합니까?

"절대 안 됩니다! 사형수의 프라이버시는 존중돼야 합니다."

"그리고 올드 스파키에서 전기사형당하는 모습—돼지처럼 구워지는 모습을 보이고 싶지 않을 거고요." 예의 그 남자가 갑자기 기운을 차린 듯 킥킥대며 말했다. "내 말은, 세상에 공개하고 싶지 않을 거란 뜻입니다. 사형제도반대운동에 빌미를 주길 바라지도 않을 테니까요."

---

* 미국 사진가이자 영화제작자.

부소장은 애무하듯 녹청색 팔각형 앞쪽에 손을 얹었다. 그가 말했다.

"우리 전기의자는 이제 밀려나버렸습니다. 아무도 이 방식을 선택하지 않거든요, 하긴 누굴 탓하겠습니까? 지금은 독물주사가 대세입니다. 이따금 편의에 따라 사형수 두 명이 함께, 한 사람 먼저 하고 삼십 분 후 다음 사람을 집행하기도 합니다. 둘이 공범이면 동시에 처형될 수도 있을 겁니다. 그리고, 네 맞습니다. 이걸 물어보실 생각이었다면요, 오리온에서는 남녀가 동시에 집행된 적도 있습니다. 1950년대의 '백스와 브리아나'를 기억하시는 분 있습니까? 없어요?"

아무도 기억하지 못했다. 혹은 기억한다고 나서지 않았다. 오리온을 조사해왔고 1950년대 후반을 기억할 만한 연배인 연구원조차 반응하지 않았다.

"보카러톤에 사는 부유한 부부의 어린 아들을 납치해 몸값을 요구했죠. 그런데 그들은 아이에게 끔찍한 짓을 저질렀습니다. 몸값을 받아놓고도 아무튼 아이를 죽였습니다. 그래서 그들은 끔찍한 대가를 치렀습니다." 부소장은 잠시 말을 멈추고 접은 휴지로 이마를 닦았다. "물론 두 사람은 서로 상대방의 잘못으로 돌리려 했습니다. 백스가 죽는 데 팔 분 걸렸죠. 그건 기록에 가까울 겁니다."

C동의 충격에서 어느 정도 벗어난 여자 교수가 질문을 던졌다. 플로리다주에서 많은 여성이 사형되었나요?

"'많은 여성'이요? 글쎄요, 아닐 겁니다. 죽어 마땅한데 운이 좋았던 사람 수를 생각하면 얼마 안 됩니다." 부소장은 빈정거렸다.

"그러면 현재 사형수동에 있는 인원은 몇이나 되나요?"

"많지 않습니다. 마지막으로 확인했을 때는 네 명이었습니다."

"그들은 어떤 종류의 범죄를 저질렀나요?"

"몹시 끔찍한 범죄들이죠. 궁금하면 직접 조사해보시면 될 텐데요."

부소장이 빈정대듯 말했다. 무슨 이유인지 그는 유스티스에서 온 사회학과 여자 교수에게 호감이 없었다.

사형장의 천장은 너무나 낮았다! 창문 없는 벽은 무척 답답해서 안쪽으로 조여드는 것처럼 보였다.

인턴은 연구원을 찾아 둘러보았다. 그늘진 곳에서 그의 눈처럼 흰 머리와 흰색 면직 드레스셔츠가 환하게 보이자 인턴은 연구원에게 달려가 양손으로 그의 손을 잡고 호소하고 싶은 강한 충동을 느꼈다. 제발 도와주세요 저를 도와주세요. 저는 여기 있으면 안 됩니다. 여기 있다가는 무슨 일인가 일어나고 말 거예요.

연구원이 처음에 같이 가자고 했을 때부터 그녀는 불안한 전조를 느꼈었다. 받아들이면 잘못이리란 것을 알았다.

지금은 잃어버린 예전 그곳의 삶에서 그녀는 많은 잘못을 저질렀다.

그녀는 그것에 대한 대가를 치렀다. (그럴까?) 하지만 여전히 다른 사람이 연관된 그 잘못들에 대해 무죄를 선고받을 수 없었고, 그래서 인턴은 자신의 잘못에 대해 완전히 무죄가 될 수 없었고 그런 잘못을 저질렀다는 죄책감에서 벗어날 수도 없었다.

그런 잘못, 그런 죄책감을 지울 방법은 딱 하나, 자신을 지우는 것이었다─자신을 '없애는' 것.

하지만 인턴은 그것을 원치 않았다.

인턴은 죽고 싶지 않았다─그런다면 사람들을 도울 기회가, (예를 들어) 연구원 같은 개인들에게 도움이 될 기회 같은 건 더이상 없을 테니까. 연구원은 그녀를 필요로 하는 것 같았고, 그녀는 그를 좋아하게 되었다.

인턴은 방 한쪽 끝에서 쉴새없이 움직이는 연구원을 보았다. 뭘 찾고 있을까? 작은 수첩에 뭘 적고 있을까? 미니카메라로 사진을 찍었을까? 그녀는 연구원의 사무실에 돌아가서 그가 컴퓨터를 켜고 오리온에서 촬영한 사진들을 같이 보기 위해 정리하는 순간을 관능적으로, 비이성적일 정도로 간절하게 갈망했다. 연구원은 작은 수첩에 휘갈겨쓰고 있었다. 인턴은 그의 손을 잡고 싶었다. 그녀의 손은 얼음장처럼 찼다.

그러나 안 될 일이었다. 연구원은 인턴의 분별없는 작은 손을 뱀이라도 닿은 듯 뿌리칠 것이다. 연구원은 어색해할 것이고 화를 낼 것이다. 몹시 당황할 것이다. 두 사람은 그저 공적 관계일 뿐, 그게 아니라면 당장 끊어질 사이였다.

부소장이 복사한 사진들을 돌리고 있었다—뭐지?

화려한 빛깔의 '최후의 만찬' 사진들.

"먼저 분명히 해두겠습니다, 여러분. 사형수의 '최후의 만찬'은 40달러를 초과할 수 없습니다. 법으로 규정되어 있죠."

40달러라니! 일부 방문자들은 흉악범의 식사 금액으로 40달러는 과하다고 느꼈다.

"술은 어떤 종류도 마실 수 없습니다. 사형집행팀은 집행일 삼십 일 이전에 사형집행영장을 전달합니다. 죽을 사람이—양해하십시오, 즉 '사형수가'—가족에게 이야기하고, 면회할 시간을 정하고, 청원할 거리가 남아 있다면 변호사와 의논하도록 시간을 주기 위해서입니다. 그런 뒤 집행 방법과 최후의 만찬을 선택하게 됩니다."

견학단은 부소장이 복사해서 돌린 '최후의 만찬' 사진을 보았다.

플라스틱 쟁반에 담긴 촌스럽고 번드르르한 음식들이었다. 어떤 쟁반에는 튀김이 잔뜩 쌓여 있었다—감자, 양파링, 닭날개. 어떤 쟁반에는 콘플레이크가 두 상자 있었다. 플레인 번빵에 소시지와 머스터드와 렐리시소스를 넣은 핫도그 스물네 개와 콜라캔들이 있는 사진도 있었다.

방문자 몇이 신경질적으로 웃어댔다. 뭐가 재미있는 걸까? 인턴은 충격을 받았지만, 부소장은 사진을 재밋거리로 보여주는 듯했다.

"오—그런 순간에 음식이 들어갈까요…… 나라면 아닐 텐데."

"오, 정말 슬프네요!"

"어떻게 그럴 수 있죠! 딱하고 슬픈 사람들한테……"

"나라면 분명 치즈두들과 닥터페퍼는 먹지 않을 거예요."

좀더 욕심을 부린 식사라 해도 (맥도널드) 랍스터롤과 옥수수 한 개였다. 비프스테이크, 스테이크와 감자튀김, 마운틴듀도 있었다.

좀더 호기심이 나는 것 중에 기름진 도넛들과 우유 두 잔의 식사가 있었다.

배스킨라빈스 초콜릿리플 아이스크림 쿼터 한 통과 우유 한 잔의 식사도 있었다.

멕시코 음식이 잔뜩인 쟁반도 있었다—타코스, 부리토, 타말레, 핫 그린소스. 그리고 게토레이 한 잔.

부소장이 말했다. "그들은 식사를 시작해도 끝내지는 못합니다. 처음에는 배가 고픈 것 같지만 결국 마음이 바뀌죠." 부소장의 얼굴에 교활한 표정이 떠올랐다. 여러 번 했을 이야기일 텐데도 방문자들에게 말할

지 말하지 않을지 고심이라도 하는 것 같았다. "이 가여운 스크록스란 친구는 어쩌나 멍청한지 경비원에게 '나중'을 위해 피캔파이 절반을 남겨놓고 싶다고 말하더군요. 항소심이 끝났을 때 그의 나이는 스물아홉이었고, 포트마이어스에서 여자애 열두 명을 죽였다고 이미 자백한 뒤였습니다. 이 멍청이가 경찰한테 거짓말할 엄두도 못 내고 그렇다고 말해버린 건데—경찰이 그의 짓이라고 몰아붙인 일들까지 했다고 인정한 겁니다. 그러고서 경찰이 놓아줄 거라고 생각했던 거죠!" 부소장은 기세 좋게 웃었다.

잠시 침묵이 흘렀다. 아무도 웃지 않았다. 아무도 미소짓지 않았다.

부소장은 아랑곳하지 않았다. 청중이 표출하는 분노와 두려움보다 청중을 갖고 놀며 경멸하는 것을 중시하는 스탠드업 코미디언처럼 부소장은 다음 단계로 넘어갔다.

"자, 여러분. 여러분은 선택권이 있다면 어떤 방법으로 죽겠습니까?"

이번에도 침묵이 흘렀다. 부소장이 말을 이었다.

"말하자면 한때 플로리다에서는 교수형 또는 전기의자를 선택했습니다. 이제는 독물주사와 전기의자 중에 선택할 권리가 있죠. 몇몇 주에는 '총살집행팀'이 있죠—유타가 그럴 겁니다. 어떤 주에는 지금도 가스실이 있지만, 아마 교수형은 없을 겁니다. 어디에서나 주로 독물주사가 이용되지만 솔직히 진행하기 어려운 방법일 수도 있습니다. 선택할 수 있다면 여러분은 뭘 선택하시겠습니까?"

대부분의 방문자들은 독물주사를 선택했다—마지못해서. 나머지 사람들은 입을 다물고 서 있었다.

부소장이 인턴에게 몸을 돌리고 거만한 목소리로 뭘 선택하겠느냐고 묻자 그녀는 깜짝 놀랐다. 학교 선생이 자기 말에 집중하지 않는 것 같은 학생을 대하는 방법 같았다.

인턴은 선택하지 않겠다고 대답했다.

"전기의자와 독물주사 중 어느 쪽? 선택하지 않겠다고요?"

"선택하지 않을 겁니다."

"일부 주에는 가스실, 전기의자, 교수형, 총살집행팀, 독물주사가 있었습니다─그런데 선택하지 않겠다고요? 아니, 선택을 하겠죠."

하지만 인턴은 그러지 않을 것이 확실했다. 그녀는 자신의 죽음에 관여하지 않을 것이다.

"선생님은요? 어떤 선택을 하시겠습니까?"

부소장은 연구원에게 말했다. 그는 견학단에서 부소장의 권위에 도전하는 듯한 유일한 사람이었다.

연구원은 어깨를 으쓱했다. 그도 선택하지 않겠다고 답했다. "주당국이 선택하도록 하겠습니다. 저는 제 죽음에 관여하지 않을 겁니다."

부소장이 화를 내며 말했다. "하지만 선택해야 한다잖습니까! 더 편안한 죽음이라고 생각되거나 더 쉽다고 생각되는 방법이 뭡니까."

연구원은 주장을 굽히지 않았다. "아닙니다. 나는 내 죽음에 관여하지 않겠습니다. 주당국이 내게 그런 의무를 부과하는 게 싫으니까요."

"하지만 그런다면 주당국에서 당신 죽음에 힘을 행사하는 셈이 되잖습니까! 선생의 말은 앞뒤가 전혀 맞지 않는군요."

부소장은 부아가 치민 듯했다. 인턴과 연구원 모두에게 몹시 짜증이 난 것 같았다. 전혀 다른 두 사람은 서로 모르는 사이가 분명하지만 기질적으로 닮은 데가 있었다. 부소장은 자신에게 재량권이 있다면 견학단에게 교훈을 주기 위해 그중 절반에게 사형이라도 선고할 듯한 기세였다.

"선생은 사형선고를 '야만적'이라고 생각하시는 것 같군요. 그렇죠?"

"내가 그런 말을 했나요? 그런 말을 한 것 같지 않은데요. 야만적이란 단어는 한 번도 입에 올린 적이 없습니다."

"하지만 그렇게 생각하잖습니까, 선생! 당신은 그렇게 생각해요! 당신은 좌파 자유주의자 부류의 판사였을 겁니다…… 플로리다의 판사가 아니라……"

"나는 판사가 아닙니다, 부소장님. 퇴직한 판사도 아니고요."

"음, 그럼—변호사이겠군요. 교수이거나. 살인범들을 놔줄 겁니까? 강간범, 연쇄살인범—유아살해범을?"

하지만 연구원은 이런 때, 이런 장소에서 부소장과 격앙된 토론에 휘말리기엔 너무도 신중했다. 인턴은 그가 촬영이 금지된 녹청색 사형장을 촬영하고 싶어할 것이며, 부소장과는 더이상 대화하고 싶지 않을 거라 생각했다.

"자, 누가 안에 들어가보시겠습니까? 딱 일 분만 시범을 보이면 되는데요."

다이빙벨 같은 곳에 들어가라는 뜻이었다. 부소장은 붙잡힌 사람들을 힐끗 쳐다보았다. 다들 그의 시선에 움츠러들었다.

너무나 혐오스러운 상황이었다! 악몽 같았고, 부소장 말에 따르지 않고는 빠져나갈 방도가 없었다.

"자원자 한 명이 필요합니다. 누가 하시겠습니까?"

인턴은 연구원이 신호를 보내기를 기다리지 않았다. 그녀가 말했다.

"제가 하겠습니다."

다른 사람들이 그녀를 바라보았다. 인턴은 그들의 얼굴에서 고마워하는 기색을 읽었다.

부소장은 짜증이 난 듯했다. "당신이 말입니까! 좋소, 젊은 친구― 인정해야겠네요, 작은 친구가 고집이 세군요. 하지만 여기 우리를 위해 나서줄 다른 분들도 있는데……"

"제가 할게요, 부소장님. 다른 분들을 위해서."

인턴은 망연히 녹청색 팔각형으로 다가갔다. 머리에서는 두통이, 뱃속에서는 구역질이 일었다. 체구가 작은 덕에 적어도 문을 통과해 안으로 들어가는 데는 어려움이 없었다. (다이빙벨 안쪽 천장은 답답하리만치 낮아 보였는데, 실제로는 2미터가 넘었다. 성인 남자도 한동안은 편히 서 있을 만한 공간이었다.)

부소장은 인턴을 노려보고 있었다. 한편으로 그는 인턴이 마음에 들기도 했는데, 자신의 말에 고분고분하게 따르는 태도 때문이었다.

부소장은 문가 안쪽에 기대서서, 인턴에게 탁자에 올라가 등을 대고 누우라고 퉁명스레 말했다.

인턴은 시키는 대로 했다. 머리 위로 흉한 다이빙벨 천장이 가까이 보이자 그녀는 눈을 감았다. 흥분을 억누른 듯한 부소장의 목소리가 계속 들렸다.

"이것이 실제라면 사형집행팀이 와 있겠죠. 그들은 이 작은 친구의 몸을 끈으로 묶었을 거고 이 친구는 혼자서 안에 들어가지 않아도 됐을 겁니다."

부소장은 실제 집행이나 제대로 된 시범이 아니라서 아쉬운 듯한 투로 말했다. 하지만 견학단에게 보여줄 수 있는 건 여기까지였다.

"말씀드린 대로 우리 교도소에는 '올드 스파키'가 없습니다. 우리 전기의자는 창고에 있죠. 독물주사는 볼 게 별로 없습니다."

그러나 부소장은 직접 목격했던 독물주사 집행 실패 사례들에 대해 한동안 열을 내며 말했다. "헤로인주사를 맞은 탓에 혈관이 쭈글쭈글한 경우에는 팔과 다리, 허벅지 안쪽, 발바닥, 엉덩이, 턱밑, 발 등 온갖 곳에 주삿바늘을 찔러야 합니다. 몇몇 불쌍한 자들은 바늘꽂이처럼 되어서는 아니 아니 아니 그만! 하느님 도와주세요 제가 잘못했습니다 하고 악을 써댑니다." 부소장은 효과를 내려 잠시 말을 멈췄다가 다시 이었다. "그리고 가끔 약물에 문제가 있을 때도 있죠. 주사약이 알맞지 않거나 소위 적당한 '용량'이 아닐 때가요. 그러면 사형수의 혈관에 들어가는 약물이 너무 독해―산성물질처럼―사형수가 두건을 쓴 채 비명을 지르죠. 입에 수건이나 스펀지를 물려도 다른 사람에게까지 들릴 정도로요. '자비로운 죽음' 따윈 없습니다. 그들은 그런 대접을 받을 자격이 없습니다. 자비를 엉뚱한 데 베풀지 말아야죠."

부소장의 말을 듣는 사람들은 몸을 떨었다. 그는 놀이공원에 있는 롤러코스터나 디멘트위스터처럼 한쪽으로 기울어진 놀이기구의 조종자 같았다. 부소장이 내려줄 때까지 지옥 같은 그 탑승 기구에서 내릴 수 없었다.

방문자들이 질문을 했지만 인턴은 들을 수 없었다. 귓속이 윙윙거리기 시작했고, 멀리서 파도가 밀려오는 것처럼 피가 고동쳤다.

인턴은 가죽끈을 만지작거렸다. 다행히 부소장은 그녀의 팔과 다리 위로 끈을 매게 하지는 않았다. 그녀는 링거 줄을 타고 독약이 혈관으로 주입된다는 것을 알았다. 한쪽 팔뚝 또는 손등에 주삿바늘이 꽂힐 것이다.

가까운 곳에서 부소장이 말하고 있었다. 으스대며 조롱하는 듯한 말투에는 흥분이 깔려 있었다.

인턴은 기억나기 시작했다―뭔가가.

인턴은 기억나기 시작했다―웅크리고 누워 있었던 기억. 탁자 위에 반듯이 누운 것이 아니라 땅바닥을 기었고, 얼굴에서 피가 나고 코와 입에 피가 흥건하고 눈에 흙이 들어갔었다.

제발 꺼져 넌 구역질나.

"사실 요즘 사형집행영장 발부는 흔히 생각하는 것과는 다른 의미를 지닙니다. 온갖 청원―'문서' '보고서' '논쟁'―이 몇 년 동안 이어지죠. 어떤 남자가―여자도!―사형수동에 오면, 무슨 죄목으로 왔는가, '결백'한가는 중요하게 고려되지 않습니다. 선고된 죄목에 대해서는 '결백'할지도 모르지만, 그는 절대 결백한 사람이 아닙니다―여자도 마찬가지고요. 그건 통계적인 사실입니다."

잠시 침묵이 흘렀다. 인턴은 눈을 더 질끈 감으면서도 보고 듣기 위해 안간힘을 썼다.

그녀는 무척 겁이 났다. 죽음에 대한 공포가 밀려들었고, 발과 다리가 무감각해지다가―위로 올라오더니…… 손가락의 감각이 사라졌고 얼굴도 마찬가지였다. 그가 그녀의 혀를 뽑아버린 것 같았다.

그래서 말을 할 수 없었다. 하고 싶지도 않았다.

……말을 하지 못해? 들리지도 않는 것 같은데.

얼굴이 엉망진창이야. 피를 좀 닦아줘야겠는데.

누가 이랬든 그놈은 다시 올 거야. 범인들은 항상 그렇지.

"우리의 마지막 집행은 2월에 있었습니다. 그러니까 한 달 전이군요. 집행이 잡혔다가—뉴스에도 나온 '리처드 카프'—두세 차례나 연기됐었죠. 젠장! 아무도 이것이 관계자 모두에게 다행이라고 생각하지 않았습니다. 희생자의 가족도, 심지어 사형수 자신도 망할 놈의 꼭두각시처럼 끌려다니는 꼴이었으니까요. 사형수들은 인생과 타협을 하고 죽음을 준비합니다. 사형수동에 있는 수감자들에게 물어보면 대부분 그렇다고 말할 겁니다. 그때쯤에는 대개 독실한 기독교도가 되어 있고요. 그들은 이렇게 말할 겁니다. '잘 감당해야죠'라고요. 이 마지막 사형수 '팝 크렁크*'는 그랬을 겁니다. 솔직히 말하면 저는 팝 크렁크를 좀 좋아했습니다—팝 크렁크도 저를 좋아했고요. 그는 76세에 죽었습니다. 1987년부터 쭉 오리온에 있었죠. 그전에는 레이퍼드에 있었고요. 강도와 특수폭행죄로 복역했습니다. 장발에 수염을 길게 기른 게 꼭 옛날 사람 같았죠—에버글레이즈국립공원 같은 데서나 보이는. 강도짓을 하다 저항하는 사람을 때려죽이고 사형수로 수감됐습니다. 탬파에서 그의 소행으로 짐작되는 다른 살인사건들에 대한 영장도 받았고요. 팝은 자기가 '꾐에 넘어가' 자백을 했고, 흔히 그렇듯 나중에 '되돌리려' 애썼지만 판사가 즉각 기각해버렸다고 했습니다. 곧 젊은 변호사단이 그 선고를 뒤집기 위해 새로 재판을 하려 했죠. 왜들 그러는지 참! 아무리 새로 재판을 해도 '추호의 의심도 없는' 재판은 없을 테니까요. 변호사가 재판중에 졸든 아프든 숙취에 찌들어 나타나든 다 그렇죠. 그래서

---

* 리처드 카프의 별명.

지난달에 그들은 다시 집행유예를 주장하며, 주지사에게 감형을 요구하려 했습니다. 하지만 정작 팝 크렁크는 죽음을 두려워하지도, 부당한 대우를 받는다고 불평하지도 않았습니다, 적어도 저에게는 안 그랬습니다. 그가 선택한 최후의 만찬은 괜찮았습니다. 맥도널드 빅맥과 감자튀김, 양파튀김, 초콜릿 밀크셰이크였어요. 제게 같이 있어주겠느냐고 물어서 그러겠다고 대답했는데, 안쓰럽게도 노인네가 허기진 듯이 먹다가 점점 느려지더군요. 결국 반도 못 먹고 빅맥을 내려놓으며, 젠장 이제 배고프지 않네 하고 말했습니다.

팝이 밀크셰이크 먹겠소? 하고 묻길래 나는 좋습니다, 고마워요! 하고 대답했습니다.

팝 크렁크가 휠체어를 탔다는 말을 했던가요? 처음에는 목발만 짚었는데 다리와 엉덩이에 관절염이 생겼죠. 꾀병 부리는 게 아니라 척 봐도 아픈 걸 알 수 있었어요. 아파서 얼굴은 오만상을 썼고요. 그래서 그는 의무실에서 휠체어를 받아 하루의 대부분을 감방에서 보냈습니다. 사형집행영장이 전달되면 그때부터 시계가 째깍째깍 가기 시작합니다. 주지사의 전화만이 집행을 연기할 수 있죠. 그런데 그때는 전화가 오지 않을 것 같았습니다. 팝의 운도 다한 거죠. 그는 그걸 알았습니다. 어떤 날씨는 미리 알 수 있는 것처럼—예를 들면 허리케인이 그렇죠. 그런 날씨에는 뼈마디가 훨씬 더 심하게 쑤시는 법이잖습니까. 그래서 그는 주지사 자식에게 전화가 걸려오지 않으리란 걸 미리 알았던 겁니다. 교도소 목사와 우리가 데리러 갔더니 팝은 평소와는 전혀 달라 보였습니다. 그런 광경을 보면 정신이 번쩍 납니다. 어떤 걸 예상하게 되니까요. 내가 아는 이 사람이 어떻게 처신할지 예상이 된단 말입니다.

팝 크렁크의 얼굴에 땀이 줄줄 흘러내리고 있었습니다. 그는 눈을 꾹 감고 숨을 참으려고 입도 꾹 다물었죠. 일부러 숨을 안 쉬려고, 질식하려고, 숨을 끊으려고 애썼던 겁니다. 하지만 불가능했죠, 숨을 쉬려는 본능이 너무 강하니까요. 그러자 이 가여운 사람은 버티려고 하더군요. 휠체어에 앉아서. 숨을 헐떡이고 땀을 흘리며 기도를 했고요. 우리는 휠체어를 밀어 집행장으로 갔고, 계단 옆 좁은 경사로로 내려왔습니다. 그런데 휠체어가 다이빙벨에 들어가지 않아 그를 일으켜서 걷게 해야 했습니다. 저는 팝과 함께 걸어가는 일을 맡은 교도관들 중 하나였습니다. 가여운 팝 크렁크가 그렇게 벌벌 떠는 건 처음 봤습니다. 저는 그에게 말했죠. '팝! 해낼 수 있어요. 이봐요, 괜찮을 겁니다.' 피해자들의 가까운 친지들이 앞줄 의자에 앉아 있었고, 그중에는 팝 같은 연로자도 몇 있었습니다. 다들 이 순간을 지긋지긋하게 오래 기다려왔죠. 소장이 있었고 교도소 감독관과 기자 몇 명도 있었습니다. 팝은 겁을 먹고 뒷걸음쳤습니다. 휠체어는 포기해야 했고요. 그가 다이빙벨로 들어가는 문가 가장자리를 붙잡고 놓지 않자 우리는 억지로 그의 손가락을 펴야 했습니다. 교도소 목사가 말했습니다. '우리를 실망시키지 마십시오, 팝. 지금은 그러면 안 됩니다. 우리는 당신에게 더 큰 기대를 합니다, 팝. 바로 여기 희생자들의 친지들이 정의를 바라고 있습니다. 그들에게 그들이 받아야 할 것을 줘요, 팝.' 팝은 그의 말이 맞는 말이란 걸 알았습니다. 그는 곧장 그 의자에 최대한 똑바로 앉았고, 사람들이 그의 몸에 끈을 둘렀습니다. 지켜보던 사람들은 모두 깜짝 놀랐습니다. 팝 크렁크가 갑자기 미소를 지으며 이랬거든요. '이봐! 죽기 좋은 날씨로군.'

그 말이 신호가 되었습니다. 우리는 그의 머리에 검은 두건을 단단히 씌웠습니다."

그는 너를 다시 해칠 거야. 너를 죽일 거야.

너는 돌아갈 수 없어. 절대 안 돼.

……지켜줄게. 맹세해.

인턴은 이제 부소장의 말을 듣고 있지 않았다. 인턴은 심장이 느려지다 멈추고, 다시 뛰면서 살아난 듯한 기분을 느끼고 있었다. 그런 힘이 어디서 솟아 생명을 되돌려주는지 그녀는 몰랐다.

그녀가 누워 있는 이 탁자에서 사람들이 죽었다. 녹청색 다이빙벨 안에서 사람들은 무시무시한 죽음을 맞이했다. 그녀 이전의 사람들, 그 노인 팝 크렁크는 여기서 끈에 묶여 죽어갔다. 집행관들은 깡마른 노인의 팔에 바늘을 찔러 독물을 몸속에 흘려보냈고, 그는 늘어진 채 숨을 멈췄다. 증인들은 검은 두건을 쓴 그의 머리가 고꾸라지는 것 외에는 보지 못했다. 그것은 더이상 산 자의 머리가 아니었다.

인턴은 필사적으로 일어나 앉았다. 무거운 공기에 짓눌려 기운이 빠지는 듯했다. 비척비척 다이빙벨 문으로 걸어나가 놀란 얼굴의 부소장과 방문자들을 지나 사형장 문으로 갔다. 인턴은 거침없이 힘껏 문을 열어젖혔다.

그녀 뒤쪽에서 목소리들이 소란스러워졌다. 이제 곧 견학은 끝날 것이다.

인턴은 비틀대며 밖으로 걸어나와 넘어졌다. 하지만 호흡은 정상적이었다. 인턴은 기절하지 않았다. 무릎의 상처는 오래전에 생긴 것이었다. 그 상처가 다시 찢어지지는 않았다. 코르덴 바지를 입고 있어 상처가 나지는 않았다. 인턴은 사형장 밖, 덤불이 무성한 땅바닥에 넘어진 채 그대로 누워 있었다. 썰렁한 사형수동의 콘크리트 외벽 끄트머리였다. 그녀는 일어서려고 안간힘을 다했다. 부소장이 힐난하는 투로 그녀를 불렀다. 짜증이 난 듯 그녀를 불러댔다. 부소장은 겁을 내고 있었다. 그가 인솔하는데 견학중에 민간인이 쓰러지거나 다치는 건 달갑지 않은 일이었다. 부소장에게도, 오리온 견학에도 반갑지 않은 일이었다. 부소장은 사형장에서 나와 인턴에게 다가왔다. 그녀는 땅바닥에 무릎을 꿇고 일어나기 위해 애쓰고 있었다. 얼굴에서 피가 나나? 코피가 나나? 인턴은 분하고 창피한 마음으로 얼굴을 닦았다. 견학단의 방문자들이, 그중 몇몇이 그녀를 빤히 보고 있었다. 사형장 문가에서 그들은 그녀를 바라보았다. 그들은 무슨 일이 있었는지 잘 알지 못했다. 무슨 일이 있었지? 다이빙벨에서 인턴은 부소장의 명령대로 고분고분하게 탁자에 누웠는데, 갑자기 탁자에서 뛰어내려 도망쳤다. 부소장이 불복종에 익숙하지 않다는 것이 금방 드러났다.

인턴은 갑작스러운 공포에 극도로 겁을 먹고 현기증을 느끼기 시작했다. 그녀가 비틀대며 밖으로 나온 것도 분명 그것 때문이었다. 백발의 신사 연구원이 사람들을 밀치고 나와 그녀에게 다가왔다.

그는 그녀를 부축해 일으키려 했다. 그녀는 무릎을 꿇은 채 한기에 덜덜 떨었다.

뒤늦게 깨달았다. 연구원은 그녀가 다이빙벨 안에서 사진을 찍어주길 바랐을 것이다! 당연히 그랬을 것이다.

왜 그녀에게 소니 손목시계를 채워줬겠는가. 그래서가 아니겠는가?

그녀의 머릿속이 발작하듯 빙빙 돌았다. 뇌에서 산소가 빠져나가고 혈관을 따라 독이 흐르며 뇌가 죽기 시작했다.

하지만 연구원이 그녀에게 시계를 준 것은 당연히 그것 때문이었다. 이 무시무시한 곳에 인턴이 동행하기를 바란 것도 그것 때문이었다. 그런데 그녀는 그 생각을 전혀 하지 못했다. 다른 것들은 생각했지만 그 생각은 하지 못했다.

이제 그녀는 그 생각도 하지 않았다. 모든 것이─연구원까지도─힘들었던 순간 속에서 휩쓸려가버렸다.

"죽기 좋은 날씨로군", 이 말과 함께.

10장
배신
:

플로리다주 템플파크, 2012년 3월

그녀는 말을 할 수 없었다.

말을 입 밖으로 꺼내는 것. 할 수 없었다.

"……그만둬야겠습니다. 정말 죄송해요."

그는 대꾸하지 않았다. 그는 충격을 받았을지도 모른다.

그는 화가 났을지도 모른다. 그녀는 차마 그를 바라보지 못했다!

더듬거리며 말했다. "─돌아가야 한다는 생각이 들어요, 제가─제
가……"

까무러칠 것 같았다. 혈압이 올라가 귓속이 울렸다.

"……제가 떠나왔던 곳으로. 제가 '실종'됐던 곳으로."

연구원은 그녀에게서 몸을 돌렸다. 연구원은 불쑥 방에서 나가버

렸다.

문 닫히는 소리가 들렸다, 쾅. 다른 문이 쾅 닫혔다. 그녀는 양손으로 귀를 막았다.

두 사람 사이에서 이런 일은 한 번도 없었다. 연구원과 인턴, 그들의 관계는 언제나 전적으로 사무적이고, 공적이었다.

연구원은 그녀가 주시하는 것을 알아차리지 못했다. (알아차렸을까?)

연구원은 그녀가 그의 등뒤에서 미소짓는 것을 알아차리지 못했다. (알아차렸을까?)

연구원의 하늘색 눈동자가 그녀에게로 향했다. 부드러운 눈길도 애정이 담긴 눈길도 아니었지만—그가 바라보는 것을 알자, 그의 묘한 미소, 멍하면서도 매혹적인 미소를 보자 그녀는 희망과 갈망이 꿈틀대는 것을 느꼈다. 오래전 자신이 못마땅하고 수치스러워서 억눌렀다고 믿었던 뭔가가 꿈틀거렸다.

"맥스웨인! 이리 와보게, 자네 조언이 필요해."

혹은 이렇게 외쳤다. "맥스웨인! 이리로."

연구원은 그의 세대가 흔히 그렇듯 컴맹처럼 굴었다. 그는 인턴만큼 컴퓨터를 다루지 못했다. (솔직히 그것은 사실이 아니었다. 연구원은 컴퓨터에 제법 능숙했고, 적어도 그가 사용하는 프로그램들은 능숙하게 다뤘다. 인턴은 제대로 될 때까지 아무 키나 눌러댔다. 인내는 히스테릭해지지 않기 위해 꼭 필요한 수단이었다. 인턴은 침착을 원칙으로 삼았다.)

"맥스웨인!" 이따금 이 소리는 간청이고, 진심 어린 외침이었다. 하지만 연구원은 재미삼아 그러기도 했다.

그녀에게 대신 병뚜껑을 열어달라고 부탁했다. 그가 좋아하는 석류 주스가 담긴 길고 큰 병. 왜요?

"자네가 나보다 손힘이 세니까, 맥스웨인. 자네는 젊으니까 꽉 잡을 수 있지."

작은 글자는 뭐든 읽어달라고 부탁했다. 리모컨, '메뉴'를 사용해야 하는 일은 뭐든. "'메뉴'를 쓰는 법이 도통 익숙해지지 않는단 말이야. 대신 좀 해주게, 맥스웨인."

하지만 지금은, 지금 그들 사이에 유머는 없었다. 장난기는 없었다.

그녀가 산산이 부서지지 않으려고 안간힘을 쓰고 있었기 때문이다. 극도로 조심스럽게, 신중하게 처신하고 있었기 때문이다. 묘한 녹청색 다이빙벨 안에서 그녀는 소멸이, 절멸이 얼마나 가까운지를 깨닫게 됐다.

그곳에서 죽음은 재촉을 받았다. 죽음은 우연히 일어나거나 일련의 '자연적' 사건들에 의해 일어나는 일이 아니었다—죽음은 명령되었고, 죽음은 집행되었다.

죄책감으로 속이 울렁거렸다. 속이 울렁거렸다, 죄책감에.

리오비스타 캐널에 있는 연구원의 유리벽에 둘러싸인 집에서 이날 저녁에. 오리온 교도소에서 늦은 오후까지도 끝나지 않던 진 빠지는 견학을 마친 이날 저녁에.

돌아올 때는 거의 연구원이 SUV를 운전해야 했다. 인턴은 기운이 너무 없고 어지러웠다. 인턴은 속이 텅 비어버렸다고 느꼈다.

그렇게 부서진 건 적어도 일 년 만의 일이었다.

인턴이 된 뒤로 처음이었다.

산산조각난 유리처럼 조각조각. 부서져서 손가락 사이로 떨어져내렸다.

비명을 질러도 이미 너무 늦다. 일단 산산조각나면 너무 늦다.

처음에는 연구원에게 아무것도 아니라고 말하려 했다. 아무것도 아니라고, 괜찮다고, 그런데, 음, 연구원처럼 그녀도 부소장의 이야기와 견학이, 무시무시한 교도소를 돌아보는 견학이 좀 혐오스러웠다고! 그리고 초조했고, 그리고……

겁에 질렸다고. 그녀의 인생이 하수관에서 콸콸 흐르는 물, 하수관을 빙 돌다가 순식간에 사라져버린 물 같다고.

그는 사우스베이에 있는 작은 쇼핑몰에 차를 세웠다.

그는 인턴을 주류판매점에 보냈다. 인턴이 평소 하던 일이었다. 상점에서 물건 구입하기. 그사이 연구원은 차에 남아 작은 수첩을 넘기며 메모를 했다.

그러다가 그도 상점에 들어왔다.

장신의 백발 신사 연구원은 드라마에 나오는 은퇴한 판사와 비슷했다.

그리고 그녀는 소년 같은 젊은 여자였다. 남자애 옷을 입고, 남자애처럼 목덜미 머리카락을 면도로 밀고, 코르덴 바지와 플란넬 셔츠를 입고, 등산화를 신은. 밝은 형광등 불빛 아래 통로로 카트를 밀고 다녔는데, 그녀는 자신이 왜 거기 있는지 확신이 없었다.

술병들이 어둡게 빛나는 진열대들 사이 통로마다 광기에 일그러진 눈처럼 생긴 볼록거울이 달려 있었다. 거울에 비친 그녀는 조심조심, 머뭇거리며 지나갔다. 어쩌면 그녀는 (지난 십 년 동안 도둑맞고 총을 들이민 자에게 강탈까지 당했던 주인의 매서운 눈매에) 열두 살쯤 된 혈색 나쁜 중독자/매춘부로, 신뢰할 수 없는 사람으로 보일 것이다. 볼록거울에 비친 그녀의 일그러진 얼굴은 거의 알아볼 수도 없었다.

왜 여기이고, 여기서 그녀가 맡은 일은 무엇인가. 그런데 여기는 어디인가.

"맥스웨인."

그녀는 멍한 채 몸을 돌렸다. 그 이름이 떠올랐다―제노.

그녀는 계속 똑바로 서 있으려 애썼다. 온 힘을 똑바로 서 있으려 애쓰는 데 쏟았다. 집행장에서 그녀는 비틀거리면서도 신선한 공기가 있는 바깥으로, 혹은 물기 어린 신선한 공기가 있는 곳으로라도 가야 한다고 생각했다. 그리고 그녀는 무릎을 꿇으며 쓰러졌다. 젊은 몸에서 기운이 다 빠져나갔고, 정신을 차려보니 땅바닥에 누워 있었다. 사람들이 목소리를 높였고, 그녀는 기절함으로써 견학단의 규칙을 어긴 셈이었다.

토하지는 않았다. 걱정했던 것만큼 속이 메스껍지는 않았다.

와인 – 맥주 – 주류판매점. 포트로더데일을 향해 남쪽으로 가는 노스뉴리버 캐널의 어디쯤.

그녀의 입술은 차갑고 감각이 없었다. 얼굴에 핏기가 없었다. 칠십대 초반의 신사인 연구원은 쉽게 깜짝 놀라는 사람이 아니었다. 공공장소에서 그는 언제나 차분하고 냉정하고 담담하고 통제력이 있었다. 공공장소에서 그는 정중했다. 그런 그가 얼굴을 찌푸리고 인턴을 노려보고 있었다.

하지만 자네는 내 젊은 인턴이야! 자네는 나보다 젊고 건강하고 나보다 오래 살 거고, 내가 자네를 고용한 이유가 바로 그거야, 나를 보살피게 하려고. 맥스웨인!

그녀는 연구원이 사오라던 위스키를 겨우 골랐다. 조니워커 블랙.

연구원이 좋아하는 탄산수 여섯 개들이 팩을 쇼핑카트에 담았는데, 어쩌다 둘이 식사할 때면 인턴도 종종 그 물을 마셨다.

연구원은 손을 떠는 그녀에게서 쇼핑카트를 넘겨받았다. 카트를 밀고 상점 앞쪽으로, 이제 노골적으로 그들을 쳐다보는 계산원에게 갔다—어울리지 않는 이 커플은 어떤 관계일까? 아버지 또는 할아버지와 청년—아니 아가씨일지도. 계산원이 색칠된 긴 인조 손톱이 달린 손가락으로 금전등록기를 재빨리 누르며 물건값을 계산하는 모습이 경이로워 보였다.

"맥스웨인. 가 있어. 내가 물건을 가져가겠네."

"아닙니다. 제가 도울 수 있습니다, 선생님."

"가라고 했잖아."

그들의 억양은 플로리다 것이 아니었다. 인근의 억양도 아니었다.

너무 기운이 없었다! 연구원은 조수석에 앉은 그녀를 힐끗 쳐다보았다.

인턴은 이렇게 무력했던 적이 없었다.

연구원은 인턴을 걱정하며 응급실에 데려가야겠다고 말했다.

코르티손 주사를 한 대 맞아야 할 거라고. 아마 사형집행장에 알레

르기반응을 하는 것 같다고.

27번 도로를 타고 남쪽으로, 포트로더데일로 돌아갔다. 모든 표지판,
대형 광고판은 여행자들을 남쪽으로, 포트로더데일과 대서양으로 이
끌었다.

손바닥만한 비키니를 입고 백사장에 누운 여체들. 반짝이는 황금색
피부의 여체들.

인턴은 기운 없이 괜찮다고 거절했다.

응급실은 싫어요, 병원 검사도 싫어요. 인턴은 괜찮다고 고집을 부
렸다.

인턴은 진찰받는 것이 두려웠다. 인턴은 발견될까봐 두려웠다.

그녀는 반쯤 정신이 나가 있었다. 그녀는 자신을 다독였고, 이 상황
에―대형 데스크톱컴퓨터 앞에 연구원과 바싹 붙어 앉아 있는 것에
관능적인 전율 같은 것을 느꼈다. 연구원은 오리온에서 몰래 촬영한 사
진들을 모니터에 띄웠다. 그들은 이미지들을 보고 어떤 모습인지 열심
히 확인했고, 연구원은 녹음하거나 녹음하려고 시도한(그런 소형기기
로 하는 도둑 녹음은 완벽하게 해내기 어려웠다) 테이프들을 재생하
고, 인턴은 메모를 했다. 인턴은 번호를 매기고 이름을 적고, 마지막으
로 사진들을 프린트해 서류철에 정리했다. 이 일에는 어떤 위안이 있었
다. 인턴은 간절히 이렇게 생각하고 싶었다.

우리는 협력자야. 사회정의 프로젝트에서.

우리는 앞으로도 계속 함께 일할 거야.

그는 나를 믿어도 된다는 걸 아니까.

그날 밤 열시 사십분. 인턴은 연구원의 임차한 집에서 밤을 보내게 될 것이 확실해 보였다. 그의 집에는 좁은 침대와 서랍장과 개인 화장실이 있는, 그녀가 잘 방이 있었다.

전에도 가끔 그 방에서 잤다.

그녀는 떠듬떠듬―아침이 되면―말하게 될 것이다……

선택의 여지가 없다고……

……집에 돌아가야만 한다고.

(집! 이것은 그녀가 쓰는 단어가 아니었고, 연구원은 그녀에게서 그 단어를 들어본 적이 없었다. 집은 이제 더이상 그가 쓰는 단어가 아니었고, 인턴도 그에게서 그 단어를 들어본 적이 없었다.)

(그녀가 연구원에게 분명히 말하지 않았던가, 주장하지 않았던가, 부모가 살아 있지 않다고, 가족이 없다고―혹은 소원해진 나머지 가족도 없다고? 집은 없었다. 집에 대한 기억도 없었다.)

그녀의 고용주는 깜짝 놀랐다. 그는 정신이 아뜩했다. 그는 (누구라도 알 수 있듯이) 쉽게 깜짝 놀라는 사람이 아니었고 (이런 면을 자랑스러워했고) 오히려 사람들을 놀라게 하고 당혹스럽게 하는 사람이었다.

지금, 아프다고 하는 건가?

그녀가 무슨 말을 하는 거지? 집이라니……

그랬다, 새버스 맥스웨인은 괜찮아 보이지 않았다. 너무 많은 것을 봐서 눈이 퀭했다.

그는 말하고 있었다. 아픈 건 창피한 일이 아니야. 기운 없는 것도.

누구나 이따금 기운이 없지, 맥스웨인.

그는 부드럽게 말했다. 혹은 그러려고 애썼다.

연구원은 조수와 사적인 관계를 바라지 않았다. 그녀를 '인턴'이라고 부르는 건 일종의 농담이었고, 그녀도 알았다.

그는 감정이 얽히는 관계를 원하지 않았고 어떤 성적인 관계도 원하지 않았다. 이건 명확했고, 과거에도 그런 것이 문제가 된 적은 한 번도 없었다.

그녀도 알았다. 그녀는 그를 당황하게 하고 싶지 않았을 것이다.

연구원이 말했다. "젠장. 내가 자네를 그 망할 데로 끌고 가서 병이 나게 했나보군."

그녀는 연구원이 자책하는 것을 바라지 않았다. 그녀를 책망하는 편이 차라리 마음 편했다.

그가 조니워커 마개를 열었다. 그는 거의 술을 마시지 않았다. 인턴이 관찰한 바로 그는 까다롭거나 고된 과제를 끝냈을 때나, 까다롭거나 고된 과제를 끝내는 데 실패했다고 생각될 때만, 즉 '기념'하고 싶을 때만 술을 마셨다(인턴에게도 함께 마시자고 권했다). 그는 위스키를 잔에 따라 들이켰는데, 인턴이 그에게 한 말도 하려는 말도 도무지 믿을 수 없었다.

"'사형장'에서 자네에게 무슨 일이 있었군. '다이빙벨'에서. 젠장, 자네를 거기 들여보내는 게 아니었는데."

"선생님이 그러신 게 아니에요. 제가 자원했어요."

"망할 그 '선생님'. 나를 부르려면……"

연구원은 말을 끊었다. 고용인에게 부르라고 할 만한 이름이 없기 때문이었다.

"—'나쁜 놈'이라고 불러. 자네를 병나게 했으니까."

"그런 게 아니에요. 제가 자진해서 들어간 거예요."

"그래, 하지만 내가 자네에게 자원하라고 신호를 했지. 두 번 다."

둘 사이에 침묵이 내려앉았다. 인턴은 눈을 감기가 무서웠다. 무의식 속으로, 소멸로 빠져들 것 같았다.

그녀는 자기 목소리를 들으며 떠듬떠듬 말했다. "그냥 제가—선생님을 사랑해서요. 사랑하는 것 같습니다. 선생님."

연구원은 웃음을 터뜨렸다. 그의 얼굴은 인턴에게 따귀라도 맞은 것처럼 빨개졌다.

"자네는 나보다 쉰 살은 어린 사람이야. 맙소사, 자네는 아직 소녀라고."

"저는 '소녀'가 아니에요. '소녀'였던 적도 없었던 것 같은데요. 저는 그냥 별종이에요—전에도 그랬고요. 하지만 선생님을 사랑할 힘은 있어요. 선생님이 저한테 사랑을 원하지 않으시니까."

연구원이 다시 웃었다. 어떤 것도 믿을 수가 없었다.

비싼 위스키를 손가락 몇 마디 높이만큼 더 따랐다. 술을 마셨는데도 그는 여전히 믿기지 않았다.

재앙을 향해 폭주하는 차, 아무도 핸들을 잡지 않았다.

두 사람 사이의 침묵. 하지만 지난 팔 개월 같은 편안한 침묵이 아니라 불안한 침묵이었다.

그때 그녀는 이런 상태가 계속될 수 있다면. 영원하진 않을 거야—영원 같은 건 없어라고 생각했었다.

그녀는 연구원을(사실 그녀에게 그는 이름이 없었다. 연구원은 비할 데 없는 그, 그분이었다) 연구소의 넓은 사무실 한쪽 구석이나 자택 서재의 컴퓨터 앞에서 지켜보았다. 그는 잇새로 휘파람을 불고 활기차게 일에 집중했고, 빗방울소리 같은 초기 모차르트의 맑고 투명한 선율에 귀를 기울였다. 그런 연구원을 보며 그녀는 은밀하게, 위험스럽게 생각했다. 이런 상태가 계속될 수 있다면, 이것이 내가 바랄 수 있는 전부인데.

연구원이 새로운 **수치!**에서 폭로할 내용을 구성할 때 보조하는 것이 인턴이 바랄 수 있는 전부였다. 연구원은 십팔 개월간 출장을 다니며 조사한다는 계획을 세워놓았었다. 인턴은 깜짝 놀랐다. 베스트셀러들을 냈던 연구원도 집필을 시작하기 전까지는 자신이 어떤 내용을 쓰게 될지 모르는 것 같다고, 어둠 속에서 손을 더듬는 것 같다고 말했다. 하지만 더듬더듬 시작하면 원고가 구성되어갈 거라고, 노력에 대한 보답이 있을 거라고 그는 확신했다.

연구원은 책에서 가장 강력한 부분은 실제 목격한 사형집행일 거라 믿었다. 대상으로 삼은 주들—플로리다, 텍사스, 루이지애나 등—중에서 실제로 집행을 볼 수 있는 입회권을 얻어(얼토당토않은 바람일까? 여러 법과대학에 그의 지인들이 있었다) 직접 참관하려 했다. 운이 따라준다면(하지만 생각해보면 끔찍한 일이었다!), 일상적으로 일어나지만 보도되지 않는 '집행 실패' 장면도 직접 보고 싶어했다. 이런 식으로 그는 **수치!**와 언론을 통해 사형제도의 비인간적인 면을 폭로할 생각이었다. 어쩌면 국회에 로비도 할 수 있을 것이었다. 책에서 가장 강력한 대목은 견학단 안내를 맡은 부소장 같은 평범한 미국인들의 일상적 언어로 듣는 '집행 실패'의 목격담일 것이었다.

연구원은 최근 팔 개월 사이에 인턴에게 의존하게 되었다.

그는 그녀라서 그런 게 아니라고 얼른 덧붙였을 것이다. 조수에게 의존한 거라고.

이제 불쑥, 어이없게, 터무니없게도 두 사람의 연합은 끝나는 듯했다.

그녀가 말하고 있었다―오 그런데 그녀가 무슨 말을 하고 있을까?

그가 말하고 있었다―배신이라고.

그는 그녀에게 부아가 치밀었다. 그녀가 머뭇대며 말한 순간 그가 느꼈던 놀라움, 근심, 안쓰러움, 당혹감이 이제 분노로 바뀌었다.

"자네는 나한테 약속했지. 이 프로젝트를 돕겠다고 했어. 나는 십팔 개월이 걸릴 거라고 분명히 말했네. 자네를 교육시키고 자네에게 시간을 투자했는데, 이제 와서 떠나겠다고―'집'에 간다고―하는 건가. 그건 면접 때 자네가 나에게 거짓말을 했다는 뜻이야. 자네는 나에게 거짓말을 했고 나를 배신했어."

"저는―돌아오도록 노력할 거예요. 언제가 될지는 모르지만……"

"'돌아온다고'! 지금 떠나면 자네는 '돌아오지' 못해."

"하지만 저는―선생님을 다시 만나고 싶을 것 같아요, 힌턴 박사님……"

('힌턴'은 그의 본명이 아니었다. 인턴은 그의 이름이 뭐였는지 들어본 적이 없었다.)

연구원이 완고하게 대꾸했다. "'나를 다시 만날' 필요는 없네, 맥스 웨인."

"하지만 언젠가―혹시―나중에라도―"

"자네가 돌아오길 기다릴 순 없네. 자네가 간다는 그 '집'이 어디든. 거기가 어디지, 뉴욕주 북부인가?"

연구원은 목쉰 소리로 비웃듯이 말했다. 인턴은 연구원이 그렇게 흥분하는 것을 본 적이 없었다.

"제가 전화드릴게요. 그러도록 해볼⋯⋯"

"자네는 내게 약속을 했어. 그래놓고 나를 배신했네. 나는 자네를 다시는 신뢰할 수 없어, 맥스웨인."

인턴은 대답할 말을 생각하려 애썼다. 인턴은 수치스러워서, 자신이 못마땅해서 힘이 빠졌다.

인턴은 자신이 연구원을 배신했다고 생각했다.

배신—적확한 표현이었다.

그녀는 배신했다. 수많은 사람을 배신했다.

"다른 조수를 면접하겠네. 광고를 내야겠지. 분명 다른 사람을 찾을 수 있을 거야. 하지만 챈텔 리오스에게는 다시는 연락하지 않겠네."

연구원은 매몰차게 말했다. 무척 상처받은 것이 확실했다.

인턴은 그를 꽉 붙잡고 싶었지만 감히 그러지 못했다. 쉰 살 연상인 그가 못마땅하게 노려보리라는 것을, 손을 뻗어 그를 붙잡으면 팔에 기어든 뱀을 떨어내듯 그녀의 손가락을 떼어내리라는 것을 그녀는 알았다.

다시 그녀 안에서 뭔가가 부서지는 듯했다. 자아가 산산조각났다. 그 파편들을 주워모아 풀과 접착제로 붙이고 압정으로 고정하고 테이프를 감아 제법 오랫동안 근근히 유지해왔다. 그런데 숨막히는 듯한 사형장에 다녀온 후, 그녀에게 사형선고가 내려졌다는 것을 알게 된 후, 그녀는 산산이 부서져버렸다.

　실은 이미 연구원의 집에서 비척비척 걸어나가고 있었다. 당연히 그 집에서 밤을 지내지 않을 것이다. 돌아오지 않을 것이다. 연구원은 그녀가 떠나기를 기다리고 있었고, 그녀가 문밖으로 나가면 문을 쾅 닫고 잠글 것이다.

　인턴은 계단에서 균형을 잃었다. 난간에 머리를 찧을 뻔했지만 넘어지는 건 겨우 모면했다.

　"젠장. 빌어먹을 젠장."

　연구원이 넌더리를 내며 그녀를 계단 위로 끌어당겼다. 의자에 앉혔다.

　연구원의 입에서 위스키 냄새가 났다.

　끓어오르는 분노. 혐오.

　연구원은 인턴이 의자에서 고꾸라져 떨어지지 않게 붙들었다.

　연구원은 인턴을 안았다. 인턴은 막무가내로 흐느끼고 있었다.

　인턴은 가봐야 한다고 말했다. 집에 돌아가야 한다고 말했다.

　그녀가 떠나온 후 세월이 흘렀다. 몇 년이 지났는지는 확실히 몰랐다.

　그녀는 예전 그곳에서 잘못을 저질렀다. 실수를 했다.

　아니, 그녀에게 무슨 일인가 벌어졌고, 그 일은 실수였다.

　그러니 돌아가야 했다. 가서 용서를 빌어야 했다.

　연구원은 그녀의 말을 거의 알아들을 수 없었다. 연구원은 고통스러운 표정을 지으며 귀를 기울였다.

　이날, 2012년 3월 11일은 아주 오래전에 시작됐다. 연구원은 75세였고, 그가 인턴에게 곧잘 투덜댔듯 그는 예전처럼 젊지 않았다.

연구원에게는 선택의 여지가 없었다. 그의 손을 꽉 잡고 손에 입을 맞추는 인턴을 달래줄 수밖에 없었다. 인턴은 팔 개월 동안 전혀 자신의 감정을 내비치지 않았지만, 갑자기 어리석음이 폭발한 듯 울어댔다. 뜨거운 눈물이 연구원의 손에 뚝뚝 떨어졌다. 인턴은 뇌에 산소가 부족해 질식 위험에 빠진 것처럼 정신없이 숨을 몰아쉬었다. 연구원은 괜찮다고, 이걸 받으라고 말했다.

그는 오른손 중지에서 별 모양의 은반지를 뺐다. 인턴은 그게 무슨 반지인지, 뭘 기념하는 반지인지 물어볼 생각도 하지 못했다. 연구원은 자기 손가락에서 뺀 반지를 그녀의 손가락에 끼워주었다.

당연히 별 모양의 그 반지는 인턴의 가느다란 손가락에 너무 헐거웠다.

연구원은 그녀를 보냈다. 떠나야 할 시간이었으니까.

연구원이 말했다. 내 전화번호 갖고 있지. 내가 자네에게 가야 할 상황이면 전화하게. 하지만 그게 아니라도, 내가 필요하면 나를 찾아오게. 그때까지 잘 지내고.

인턴은 아스팔트 바닥에 눈물을 뿌리며 걸었다. 연구원에게 정말 그런 말을 들은 것인지, 아니면 그날 밤 침대에 지쳐 쓰러져 자면서 상상한 것인지 확신이 없었다. 기진맥진해 혼미하게 잠을 자면서 그녀는 노토가산림보호구역으로 돌아갔다. 소멸의 공포에 휩싸여 비틀비틀 그곳에서 빠져나간 모욕당한 실종 소녀로 돌아갔다.

리오비스타 캐널에 있는 연구원의 집에서 멀어지는 그녀의 오른손 중지에서 아름다운 은반지가 헐거워 빙빙 돌았다.

11장
구조
:
2005년 7월~2009년 10월

그가 말했다. 제발 꺼져 넌 역겨워.

그후 오랫동안 말을 할 수가 없었다.

성대가 절단된 것처럼 소리가 나지 않았다. 진흙 몇 줌을 입속에, 목구멍 속에 쑤셔넣기라도 한 듯이.

그녀는 흙바닥에 얼굴을 박고 있었다. 못난이 못난이 못난이 못난 년 너는 살 자격이 없어.

그가 그녀를 밀어냈을 때 이미 그녀는 죽었다.

그가 그녀를 쓰레기처럼 버렸을 때 그녀는 죽었다.

다친 동물처럼 덤불숲 속을 기어다녔다. 그 상처에 대한 수치심, 육체적 굴욕감. 다친 동물이 바라는 건 오직 숨는 것, 사라지는 것이다. 죽는 것, 죽음은 반드시 혼자여야 한다.

그들―메이필드 가족―은 딸들이 어릴 때 개를 키웠다. 예쁜 갈색 점박이 세터 종으로, 이름은 롭 로이였다. 롭 로이가 열두 살이었을 무렵, 집에서 없어지기 시작했다. 처음에는 몇 시간만 보이지 않다가 점점 그런 시간이 길어졌고 마침내 밤새 돌아오지 않게 되었다. 롭 로이의 반짝이는 갈색 눈이 갑자기 흐리멍덩해지고 그의 관심은 그들이 아니라 다른 곳을 향한 것 같았다. 그들은 부르고 또 불렀다. 롭 로이! 롭로이! 착하지, 롭 로이 집에 돌아와! 하지만 롭 로이는 집에 돌아오지 않았고, 결국 그들이 찾아냈다. 딸들은 슬픔으로 비명을 질렀고, 제노와 아를렛은 크게 상심했다. 용감한 롭 로이는 슬그머니 빠져나가, 성공회 교회 묘지 뒤쪽의 빽빽한 덤불숲에서 죽었다. 나중에 제노의 수의사 친구는 롭 로이가 암에 걸려 있었을지도 모른다고 말했고, 제노는 나직이 롭 로이답네……라고만 했다. 그들과 친한 사람들은 제노의 말이 품위, 용기, 이타심, 남에게 폐를 끼치지 않으려는 마음, 훌륭한 개의 품성을 뜻한다는 것을 알았다.

그것이 동기였다. 모욕당한 소녀는 그게 뭔지 알지 못했지만.

그런 수치, 너무나 치욕스러운 수치. 콕 집어 말할 수 없는 감정.

찢어진 손과 무릎으로 엉금엉금 기었다. 바위들, 날카로운 자갈들이 좁은 물가에 흩어져 있었다. 칠흑 같은 어둠 속, 얼룩덜룩한 하늘 아래. 그리고 그가 화가 나서, 겁이 나서 그녀를 불렀다. 크레시다! 어디 있어! 돌아와―젠장 이리 돌아오라고! 내가 미안해.

아니면 그가 그녀를 불렀고, 그녀는 듣지 못했다.

아니면 그가 그녀를 불렀고, 소리가 너무 작아 그녀에게 닿지 못하고 유황빛 여름 하늘에서 부는 지독하게 뜨거운 바람을 타고 그에게 되돌아갔을 것이다.

왜냐하면 브렛 역시―이라크전쟁 참전용사, 부상병, 퍼플하트훈장, 여러 가지 장애, 신경정신학적 결함들로―멍한 상태, 놀란 상태였기 때문이다. 그는 술을 마신 상태였다. 정신과 약을 먹고 있을 때 음주하면 안 된다는 주의를 받았고, 특히나 운전하는 것도 금지였다. 말소리가 어눌하고, 시력이 정상인 눈으로 보는데도 시야가 이지러졌다. 그는 평소처럼 행동할 힘이, 지프에서 내려 모욕당한 여자애를―얼굴에서 피가 나는 여자애를, 피앙세의 동생을 쫓아갈 힘이 없었다.

그녀를 쫓아가 데려오기에는. 그녀를 둘러업고 지프로 데려오기에는.

오히려 그녀가 그에게서 달아났다. 브렛은 그녀가 지프 밖으로 몸을 던져 어디로 갔는지 알 수 없었다.

머리 위로 뿌연 달이 높이 떴다. 비를 잔뜩 머금은 구름이 달을 가렸다.

노토가강이 콸콸 흐르는 소리. 하얀 거품 이는 물살, 비교적 수심이 얕은 곳에도 흐르는 급류.

더 먼 데는 수심이 15피트쯤 됐다. 갑자기 깊어져서 위험했다.

오랫동안 비바람에 시달린 수영 금지 팻말이 군데군데 있었다.

그녀는 기어서 강물로 들어가려 했다. 그러면 강물에 몸이 떠내려갈 것이고, 그녀가 어떻게 거절당하고 버림받았는지 아무도 모를 것이다.

이러지 마! 나한테서 떨어져! 이러지 말라고—설마 네가······

그는 그녀가 잘못된, 불쾌한 방식으로 신체 접촉을 시도해서 충격을 받은 남자애처럼—까다로운 남자애—오빠, 사촌—그녀를 무턱대고 밀어냈다.

본능적으로 그는 반응했다. 이건 잘못된 일이었다.

그가 몇 시간 전부터 술을 마신 사람이, 점잖은 사람이 아니라고 해도.

브렛 킨케이드는 네가 얽힐 사람이 아니야.

물론 괜찮은 사람이었지—예전에는. 하지만 피앙세에게 버림받은 후로, 총을 맞아 꼴이 엉망이 돼서 그녀의 가족에게 엿 같은 취급을 받은 후로— 이제 킨케이드는 네가 얽힐 사람이 아니야.

그래도 브렛은 그녀의 동생을 집에 데려다주었다, 아니 그러려고 했다. 목격자들은 그랬다고 증언할 것이다.

그들은 집으로 간 것이 아니었다—그렇게 되지가 않았다.

그는 그러려고 했다. 브렛은 자신이 무엇을 하는지, 여자애가 누군지 모를 만큼 취하진 않았다. 메이필드네 작은딸은 그가 성관계를 맺고 싶어할 부류가 아니었다. 섹스를 안다고 할 만한 부류가 아닌 게 확실했으니까. 여자들이 있고, 여자애들이 있었다—이제 그는 애가 아니었고 이제 여자애들한테는 별로 관심이 없었다. 이라크에서 돌아온 뒤로 더욱 그랬다. 그는 치미는 두려움을 억누르며 얼른 여자애들에게서 등을 돌렸다.

게다가 킨케이드 상병은 전쟁 이후 성불구가 된 듯했다(브렛의 고교 동창들이 이죽대고 조롱하며 흉한 소문을 냈다). 가여운 녀석의 자지가 있던 자리에 간신히 소변줄이나 끼울 만한 뭉툭한 살덩이만 남아 있다고.

두 사람은 서로 오해하고 있었다. 아마 그랬을 것이다.

그녀—그 여자애—메이필드네 작은딸—역시 술을 마셨다. 맥주 한 잔에 당장 조심성이 없어지고 대담해져서는 깔깔댔다. 브렛. 한 번만 나를 좀 봐줘요. 우리가 뭔지 알아요? 영혼의 동반자예요. 이제 당신은 나처럼 망가졌다고요.

그는 그 말에 충격을 받았다. 마음을 다쳤고 모욕감을 느꼈다. 하지만 그녀가 혼자 와 있다는 것을 알았고, 그녀의 가족을 아는 사람답게 책임을 져야 했기에 모욕감을 무시하려 애썼다. 아직 애잖아. 저애가 개뿔 뭘 알겠어! 하고 생각하면서.

크레시다 메이필드가 술을 잘 못하는 건 분명했다. 로벅인의 소란한 분위기가—시끄러운 목소리들, 웃음소리, 음악소리—그녀를 불편하게 했다.

주차장에서 귀청을 찢을 듯한 오토바이 소리가 났다. 애드론댁 헬스 에인절스.

토요일 밤에 로벅인에 혼자 온 여자애—엄청난 실수였다.

멍청하고, 조심성이 없었다. 게다가 그녀는 어떻게 돌아가야 할지도 몰랐다.

그럼, 기회를 잡아보는 게 어떨까.

그녀는 언니의 피앙세를 사랑했다. 그를 사랑하는 걸 부끄러워하지 말아야 했다.

그것을 생각할수록, 브렛 킨케이드를 사랑한다는 사실을 생각할수록 그녀의 확신은 더 커졌다. 가슴이 마구 쿵쾅거리며 경고신호를 보냈지만 그것은 옳은 일, 도덕적으로 맞는 일이었다―브렛에게 말하는 것은.

줄리엣이 그를 포기했으니(그러지 않았던가?) 크레시다가 그녀의 피앙세를 차지하고 싶어했을 거라는 건 의심할 나위가 없다. 연애 한 번 못해본 열아홉 살 크레시다가, 다른 사람에게 뜨거운 키스를 해본 적도 받아본 적도 없는 그녀가 브렛 킨케이드에게 강렬한 갈망을 품는 것이 그렇게 이상한 일일까? 그렇게 부자연스러운 일일까? 브렛이 줄리엣을 보는 눈길로 그녀를 바라봐주기를 바라는 것이? 그를 어루만지고 목과 턱밑 톱니 모양의 흉터를, 힐끗 본 적이 있던 등의 구불구불하게 불거진 흉터를 쓰다듬고 싶은 것이? 그가 다리를 절고, 한쪽 눈은 망가지고, 웃음을 터뜨릴 때면 온몸에 전기라도 흐른 것처럼 고통에 움찔하면서도 웃으려 한다는 것. 사람들이 부추겨도 미군에 대해 불평을 하지도 모욕을 하지도 않는다는 것. 부상당한 참전용사의 망가진 몸에 갇혀 있을 뿐, 그는 예전과 똑같은 사람이라는 것. 그의 눈빛에서 충격과 괴로움과 자신의 상황에 대한 단념을 볼 수 있다는 것―이 모든 것이 브렛 킨케이드를 더욱 사랑하게 하는 요소였다.

몇 년처럼 길게 느껴지는 그 몇 달 동안 그녀는 꿈에 젖어 떠다녔다. 이제 내 차례야. 그럼 안 될 이유라도 있어?

그녀는 언니가 브렛 킨케이드를 사랑했거나 사랑할 수 있었던 것보다 그를 더 많이 사랑한다고 확신했다.

분명 그도 알 거야! 하고 확신했다.

그날 저녁 마시 마이어네 집에 갔다. 그날 저녁 그녀는 식탁에 다른 사람들—여자들—고교 동창 마시, 마시의 어머니, 마시의 할머니—과 앉아 까무러칠 것 같은 기분을 느꼈다. 음식, 부엌에서 나는 냄새, 낯익은 벽지, 식당 옆 손님용 화장실에 걸린 향기 나는 분홍색 화장지, 어른들이 선의로 묻는 어색한 질문들. 그래 세인트로렌스대학은 어떠냐, 크레시다? 교수들도 좋니?

그녀는 자신이 살고 있는 인생이 반쪽 인생이라는 것을 깨달았다. 캔턴에서 세인트로렌스강을 따라 혼자 걷다가 뜻밖의 순간에 행복을 느끼곤 했었다. 그런 순간에만 자신의 특이한 인생, 동물을 가둔 덫처럼 그녀를 가두는 (멋대로, 우연히 닥친) 상황들이 잊혔다.

그녀는 그때도 브렛 킨케이드를 사랑하고 있었다. 봄학기를 마치고 집에 돌아오기 전에도.

그렇게 변한 그를 다시 보기 전에도.

여전히 브렛이지만 변해버린 그를.

감정이 아주 강렬할 때는, 믿음이 너무 확고해서 의심조차 들지 않을 때는 자신이 느끼고 믿는 것이 사실이 아니라는 걸 이해하기가 무척 어렵다 (그녀는 공개토론장에서 이런 주장을 하는 자신을 상상할 수 있었다).

세인트로렌스대학에서 '과학사' 시간에 교수가 초자연선택론에 관해 강의했었다. 이것은 진화가 우연한 자연선택에 의해 이루어졌다는 다윈의 이론과 어긋나는 진화론이었다.

다윈의 라이벌인 앨프리드 러셀 월리스는 결국 자연선택론을 믿지 않았다. 당시로서는 너무 급진적인 신념이었다. 월리스는 호모사피엔스의 뇌가 '과대 설계'됐으며 우연한 사건들의 결과일 리 없다고 믿었다—우월한 지적 존재가 구체적인 방향으로 인간의 발전을 이끈 게 분명하다고.

최근 초자연선택론은 미국의 보수적 종교집단들 속에서 지적 창조론으로 부활했다.

크레시다는 모든 지성인과 과학자가 인정하는 사람은 월리스가 아니라 다윈이라는 것을 알고 있었다. 크레시다의 인생은 아주 우연히 일어날 뿐 '설계'되지 않는다는 것, 진화론이 승리했다는 것을 알았다.

하지만 브렛 킨케이드를 향한 감정이 너무도 강렬하고 너무도 특별해서 마치 '과대 설계'된 것처럼 느껴졌다.

그녀는 그 비밀을 아무에게도 말하지 않았다. 물론 크레시다 메이필드는 누구에게도 마음을 털어놓는 사람이 아니었다.

마시 마이어에게는 꼼꼼하고 영리하고 쿨한 크레시다인 척했다. 예전에는 남자애들에게 전혀 관심 없는 척했고, 이제는 남자에게 아무 관심 없는 척했다. 고교 시절 그녀를 '좋아하는' 것 같았던 남학생 몇 명에게는 (매몰차게, 지나치게) 농담을 해대는 냉소적인 소녀인 척했다. (크레시다는 같은 수학 우수반이었던 남자애—'뚱뚱하고 느린 굼벵이'—가 주뼛대며 학교 댄스파티에 초대하자, 그것보다 더 웃긴 일도 없다며 비아냥거렸다. 크레시다와 마시보다도 인기가 없는 여자애들이 집으로 식사 초대를 하거나 생일파티에 초대하거나 밤샘파티에 초대해도 조롱하고 비아냥거렸다.) 크레시다는 마시에게 브렛 킨케이드에 대한 자신의 감정을 절대로 털어놓지 못했을 것이다. 양손으로 얼굴을 감싸고 어쩜 좋아! 죽고 싶어, 나는 그를 정말 사랑해 하며 흐느끼지도 못했을 것이다.

(크레시다는 마시 마이어가 그녀를 따르는 것을 긴가민가하게, 부끄

러운 듯이, 은근히 좋아했다. 그녀는 마시 마이어에게는 대놓고 조롱하지 않았지만, 그렇다고 마시를 진지하게 생각하지도 않았다. 부모에게 단짝친구를 무시하는 말을 하기도 했다. 고작해야 마시라고요! 오늘밤 괜찮은 일도 없고, 더 나은 일이 있을 것 같지도 않으니까 마시나 만나려고요.)

그 순간 마시를 속일 생각에 비열하고 작은 숯덩어리 같은 심장 속에서 전율이 일었다. 마시는 크레시다가 저녁식사 후에 남아서 부엌 정리를 한 뒤(크레시다도 거들긴 했지만 건성으로 했고, 그녀는 이때쯤 마이어네 가족들과 있는 것이 지겨워서 죽을 지경이었다) 함께 DVD를 볼 거라고 기대했다. 하지만 크레시다는 늦게까지 있을 수 없다고, 아침 일찍 일어나서 달리기/하이킹을 하고 새로운 그림을 그릴 계획이라고 말했고, 그녀는 친구의 실망하는 표정을 보았다. "내가 전화할게. 다음주쯤엔 같이 뭔가 할 수 있을 거야."

울프스헤드호수에 갈 생각을 하자 짜릿했다. 그녀가, 크레시다 메이필드가!

당연히 마시는 크레시다를 집까지 태워다준다고 우겼다. "토요일 밤이야. 밖에 사람들이 많아. 너도 알잖아, 다른 동네에서 오토바이족들이 몰려올걸. 차로 데려다줄게."

"괜찮아! 걷고 싶어."

"그래도, 크레시……"

그놈의 크레시! 나는 네 그 빌어먹을 크레시가 아니니 그만해.

짜증이 치밀어서 됐다고, 걷고 싶다고 다시 말했다.

혼자 있고 싶어. 재미없고 시시하고 따분한 대화는 이제 충분해 하고 말하는 듯이.

제노는 크레시다가 (여자)친구를 울린다고 놀려댔었다. 크레시다가
중학생이 된 후로 제노는 어떤 사실로 딸을 놀릴 때, 그것이 무슨 의미
인지 깨닫지 못하거나 의식하지 못한 채 놀려댔다.

어떤 여자든 나한테 집적대기만 하면 부츠발로 찍어버릴 거야!

나한테 눈을 깜빡거리며 징징대도 나는 네가 전혀 가엾지 않아.

나를 '크레시'라고 부르지도 마—누구도 듣지 못하게.

그녀는 마시와 그 가족들에게 인사했다. '늘 그랬듯 멋진 저녁식사'
에 감사하다고. 그리고 밀쳐진 사람처럼 성큼성큼 현관 밖으로 나왔다.

마침내 자유였다!

마침내 숨을 쉴 수 있었다!

저녁 내내 그녀는 브렛 킨케이드 상병을 생각했다. 하루종일, 전날
밤에도 내내. 그에게 어떻게 말을 걸지, 어떤 목소리로 말할지 연습
했다.

무슨 말을 할지 연습했다, 울프스헤드호수까지 히치하이킹을 하고
가서는.

차나 마땅한 차편이 없을 때 히치하이킹을 하는 건 아주 이상한 일
도 아니니까.

적어도 크레시다는 그렇게 생각했었다. 여름이고 주말 밤이니 갈 때
도 올 때도 쉽게 얻어 탈 수 있을 거라고.

열아홉 살. 크레시다 메이필드는 밤에 울프스헤드호수에 가본 적도
없었다.

오래전부터 그녀는 남자들을 따라 호수에 가는 여자애들을 싫어했

다. 그들은 호수에서 배를 타고, 호숫가 술집에서 술파티를 벌이고 춤을 추고 독립기념일 불꽃놀이를 했다. 7월 4일 독립기념일 밤이면 몇 마일 떨어진 카시지에서도 울프스헤드호수 하늘에 연기가 피어오르고 불빛이 환해지는 것이 보였다. 폭죽 터지는 소리가 맨살을 채찍질하는 소리 같았다.

남자애들이나 남자들이 반하는 여자애들에게 골이 나긴 했지만, 그런 여자애들 중 하나가 되고 싶지는 않았다. 크레시다 메이필드는 집안에 대한 긍지와 자부심이 너무 커서 누구와도 자신을 바꾸고 싶지 않았다.

똑똑한 아이. 그리고 크레시다를 가장 골나게 한 사람은 예쁜 아이였다.

그러나 크레시다는 줄리엣과 자신을 바꾸고 싶지 않았다. 그녀가 원하는 것은 자신으로 그대로 있으면서 언니처럼 칭찬과 귀여움과 사랑을 받는 것이었다.

로벅인에서 그녀는 브렛을 보았다. 직접 본 부상당한 상병은 그녀가 기대하던 것과 달리 공격적이고 위협적인 표정의 다른 사람이었다.

미리 연습했던 말들—브렛! 안녕! 같이 앉아도 돼요?—이 흐지부지 사라져버렸다.

크레시다는 겁이 났다. 혼란스러웠다. 소란한 술집은 매력이 없었다. 거칠게 밀쳐대는 남자들, 남자의 체취—그녀는 잘못 온 것 같았다.

하지만 브렛 킨케이드가 있었다. 그녀는 좀처럼 비켜주지 않는 사람들, 무관심하고 불친절한 사람들 속을 뚫고 무작정 그에게 다가갔다.

예쁜 여자애가 아니네. 누가 너를 여기로 불렀지. 누가 너 따위에게 눈길이나 주겠어.

보고 싶지 않았지만 상병의 얼굴에서 놀란 표정, 싫고 못마땅한 표정을 읽었다.

심지어 흉터가 있고 봉합한 그 얼굴에서. 심지어 한쪽 눈구멍은 함몰되고 한쪽 눈만 온전한 그 얼굴에서.

그 자리에는 그의 친구들도 있었다. 그의 혐오스러운 친구들.

어찌어찌 그녀는 브렛과 앉았다. 아마도 그는 크레시다가 안쓰러웠거나 책임감을 느꼈을 것이다. 그는 그녀의 팔목을 끌며, 당황한 채, 여기 앉아 크레시다. 그래, 크레시다 하고 말했다.

맥주 마실래, 크레시다?

그녀의 머릿속이 울렸다. 시끄러워서 소리가 잘 들리지 않았다.

말을 하려면 고함을 질러야 했다. 옆사람에게 몸을 숙이고 귀에 대고 소리쳐야 했다.

그녀는 몰랐다! 그렇게 시끄럽고 혼란스러울 줄은……

피앙세에 대해 불평하지 않는 줄리엣도 브렛의 고교 동창들에 대해서는 불평했었다. 그들이 브렛을 '이용한다'고―브렛에게 '어울리지 않는다'고. 그들이 정말 놀란 눈으로 빤히 쳐다보자 크레시다는 너무 두렵고 싫었다. 반감 때문에 그들의 이름조차 기억나지 않았다. 그들은 음흉하게 웃었다.

세상에! 줄리엣 동생이잖아―얘 이름이 뭐더라.

괴상한 이름이었는데―캐시? 크레시?

곧 그녀는 맥주를 몇 모금 들이켰다. 톡 쏘고 시큼하고 썼지만 얼마나 시원하던지. 브렛 킨케이드 상병과 한자리에 있다는 것이 얼마나 짜릿하던지.

그리고 그녀가 어디 있는지 아무도 몰랐다. 집에서는 아무도 몰랐다.

하지만 로벅인은 너무 시끄러워서 자기 목소리도 들리지 않았다. 들리게 말하려면 바싹 몸을 숙이고 목소리를 높여 고함치다시피 귀에 대고 소리쳐야 했다.

브렛 킨케이드를 꿈에서 그릴 때는 그렇지 않았다. 꿈속에서 브렛 킨케이드와 크레시다 메이필드는 호젓하고 아름다운 곳에 나란히 있었고, 서로 많은 말을 할 필요도 없었다.

적막 속에서 그들은 서로를 이해했다.

그것이 너무도 당연했으니까. 둘은 영혼의 동반자였다.

브렛은 이해할 것이다. 브렛은 전부터 알았을 것이다. 그에게 줄리엣은 한눈팔기, 돌아가는 길이었다. 그런데 지금.

그런데 지금 크레시다는 힘없이 떠듬떠듬 잠긴 목소리로 말했다. "브렛? 내가 당신을 도와줘도 될까요? 줄리엣이 도왔던 것처럼? 병원에 태워다줄까요? '재활클리닉'에도? 네? 나는 진지해요. 돕고 싶어요. 아니면, 잘은 모르지만—어떤 의료적인 도움이 필요하다면—수혈이나 신장이식, 골수이식 같은 것도—" 전에 생각해본 적 없는 이상한 말이 크레시다의 입에서 쏟아져나왔다. "아니면 대학에 복학할 계획이라던데, 플래츠버그던가? 내가 거기까지 운전해줄 수 있어요, 나는 캠퍼스 구경을 좋아해요. 아니면 나도 등록할 수도 있고—세인트로렌스에서 그리 멀지 않아요. 거기는 내가—내가—" (그의 망가진 얼굴에 충격이, 충격을 넘어선 모욕감이 떠올랐고, 그녀는 매달리고 싶었다. 왜 나는 도우면 안 돼요? 왜 나한테는 웃어주지 않아요? 당신은 날 알잖아요—크레시다라고요.)

얼마 뒤, 그녀는 걸어서—흔들거리는 불안정한 걸음걸이로—여자 화장실에 갔다.

여자 화장실에서 그녀는 토했다. 아니 토할 뻔했다.

가는 줄무늬 흰색 면스웨터 앞자락에 물이 튀었다. 앞에 작은 진주 단추가 달린 스웨터는 전에 줄리엣이 입던 옷이었다.

그리고 얼마 뒤. 그녀는 그의 친구들—로드, 스텀프, 지미—이 가주길 바랐다.

그녀는 브렛에게 괜찮다고, 아무렇지 않다고 말했다. 그녀가 어떻게 집에 돌아갈지 그가 걱정할 필요는 없다고.

브렛은 그녀에게 지금 나가자고 말했다. 집에 태워다주겠다고 했다.

주차장에서. 귀청을 찢을 듯한 오토바이들 소음 속에서.

남자들 목소리, 고함소리, 상스러운 웃음소리.

크레시다는 그에게 고맙지만 그럴 필요 없다고 말했다. 그가 그녀를 지프 랭글러로 데려가는 동안.

그녀는 됐다고 말했다. 선심 따윈 바라지 않는다고.

이상하게 굴지 말라고 그는 말했다.

그녀는 다른 누군가와 가려 했다. 다른 누군가의 차를 얻어 타고 카시지로 돌아가려 했다.

안 된다고 그는 말했다. 그렇게 가게 하지 않을 거라고.

말다툼이 아니었다. 자정이 조금 지난 그 시각에 로벅인의 주차장에서 누군가는 그 두 사람을 보았을 것이다.

검은색 티셔츠에 카키색 바지 차림의 킨케이드 상병이 메이필드네 작은딸과 심각하게 이야기하고 있었다. 그는 그녀를 부축해서 지프에 태웠다. 여자애는 약간 거부하는 것처럼 보였다. 그녀는 무릎이 풀려 균형을 잃을 것 같았고, 넘어지지 않기 위해 그의 팔을 붙잡아야 했다.

크레시다는 그에게 설명—할 수 없었던 이야기—을 하려 했지만 혀가 꼬였다.

네가 싫어. 제발 꺼져 넌 구역질나.

그는 그런 말을 내뱉었다. 무시무시한 그 말을 그녀는 결코 잊지 못할 것이다.

그녀는 네이팜탄 같았을 것이다. 살에 달라붙는.

보호구역에서. 어찌어찌하다 그런 일이 벌어졌다.

강의 북쪽 비포장도로에서. 머리 위로 희미하게 달이 지고 있었다.

아무튼 그들은 그곳에 갔다. 브렛이 자신의 의지로 차를 몰아 거기까지 간 것은 분명하다.

그들은 은밀히 할 이야기가 있었다. 파혼과 줄리엣에 대해.

하지만 그녀는 다시 말했다—매달렸다—그들이 얼마나 닮았는지— 그들이 영혼의 동반자라는 것을. 그리고 그런 일이 인생에서 얼마나 드물고 귀한 일인지를.

그는 이해하는 눈치였다. 그녀의 말을 귀담아듣는 것 같았다.

그러다가 그는 움츠러들었다.

아냐 이건 미친 짓이야. 저리 가.

크레시다에게 상처를 주려는 마음은 없었다. 놀라고 혐오스러워서 그녀를 밀어냈다.

그녀는 어린애가 주먹질하듯 그를 때렸다.

상대가 되받아치지 않을 거라고 믿고 어른을 마구 때렸다. 하지만 브렛은 화를 내며 짜증스럽게 밀쳤고, 그녀는 앞유리창에 머리가 부딪히며 코피가 났다.

엉겁결에 그런 일이 벌어졌다! 엉겁결에, 돌이킬 수 없이.

침착한 듯하더니 한순간 통제력을 잃었다. 그가 멀쩡하지 않았기 때문이다―킨케이드 상병은 온전한 정신이 아니었다.

그러면 안 된다는 것을 알았다. 맙소사, 그는 알았어야 했다. 술과 약이 섞여버렸다.

술과 정신과 약과 지프 랭글러 운전. 브렛은 지금 무면허 상태였다.

그는 그 사실을 알았다. 그리고 여자애를 보호해 집에 데려다줘야 한다는 것을 알았다―집까지 안전하게.

비록 그는 그들에게 쫓겨났지만 메이필드 가족은 여전히 그의 가족이었다. 그에게는 다른 가족이 없으니까.

다만 머릿속의 이상한 감각이 그를 미치게 하고 있었다. 환각 속에서 얼굴들이 달려들었다가 사라졌다. 그는 자신을 지켜야 했고(그런데 라이플총이 어디 있지?) 안 그러면 그들이 그를 죽일 것이었다.

충성심. 의무. 존중.

봉사. 명예. 도덕성.

개인적인 용기.

그녀는 그들 중 하나였고, 위협적인 형상이었다. 아니면 그가 심하게 상처를 입힌 사람, 얼굴을 처박게 하고 피 흘리게 한 사람이었다.

하지만 그가 그런 것이 아니었다.

킨케이드 상병은 그 무리에 끼지 않았다. 그런데 그들이 그에게 죄를 덮어씌우려고 거짓말을 했다.

앙심을 품고, 그를 증오해서.

그는 당혹스러웠다. 왜 이 여자애가— 왜 이렇게 그에게 화를 낼까. 앙심을 품고 미친듯이 그녀는 손톱으로 그의 얼굴을 할퀴었다.

그는 방어해야 했다. 그녀의 앙상한 어깨를 움켜쥐고 밀쳐내야 했다.

그런데 그녀가 그에게서 빠져나갔다. 몸을 비틀어 그에게서 벗어났다. 줄무늬 면스웨터 한쪽 팔이 찢어지고 작은 진주 단추 하나가 떨어졌다.

그녀는 절망적이고 투박하게 바닥으로 쓰러졌다. 울면서 그에게 소리를 질러댔다. 싫어 싫어 싫어 당신이 싫어. 자신이 무슨 말을 하는지도 모르고 악을 써대는 아이 같았다.

그녀는 그가 해칠 거라고 생각했을까? 죽일 거라고? 아니면 그가 그녀를 너무 싫어해서 영영 사라져주길 바란다고 생각했을까? 그녀는 지프 좌석에서 돌투성이 바닥으로 몸을 던졌고 손과 무릎에서 피가 흘렀다.

그는 그녀를 불렀다. 열린 문 밖으로 몸을 내밀고 그녀를 불렀다. 겁이 나고 후회스러웠다. 혼란스러운 와중에 지프가 달리고 있었고, 여자애가 달리는 차 밖으로 몸을 던진 거라고 생각했다. 다쳐서 그녀의 바람대로 사랑해주지 않는 그를 괴롭히려고.

그녀를 불렀다. 크레시다! 돌아와!

하지만 그녀는 가버렸다. 덤불숲만, 반짝이는 강물만 보였다. 그녀를 따라가려 했다. 따라갈 생각이었다. 아픈 다리가 나무다리처럼 거추장스럽고 머리는 욱신거렸다. 남은 힘이 쭉 빠져버려 무력했다.

통증과 수치심에 괴로웠다.

뇌 속에 동전만한 구멍이 열렸다. 구멍이 우물만하게 커졌고, 매혹적으로 보였다. 눈에 보이는 것들과는 정반대였으니까. 구멍은 색깔 없이 순전히 검었다.

상병은 그 속으로 빨려들어갔다.

*

그녀는 자신의 몸이 강 하류로 떠내려가는 것을 보았다. 옷이 몸에서 벗겨져 나갔다.

날카롭게 빛나는 돌들 사이로 흐르는 물속에서 여자의 몸은 물고기처럼 하얗게 질렸다.

사랑받은 적 없는 사람. 귀여움 받은 적 없는 사람.

그러니 이게 더 나았다. 쓰레기처럼 강물에 떠내려가다 사라지는 것이 더 나았다.

그러다 정신을 차리며, 정신이 들며 깜짝 놀랐다. 강바닥이 아니라 길가의 도랑이었다. 그녀는 보호구역에서 빠져나와 깨지고 오래된 아스팔트길에 있었다.

긴 밤 내내 모기떼가 그녀의 얼굴에 달려들었다. 온몸이 모기에게 물려 부어올랐다.

팔다리는 상처투성이였다. 입과 코에서 핏자국이 있었다. 얼굴은 흙바닥에서 짓이겨진 것 같았다. 키가 큰 여자가 놀란 얼굴로 위쪽에 쭈

그러앉았다. 누가 이런 짓을 했어요?

그녀는 말을 할 수 없었다. 눈도 제대로 뜨지 못했다. 발작적으로 몸이 경련했다. 몹시 추웠다. 팔다리가 긴 여자는 머뭇대며 그녀를 만졌다.

부어오른 흉측한 입. 피투성이 코.

말을 못하겠어요? 이봐요.

데려가야 하겠지―어디로? 응급실에?

절대 안 돼. 응급실이라니 절대 절대 안 돼.

놈들이 버리고 간 것 같은데. 차에서 던진 것 같아……

얼굴을 다친 것 같은데. 내가 피를 닦아줄게요.

911에 전화해야 하나?

보안관은 무슨, 절대 신고하면 안 돼! 적에게 갖다바치는 꼴이라고!

음, 많이 다쳤으면…… 엑스레이 같은 걸 찍어야 한다면―두개골이 골절됐을 수도 있지 않나?

이 여자애를 적에게 넘기는 꼴이 된다고! 절대 안 돼.

여자애가 말을 못하는 것 같은데? 듣지도 못하나봐.

플라스틱 물병을 그녀의 입에 대주었다. 하지만 물이 대부분 턱으로 흘러내렸다. 그녀는 물을 삼키지 못했다.

마시려고 해봐요, 알겠죠? 탈―수―증―세가 있을 수도 있어요.

그녀는 애를 썼다. 하지만 미지근한 물이 또다시 대부분 턱으로 흘러내렸다.

젖은 풀 위에 누워 웅크린 그녀에게 분노에 떠는 차가운 목소리가 말했다. 누가 이렇게 다치게 했든 간에 또 그럴 거예요. 나는 그런 개자식들을 알아요. 그런 족속들을 알죠. 돌아가면 안 돼요. 그놈들을 상대로 고소하지도—증거를 대지도 못할 거라고요. 이 비슷한 경우를 당한 여자애들을 봤어요. 보안관 개자식은 얼어죽을 금지 명령을 받으라고 말할 거고, 당신이 어떤 일을 당했는지는 아무도 관심을 갖지 않아요. 범인은 다시 당신을 해칠 거예요, 당신을 죽이려 들 거라고요. 겁먹지 마요, 당신은 내가 지켜줄게요.

팔다리가 긴 여자는 열을 내며 말했다. 크레시다가 그때 이후 보지 못한 다른 여자는 아무 대꾸도 없이 동행인이 크레시다 위쪽으로 몸을 숙이고 끙 소리를 내며, 덜덜 떠는 크레시다를 감싸안는 동안 가만히 있었다.

박하 냄새, 화장수 냄새가 났다—치약이나 껌 같은.

그렇게 그녀는 구조됐다.

그녀는 노토가산림보호구역에서 나와 카시지와 비첨 카운티를 완전히 벗어난 뒤에도 한참이 지나서야 다친 머리에 논리적인 설명이 떠올랐다. 기적이 나를 구한 거야.

숨이 막히고 목이 조여 뇌 속 산소가 소진되려던 순간, 지푸라기 하나가 입이나 콧구멍에 쑥 들어와 숨을 쉬게 된 사람에게 그 사실—숨을 쉰다는 것—보다 놀라운 기적은 없다.

그리고 그 밖의 모든 것은 뿌옇고 불분명했다. 새벽녘 애디론댁산맥 기슭에서 걷히는 안개처럼.

구조됐어. 그리고 절대 돌아가지 않을 거야.

그녀는 말을 할 수 없었다. 아주 오랫동안 입을 다물었다.

머리를 다쳤다. 단단하고 꿈쩍 않는 것에 세게 부딪혔다.

너무 아팠다, 속이 메스꺼웠다. 너무 치욕스러웠다.

아무리 애써도 간단한 말조차도 거대하고 거센 검은 강물을 거슬러 헤엄치는 것처럼 잘 되지 않았다.

남행 주간고속도로. 1999년형 닷지 픽업트럭은 팔다리가 긴 모래색 머리의 여자가 오 - 버 - 진 ― '가지'색 ― 이라고 부르는 색이었는데, 여자는 이 색을 아름답고 깊이 있는 영적인 색이라고 했다.

크레시다는 딱딱한 음식을 먹지 ― 삼키지 ― 못했다. 뱃속에서 뭔가가 조여들고 비틀어댔다. 여자는 친절하게도 빨대로 과일음료를 먹게 해주었다. 초콜릿우유, 바나나딸기스무디.

맹세컨대 나는 너를 다시 건강하게 만들어놓을 거야. 네가 다시 살아가게 할 거야. 다시는 아무도 너를 해치지 못할 거야.

헤일리 맥스웨인. 서른두 살. 뉴욕주 방위군 병장 출신이었다. 헤일리의 고향은 뉴욕주 마운틴포지 ― 북부 애디론댁산맥 부근이었다. 이라크전쟁에 소집됐지만 실전에 투입되지는 않았다. 그녀는 그 끔찍한 곳에서 동료 병사들('자매' 병사들이 아니라 '동료')에게 넌더리가 났다. 그녀는 의병제대했다. 만성 감기, 기관지염을 제때 치료받지 못했고, 그후 결핵 변종이라고 오진을 받고서도 몇 주간 치료받지 못했다. 상관들은 그녀의 고통에 무심했다. 그녀는 불평하지 말라고, 약한 모습을 보이면 안 된다고 배우며 자랐지만, 타인은 물론 가족 사이에서도 그것이 좋은 처신이 아니라는 것을 깨달았다. 하지만 군대에서 다른 사람들처럼 푸대접을 받은 것은 아니었다. 감염으로 죽은 병사들에 비하면. 한 친구는 열이 펄펄 끓다 죽었다. 그리고 이런 말을 들었다―일을 자초한 건 너니까 탓하려면 너 자신만 탓해. 헤일리 맥스웨인. 그녀의 동생 새버스는 열일곱 살에 세상을 떠났고, 당시 헤일리는 이라크에 배치되어 있었다. 그것이 헤일리에게는 인생의 비극이었다. 새버스는 술 취한 계부가 운전하는 차를 타고 킨의 고속도로에서 정면충돌 사고로 목숨을 잃었다. 헤일리는 동생의 사진과 출생증명서와 사회보장카드를 늘 소중히 지니고 다녔다. 새버스를 살아 있다고 느끼게, 잊지 않게 해준다고 믿었기 때문이다. 또 언젠가 다른 형태로 동생을 만날 거라 확신했다. 헤일리는 믿음을 잃지 않으려 했다.

그녀는 새버스의 사진과 출생증명서, 사회보장카드를 노토가산림보호구역 도로변에서 발견한, 크게 다친 여자애에게 줄 생각이었다.

일요일 이른 아침은 기적이 일어나는 시간이다.

새버스가 다시 생명을 얻은 시간. 내가 바라는 건 어떻게든 새버스가 다시 사는 것뿐이야.

그 여자애는 새버스와 비슷했다. 헤일리는 그렇다고 확신했다.

새버스처럼 눈이 크고 촉촉하고 갈색이었다. 새버스처럼 그녀도 체구가 작고, 검은 곱슬머리였다.

새버스는 예쁜 애였다고 헤일리는 믿었다. 이 딱한 얻어터진 여자애는 입과 코가 퉁퉁 붓고 눈이 멍들어서 예쁜 것과는 거리가 멀었다. 하지만 괴롭히던 자들에게서 놓여나 새로운 인생을 산다면 그녀의 영혼은 반짝반짝 새롭게 빛날 거라고 헤일리는 확신했다.

헤일리는 친구 드리나를 만나기 위해 차를 몰고 가고 있었다. 마지막으로 소식을 들었을 때 드리나는 마이애미에 살고 있었다.

헤일리는 마운틴포지에서 밸리오일의 운전사로 일하다가, 그녀가 받는 실제 임금이 남자 운전사들에 비해 적다는 것을 알고는 장래성 없는 직업이라 생각하고 때려치웠다.

드리나도 이라크에 주둔했었다. 두 사람은 거기서 알게 되었는데, 헤일리가 병 때문에 본국으로 귀환한 뒤 연락이 끊겼다.

헤일리는 삼사 년 동안 드리나를 사랑했는데, 돌아와서도 자신은 참을성이 아주 강하고 신의가 있는 사람이라고 당당히 말했다.

"말하자면, 개들이 주인 무덤 옆에 있는 사진 있지? 사랑을 포기하지 않잖아? 내가 그래. 나는 참을 수 있어. 드리나를 위해 몇 년이라도 기다릴 수 있어. 우리는 메일을 쓰고, 그게 연결고리야. 드리나가 답장을 보내지 않아도 대수롭게 생각하지 않아, 내가 계속 쓰니까. 언젠가는 답장을 하겠지. 지금은 그녀가 다른 사람과 있지만 오래가지 않을 거야. 그 사람에 대한 감정은 다 말라버릴 거라고. 나는 그걸 알아. 믿어. 드리나에 대한 내 감정은 지속되겠지만, 그 사람에 대한 드리나의 감정은 지속되지 않을 거야."

헤일리 맥스웨인은 다른 사람에게 꼬치꼬치 캐묻는 부류가 아니었다. 미스터리를 조각조각 맞추는 사람이 아니었다.

헤일리는 사랑하는 새버스가 돌아온 것만으로도 충분했다.

크레시다는 너무나 고마웠다! 그녀는 크레시다 메이필드라는 이름을 증오하고 진저리치게 되었다. 새버스 맥스웨인이라는 이름이 그보다 훨씬 더 아름다웠다.

이 만남은 운명 같았다. 그녀는 4월생이고 새버스는 8월생이지만 태어난 해는 1986년으로 같았다.

헤일리의 품에서. 담요를 덮고 헤일리의 품에서 깊은 잠을 잤다. 예전 인생에서는 늘 아픈 머리가 지끈거리고 시끄러워서, 광포한 롤러코스터가 기운 채 달리다 궤도를 이탈해 뒤집히며 떨어지는 것 같아서 깊이 잠든 적이 없었지만, 이제 그 모든 것이 끝났고 그녀는 기쁨의 눈물을 흘렸다.

새버스가 된 폭행당한 여자애는 챙겨줄 가족이 없는 것으로 받아들여졌다. 아무도 그녀를 찾지 않을 것 같았다. 그런데 일반적으로 폭행을 당한 여자애라면 비첨 카운티 보안관에게 신고하는 게 당연해서 헤일리는 그럴까봐 걱정했지만 그런 일은 없었다. 그녀는 자신을 파괴한 사악한 곳에서 달아난 것이었으니까.

남쪽의 마이애미로 가는 길에 모텔에서 묵는 저녁이면, 헤일리는 폭행당한 여자애를 한 번이 아니라 매번 씻겼다. (모텔에 묵지 않을 때는 대부분 야영을 했다. 야영지에도 수도는 있지만 온수는 나오지 않았다.) 그녀는 폭행당한 여자애의 얼굴을 눈이 따가운 비누로 부드럽게 씻기고, 연고를 바르고 반창고를 붙여주었다. 맥스웨인 병장은 두 차례 이라크에 배치됐고 의무대에 배속됐다. 그녀는 동료들과 상관들에 대해서는 적개심과 증오심만 느꼈지만, 의무관들과 간호병들에게는 큰 감동을 받았다.

남성용 플란넬 셔츠와 오버올 바지. 짧은 모래색 머리 위에 푹 눌러 쓴 밸리오일 로고 모자. 그녀는 어떤 신발도 미덥지 않다며 더운 한여름에도 워크부츠를 신었다. "갑자기 뛰어야 할 일이 생길 수도 있잖아. 빌어먹을 목숨을 지키려고 도망쳐야 할 일이. 당연히 숲으로 들어가게 될 텐데 숲에는 돌투성이 언덕들이 많잖아. 튼튼한 신발이 아니면 발목이 나갈 수도 있어. 그러니 단단히 준비해두는 게 좋지. 그 잘난 군대에서 배운 거야."

덜컹대는 닷지 픽업트럭을 몰고 남행 95번 주간고속도로를 달렸다. 보기 드문 가지색에 문짝마다 무지개색 날개를 가진 나비가 그려진 트럭. 화물칸 방수포 밑에는 여행가방과 천가방, 쇼핑백, 헤일리 맥스웨인의 일상용품들이 든 상자가 잔뜩 있었다.

드리나는 그녀가 마이애미로 오고 있다는 것을 정확히는 몰랐다. 그녀가 도착하는 날을 알려주지 않을 거라 생각하긴 했지만.

헤일리 맥스웨인은 위성라디오로 컨트리뮤직을 들었다. 새버스 맥스웨인은 조니 캐시의 광팬이었고—〈허트Hurt〉〈아이 워크 더 라인 I Walk the Line〉〈링 오브 파이어Ring of Fire〉—새로운 새버스 맥스웨인도 그런 노래들을 좋아하게 되었다.

헤일리와 새버스는 닷지 픽업트럭 앞자리에서 함께 흥얼거렸다.

헤일리는 기교 없는 소녀 같은 목소리로, 새버스는 거의 알아들을 수 없게 노래했다. 하지만 노래하니 아주 신났다!

운전중에 무릎 사이에 캔맥주를 끼워두고 마시며 헤일리가 말했다. "그거 알아? 인류는 나름의 법과 도덕을 만들어. 예수그리스도가 있었지만 그도 '인간'이었어—알지? 사람들보다 조금만 생각이 앞서도 법과 도덕이란 것이 얼마나 변할 수 있는 건지 알게 돼. 예전 사람들은 신념을 위해—예를 들면 신을 위해, 조국을 위해—죽음도 불사했지만, 지금은 아무도 그러지 않아."

나이 어린 동행인이 느끼기에 헤일리는 미군을 몹시 경멸하는 것 같았지만 지금은 아무도 조국에 관심이 없고 희생하려 하지 않는 것이 미국의 문제라고 주장하는 것 같았다. "늘 해묵은 그 문제로 돌아가지—미국에서는 아무도 신념을 위해 목숨을 바치지 않아."

그녀는 티머시 맥베이*에 대해 말하며 그가 너무 나갔다고 했다. "하지만 그는 군인의 이상을 지닌 사람이었어. 뜻에 맞는 군대가 있었다면 애국자였겠지."

동행인은 헤일리의 걸걸한 목쉰 소리를 귀담아들었다. 헤일리는 머리색만 모래 같은 것이 아니었다. 피부도 가는 모래처럼 깔깔했고, 목소리는 사포 문지르는 소리 같았다.

새버스는 반박하지 않으려 했다. 친구 헤일리가 티머시 맥베이를 옹호하는 것이 어리둥절하긴 했다. 그녀가 알기로 맥베이는 오클라호마시에서 폭탄테러로 무고한 어린이들을 죽인 자국 테러범이었으니까.

헤일리는 흥분해서 말했다. "네가 무슨 생각 하는지 다 알아. 하지만 핵심은 맥베이가 죄 없는 사람들과 아이들을 죽였다는 게 아니야. 그는 그것을 '부수적 피해'라고 말했어—그게 사람들에게 먹히지 않았지. 하지만 미군에서 그건 전쟁의 원칙이거든. 전략 말이야. 맥베이는 애국자였어. 나라면 그의 누이나 형제나 사촌이 되어줬을 텐데, 그가 임무를 수행하게 도와줬을 텐데—죄 없는 사람들이 죽지 않게 각별히 조심해야 한다고 주의를 줬을 거야. 왜냐하면 죄지은 놈들이 문제니까, 자기 정부를 배신한 놈들이 문제니까. 다른 연방청사에서 할 수도 있었고, 그 청사라도 다른 시간대에 했으면 괜찮을 수 있었어. 사실 그는 누

---

* 걸프전쟁에 참전한 군인으로, 1995년 오클라호마 연방정부청사 앞에서 폭탄테러를 일으켜 168명이 사망했다. 2001년 사형됐다.

굴 죽일 생각은 없었을 거야―경고하려던 거였지."

헤일리는 말을 멈췄다. 그녀는 힘겹게 숨을 쉬었다.

"그래도 맥베이는 훌륭한 군인이었어. 훌륭한 군인은 신념을 위해 목숨을 바치지."

잭슨빌에서는 대기가 불처럼 뜨거웠다.

모텔방 에어컨은 온도를 많이 내릴 수 없었다. 헤일리의 어린 동행인은 바이스로 머리를 세게 죄는 듯한 심한 두통에 시달렸다.

이즈음 그녀는 새버스 맥스웨인이었다. 하지만 잭슨빌에 있을 때, 그녀는 마지막으로 크레시다 메이필드를 떠올리게 됐다.

확실히 헤일리의 말이 맞았다. 과거에 누구였는지는 쥐뿔만큼도 중요하지 않았다. 누가 될 것인가가 중요할 뿐이었다.

이해하기 위해 애쓰는 마지막 기회였다. 물이 얼룩진 신문을 펼쳐 머리기사들을 죽 넘겨봤다. 또는 TV 뉴스에서 낯선 사람들 얼굴, 이라크전쟁 광경, 아프가니스탄전 광경을 보자 그 일이 얼마나 별것 아닌지 알게 되었다. 그녀가 어디 출신이고 누구였고 금방 잊혔다는 건 아무 일도 아니었다.

백미러를 보는 것과 비슷하다. 거울에 비친 것이 급속도로 작아진다.

TV 뉴스에 여자애들이 나왔다―실종된 여자애들, 달아난 여자애들. 살해된 여자애들.

주로 긴 금발 생머리의 백인 여자애들 사진. 이따금 검은 피부의 여자애들, 여자들도 있었다.

실종. 사라짐. 마지막 목격.

본 사람은.

연락을……

보상금!

헤일리는 무방비한 상태로 TV 앞에 서서 맥주를 마시며 침울하게 말했다. 가여운 여자애들이 제때 도망치질 못했구나. 그애들을 도와줄 사람이 아무도 없었구나.

헤일리는 자신의 픽업트럭에 호신용 무기를 비치했다. 운전석 밑에는 타이어를 뺄 때 쓰는 지렛대가, 글러브 박스에는 스위스 군용칼이 있었다. 망치와 스크루드라이버도 있었다.

이런 말도 했다. 지난주까지는 꽤 쓸 만한 소형 화기도 있었어. 38구경 스미스앤웨슨 리볼버. 그런데 허가를 못 받았어. 정확히 말하자면, 주 경계를 넘어도 소지할 수 있는 허가권을 못 얻은 거야.

다음날 저녁 잭슨빌 남쪽에서 플로리다주 경찰이 헤일리의 트럭을 정지시켰는데 납득할 만한 이유가 없었다. 다른 차량들이 속도를 올려 달리는데도 순찰차는 무지개 나비가 그려진 닷지 픽업트럭에만 바싹 붙었다. 신경쓰이는 히죽거림처럼 그놈의 사이렌이 울려댔다.

뭐가 문제죠, 경관님? 헤일리는 침을 꿀꺽 삼키며 물었다. 헤일리 맥스웨인의 얼굴에 겁먹은 표정이 떠올랐다. 제복 입은 사람은 절대 믿지 말아야 한다는 것을 알기 때문이었다.

일상적인 확인입니다. 우측 미등에 문제가 있는 것 같아서.

놀랍고 미심쩍은 말이었다. 헤일리는 픽업트럭을 꼼꼼히 관리했고, 남쪽으로 장거리 운행을 하기 전에도 철저히 점검했었다.

운전면허는요? 차량등록증은? 좀 봅시다.

432

비열하고 능글맞은 웃음, 좀 봅시다.

그는 의심스러운 것이 쑤셔박혀 있을 거라 확신하는 듯이 손전등으로 글러브 박스 안을 비췄다. 그는 주 경찰 순찰차를 타고 따라오다가 이때다 싶은 순간 모습을 드러냈다.

오, 이게 뭡니까 하고 스위스 군용칼을 꺼내며 그가 물었다. 이걸로 뭘 하려고요?

칼을 가진 게 위법은 아닐 텐데요, 경관님.

이건요? 그는 하루이틀 전에 먹고 남은 두부카레 샐러드를 담은 통을 가리키며 비웃듯이 물었다.

경관님, 내가 여자라는 이유로 괴롭히는 건 아니겠죠 하고 헤일리는 조용히 말했다.

그러자 그는 별로 조용하지 않게, 둘 다 머리에 손 올리고 차에서 내려요 하고 말했다.

헤일리와 새버스는 픽업트럭에서 내렸다. 고속도로 갓길에 세운 트럭 앞에서 머리에 양손을 올리고 섰다.

둘이 무슨 사이냐고 경찰이 물었다. 그는 헤일리 맥스웨인과 새버스 맥스웨인의 얼굴에 손전등을 함부로 비췄다.

헤일리가 반발했다. 내 여동생이에요, 경관님. 동생이라고요.

새버스 맥스웨인의 신분증이 제시됐다. 출생증명서가 아니라 코팅된 마운틴포지고등학교 학생증으로 2003년 6월에 만료된 것이었다. 짙은 색 곱슬머리, 짙은 색 눈, 하얀 피부의 새버스는 어둑한 빛 속에서는 헤일리의 새 동행인으로 보일 만했다.

플로리다주 경찰은 헤일리 맥스웨인의 신분증이 더 의심스러운 듯

재차 확인했다 ─ 운전면허증, 신용카드들.

뒤에 있는 것들은 다 뭡니까? 플로리다로 이사합니까?

아닙니다.

그럼 이 물건들은 다 뭡니까?

그냥 내 소지품들이에요.

이 상자들이 전부요?

옷이랑 CD 같은 것들이에요.

그는 몇 분 동안 손전등으로 트럭 뒷자리를 비추고 살펴면서 중얼거
렸다.

좋습니다, 아가씨들. 어딜 그렇게 빨리 달려가고 있었습니까?

우리는 빨리 달리지 않았는데요, 경관님. 주간고속도로를 달리는 다
른 차량들만큼 달리지 않았다고요, 아시죠? 고속도로에 대형 트럭들이
내달리고 있었고, 트레일러들이 최소한 110킬로미터가 넘는 속도로
휙휙 달려갔다.

당신은 제한속도를 초과했습니다, 내가 쟀어요.

게다가 당신은 위험운전을 했습니다. 그래서 내가 당신 트럭 미등이
이상하다는 걸 알았던 겁니다.

모든 운전법규 위반 항목 중 위험운전은 증명이 불가능하고, 하지 않
았다는 증명도 불가능하다.

헤일리는 침착하고 편안하게 호흡했고 그래서 다른 사람들은 그녀
가 속으로 얼마나 분노와 울화에 떨고 있는지 알 수 없었다.

헤일리는 어깨에서 소매를 잘라낸 남자 티셔츠를 입고 있었다. 어깨
근육이 탄탄했다. 긴 다리에 낡은 진바지를 입고, 발에 12피트 사이즈

등산화를 신고 있었다.

왜 우리를 붙들고 있는 거죠? 우리는 어떤 위반도 하지 않았는데요! 우리를 괴롭히려는 것 같군요. 나는 뉴욕주 방위군 병장이었습니다. 2003년 2월부터 2004년 7월까지 이라크에 주둔했고요.

그러자 주 경찰이 말을 가로막으며, 빌어먹을 주 방위군이나 군대에 있었느냐가 아니라 지금 이 순간에 대해 묻는 거라고 말했다.

그러자 새버스는 금세 진지한 어조로, 경관님, 우리는 마이애미에 사는 친한 친구를 만나러 가는 길이고, 문제가 없으면 내일쯤 도착할 것 같은데요, 라고 대답했다.

그래요? 그 '친구'가 누군데요?

드리나라고 하는데요……

여자친구겠죠? 여자친구 만나러 갑니까?

그런 뒤에는 다음과 같았다. 경찰은 엉킨 머리를 촘촘한 빗으로 빗어내리는 듯이, 비웃는 듯이 더 질문했다. 하지만 헤일리 맥스웨인은 차분해졌다, 어느 정도는.

나중에 그녀는 그때 새버스가 또박또박 말해줘서 다행이었다고 말했다.

그 자리에 동생이 있었다면 똑같이 그랬을 거라고. 헤일리는 그렇게 믿었다.

마침내 주 경찰은 그들을 보내줬다. 차들이 시속 110킬로미터로 쌩쌩 지나가는 고속도로의 갓길에서 십오 분이나 그들을 괴롭히고 난 뒤였다. 그는 코웃음치고 찡그리며 말했다. 됐습니다, 아가씨들. 경고만 하고 보내주죠. 미등을 제대로 켜고 속도제한에 맞춰 운전해요, 알겠습니까? 그리고 위험운전하지 않도록 유의하고요.

그들이 트럭 앞자리에 올라타고 순찰차가 떠난 뒤 새버스는 옆을 힐 끗 보았다가 헤일리가 양손에 얼굴을 묻고 있는 것을 보고 충격을 받 았는데, 그녀는 입술을 달싹이며 들릴락 말락 한 목소리로 오 맙소사 빌 어먹을 하느님 자비를 하고 속삭인 것 같았다.

다음날 그들은 포트피어스 외곽에 있는 세븐일레븐에 들른다. 헤일리 는 여전히 예민하고 날카롭고, 지난밤 새버스 덕분에 딱지를 떼지도, 그보다 나쁜 일을 겪지도 않았다고 떠들어댄다. 하지만 너무 빠르고 흥 분한 말투라 새버스는 뭔가 잘못됐다고, 혹은 곧 잘못될 것 같다는 전 조를 느낀다. 그리고 세븐일레븐에서 한 남자가 헤일리에게 능글맞게 웃고 말을 붙이려고 애쓰며 트럭까지 그녀를 뒤따라온다. 트럭에는 새 버스가 기다리고 있다. 일이 벌어진 것은 그때다. 헤일리가 운전석 문 을 열자 뒤에 바짝 따라붙었던 남자가 문틈으로 몸을 들이밀었고, 그래 서 차문이 닫히지 않는다. 남자는 전날 밤 주 경찰처럼 그들을 아가씨 들이라고 부른다. 그러자 헤일리는 말 한마디 없이 운전석 밑에 언제나 두는 타이어 빼는 도구를 집어들어 남자 어깨에 휘두른다. 뼈가 부러질 정도로 세게 치지는 않았지만 남자는 비명을 지르며 주저앉고, 그녀는 그의 무릎을 향해 다시 그것을 휘두른다. 뻑! 소리가 나고, 남자는 줄이 끊긴 꼭두각시인형처럼 아스팔트 위로 나가떨어진다. 헤일리는 차문 을 쾅 닫고 시동을 건 뒤 트럭을 후진시켜 내스카* 경기에 나간 레이서

---

* 미국 개조자동차경기연맹.

436

처럼 세븐일레븐 주차장을 빠져나간다.

목구멍 깊숙이 울리는 웃음소리. 그 개자식 표정 봤어?

잠시 후 그들은 남행 75번 주간고속도로로 다시 들어선다. 웨스트팜비치 포트로더데일, 마이애미 표지판이 나타난다.

*

십팔 개월 동안 새버스 맥스웨인은 헤일리 맥스웨인과 계속 바뀌는 헤일리의 (주로 여자) 친구들과 함께 마이애미 지역에서 방갈로, 트레일러주택, 아파트를 빌려 살았다. 그리고 이후 몇 년 동안은 할리우드*, 포트로더데일, (또다시) 마이애미, 노스마이애미비치를 전전했다. 헤일리의 인생에 끼어드는 여자들은 계속 바뀌었고, 사는 곳과 하는 일도 마찬가지였다―예를 들어 마이애미에서 헤일리는 페덱스 배달차량을 몰았고 새버스는 연이어 패스트푸드점에서 일했다. 할리우드에서 헤일리는 쇼핑몰 경비원으로 일했고 새버스는 쇼핑몰 피자가게에서 일했다. 포트로더데일과 노스마이애미비치에서 헤일리는 UPS 트럭을 몰고 배송 일을 했고 새버스는 아무 일이나 닥치는 대로 했다. 헤일리가 이사한다고 알릴 때까지 새버스는 언제나 임시직으로 일했다.

몸이 근질근질하지 않아? 나도 그래!

알고 보니 헤일리가 추측했던 대로 그녀의 군대 친구인 드리나 페리노에게는 다른 사람이 있었다. 하지만 처음에는 헤일리의 기대와 달리 드리나의 마음이 그녀에게 돌아올 것 같지 않았다.

---

* 플로리다주의 할리우드임.

그 다른 사람은 어파 한이었다.

새버스는 몇 년 동안 어파 한이라는 이름을 수도 없이 들었지만, 실제로는 딱 한 번 힐끗 봤을 뿐이었다. 이슬비가 내리는 날, 드리나와 어파가 사는 노스마이애미비치의 방갈로 밖 닷지 픽업트럭 안에서 헤일리와 웅크리고 있을 때였다. 어파 한은 어깨까지 내려오는 새까만 직모를 빼면 별다를 게 없는 여자였다. 넓고 처진 어깨를 가지고 있었다. 어파 한, 드리나 페리노.

헤일리와 드리나는 '그냥 친구' 사이였지만 자주 만났고, 헤일리의 잠시 같이 사는 어린 여동생으로서 새버스는 자주 그 자리에 끼었다. 새버스는 드리나 페리노를 보고 깜짝 놀랐다. 헤일리는 강박적이랄 만큼 그녀를 아름답고 빛나는 축복받은 존재라고 말했는데, 사실 드리나는 성미 급하고 까다로운 여자 같았기 때문이다. 숱아낸 눈썹, 부루퉁한 진홍색 입술, 귀와 왼쪽 콧구멍과 오른쪽 눈썹에는 피어싱과 스터드가 반짝거렸다. 팔다리가 굵고, 가슴과 엉덩이는 크고, 앳된 달덩이 얼굴에 몸이 둥글둥글하고 튼튼한 여자였다. '지방이 한줌도 안 되고' (헤일리는 그렇다며 감탄했다) 고무 인형처럼 살집이 탱탱했다. 가슴과 엉덩이와 배의 곡선이 그대로 드러나는 딱 붙는 야한 옷을 입었다. 적갈색이나 아주 옅은 금발로 염색과 탈색을 번갈아 했다. 화사하고 열정적으로 보이려고 볼연지를 발랐고, 눈화장은 새까만 마스카라와 녹색 아이섀도로 (헤일리의 표현에 의하면) '이집트 눈'처럼 했다. 그리고 번쩍거리는 싸구려 액세서리를 치렁치렁 달고 하이힐을 신었다. 드리나는 헤일리 맥스웨인보다 서너 살 위지만 그녀보다 어려 보였다. 헤일리의 수수하고 진지한 거친 얼굴에는 걱정으로 생긴 주름이 많았고(헤일리는

"누구 때문에 걱정하는지 알지" 하며 농담을 했다), 이제는 군인과는 딴판인 외모지만 드리나도 한때는 웨스트버지니아의 해저드에서 미군 일등병이었다. 더 오래전 드리나는 결혼을 했었지만 이혼했다. 드리나가 어파 한에게 싫증나서 돌아오기를 헤일리가 참고 기다리듯, 드리나가 아직 해저드에 있는 전남편이 돌아올지 모른다는 희망을 품고 있다는 암시가 있었다(헤일리는 농담삼아 말했지만 새버스는 웃어넘길 얘기라고 생각할 수 없었다).

헤일리가 진지한 것만큼이나 드리나는 매력을 발산했다. 고급 '미용술'과 '전기분해요법'을 전문적으로 교육받은 미용사였지만, 마이애미와 사우스비치에서 드문드문 미용 일을 했다. 마이애미데이드카운티 병원에서 방사선사로 일하는 마흔 살의 어파 한이 드리나를 거의 전적으로 부양하는 것 같았다(헤일리는 그렇게 짐작했지만 자존심 때문에 캐묻지는 않았다).

나도 그 정도는 해줄 수 있어 하고 헤일리는 말했다. 어쩌면 그 이상으로.

드리나가 기회를 준다면 내가 보여줄 텐데.

새버스는 헤일리가 드리나 페리노를 감동시키려고 무모하고 위험한 일을 할 수도 있을 것 같아 걱정스러웠다. 드리나 같은 여자의 관심을 끌려면 있는 그대로의 모습으로는 부족했다.

어느 날 저녁에도 그랬다. 헤일리는 드리나에게 줄 빨간 장미가 가득 꽂힌 무거운 단지를 들고 나타났다.

새버스는 아무 말 하지 않았지만, 어느 무덤에서 가져온 꽃단지라는 의심이 강하게 들었다. 더 위험을 무릅써서 장례식장에서 가져왔을 수도 있었다.

그녀는 흥분한 채 트럭에 올라타, 드리나가 사는 노스마이애미비치까지 교통체증을 뚫고 삼십 분을 운전했다. 그런데 드리나는 느릿느릿 문을 열고, 높이 우뚝 선 헤일리를(그녀의 키가 적어도 20센티미터는 더 컸다) 생전 처음 보는 것처럼 눈을 깜빡이며 쳐다보았다. 그리고 장미 꽃단지를 받고 "고마워!" 하며 헤일리의 뺨에 진홍색 입술을 댔지만 들어오라는 말은 하지 않았다. (당연히 어파 한이 안에 있었다. 그들은 도로변에 세워놓은 어파 한의 번쩍이는 빨간색 폭스바겐 비틀을 봤었다.)

다음주가 드리나의 생일이거든 하고 헤일리가 설명했다. 내가 제일 처음 선물을 주고 싶어서.

새버스는 드리나가 헤일리를 대하는 태도 때문에 그녀가 싫었다. 그러면서도 다들 그랬듯이 드리나를 보면 짜릿한 설렘을 느꼈다. 드리나는 사람을 흥분시키는 부류였다.

무엇보다 새버스는 드리나의 감정이 어떤지 몰랐다. 헤일리는 새버스와 드리나가 처음 만났을 때 서로 호감을 느끼길 간절히 바랐지만, 드리나는 헤일리의 '여동생'을 질투하듯 쌀쌀맞고 냉소적으로 대했다. 그러다가도 새버스가 헤일리의 진짜 여동생이고 '가족'인 듯이 대해주기도 했다.

무엇이 드리나를 그렇게 날 선 사람이 되게 했는지 모르지만, 드리나는 언제나 비판적이었다.

미용사의 눈을 가져서일까. 있는 그대로로 만족하지 못하고 어떻게 해야 달라질 수 있는지 더 나아질 수 있는지 꼬집었다.

새버스는 둘이 낮게 주고받는 대화를 엿들었다—드리나가 까칠한 목소리로 말했다. 왜 항상 저애가 따라와? 왜 그렇게 붙어다녀? 어울릴 사람이 당신 말고 아무도 없어? 그러면 헤일리는 반박했다. 지금 당장 내 가족은 새버스뿐이야. 그애만 남았어.

헤일리에게 드리나가 운명의 여자친구이긴 하지만, 다른 여자친구들이 없었던 것은 아니다. 다른 여자들—리샤, 루스, 젠젠, 잰, 'M'—에게 헤일리의 마음을 강하게 끌진 않았지만 헤일리는 의무감으로 그들에게 돈을 빌려주기도 하고 함께 살자고 권하기도 했다. 가끔 집주인이 까다롭게 굴면 헤일리가 여자친구의 집으로 들어가는 경우도 있었다. (물론 새버스도 같이 옮겨갔다. 헤일리는 약속한 대로 그녀의 '보호자'였다.) 특이한 여자들이었고, 처음에 새버스는 그들의 이름을 외우려 애쓰지 않았다. 그러다 점점 그들이 그녀—무슨 사고를 당했거나 병을 앓는, 혹은 눈에 보이지 않는 뇌손상 같은 게 있는 헤일리의 어린 동생 새버스 맥스웨인—를 알게 되자 그녀도 그들을 알게 됐다.

(새버스는 그들이 아는 것이 사실인지 궁금했다. 남들 눈에 그녀가 완전히 정상이 아니라는 것은 알았다—적어도 의심을 품고 있었다. 오래전 그녀는 〔아마도〕 '자폐' 혹은 '자폐 스펙트럼' 선상에 있다는 진단을 받았었다. 수줍어서가 아니라 거부감 때문에 남의 얼굴을 보지 않고 눈을 맞추지 않는 것이었다. 청력 이상이 아니라 관심을 두지 않으려고 듣지 않는 것이었다.)

헤일리가 새로 만난 사람—나중에 새버스에게 소개할 수도, 소개하지 않을 수도 있는 사람—에게 푹 빠져서 하루나 이틀, 혹은 그 이상 일주일이나 열흘쯤 집을 비울 때를 제외하면 둘은 늘 함께 있었다. 새버스는 그녀를 구조해 보살펴주고 다시 살게 해준 여자에 대한 고마움을 잊지 않을 것이었다.

음식이 그랬다. '영양공급'.

헤일리는 새버스의 체중을 '정상체중으로 만들겠다'고 작정하고 식사를 챙겼다. 어린 동행인이 앞에 놓인 음식을 다 먹는지 일일이 확인했다.

단백질, 탄수화물, 지방, 칼슘. 특히 채소류, 케일과 근대에 대해서는 더욱 완강했다.

또 적어도 하루에 한 번은 아이스크림을 먹었다. 새버스가 너무 당분이 많다거나 어릴 때 안 좋은 기억 때문에 아이스크림을 먹으면 속이 좋지 않다고 하는데도 헤일리는 약이라며 고집을 부렸다.

헤일리는 아이스크림을 좋아했다. 좋아하는 맛이 열두 가지쯤 됐다. 그래서 두 사람은 자기 전에 같이 먹었다.

그들은 각자 침대가 있었고 언제나 자기 침대에서 잤고 앞으로도 늘 그럴 것이었다. 다만 새버스가 악몽을 꾸며 팔다리를 뒤틀고 뇌가 폭주해 콘크리트 벽을 들이받는 자동차처럼 머리를 찧으며 잠들지 못하는 밤이면, 헤일리는 그녀를 담요로 감싸 길고 탄탄한 양팔로 껴안고 다독였다. 다 괜찮아. 아무 일 없을 거야. 누가 그랬든 지금은 멀리 있어. 다시는 새버스를 해치지 못해. 알겠지?

둘이 살거나 다른 누군가와 함께 산 몇 년 동안 헤일리는 '유기 동물'을 보면 언제나 집에 데려왔다—고양이, 개, 심지어 보도의 쓰레깃더미 옆에 버려진 아프리카앵무새 한 쌍까지. 몸이 잿빛인 앵무새는 털이 군데군데 빠진 상태였다. 동물들은 꾀죄죄하고 다리를 절거나 눈이 부어 감겨 있거나 했다. 흉터가 있고 염증으로 진물이 나고 습진이 있고 몸을 떨었다. 다들 헤일리 맥스웨인을 착한 사마리아인이라고 놀렸지만, 그녀는 그런 책임을 심각하게 받아들였다. 헤일리는 인생에 사고나 우연은 없다고 믿었다. 떠돌아다니거나 버려진 생명을 만난 것은, 그녀가 가는 길에 만나도록 미리 시간이 결정되어 있었던 거라고 했다. 예수그리스도는 인간이었지만, 발끝으로 서서 더 높은 곳에 닿으려 했던 인간이었다. 우리도 아주 조금은 그럴 수 있다.

헤일리는 자기 체중계를 믿지 못해 이 주에 한 번씩 새버스를 '마이애미암센터'에 데려가 체중을 재게 했다. 그리고 암센터에서 '검사원'으로 근무하는 친구에게 검사를 맡겼다. 필리핀 여자인 루스는 새버스의 체온과 혈압을 재고, 염증이 있는 것 같으면 항생제를 투여했다. 새버스는 종종 인후통과 호흡기질환에 걸렸다. 루스는 간호대학에 복학해 정식 간호사가 되려 했는데, 그전까지는 좋아하는 친구 헤일리를 돕는 일에 즐거움을 느꼈다. 헤일리는 인심 좋고 친절하고 기독교정신을 지닌 사람으로 유명했다.

암센터의 카페에서 루스와 헤일리는 새버스에게 음식을 먹이려고 법석을 떨었다. 새버스는 입맛이 없을 때가 많았다. 미소를 짓긴 했다, 친구들을 기쁘게 하려고. 하지만 아직도 다친 마음이 어디 다른 데 남아 있는 것처럼 산만했다.

동생이 무슨 트라우마를 갖고 있어? 그런 거야?

우리 생각에는 그래. 나쁜 놈과 얽혔다가 실수를 한 거지, 어린 여자애들이 그렇잖아. 그놈이 얘를 마구 두들겨팼어. 기억상실증에 걸린 것 같아.

상대가 한 짓이─강간이었어? 아님 모르는 거야?

아마 그런 것 같아. 맞아.

하지만 얘는 기억 못하는구나.

얘는 기억 못해.

다행일 수도 있어, 그치?

우리도 그렇게 생각해.

괜찮은 애 같은데. 꼭 젊은 네 모습 같아.

젊은 내 모습은 아니야. 그렇지 않아. 새버스는 새버스야—그냥 그애 자신이야.

헤일리의 웃음이 위로가 됐다. 웃음이 어떨 수 있는지 잊어버렸을 때였다.

현상황에 만족해서 그녀는 이제 자신이 예전에 어땠는지 생각하지 않았다. 혹은 앞으로 어떻게 될지.

드리나가 어파 한에게 싫증이 나서 헤일리 맥스웨인에게 다시 홀딱 빠지면 그녀에게, 그녀와 헤일리에게 어떤 일이 일어날지에 대해서는 한 번도 생각해보지 않았다(돌이켜봐도 얼마나 이상한 일인가).

그러다가 불현듯 일이 벌어졌다. 몇 년 동안 헤일리가 자신 있게 예상한 그대로 전개됐다.

어느 날 헤일리는 진지한 목소리로 새버스에게, 드리나와 어파 한 사이에 문제가 있다고 말했다.

또 어느 날 똑같이 진지한 목소리로 그녀에게, 드리나와 어파 한이 갈라설 거라고 말했다.

그때, 그 복잡미묘한 시기에 새버스는 자기 친구의 인생에서 무슨 일이 벌어지고 있는지 아무것도 몰랐다. 다른 사람이라면, 더 민감한 사람이라면, 헤일리 맥스웨인이 멀어지고 있었다는 것을 알아차렸을 것이다. 다른 사람에게 마음이 확 기울었다는 것을.

예를 들면 새버스를 달래가며 음식을 먹게 하는 것을 잊어버렸다.

둘 다 좋아하는 블루베리리플 아이스크림을 사는 것도 잊어버렸다.

밤새 들어오지 않아 새버스 혼자 자거나 잠을 설쳤다.

그 시기에 드리나는 병을 앓고 있었다. 드리나의 인생에서 좋은 때는 아니었어도, 헤일리 맥스웨인이 누구도 못할 지극정성을 쏟으며 그녀 곁을 지킬 때였다.

새버스는 몰랐지만 헤일리는 드리나를 병원에 데려갔고, 나중에는 외래환자 진료소까지 운전해서 다니며 요상한 이름의 검사—결장내시경과 생체검사—를 받게 했다. 검사 결과 드리나는 헤일리가 새버스를 데려갔던 암센터에서 응급수술을 받게 되었다.

그 일로 헤일리는 며칠간 낮에도 밤에도 집에 들어오지 않았고, 다시 새버스가 봤을 때는 나갈 때와 똑같은 티셔츠에 카키색 바지를 입고 있었고, 모래색 머리가 엉키고 눈은 충혈된데다 피부는 거칠고 창백했지만, 바람에 나부끼는 깃털처럼 경쾌하고 밝은 목소리에 미소를 짓고 있었다.

그때까지 새버스는 몰랐던 응급수술은 '아주 성공적이고 바라던 대로' 끝난 것 같았다. 이제 드리나는 헤일리를 소중히 생각하고 무척 고마워했고, 이후 두 사람은 함께 살며 드리나의 시련을, 수술 후 방사선치료와 항암치료를 감내하려는 모양이었다.

새버스는 이 소식을 들으면서도 제대로 이해하지 못했다.

헤일리가 어디서 살겠다는 거지? 나와 사는 게 아닌가?

헤일리는 자기 인생에서 유일한 사람은 드리나여야 한다고, 여동생 새버스라 해도 드리나는 헤일리를 공유하는 걸 참지 못할 거라고 아쉬운 듯이 말했다. "그건 드리나의 방식이 아니거든. 가족을 중요시하는 타입이 아니야. 나누는 것을 배워본 적이 없거든. 그녀는 사랑하거나 사랑하지 않거나 둘 중 하나이고, 사랑하면 매 순간 그 사람을 독차지하길 원해."

헤일리는 멍하니 웃었다. 헤일리는 이렇게 순조로운 것이 믿기지 않은 듯 고개를 내저었다.

새버스는 용기를 내어 헤일리에게 잘됐다고 말했다. 드리나에게도 잘된 일이라고, 그녀가 완전히 건강을 회복하길 바란다고 말했다.

(하지만 속으로는 비열하게 생각했다. 그녀가 죽을 수도 있어! 그러면 헤일리는 내게 돌아올 거야.)

(그러다가 나한테 무슨 일이 생긴다면! 헤일리의 마음속에 내 자리는 없을 거야 하고 생각하자 겁이 났다.)

이때가 2009년 가을이었고, 헤일리와 새버스는 포트로더데일에서 살았다. 헤일리는 해변의 쇠락하는 호화 리조트호텔에서 경비원으로 일했고, 새버스는 사진관에서 일하며 브로워드 지역전문대학에서 야간강좌로 '경제학 개론'을 수강했다. 두 사람은 공용주택에서 다른 여자들과 함께 생활했다. 스물한 살에서 예순한 살까지 있었고 그중에는 브로워드 지역전문대학의 언어 강사와 행정보조원이 있었다. 헤일리와 새버스는 꼭대기 층의 방 두 개를 썼다. 한 방에는 헤일리의 옷과 소지품이 흩어져 있고, 황동 헤드보드가 달린 반쯤 주저앉은 더블침대가

버티고 있었다. 다른 한 방은 그보다 작았는데 작은 침대와 어린이용 소나무 서랍장, 책과 노트, 종잇더미가 가지런히 쌓여 있었다. 벽에는 여자애들이나 여자들(주로 헤일리와 이 주택의 다른 거주자들)을 아주 단순하면서도 능숙한 솜씨로 그린 목탄화가 붙어 있었다.

새버스는 헤일리가 다른 거주자들에게, 어린 동생에게 예술적 재능이 있는 건 새로운 발견이었고 무척 인상적이고 자랑스러운 일이었다고, 가족 누구도 짐작하지 못했거든요! 하고 말하는 것을 들었다.

새버스는 친구와의 이별을 용기 있게 받아들였다. 헤일리가 '거의 아무 일도' 없었던 것처럼 최대한 자주 만날 것이고 메일과 전화로도 연락하겠다고 말하긴 했다.

그리고 헤일리는 힘이 닿는 대로 새버스에게 돈을 보내겠다는 약속도 했다―마음처럼 자주는 아니겠지만.

드리나는 그런 나눔에도 예민하게 굴었다.

드리나가 언제까지 일을 못할지 모르는 일이었다―몇 주? 몇 개월일까? 드리나는 수입이 없을 것이고, 드리나는 의료/병원 보험도 없었다.

그녀는 힘이 닿는 한 자신이 드리나의 병원비를 감당할 거라고 했다. 안 되면 그녀는 돈을 구걸하거나 빌리거나 훔칠 것이다.

새버스는 대꾸할 말이 떠오르지 않았다. 몸속 깊은 곳에서 떨림이 시작되었다는 느낌만 있었다.

자! 헤일리는 두 손을 맞비볐다. 멍하고도 득의만만한 표정이었다.

새버스는 간신히 말했다. 헤일리가 잘돼서 기뻐요.

헤일리는 말했다. 정말이야, 새버스. 나도 내가 잘돼서 기뻐. 지금은.

헤일리는 근육이 탄탄한 긴 팔로 새버스를 껴안았다. 두 사람은 오랫동안 껴안았고, 감히 몸을 뗄 수 없어 눈을 뜬 채 숨만 쉬었다.

그녀는 헤일리와 살던 집에서 나와 이사했다. 저는 지금 떠납니다. 그동안 고마웠고 안녕히 계세요. 새버스 맥스웨인이라고 짧게 적은 종이를 접어놓고 온 것 말고는 동거인들에게 작별인사도 없이 빠져나왔다. 20달러짜리 여섯 장을 잘 펴서 옆에 놓았다. 그달 치 그녀가 내야 할 남은 집세보다 약간 많은 액수였다.

그들은 헤일리의 친구이지 그녀의 친구가 아니었다. 그들이 그리워할 사람은 그녀가 아니라 헤일리일 것이었다.

새버스는 들고 옮길 수 있는 물건들만 챙겼다. 버려야 할 것들은 벽에 붙은 그림을 떼어내듯 기억에서 지워버렸다─빠르고, 쉽고, 효과적으로.

그러고는 템플파크로 이사했다. 템플파크에는 아는 사람이 없었다. 바닷가 인근 포트로더데일에서는 헤일리와 드리나가 새로 집을 빌려 살고 있었다.

거의 매일 헤일리의 메일을 받았다.

잘 지내길 바란다! 우리는 여기서 아주 잘 지내고 있어.

언제 저녁 먹으러 올래. 아니면 다른 데서 만나도 좋고.

하지만 만나는 일은 거의 없었다. 새버스는 차가 없었고, 헤일리가 얼마 지나지 않아 리조트호텔에서 풀타임으로 일하며 쇼핑센터 경비원으로 파트타임을 뛰었기 때문에 온종일 힘들게 일한 뒤 운전해서 오기에는 멀었다.

새버스는 플로리다대학 근처에 있는 낡아빠진 빅토리아풍 주택의 방 한 칸을 얻었다. 입주자들은 주로 학생이었다—외국인 대학원생들. 새버스는 그들 속에서 유령처럼 눈에 띄지 않게 지냈다. 입주자들은 그녀의 피부색이 희고 백인종 – 미국인으로 보인다는 점 때문에 덜 눈여겨보았다. 아무튼 더 눈여겨보지는 않았다.

유한한 시간 속에서 무수한 개별적 발걸음.

제논의 역설을 고쳐 말하면 그랬다. 사람은 유한성 속에서 무한성과 마주한다. 당연히 머리가 조각조각 흩어질 것이다.

하지만 그녀는 자신을 지켰다. 헤일리에게 버림받았지만 자신을 지켰다. 다른 사람들이 사랑해주지 않고 경멸하고 역겨워하며 내쳤지만, 스스로를 지켰다. 우연이지만 새 친구들, 친구 비슷한 이들을 사귀기도 했다. 우연하게도 그녀의 집 길 건너편에 인터내셔널하우스라는 대학 기숙사가 있었는데, 거기서는 '이국적인' 음식을 싼값에 사먹을 수 있었고, 공동 탁자라 혼자 앉아도 아주 어색하지는 않았다. 책이나 스케치북을 펴놓고 앉아 있으면 됐다. 새버스는 국경없는여성들의 회원들과 안면을 텄고, 나중에 그중 챈텔 리오스와 더 가까운 사이가 되었다.

"이봐 친구, 늘 혼자 있네. 왜 그렇지?"

"글쎄요." 새버스는 어색하게 웃으며 덧붙였다. "모르겠는데요."

"음, 나는 알겠는데."

"그래요? 안다고요?"

"나는 네가 못된 도마뱀—이구아나—같은 표정을 짓고 있어서 그런 것 같은데. 나를 내버려둬. 건드리지 마라고 쏘아붙이는 것 같거든."

새버스는 멋쩍어서 웃었다. 하지만 다른 사람이 그녀의 표정을 그렇게 해석하는 건 놀랍지 않았다.

챈텔 리오스는 삼십대 초반의 임상심리학과 박사후과정생이었다. 윤기나는 검은 머리를 땋고 다녔고, 학교 밖에서는 화사한 색의 옷을 입었다. 플로리다대학 게인즈빌 캠퍼스에서는 박사학위자지만, 국경없는여성들 모임에서는 새버스 맥스웨인을 웃게 하려고 은근히 섹시한 히스패닉 래퍼처럼 굴었다.

헤일리 맥스웨인처럼 챈텔 리오스는 또다른 사람(새버스가 만난 적 없는)과 사귀고 있었다. 하지만 헤일리가 그랬듯 챈텔도 새버스 맥스웨인을 자기 사람으로 받아들이려는 것 같았다.

"가족이 없다고? 전혀? 그게 가능해?"

그랬다. 가능했다.

"아는 사람이 전부 죽었단 말이야? 말도 안 돼, 친구. 그런 경우는 거의 없을 것 같은데."

새버스는 힘없이, 조용히 앉아 있었다. 뭐라 말해야 할지, 뭐라 둘러대야 할지 생각나지 않았다.

그즈음 그녀에게는 예전 그곳이 사라져버린 것 같았으니까.

기억은 호스를 들고 마구잡이로 물을 뿌린 것처럼 씻겨버렸고, 남은 것은 '익숙한' 장면들의 흔적 정도였다―한때 그녀의 방이었던 방, 그 방에서는 집들이 늘어서 있는, 그녀가 이름을 기억하지 못하는 컴벌랜드 애비뉴가 내려다보였다. 눈을 꼭 감으면 그 집이 나타났다―크고 옆으로 뻗은 집에는 계단이 많았고(너무 많은 걸 보면 꿈이 아니라 M. C. 에스허르의 그림일지도 모른다) 곤경에 처한 막대기 같은 형체들이 서로를 의식하지 못한 채 계단을 오르내렸다. 누군가 발을 디딘 계단 반대편에 거꾸로 선 다른 자의 발이 있다. (집 그림은 위아래를 반대로 돌려도 똑같은 그림일 것이다. 어느 쪽이 위가 되건 아래가 되건 계단이 많은 똑같은 집이다.)

그것이 무슨 의미인지 알 수 없었다. 도대체 왜 그게 그녀를 따라다니는지.

왜 그녀의 본능은 창피해서 얼굴을 감추려 할까.

"있지, 새버스? 나는 너를 연구소에 데려오고 싶어. 우리는 자원봉사자들과 작업하고 있는데, 시간당 몇 달러씩 지급할 수 있거든. '유도誘導기억상실'에 대한 실험인데, 끝내주게 흥미로워."

새버스는 싫다고 말없이 고개를 저었다.

힘이 없어서 말이 나오지 않았다. 설명하려고 애쓰려니.

단어는 몇 개 알지만 어떻게 연결해야 할지 모르는 외국어로 말하려는 것 같아서.

착하고 예쁜 언니가 나오는 동화가 있어요. 자매 중 하나는 축복을 받았어요. 다른 하나는 저주를 받았고요.

나는 동생이에요. 저주받은 동생. 그래도 나는 여전히 살아 있어요—잘못을 했고 아직 바로잡지 못했지만.

12장
죄인

:

2012년 3월

그는 그녀에게 자네는 나를 배신했어 하고 말했었다.

귓가에 맴도는 말. 그녀의 머릿속에. 배신했어. 자네는 나를 배신했어.

폭풍우의 잔해, 한때 살아 있던 생물들의 죽어 말라버린 사체들이 널브러진 해변에 내리쬐는 뙤약볕 같았다. 햇빛이 무시무시하게 그녀 앞을 가렸다.

이제 비로소 자신의 파괴된 삶을 보기 시작했기 때문이다―그녀가 자초한 삶을.

달아난 것은 어쩌면 실수였을 수도 있기 때문이다. 예전 그곳의 삶을 지워버렸던 것은.

그녀는 자신을 구해준 사람이 믿게 하려던 것을 믿으려 했다―누가 그랬든 다시는 해치지 못할 거란 것을.

과거 속의 누가 그녀를 그리워하겠는가. 그녀를 사랑하지도 않고 찾고 싶어하지도 않을 것이다.

그녀는 아팠던 것이었을까? 얼마 동안이나?

손가락에 낀 별 모양의 은반지를 빙글빙글 돌렸다.

전화를 걸었다. 전화하려고 했다.

기억 속 오래된 그 번호. 그녀의 집 전화번호.

하지만 기계음이 흘러나왔다. 지금 거신 번호는 없는 번호입니다.

그녀는 공포에 사로잡혔다. 이제 메이필드 가족은 더이상 컴벌랜드 애비뉴의 집에 살지 않았다.

부모 한쪽이 세상을 떠났을까? 그랬다면 제노일 것이다.

그래서 어머니는 이사를 했을 것이다. 그리고 줄리엣은—당연히 지금은 집에서 독립했을 것이다.

줄리엣은 지금 몇 살이 됐을까? 스물아홉인가.

컴벌랜드 애비뉴의 집이 여태껏 그녀가 모르는 상태로 존재했다는 것이 너무 이상했다.

그녀의 아버지 제노, 어머니 아를렛. 언니 줄리엣.

그들은 그녀가 모르는 상태로 살아갔다.

육 년하고도 팔 개월.

그리고 그—브렛 킨케이드.

그 세월 동안 그녀는 그들을 거의 생각하지 않았다. 그녀는 새버스 맥스웨인이었고, 그 거짓말을 유지하는 데 온 힘을 쏟았다. 목발 하나에 몸을 기댄 다리가 한쪽뿐인 사람이 쉽지 않고 우아하지도 않고 통증을 느끼며 엉성하게 '걸음' 비슷한 걸 하려 온 힘을 기울여야 하는 것 같았다.

새버스 맥스웨인은 넓은 세상에서는 하찮은 존재지만, 헤일리 맥스웨인에게는 더없이 귀한 존재였다. 사람은 존재하려면 어느 한 사람에게 절절한 사랑을 받아야 한다. 새버스에게는 헤일리가 그 사람이었다.

그래서 그녀는 메이필드 가족의 얼굴을 기억하는 능력을 잃어버렸다. 상병의 얼굴도 마찬가지였다.

뇌의 일부가 닫혀버린 것 같았다. 기억의 대부분은 마비된 사지처럼, 몸통에 붙어 있지만 쓸모없이 따로 놀았다.

오리온 사형장에 들어갔던 후로 그녀는 다르게 생각하기 시작했다. 자신의 행동이 사랑을 주지 않는 사람들에 대한 원초적인 복수였는지 궁금해지기 시작했다.

그녀의 가족과 브렛 킨케이드에 대한.

그게 아니라면 어떻게 그들을 기억에서 싹 지울 수 있었을까!

그녀는 연구원에게 설명하고 싶었다. 그에게 조언을 구하고 싶었다. 이제 무엇을 해야 할까요?

그라면 알 것이다. 그라면 즉각 대답해줄 것이다.

하지만 어떻게 그녀가 그에게, 아니 누구에게라도 털어놓을 수 있을까—가족과 연락을 끊은 그 모든 세월을 어떻게?

전화 한 통 하지 않았고, 하려고 한 적도 없었다.

그들의 정보를 인터넷에서 찾아본 적도 없었다. 컴퓨터에 제노 메이필드, 아를렛 메이필드, 줄리엣 메이필드, 브렛 킨케이드 상병이라고 입력해본 적이 없었다.

그건 고사하고 크레시다 캐서린 메이필드라는 이름을 처본 적도 없었다.

연구원은 그녀에게 배신자라는 이름을 붙여주었다.

그녀가 그에게 모욕을 주었다고 했다! 용서하지 않겠다고, 다시는 그녀를 믿지 않겠다고.

그녀는 손가락에 낀 반지를 빙글빙글 돌렸다.

'새버스 맥스웨인.'

그녀가 얻은 귀한 서류들. 출생증명서, 사회보장카드, 오래전 만료된 마운틴포지고등학교 학생증, 플로리다주 운전면허증.

봉투에 담아 헤일리 맥스웨인의 새로운 주소로 보냈다.

사랑하는 헤일리 ―

작별인사를 할게요. 다시는 당신을 보지 않을 거예요.

언니와 드리나를 위해 기도할게요―그녀가 다시 건강해지고 두 사람이 함께 행복하길. 언니는 그럴 자격이 있어요.

나를 찾지도 않겠지만, 찾지 않는 게 좋아요. 나는 집으로 돌아가요―그럴 때가 됐으니까.

그렇게 떠나는 것이 아니었어요. 지금은 그런 생각이 들어요.

내가 잘못 생각하는 것일지도 몰라요. 돌아가봐야 알겠죠.

그래도 나는 언니에게 내 목숨을 빚졌어요. 정말 고마워요.

사랑을 담아—

새버스였던 당신의 동생

연구원이 준 별 모양의 은반지가 덜 헐렁거리도록 끈을 찾아 반지 안쪽에 감았다.

그녀는 반지가 손가락에서 빠져 잃어버릴까봐 두려웠다.

.

그녀는 달아났었다. 겁어차여 겁먹은 개가 내빼듯이 달아났었다. 그저 개처럼 숨어서 상처를 핥고 싶었다. 그녀의 수치심은 상처 같은 것이었다. 다른 사람들도 상처받았을지 모른다는 생각은 들지 않았다, 한 번도 그런 적 없었다.

"하지만 그들은 나를 사랑하지 않았어. 안 그래?"

그들이 벌을 받는 것이 마땅하다. 이 긴 세월 동안 그들이 그녀를 죽었다고 생각하고 있었다면.

그들은 그녀를 예쁘게 보지 않았다. 그녀는 사랑받지 못했다.

똑똑한 아이. 그녀는 유령처럼 굳은 미소를 지었다—그래서 그들을 혼내주고 싶었다!

그런데 잠시 후 반동이, 반감이 밀려들었다. 배신자! 너는 너를 사랑한 사람들을 배신했어.

"여보세요? 거기—줄리엣이야?"

"그래요. 줄리엣인데. 누구시죠?"

상냥하지만 경계하는 목소리였다. 줄리엣인 걸 미리 알지 못했다면 목소리를 알아듣지 못했을 것이다. 크레시다는 잠시 아무 말 못한 채 작은 전화기를 귀에 꼭 붙이고 있었다.

"여보세요? 누구시죠?"

"줄리엣, 크레시다야."

침묵. 짐작하겠지만, 충격에 젖은 침묵이 있었다.

"무슨 소리죠—'크레시다'라고?"

"크레시다야. 언니 동생."

실수였다, 실수하고 있었다. 그녀는 매우 무뚝뚝하게, 그러면서도 힘없고 죄지은 사람 같은 목소리로 말하고 있었다. 줄리엣이 날카롭게 대꾸했다.

"내 동생은 살아 있지 않아요, 이건 아니죠—전혀 재미있지 않아요……"

갑자기 전화가 끊겼다.

살아 있지 않다. 줄리엣이 내 동생은 죽었다고 하지 않은 것이 이상했다.

줄리엣의 휴대폰 번호를 알아내는 일이 쉽지 않았다. 예전 유선번호를 알아내는 것과는 달랐다—지금은 전국 전화번호 안내 서비스가 없었다.

카시지의 칼레도니아 스트리트에 사는 줄리엣의 친구에게서 번호를 알아냈다. 헴펠 부인은 선뜻 수첩에서 줄리엣 메이필드의 전화번호를 찾아봐주었다. 그녀는 크레시다 메이필드의 목소리를 알아채지 못했다.

크레시다는 헴펠 부인에게 줄리엣의 고교 동창인데 연락이 끊겼다고 말했다. 헴펠 부인은 크레시다가 둘러댄 이름에 대해 더 묻지 않았다. 실제로 그때 카시지고등학교에 다닌 여자애 이름이었다.

오래된, 잃어버렸던 이름들의 나열. 오래 잊고 있었던 큰 거미줄 같은 관계들이 필사적인 안달 때문에 이제 되살아났다.

크레시다가 말했다. "연락처를 알려주셔서 고맙습니다, 헴펠 부인." 그러자 헴펠 부인이 말했다. "당연히 그래야지! 뭐 별일이라고. 그런데 줄리엣은 이제 카시지에 살지 않는데." 그녀가 말했다. "그래요? 지금 어디 사는데요?" 그러자 헴펠 부인이 말했다. "글쎄, 나는 그애가 올버니에 사는 걸로 알고 있어. 그애 남편이 거기 무슨 관련이 있다던데— 주정부 일이라던가. 그래, 줄리엣은 결혼을 했다더구나. 나는—나는 몰랐어……" 헴펠 부인은 누가 엿듣기라도 하는 것처럼 목소리를 낮춰 말을 이었다. "음, 알겠지만—그애 여동생에게 그 무서운 일이 일어난 후에……" 크레시다는 말없이 전화기를 든 채 귀를 기울였다. 숨도 쉴 수 없었다. 부인이 계속 말했다. "줄리엣은 신경쇠약증 같은 걸 앓았어. 왜냐하면 여동생을 죽인 사람이 자기 피앙세였으니까. 사람들은 그가 줄리엣의 동생을 노토가강에 빠뜨렸다고 생각했어—시신은 발견되지 않았지만. 그래서 줄리엣은 카시지를 떠나 다시 돌아오지 않았지만, 칼리는 올버니에서 가끔 만나고 메일이나 전화로도 연락하고 그런다더구나. 줄리엣은 잘 지내고 있을 거야—아이가 하나인가 둘인가 있고—칼리가 말해줬어."

그녀는 알지도 못하는 사람에게 자진해서 이런 정보를 주었다. 크레시다는 헴펠 부인에게 고맙다고 말하고 인사했다.

여동생을 죽인 사람.

노토가강에 빠뜨렸다.

시신은 발견되지 않았다.

카시지에서 죽은 사람으로 취급되는 것이 크레시다에게 놀랄 일은 아니었을 것이다.

그렇게 여러 해 동안 실종 상태였으니 죽었다고 믿었을 수밖에.

어쩌면 그편이 더 나을까? 그녀는 예전 그곳에 아직 남아 있는 마음 한구석으로 그런 생각을 했다.

사라지는 편이 더 나을까. 그러면 아무에게도 더이상 슬픔을 안기지 않을 것이다.

하지만 상병이 문제였다. 그녀가 사라지던 때 같이 있었던 사람. 그리고 크레시다 메이필드의 가족도 문제라는 것을 그녀는 이제 깨달았다. 가족은 그녀를 실종된 존재로 계속 그리워하고 있었을지도 모른다. 시신이 발견되지 않았으니까.

제노는 태어나지 않는 것이 더 낫다고 가르친 고대 그리스 철학자에 대해 말했었다.

다들 얼마나 웃었던가! 롭 로이는 즐거운 듯 짖으며 사람들 다리 사이를 뛰어다니면서 긴 꼬리를 흔들어 술잔과 술병이 쓰러질 것 같았다.

크레시다가 누가 한 말이냐고 묻자 제노는 재미있다는 듯 아빠 특유의 표정을 지으며 (어쩌면) 소포클레스일 거라고, (어쩌면) 소크라테스일 거라고 말했다. 그러더니 (확실히) 쇼펜하우어라고 대답했다—몇 세기 뒤의 사람인데.

태어나지 않는 것이 더 낫다.

하지만 태어나보지 않으면 그걸 어떻게 알까?

그들은 철학자가 어리석다고 생각했다. 틀림없이 늙은 투덜이였을 거라고.

컴벌랜드 애비뉴에 있는 메이필드네 집은 전형적인 주말 저녁 분위기였다. 두 딸이 어릴 때니까 제노가 정치활동을 활발히 하던 시기, 어쩌면 카시지 시장이었을 때일 것이다. 자주 손님들이 왔다. 저녁식사 손님, 집에서 묵는 손님, 친구, 이웃, 제노의 민주당 동료들, 아를렛의 친구들—아름다운 아일랜드산 리넨 식탁보가 덮인 긴 식탁이 있는 식당은 유쾌하게 북적거렸다.

촛대들, 환한 색 양초들. 어두운 유리창에 불꽃이 비쳤다.

이러한 의견 동의가 있었다. 괴팍한 늙은 철학자는 분명 (A) 사랑에 빠져본 적이 없다 (B) 아기를 안아본 적이 없다 (C) 막 깎은 잔디 냄새를 맡아본 적이 없다 (D) 샴페인을 마셔본 적이 없다 (E) 선거에서 이겨본 적이 없다.

그 순간의 유쾌한 분위기 속에서 다들 웃어댔다. 제노의 친구들은 잔을 들어 그를 축하했다. 그런 건배가 여러 번 있었다. 그러니까 아마도 제노가 카시지 시장에 당선된 날 저녁이었을 것이다. 롭 로이는 방안을 돌아다니며 윤기나는 머리통을 쓰다듬어주는 손을 핥았다. 그러나 그때 어렸던 크레시다는 다른 사람들처럼 웃지 않았다. 태어나지 않는 것이란 말이 가슴에 콕 박혀 두려워서였다, 너무 어렸다.

네번째, 다섯번째 줄리엣에게 전화를 걸었다.

그러다가 조심스러운 목소리로 메시지를 남겼다.

줄리엣 나야—크레시다……

플로리다에서 전화하는 거야……

나는 집에 돌아갈 거야—돌아갈까 해—가족들이 원한다면……

나는 잘 지내. 병은 없어—아프지 않아. 갇혀 지낸 적도, 입원한 적도 없어……

여기 템플파크에 직장이 있어. 아니 있었어……

나는 혼자 살고 있어. 혼자지만 나는—나는……

나는 아픈 사람은 아냐.

그녀의 목소리가 갈라졌다. 흐느끼기 시작했다. 뜨거운 눈물이 차오르고 참아지지 않았다. 눈이 따갑고 앞이 보이지 않았다.

나는 우리 가족이 아무도 나를 많이 그리워하지 않을 줄 알았어.

아무도 나를 많이 사랑하지 않는다고 생각했어.

많이 두려웠던 것 같아. 지금 나는 두려워.

나를 용서해줄 수 있는지 알고 싶어……

그녀는 흐느끼고 있었다. 숨이 제대로 쉬어지지 않았다, 지금.

연구원에게 받은 휴대폰이 손에서 미끄러져 아스팔트 바닥에 떨어지면서 플라스틱이 산산조각났다.

버스를 타고 북쪽으로 올라가는 여행은 수월하지 않을 것이다.

크레시다는 그 여행이 수월하거나 빠르기를 바라지 않았다. 카시지에 갈 마음의 준비를 하려면 버스를 타고 가는 시간이 필요했다.

(비행기나 기차를 탈 수도 있었다. 하지만 그러려면 새버스 맥스웨인

의 신분이 필요했을 것이다.)

(크레시다 메이필드라는 원래 신분은 오래전에 없어져버렸으니까.)

냉방장치가 잘된 버스가 포트로더데일을 출발한 것은 3월 중순이었다. 그녀는 버스 뒤쪽 좌석에 웅크리고 앉아 뒤척이면서 지나치는 승객들의 눈을 피했다. 혼자 앉아서 가고 싶었다. 얼마 안 되는 짐은 머리 위 선반에 올려두고, 옆좌석에는 책과 노트, 서류 등을 두었다.

3월 16일, 오리온에 다녀오고 닷새 뒤였다.

사형의자에 앉은 그날 후로 닷새 동안 그녀는 생각했고 카시지에 돌아가야 한다는 것을 알았다.

부모의 전화번호를 알아내려고 애쓰지는 않았다. 케이티 이모에게 전화하면 될 것이다. 케이티 휴잇은 여전히 카시지에 살고 있고 유선전화도 있겠지만, 크레시다는 곧바로 조카의 목소리를 알아들을 그녀에게 전화할 수 없었다.

다시 가족을 만난다고 생각하자 견디기 힘들 만큼 불안했다. 무섭고 수치스러웠지만 한편으로는 기대감과 희망이 있었다.

용서해줘. 우리 가족이 아무도……

……나를 사랑하지 않는다고……

……생각했어.

그녀는 제노가 이미 세상을 떠났을지도 모른다는 것은 생각하지 않았다. 무서운 그 생각은 자주 떠올랐지만 즉시 사라져버리는 듯했다.

아를렛이 죽었을 거라는 생각은 들지 않았다.

(하지만 만약 아를렛이 죽었다면! 엑스레이 촬영 결과 유방암 판정이 내려졌을 때, 사실은 가슴의 낭포였고 '양성'으로 판명됐지만 엄마

가 고통스러워했던 기억이 떠올랐다. 그리고 언젠가 아를렛은 대장에서 '양성'이지만 작지 않은 혹을 제거했었다. 그때 줄리엣이 그녀에게 와서 엄마에 대해 얘기 좀 하자고 했지만, 크레시다는 겁먹은 표정을 짓는 언니 앞에서 방문을 쾅 닫아버렸다. 돌아가, 나를 내버려둬! 그 얘기는 하고 싶지 않다고, 알았어?)

그러니까 줄리엣은 결혼을 한 것이다! 아이가 하나인가 둘인 것이다.

예쁜 딸은 잘 풀렸다. 그녀 역시 카시지 — 잔해가 뒹굴던 그곳을 떠났던 것이다.

신경쇠약증 같은 걸 앓았어. 여동생을 죽인 사람이 그녀의 피앙세였으니까.

노토가강에 빠뜨렸다고 하지만 시신은 발견되지 않았다.

그것은 (못생긴) 딸이 (예쁜) 언니에게 한 복수였다. 하지만 크레시다는 그런 식으로 생각해본 적이 없었다.

황야를 헤매다가 이제야 벌어진 상처가, 파괴되고 파헤쳐진 땅이, 부러진 나뭇가지들과 드러난 뿌리들이 보였다. 다른 각도에서 보고 나서야 재앙이 어느 한 개인 — 한 '희생자'에게만 닥치는 것이 아님을 깨닫기 시작했다.

크레시다는 상병에 대해 자주 생각하지 않았다. 브렛은 넌더리를 내며 그녀를 밀쳐냈고 — 그것은 일종의 살해였다.

살해, 그리고 끝.

그녀였던 존재는 그의 앞에서 — 끝났다, 사라졌다.

크레시다는 그가, 상병 브렛 킨케이드가 그 사건 후 그녀에 대해 설명해야 하는 입장이었을 거라고 생각해본 적이 없었다.

사람들이 그가 그녀를 죽였다고 믿었을 거라고 생각해본 적도 없었다.

그리고 상병이 그녀를, (전) 피앙세의 여동생을 죽인 것이 되었다면, 그 살인죄에 대한 벌을 받지 않았을까?

그것을 깨닫지 못했다는 건 새버스 맥스웨인으로 사는 동안 분명 그녀가 무척 아팠다는 것이다, 정신적으로 아팠다는 것이다.

깨닫지 못했고 신경도 쓰지 않았다.

드리나가 애인이었던 어파 한에게서 들은 오싹하면서도 우스운 이야기가 있다. 마이애미데이드 카운티의 어느 병원 방사선과에 예순 살인 여자가 엑스레이를 찍으러 왔다. 여자는 배가 부어올라 지팡이를 짚고 걸어야 했고, 거의 일 년 가까이 이 증세가 계속되자 어쩌면 '임신'일지도 모른다고 짐작했다—그러니까 '뱃속에 있는 건 저절로 나올 거라고'—가족들이 설득하자 결국 그녀는 병원에 갔고, 가능한 한 빨리 자궁근종을 제거해야 한다는 진단을 받았다.

사람들은 이 이야기를 듣고 고개를 저으며 웃었다. 하지만 그 이야기에는 웃긴 구석이 없었다. 오히려 무시무시했다.

남들에게는 빤한데 정작 본인은 '알지' 못한다.

눈앞에 있는 것을 '보지' 못한다.

혹은 눈은 '보지'만 뇌가 해석하지 않는다.

그녀가 브렛 킨케이드에 대해 생각했다고 한다면, 그건 모든 힘이 그에게 있었다고 인정하기 위해서였을 것이다—거부하는 힘, 물리적으로 우월한 힘, (여자를) 소멸시키는 (남자의) 힘. 크레시다는 어떤 식으로든 자신이 그에게 상처를 입혔다고 생각할 수 없었을 것이다.

"그는 살아 있을까? 그는―감옥에 있을까?"

노트북이 고장나 더이상 작동하지 않았다. 인터넷에 접속할 방도가 없었다. 생각보다 쾌적하고 현대적이고 과할 만큼 냉방이 잘되는 버스에는 좌석마다 콘센트가 있었다. 컴퓨터를 쓸 수 있었다면 과감하게 브렛 킨케이드의 이름을 입력해 정보를 찾아봤겠지만 그럴 수 없었다.

너는 그가 처벌받았을 거라는 걸 분명히 알아.

그의 인생이 망가졌어―그날 밤 이후로.

알지만 모르는 거지. 알고 싶지 않은 거야.

"나한테는 죽은 사람이야―그들 전부."

북쪽으로 가는 버스 안에서 머리가 아파 꿈에서 깼다. 버스는 주 경계를 넘어 조지아로 들어갔다.

에어컨 냉기가 너무 강해 그녀는 가져온 옷들을 모두 덮고 기운 없이 몸을 웅크린 채 눈을 감고 떨었다, 혼자서.

*

선善을 알면 선한 일을 하고 싶어진다.

선을 모르면 온전한 인간이 되지 못한다.

9학년 때 크레시다는 플라톤을 읽었다. 아버지의 대학교재였던 얼룩지고 두꺼운 『플라톤의 대화 선집』에 「공화국」 「법률」 「향연」이 있었다.

성실한 학생이었던 아버지가 책에 밑줄을 긋고 설명을 적어놓은 부분을 발견하는 것은 열네 살 소녀에게 황홀한 일이었다. 다른 교재들처럼 이 책 표지 안쪽에도 메이필드, Z라고 적혀 있었다.

「메논」의 한 대목 옆에는 빨간 펜으로 질문이 적혀 있었다. 소크라테스 진심일까? 「메논」은 미덕에 대해, 또 악을 알면서도 악을 원할 수 있는가에 대한 소크라테스와 청년 메논의 대화였다. 교육받은 적이 없지만 기초적인 기하학 지식을 가진 노예 소년이 등장해, 지식이 '자연적으로 회복시키는 것'이 기억이라고 이야기한다.

「메논」의 교훈은, 우리는 선이 무엇인지 이미 알고 있다는 것이다. 모든 탐구, 모든 지식은 이미 기억된 것을 상기하는 것에 불과하다.

제노가 퇴근해 돌아와 식사할 때, 그가 정치/업무에 대한 고민 없이 느긋하게 토론할 만한 기분일 때, 크레시다는 아버지를 열띤 논쟁에 끌어들이는 일을 무엇보다 좋아했다. 의도했다기보다 우연히 그렇게 되는 것 같았지만, 논쟁을 좋아하지 않는 어머니와 언니를 고의적으로 소외시키는 면도 은근히 있었다.

특히 식사시간에 논쟁하는 것.

"많이 진지하지도 지적이지도 않은 이런 대화가 '논쟁'이라니요." 크레시다는 반박했다. "그러니까 '가족' 생활이 이렇게 따분한 거예요."

열네 살, 크레시다는 아주 어렸다. 또래보다 외모만 어린 게 아니라 모든 면에서 더 어렸다―미숙하고 유치했다.

딸이 똑똑하고 기지가 있는 것에 대해 아버지는 '채찍을 휘두른다'고 표현했다.

"네 채찍을 조심해야 해, 우리 딸. 그게 네 얼굴을 후려갈길 수도 있거든."

크레시다는 알았다. 학교에서는 친구가 거의 없었다. 그녀는 친구가 없어도 된다고 깔보듯이 말했었다.

몇몇 교사는 크레시다를 좋게 보는 것 같았다. 하지만 주의하고 경계했다.

크레시다 메이필드가 언제 공격할지 몰랐기 때문이다. 교실에 다른 학생들이 있는 앞에서도 그녀는 신랄한 말을 내뱉고 빈정거릴 수 있었다. 다수의 우호적인 교사들이 크레시다의 예측할 수 없는 성격에 맞춰주려다 허를 찔렸다.

"아빠! '선을 알면 선한 일을 하고 싶어진다'는데," 그렇게 식사를 시작하며 크레시다는 제노에게 당당히 물었다. "왜 세상에 그렇게 많은 악이 있어요? 왜 아둔함이 있어요?"

곧바로 제노는 양손을 올려 얼굴을 비볐다. 뉴욕주 카시지의 공인인 제노 메이필드의 얼굴에서 아빠 얼굴로 변하는 것을 볼 수 있었다. 기본적으로 온화하고, 멍하고, 자만하지 않는 얼굴.

"네가 읽는 책이 플라톤이니? 소크라테스니? 들어보니 소크라테스 같다만."

"맞아요. 그런데 왜 소크라테스가 그렇게 중요해요?"

"왜냐하면, 이전의 철학자들도 소크라테스가 생각한 것들을 많이 생각했지만 그렇게 철두철미하지도 체계적이지도 않았으니까. 또 그는 사적으로 개입하지도 않았지. 소크라테스는 신념을 부인하기보다 차라리 죽는 쪽을 택했어. 심지어 유배도 거부했지. 그는 철학을 위해 살고 죽었거든."

제노는 열띠게 말했다. 소크라테스는 긴 인생 동안 아고라에서 공적인 삶을 살며 당시의 억압된 유약함에 도전했다. 그는 충동적이고 거침

없고, 어리석고 무모했다. 그는 자신이 아무것도 모른다는 것을 앎으로써 모든 아테네 시민보다 더 많은 것을 알았던 에이론* 역할을 했다.

제노는 평소처럼 온화함을 숨기고 떨리는 목소리로 빈정거리지 않았다. 크레시다는 아버지의 특유의 말투에서 그가 소크라테스를 높이 평가한다는 것을 알 수 있었다. 딸은 날카롭게 반론을 펼쳤다. "소크라테스가 그렇게 특별하다면 왜 체포돼 사형언도를 받았어요?" 그러자 제노는 듣고 있던 그들을 향해 윙크하며 말했다. "우리도 다 마찬가지지! 모난 돌이 정을 맞는 법! 내 독미나리**는 어디 있지?" 그는 거품이 넘치는 맥주잔을 들어 소수의 청중을 웃겼다.

"소크라테스는 『대화』를 직접 쓴 것도 아니잖아요. 그건 플라톤이 썼죠. 플라톤이 소크라테스를 비롯해 그 모든 것을 지어냈을 수도 있는데, 그게 아니라는 걸 어떻게 알 수 있죠?"

그래서 음식이 식는데도 제노는 소크라테스─'소크라테스의 유산'─와 소크라테스 시대의 정치상황에 대해 강의했다. 아테네와 스파르타가 공동의 적인 페르시아에 맞서 승리한 전쟁 이후의 이른바 '황금시대'에 대해, 그리고 동맹이었던 스파르타와 싸운 펠로폰네소스전쟁에서 아테네가 서서히 돌이킬 수 없는 극심한 쇠퇴와 붕괴를 맞기 이전에 대해 말했다. "베트남전쟁의 비극 몇 배라고 상상해봐. 그게 펠로폰네소스전쟁이었어. 아테네인들은 군사적으로만 패한 것이 아니라 정신적으로도 패한 거야─완패했지. 그리고 당시 상황에서 소크라테

---

* 고대 그리스 희극에 등장하는 인물로, 자신의 힘과 지식을 숨기고 약한 척하면서 알라존이라는 상대에게 승리한다. '아이러니'라는 말의 기원이 되었다.

** 소크라테스가 마신 독약은 독미나리로 만들어졌다.

스처럼 독립적인 정신을 지녔던 사람은, 유일하고 보이지 않는 '선'—'신'—을 믿은 사람은 반역자로 받아들여졌어."

아버지의 말을 들으며 크레시다는 전율을 느꼈다.

크레시다는 제노 메이필드가 공식석상에서 하는 연설을 들은 적이 있었다. 그는 정치인이자, 유머감각과 (약간 가장한) 겸손함, 심지어 과묵함까지 갖춘 재능 있는 연설가였다. 하지만 식사시간에 사적인 장소인 집에서 하는 말은 대화 외에는 다른 목적이 없는 것이었다. 아빠가 딸에게 해주는 이야기는.

물론 아를렛과 줄리엣이 보고 있었다. 둘 다 들으면서 이따금 질문도 했다. 하지만 아빠는 크레시다에게 말하고 있었다. 크레시다가 그의 지성을 가장 많이 닮았고, 그 점이 그를 이야기에 끌어들였으니까.

"엄청난 아이러니는 애초에 아테네의 '황금시대'가 전쟁의 승리에 기반했다는 점이야. 철학과 예술과 문화는 전쟁의 똥무더기에서 꽃피었어. 그리스 도시국가들에서 획득한 것, 정복당한 민족들에게서 착취한 것이었거든. 아테네의 유사 민주주의는 소수 특권층을 위해서만 존재했던 거지. 아테네의 영예가 최고에 이르렀을 때 문명은 이미 몰락하는 중이었어. 지도자 페리클레스는 호전적인 미국 대통령들처럼 정복을 향해 밀어붙이고 또 밀어붙이다가 재앙과 같은 결과를 얻었어. 소크라테스의 죽음과 아테네의 죽음은 평행을 이루지. 늘 그렇듯 한 시대의 귀감이 되는 영적 지도자와 그 시대 자체는 평행을 이루는 거야."

크레시다는 이 말에 경탄했다. 이 말에 충격을 받았다.

"왜 소크라테스는 유배를 가지 않았어요? 나는 그게 싫었어요, 그가 그냥—그가 그냥 감옥에 있다가 독약을 마셨다는 게."

크레시다는 『파이돈』*도 읽었다. 책 속에 제노가 적어놓은 주석과 감탄사가 빼곡했다.

제노가 말했다. "아테네인들에게 유배란 죽음과 똑같았거든. 유배는 요즘 생각하는 한가한 도피가 아니었어."

크레시다는 물러나지 않았다. "그가 죽는 것이 싫었어요. 나는 그가 싫었던 것 같아요—그렇게 고집스러운 게."

놀랍게도 그 순간 가족들이 그녀를 보고 웃음을 터뜨렸다—제노, 아를렛, 줄리엣이 모두 동시에.

그런데 왜, 그게 왜 웃길까? 그녀가 웃긴 걸까?

고집스러운가?

크레시다는 이해되지 않았다. 그래서 웃지 않았다.

그녀는 매일 선한 일을 해야겠다고 생각했었다.

일부러, 의식적으로—아무에게도 말하지 않고 선을 구현할 작정이었다.

줄리엣이 기독교인으로서 '선한' 것과 다르게. 그녀는, 크레시다는, 고대 그리스인들이 가르쳤던 선을 모방하고 싶었다.

곧 기회가 왔다. 새로 설립된 수학지도단에서 수학에 어려움을 느끼는 빈민지역 중학생들을 지도할 자원봉사자를 모집했다.

처치스트리트중고등학교 9학년생들 중 A학점을 받은 학생만 자원할 수 있었다. 크레시다는 우수 학생으로 거기에 선발되는 것이 마음에

---

* 플라톤의 중기 대화편 중 하나. 귀족 파이돈은 노예가 됐다가 해방된 후 소크라테스의 제자가 되어 소크라테스학파를 만들었다.

들었다.

수줍음을 억누르고 담임선생에게 가서 지도단에 자원했다. 크레시다가 생각하기에 선생은 약간 놀란 듯이 쳐다보았다. "아, 크레시다! 잘생각했다."

크레시다 메이필드가 무슨 일에 자원하는 건 극히 드문 일이었다.

크레시다 메이필드가 **팀**에 합류하겠다고 나서는 건 더욱 드문 일이었다.

금요일 오후, 다른 9학년생 열 명과 스쿨버스를 타고 카시지 시내로 가, 사우스리버 스트리트에 있는 우중충한 부커 T. 워싱턴중학교에 도착했다. 지도단 대표인 고등학교 상급생 미치 카즈텝이 단원들에게 첫날 수업할 내용이 있는 몇 장의 프린트물을 나눠주었고, "네가 할 수 있는 선에서 도와주면 돼"라고 말했다—학생들이 "수학에서는 문맹이나 다름없으니까" 조금만 발전해도 "대단한" 일이라면서.

버스에서 크레시다는 대수 수업을 같이 받는 론다라는 여학생과 앉았다. 두 사람은 초조하고 들뜬 마음으로 부커 T. 워싱턴중학교에서 붙어다녔다. 론다는 친하지는 않았지만 9학년생들 중에서는 그나마 괜찮은 아이였다. 사납고 찡그린 표정으로 빈정거리는 크레시다 메이필드를 따돌리지 않았다.

수학지도단원들은 노란 스마일 배지를 달아야 했다. 반짝이는 노란 배지에 수학지도단이라고 적혀 있었다.

놀라운 것은 크레시다가 얼마 지나지 않아 이 '학습지도'를 좋아하게 되었다는 것이다.

어린 학생들—대부분 열 살에서 열두 살 사이의 여자애들—이 거리낌없이 도움을 청하는 것이 좋았다. 남학생들까지도 진지하고 심각해 보였다.

수학 문제라고 해봐야 사실 간단한 연산이었다. 세로로 죽 나열된 숫자를 더하고 빼고 곱하고 나누는 문제였다. 처치스트리트중고등학교에서 온 수학지도단은 참을성 있게 가르치며 노란 종이에 문제를 풀고 소형 계산기로 답을 '검산'했다. 크레시다는 수학 문제들을 재빠르게 만화를 그려가며 설명했다. 연필을 쥔 손가락이 날아다니듯 하자 보는 사람들뿐 아니라 그녀 자신도 놀랐다.

예를 들어 호박을 그려서 여러 쪽으로 나누면 '분수'가 쉽게 이해된다는 생각은 전에는 해본 적이 없었다. 적어도 분수의 기본개념은 충분히 설명할 수 있었다.

작은 탁자에 아이들이 둘러앉고 양끝에 크레시다와 론다가 자리를 잡았다. 두 사람은 가르치는 것이 재미있어서 놀랐다.

여학생 여섯 명, 남학생 세 명 모두 피부색이 어두웠다. 남자애들은 여자애들보다 주의가 산만했지만, 크레시다가 가볍게 던지는 농담에 더 호응하며 웃었다. 학생들은 모두 진지했고 희망적이었다. 문제를 풀고 답을 '맞혔다'고 했을 때 떠오르는 아이들의 표정을 본 크레시다는 가슴이 뭉클했다.

가까이 있다보니 크레시다는 어린 학생들에게 매료됐다. 다들 어려서 체격이 크레시다보다 작고 하나같이 아이다웠다. (이름이 켈러드 [?]라는 가장 큰 남학생은 크레시다와 키가 같았다.) 피부색이 다양했다. 어두운색이 다양하게 있었다. 잿빛이 감도는 어둠, 코코아 같은 어둠, 버터 같은 어둠, 가지 같은 어둠, 칠흑 같은 어둠. 머리카락, 눈동자,

얼굴 특징이 모두 크레시다를 매료시켰다. 그녀는 늘 자기와 같은 부류의 사람들을 보면 본능적으로 뒷걸음질했고, 무슨 일을 당할까봐 겁내는 것처럼 눈을 피했다.

그런 상황에서 쉬는 시간도 없이 구십 분간 아이들을 가르치는 것이, 남들과 함께 뭔가 하는 것이 정말 쉽고 즐거울 수 있다는 것은 크레시다에게 새로운 발견이었다. 가르치는 일—그 길로 갈까?

제노는 늘 자신이 법조계가 아니라 교육계로 갔으면 좋았을 거라고 말했었다.

물론 법조계에 있으면 공공정책에 직접 영향을 미칠 기회를 가질 수 있다고 그는 덧붙였다. 제노가 알기로 20세기 미국 역사에서 혁명적인 십 년—1960년대—이후는 개혁을 주도하려면 직접적인 행동을 취해야 하는 시대였고, 교사의 인생이란 간접적인 것이었다.

그런데도 크레시다가 생각하기에 수학지도단은 선과의 만남이었다. 론다와 같이하는 것이 좋았다. 론다는 조용하고 선한 성품을 가졌고, 수학을 잘했지만 크레시다만큼 똑똑하거나 영리하지는 않았다. 그래서 크레시다는 자신이 선하게 느껴졌고, 어린 학생들이 그녀에게 감탄하며 배우고 싶어하는 것도 마음에 들었다. 평소라면 버스에서 자기들끼리 웃고 떠들면서 크레시다의 신경을 긁었을 지도단원들—처치스트리트 급우들—에게도 호감이 갔다.

그리고 미치 카즈텝은 호감 이상이었다.

"그래 우리 딸, 오늘 오후는 어땠어? 수학 '지도'는?"

크레시다는 제노에게 아주 마음에 든다고 말했다.

저녁식사를 할 때 크레시다는 반짝이는 노란 스마일 배지를 달고 있었다. 장난삼아 달았지만 순전히 장난은 아니었다.

그녀가 가족에게 부커 T. 워싱턴중학교에서 했던 지도에 대해 말했을 때, 부모는 시선을 교환했다. 그럴 때 부모가 자식들 앞에서 주고받는 수수께끼 같은 눈짓. 크레시다는 그 모습을 보고 미소짓고 넘어갔지만, 몇 년 뒤에 알게 되었다. 자신이 사람들과 '관계를 맺는 데' 문제가 있다는 말을 듣는 딸이었다는 것을.

부모가 딸에 대해 걱정하던 차에 딸이 그런 프로그램에 자원하자 놀란 것이었다고 크레시다는 짐작했다. 줄리엣이 늘 자원해서 뭔가 하려하고, 제노가 시장으로서 지역사회 봉사활동이라는 명목으로 활성화하려 애쓰는 유의 프로그램이었다.

그다음주 금요일 2차 지도도 잘 진행됐다. 처치스트리트중고등학교에서 수학지도단원 두 명이 빠져 아마 돌아오지 않을 것 같았지만. 크레시다와 론다가 지도하는 아이들을 포함해 나이가 많은 편인 남학생들은 여학생들에 비해 몇 문제 집중해서 풀다가도 금세 한눈을 팔고더 쉽게 의기소침해졌다. 그래도 크레시다는 재치 있는 만화를 그리고가벼운 우스갯소리로 그 아이들을 격려할 수 있다고 믿었다. 아이들이뭔가 (사실은 뭘 하든) '제대로' 하면 칭찬해주었다.

빈민지역 학생들 대다수가 전주에 배운 아주 쉬운 연산법도 잊어버리는 것 같자 지도하는 학생들은 약간 실망했다. 미치 카즈텝은 예상했던 일이라고 말했다 "수학지도단은 그저 꾸준히 해나가며 누구든 도움을 받고 싶은 사람을 도와주고, 조금이라도 나아지면 그걸로 족한 거야. 알겠니?"

크레시다는 미치에게 노란 스마일 배지가 거꾸로 달렸다고 알려주었다.

크레시다는 교사 역할을 하자 마음의 여유가 생기는 것 같아 다시 한번 놀랐다. 다른 대원들과도 잘 어울렸고 특히 론다와 잘 지냈다. 아이 몇 명은 아주 좋아하게 되었고, 그애들에게 매료되었다. 그들의 빠르게 움직이는 큰 눈망울들은 그녀처럼 진갈색이었다. 처음에는 수줍게 미소짓다가 단원들에게 웃어도 된다는 허락이라도 받은 것처럼 웃음을 터뜨렸다. 그녀는 아이들의 이국적인 이름도 전부 외웠다.

오펄, 셜레나, 밴더, 말레타, 주니어스, 새틴, 베스타, 로넷, 켈러드.

이 경험은 처치스트리트중고등학교 급우들을—사실 유치원 이후 쭉 그들을—상대하는 것과는 전혀 달랐다. 어린 시절 크레시다 메이필드는 또래들 속에서 무관심한 태도로 지내는 것에 익숙해졌다. 아이들이 봐주지 않으면 그녀도 아이들을 쳐다보지 않았다.

다시 금요일 저녁식사 때 크레시다는 수학지도단 수업에 대해 열성적으로 이야기했다. 이번에는 식사 손님들도 있었는데, 제노와 아를렛과는 두 딸이 태어나기 전부터 아는 사이였던 부부가 크레시다에게 질문을 퍼부었다. 평소 매시 부부는 크레시다가 함께 있으면 그리 편안해하지 않았다. 그런데 지금은 똑똑한 아이에게 깊은 인상을 받은 것이 분명했다!

그리고 세번째 금요일. 이날이 크레시다의 마지막 금요일이 된다.

로맨스는 갑자기 끝나버렸다. 봉사자들과 교실로 들어가다가 크레시다는 좀 떨어진 곳에서 그들이 가르치던 남자애가 다른 남자애를 떠미는 모습을 보았다. 두 아이는 크레시다에게 은근하지만 조롱하는 눈빛을 던지며 들리게 말했다. 촌스러운 저애가 너희 담당이지?

크레시다는 론다의 이야기를 듣던 중이었지만 그 말을 들었고, 화살이 가슴에 날아와 박히는 것 같았다. 그런 상황이 아니었다면 걸음을 멈췄겠지만 그냥 앞으로 나아갔다. 유치한 욕을 들었다거나 그 말에 상처받았다고 인정하기에는 강한 자존심이 허락지 않았다.

다음 순간 두 아이가 몸을 돌렸고, 켈러드는 고개를 숙이고 (죄책감에?) 키득대며 슬그머니 의자에 앉았다. 의자가 탁자에 부딪혀 덜걱댔다. 켈러드는 순진한 표정으로 아무 잘못도 없다는 듯이 백인 여학생 지도대원들에게 인사하려 했다.

크레시다는 수치심과 굴욕감 때문에 머리가 지끈거렸다. 론다는 남자애의 말을 듣지 못한 것이 분명하지만, 미치 카즈텝이 들은 것 같아 가슴이 울컥하고 철렁했다.

(미치는 방에 들어온 이후 크레시다에게 눈길도 주지 않았다. 물론 그는 크레시다 때문에 당황했을 것이다. 두 사람이 가벼운 마음으로 재치 있는 말을 나누는 일은 이제 없을 것이다.)

부커 T. 워싱턴중학교에서의 세번째이자 마지막 수업. 크레시다는 화가 났지만 힘을 내서 수업을 진행했다.

켈러드와 다른 아이들을 힐끗 쳐다보기만 했다. 이제 아이들이 모두 그녀를 싫어하는 게 분명해 보이는 듯했다. 크레시다의 머릿속에서 심술궂은 목소리가 울렸다.

싫어 싫어 싫어. 너희는 꼴도 보기 싫어. 촌스럽긴—못나긴—너희도 마찬가지야!

가여운 론다는 친구 크레시다가 이번주에는 전보다 수업에 적극적이지 않은 것을 분명히 감지했을 것이다. 시무룩하고 예측 불가능한 것으로 유명한 크레시다 메이필드가 열의 없이 그저 가르치는 시늉만 하고 있었다. 크레시다는 론다에게 대부분의 설명을 떠넘겼다. 솜씨 좋게 만화를 그려 학생들을 즐겁게 해주던 크레시다가 농담도 하지 않고 만화도 그리지 않았다.

아이들도 뭔가 잘못됐다는 것을 눈치챘다. 켈러드는 나머지 아이들과 떨어져 앉아서 몸을 비틀며 찡그리고 손가락을 물어뜯었다. 켈러드는 크레시다가 무시하고 한 번도 칭찬하지 않은 것을 의식했다.

카시지에서 높은 지대인 북쪽 동네로 돌아오는 버스에서 론다는 무슨 일 있느냐고 물었다. 크레시다는 아니라고 고개를 저었다.

론다는 그 주에 봉사자 두세 명이 더 그만뒀다고 못마땅한 듯이 말했다. 다음주에 크레시다까지 거기 끼지 않았으면 좋겠다고 말하고 싶은 것 같았다. 하지만 크레시다는 좌석에 구부정하게 앉아 침울한 눈으로 창밖을 보며 아무 말도 하지 않았다.

얼마나 부당한가! 크레시다는 켈러드가 자신을 좋아했다는 것을 알았고—자신도 그 아이를 좋아했다. 하지만 켈러드는 그런 말을 하지 않을 수가 없었다—이제 크레시다는 그애가 경멸스러웠고 쳐다볼 수조차 없었다.

다른 아이들도 그랬다. 크레시다는 당연히 나머지 다른 아이들에게는 잘못이 없다는 걸 알았다. 무척 좋아했던 여자애들은 특히 그랬다. 그런데 이제 끝나버렸다. 그 무엇도 크레시다를 부커 T. 워싱턴중학교로 다시 돌아가게 할 수 없었다.

그날 저녁 식탁에서 크레시다는 부루퉁한 얼굴을 했다. 부모는 망설이다가 오후를 어떻게 보냈느냐고 물었고, 크레시다는 무심한 듯 밝고 명랑한 미소를 지으며 대답했다. "괜찮았어요. 하지만 다음주부터는 안 갈 거예요."

"안 간다고? 왜?"

"왜냐하면 시간낭비니까요. 애들은 아무것도 제대로 '배우지' 못해요. 그저 암기할 뿐이죠. 그런 다음 잊어버려요."

"하지만 가르치는 걸 무척 좋아했잖니……"

크레시다는 어깨를 으쓱했다. 그 이야기는 끝났다는 뜻이었다.

"교사가 될까 그랬으면서……"

그러자 줄리엣이 나섰다. "하지만 크레시! 너 론다와 아주 즐거운 시간을 보낸다고 말했잖아. 좀더 해봐야 하는 거 아냐?"

크레시다는 고개를 저었다. 싫어. 더이상 착각하지 않아!

크레시다는 수학지도단 스마일 배지를 휴지통에 던져버렸다.

촌스러운 애. 시간이 지나면 크레시다는 남자애가 못난이라고 말했다고 믿게 될 것이다.

오히려 다행이라고 생각했다. 어린 학생들이 얼마나 멍청하고 잔인해질 수 있는지 사전에 알았으니까. 어리석고 이상주의적인 실수를 저지르기 전에 알았으니까.

또 크레시다 자신이 얼마나 얄팍한지 — 얼마나 쉽게 상처받고 패배감을 느끼는지도 알았다. 표면에 드러난 것은 모두 대단하고 기발하고 독창적이지만 깊이와 감정은 없는 M. C. 에스허르의 그림과 비슷했다.

북쪽으로 가는 버스. 마지막으로 창밖을 힐끗 내다봤을 때는 언덕이 많은 시골이었다. 버스는 플로리다를 뒤로하고 조지아를 지나 사우스캐롤라이나에 접어들었다. 혹은 이미 노스캐롤라이나에 들어섰거나.

그녀는 겁에 질린 채 북쪽으로 가고 있었다.

가족들은 아마 나를 잊었을 거야, 완전히. 어쩌면 지금까지 내가 했던 생각이 맞을 거야 하고 생각하면서.

그리고 버스가 뒤집어질지도 몰라. 어쩌면 '95번 도로에서 잔해가 불타겠지' 하고 생각하면서.

좌석에서 웅크리고 잤다. 옆에 앉아도 되느냐고 묻는 사람은 없었다.

지독하게도 연구원이 그리웠다! 그가 못마땅해했어도, 그녀에게 크게 실망했어도 그리웠다.

하지만 그가 옳았다. 그녀는 그의 신뢰를 저버렸고, 앞으로는 그에게 도움이 될 수 없다. 또 그녀는 연구원보다 쉰 살이나 어렸고, 일이 아니면 그와는 어떤 관계도 맺을 수 없다.

그래도 그녀는 반지를 잃어버리지 않았다. 손가락에 긴 반지를 빙글빙글 돌리고 또 돌렸다.

그들이 나를 용서해준다면 나는 그에게 돌아갈 수 있어. 그가 날 받아준다면.

그녀는 옷을 잔뜩 덮고 아주 긴 시간을 잔 것 같았다. 부커 T. 워싱턴 중학교가 나오는 악몽을 꾸었다. 꿈속의 미로 같은 건물이 실제 건물과 별로 비슷하지는 않았지만.

어두운 피부색의 아이들이 그녀를 피해 숨었다. 그녀를 비웃고 그녀에게 달려들었다. 못난이 못난이 못난이 계집애! 왜 안 죽었어.

그녀는 거기서도 잘못을 저질렀다. 그때도 그것을 알았다.

미치 카즈텝은 크레시다의 마음을 돌리려고 노력했다. 봉사자들 모두 가르치는 데 애를 먹고 있다고, 학생 몇 명이 아주 망나니이고 그도 몇 번 모욕을 당했다고. 하지만 계속해나가라고, 그냥 밀고 나가라고, 그러면 결과가 괜찮을 거라고, 아니 그 이상일 거라고 미치는 말했다.

크레시다가 네번째 금요일에 나타나지 않자, 미치는 전화를 걸었다.

크레시다 메이필드에게 남학생이 전화했다! 상급생인 그는 크레시다를 좋아하는 것처럼, 어떤 점을 좋아하는 것처럼 말했다.

크레시다는 그에게 끌렸었다—처음에만. 일이 잘 풀리고 있을 때만.

감정은 거미줄 같다. 견고함이 없다. 적어도 크레시다의 감정은 그랬다.

론다도 전화해서 보고 싶다고 말했다. 돌아오라고, 다시 시도해보라고 간청했다.

론다와 미치가 전화해주자 크레시다는 깊이 감동받았다. 어떻게 그들에게 다시 위험을 무릅쓸 수 없어, 나는 너무 쉽게 상처받아라고 털어놓을 수 있었을까.

사춘기 때의 그런 실수들을 생각하며 추운 버스에서 기침을 하기 시작했다. 다른 승객들이 운전사에게 냉방이 너무 세다고 항의했다. 플로리다주 남부를 빠져나오자, 공기가 한층 차갑게 느껴졌다.

목구멍이 따끔거리고 뻑뻑해지기 시작했다. 아프기 시작할 때처럼 피부가 몹시 민감해졌다.

이렇게 공개적인 장소에서 아플까봐 겁이 났다. 집이라는 곳까지는 아직 멀었다.

크레시다는 똑똑한 아이였다.

본인도 징그럽게 잘 알았다. 똑똑한 아이.

컴벌랜드 애비뉴에 있는 집의 뒷문을 쾅 닫고 나왔다.

집에서 나가는 것을 안에서 누가 보든 소리를 들었든 상관없었다.

집에 돌아가든 않든 상관없었다.

마음속에서 시계태엽이 단단히 점점 더 단단히 감겨서 째깍째깍 폭발을 향하고 있었다.

"다 싫어. 전부 다―"

하지만 차마 죽음이란 말은 입 밖에 낼 수 없었다.

물론 진심은 아니었다. 죽는 건.

왜 이렇게 화가 나고, 왜 이렇게 격렬하게 심장이 뛸까. 왜 이렇게 머릿속이 뜨겁게 지끈댈까. 왜 이렇게 요즘 들어 또래 여자애들처럼 누가 만져주고 키스해주고 몸으로 사랑해주길, 자신이 사라지길 바랄까?

그녀가 기억하기에 자신은 시선을 받는 것이, 남이 자신을 눈으로 평가하는 것이 불편했다. 그런데 최근 그 느낌이 부쩍 강해졌다.

학교에서 기하학을 가르치는 리카드 선생과 문제가 생긴 뒤로 더 심해졌다. 크레시다는 신뢰하는 리카드 선생에게 자신의 스케치북을 보여주었는데, 그는 너무도 멍청하고 가혹하고, 용서할 수 없는 말을 했다. "그가 싫어. 그가 죽어버리면 좋겠어."

두려움/반감―남들이 쳐다보면 그런 감정이 일어났다.

낯선 사람들을 보면 움츠러들었다. 몸이 작아져서 사라지고 싶었다.

하지만 그녀의 이름을 아는 사람들―더 나쁘게는 메이필드네 작은 딸―★★한 아이라는 걸 아는 사람들 앞에서도 그랬다.

이따금 가족들도.

문을 쾅 닫고 나간 것은 소리를 지르지 않기 위해서였다.

카키색 반바지, 긴소매 티셔츠, 운동화. (소년 같은) 몸매를 가리려고 헐렁한 남자 아동복을 입었다. 그리고 감지 않은 머리를 귀 뒤로 대충 넘겼다.

화가 났다. 하지만 창피한 마음이 더 컸다.

줄리엣에게 상처를 주려고 한 짓! 창피했다.

4월의 어느 토요일이었다. 크레시다의 열다섯 살 생일 일주일쯤 뒤였다.

집에 틀어박혀 피아노 연습을 했다. 거실의 피아노 앞에서 강박적으로, 감정 없이 건반을 두들겼다. 피아노는 햇빛이 들지 않는 구석에 있어 한낮에도 전등을 켜야 했는데, 그것도 마음에 들지 않았다. 전날 오후의 주간 레슨에서는 뀔너 선생이 실망한 것만큼(스스로 알았다) 자신에게도 실망스러웠다. 다음주 금요일에는 베토벤 소나타를 매끈하고 빠른 속도로 실수 없이 연주해서 뀔너 선생을 놀라게 하겠다고 작정했다. 그래서 자신의 연주에 대한 그의 (그가 내렸을) 평가가 틀렸다는 것을 입증하고 싶었다. 하지만 무섭도록 집중하고, 불꽃같은 아르페지오 부분을 여러 번 반복해도 계속 실수를 했다. 틀린 음을 치고 박자를 놓치고 머뭇거리고 손이 미끄러져서 속이 상했다. 베토벤 소나타 23번, 위대한 〈열정〉이었으니까. 그 곡을 카시지의 평범한 소녀 피아니스트 수준 이상으로 연주하지 못한다는 것이 자존심 상했다. 어디선가 연주가 들리는 곳에서는—제노나 아를렛이 듣고 있었다면—크레시다의 노력에 큰 박수를 쳐줬겠지만.

"크레시! 대단하구나."

물론 부모가 좋은 뜻으로 하는 말이었다. 그녀를 사랑한다는 것을 보여주려고.

하지만 크레시다는 알았다. 그들의 사랑은 장애나 백혈병으로 죽어가는 아이에 대한 사랑 같은 연민의 일종이었다.

문을 쾅 닫고 나왔다. 어디 가는지는 아무한테도 말할 필요가 없었다.

어머니와 함께, 아니면 어머니와 줄리엣과 함께—그날 오후에— 뭔가 하기로 약속했던 기억이 어렴풋이 떠올랐다.

크레시다가 자전거를 타고 긴 진입로를 지나 거리로 나가는 모습은 아무도 보지 못했다. 평소처럼 자전거에 올라타 아주 재빠르게 움직이는 것이, 힘들이지 않고도 움직이는 것이 즐거웠다.

다리는 튼튼하고 근육이 탄탄했다. 약하고 가냘픈 것은 가슴과 어깨, 상체였다. 드러나는 쇄골은 묽은 우윳빛이었다.

컴벌랜드 애비뉴에서 동쪽으로 돌아, 블록 끝에 있는 성공회교회 쪽으로 페달을 밟았다. 거기에 오래되고 아름다운 묘지가 있었다.

그 묘지는 크레시다의 장소 중 한 곳이었다. 어릴 때부터 가족에게서 빠져나와 숨고 싶을 때면 찾았다.

묘지에 가면 늘 오래되고 낯익은 묘비들을 찾아갔다. 오래된 묘비는 글자와 숫자를 알아보기 힘들 정도로 닳았지만 소녀는 '역사적인' 이름들을 다 외우고 있었다.

묘지의 가장 오래된 구역에는 1790년대까지 거슬러올라가는 메이필드가의 묘비들도 있었다. 하지만 제노는 그의 조상들의 묘비가 아닐 거라고 믿었다. 그의 증조부인 제노바 메이필드는 어린 나이에 영국 북부에서 미국으로 이민했지만 1890년대였다. 또 제노가 아는 한 메이필드가 사람들은 성공회교회에 다닌 적이 없었다.

묘지에 오자 뜨겁게 지끈대던 머릿속이 조용해졌다. 평화롭고, 비밀스러운 곳이었으니까.

최근 크레시다는 별로 그림을 그리지 않았다. 멍청한 리카드가 모욕을 준 후로 그랬다.

인상적인 그림들이긴 한데, 에스허르가 그렇게 잘 그렸던 것을 왜 다시 그리니?

기하학 선생을 믿은 것이 크레시다의 실수였다. 그가 좋아하는 것 같아서, 수업시간에 자주 칭찬하고 미소를 지어서, 크레시다가 입술을 일그러뜨리며 중얼대는 반어적인 말에 그가 웃음을 터뜨려서 그랬다.

지금까지 제대로 알아준 교사는 없다시피 했는데, 리카드는 그럴 수 있을 것 같아서 그랬다.

그리고 크레시다는 어쩌면 그가 자신을 좋아하는지도 모른다고 생각했었다.

그런데 다 끝나버렸다. 이제 크레시다는 그가 싫었다.

그리고 기하학도 싫었다. 남은 학기 동안 과제를 제출하지 않고 수업에도 빠질 생각이었다. 리카드 선생이 칠판에 분필로 뭔가를 쓰고 질문을 했지만 그녀는 의자에 눕다시피 앉아 창밖을 내다보며 심드렁했다. 우수한 학생들은 자발적으로 답을 말했지만, 이제 크레시다 메이필드는 그러지 않았다. 더이상은 그러지 않았다.

묘지에서 크레시다는 죽음이 아주 일반적인 것이고 예외 없는 것이라는 데, 죽음이 사방에 있다는 데 호기심을 느꼈다.

그런데 실제 생활에서 죽음은 끔찍하고 입에 올리면 안 되는 것이었다. 개별적이고 유일무이한 죽음들보다 더 중요한 건 없었다.

크레시다는 무심코 끔찍한 광경을 보고 말았다. 커다란 녹색 곤충이, 메뚜기가 커다란 거미줄에 걸려 있었다. 거미줄에는 이미 죽은 것들도 매달려 있었다. 너무 흉측했다! M. C. 에스허르의 지적이고 모순적인 예술의 '생물학적' 이미지 같았다.

크레시다는 끔찍해서 막대기를 집어 거미줄을 휘저었다. 메뚜기가 어디로 갔는지, 묘석에 부딪혔는지, 남은 거미줄에 아직 걸려 있는지 아니면 자유로워졌는지 그녀는 알 수 없었다.

손녀들에게 그랑메르* 엘렌으로 불리길 바라던 외할머니는 크리스마스 직전 세상을 떠났다. 그녀가 죽은 뒤 크레시다는 악몽을 꾸었고, 흰 머리의 노부인들을 볼 때마다 상실감으로 가슴이 저렸다. 하지만 크레시다는 줄리엣이 그랑메르 엘렌을 사랑했던 방식으로 할머니를 사랑할 수는 없었고, 그래서 나중에 죄책감에 시달렸다. 장례식에서 줄리엣과 아를렛은 통곡을 했지만 크레시다는 그러지 않았다. 그 자리에 있어야 하는 게, 붙들려 있어야 하는 게 싫어서 손마디를 잘근잘근 씹어댔다. 하지만 그랑메르 엘렌은 성공회교회 묘지에 묻히지 않았다.

크레시다는 할머니가 죽었다는 상황을 떠올리는 것이 고통스러웠다. (나중에) 부모님―제노, 아를렛의 죽음을 생각하는 것도 고통스러웠다. 스푼을 빠뜨린 음식물 분쇄기처럼 뇌가 멎어버렸다. (시무룩한

---

* '할머니'라는 뜻의 프랑스어.

크레시다가 식사 후 설거지를 거들 때면 스푼, 포크, 나이프가 미끄러져들어가 음식물 분쇄기의 날이 망가지는 일이 자주 있었다.)

소녀는 생각했다. 아직 한참 멀었어. 그런 일은 일어나지 않을 거야. 바보같이 굴지 마!

크레시다는 익숙한 오래된 묘역 가운데 있는 자갈길에 서 있었다. 교회 부속 묘지 가장자리의 지대가 좀더 높은 곳, 큰 밤나무들 아래에 만든 새 묘역은 별로 마음에 들지 않았다.

새로 생긴 묘일수록 아는 이름일 가능성이 크다.

새 묘역에서 예복을 갖춰 입고 장례를 치르는 사람들을 엿보았다.

모르는 사람들 같아 마음이 놓였다.

크레시다는 망설이며 자갈길을 따라 걸어갔다. 조문객들을 피하려 갑자기 길을 돌아가고 싶지는 않았지만, 그들의 시선을 끌고 싶지도 않았다.

묘지에서 카키색 반바지와 헐렁한 티셔츠 차림이라는 것이 마음에 걸렸다. 하지만 그들에게 크레시다는 낯선 사람, 익명인, 알아보지 못할 사람이란 믿음에서 오는 두근거림이 있었다.

언젠가 크레시다는 세상에 익명으로 나갈 것이다.

하지만 바로 그때 조롱하기라도 하듯 한 여자 조문객이 손짓하며 고개를 끄덕였다.

장갑 낀 손을 들었지만 미소를 짓지는 않았다.

당연히 크레시다가 아는 여자였다. 칼슨 부인.

패트릭 칼슨의 부인인 지니 칼슨. 칼슨씨는 제노 메이필드와 사업상 협력관계인 사람이었다.

메이필드 가족과 칼슨 부부는 잘 아는 사이였다. 칼슨 부부가 메이필드 부부보다 연장자였지만 서로 친했다. 그들의 연로한 부모가 죽어서 땅속에 관을 안장하고 있는 것 같았다.

다른 조문객 몇 명까지 바라보며 손을 들어 인사하자, 크레시다는 순간적으로 그물에 걸린 동물이 된 듯 숨을 죽였다.

저게 누구지? 메이필드네 딸이군. 작은딸……

곧 크레시다는 자전거를 거칠게 밀고 자갈길을 지나 묘지에서 나왔다. 먹구름에 하늘이 어두워지고 있었지만, 집으로 돌아가지 않고 컴벌랜드 애비뉴를 따라 계속 이어지는 언덕길을 내려갔다. 이웃한 주거 지역의 상당 부분이 아직 개발되지 않아 몇 에이커의 부지들 사이에는 공터와 숲이 있었다. 크레시다는 집집에 누가 살고 있는지 알았지만 머리가 텅 비어버렸다. 막 뭔가를 아슬아슬하게 피한 것처럼 이상하게 어지럽고 약간 불안했다.

언덕 몇 곳은 가파르고 얼음이 끼어 있었다. 자전거에서 내려 내리막길을 걸어가야 했다. 머릿속에서 목소리가 윙윙댔다. 아를렛! 지난번에 당신 딸을 봤어요. 우리는 묘지에 있었죠. 토요일 오후에 친구들도 없이 혼자 거기 있는 걸 보니까 어찌나 이상하고 엉뚱해 보이던지.

고립을 두려워하는 공포증―자기공포증―이 있다. 고독공포증도 혼자 있는 것을 두려워하는 거라는 점에서 같은 뜻이다.

크레시다는 그런 독특한 공포증들을 찾아봤었다. 거울공포증(거울에 비친 자신을 보는 것에 대한 두려움), 조류공포증(새에 대한 두려움). 그리고 동물공포증(동물에 대한 두려움)과 인간공포증(사람에 대한 두려움).

대부분의 사람들이 아는 흔한 공포증으로는 폐소공포증, 광장공포증, 고소공포증(높은 곳에 대한 두려움)이 있다.

크레시다의 심장이 덫에 갇힌 새의 날개처럼 빠르게 퍼덕이기 시작했다. 인간공포증과 결합된 폐소공포증과 비슷했다. 다른 사람들이 두려웠다. 그들이 눈으로 그녀를 속박하고 멋대로 재단하는 것이 무서웠다.

어느 저녁, 제노는 흔하지만 '아주 괴상한' 공포증인 13공포증—숫자 13에 대한 두려움—에 대해 농담을 했다.

그러면서 자신은 '초자연적인' 것을 믿지 않아서 미신에 연연하지 않는다고 으스대듯 말했다. 하지만 대부분의 사람들은, 심지어 크레시다도 마음이 약할 때는 뭔가를 두려워했다.

알지 못하는 것들에 대한 두려움, 그걸 뭐라고 하더라?

그보다 나쁜 건 아는 것들에 대한 두려움이다.

크레시다는 웃음을 터뜨렸다. 다 부질없는 생각이었다.

뇌가 카펫에서 풀린 실오라기처럼 엉키고 헝클어졌다. 실오라기가 빠르게 돌아가는 진공청소기 바퀴 속으로 빨려들어간 것 같았다.

아이고 크레시다! 또 진공청소기를 망가뜨린 거니?

크레시다는 차츰 집안일에서 제외됐다.

그것은 정말 크레시다의 잘못이 아니었다! 결국 아를렛은 작은딸에게 집중하지 않아도 되는 일, 백일몽에 빠져도 큰 피해가 없을 만한 일만 맡겼다. 건조기에서 수건을 꺼내고 개켜 위층 장에 가져다두는 일 같은 것.

언덕길은 여전히 경사가 가팔랐지만 크레시다는 다시 자전거에 올라탔다. 안전모를 가지고 나오지 않았으니, 부모가 알면 혼날 일이었다.

다치는 건 신경쓰지 않았다. 아장아장 걸을 때부터 걸핏하면 물건에 부딪혀 멍들고 다리가 까졌다. 줄리엣과 그녀의 친구 칼리 헴펠에게 못되게 굴었으니 벌을 받아야 한다는 생각이 들었다.

창피해! 창피한 줄 알아야지 크레시다 메이필드.

네가 받을 벌은 뇌가 박살나는 거야.

하지만 사라지는 것이 더 나은 탈출구일 것이다.

왜냐하면 크레시다가 사라진들, 자전거를 타고 나가 돌아오지 않는다 한들 누가 아쉬워나 하겠는가?

크레시다는 그들—가족들—이 함께 웃으며 이야기하는 소리를, 멀리서 윙윙대는 소리를 자주 들었다. 크레시다가 갑자기 위층에 올라가 방에 혼자 틀어박히면—책과 '그림'에 파묻히면—부모님과 언니는 버릇없는 태도에 당황할 것이다. 하지만 몇 분도 지나지 않아 그들은 크레시다가 없는 것을 아쉬워하지도 않고 까맣게 잊을 것이다. 제노와 아를렛과 줄리엣, 그들은 함께 있으면 모두 느긋하고 행복했다.

가족들은 모두 크레시다의 행동에 익숙해졌다. 친척들과 친구들은 이해했다. 크레시다에 대해 양해했다. 인사를 건네도 크레시다가 미소로 답할 거라고는 누구도 기대하지 않았다. 크레시다가 거의 아무와도 눈을 맞추지 않아도 모두 그러려니 했다. 크레시다가 다른 사람들과 함께 식사 준비를 하겠다고 나서거나, 뒷마당에서 피크닉 테이블과 벤치를 가져와 식탁을 차리거나 정돈할 거라고 기대하지 않았다.

누구도 크레시다가 가만히 앉아서 먹을 거라—먹으려고 애쓰리라—기대하지 않았다. 남들처럼 식사 뒤에도 의무감이 아니라 원해서 자리를 지키리라 기대하지 않았다. 사람들은 함께하는 것이 즐거워서, 함께하는 것이 고통이 아니라 기쁨이라서 자리를 지켰다.

필사적으로 빠져나가 혼자 있어야 했다. 그리고 혼자 있으면 생각들은 미쳐 날뛰는 말벌떼처럼 자신을 찔러댔다.

크레시다는 자전거를 타고 거칠게 내리막길을 내려가 카시지 시내로 들어갔다. 블랙스네이크강과 잇닿은 시 경계에서 바람에 실려온 폐기된 화학물질 냄새, 유기물 썩는 냄새와 고무 타는 냄새가 코를 찔렀다. 오래되고 반쯤 폐허가 된 그 지역은 예전에 소규모 공장들과 설비, 영업중인 창고들이 있던 곳이었다. 이제는 여기저기 곧 도산할 지경이거나 이미 망한 듯한 업소들만 있었다—주유소, 패스트푸드점, 술집, 전당포, 보석보증인, 수표를 즉시 현금으로 바꿔드림.

사람들은 크레시다 메이필드 같은 애가 어떻게 생각도 없이 무모하게 내리막길을, 가파른 내리막길을 달려 여기까지 왔지 하고 말할 것이다.

크레시다가 실수한 것인지도 모른다. 돌아갈 때는 오르막길로 자전거를 끌고 한참이나 걸어올라가게 생겼으니까.

하지만 집에 전화해 누군가에게(물론 엄마일 것이다) 차를 몰고 데리러 와달라고 부탁하지는 않을 생각이었다.

그들이 집에 크레시다가 없는 걸 알아챘다면 대단한 일이다. 어떤 이유로든 작은딸이 집에 없고 없어졌다는 걸 알아챘다면.

크레시다 얘야, 이렇게 오랫동안 어디 있었던 거니? 우리가 얼마나 걱정했는지 알아!

나한테 자전거 타러 간다고 말했었니? 말하고 나갔었어?

우린 네 방을 들여다봤어—너한테 전화도 하고—혹시나 해서 마시 마이어에게도 전화해봤고……

워터먼 스트리트에 차들이 지나다녔다. 위태롭게 달리는 트럭, 배달용 밴, 녹슨 차들은 카시지 북부의 주거지역 언덕들에서보다 혼자 자전거를 타고 가는 여자애의 안전에 훨씬 더 무심했다. 하지만 크레시다는 이곳이 마음에 들었다. 자전거를 타고 덜컹대며 철길을 지나가는데 차들이 바싹 붙어 아슬아슬하고 위험하고 경계심이 이는 것이 좋았다. 차들이 예기치 못하게 빠르게 다가와 자전거 핸들을 놓칠 뻔하는데도 괜찮았다. (워터먼 스트리트에서 자전거를 타고 가는 사람은 크레시다만이 아니었다. 앞쪽에 남자애 몇 명, 호리호리한 십대 소년들이 있었는데, 그들은 소녀를 의식하지 못했다. 그중 한 명은 켈러드인 것 같았다.)

(크레시다는 켈러드를 쉽게 잊지 못할 것이다. 바보 같은 말이지만 그애가 크레시다의 마음을 아프게 했다.)

(크레시다는 분명히 알았다. 진짜 별일도 아니란 것을! 아주 사소하고 잊힐 일이었다. 그런데 잊지 못할 것 같았다.)

크레시다가 워터먼 스트리트를 지날 때 톡 쏘는 화학물질 냄새가 더 심해졌다. 오른쪽으로 버려진 철도 조차장을 지나쳤고, 거기서 강을 따라 4분의 1마일쯤 폐기된 유개화차들이 늘어서 있었다. 고철더미, 유해해 보이는 회색 자갈과 가루가 쌓여 있었다—질소 냄새인가? 유황 비슷한 냄새가 났다.

크레시다는 피셔 애비뉴를 지났고(부커 T. 워싱턴중학교가 한두 블록 앞에 있었다), 워터먼 스트리트 200번지에 있는 홈프런트연합의 베이지색 벽돌 건물이 보였다. 이 지역사회 봉사조직은 무료급식소와 '상점'을 운영했고, 빈곤층이나 노숙자, 노숙하는 가족을 불러(제노는 그들을 신중하게 '손님'이라고 불렀다) 한 달에 한 번씩 식료품점이나 할인점처럼 통로를 지나다니며 정해진 수의 카트에 물건을 담게 했다. 성인 한 명당 카트 하나, '가족'은 카트 하나를 더 담을 수 있었다. 제노 메이필드는 카시지의 시장이었고 시위원회에 있을 때 홈프런트연합의 설립을 도왔었다. 그는 여전히 이 조직의 운영에 관여하고 있었고, 기금 마련을 위해 로비를 하고 기금 마련 행사를 주관했다. 물론 메이필드 가족은 홈프런트연합의 다양한 행사에 참가했다. 특히 아를렛과 줄리엣은 무료급식 행사장과 상점에 꾸준히 나갔다. 그들이 얼마나 자주 갔는지 크레시다는 잘 몰랐다. 그런 일에 관심이 없었다.

물론 처음에는 크레시다도 가족의 설득에 홈프런트연합 행사에 참가했었다. 일종의 기금 마련 행사였는데, 자원봉사자들과 지역사회활동가들, 교회 관계자들, '손님들'이 모였다. 크레시다는 뷔페식 식사에서 모차렐라치즈를 뿌린 구운 파스타를 종이접시에 떠주는 일을 맡았다. 그러고는 괴롭고 지루했지만 대청소까지 도왔다. (크레시다는 그날 사회자였던 제노가 주방에 오면 전염병이 옮기라도 하는 것처럼 근처에 얼씬도 않는다는 것을 눈치챘다.) 그런 뒤 슬그머니 차로 가서 부모를 기다렸다. 알고 보니 대부분 백인이고 교육받고 유복한 많은 여자 봉사자들이 모두 그녀의 부모와 아는 사람들이라는 사실에 마음이 놓였다.

크레시다는 사회활동가인 부모를 W. H. 오든의 시 구절을 인용해 조롱했다. "우리는 다른 사람을 돕기 위해 여기 지상에 있다. 하지만 나머지 다른 사람들이 여기 왜 있는지는 아무도 모른다."

크레시다는 홈프런트연합에 관심이 없고 수학지도단 일로 상심했지만, 선한 일을 하고 싶은 마음은 여전했다. 선행을 높은 산에 오르는 일로 생각하고 싶었다. 하지만 애디론댁산맥 남부가 아니라 멀리 있는 산이었다.

페달을 밟아 홈프런트연합 앞을 지나다가 무료급식소 입구로 들어가려고 줄을 선 사람들을 보았다. 대부분 남자였고 노숙자인 듯했다. 크레시다는 재빨리 그 앞을 지났다.

자신이 부끄러웠던 걸까, 아니면 반항심이었을까? 죄책감 또는 경멸?

나는 당신들한테 신경쓰지 않아, 당신들이 나한테 그러는 것처럼.

내가 왜 그래야 하지?

나는 못난이인데.

크레시다는 줄리엣의 캐시미어 스웨터에, 줄리엣이 이 년 전 생일에 그랑메르 엘렌에게 선물받은 아름다운 보라색 카디건에 자신이 한 짓이 부끄러웠다.

손톱가위로 스웨터 안쪽의 뜯으면 안 될 솔기 몇 곳을 뜯어버렸다. 짜릿함에 몸을 떨면서, 누가 이걸 알겠어?

집전화에 녹음해놓은 줄리엣의 메시지를 지워버린 적도 몇 번 있었다.

줄리엣의 물건들을 멋대로 가져가서―줄리엣이 부모님에게 받은 반짝이는 새 휴대폰을 포함해―아무데나 던져버리기도 했다.

아휴 정말! 나는 물건을 있는 족족 다 잃어버려, 미치겠어.

그러면 동생 크레시다는 유난히 짓궂은 미소를 지으며 놀려댔다. 가여운 줄리! 할머니한테 화학뇌*가 옮았나보네.

(지독히 못된 말이었고 놀란 줄리엣은 겨우 겸연쩍은 웃음으로 넘겼다.)

(어머니가 이 말을 들었다면 큰 충격을 받았을 것이다.)

크레시다는 자신을 포함해 모두가 좋아하는 인기 많은 예쁜 언니에 대한 미움, 질투, 시샘으로 너무 자주 화가 났고, 자기도 모르게 언니 방에 몰래 들어가 컴퓨터 앞에 앉곤 했다. 줄리엣은 컴퓨터를 끄거나 메일을 본 뒤 화면을 닫는 일이 거의 없어서, 크레시다는 어렵지 않게 메일함에 새로 온 친구들의 메일을 삭제해버릴 수 있었다. 크레시다는 줄리엣이 여자친구들, 그리고 남자친구 엘리엇 켈러(엘리엇에게는 비밀이지만, 다른 남자들도 있었다)와 주고받은 메일을 읽고 멋대로 삭제하고는 유치한 만족감을 느꼈다. 크레시다에게는 친구가 없는데, 왜 언니는 얄팍하고 어리석은 사람들이긴 해도 이렇게 친구가 많을까? 불공평했다. 특히 크레시다는 사랑해로 끝난 것들이 싫었다. 크레시다에게는 여자친구 한두 명 외에 학교 친구들에게 온 메일은 없었고, 사랑해로 끝나는 것도 없었다.

컴퓨터 지식이 많진 않지만 치명적인 타격을 줄 지식을 동원해 줄리엣의 파일들을 엉망으로 만들어버린 적도 몇 번 있었다.

그러자 가여운 줄리엣이 찾아와 애원했다. 아 크레시! 나 좀 도와줄

---

* 항암치료 후에 나타날 수 있는 뇌기능장애.

래? 나는 정말 멍청해—내가 뭘 잘못한 게 분명해—엉뚱한 걸 클릭했나
봐—믿기지 않겠지만 내 '데스크톱'이 몽땅 날아가버렸어!

그러면 크레시다는 언니를 동정했다. 알았어, 나는 '똑똑한 아이'니까.
내가 해볼게.

워터먼 스트리트와 벤터 스트리트가 만나고 창고들이 죽 늘어서 있
는, 강에 인접한 썰렁한 지역을 지날 때였다. 크레시다는 도로에서 배
달용 밴이 불쾌하게 바짝 붙는 것을 의식했다. 최대한 보도 쪽에 붙어
서 자전거를 달렸지만, 밴이 자꾸 옆으로 붙으며 겁을 주려는 것 같았
다. 운전사가 일부러 자전거 옆으로 달리려고 속도를 늦추는 게 분명했
다. 신호가 녹색으로 바뀐 뒤에도 배달용 밴은 지체하며 자전거 뒤에
빠져 있다가 약간 뒤에서 느릿느릿 움직였다.

밴 안에 크게 틀어놓은 라디오 소리일까? 아니면 제대로 들리지는
않지만 운전사가 희롱하려고 낮고 부드럽게 지껄이는 소리일까?

크레시다는 알아듣고 싶지도 않았다.

너무 겁이 나 핸들을 홱 돌리자 자전거가 보도로 올라가 공터로 돌
진하면서 자전거에서 떨어질 뻔했다. 갈라지고 부서진 콘크리트 조각
으로 덮인 공터는 버려진 주유소였다. 아스팔트 위에 깨진 유리 조각,
고철 조각, 쓰레기가 나뒹굴고, 갈라진 틈들 사이로 뻣뻣한 잡초들이
사악한 손가락들처럼 솟아 있었다. 밴 운전사는 브레이크를 밟으며 크
레시다를 더 또렷하게 불렀다. 이봐 암캐—어딜 그렇게 달려가냐?—누
가 네 말랑한 엉덩이 좀 찢어줘야겠는걸.

크레시다는 아까 워터먼 스트리트를 달릴 때 자신이 남자들—남자
애들—의 관심을 끌고 있다고, 그들이 '흥미'를 보인다고 얼핏 생각했

었다. 컴벌랜드 애비뉴나 컨벤트 스트리트의 학교 인근에서 자전거를 탈 때는 누구의 '흥미'도 끌지 않았었다. 그런데 지금, 그런 공상을 한 대가를 톡톡히 치르고 있었다.

남자는 장난을 치는 것 같았다. 어쩌면 위협일 수도 있었다.

아무튼 남자의 그런 관심은 불쾌했다. 음란하고 악의적인 모욕이었다.

밴 운전사는 크레시다가 어리다는 걸 알 수 있었다. 크레시다가 몹시 겁먹었다는 걸 알 수 있었다. 그를 무시하려 했지만, 그가 대담하게 밴을 공터로 몰자 점점 초조해지고 신경이 쓰였다. 밴은 갓돌을 넘어와 쓰레깃더미 사이를 지났고, 운전사는 앞창으로 크레시다를 힐끔거렸다. 크레시다는 좁고 주름진 이마에 면도를 하지 않은 젊은 남자가 히죽대며 웃는 것을 보고 정신이 아뜩했다. 겁에 질려 균형을 잃는 바람에 몸이 앞으로 쏠리며 자전거에서 쿵하고 떨어졌다.

기름얼룩이 있는 깨진 아스팔트 바닥에 쓰러진 채 몸을 떨며 울었다. 무릎이 찢어졌는데 뼈에 금이 가거나 부러지지 않았기만을 바랐다. 머리를 단단한 뭔가에 부딪혔다. 몸 아래서 자전거 핸들이 갈비뼈를 누르고 있었다. 그때 남자 목소리가 들렸고—다른 남자?—워터먼 스트리트에서 다른 운전자가 브레이크를 밟아 차를 세웠다. 젊은 남자가 차 문을 열고 내리더니 크레시다 쪽으로 달려왔다. 밴 운전사는 차를 반바퀴 돌려 달아났다.

남자가 주먹을 휘두르며 밴 뒤에 대고 소리쳤다.

그는 못마땅한 듯이 크레시다에게 말했다. "내가 다 봤어! 맙소사."

그는 크레시다가 모르는 사람이거나 기억나지 않는 사람이었다. 열은 갈색 머리였고, 날카롭게 주시하는 눈과 증오 어린 표정은 넘어진 크레시다를 걱정하며 누그러졌다. 그는 크레시다의 손을 잡고 끌다시피 일으켜세웠다. 그러더니 자전거를 바로 세우고, 바퀴를 돌려 시험해보고 흙받기를 바로잡아주었다.

"괜찮아?" 그가 크레시다를 곁눈으로 보았다.

크레시다는 무릎을 문질렀다. 먼지와 흙이 묻어 있고 피가 흘렀다. 머릿속이 울리고 눈물이 났다. 웃으며 그렇다고, 괜찮다고 대답하려 애썼다.

보도에 남자의 차가 시동이 걸린 채 세워져 있었다. 그는 크레시다를 도와주려고 차 열쇠도 빼지 않고 달려온 것이었다.

"저자가 무슨 짓을 했어, 차로 치려고 했어? 아니면 겁만 준 건가? 개자식. 번호판을 봐두는 거였는데."

크레시다는 당황해서 대답할 수가 없었다. 멍하니 미소짓고, 소리 내어 웃어보려고 애썼다. 하지만 뭐가 우습다고 웃어?

손바닥도 긁혔다. 핏방울이 조금 스며나왔다. 갈비뼈가 금이 간 것처럼 욱신거렸다.

"저, 내 어머니는 네 아버지 밑에서 일하셔. 아버지가 제노 메이필드지? 시장님? 어머니는 시청에서 일하시거든. 네 아버지는 대단한 분이야."

크레시다는 찡그린 채 머뭇머뭇 서 있었다. 미소를 지으며 그녀를 살펴보는 그의 눈을 마주볼 수가 없었다.

크레시다는 그가 스물두세 살쯤일 거라 짐작했다. 하지만 그가 누구인지 감이 잡히지 않았다.

그렇다고, 제노 메이필드가 아버지라고 수줍은 듯 중얼댔다.

"내 어머니는 에설 킨케이드야. 아버지에게 인사 전해줘. 나는 브렛이야."

브렛 킨케이드는 주머니에서 접힌 휴지를 꺼내 펴더니 깨끗한지 확인했다. 그리고 크레시다에게 건네 무릎의 피를 닦게 해주었다.

피가 왼쪽 종아리를 타고 양말 속, 지저분한 운동화 안쪽으로 흘러들어갔다. 생리혈이 흐르는 것 같아 크레시다는 얼굴을 붉혔다.

"괜찮다면 내가 집에 태워다줄까? 자전거는 트렁크에 싣고 갈래? 더이상 자전거를 탈 상태가 아닌 것 같은데."

하지만 크레시다는 괜찮다고 고집을 부렸다.

브렛 킨케이드는 입씨름하지 않았다. 하지만 다시 한번 자전거 핸들을 잡고 빠르게 앞뒤로 돌려보고, 바퀴가 제대로 돌아가는지 살피고, 핸드브레이크가 고장나지 않았는지 상태를 확인했다.

그러더니 미심쩍은 듯이 말했다. "아무래도 태워다주는 편이 낫겠는데. 그래, 내 생각에는 그게 나을 것 같아."

크레시다는 힘없이 사양했다. 이상하게도 가슴이 쿵쾅거렸다. 크레시다는 브렛 킨케이드가 남이 아니라 친오빠같이 걱정하는 표정으로 살피고 있다는 것을 알았다.

"문제될 거 없어. 어쨌든 나도 집에 가는 길이거든. 어디 살지? 컴벌랜드 위쪽이지?"

브렛 킨케이드는 자전거를 차로 끌고 가 조심스럽게 트렁크에 싣고 트렁크문을 완전히 닫지 않고 약간만 내렸다. 크레시다는 말없이 다리를 절뚝이며 그를 뒤따라가 조수석에 올라탔다(브렛 킨케이드의 차에 대해서는 어슴푸레한 인상만 남았다. 크레시다는 자동차를 잘 몰라서, 연식이나 특징은 물론 브랜드도 잘 알아보지 못했다). 그렇게 브렛은 크레시다가 내키는 대로 자전거를 타고 시내까지 갔던 길을 그대로 되짚어 돌아왔다. 그는 크레시다가 어디 사는지 아는 듯이 카시지 북부의 언덕 많은 동네로 갔다. 그리고 크레시다가 알려준 대로 컴벌랜드 애비뉴의 넓은 식민지풍 주택 앞에 차를 세웠다. 브렛이 시샘하거나 비아냥거리는 느낌이 전혀 없는 투로 말했다. "정말 멋진 집에 사는구나. 근사한 동네야. 나는 네 아버지를 몇 번 만난 적 있어. 아마 나를 기억하실지도 몰라. JCC 소프트볼에서 만났거든. 시장님도 몇 번인가 살스티스 파크에서 게임을 하셨어."

JCC 소프트볼. 크레시다는 그것이 뭔지 몰랐다.

청년상공회의소Junior Chamber of Commerce인가? 제노는 항상 지역사회 스포츠라는 것에 참여했다. 일부 빈곤층 어린이들을 위한 지역사회 활동도 있었지만, 다 그런 프로그램은 아닐 것이다.

크레시다는 여전히 뺨이 화끈거렸다. 고마워요! 이 비슷한 말을 중얼댔다.

크레시다는 이 점을 주목하게 되었다. 브렛 킨케이드가 집앞 진입로가 아니라 거리에, 메이필드의 집 정면이 아니라 약간 비켜 세워서 집에서 보이지 않을 곳에 차를 세웠으며, 트렁크에서 자전거를 꺼내 건넸을 때 크레시다가 받으며 고마워요라고 중얼대는 것도 알아채지 못했다는 것을.

크레시다는 그가 이름도 묻지 않았다는 것을 주목했다.

더 당황하게 하고 싶지 않았거나 그저 물을 생각을 하지 못한 것일 수도 있다.

크레시다는 그를 쳐다보지 않았고 눈을 맞추지도 않았다. 그러나 미소지었다, 그가 미소지었던 것처럼.

다른 사람을 쳐다보는 것에 대한 공포증. 그러면 상대가 자기를 쳐다볼 테니까.

크레시다는 얼른 자전거를 끌고 긴 진입로를 지나 차고로 갔다. 무릎이 아파서 약간 절룩거렸다.

하지만 흥분해서 심장이 계속 쿵쾅거렸다.

확실히는 모르지만, 살아 있다는 짜릿함.

브렛을 다시 만나지 못한다 해도, 다음번에 그가 기억하지 못한다 해도 크레시다의 인생에서 이 엄청난 경험은 조금도 변하지 않을 것이다.

몇 년 후 줄리엣이 브렛 킨케이드 상병을 집에 데려와 가족에게 소개했을 때(크레시다가 상상한 것이 아니라면) 그는 크레시다를 기억하는 것 같았다.

그는 미소지었고, 소녀와 악수했다, 행복하게.

안다는 미소, 친밀한 미소. 하지만 둘만의 기억을 끄집어내 곤란하게 하지는 않겠다고 안심시키는 미소.

우리 사이에는 비밀이 있어. 언제까지나 그럴 거야.

*

버스는 버지니아주 경계를 넘어 메릴랜드주로 진입했다. 뉴저지를 지나면 곧 뉴욕이고, 버스터미널에서 내려 다른 그레이하운드 버스를 타고 87번 도로를 따라 올버니로 올라갈 예정이었다.

옷을 입은 채 자고 머리를 감지 않아 후줄근했다. 며칠 버스를 타고 오며 샤워는 못해도 세수는 할 수 있었지만, 그러려면 휴게소에서 해야 했는데, 크레시다는 그럴 기운이 없었다. 마침내 버스 안 냉방 온도가 적당해졌지만 이미 늦어버려 크레시다는 병이 났다. 목이 아프고 옷자락만 스쳐도 살갗이 따가웠다. 정신없이 기침을 했고 구깃구깃한 화장지에 끔찍한 녹색 가래를 뱉었다. 화장지가 떨어지자 화장실에서 가져온 두루마리 휴지에 가래침을 뱉었다. 크레시다는 헤일리 맥스웨인을 떠올리며 가슴 에이는 상실감을 느꼈다. 그녀가 기침을 하면 헤일리는 몸을 숙이고 이마를 찌푸리며 괜찮냐고 물었었다. 혹은 차갑고 뭉툭한 손가락으로 헤일리의 이마를 짚으며 열이 있는지 물었다. 이마가 '끈적이고 뜨겁다'며.

암센터에서는 헤일리의 친구 루스가 그녀를, 헤일리가 극성스러운 엄마처럼 챙기는 여동생 '새버스'를 검사했었다. 이제 그녀는 완전히 혼자였고, 그레이하운드 버스를 타고 점점 시들어가는 완연한 겨울 풍경 속을 달리며 칠 년 동안 '사랑받았던'―'보호받았던'―기억을 충격으로 느끼고 있었다. 심지어 그녀는 무심결에 어떤 묘한 사실을 당연한 듯 받아들였었다. 생판 남인 필리핀인 그 검사원이 헤일리의 부탁으로 그녀의 건강 상태를 살피고 샘플로 나온 항생제를 주었던 것이다. 약국에서 사려면 수백 달러가 들고, 그나마 처방전 없이는 살 수도 없는 약이었다.

맙소사! 헤일리가 그리웠다.

연구원은 더욱더 그리웠다.

그리고 부모님과 줄리엣. 브렛 킨케이드—예전 이십대 초반의 브렛, 부상으로 괴물이 되어 그들에게서 멀어지기 전의 브렛.

아무래도 내가 태워다주는 편이 낫겠는데.

그래, 내 생각에는 그게 나을 것 같아.

*

그를 사랑한다고 생각하지는 않았다. 감정으로든 말로든 크레시다에게는 그렇게 생각할 능력이 없었다.

그보다는 이렇게 생각했다. 그 사람이 이 세상 어딘가에 있다는 것만으로도 나는 행복할 수 있어.

줄리엣이 브렛 킨케이드를 집에 데려왔을 때 그녀는 크게 놀라지 않은 것처럼 보였다. 브렛 킨케이드가 결혼을 해서 메이필드가의 일원이 된다는 것—좋은 일이었다!

그렇게 크레시다와 브렛은 연결될 것이었다. 마침내 오빠가 생긴다고 생각하며 크레시다는 흥분했다.

언니와 단둘인 건 충분히 겪었다. 얼마나 싫증이 났는지, 그녀는 실제로 그 주제를 꺼내 놀라는 부모에게 왜 딸들만 낳고 그만뒀느냐고 물은 적도 있었다.

"세계의 거의 모든 곳에서 다들 아들을 원해요. 중국이 그렇고 이제 인도에서도 여아의 '실제 출생'은 곤두박질치고 있어요. 그런데 두 분은 왜 딸들만 낳았어요. 왜 그랬어요?"

부모에게는 어처구니없는 질문이었다. 하지만 크레시다는 정말 알고 싶어서 순진하게 물었다.

아를렛이 어색해하며 대답했다. "왜냐하면, 얘야, 그건 아빠와 나 사이의 일종의 사적인 문제야, 알지? 어떻게 대답해야 할지 모르겠네."

제노가 말했다. "크레시, 왜 우리가 '딸들만' 낳고 그만뒀느냐 묻는 거냐? 아니면 왜 아예 그만뒀느냐는 거야?"

크레시다는 그 차이를 확실히 알 수 없었다. 제노는 탁구시합에서 공격하는 것처럼 질문을 던졌다. 전에 한동안 그들은 지하실에서 탁구를 쳤고, 크레시다가 제노에게 반격해서 가끔 이기기 시작하자, 그의 열의가 수그러들었다.

"우리가 '그만둔' 건 이대로도 아주 행복하다는 걸 깨달았기 때문이야. 우리는 그대로도 완벽했으니까." 제노는 은밀한 미소를 지었고, 뭔가 재치 있는 말을 하려 한다는 걸 모두 알았다. 그가 말을 이었다. "아이를 더 낳았어도 딸이었을 거야. 그리고 더 낳아도 또 딸이었을걸. 그런 일들이 일어나지. 다음이나 그다음에 꼭 아들을 낳을 필연적인 개연성이란 없단다. 또 누가 아들이 필요하대? 덕분에 그늘에서 꼬마 오이디푸스가 날 노려보는 일은 당하지 않았지. 귀여운 두 딸이 내 모든 기도의 응답이란다."

그래도 가끔 쓸쓸했다. 그리고 가끔 화가 났다.

브렛 킨케이드가 세상 어딘가에 ─ 이라크에 '배치되어' ─ 있지만 그게 어떻게 크레시다에게 위로가 될 수 있을까?

세인트로렌스대학에서 그녀는 몹시 불행했다. 집에서 카시지고등학교에 다닐 때보다도 훨씬 더 불행했다. 카시지에서 그녀는 모든 사람을 알았고, 혹은 안다고 여겼다─그들의 (얕은) 수준, 그들의 (놀라울 것 없는) 특성을 다 안다고.

크레시다는 주위 사람들의 평범함을 야멸치게 거부하느라 그들을 끝없이 계단을 오르내리는 발육이 멈춘 막대기로 그렸었다. 그녀의 그림은 위로이며 복수였다. 그 의문투성이 그림들을 냉정하고 객관적인 눈으로 보면서, 불안정하고 '심오하고 아찔하게' 표현된 것을 알 수 있었고, 그녀의 삶에서 이렇게 할 수 있는 것은 달리 없었다.

하지만 그것은 카시지에서 보낸 고교 시절이었다. 이제 그녀는 대학에, 뉴욕주 캔턴이라는 소도시에 있었다. 1지망이 아니었지만 성적이 좋지 않아 이 학교에 입학했다.

크레시다는 고교 시절 충동적인 행동을 너무 자주 했던 것이 후회스러웠다. 분노 때문에 교사들에게 마음의 상처를 주었고─리카드 선생은 한 예에 불과했다. 그 결과 중요한 과제도 제출하지 않고, 기말고사 준비도 하지 않아 그간의 노력을 헛되이 날려버렸다. 그런 식으로 평점 A를 망치기 일쑤였고, 2004년에 졸업생 대표로 졸업하긴커녕 2000년에 졸업한 언니 줄리엣보다 낮은 평점으로 간신히 졸업했다.

그렇다면, 똑똑한 아이가 정말 똑똑하긴 한 걸까?

당연히 크레시다는 1지망 대학들─코넬, 시러큐스, 미들베리, 웨슬리언─에서 입학허가를 받지 못했다. 그렇다고 2지망 대학들에서 장학금을 받은 것도 아니었다. 콧대가 꺾이고 망신스러웠다. 남들보다 우월하다고 건방을 떨다가 혼쭐이 났다. 막연하게 자신을 벌주는 동시에 부모와 그녀의 학업성공을 예상했던 다른 사람들에게도 벌을 준 거라고 느꼈다. 그런 안이한 예상 따위에 그녀가 얼마나 지독히도 분개했던가!

크레시다는 정말이지 굉장히 독창적이에요. 우리가 지금까지 만난 아이들과는 전혀 다른 마인드를 가졌어요. 크레시다가 좀더 예측 가능한 행동을 해주면, 본인을 위해 좀더 협조적이면 좋을 텐데.

고등학교 신입생 때 리카드 선생과 충돌해서 기하학에서 낙제하자, 부모는 충동적인 행동으로 학업을 망치고 있다고 그녀를 타일렀지만, 물론 크레시다는 귀담아듣지 않았다.

손톱가위 끝으로 피부를 훑는 것 같았다. 손목 안쪽 살짝 튀어나온 파르스름한 혈관에 대고. 혹은 스토브의 가스 불꽃을 손가락으로 스치는 것 같다고 할까. 통증? 통증이 뭐지? 이겨내야 할 뇌 속 그늘.

크레시다를 칭찬하던 교사들은 마지못해 추천서를 써줬으나 단서를 붙였다. 크레시다에게 모범생에게 써주는 찬사 일색의 추천서를 쓰는 건 양심에 걸리는 일이었다.

너에게 최악의 적은 바로 너야, 크레시다. 왜 그래?

하지만 제노가 새로운 아이디어를 냈다. 세인트로렌스대학에서 1학년을 다니며 우수한 성적을 얻으면 이듬해 다른 대학으로 편입할 수도 있다는 것이었다. "미국인의 삶에는 2막이라는 게 있거든, 네가 그걸 꽉 붙잡기만 한다면."

여전히 크레시다에게 가해지는 압박! 가끔 그녀는 (보이지 않는) 바이스가 머리통을 꽉 조여 뇌를 일그러뜨린다고 느꼈다.

세인트로렌스대학에서 그녀는 우수해야 당연했다. 뛰어나지 못할 이유가 없었다. 처음에는 착하고 성실한 학생답게―교수들이 높은 점수를 주는 타입의 여학생으로―공부했으나 점차 자신을 망치고 싶은 충동이 도졌다. 엇나가고 반항하고 싶어졌다. 건방 떠는 아이처럼 뭐든 남이 시키는 건 싫었다. 그것이 중요한 문제였다. 내키면 열심히 조사했을 주제도 교수가 시키면 시큰둥해졌다. 목줄이 매인 것 같았다.

카시지를 떠나 지내는 것은 이상하고 불편했다. 카시지에서는 누구나 그녀를 메이필드네 작은딸로 알았다. 아버지의 명성이 그녀를 규정하고 보호했다. 염분이 많은 물에서는 수영을 못하는 사람도 자기도 모르게 둥둥 뜨는 것처럼. 크레시다는 아버지의 정치적 '명성'—가족의 사회적 '평판'—에 냉소적이었지만 자신의 삶 전반에 걸쳐 그런 것들을 당연하게 받아들였다. 지금 그녀는 뉴욕주 캔턴에 있었다. 카시지에서 아주 멀지는 않지만, 아무도 메이필드가를 모를 정도로 멀었다. 혹은 그 성을 들어보긴 했으나 그리 깊은 인상은 없었다. 이제 크레시다는 오랫동안 피난처이자 감옥이었던 부모의 집에 살고 있지 않았다. 그녀가 식사를 건너뛰든 강의를 빼먹든 그 누구도 신경쓰긴커녕 알아차리지도 못했다. 매섭게 추운 날 대충 입고 밖에 나갔다가 옷을 더 입으려고 숙소로 돌아와도 아무도 뭐라 하는 사람이 없었다.

아무도 그녀를 불러서 크레시 얘야! 오늘은 당연히 부츠 신을 거지, 응? 하며 잔소리하지 않았다.

혹은 이리 와서 앉아, 크레시. 아침 안 먹으면 못 나갈 줄 알아!

크레시다는 브렛 킨케이드가 미군에 입대하는 것을 받아들이기 힘들었다. 그녀에게 정말 친절했고, 그렇게 강한 인상을 남긴 청년인데. 2003년 3월 이라크전쟁이 선포되며 킨케이드 일등병은 이라크에 1차 파병된 병사들에 끼여 살라흐 앗딘이라는 곳으로 갔다. 크레시다는 지도에서 그곳을 찾아보았다. 브렛 킨케이드, 그녀의 (비밀) 친구!

언니의 피앙세이자 메이필드 가족 모두의 사랑을 받는 사람. 그가 함께 있으면 어떤 말투를 써야 적절한지 모르는 듯 초조하고 우스꽝스럽고 어색해하는 제노까지도 그를 사랑했다. 제복을 입은 브렛은 고대 프리즈 장식에 새겨진 전령병처럼 미남이었다. 크레시다는 작별인사를 할 때 브렛이 양손을 잡아준 것을 언제까지나 기억할 것 같았다. 그는 배웅하러 공항에 나온 모든 사람에게 마치 자신의 마지막 미소인 듯 미소지어주었다. 하긴 그의 아버지가 베트남에서 '복무'했었다고 브렛이 말하지 않았던가. 그는 그레이엄 킨케이드(중사)를 오랜 세월 동안 만나지 못했지만, 아버지가 그의 입대를 알고 자랑스러워할 거라고 믿는 것 같았다.

언니의 피앙세가 그렇게 단순하게 처신한 데 크레시다는 충격을 받았다. 9·11테러 이후 미디어에는 정치가들의 선전 연설, 이라크에 숨겨진 '대량살상무기'와 사담 후세인의 혹독한 독재에 대한 뉴스가 넘쳐났다. 사담 후세인은 적국인 미국을 조롱하고, 미국이 선전포고를 하고 침공하도록 자극하는 것 같았다. TV에서 조지 W. 부시 대통령이 미국 시청자들에게, 2001년 9월 11일 쌍둥이빌딩을 공격한 테러집단은 대규모 원리주의 무슬림 군대라고 선포하는 것을 크레시다는 보았다. 무슬림 군대가 우리 미국인의 삶의 방식을 파괴하려고 한다고 말했다. 대통령은 마치 이해력이 떨어지고 잘 속는 사람들에게 말하는 것처럼 TV 카메라를 똑바로 바라보며 무표정하게 말했다. "그들은 여러분의 가정에 들어와 여러분과 여러분의 가족을 죽이려 합니다."

잠시 침묵. 그러더니 대통령은 보이지 않는 수많은 시청자들에게 시선을 고정하고, 같은 말을 천천히 또박또박 반복했다.

"저 인간이 제정신이야? 우리를 완전 멍청이로 아는 거야?" 제노는 화를 내며 소리쳤었다.

하지만 호전적이고 보수적인 기독교도 공화당원으로 구성된 미국 정부만 9·11 이후 전쟁에 찬성하는 운동을 펼친 게 아니라는 것이 곧 분명해졌다. 중도파의 진보적인 민주당 정치인들도 마찬가지였다. 곧 제노는 "애국적인 열기는 틀림없이 한방향—전쟁으로 이어지지"라고 예단했다.

크레시다는 큰 고통을 느꼈고 숨도 쉬기 거북했다.

일부러 사방에 불을 놓고 부채질하는 정치 선동이 경멸스러웠던 것이 아니라, 새로운 군사공격이 어디로 이어질지 가늠되지 않았기 때문에 두려웠다.

이제 그들의 삶은, '민간인들'의 삶은 너무나 시시해졌다. 뉴욕주 캔턴이라는 소도시의 세인트로렌스대학 학부생인 그녀의 삶은 특히나 시시했다. 내가 왜 여기 왔을까! 이건 완전히 실수야.

그때 그녀는 생각했다. 전쟁은 괴물 같고, 거기 휩쓸린 자들을 괴물로 만들었다.

이라크전쟁, 아프가니스탄전쟁.

이런 전쟁의 본질 때문에 시간이 흐르면 민간인들도 괴물이 될 것이다.

브렛 킨케이드가 이라크에서 망가지고 부서져서 돌아오기 이전에도 크레시다는 그렇게 믿었었다.

세인트로렌스대학 1학년 때, 그녀는 주로 혼자서 시간을 보냈다. 콸콸 흐르는 넓은 세인트로렌스강을 따라 걸었다. 책을 들고 혼자서, 작업할 것을 들고 혼자서. 가까이에서 시끌벅적한 사람들 목소리와 웃음소리가 폭포수처럼 쏟아졌다.

크레시다는 수강 과목인 '낭만주의 작가들과 혁명가들'이라는 주제에 깊이 빠졌다. 그녀는 어떤 과목에 집중하면 나머지 과목들은 소홀히 했고, 마찬가지로 여러 명의 교수에게가 아니라 한 교수에게 빠졌다. 이번에는 에딩어라는 교수가 대상이었는데, 강단에서 그는 공격을 준비하는 맹수처럼 어지럽고 위협적인 빠른 말투로 강의했다. 에딩어는 아버지뻘이고, 키가 작고 왜소했다. 얼굴은 세파에 시달려 추했다. 하지만 너무나 강렬한 추함에 크레시다는 매료됐다.

또 에딩어가 메리 울스턴크래프트의 『여성의 권리 옹호』와 윌리엄 워즈워스의 『서곡』에서 발췌한 부분에도 매료됐다. 윌리엄 블레이크의 『순수와 경험의 노래』에 실린 시들은 그녀의 상상 속으로 강력하게 파고들었다. 크레시다는 메리 셸리의 『프랑켄슈타인, 혹은 현대의 프로메테우스』를 읽어보지 못했다. 그래서 이 기이한 우화적 산문에 관해 기말 리포트를 쓰기로 했다. 대중적 상상 속에서 다양하게 표현되는 '프랑켄슈타인'은 이 소설의 문체나 내용과는 많이 달랐다.

곧 프랑켄슈타인이 크레시다의 꿈에 들어왔다. 25쪽짜리 평범한 리포트는 성에 차지 않아, 실험적인 형식에 담아야 할 것 같았다. 메리 셸리의 글을 다른 '혁명적' 사상가들(프리드리히 니체, 오스카 와일드, 지크문트 프로이트, 프란츠 카프카)의 저작들, 프랑켄슈타인 박사와 그의 괴물을 그린 삽화들과(크레시다가 직접 그린 그림을 포함해) 콜라주해서, 프랑켄슈타인에 대한 (크레시다 메이필드의) '원문분석' 논의로 구성했다. 이 프로젝트는 진행할수록 더 욕심이 났다. 고교 시절 M. C. 에 스허르에 집착했을 때처럼 세인트로렌스대학 1학년 봄학기에는 프랑 켄슈타인 프로젝트에 매달렸다. 이런 상황에서 늘 그랬듯 그녀는 다른 과목들은 소홀히 했다. 같은 기숙사에 사는 사람들을 거의 의식하지 않 았고, 그들의 이름이나 얼굴을 기억하지 못할 때가 많았다. 내가 무례한 건가? 그럼 미안해! 하지만 그녀는 미안하지 않았고 사과하는 일도 결 코 없었다.

몇 주가 흘렀다. '낭만주의 작가들과 혁명가들' 리포트 마감일인 5월 1일이 지나갔다. 크레시다는 얼핏 마감일을 의식했지만, 마음속 한구 석으로 자신은 조금 늦어도 된다고 생각했다. 에딩어 교수의 강의를 듣 는 다른 학생들과는 달리 그녀의 리포트는 평범한 기말 리포트가 아니 라 모든 형식의 프랑켄슈타인에 대한 궁극적인 해석이니까.

하지만 프랑켄슈타인 프로젝트가 끝났다고 생각할 때마다 파고들어 야 할 다른 주제가 나타났다. 그러면 직접 쓴 '논의'를 포함해 다양한 글들을 적절한 서체로 작성해야 할 것 같았고, 때로는 (원작자의 육필 원고를 흉내내어) 직접 쓰기도 했다. 프로젝트 전체를 두 배로 큰 종이 에 담아서 표지를 수제본해야 할 것 같았다. 컴퓨터 시대에 메리 셸리 의 (독특하고 저주받은) 괴물을 불러내는 데는 복사할 수 없는 특별한 보고서가 제격이지 않을까? 멋지게, 또는 멋지다고 믿고 크레시다는 컴퓨터 서체와 구분되도록 독특한 타자 활자체로 '크레시다 메이필드' 의 기말 리포트를 썼다. 그러다 H. G. 웰스의 『모로 박사의 섬』을 발견 하고 이 작품을 프로젝트에 포함해야 한다고 생각했다. 모로 박사는 프 랑켄슈타인 박사를 격하한 유형이기 때문이었다. 또 인류는 괴물을 창조할 운명이고 일단 만들어진 괴물은 창조자를 배반한다는 논지를 극적으로 표현하기 위해 일부러 거칠게 그린 삽화를 넣어야 할 것 같았다. 어느 늦은 밤, 그녀는 연방정부의 '테러와의 전쟁'에 대해 두 사람이 나누는 대화를 넣어야겠다고 생각했다. 젊은 미군 병사와 2차세계대전 참전용사인 연장자(브렛 킨케이드와 제노 메이필드였다. 물론 크레시다의 아버지는 군복무 경험이 없지만). 기숙사의 여학생들은 놀라운 그림이 들어간 크레시다의 프로젝트에 호기심을 보였다. 다만 "너무 오래 걸리지 않아? 너무 열심히 하는 거 아니니? 마감이 언제야?" 하고 물었다.

크레시다는 어깨를 으쓱했다. 마감이 뭐?

마감을 걱정하는 것은 너무 쩨쩨하고 너무 여학생 같아 보였다. 크레시다는 에딩어 교수가 이 프로젝트를 보면 그녀는 예외로 해줄 거라고 믿었다.

처음 완성된 원고는 52쪽(두 배 두툼한 종이)이었다. 네댓 번 교정을 보자 76쪽이 되었다. 기말 리포트라기보다 가로 14인치 세로 6인치짜리 아주 커다란 책이었다. 멋진 표지를 만들어 수제본을 했고, 군복 입은 괴상한 인간 형체의 (크레시다 메이필드가 그린) 괴물 프랑켄슈타인 그림도 넣었다.

마침내 봄학기가 끝날 무렵 크레시다는 프랑켄슈타인 프로젝트를 담은 큰 상자를 들고 에딩어 교수 연구실로 갔다. 교수의 책상에 놓아두겠다고 (못마땅한 듯이) 약속하는 조교에게 상자를 맡겼다. 크레시다는 교수가 나를 부를 거야! 전화해서 만나러 오라고 할 거야 하고 생각했다.

그럴 거라고 확신했다. 크레시다는 학기중에 교수가 얼마나 자주 그녀 쪽을 쳐다봤는지 알았다. 크레시다가 그의 도발적인 질문에 대답하려고 손을 들지 않아도 그랬다. 그는 나를 의식해. 그는 날 알아. 크레시다는 '낭만주의 작가들과 혁명가들' 강의를 한 번도 빼먹지 않았고, 학기중에 받은 점수가 A 아래로 내려간 적도 없었다.

그래서 에딩어가 간결하지만 친절한 메일을 보내서 만나러 오라고 했을 때도 크레시다는 놀라지 않았다.

교수의 연구실로 들어가 책상에 펼쳐진 프랑켄슈타인 프로젝트를 봤을 때도, 그가 분명 감탄한 것 같았지만 그녀는 놀라지 않았다.

옆에 서니 에딩어 교수는 비쩍 마르고 그녀보다 약간 큰 정도의 작은 남자였다. 별다른 신체적 결함은 없지만 다리가 난쟁이처럼 짧아 보였다. 에딩어는 소매통이 넓고 팔꿈치까지 내려오는 체크무늬 셔츠와 수수한 천으로 된 반바지를 입었고, 넥타이는 매지 않았다. 놀랍게도, 적어도 학기중에 강의하러 올 때는 신은 적이 없었던 샌들에 검은 양말을 신고 있었다. 부드러운 회색 머리는 숱이 적었고, 얼굴은 햇볕에 내놓은 채소처럼 주름이 많았다. 그는 놀랍도록 선명한 반짝이는 눈으로 크레시다를 응시했다.

"메이필드 양! 이건 놀라운 작업일세. 여기 세인트로렌스와 전에 윌리엄스에서 삼십육 년이나 강의를 해왔지만 이 비슷한 것을 본 적도 없네."

크레시다는 부끄러웠다. 이런 칭찬을 예상하긴 했지만 당장 어떻게 반응해야 할지 몰랐다.

"프랑켄슈타인을 문화적이고 '생물학적' 현상으로 해석한 건 대단히 독창적인 접근일세, 메이필드 양. 그리고 지금 우리의 전쟁들―'테러와의 전쟁'에 대한 내 생각도 자네와 똑같네. 어떻게 신입생인 자네가 이런 걸 해낸 건가?"

크레시다는 그렇다고 고개를 끄덕였다.

"놀랍고 대담한 작업이야. 몇 주 동안 공을 들였겠지. '괴물'을 '군사 전략가'가 되는 소년병의 모습으로 그린 드로잉이 특히 대단해. 그의 변화가 아주 설득력 있게 느껴졌어. 사실 이 학교에서 우수 졸업논문으로나 기대할 법한 리포트를 제출해줘서 흐뭇하게 생각하네, 메이필드 양. 성적에 40퍼센트만 반영되는 기말 리포트에 불과한데 말이지."

대답을 기대하는 걸까? 크레시다는 할말이 떠오르지 않았다.

"문제는, 분명 자네도 알았겠지만 이 '기말 리포트'가 십이 일이나 늦게 제출됐다는 걸세, 메이필드 양. 자네에게 마감을 연장해줬다 해도 기껏 주말 며칠 더 주는 정도였을 거야. 그러니 구 일 늦은 셈이라 치지."

크레시다는 이 지적에 핑계를 대지 않았다.

데님 재킷과 진바지를 대충 챙겨 입고 에딩어 교수 연구실로 달려왔다. 작고 창백한 얼굴에 머리는 산발이었다. 쌀쌀하고 안개가 낄 것 같았는데, 정오 무렵이 되자 화창하고 따뜻했다. 크레시다는 조목조목 짚어가며 안타까움을 드러내는 교수에게 무슨 말을 해야 할지 알 수 없었다.

"이봐, 메이필드 양. 다른 학생들은 과제 마감일을 맞추려고 애썼을 텐데 한 학생만 예외로 해주는 건 기본적으로 '공평하지'가 않아―'정당하지' 않지."

크레시다는 놀란 채 서 있었다. 교수의 기민하고 반짝이는 눈을 피할 수 없었다. 크레시다는 평가하는 눈빛이 아니라 우호적인 눈빛으로 받아들이고 싶었다.

"아무도 같은 기간에 이런 리포트를 쓰지 못했을 거란 점은 또다른 얘기지. 나는 마감일을 알려줬네, 여러 번이나. 그리고 자네는 그걸 무시하는 쪽을 택했고."

무시. 크레시다는 무시의 뜻을 이해하려고 애썼다.

"왜 이렇게 늦어졌는지 설명할 수 있겠나? 리포트의 분량과 질 외에 다른 이유 말일세."

크레시다는 생각하려고 애쓰며 가만히 서 있었다. 머릿속에서 미친 나비떼처럼 생각들이 퍼덕거렸다. 무시무시한 충동이, 에딩어 교수에게 프랑켄슈타인 프로젝트를 돌려받아 품에 들고 이 연구실에서 뛰쳐나가고 싶은 충동이 밀려왔다. 그런데 어디로 가지?

강. 강으로. 강물에 몸을 던져야 해.

"아니길 바라지만, 나를 '시험한' 건가? 마감을 넘긴 리포트를 내가 받아줄지 테스트한 건가?"

크레시다는 아니라고 고개를 저었다.

크레시다는 자신이 물에 빠져 천천히 죽어가는데, 교수는 그녀를 그리 특별히 생각하지 않는다는 것을 알아차렸다.

그는 그녀의 아버지 제노를 몰랐다. 그래서였다!

강으로 가! 너는 정말 괴상망측해, 정말 못났어.

못난이가 살아서 뭐해.

크레시다가 대답하지 못할 것 같자 에딩어 교수가 말을 이었다. 이번에는 빠르고 신경질적인 목소리였다. "메이필드 양, 자네의 리포트가 괜찮다는 데는 의문의 여지가 없어. 아주 괜찮다는 뜻이야. 뛰어나다는 의미일세. 이 '프로젝트'에 나도 모르게 푹 빠졌어. 사실 처음에는 이걸 살펴보는 것조차 꺼렸네. 왜냐하면 자네는 너무 늦게 제출했고, 가령 아프다거나 하는 따위의 변명도 하지 않았으니까." 에딩어는 크레시다에게 변명할 기회를 주려는 듯 잠시 말을 멈췄다—뭐라고 둘러대지? (난독증, 자폐증? 정신분열증, 조울증, 편집증? 미련함?) "내가 예전에 만났던 재능 있는 학생들과 달리 자네는 급하지도 부주의하지도 않아. 혹은 빠르면서도 유난히 신중을 기하고, 수정하는 거겠지. 그리고 확장하고. 수정과 확장—그건 '창의적인 예술가'의 방식이지. 하지만 학기 중인 학부 학생에게 그런 완벽을 기할 시간은 없어. 그리고 '낭만주의 작가들과 혁명가들'은 학부의 300레벨 강좌일세. 자네가 이 프로젝트에 들인 시간이 과하다고 탓하는 게 아니야. 남들이 받아들이는 규제를 받아들이지 않은 걸 탓하는 거지. 이 리포트에 점수를 매겨야 한다면 틀림없는 A+겠지." 에딩어는 유치원생에게 말하는 것처럼 종이에 빨간 매직펜으로 A+라고 갈겨썼다. 그리고 말을 이었다. "이건 점수가 있을 때의 '점수'지. 하지만 리포트는 구 일 늦었고, 그동안 나는 가능한 한 확실하게 요건을 명시했었으니 한 사람을 위해 그것을 바꿀 수 없고, 그러지도 않을 걸세. 인색하다는 건 나도 알아, 메이필드 양. 하지만 때로는 인색이 미덕일 수도 있어. 자네는 기한에 늦었고 불이익을 받아야 마땅하네. 이 프로젝트는 우리가 봤듯이 A+지만, 늦었으니 D일세." 에딩어는 과장된 몸짓으로 D라고 갈겨썼다.

점수의 유치함을 보여주려는 의도일까? 점수는 아무것도 아니라고?

그러나 크레시다는 어리둥절한 채 서 있었다.

사실 그녀는 점수를 받는다는 것을 잊고 있었다. 오랫동안 프로젝트를 진행하며, 특히 프로젝트에는 일부만 들어갔지만 수많은 드로잉을 그리면서, 이것을 교수에게 제출해서 평가를 받고 점수를 받는다는 것을 잊고 있었다.

"저 – 저는 모르겠…… 제가 짐작하기에, 제가……".

크레시다는 뇌손상을 입은 사람처럼 떠듬거렸다. 요리되지 않은 반죽덩이처럼 말이 입에서 걸쭉하고 흉하게 나왔고, 갑자기 입이 말라버려 침을 삼킬 수가 없었다.

"혹시," 에딩어가 계속 말했다. "참작해야 할 '장애' 같은 것이 있나? 건강 혹은 질병 때문에……"

크레시다는 없다고 고개를 저었다.

크레시다는 없다고 고개를 힘껏 저었다.

혐오감이 밀려들었다. 입속에서 역하게 올라오는 자기혐오.

이 상황이 익숙했기 때문이다, 새롭거나 처음 겪는 일이 아니었기 때문이다. 데자뷔, 늘 혐오감에 동반되는 구역질.

고교 시절에도 크레시다 메이필드는 교사들을 놀라게 하고, 충격을 주고, 당황시키고, 실망시키고 짜증나게 했다. 신경질과 불만이 섞인 유감 가득한 그들의 말투가 귀에 맴돌았다. 부모님의 목소리도 들렸다. 아아 크레시다! 아아 얘야―또 그런 거야?

그리고 제노는 실망뿐만 아니라 못마땅한 기색을 비쳤다. 맙소사, 크레시! 다신 그러지 마.

크레시다는 무작정 뒤돌아 에딩어 교수 연구실에서 뛰쳐나갔다. 그가 부르는 소리가 들렸지만 신경쓰지 않았다.

달려 달려 달려 너는 정말 멍청이야, 정말 못났어. 사람들이 말리기 전에 빨리 강으로 가.

*

캔턴 남쪽의 강에서.

강변을 빠르게 걸었다. 소도시에서, 경멸스러운 대학에서 멀어졌다.

그것은 틀림없는 사형선고였으니까.

그녀에게 그럴 용기가 있다면.

태어나지 않는 것이 더 나았다. 그것은 가장 오래된 지혜다.

걸을 수 있는 만큼 멀리 갔다. 프랑켄슈타인 프로젝트를 하느라 밤마다 잠을 자지 못해 기진맥진했지만 지금 그녀는 묘하게 빛나고 두근거리고 생기가 돌았다. 크레시다는 새로이 발견해 혼자만 아는 것 같은 언어로 자신에게 속삭이고 중얼거렸다.

대학이, 거기 있는 모두가 끔찍하게 싫었다! 흉측한 인간들이 계단을 오르내리고, 많은 계단이 뒤집혀 있고, 지옥에 있는 저주받은 영혼은 눈이 없어 자신의 바보 같은 운명을 보지 못한다는 것을 아무도 몰랐다.

(그녀를 경멸한 대학.)

(그녀를 거부한 대학.)

(하지만 크레시다는 그것을 인정할 수 없었다! 부모님에게는 어떻게 설명하지?)

(모든 생물계에서 오직 인간 세계에서만 부모가 창피한 자식들 때문

에 괴로워한다. 호모사피엔스 외의 어떤 종도 그럴 가능성은 없다.)

그냥 죽는 것이, 삶에 종지부를 찍는 것이 더 낫다. 그것이 가여운 아버지에게 자비를 베푸는 일일 것이다. 제노가 또다시 아버지의 허세를 부리며 이렇게 말하지 않아도 될 테니까. 그렇긴 한데, 크레시—시도해볼 수 있어…… 2학년 때 코넬에 편입하면……

그리고 아를렛은 그녀를 끌어안고 위로하려 하겠지. 발작적인 자기혐오에 빠진 크레시다는 위로를 원치 않았다.

(이제는 후들거리는) 다리가 움직이는 한 멀리 갔다. 혼잣말을 속삭이고 중얼대고 웃으면서. 교수는 그녀를 좋아하지 않았던 것이다. 사람들은 내가 좋아하면 상대도 나를 좋아한다고 믿는다. 호모사피엔스 외의 어떤 종도 그럴 가능성은 없다—망상이다! 교수는 수강생들 중에서 가장 똑똑한 학생에게 장애를 밝히라고 요청하는 것 같았다—아니면 그녀를 미쳤다고 생각했을까?

"사실은 이거야. 내가 아는 사람 중에서 내가 가장 제정신이라는 거."

크레시다는 서글피 웃었다. 그것은 우울해지는 사실이었다.

그녀는 교수의 연구실에서 궁지에 몰린 작은 쥐처럼 뛰쳐나왔고, 가까스로 궁지를 피했다. 그의 얼굴에 떠오른 표정—그의 눈빛. 그는 그녀를 두려워했다!

빌어먹을, 프랑켄슈타인 프로젝트를 들고나왔어야 했는데, 하지만 책상으로 가려면 놀란 교수를 빙 돌아가야 했고 그랬다가는 그를 건드릴 수도 있었는데다, 교수는 크레시다를 피하거나 그녀를 막으려고 했을 것이다. 그랬다면……

잊어버리는 것이 낫다. 머리에서 지우는 편이.

그에게 가까이 다가간다는 생각을 하자 몸이 떨렸다. 그의 몸에 닿는 위험을 무릅써야 했다.

사실 에딩어는 그녀의 눈을 응시했다. 크레시다는 그것을 쉽게 잊지 않을 것이다.

이 프로젝트는 기한에 늦었고 불이익을 받아야 마땅하네.

너는 죽는 것이 더 나아. 태어나지 않는 것이 더 나았을 거야.

에딩어가 내준 과제를 하느라 다른 과목들은 몇 주 동안 팽개쳤는데, 어쨌든 에딩어는 그녀를 거부했다. 이제 며칠 후면 기말고사지만 그녀는 준비가 되어 있지 않았다. 그리고 에딩어 교수의 과목은 시험을 볼 수 없다.

그를 다시 볼 수가 없다.

에딩어는 그녀를 거부했다.

이제 그녀는 그를 미워했다.

그녀는 자신이 소멸되어야 하고, 없어져야 마땅하다고 생각했다. 지워져야 한다.

모든 것이 너무 시시했다.

비첨 카운티의 블랙스네이크강보다 넓고 깊은 이 급류에 몸을 던지면 얼마나 깨끗한 죽음이 될까. 하류로 쓸려내려가 사라지면. 그녀가 어디로 가버렸는지 아무도 모를 것이다.

아무도 그녀가 없어진 줄 모를 것이다. 몇 시간 동안은.

다만 강둑에는 덤불과 최근 폭풍우에 떠내려온 쓰레기가 가득했다. 옷에, 손에 가시가 걸릴 것이다.

몇 주 전 세인트로렌스강의 둑이 넘쳤다. 지류들에 놓인 작은 다리들이 떠내려가버렸다. 크레시다는 간절히 다리를 찾았다. 가장 효과적으로 익사하려면 다리에서 몸을 던져야 한다.

가장 가까운 다리는 캔턴에 가야 있었다. 하지만 그 다리는 계속 차들이 지나다녔다.

거기 강둑에 약간 거리를 두고 브렛 킨케이드가 서 있었다.

크레시다 그러지 마, 그건 잘못하는 거야.

창피한 그녀는 브렛 킨케이드가 보지 못하게 얼굴을 감추고 싶었다.

나는 네 비밀 친구야 크레시다. 자신을 해치면 안 돼, 네가 나를 해치는 게 될 거야.

그게 사실일까? 크레시다는 사실이라고 생각하고 싶었다.

캔턴에서 2마일쯤 떨어진 교외로 접어들자 기분이 나아지기 시작했다.

마음이 놓이고, 지쳤던 것도 나아지기 시작했다.

그랬다, 크레시다는 '죽고' 싶었지만—'사라지고' 싶었지만—죽어 있고 싶지는 않았다.

죽음은 둔감하고 밋밋하고 윤기 없는 새까만 것이었다. 죽음은 텅 빈 벌통이었다.

죽으면 브렛 킨케이드를 다시 보지 못할 것이다.

브렛은 그녀의 오빠가, 형부가 될 것이었고—그녀의 비밀 친구였다.

크레시다는 다시는 부모님을, 줄리엣을 보지 못할 것이다—그녀가 사랑하는 그들을.

"그들이 나를 사랑한다면 나도 그들을 사랑하는 거겠지."

그녀 자체로는 존재감이 없었다. 아주 어릴 때부터 크레시다는 그렇게 믿어왔다. 오히려 그녀는 반사하는 표면이었다. 크레시다는 타인이 보는 그녀를, 그녀에 대한 타인의 사랑을 비추는 표면이었다.

너무도 이상하게 가슴이 뛰었고, 그녀는 제대로 숨을 쉴 수 없었다.

가끔 몹시 흥분하거나 긴장할 때 그렇게 되었다. 아주 많이 행복할 때도.

심장박동이 빨라지면서 좁은 흉곽이 오르락내리락하며 떨렸다.

누군가 보고 있다면 부주의하다 하겠지만 크레시다는 잡초 무성한 강둑에 누웠다. 사방이 가시투성이이고 끝이 뾰족한 풀들이었다. 편히 누울 만한 자리가 아니지만 심장이 빨리 뛸 때는 똑바로 누워 양팔을 머리 위로 올리고 천천히 몇 번 심호흡을 반복하면 점점 느려져 정상으로 돌아온다는 것을 알고 있었다. 크레시다는 이 병에 대해 아무에게도 말하지 않았다, 이게 병이라면.

두근거림. 생각과 보조를 맞추려고 심장이 뛰었다.

그녀는 캔턴에서 수마일을 걸어왔다. 다리가 피곤하고 기분좋은 통증이 있었다. 5월의 햇살을 받으며 푹신한 풀밭에 누워 잠이 들었다. 꿈에 집이 나왔다—컴벌랜드 애비뉴에 있는 집 현관 옆 나무 덱의 그네가 삐걱거렸다. 갑자기 그녀는 아빠가 엘엘빈에서 산 빨간 체크무늬 낡아빠진 캠핑용 담요를 덮고 있었는데, 엄마가 늘 버리려 해도 아빠가 쓰레기통에서 다시 가져오곤 하던 것이었다. 크레시다는 낡고 해진 담요를 생각하며 미소지었다. 쌀쌀한 밤에는 얼마나 포근하던지! 하지만 그녀는 여전히 햇빛 속에 누워 있었고 햇빛이 눈두덩에 쏟아졌다. 크레시다? 크레시다. 스무 발자국도 떨어지지 않은 곳에서 젊은 군인이 걱정스러운 눈으로 그녀를 본다. 그녀의 마음을 아는 건 그뿐이다. 그녀를 염려하는 건 그뿐이다. 그는 목발을 짚고 있었고, 그건 새로운 상황이었다. 크레시다는 끔찍하게 흉터가 남은 그를 얼굴만 알아볼 수 있었다.

"이봐요?" 걱정스럽기보다 짜증스러운 듯한 남자 목소리가 혼곤하게 잠든 그녀를 깨웠다. 미군 훈련복을 입은 젊은 군인이 그녀의 옆자리에 앉으려는 듯, 짐을 치워줄 수 있습니까? 하고 물었다. "고마워요!"

뉴욕시의 혼잡한 포트오소리티 버스터미널에서 그녀는 뉴욕주 북부의 워터타운행 버스로 갈아탔다. 여기서 그녀는 훈련복을 입은 젊은 군인을 많이 보았고, 동굴 같은 대기실에 있는 사람들과 버스를 기다리며 줄을 선 무리 중에는 젊은 여자 군인도 있었다. 이때쯤 그녀는 몹시 아팠다.

머리가 지끈지끈했다. 생각 하나하나가 날카로운 유리 조각이 되어 상처를 냈다.

살갗이 껍질을 벗긴 것처럼 따갑고 예민했다. 그녀는 심한 설사 때문에 화장실에 여러 번 다녀오느라 정신이 멍하고 기진맥진했다. 음식을 넘기지 못하고 무기력하게 헛구역질을 해댔다. 물도 삼키지 못했다.

집에 돌아간다. 누구든 나를 안다면.

나를 용서해줘.

3부

귀환

13장

긴 담장

:

2012년 4월

긴 담장을 따라 운전해.

60피트 높이 담장은 끝이 없어(보이지 않아).

그러다 불쑥 바로 옆에 담장이 나타나는데, 시작되는 곳도 끝나는 곳도 보이지 않아.

담장은 유한한 물질인 콘크리트로 되어 있어. 그러나 그 주위는 무한하지.

담장 밖에서 긴 담장을 따라 운전하는 거야. 그 안은 담장으로 에워싸인 곳이고.

(외)벽은 측량할 수 있지만, (내)벽은 측량할 수 없어.

오래되고 더러워진 뼈 색깔. 긴 담장.

멀리서 담장을 보면서도 그게 뭔지 알아보지 못했어. 고속도로와 잇닿은 60피트짜리 담장 같은 건 본 적이 없으니까.

민간인의 눈이 닿지 않는 담장 안은 뉴욕주 댄모라의 클린턴 남자 중범죄자 교도소야.

그러다 차 옆으로 불쑥 담장이 나타나고, 너무 높아서 높이를 헤아릴 수도 없지. 긴 담의 꼭대기에 일정한 간격으로 경비원용 감시탑들이 있지만 보이지 않아.

차 오른쪽으로 서너 걸음 떨어진 곳에 긴 담장이 우뚝 서 있어. 긴 담장이 차 앞유리창 시야를 거의 다 차지해.

375번 도로에서 몇 마일이나 될까! 시골길을, 뉴욕주 최북단 가장 추운 애디론댁산맥의 얼어붙은 봉우리들 사이를 몇 시간이나 달려야 할까.

오래된 뼈 색깔의 긴 담장. 소도시 댄모라와 이웃한 곳.

북쪽 방향 375번 도로 오른쪽으로 그 담장이 끝도 없이 뻗어 있어.

북쪽 방향 375번 도로 왼쪽으로 댄모라의 썰렁한 가게들이 늘어서 있어.

긴 담장을 지나 (문이 있는) 출입구로 가면 출입 허가를 받게 돼. 긴 담장 안에서 그가 너를 기다리고 있어.

황량한 스틱스*의 강둑 같은 긴 담장 밖, 황량한 소도시 댄모라로 들어가는 거야. 이른 아침 이 시간, 폐허 같은 댄모라로 들어가서 빠져나오기까지 긴 담장은 끝없이 이어져.

---

* 그리스신화에서 저승을 일곱 바퀴 돌아 흐르는 강.

14장
선한 도둑의 교회

:

2012년 3월

그는 관리인trustee이었다. 그는 신뢰받았다trusted.

정신병동과 그 옆의 호스피스병동에서는 잡역부였는데, 질서를 잡고 유지하는 것이 그의 역할이었기 때문이다.

그는 (세례를 받은) 천주교 신자는 아니었다. 하지만 '선한 도둑의 교회' 운영과 관련된 모든 일에서 크라나크 신부와 가장 가깝고 그의 신뢰를 받는 조수였다. 교도소 사제가 참가하는 상담 시간에도 마찬가지였으며, 격주 월요일에 발행되는 교도소 신문 편집자이기도 했다.

그는 예전에 미군 상병이었다. 이라크전쟁에서 부상당했고, 수감자들과 경비원들 모두 그렇게 알고 존중해주었다.

오래전에 제대하긴 했지만. 부상당해 몸이 망가지고 인간 이하의 모습으로 집에 돌아갔지만, 기도를 통해 강해졌고 갱생해서 인간다움을 되찾았다. 허리까지 모래 속에 파묻힌 채 죽음을 피하려고 미친듯이 팔다리를 휘젓다가 밧줄로 끌어올려져 목숨을 구한 것과 비슷했다. 그래서 상병은 인간다움과 인간으로서의 존엄을 어느 정도, 그리고 피폐해진 영혼을 어느 정도 회복했다.

그는 예수그리스도가 아닌 다른 사람들에게, 이를테면 선한 도둑 성 디스마스에게 기도했다. 그러면서 기도는 자기 같은 이에게, 잃어버린 형제에게 말하듯 하면 된다는 것을 배웠다.

갈보리언덕 십자가의 예수 옆에 매달린 두 죄인 중 한 사람이 '선한 도둑' 이야기의 주인공 성 디스마스였다. 다른 도둑이 예수에게 만약 당신이 유대인의 왕이라면 자신과 우리를 구해보라고 조롱하자, 디스마스는 그를 통렬한 말로 꾸짖었다. 너도 저분과 같은 사형선고를 받은 주제에 하느님이 두렵지도 않으냐? 우리가 한 짓을 보아서 우리는 이런 벌을 받아 마땅하지만 저분이야 무슨 잘못이 있단 말이냐. 그리고 그는 예수에게 말했다. 예수님, 예수님께서 왕이 되어 오실 때에 저를 꼭 기억하여주십시오.

그리고 마지막 고통을 겪을 때 예수는 그에게 말했다. 오늘 네가 정녕 나와 함께 낙원에 들어갈 것이다.*

상병은 크라나크 신부에게 받은 성경에서 이 구절을 여러 번 읽었다. 여러 번 읽은 「누가복음」은 신약에서 짧은 편으로, 두려움이나 반감이 들면서도 경이로움이 넘쳤다.

예수가 절망한 부분이 그랬다. 인간이 그의 입장이라면 그랬을 듯

---

* 「누가복음」 23장 39~42절.

예수도 분명 절망했다.

낮 열두시쯤 되자 어둠이 온 땅을 덮어 오후 세시까지 계속되었다. 태양마저 빛을 잃었던 것이다. 그때 성전 휘장 한가운데가 찢어지며 두 폭으로 갈라졌다. 예수께서는 큰 소리로 '아버지 제 영혼을 아버지 손에 맡깁니다' 하시고는 숨을 거두셨다.*

상병은 얼굴 앞에 이상한 각도로 성경을 들고 있었다. '성한' 눈은 한쪽뿐. 그는 이인용 감방에서 비칠 듯 얇은 종이에 인쇄된 글자를 흐린 형광등 불빛으로 읽었다.

숨을 거두었다. 그 말이 충격적이었다.

숨을 거두었다. 그도 그러고 싶었지만, 신은 그의 목숨을 앗아가지 않았다. 저주받은, 저주받은 것보다 못한 목숨―쓰레기만도 못한, 오래 닦지 않은 벽에 말라붙었다가 떨어지는 오물만도 못한 목숨을.

예전의 삶에서 상병이 개신교를 믿었을 때는 선한 도둑에 대해 몰랐다. 성인들의 존재와 성인들이 인류에 미친 영향을 거의 몰랐기 때문이다. 그리고 파격적으로 변한 새로운 삶에서(그는 이것을 내세로 생각하고 싶지 않았다) 로마가톨릭교회의 권위와 그 의식과 기도를 믿게 되기까지도 오랜 시간이 걸렸다. 가장 가까운 친구가 프레드 크라나크 신부였는데도. 신부는 상병이 가장 절박했을 때 조언을 해주었고, 망가진 청년의 얼굴에서 영혼의 결백과 순수, 사람들을 해친 것에 대한 후회를 보았다.

선한 도둑을 성인품^{聖人品}에 올린 것은 가톨릭교회가 아니라, 십자가

---

* 「누가복음」 23장 43~45절.

에서 고통당하던 예수였다고 설명해준 사람이 크라나크 신부였다.

'디스마스'라는 이름은 성경에 나오지 않고 외전에만 나온다.

성 디스마스는 가톨릭교회 밖에 있다는 뜻이었다. 그는 범죄자이자 실패자였지만 신의 축복을 받은 사람이었다.

그래서 범죄자나 실패한 사람만이 성 디스마스에게 기도하죠, 라고 크라나크 신부는 말했다.

하지만 신부님의 교회 이름은 그 덕분에 지어졌군요, 라고 상병은 말했다. 선한 도둑의 교회! 상병은 그 이름이 아주 이상하면서도 근사했다. 그러자 크라나크 신부가 말했다. 그것이 가톨릭교회의 지혜입니다. 성 디스마스는 악당 성자이고, 클린턴 교도소 내 가장 간절한 수감자들에게 신에게로 가는 유일한 길처럼 인식되는 존재입니다. 동굴에서 사는 사람이 햇빛에서 멀리 있는 만큼이나 신에게서 멀리 떨어져 있는, 형언할 수도 없을 만큼 용서받지 못할 죄를 지은 이들에게요. 악한 그들은 예수님에게 다가가는 것이 부끄럽겠지만, 외전을 통해 알게 된 성 디스마스에게는 다가갈 수 있습니다.

하지만 그는 진짜 성인이 아니죠? 가톨릭교회에서는 그렇죠? 상병이 무척 궁금해하자 크라나크 신부는 이렇게 말했다. 디스마스가 '진짜' 성인이냐 아니냐는 상관없어요, 브렛. 왜냐하면 중요한 건 인간이 그를 통해 신에게 다가간다는 것, 그를 통하지 않았다면 놓쳐버렸을 예수를 그를 통해 찾는다는 거니까요. 그걸로 성인이기에 충분한 겁니다.

강제로 자백했느냐는 질문을 반복해서 받았고, 그는 그때마다 아니라고, 강요받지 않았다고 대답했다.

그는 흐릿하게 떠오르지만 명확히 기억나지는 않는 무서운 범죄들까지 자신의 의지로 고백했다. 기억해내려고 하면 정신없이 철컹거리고 덜컥거리는 중장비 소리 속에서 작고 희미한 목소리를 들으려고 애쓰는 것 같았다.

뇌 일부를 다쳤습니다, 라고 상병은 그들에게 말했다. 목이 쉬고 멍한 소리로 일곱 시간 동안 질문에 대답했고, 그의 창백한 유령 같은 몸과 떠듬거리는 말이 밤새 녹화됐다. 그는 자비를 베풀어 총살해주기를, 검은 두건은 쓰더라도 차렷 자세로 남은 자존심이라도 지키며 군인다운 죽음을 맞기를 바랐다.

그런데 그런 처형은 네바다에서만 집행된다고 했다.

그들은 그가 댄모라의 교도소 사형수 감옥에서 지내게 될 거라고 말했다. 왜냐하면 최근 뉴욕주에서 사형집행은 거의 없었기 때문이라고 했다.

그는 이 말에 크게 놀라고 좌절했다.

유죄를 인정했기 때문이었다. 기소된 모든 죄목에 대해 유죄를 인정했고, 상병에게 속죄와 소멸에 대한 열망보다 큰 열망은 없었다.

그러면 즉시 사형될 것이고, 그의 영혼도 사라질 거라고 믿지 않을 수가 없었다.

숨을 거두었다—상병은 그렇게 풀려나길 바랐다!

그런데 그의 의도에도 불구하고, 결국 1급살인 유죄에 대한 형벌을 받을 수가 없었다.

문제는 여자애의 시신이 어디 있는가였다. 시신이 없는데 상병이 살인죄로 기소될 수 있을까? 목격자도 없고 '실질적인' 물리적 증거도 없는 상황에서 상병의 자백은 범행을 부인하는 것만큼이나 법적으로 효력이 없었다.

상병의 변호사는 그렇게 주장했다.

하지만 검사는 그 주장을 강력히 부정했다.

검사는 그런 기소에 대한 선례가 있다고 주장했다. 피고가 희생자의 시신을 숨기거나 훼손해 시신이 발견되지 않은 사건들에서 피고에게 유죄판결이 내려진 경우가 많았다. 또 이번 경우 피고의 자백이 있었다. 그날 저녁 실종된 여자애와 피고가 같이 있는 것을 본 목격자 몇 명의 보강 증거도 있었고, 재판을 진행할 만한 물리적 증거가 충분했다.

그는 사람들을 노토가산림보호구역의 샌드힐 포인트로 데려갔다. 여자애의 망가진 시신을 그들에게 꼭 보이고 싶었다. 그는 얕게 판 구덩이에 대해 말했고, 그들이 거기 그녀를 내려놓고—그가 거기 그녀를 내려놓고—손으로—라이플총 개머리판으로 그녀의 몸 위에 흙과 나뭇잎을 덮었다고 했다. 그런데 그 돌투성이 지대에는 무덤이 없었으니 그가 잘못 안 것 같았다. 하지만 그는 아직 따뜻한 그녀를 안고 비틀비틀 걸었었다. 체구는 작지만 다리를 저는 그에게는 무거웠다. 강물에 휩쓸려 사라지게 하려고 강으로 갔다. 블랙스네이크강은 서쪽으로 몇 마일 흐르다가 온타리오호수로 접어드니까. 그때쯤 그는 지쳐 비틀거렸고 속이 메스꺼웠다. 너무 힘들어서 수갑 찬 팔목을 앞으로 내밀어 보안관보의 팔에 기대야 했다. 그러고도 균형을 잡기가 어려웠다. 그는 사람들의 혐오에 찬 시선을 견딜 수 없었다. 더 나쁜 것은 울화, 답답함이었다. 실력 있고 노련한 선수들 틈에서 경기를 하는 실력 없고 노련함도 부족한 이들에게 향하는 경멸 어린 눈초리. 그들은 경멸의 대상에게 그런 표정을 감추지 않았다. 그리고 상병은 이제 나는 인간이 아니야. 인간보다 못한 존재야 하고 생각했다. 보안관보 몇 명은 브렛 킨케이드가 카시지고등학교 풋볼팀 쿼터백이던 시절부터 알았다. 그는 이 년간 학교 풋볼팀 쿼터백을 맡았고, 팀은 어느 해엔가 애디론댁 지역 챔피언에 올랐다. 그렇게 오래된 일은 아니었다. 그런데 이런 상태의 브렛 킨케이드를 보는 것이나 그의 유감스러운 말을 듣는 것은, 그레이엄 킨케이드까지 아는 그들에게 몹시 괴로운 일이었다.

나중에 그가 기운이 없어서 서 있지 못할 지경이 되자 그들은 그를 카시지병원 응급실로 데려갔고, '심한 탈수 증세' 때문에 링거를 꽂고 밤새 병원에 있다가 카시지 교도소로 옮겨졌지만 그는 여전히 기운이 없었고 똑바로 걷지 못했다. 그는 격리 수용됐고, 이십사 시간 자살감시 대상이었는데 그것이 그를 보호하는 조치로 여겨졌다.

이십사 시간 자살감시는 그가 모든 희망을—당분간—포기할 때까지 계속됐다.

그러다가 비첨 카운티 법원으로 수갑을 찬 채 끌려갔다. 일층의 대형 법정은 이상하리만큼 붐비고 긴장되고 고조된 분위기였다. 그곳에 강렬한 감정들이 있었기 때문이다—열아홉 살 여자애를 죽이고 사체를 강에 유기한 상병을 적대시하는 강한 편견, 부상당한 참전용사로서 친구들을 보호하려 짓지도 않은 죄를 거짓 자백했을 가능성이 있는 '신경계통 장애'가 있는 상병을 지지하는 강한 편견.

몇 달간 논의를 거듭한 끝에 공판은 하지 않는 것으로 정해졌다. 그러자 카시지 시민들은 실망했다.

공판이 없고 배심원단도 없었다. 피고측이 무죄 주장을 하지 않기 때문이었다.

네이선 브레드 판사가 이 사건을 맡았다. 오십대 후반의 브레드는 비첨 카운티 법원에서 최고위직 판사였고 전직 검사였다.

줏대 있고 깐깐한 브레드는 킨케이드에게 낯선 사람이었다. 판사는 삶이 망가져버린, 흉터가 많고 한쪽 눈을 잃어버린 청년을 내려다보았다.

어떻게 주장하겠습니까, 킨케이드씨?

판사님, 제 의뢰인은 기소된 대로 우발적 살인 한 건, 기소된 대로 불법 사체유기 한 건에 대해 유죄를 인정합니다.

그것을 인정합니까, 킨케이드씨?

판사님, 제 의뢰인은 그렇게 주장합니다.

킨케이드씨, 유죄 인정이란 용어를 이해합니까? 그 결과를 압니까?

법정이 조용해졌다. 상병은 멀리 있는 자신을 부르는 것 같았다. 그는 차분한 눈빛으로 살피는 브레드 판사를 향해 눈을 들었다.

상병은 들릴락 말락 한 목소리로 중얼거렸다. 네 판사님.

기소된 대로 우발적 살인 한 건, 기소된 대로 불법 사체유기 한 건에 대해 유죄를 인정합니까?

그렇습니다 판사님.

그렇다고요? 그렇다고 말했습니까, 킨케이드씨?

그렇습니다 판사님.

하지만 아주 명확하지는 않았다. 킨케이드가 명확히 아는 건 유죄라는 단어밖에 없었다.

그리고 판사가 판결문을 읽었다―십오 년에서 이십 년.

십오 년에서 이십 년! 그는 사형선고를 기다리고 있었다.

수갑을 찬 채 놀라서 아무 말 없이 서서 기다렸는데, 판사가 판사봉을 치자 폐정되었다.

너무나 갑자기 선고가 끝났다.

너무나 갑자기 상병의 운명이 결정되었다.

죽지 않고 산다는 건가?

판사는 뒤도 돌아보지 않고 법정에서 퇴장했다. 네이선 브레드는 제노 메이필드와 전에 같이 일했고 여전히 친한 지인이었지만, 메이필드 쪽으로는 눈길도 주지 않았다. 희생자의 아버지는 방청석 두번째 줄에 앉아 있었다. 또한 판사는 피고의 어머니인 에설 킨케이드의 기괴한 절규에도 아랑곳하지 않았다. 그녀는 아들이 사형선고라도 받은 것처럼 요란스럽게 반응했다.

법정 앞쪽에서 상병은 여전히 놀란 채 눈을 천천히 느리게 껌뻑거렸다. 그는 살인―살인들―을 자백했고, 경찰들은 그가 평생 사형수 감옥에 갇혀 지내게 될 거라고 예상하지 않았던가? 그런데 우발적 살인으로 수위를 낮춰서 기소됐던 것이다.

마치 상병이 진짜 살인을 저지르기에는 몸도 마음도 온전하지 않았다는 듯 그렇게 됐다.

그리고 그의 변호인은 칠 년만 지나면 가석방 대상이 될 거라고 기쁜 듯이 낮은 목소리로 말했다. 킨케이드는 그의 흡족해하는 말투가 불쾌했다.

모범적으로 생활해요! 칠 년이면 나오게 될 테니.

상병은 변호인을 피했다. 그는 브렛 킨케이드를 변호하겠다고 자원한 첫번째 변호사가 아니라 다른 더 젊은 변호사였다.

저들은 이길 수 없다는 걸 알았거든요. 시신 없이는 이기지 못합니다. 저들은 망했다는 걸 알았어요. 이봐요, 칠 년이에요! 운이 좋았어요!

하지만 상병은 선고를 받았다. 상병은 구속당한 채로 법정에서 나왔다.

손목과 다리에 수갑과 족쇄가 채워진 채. 그는 야생동물처럼 족쇄를 찬 채 법정에 끌려와서, 앞쪽 판사석 아래 앉혀졌다. 법정에 있는 모든 사람이 동정심 또는 증오심을 품고 지켜볼 수 있는 위치였다.

교도소에서 상병이 예측할 수 없는 행동을 했기 때문이었다. 교도관들은 그를 다른 사람들뿐만 아니라 본인에게도 위험한 인물로 보았다.

상병의 내면에 갑자기, 예측할 수 없이 불같은 화가 솟구치는 것 같았다. 그는 상체의 경련이나 다리를 경직시키는 통증을 어쩌지 못했다. 그래서 몇 분, 아니 몇 초간 발작적인 분노를 억누르지 못했고, 지켜보던 사람들은 겁을 먹었다.

방청석 앞줄에서는 그의 어머니 에설 킨케이드가 계속 울고 있었다. TV에 나오는 여자처럼 큰 소리로 서글프게 울며 부끄러운 줄도 모르고 감정을 드러냈고, 이는 사람들을 불편하게 하고 피하고 싶은 마음만 커지게 만들었다. 킨케이드 부인이 생각하기에는 아들의 적들이 카시지에서 그에게 불리한 캠페인을 벌여 이긴 것 같았기 때문이다. 그의 신체 상태로 댄모라의 교도소에서 십오 년에서 이십 년을 살라는 건 사형선고나 마찬가지였다. 생전에 석방되지 못할 테니까.

정신없이 아들에게 달려가서 끌어안으려는 킨케이드 부인을 법정관리인들이 저지했다. 상병 본인도 흥분한 여인에게서 물러섰다. 그는 차마 그녀를 마주볼 수 없었다.

양쪽에서 법정관리인들에게 팔꿈치 위쪽을 잡힌 채 그는 뻣뻣한 걸음걸이로 법정을 빠져나갔다. 족쇄를 찬 채 불편한 걸음으로 뒤쪽 문으로 나갔다. 법원 직원들과 경찰들만 사용하는 문이었지만 킨케이드 부인이 그들 뒤에 대고 살인마들! 내 불쌍한 군인 아들을 죽이려는 살인마들! 하며 악을 써댔기 때문이다. 그들이 복도를 걸어 다른 문을 통해 밖으로 나가자, 뒤쪽 유리창에 쇠창살을 댄 밴이 대기하고 있었다. 브렛 킨케이드는 즉시 뉴욕주 댄모라의 클린턴 교도소로 이송돼 십오 년에서 이십 년의 부정기형을 살게 될 것이었다.

캐나다 국경지대의 댄모라 ─ '작은 시베리아'라 불리는 곳.

첫해 동안은 거의 격리 수용되었다.

교도소장 K. O. 헤이크는 상병의 죄가 그렇고, 알려진 것도 그랬으므로 일부 수감자들은 브렛 킨케이드가 어린 여자를 강간하고 죽였다고 믿으리라 생각했다. 따라서 그를 일반 수감자들과 함께 지내게 하는 건 위험한 일이었다.

하지만 그곳 다른 세상에서 그는 얼마나 안심이 됐던가.

이제 그는 넘어왔다. 짐승처럼 갇히고 짐승들에게 에워싸여 있었다. 교도관 ─ 경비원 ─ 들 눈에 모호함은 없었다. 그는 상병이 아니라 젊은 백인종 미국인 B. 킨케이드였고, 의학적 장애가 있고, 이감 당시 위험인물로 지정된 수감자였다.

형기는 그의 공식적 신분이었고, 이마에 십오 년에서 이십 년이라고 문신이라도 새긴 것 같았다.

살인, 우발적. 십오 년에서 이십 년.

댄모라의 교도소에 수감되면 그들은 곧바로 자신이 언제까지 '복역'해야 석방되는지를 생각했다. 얼마나 시간이 지나야 가석방 신청을 할수 있는지를.

가석방 없는 종신형이 아닌 한 모두 그랬다. 사형선고를 받은 것이 아니라면.

종종 상병은 현실을 망각했고, 그리고 생각했다. 내가 사형수 감옥에 있나?

머리가 맑은 순간에도 상병은 자신이 칙칙한 벽과 바닥과 천장, 철창으로 막힌 독방에서 어느 날엔가 풀려날 거라 믿지 않았다. 댄모라에서 나가는 건 더욱 어림없었다(이곳에 대해서는 아주 어렴풋한 인상만 있었다. 선고받고 형을 살기 위해 처음 족쇄를 차고 교도소에 이감됐을 때, 그는 오래되고 지저분한 뼈 색깔을 띤 60피트 높이의 콘크리트 담장을 봤다). 어릴 때는 시간이 그를 안고 냇물처럼 계속 흐른다고 믿지 않았다. 예전 인생에서 시간은 녹아내린 물질처럼 아주 끈적끈적하게 움직이며 냇물이 흐르는 것을 막았다. 물살을 따라 흐르지 않고 막았기 때문에 그는 익사하지 않고 떠 있기 위해 버둥대야 했다.

그런 안간힘, 그런 노력을 거의 매일, 온 힘을 쏟아야 했다.

자원봉사 변호인단은 대개 주 북부에 있는 이제 갓 법대—올버니, 코넬, 버펄로—를 졸업한 사람들인데, 구성원이 자꾸 변했다. 그들을 제외하면 그를 찾아오는 면회객은 거의 없었다.

전화하는 사람도 없었다.

가끔 누군가 B. 킨케이드에게 전화를 걸어도 그가 통화를 거부했다. 목구멍에 주먹을 쑤셔박은 것처럼 목이 막혔다.

킨케이드 사건이라 불리는 일은 뉴욕주 북부의 법조계에서 논쟁을 불러일으켰다. 하지만 상병은 그의 인생을 사건으로 만든 일을 생각하지 않으려 했으므로 논쟁에 개입하지 않았다.

신은 사람을 사건으로 여기지 않는다. 사건은 해결되어야 하고, 인간은 해결될 수 없기 때문이다.

그는 여러 단체에서 보낸 편지들을 통해, 실종 소녀 수색이 몇 달간 계속된 비첨 카운티에는 킨케이드의 형량이 너무 '가볍다'고 분개하는 그룹이 있음을 알게 되었다. 그들은 그가 겨우 몇 년 옥살이를 하면 가석방 대상자가 된다는 데 분개했다. 다른 그룹은 브렛 킨케이드가 결국 투옥됐고, 악명 높은 댄모라의 최고보안 수준 교도소에 보내졌다는 데 분개했다. 이 사람들은 부상당한 이라크전쟁 참전용사는 크레시다 메이필드의 실종에 책임이 없다고 믿었다. 혹은 그의 짓이라 해도 그 행동에 대한 법적책임이 없으며, 격리해야 한다면 정신병원에 보내 치료를 받게 해야 한다고 주장했다.

브렛 킨케이드에게 '정의가 실현되도록' 하려는 변호기금이 조성됐다. 상병은 인터넷을 통해 기금을 조성하는 개인들이 누구인지 몰랐다. 그들이 서로, 또는 킨케이드 상병이나 이 사건을 공식적으로 맡은 자원봉사 변호인단과 어떤 관계인지 몰랐다. 크라나크 신부는 그 낯선 사람들이 브렛 킨케이드의 이름으로 답지된 돈에 대해 책임지지 않을 거라며 걱정했다. 하지만 브렛 킨케이드 본인은 관심 없는 것 같았다.

그는 신부에게 말했다. "제가 어디 있든 그곳이 사형수 감옥입니다.

제가 있는 곳이 제가 속한 곳이고요."

적에게 쏟아지는 조명탄—백린탄.

공격하는 헬기들 소리가 귀청을 흔드는 와중에 그는 깼다. 움츠리고 자면서 흐느껴 울었고, 입안과 폐에 모래가 끼어 있었다.

양쪽 다리가 없어졌다. 하지만 통증은 여전했다.

그의 양손, 팔꿈치까지 양쪽 팔. 날아가 없어졌고, 새하얀 뼈가 핏물 속에서 번뜩였다. 어린이 TV 공포영화의 엉터리 가짜 피처럼 밝은색이었다.

그의 이름을 부르는 소리가 들렸다. 한 친구가 그의 이름을 외쳤고, 그는 그 소리를 들었지만 어디서 나는지 알 수 없었다.

빌어먹을, 그들은 자신들이 빌어먹을 그 재미를 볼 자격이 있다고 말했다. 날려가거나 뱃속이나 머리에 유산탄 파편이 박히지 않고 목숨을 부지했다면, 쥐새끼처럼 무서워서 기겁한 민간인들에게 총질하는 재미를 좀 봐도 된다고. 손가락, 귀, 작은 고추, 젖꼭지를 자르고, 이라크 민간인들의 얼굴들을 꿰매 코담뱃가루나 약을 넣는 주머니를 만들자고.

그게 전사들의 관습 같은 거거든. 먹시는 이렇게 말했다. 적의 얼굴과 진짜 머릿가죽으로 주머니를 만들어 머리에 뒤집어쓰는 거야. 그런데 그 망할 놈의 것들을 손질해야—'박제술' 같은 걸로—해. 그래야 썩지 않아서 머리에 써도 악취가 안 나.

클린턴 교도소에 있는 브렛 킨케이드에게 전화하는 사람들은 얼마 없었다. 전화하는 사람은 모두 카시지의 여자들이었다.

그중 가장 꾸준히 전화하는 사람은 브렛의 어머니 에설 킨케이드였다. 약삭빠른 에설은 지자체의 가족복지 서비스인 '긴급'기금을 통해 감옥에 있는 아들에게 세금으로 전화할 방법을 찾아냈다.

약삭빠른 에설은 유머감각 비슷한 것까지 동원해, 카시지 언론과 TV 뉴스에서 아들의 사건을 계속 보도하게 할 방법을 찾아냈다. '새로운 단서'—'새로운 증인'—'무죄를 입증할 증거'를 주기적으로 발표하고, WCTG TV의 에비 에스테스와 카시지포스트저널의 핼 로치 같은 지역 언론인들에게 전화했다. 또 그들이 전화 메시지에 답하지 않으면 거리에서 접근하고 그들의 집까지 따라다니며 괴롭혔다. 아마도, 아니 확실히 카시지에서는 경찰을 불러 에설 킨케이드를 체포하게 할 사람이 없다는 것을 알기 때문이었다. 그녀는 억울하게 처벌받은, 억울하게 유죄 판결을 받고 수감된 이라크전쟁 영웅 브렛 킨케이드 상병의 애끓는 어머니였으니까.

2005년 늦여름 이후로, 오래전 은퇴한 연로한 변호사들을 포함해 비첨 카운티의 변호사들이 모두 킨케이드 부인의 연락을 받았다. 그녀는 아들의 석방 캠페인을 도와달라고 부탁했고, 변호사들은 애끓는 어머니를 피해야 한다는 것을 알게 되었다.

킨케이드 상병이 부당하게 유죄선고를 받았다고 믿고 기꺼이 '변호 기금'에 송금하는 사람들조차 이 애끓는 어머니를 피해야 한다는 것을 알게 되었다.

에설 킨케이드는 공공장소에서 크레시다 메이필드의 부모에게 한 번 이상 개인적으로 접근했고, 아를렛에게는 교외 마을 마운트올리브에 있는 폭력피해여성쉼터 앞에서 다가갔다. 아를렛이 딸의 실종 후에 자주 봉사하러 가는 곳이었다. 에설 킨케이드는 딸의 소재를 '털어놓으라'고 요구했다. 제노에게는 카시지의 레스토랑에서 접근했다. 친구들과 있던 제노에게 '계급투쟁의 적'이라며, 그가 그녀의 결백한 아들을 감옥에 가두려고 딸을 '도주'하게 했고, '불법적 공모'를 한 그 딸은 어딘가에 살아 있다고 소리쳤다.

2008년 봄 카시지 지역전문대학에서 에우리피데스의 〈메데이아〉를 상연하고 있었다. 조명이 켜지고 유린당한 소녀 같은 표정으로 한 중년 여자가 객석의 통로로 뛰어들자 깜짝 놀란 관객들은 처음에는 연극이 계속되고 있다고, '현대적인 의상'으로 연기하고 있다고 생각했다. 그녀는 큰 소리로 자신은 "메데이아처럼 미친 괴물 같은 어머니가 아니라"—"진짜 사랑이 넘치는 어머니"인데, 누가 자신에게 "신경이나 쓰느냐?"고 악을 썼다.

몇 분이 지나서야 그나마 일부 관객들이 상황을 파악했다. 핀볼의 쇠공처럼 눈이 번질대는 극도로 흥분한 그 초췌한 여자는, 2005년 가을에 크레시다 메이필드의 살인범이라 자백한 브렛 킨케이드 상병의 어머니 에설 킨케이드였다.

에설 킨케이드는 약삭빠른 책략가이지만 9·11 희생자 공공기금을 청구하진 않았었다.

9·11테러가 일어난 지 구 년, 브렛이 수감된 지 사 년이 지나도록 왜 그 생각을 못했는지 그녀는 너무 아쉬웠다. 이제 와서 그녀가, 에설 킨케이드가 간접적이지만 테러의 희생자라고 소송을 제기한 건 사람들의 지지를 받기 어려웠다. 외아들 브렛은 엘크와다*—이슬람교도 테러

---

* '알카에다'를 잘못 알고 있다.

범들—와 싸우기 위해 이라크로 파병됐고, 그 무시무시한 곳에서 전투 중 부상을 입고 '온전하지 않은' '불구'의 몸으로 송환됐으며, 그 결과 수백 마일 떨어진 뉴욕주의 구석, 사실상 캐나다나 다름없는 오지의 최고보안 교도소에 '수감되어' 있었다. 이 모든 것은 그녀의 잘못이 아니었다. 세계무역센터나 피랍된 비행기에서 죽은 이들의 유족들이 힘든 삶을 사는 것이 개인의 잘못이 아니라, 미 정부가 국민을 보호하지 못했기 때문인 것과 마찬가지였다. 에설은 백악관과 지역 정치가들에게 편지를 보냈지만, 아무도 응답하지 않았다. 그러자 그녀는 비첨 카운티 가족복지국 앞에서 피켓시위를 했다. 그녀는 자신의 수당을 올려줘야 하며, '극빈층' 증명 요건의 하나인 차량 미보유가 자신에게는 면제되어야 한다고 믿었다.

에설은 2005년 7월 이후 신경이상증세로 사무직을 그만두었다. 그리고 카시지에 자신에 대한 편견이 있다는 것을 알았기 때문에 그후로는 직장을 구하지 않았다.

그녀는 실업수당을 받았다. 하지만 '극빈층' 자격은 웃긴 일이었다.

멀리 뉴욕주 댄모라에서 브렛은 에설이 전화로 떠들어대는 이야기를 통해, 어머니가 벌이는 일들을 알았다.

그녀의 말을 들으려면 마음을 다져야 했다. 가끔 그녀의 목소리가 유리 깨지는 것처럼 귀를 울려대면 그는 듣지 않았다.

"이번주에 이 미치광이 늙은 어미가 무슨 짓을 했는지 맞혀보렴!" 브렛이 수화기를 들기가 무섭게 에설은 소리치곤 했다.

브렛이 평범한 아들들같이 대꾸하지 않으면 그녀는 다시 말했다. "누군가는 네 사건을 아직 현재진행형이도록 해야 해, 젠장! 그런데 아무도 신경쓰지 않으니까 이 엄마가 나설 수밖에 없어."

에설은 교도소로 면회를 가고 싶었지만 버스 장거리 여행을 할 수 없었다. 2005년 끔찍한 여름 이래 건강이 나빠져 버스를 탔다가 무슨 나쁜 일을 당할지 알 수 없었다. 케이블채널의 토크쇼에서 브렛의 입장에서 이야기를 해보자고 제안했다. 킨케이드 부인이 허락한다면 촬영팀이 그녀를 댄모라까지 '리무진'으로 데려가 교도소 정문까지 동행하고 그녀가 외아들을 만난 뒤 나중에 진행자와 면회 내용에 대해 숨김없이 솔직하게 인터뷰하자는 것이었다. 에설은 그런 제안들을 신중하게—탐내듯이—고려했지만, 브렛은 딱 잘라 거절했다.

"세상은 네 입장에서 사건을 제대로 알아야 할 필요가 있어, 브렛. 그럼 너는 새로 재판을 받게 되거나 주지사가 감형해줄 거야."

그래도 브렛이 대답하지 않자, 그녀는 상처받은 듯이 말했다. "온 세상이 네가 유죄라고 믿는단 말이다, 브렛. 네 적들은 네게 기회를 주지 않았고, 네가 친구로 여긴 자들은 알고 보니 네 적이었어. 너는 그것에 대해 뭔가 조치를 취해야 해."

상병은 멀리서 자기를 부르는 것 같았지만 이내 어깨를 으쓱하고 잘 들리지 않는 목소리로 중얼댔다. "왜요?"

카시지에서 전화하는 또다른 사람은 아를렛 메이필드였다.

줄리엣의 어머니! 메이필드 부인! 상병은 그녀의 목소리를 듣는 것을 견딜 수 없어서 통화를 거부했다.

겁이 나고 수치스러워서. 전화를 받으러 갈 수가 없었다.

그러자 아를렛은 브렛 킨케이드에게 편지를 보냈다. 뉴욕주 댄모라

의 클린턴 교도소로. 그는 편지를 얼른 없애버리고 싶은 본능을 다잡고
서야, 손으로 쓴 그 편지를 열어서 볼 수 있었다.

브렛에게

네가 나와 통화하지 않으려 한다니 유감스럽구나. 하지만 나는 당연히
다시 시도할 거야. 네 목소리를 듣고 싶다, 브렛. 네 얼굴을 보고 싶어. 나
는 네 생각을 무척 자주 한단다—너를 위해 기도해. 나는 우리 사이의 유
대감이 아주 깊다고 생각한다. 너와 내 딸 줄리엣이 결혼한 건 아니었지
만, 나는 때때로 (용서해줘, 이런 말이 이상하다는 건 나도 알아) 너를 내
사위로 여겼었지. 메이필드네 사람으로.

우리 사이에는 너무 늦기 전에 해야 할 이야기가 많아, 브렛.

판결이 내려질 때 우리는 법정에 있었고, 그때 나는 네가 우리 가족 같
다는 강렬한 느낌을 받았어. 그때는 인정하지 않았지만. 가슴이 미어지는
것 같았어—크레시다를 잃었고, 너까지 잃었으니까.

나는 너에게 크레시다에 대해 묻지 않을 거야, 브렛. 너무 많은 사람이
왜 그랬어? 왜 그런 짓을 했어? 하고 물었을 테니까. 너를 면회하러 가
면, 나는 잠시 말없이 너와 둘이 조용히 앉아 있길 바랄 뿐이고, 그러면
신이 우리에게 원하시는 것이 무엇인지 알게 될 거라고 생각한다. (내게
는 용서이겠지만, 그 이상의 뭔가가 있을 거야.)

내가 이렇게 너에게 편지를 쓴다는 건 아무도 몰라, 브렛. 내 사랑하는
딸 줄리엣도, 남편 제노도. 그는 이해 못할 거야. 이 세월 동안 그는 신의
인도에 대한 믿음 없이 사느라 힘이 들었어. 사람들이 말하듯 내 남편은
공인이고, 그는 자신의 영혼 안에서 편치가 않아.

알다시피 기독교도인 줄리엣도 삶이 편치 못해. 그래서 줄리엣에게도 비밀로 할 거야, 적어도 지금은.

너는 내 기도 안에 있어, 브렛. 우리 사이에 나눠야 할 건 훨씬 많고!

예수님의 이름으로

아를렛 메이필드

2008년 7월 9일자 편지였다. 삼 년째 되는 날 밤이었다.

메이필드 부인은 브렛에게 여러 번 편지를 썼지만, 그는 한 번도 답장하지 않았다. 하지만 편지를 접어서 크라나크 신부가 준 성경에 꽂아 두었다. 그러다가 메이필드 부인이 보낸 2008년 11월 11일자 편지를 읽고 충동적으로, 자신도 이유를 알 수 없는 심정으로 답장을 썼다. 줄이 그어진 종이에 몽당연필로 썼다. 메이필드 부인, 고맙습니다. 보내주신 편지들을 여러 번 읽어봤지만 당장은 좋은 생각이 아니라고 생각합니다. 브렛 킨케이드.

비명. 어떤 동물이 하이에나에게 찢길 때 내는 듯한 소리.

비명 비명! 하지만 비명이 멈춘 순간이 더 나쁘다.

수감생활을 시작하면서 그는 어쩌면 줄리엣이 전화를 걸거나 편지를 보낼지 모른다고 생각했었다(그것은 희망이자 두려움이었다). 수많은 개인들이 수감자들과 계속 통화를 하는 게 놀라웠다. 대부분은 아내, 어머니, 애인, 누이 같은 여자들이었다. 그토록 매력 없고, 그토록 사납거나 상스럽고, 그토록 실패를 한 사람에게도, 이상하지만 어떤 식으로

든 곁을 지키는 여자가 적어도 한 명은 있었다.

사실 상병도 카시지나 다른 지역에 사는 여자들에게 편지를 받았고, 그중에는 오래전 고등학교나 심지어 중학교 때 알던 젊은 여자들도 있었다. 하지만 그는 그 편지들에 답장하지 않았고, 대부분은 끝까지 읽지도 않았다. 이제는 모르는 주소가 적힌 편지가 오면 즉시 없애버렸다. 타인이 품은 그에 대한 환상 속으로 들어가고 싶지 않았다.

죄수에게, 특히 다른 여자를 죽여 유죄판결을 받은 죄수에게 매혹되는 여자라니 역겨웠다.

당신은 나를 모르죠 브렛 킨케이드. 하지만 나는 당신을 안다고 믿어요.

안녕! 꿈에 당신이 나와 내게 편지를 써달라고 했어요 브렛 킨케이드. 그래서—

파스텔색 편지지에 쓰인 그런 편지들은 역겨운 향기를 풍겼다. 편지를 쓴 사람이 파우더를 바른 가슴골에 편지지를 대고 눌렀다는 야한 상상을 하도록 유도하는 듯이.

하지만 줄리엣 메이필드는 편지를 보내지 않았다. 그리고 사실 브렛은 그녀가 편지를 쓰리라 기대하지 않았다.

그런 짓을 했는데! 크레시다뿐만 아니라 줄리엣도 망가진 것이었고, 브렛은 이해했다.

그래도 마음이 약해질 때면, 줄리엣이 그에게 연락하고 싶어할 거라고 상상했다. 그를 다시는 보지 않겠다고, 용서하지 않았다는 말을 하기 위해서라도.

한때 두 사람은 정말 가까운 사이였다.

그는 줄리엣을 진심으로 사랑했다. 아주 깊이.

이제 와서 생각하니, 그럴 수 있었던 그때가 이상하게 느껴졌다. 팔다리에 괴저가 생긴 후 건강했던 시절을 떠올리기 어려운 것과 비슷했다.

결국 그는 그녀를 떠나보냈다. 그녀를 다치게 할까봐 두려워서. 그것이 가장 현명한 결정이었다.

혼란스러운 꿈속에서 줄리엣이 그에게 왔다. 그녀가 줄리엣 메이필드인지 확실하지 않을 때도 있었지만.

망가지기 시작한 필름 속 인물처럼 그녀의 모습이 뭉개졌다.

그녀의 무시무시한 비명. 그렇게 비명을 지르며 그녀가 숨을 쉬었을 리 없다.

두번째로 이라크로 떠나기 전에 그는 예감했었다.

첫번째 파병 때는 그런 예감이 없었다. 그는 자신이 정의를 구현하러 가는 미군이라고 믿었다. 신이 그를 지켜줄 거라고 믿었다. 부대원 모두가 의심 없이 믿었다.

하지만 두번째 떠날 때는 알고 있었다. 브렛은 나를 다시 못 보게 되면 열어보라며 봉인한 편지를 줄리엣에게 건넸다.

줄리엣은 겁을 먹고 그를 빤히 쳐다보았다. 그녀도 브렛이 떠난 모습 그대로 돌아오는 것을 당연시했었다. 하느님의 은총이나 미국의 우세한 병력이 군인들을 지켜줄 거라고 믿었다.

그 편지를 쓸 때 브렛은 극도로 감정적이었다. 하지만 몇 년이 지난 지금은 자신이 그때 편지에 뭐라고 썼는지도 기억할 수 없었다.

줄리엣이 편지를 뜯어서 읽어봤을 것 같았다. 그리고 그가 그녀의 동생을 죽였다고 자백한 후에는 버렸을 것 같았다.

이라크에서 줄리엣과 다른 사람들에게 수많은—수백 통?—메일을 보냈지만, 하나도 기억나지 않았다. 사진들도 마찬가지였다. 어지러울 만큼 잇달아 메일을 보냈다. 세상에서 잊힌 채 정신없이 지내는 군대생활에서 그는 비교적 사적인 시간이 몇 분이라도 주어지면, 매번 곧장 아주 다급하게 숨쉴 새도 없을 정도로 허겁지겁 자판을 두드렸다.

그들은 그를 자랑스러워했다. 한동안 몹시 자랑스러워했다.

브렛은 아버지 그레이엄 킨케이드 중사도 대견해했을 거라 생각하고 싶었다.

비록 아버지가 걸프전쟁을 온통 쓰레기 같다고, 전쟁과 미국과 '애국주의'와 관련된 건 전부 다 개망나니들을 위한 것이라고 말하기는 했어도.

아버지는 고국에 있는 사람들 역시 아둔하다고 생각했다. 권리라도 있는 듯 뭣 같은 질문을 퍼부어대는 그들이.

그래도 브렛은 아버지가 그를 대견해했을 거라 생각했다. 이 일을 알기만 하면 그럴 거라고.

부상당하기 전에는 그랬다. 누구나 보면 미소가 절로 지어지는, 제복을 입고 반듯하게 선 브렛 킨케이드 상병.

9·11 전, 군에 입대하기 전 착하고 상냥하고 괜찮은 아이였고 고교시절 뛰어난 운동선수였던 젊은 상병을 모두가 대견해했고 그를 생각하면 흐뭇했다.

퍼플하트훈장은 누구나 아는 훈장이었다.

이라크전쟁 참전메달은, 죽거나 영창에 가는 등 심각한 사고만 없으면 참전군인 모두가 받는 시시한 훈장이었다.

전투보병 배지는 괜찮은 훈장이었다. 포격 속에서의 용맹, 군인다운 용기와 능력. 뇌의 절반이 망가진 상병에게 나쁘지 않은 훈장이었다.

최고 훈장인 실버스타훈장과 명예훈장은 당연히 못 받았고, 그가 알거나 나중에 알게 된 사람들도 모두 그랬다. 그는 이런 상황에 대해 설명했지만, 경솔한 여기자는 브렛 킨케이드 상병에 대한 '인간적인 흥밋거리'에 초점을 맞췄다. '귀국' '재활' '머지않은 결혼'(그때는 줄리엣 메이필드와 약혼한 상태였다). 그녀는 카시지신문에 실을 기사 마지막에 군사용맹황금훈장*에 대해 한 줄 덧붙였다.

줄리엣은 그를 달랬다. 그는 넌더리가 나고 화가 났다.

모든 걸 농담으로, 빌어먹을 농담으로 취급한다고 그는 화를 내며 말했다. 줄리엣은 생전 처음 보는 것처럼 그를 빤히 쳐다보았고, 브렛은 이미 타오른 불길에 성냥을 던진 것처럼 쏘아붙였다. 빌어먹을 그년이 나를 놀림감으로 삼았어. 앞으로 내 앞에서 얼쩡대면 가만 안 두겠어.

휘발유에 성냥불을 던진 것처럼 확 타올랐다.

사람들은 성난 그를 처음 보자—감방 동료 , 수감자들, 그를 믿고 좋아하게 된 교도관들—믿을 수가 없어서 어리둥절했다.

킨케이드가? 그 친구가?

아, 감정을 못 이겼군. 저런!

댄모라에서 첫 십팔 개월은 잘 지냈다. '장애'와 '결함'이 있지만 거

---

* 1793년 사르데냐 왕이 제정한 최고의 무공훈장.

의 정상인처럼 지냈고, 뉴욕주 보건국 관리하에 투약하는 에이즈 환자들처럼 약을 복용했다. (상병은 댄모라에 온 이듬해에 잡역부가 되어 수감자 환자가 몇 명인지 알게 됐다. 일부는 병색이 짙고 수척한 상태로 의무실에서 죽어갔다.) 처음 그는 자살 우려가 있는 수감자로 격리되어 감시받았다. 그 때문에 감방에 이십사 시간 형광등을 켜놓았고, 그는 다친 야행성동물처럼 양손에 얼굴을 묻고 자는 데 익숙해져야 했다. 독방에서 수감자 대다수와 격리되어 지내는 것은 주로 정신이상이 있는 성범죄살인자나 정신이상이 있는 아동성범죄살인자였다. 그들 중 브렛 킨케이드는 가장 젊고 가장 '협조적인' 수감자였다. 그가 넘어들어온 이곳은 그에게 명확하고 확실하게 지옥을 보여주었고, 이곳에서 벌을 받는 일이 그를 진정시켰다. 이제 브렛은 스스로 벌해야 한다고 느끼지 않았다.

곧 그는 교도소가 광기 어린 곳임을 깨닫게 되었다. 댄모라의 낡아빠진 클린턴 교도소 건물에는 거대한 유독성 구름 같은 불쾌함이 있었다. 60피트 높이의 긴 콘크리트 담장 안에서 모두가 예외 없이 이 독기를 호흡했다.

브렛은 크라나크 신부에게서 19세기에 댄모라는 뉴욕주에서 가장 큰 정신병원 단지가 있던 곳이라는 이야기를 들었다.

이 단지에서 몇 명이 죽었고, 그 시신들이 교도소 담장 밖 어딘가 잊힌 묘지에 묻혀 있다는 것을.

기름진 검은 토양에서 홀씨 같은 광기가 우중충한 대기로 번져나갔다.

그는 거의 언제나 말이 없었다. 큰 소리로 말하지 않았다. 머릿속에

서는 쉼없이 천둥 같은 생각들이 날뛰었지만. 그런 생각들은 끄집어
내지 않아도 안에서 썩고 그 악취가 관심을 끄는 법이다. 그는 관심을
끌고 싶지 않았다. 그는 조심스럽게, 신중하게 자신을 제어할 수 있었
다. 마치 총탄에 다리를 잃었던 것처럼. 마치 토르소, 인간의 몸통, 몸뚱
이―송장처럼. 최악의 순간은 공황상태에 빠져 손가락과 발가락을 (신
발, 양말을 벗고) 확인해야 하는 때였다. 농담을 잘하는 새버나 먹시가
외과용 가위를 들고 전리품을 잘라가지 않았는지 확인해야 했다. 그것
은 상병의 손가락이나 발가락, 귓불이나 음경이나 불알이 잘렸을지도
모른다는 뜻이었다.

처방받은 대로 약을 먹었다. 이것도 뉴욕주 보건국에서 관리했고, 교
도관들은 이에 따라야 했다.

만성통증, 근육경련, '극단적 사고思考'―호흡부전, 설사/변비에 처
방된 약은 항정신성으로 구분된 강력한 약들이었다.

교도소에는 '장애'와 '결함'이 있는 다른 수감자들이 있었다. 부상병
한 부대가 걸어다니는 것 같았다.

교도관들은 브렛 킨케이드를 좋아하고 신뢰했다. 그는 백인종 청년
이고, 이라크전쟁 참전용사이며, 뚱하고 말이 없지만 '협조적'이었다.

가끔 상병은 의사에게 진료를 받으러 갔다.

의사는 그의 '바이털' 사인을 체크했다. 혈압, 맥박, 체중, 신장. 눈이
부시도록 밝은 손전등으로 눈을 들여다보고 구강도 살폈다.

어머니는 그가 처한 상황 때문에 필요한 신경 CT검사와 재활치료를
받지 못한다고 격렬하게 항의했다. 그녀는 뉴욕주 교정국과 댄모라의
클린턴 교도소를 상대로 소송을 걸었다. 부상당한 참전용사 아들이 그

들의 적과 결탁한 관료들에게 차별받고 있다는 내용이었다.

재활치료의 일환으로 브렛은 감방에서 혼자 운동할 수 있게 되었다. 마당에 나가 운동할 수도 있었다. 십팔 개월 후 독방에서 교도소 다른 구역으로 옮기게 되자, 그는 하루 몇 시간 동안 감방 밖에서 지낼 수 있었고, 잘 지냈다.

기분 어떤가, 친구?

좋습니다.

약은 먹었나, 친구?

그렇습니다.

확실한 건가, 약을 먹고 있지?

그렇습니다.

변기에 버려버리는 건 아니지, 친구?

아닙니다.

약을 파는 건 아니겠지, 응? 아니지?

아닙니다. 아니에요.

휘발유에 성냥불을 던진 것처럼 확 타올랐다.

레슬러처럼 탄탄한 몸을 가진 먹시였다. 더 나이들고, 더 육중한 먹시가 둥근 머리를 갸우뚱했다. 귀가 먹먹하도록 시끄러운 식당에서 그가 칫솔로 만든 무기 같은 것을 휘두르며 어린 수감자를 괴롭혔다. 그러자 킨케이드는 핏불테리어처럼 민첩하고 조용히 먹시에게 달려들어 이 둥근 머리의 수감자를 마구 치고 때렸고, 결국 두 사람은 바닥에 나뒹굴고 경비원들은 둘을 떼어놓으려고 고함을 치며 달려왔다.

살해당하는 여자가 지르는 것 같은 날카로운 비명과 고함소리. 의자들이 뒤로 넘어가고, 접시들과 쟁반들이 바닥에 떨어졌다. 연이은 작은 폭발음이 귀가 먹먹한 하나의 폭발음이 되는 것처럼 넓은 공간에서 패싸움이 일어났다.

마지막으로 상병이 안 것은 경보음이 요란하게 울리고 있다는 것이었다.

경비원들이 먹시 일병에게서 상병을 떼어내지 않았다면, 그는 살인을 저질렀을지도 모른다.

경비원들의 곤봉을 맞고 그는 정신을 잃었다.

정당방위는 아니었지만 목격자들의 증언대로 그것은 다른 수감자를 보호하기 위해 한 공격이었다. 그래도 킨케이드는 교도소 규칙을 어겼다. 교도관의 명령에 불복종한 것만으로도 교도소 규칙 위반이었다. 교도관들에게 저항하고 그들을 밀치고 때리려고 한 것만으로도 교도소 규칙 위반이었다. 이 일이 아니었으면 깨끗했을 브렛 킨케이드의 수감 기록에 폭행, 교도관에게 불복종, 폭동 선동이 기재됐다.

그가 먹시 일병으로 착각했던 사람은 교도소 의무실에 입원했다. 그 자가 괴롭혔던 젊은 수감자는 열상과 타박상 정도로 큰일은 모면했다.

킨케이드는 팔 주 독방 수감이라는 '행정처벌'을 받았다.

헤이크 소장의 걸걸한 목소리에 노기가 서려 더 굵고 강하게, 이십사 시간 엄중감금에 돌입한 교도소에 울려퍼졌다.

클린턴 교도소 규칙 위반에 대한 무관용 원칙. 싸움, 협박과 위협, 무기 소지, 교도관의 명령에 대한 불복종과 저항에 대한 무관용 원칙.

발가벗긴 채 독방에 감금됐다. 말처럼 발굽이 있는 것들이 그의 잠속을 헤집고 다니며 날카롭고 무거운 발굽으로 그의 머리통 양쪽을 후려갈겼지만 너무 기진맥진해서 머리를 돌릴 수도 없었다.

독방에서 그는 몸통, 몸뚱이였다. 더이상 버둥대봐야 소용도 없어서 그는 가만히 있었다.

약 복용이 중단됐다. 아주 약간 아쉬웠다. 심하게 괴저된 새끼손가락을 잘라 더이상 괴롭지 않지만 없어지면 시원섭섭한 것과 비슷했다.

팔 주간 독방생활. 제노 메이필드가 브렛 킨케이드의 적이 아니라 같은 편이라면 잔혹하고 통상적이지 않은 처벌이라고 비난했을 것이다.

독방에 있으면 입맛이 없다. 꾸준히 체중이 준다. 브렛 킨케이드는 5킬로그램 이상 빠졌다. 약을 갖다주면 먹었지만, 이 새로운 구역에서는 갖다주지 않아 거의 먹지 못했다. 이봐, 다이어트라도 해? 아니지, 그걸 뭐라더라—화학요법치료를 하나? 진짜 아픈 건가, 친구? 세상에!

하루에 한 번 한 시간씩 마당으로 내보내 따로 할당된 구역에서 운동을 하게 했고, 이틀에 한 번씩 (미지근한 물로) 샤워하게 했다. 그의 피부에는 눈에 보이지 않는 지겨운 미생물이 기어다녔다. 하지만 상병은 저항 없이 처벌을 받아들였다. 사과나 후회를 하진 않았다. 그는 자신이 뭘 잘못했는지 알 수 없었다. 괴롭힘을 당하는 수감자, 모르는 사람이지만 스무 살도 안 된 듯한 앳된 소년을 도우려는 본능이 아주 강하게 밀려들었었다.

킨케이드는 걱정되고 놀라서 면회하러 온 크라나크 신부에게 빌어먹을, 다시 그럴 겁니다 하고 말했다.

독방생활이 끝나자 그는 선한 도둑의 교회부터 들를 수 있었다. 그는 무릎을 꿇고 기도했다.

허기졌던 사람이 포식하는 것처럼.

하느님이 아니라, 예수님이 아니라, 디스마스 성자에게 기도했다.

저를 도우소서, 저는 죄를 지었습니다. 어둑어둑한 선한 도둑의 교회에서 일그러진 얼굴로 무릎을 꿇고 영혼을 구제해달라고 간구하는 것은 미친 짓이 아닌 것 같았다.

한말씀만 하소서 제 영혼이 곧 나으리다.

그는 진지했다. 얌전히 지내고 싶은 마음이 간절했다.

그런데 십오 개월 후 두번째 불길이 확 타올라 그를 덮쳤다.

이번에는 정신병자동에서였다. B. 킨케이드는 피부색이 검은 교도관 포일의 감독 아래 잡역부로 일했다(교도소에는 브렛 킨케이드처럼 지적이고 책임감 있고 사리분별력이 증명된 인력이 부족했다). 그는 (알비노의 눈과 창백한 피부, 흰 속눈썹을 가진 뚱뚱하고 굼뜬) 수감자를 괴롭히는 경비원에게 달려들었다. 경비원이 그를 곤봉으로 찌르자, 킨케이드는 그만두라고 말했고, 경비원은 웃으며 무시했다. 그러자 킨케이드는 성큼성큼 경비원에게 다가가 이번에도 말없이 그의 손에서 곤봉을 빼앗아 머리를 힘껏 내리쳐 두개골을 부쉈다.

놀랍게 민첩했다! 상병은 뻑 소리를 들었다.

이번에는 소장이 직접 개입했다. 교도관을 폭행했으니 중죄로 기소될 것이었다. 폭행과 치명적 흉기를 동원한 특수폭행.

클린턴 카운티 검사가 정식 기소할 예정이었다. 몇 달 독방 감금 정도의 단순한 처분이 아니라 그 이상이 내려질 것이었다. 상병의 원래 형기에 칠 년에서 십 년이 더해질 것이었다.

웃기네, 라며 그는 상관하지 않았다! 조금도 개의치 않았다.

그는 헌법상의 재판권을 포기하려고 두 번 생각하지도 않고 검사에게 권리를 넘겨버렸다. 일을 벌일 때 다른 행동의 여지가 없었기 때문에 후회하지 않았다.

그를 때리고 난투를 끝내려던 놈과 교도관 친구들은 교도소 안에서 마약을 팔았다. 상병은 그것을 알았다.

교도소 안 어디에나 마약이 있었다. 경비원을 통하지 않으면 반입이 불가능했고, 경비원 조합은 힘이 막강했다. 그들은 주 남쪽의 마약상들과 연결됐고, 브렛은 어떻게 해야 상황이 변할지 알 수 없었다.

(그가 폭행한 교도관은 과잉 폭력과 마약거래로 교도소에서 해임된 적이 있었다. 하지만 그 사실이 상병의 형량을 줄여주지는 않았다.)

사람을 두개골 속 뇌세포의 총체로만 보는 것은 어처구니없는 일이다. 어떤 사람들이 맹수처럼 미쳐서 오직 이빨로 물어뜯기만 원하는 건 신기할 것도 없는 일이다. 거기에는 격렬한 즐거움이 있다.

그렇게 망쳐놓았으니 킨케이드는 적어도 아주 오랫동안 가석방위원회에 가지 않아도 될 것이다.

후회? 뭘 후회해?

이제 그의 형기는 아주 길어져 끝이 그려지지도 않았다. 가석방 없이 최대 형기를 산다면. 그리고 행정처분이 더해진다면 출소는 훨씬, 훨씬 뒤가 될 것이다.

그는 수감됐을 때 스물일곱 살이었고, 지금은 (지금이 몇월이지? 몇 년도지?) 서른한 살이나 서른두 살이다.

그가 죽인 여자애는 언제나 여자애로 남을 것이다. 그리고 다른 여자, 그가 깊이 사랑했고 결혼하려 했던 그녀 역시 그에게는 젊은 여자, 아름다운 젊은 여자로 남을 것이다. 그는 그녀를 다시 못 볼 테니까.

그녀도 그에게는 죽은 사람이었다.

메이필드 가족도 모두 그에게는 죽은 사람들이었다.

아니 그 반대일까. 메이필드 가족은 살아 있고, 상병이 죽은 걸까?

퍼플하트훈장의 (은밀한) 의미.

(하지만 창피한 사실은 브렛이 퍼플하트훈장을 받고 싶어했다는 것이다. 그는 외국에 주둔하고, 집을 나간 주정뱅이 아버지와 상냥하고 순진한 약혼녀와 카시지 전체가 감동을 하고, 톰 크루즈처럼 제복을 차려입은 그의 모습에 사람들이 놀랄 거라는 환상을 품었었다. 그 환상 속에서 그는 자신이 퍼플하트훈장을 받을 가능성이 크다고 생각했다. 그러려면 부상당하되 죽어서는 안 되었다.)

독방에서 열흘이 지나자 그의 뇌가 느려지며 어머니의 고물 믹서처럼 돌아갔다. 물처럼 되게 갈아야 하는데 날이 돌아가지 않고 본체가 덜컹대며 떨리고 한쪽으로 기울었다.

열흘 더 지나자 화끈대는 항문에서 멀건 죽 같은 것이 새어나왔고 (미지근하고 역겨운) 물을 겨우 삼키다가 다시 오줌 색깔의 거품을 게웠다.

크라나크 신부가 섬망 상태인 그를 보러 왔다. 크라나크 신부는 교도소장에게 킨케이드를 의무실로 데려가 입원시키라고 요청했지만, 화가 난 소장은 귓등으로도 듣지 않았다. 스스로 명을 단축한 사람이 그가 처음도 아니고 마지막도 아닐 거요.

일주일 후 정신을 차린 그는 어디에 있었을까? 의무실 철제 침대에 묶인 채, 용변과 토사물과 세제 냄새 같은 소독약 냄새를 풍기고 있었다.

창문에 파리떼가 꼬였다. 메워놓은 틈새, 지그재그로 금이 간 천장에서 파리떼가 출몰했다.

꿈속에서 그가 옛날 (1차세계대전 때?) 머리 위 높이 떠 있던 비행선이라고 생각했던 것이 사실은 링거액 주머니였고, 링거액이 오른 팔꿈치 아래쪽 혈관으로 똑똑 떨어지고 있었다.

그리고 그의 성기를 꼬집은 것은 내장에 끼워진 백열전구의 전선이 아니라, 내장에서 유독한 액체를 침대 밑에 있는 주머니로 빼내는 도뇨관이었다.

의사가 그에게 말했다. 많이 아픈 것 같군, 친구. 체온이 39도가 넘고 혈액이 감염되어서 독한 약 때문에 목숨을 잃을 수도 있네. 지난주 일을 기억 못하더라도 아주 나쁘진 않아.

자네의 안전을 보장할 수 없네, 상병. 조심하게.

선한 도둑의 교회에서 그는 기도했다.

무릎을 꿇고 기도했다. 심장박동이 빨라지는 것을 느끼며 기도했다.

교회의 벽감에 놀랍게도 십자가에 박힌 디스마스 성상이 있었다. 허리를 가린 천을 제외하면 완전히 남성의 알몸이었고, 몸통이며 허벅지며 종아리, 머리, 고통에 일그러졌으나 뭔가 다른 경지, 평화나 일종의 환희에 찬 표정은 놀랍도록 사실적이었다.

그는 완벽한 남성의 몸에 충격받았다―불구도 아니고 '결함'도 없는 완벽하지만 죽어서 경직된 몸.

그는 생각했다. 몸이 세상이라는 십자가에 못박혀 있다. 몸에서 도망칠 방도가 없듯이 십자가 처형에서 도망칠 방도가 없다.

그는 남자의 몸을 완벽은 고사하고 아름답다고 생각한 적도 없었다. 그런데 전설적인 선한 도둑의 성상에서 그의 근육질 어깨, 가로놓인 두꺼운 널빤지 밑으로 처진 그의 팔을 바라보며 강한 연민과 슬픔을 느꼈다. 브렛은 내면에서 뭔가 깨지는 것을 느꼈다. 자신이 아니라 다른 사람 때문이었다. 그가, 브렛 킨케이드가 알지 못하는 다른 사람 때문에.

브렛이 교도소에서 참석한 미사에서는, 예수를 구세주로 받아들이는 사람의 마음속에 예수가 있었다. 하지만 크라나크 신부는 예수가 아니라 성 디스마스에 대해 말했다.

도둑들, 패배자들의 수호성인.

그가 여러분을 중재하실 겁니다. 여러분이 구한다면.

선한 도둑의 교회는 브렛이 위안을 얻는 곳이 되었다. 위로의 장소. 이곳에서 점점 더 홀로 많은 시간을 보내면서 그는 영혼에 작은 산사태가 나는 느낌을 받았다.

선한 도둑의 교회는 예배소나 작은 교회가 아니라, 꼬리를 삼키는 뱀처럼 에워싼 60피트 콘크리트 담장 안에 세워진, 200명을 수용할 수 있는 큰 교회였다. 교회는 인근 산에서 곡괭이로 파낸 것처럼 생긴 돌들로 지어졌다.

1930년대 말과 1940년대 초에 댄모라의 수감자들이 선한 도둑의 교회를 지었다. 버려진 주택과 창고와 건물에서 나온 폐자재를 사용했다.

일부 자재는 기증받았다. 신도석을 만든 애팔래치아 적송은 댄모라에서 수감생활을 했던 악명 높은 러키 루치아노*의 선물이라고 했다.

댄모라의 수감자들을 모델로 성자 얼굴을 새긴 조각들, 스테인드글라스가 많았다.

개신교회에서, 적어도 브렛 킨케이드가 가본 교회들에서는 이런 내적 성찰을 경험한 적이 없었다.

그는 영혼의 흔들림을 느껴본 적이 없었다. 이름 붙일 수 없는 존재의 깊은 뿌리를 느끼지 못했다.

줄리엣과 함께 다닌 카시지의 교회를 비롯해 예전에 다니던 교회들에서 초점은 외부였다. 사람들의 웃는 얼굴, 익숙한 찬송가를 함께 부르고 한마음으로 기도하고. 손을 잡고. 하지만 선한 도둑의 교회에서 그는 알기 어려운 신의 평온함과 비밀을 이해하게 되었다.

그가 갈구하는 것은 사람들과의 교감이 아니라 신에 대한 내적 성찰이었다.

이 내적 성찰 속에서 불구인 자신의 몸이 그 나름으로 완벽한 몸이라는 것을 알게 되었다. 불구인 영혼도 그 나름으로 완벽했다. 왜냐하면 그것이 신이 킨케이드 상병에게 준 운명이었기 때문이다. 다른 운명이었다면 킨케이드 상병은 계속 살아가지 못했을 것이다.

그는 교회 뒤쪽에 있는 작은 사제실에서 크라나크 신부에게 이 말을 하려고 했다. 약간 주저앉은 듯하고 하나밖에 없는 옆으로 긴 창으로 풀을 베어낸 넓은 정원이 내다보였다. 수감자들이 감방 건물들 뒤편에

---

* 이탈리아계 미국인 마피아 대부.

가꾸는 정원이었다. 사제실에서는 높이 60피트의 끝없는 콘크리트 담장이 보이지 않았다.

크라나크 신부는 그의 친구가 되었다. 유일한 친구였다.

브렛은 신부의 나이를 가늠할 수 없었다. 젊지도 늙지도 않았고, 그렇다고 중년도 아니었다. 키가 작고 어깨는 넓고 팔다리는 가늘고 길었다. 초조하게 머리칼을 만지는 버릇이 있었고, 밀짚 색깔의 달라붙는 머리칼은 머리의 튀어나온 부분을 가로지르듯 빗질이 되어 있었다.

그의 인사는 언제나 짧은 악수였다. 잘 지내요, 브렛?

그리고 그는 진지했다. 진지하게 알고 싶어했다.

가톨릭 사제인 프레드 크라나크 신부는 일주일에 칠 일을 대기하고 있었다. 그와 달리 개신교 목사는 예배와 상담이 필요할 때만 찾아왔고, 초조한 미소로 볼 때 마지못해 오는 듯했다.

그래서 가톨릭 사제가 독신이고 금욕생활을 하는 것일 것이다. 아내와 자식들이 있으면 정신이 팔리고 직분에 쏟을 힘을 빼앗길 테니까.

좋은 사제라면, 가톨릭 사제는 예수그리스도의 화신이다. 만인을 위해 존재하고 만인을 위해 죽고, 부르기만 하면 만인의 가슴속에 살아 있을 유일한 존재.

상병은 예전에는 아는 신부가 없었다. 포츠댐 스트리트 끝에 낡고 우중충한 붉은 벽돌로 지어진, 비첨 카운티에서 가장 오래된 세인트메리성당 앞을 어린 시절 자전거를 타고 자주 지나다니긴 했지만 들어가본 적은 없었다.

이상하게도 크라나크 신부는 브렛 킨케이드가 가톨릭 신자가 아닌 것을 개의치 않는 듯했다.

크라나크 신부는 상병에게 전투 경험에 대해 묻지 않았고, 그의 장애에 대해 말을 비친 적도 없었다. 브렛이 젊은 나이에 이라크 전장에서 '복무했다'는 사실만 넌지시 암시했을 뿐이다. 그는 테러와의 전쟁─전쟁들─에 대해 더 열띠게 말했다. 끝나지 않을 성전에 대해.

악이 근절되길 바랐다. 하지만 악은 끝나지 않을 것이다.

교도소에서 브렛 킨케이드는 다른 수감자들의 얼굴을 쳐다보지 않았다. 눈을 맞추지 않는 것이 가장 현명했다. 하지만 브렛은 눈을 들어 수줍은 듯 크라나크 신부를 바라보며 그가 그를 보는 자신에게 미소짓고 있길 간절히 바랐다.

비밀을 알면 행복하죠. 죽어서 사람들을 돕기 위해 돌아온 분처럼.

그는 자신의 육체가 망가진 것을 저주로 여겼었다. 하지만 이제는 신이 망가진 육체를 가진 그를 잘 버티고 견디게 해주었다는 것을 이해했다.

예전에 참전했던 미국 군인이 이런 부상을 당했다면 죽었을 것이다.

선한 도둑의 교회에서 그는 행복하지는 않았지만 슬픔과 고통이 그치는 것을 느꼈다.

죄책감이 사라졌다.

일시적일 것이고, 영구적인 감정은 아닐 것이다. 그래도 그는 영혼이 가벼워지는 것을 느꼈다.

그의 요청으로 크라나크 신부가 가톨릭 고해의 원칙을 설명해줬기 때문이다.

크라나크 신부는 브렛에게 약식의 참회기도를 가르쳐주었다. 하느님 제 모든 죄를 깊이 뉘우칩니다. 한말씀만 하소서 제 영혼이 곧 나으리다.

수감된 지 사 년째 되던 해 그녀가 그를 만나러 왔다.

그녀는 여러 차례 그에게 면회하고 싶다고 했었고, 그때마다 그는 거절하며 좋은 생각이 아니라고 답했다. 그녀의 편지에 답장조차 하지 않을 때도 많았다.

하지만 당연히 아를렛 메이필드는 포기하지 않았다. 그녀는 기독교도였고, 그들에게 자존심은 빛나는 천, 예를 들어 비싼 실크 같은 것이고, 그것의 가치는 남들이 그것을 짓밟게, 자유롭게 짓밟게 놔두는 데 있었다.

마침내 브렛은 그러자고 했다.

그는 아를렛 메이필드를 보고 싶지 않았고, 메이필드 가족 누구도, 예전 그곳에서의 삶과 관련된 사람은 누구도 만나고 싶지 않았다. 하지만 포기하고 메이필드 부인에게 그러자고 답장을 보냈다.

아를렛은 당장 답장을 보내, 다음주 금요일에 차를 몰고 댄모라로 와서 모텔에서 하루 묵고 면회 시작 시간인 오전 여덟시에 맞춰 교도소로 오겠다고 알렸다.

아를렛은 혼자 운전해서 오는 것 같았다. 애디론댁산맥 기슭의 좁은 도로를 돌고 돌아야 하는 장거리 운전이었다.

혼자 오는 것 같아 그는 마음이 놓였다. 제노 메이필드를 다시 보는 것은 견딜 수 없었다.

줄리엣의 부모. 그에게도 부모가 될 뻔했던 사람들.

절차는 다음과 같다. 방문자들은 교도소 정문을 통과해 보안검색대를 통과한 뒤 서류를 작성한다. 그들이 면회를 요청하면 수감자에게 통고되고, 방문자는 안내를 받아 면회실로 들어간다. 방문자는 안내자 없이 면회실에 들어갈 수 없고, 들어가면 수감자가 이미 나와 있다.

통고를 받은 브렛은 거절하고 싶은 충동을 느꼈다.

몇 년이 흘렀지만 그녀를 보자니 마음을 굳게 먹어야 했다. 또한 그를 킨케이드 사건이 아닌 브렛으로 아는 방문자가 있다는 것이 이상했다.

매달 건강이 더 악화된다는 에설은 장거리 버스 여행을 했다가는 죽을 거라며 이곳에 온 적이 없었다.

면회실은 넓고 환했지만 시끄러웠고, 쾌적하지 않았다. 수감자들은 모두 남자이고, 방문자들은 대부분 여자였다.

넓고 트인 공간 여기저기에 아이들이 있고 그중 몇 명은 아주 어렸다. 브렛은 전에는 느낀 적 없었던 상실감을 아리도록 느꼈다. 한 남자로서, 누군가의 남편으로서의 인생뿐만 아니라 아버지가, 가장이 될 가능성도 잃었다는 것을 알았다.

그가 그 모든 것을 내던졌다.

브렛은 경비원을 따라 그에게 다가오는 은빛이 도는 갈색 머리의 키큰 여자를 보았다. 그녀가 그를 보며 미소지었다. 저 사람이 아를렛 메이필드인가? 그는 생기 없는 여자, 환한 미소에 가벼운 충격을 받았다.

친구들 중에는 부모가 늙은 아이들도 있었고 젊은 아이들도 있었다. 줄리엣의 부모는 아를렛과 제노 모두 젊고 활기가 있었다. 진바지에 풀오버 셔츠, 물에 젖은 조깅화 차림으로 '묘지를 한 바퀴 달리고' 돌아온 아를렛 메이필드는 줄리엣의 어머니가 아니라 언니로 보였었다.

"브렛! 잘 있었니······"

그녀의 얼굴은 수척했고 눈은 그가 기억하는 것보다 컸다. 머리칼은 깃털처럼 가늘었다. 미소짓는 입은 고통에 짓눌린 것처럼 보였다.

브렛은 떠듬떠듬 인사를 했다. 이건 실수야. 나는 못하겠어 하고 생각하며.

하지만 어찌어찌 아를렛 메이필드는 탁자를 가운데 두고 브렛과 마주앉았다. 둘 사이에 플렉시글라스 창이 놓여 있었다. 창에 있는 구멍을 통해 대화할 수 있었다. 아니 아를렛이 브렛에게 말할 수 있었고, 그는 충격을 받은 상태로 침묵을 지켰다.

면회 시간은 삼십 분으로 제한되어 있었다. 상병은 훈련받은 내용을 기억해냈다. 당장의 앞일이 예측되지 않는 위험한 상황에서는 의식적인 행동으로 시간을 늦춰야 한다. 매초를 분리해서 '붙들지' 않으면 휘말려서 휩쓸려가버린다.

지금 상황에서 그것은 가능하지 않았다. 그가 수년 동안 피했던 여자와 마주앉아 있는 상황에서는. 그녀는 그에게 따뜻하게 말을 건네고 있었다. 감정을 담아, 비난하지 않고 존중하며(브렛은 나중에 이것에, 그녀가 보인 존중에 놀란다). 그는 미숙하고 어색하게만 대꾸할 수 있었다. 네, 아니요, 그렇게 생각합니다, 아마도······

브렛은 그녀가 아프다고 짐작했다. 줄리엣의 어머니가.

잿빛이 되어가는 숱 없는 머리는—그의 친척 여자들이 그랬다—암 때문에 화학요법치료를 받아서일 것이고, 그렇다면 머리가 다시 자라도 예전 같지 않을 것이다.

그는 아를렛에게 물어볼 수가 없었다. 그녀에 대해 한 가지도 물을 수가 없었다.

이제 곧 나를 엄마라고 부를 수 있겠네!

그녀는 브렛에게 그렇게 농담했었다. 그 말이 농담인 이유 중 하나는 아를렛이 무척 젊고 소녀처럼 재미있고 장난스러웠다는 데 있다. 사실 그녀는 줄리엣보다도 유머감각이 있었다.

메이필드 부인을 엄마라고 부르다니. 브렛은 웃음을 터뜨렸었다.

그의 어머니도 엄마가 아니었다. 이것도 그 말이 농담인 이유였다.

그러나 그는 인정해야 했다. 아를렛은 엄마가 아니었다.

그녀는 그의 장모가 아니었다. 그가 죽인 여자애의 어머니였다.

(이상했다. 그 여자애 이름이 기억나지 않았다. 전에 들어본 적 없는 유별난 이름이었다. 아마 그 점 때문에 그는 그녀가 싫었던 듯하다. 그런 '유별난' 면이 싫었다. 모두의 사랑을 받지 못하는 그녀는 모두의 사랑을 받는 언니 앞에서 스스로 자신이 '유별나다'는 것을 안다는 듯이 굴었다. 못생기고 괴팍한 여동생은 무슨 권리로 그를 자기 사람이라고 우겼을까!)

(처음에는 친구같이 지냈다. 두 사람만 아는 뭔가가 있었다. 강에 인접한 워터먼 스트리트 어느 곳에서 그녀가 자전거를 타고 가다 좋지 않은 일을 당했을 때 그가 도와주었던 비밀이 있었다. 그때 그녀는 그냥 아이였고, 아주 어렸다.)

감정이 복받치며 속이 메슥거리고 정신이 아득했다.

여자애를 죽이고 증거를 없애려고 시신을 강에 던진 것만으로는 부족한가. 그것으로는 부족해서 그녀를 미워하기까지 하는가.

아를렛이 몸을 숙였다. 이 겨울 같은 가을날, 그녀는 성기게 짜인 진갈색 스웨터코트를 입고 있었다. 도드라진 손목뼈가 무척 가늘었다. 브렛은 갑자기 끔찍한 상실감에 정신을 잃을 것 같았다.

"브렛? 그렇게까지 나쁘지는 않지, 그렇지?"

아를렛은 미소짓고 있었다. 애석해하는 유형의 농담 같았다.

네가 죽인 여자애의 어머니를 만난 게 그렇게까지 나쁘지는 않다고? 배 짱 한번 좋다!

"나는 분명 아주 간단한 일이라고 생각해. 하느님은 우리가 함께하 기를 바라서, 이렇게. 함께하는 것 말고 다른 목적은 없어."

아를렛은 부드럽고 담담하게 말했다. 면회실의 소음 때문에 그녀의 말이 잘 들리지 않았다.

상병은 몇 년이나 수감되어 있었지만 면회실에는 자주 오지 않았다. 변호사들은 작은 개인실에서 교도관 입회 없이 만났기 때문이다.

킨케이드 사건. 자백과 정황증거에 근거한 우발적 살인 유죄판결. 희생자 시신 발견되지 않음.

"나중에, 네가 끌려간 후에 그런 생각이 밀려들었어…… 우리는 여 전히 가족이고, 가족 안에서 분열을 일으키는 일이 일어났더라도 상관 없다고. 오래전에 그런 생각이 들었지만 나는—그때는 이해하지 못했 어. 그때 나는—그리 강하지 않았지."

아를렛은 느릿느릿 말했다. 그녀는 호소하는 몸짓으로 오른손을 들 어 플렉시글라스 창에 손바닥을 댔다.

작은 손, 가는 손가락. 브렛은 아를렛의 손가락에 반지가 없는 것을 보고 극심한 고통을 느꼈다.

"예수님이 우리와 함께 있다면, 그분은 우리 모두와 함께 계셔. 살아 있는 사람들—살아 있지 않은 사람들과."

면회실 한쪽에서 언성이 높아졌다. 곧바로 경비원이 튀어나와 날카로운 목소리로 거기 정숙! 착석하시오 하고 말했다.

브렛은 더 큰 소리가, 귀청을 찢는 듯한 경보음이 들려올 거라 마음의 준비를 했다.

여기는 환영을 보는 곳이었다. 수많은 익명의 꿈들이 조잡하게 조롱하듯 뒤섞였다.

그가 주춤거리며 손을 들어 아를렛이 손바닥을 대고 있는 창 맞은편에 손바닥을 댔다. 더 큰 손, 손가락이 짧고 뭉툭한 남자 손.

"그애는 우리와 함께 있어. 우리가 사랑하는 걸 아니까 지금은 더 행복하지."

그렇게 말없이, 기묘하게 편안한 분위기 속에서 두 사람은 함께 있었다. 그러다 요란한 종소리가 그들을 흔들어 깨우면서 면회시간이 끝났음을 알렸다.

아를렛은 몇 달에 한 번씩 찾아왔다.

댄모라의 모텔에서 하룻밤을 묵고, 다음날 일찍 교도소를 찾아왔다가 혼자서 차를 몰고 카시지로 돌아갔다.

그녀는 제노나 줄리엣에 대해서는 거의 말하지 않았다. 심지어 카시지 이야기도 꺼내지 않았다.

그들의 면회는 거의 언제나 고요했다. 누군가 면회실에 있는 두 사람을 봤다면 동병상련을 느끼는 모자로 생각했을 것이다.

돌이켜보면 그들의 침묵은 브렛에게 깊은 위로를 주었다. 독한 약처럼 당장 혈관에 흡수되진 못하지만 분명히 몇 시간, 며칠을 두고 천천히 퍼져나갔다.

이제 브렛은 전처럼 적의를 품고 자신을 미워하지 않았다.

이제 그는 내게 친구가 있어. 친구가 둘이야 하고 생각했다.

내가 뭣 같은 존재라고 해도 그게 나의 전부는 아니야. 나는 그보다 나은 존재야 하고 생각했다.

60피트 높이 담장 안에서 상병의 추락했던 평판은 점차 회복됐다. 교도관들은 자연스럽게 그에게서 자신들과 비슷한 점을, 그의 성품과 지성, 성실함, 온전한 판단력을 보고 그를 좋아하게 되었다.

그는 자원해서 교도소 내 읽기쓰기 수업을 맡았다. 자원해서 교도소 의무실, 정신병자동, 호스피스에서 잡역부로 일했다. 그는 가톨릭 신자가 아니라 미사 때 영성체를 하지 않았지만 크라나크 신부의 가장 근면한 조수로 선한 도둑의 교회를 관리했다. 쓸고, 걸레질하고, 애팔래치아 적송으로 만든 신도석들을 윤이 나도록 닦고, 망가진 계단을 수리하고, 스테인드글라스 창들을 씻고, 디스마스 성상을 깨끗이 유지했다.

한말씀만 하소서 제 영혼이 곧 나으리다.

그는 교회에서 일주일에 몇 차례 하는 집단치료 때 크라나크 신부를 돕기 시작했다. (크라나크 신부는 교도소에서 가장 인기 있는 심리치료사/상담사였고, 신학 학위 외에 노트르담대학에서 받은 임상심리학 학위가 있었다.) 브렛은 자료들을 나눠주고, 크라나크 신부가 수감자들을 상담하는 것을 도왔다. 사람들이 의혹의 눈길이 아니라 감사하는 눈길로 쳐다보자 그는 고무됐다. 그가 자신에게는 아니더라도 남들에게 용기를 줄 수 있다는 것이 기뻤다.

크라나크 신부는 브렛 킨케이드에게 출소 후 사회복지나 상담 부문에서 '커리어'를 쌓는 것이 어떻겠느냐고 말했다.

출소! 그 단어가 너무나 이상하고 조롱처럼 들렸다. 만기 복역하면 2027년에나 출소할 것이고, 그때 그는 마흔여섯일 것이다.

복역 육 년째인 2012년 3월 중순, 상병은 호출을 받았다.

크라나크 신부가 브렛 킨케이드를 소장실로 데려가려고 찾아왔다.

"좋은 소식인 것 같아요, 브렛. 나는 그렇게 믿습니다. 마음의 준비를 단단히 해야 해요."

신부의 얼굴에 이상한 흥분이 어렸다. 브렛은 그렇게 열정적인 그의 모습을 본 적이 없었다.

좋은 소식. 그렇다면 어머니 일은 아닐 것이다. 어머니의 부고는 아닐 것이다.

헤이크 소장의 사무실에서 그는 몇 차례나 앉으라는 권유를 받았다.

소장실에서 수감자는 절대 앉으라는 권유를 받지 않았다.

15장
아버지
:

2012년 3월

그는 그녀가 살아 있었다는 것을 알았다.

그는 인내심을 가지면, 단념하지 않으면 그녀를 찾으리라는 것을 알았다.

그녀는 그의 작은딸이었다. 까다로운 아이였다. 그의 억장을 무너뜨린 자식이었다.

기막히게 좋아서 쳐다보기도 힘든 포커 패를 숨기듯, 그것은 제노가 가슴속에 고이 숨겨야 할 아픔이었다.

육 년 팔 개월. 그리고 오늘은 3월 27일.

줄리엣이 그의 휴대폰에 메시지를 남겼다. 아빠? 통화할 수 있을 때 전화해주세요.

아빠 급해요라고 말하지 않았다. 사람을 불안하게 하는 건 줄리엣의 스타일이 아니었다. 하지만 그는 급하다는 것을 감지했다.

떠듬떠듬 버튼을 눌러 딸에게 전화했다.

그녀, 그의 큰딸, 가여운 줄리엣은 카시지에서 멀어졌다. 카시지에 돌아올 엄두도 내지 못했다. 카시지를 떠올리기만 해도 무척 고통스러워했다.

멀리 갔고, 결혼을 했다. 남자는 그녀보다 거의 스무 살 연상이었다.

봐요, 아빠! 저는 다 컸어요, 어른이에요. 더이상 아빠의 어린 딸이 아니고, 우리 마음을 무너뜨린 바보 같은 어린 군인과 사랑에 빠지는 일도 없을 거예요.

그래서 그는 큰딸도 잃어버렸다. 마치 상병이 두 딸을 모두 죽인 것 같았다.

줄리엣은 '살아남은' 자매였다. 타블로이드 신문기사의 주인공으로, 여동생이 그녀의 '전쟁 영웅' 피앙세에게 '무자비하게 살해당한' 무기력한 바보로 비쳤다.

몇 주. 몇 달. 기사들이 끊이지 않았다.

줄리엣은 좋아했던 교직을 그만둬야 했다. 좋아했던 홈프런트의 자원봉사도 그만둬야 했다. 공교육 분야 석사학위를 따려고 대학원에 진학하려던 계획도 무기한 연기했다.

처음에는 기자들과 방송국 사람들이 컴벌랜드 애비뉴에서 맹금류처럼 그녀를 기다리는 집을 피해 친구들 집을 전전했다. 사유지 침범은 불법이라 그들은 메이필드네 정원 앞쪽 공용 보도와 도로에 진을 쳤다. 그 집 진입로로 들어가려면 그들에게 카메라플래시의 장벽 사이로 지나가게 길을 터달라고 부탁해야 했다.

결국 줄리엣은 카시지에서 어딘가 '알려지지 않은' 곳으로 이사했다. 그녀가 어디 사는지 부모도 모를 때가 있었다.

메이필드 가족 누구도 폭력적인 범죄의 끔찍한 후폭풍을 예상하지 못했다. 인광을 내며 어지럽게 번쩍이는 스캔들이 이름 하나를 계속 떠올렸다. 메이필드.

논쟁적인 카시지 시장으로 알려졌던 제노 메이필드의 가벼운 악명은 이 악의적인 장기간의 관심에 비하면 아무것도 아니었다.

터무니없는 상황이었다. 메이필드 가족은 피해자들이었다. 살인자는 킨케이드였고.

어쨌든 그 일은 자매간의 경쟁으로 인식되거나 오해받았고, 그것이 미디어의 관심을 불러일으켰다. 킨케이드 상병의 사랑을 차지하려 무섭게 싸우다가 앙숙이 된 메이필드 자매.

몇몇 블로그에서, 피앙세 줄리엣이 임신했을 거라는 추측이 나왔다. 그녀가 유산이나 낙태를 했다고. 줄리엣이 킨케이드 상병의 (미숙아로 죽은) 아기를 가졌었다고.

제노가 무력해서 구하지 못했던 작은딸. 그리고 큰딸.

아름다운 줄리엣 메이필드는 중세 기독교 전설 속 유니콘처럼 사냥과 괴롭힘을 당했다. 제노는 기이하고 모순되는 이 이미지에 집착했다. 15세기 프랑스 태피스트리에 그려진 우아한 백색의 유니콘, 잔인하고 비정한 사냥꾼들, 구속, 결백한 선혈.

뉴욕에 있는 클로이스터박물관에서 제노와 아를렛은 태피스트리들을 보며 혐오감을 느끼면서도 매혹됐다. 그런 아름다움에는 괴팍한 사디즘이, 기독교 순교에 대한 신성화가 있었다.

하지만 마지막 태피스트리에서 유니콘은 작은 우리에 든 가축처럼 갇혔지만 기적적으로 소생했다.

한 여자가 함께 술을 마시다 그의 인생에 들어왔다.

그의 여자들 중 하나가 아니었다. 알던 여자도 아니었다.

예전의 그, 잃어버린 모습. 그녀는 몰랐다.

아마도 그에 대해 알기는 했을 것이다. 카시지 사람 모두가 제노 메이필드를 아는 것 같았다.

그는 옛날 로마 장군 같았다. 고대 로마인. 고트족과 여러 번 전쟁을 벌였지만 수십 년 동안 애쓰다 아들들을 잃었고, 이제 살아남아 다른 시대에 접어들었다. 그의 이름만 '알려진' 시대에 ─무슨 까닭인지, 무슨 공적을 세웠는지는 알려지지 않은 채.

그녀의 이름은 제너비브였다. 세련된 이름이고, 그녀는 세련된 여자이거나, 얼마 전까지 세련된 여자였다. 큼직한 다갈색 눈, 아픔이 있는 것처럼 보이는 부드러운 입술, 어깨까지 내려오는 숱 많은 검은 머리. 제너비브는 남편과 열여덟 살 아들을 잃었다. 남편은 이혼으로, 아들은 마약으로 잃었다. 그녀는 카시지 컴벌랜드 애비뉴에 있는 집을 헐값에 팔아야 했고 어쩌다보니 시더힐 아파트단지에 살게 됐고, 이런 이야기에 우연이란 없는 법이지만 제노 메이필드 역시 결혼생활이 끝난 후

시더힐의 궁상스러운 독신자 단지 꼭대기 층인 칠층의 방 두 개짜리 아파트에서 지내고 있었다.

제너비브가 제노 메이필드의 인생에 들어온 건 아를렛이 떠난 후였다. 그 점은 분명히 해둬야 한다.

"사람들에게 꼭 말해줘요, 제노. 그들에게 순서를 밝히라고요."

"왜요? 왜 그게 중요하죠?"

"당연히 중요하니까요."

"하지만 왜? 우리 나이에?"

"이 나이니까 더 중요한 거예요."

제너비브는 아를렛의 친구들이기도 한 제노의 친구들에게 미움받으리라는 것을 알았다. 아를렛 메이필드는 다른 여자들이 무척이나 좋아하고 지켜주고 싶어하는 여자였기 때문이다.

딸을 잃은 후로 특히 더 그랬다.

딸을 잃은 일이 그렇게 공공연해진 후로.

제노는 제너비브의 시비를 가리려는 태도가 재미있었다. 한편으로는 그녀가 그렇게 절실하게 둘의 사이가 적절하다는 것을 인정받으려고 하는 데 감동했다.

제너비브는 마흔일곱 살의 이혼녀로, 그녀의 말에 의하면 이혼 후 몇몇 남자와 '관계'를 맺었다.

두 사람은 준비되지 않은 역을 맡은 배우들—중년이지만 경험이 부족한 배우들—처럼 애정표현에서 진지하고 어설펐다. 대본을 외우지 못했고, 이해조차 하지 못한 것 같았다. 제노는 특별하게 그를 쳐다보지 않는 여자와의 오랜 결혼생활에 익숙했다. 그러다가 새로운 여자가 그의 흐트러진 겉모습을 가차없는 눈길로 쳐다볼 거라고 생각하자 씁쓸했다. 반면 그는 눈에 콩깍지가 씐 것처럼, 시트와 잠옷을 기분좋게 혼동하며 그녀를 보는 것이 좋았다.

사실 제너비브는 제노를 만나기 전에 아를렛을 먼저 알았다. 그녀는 카시지 H.E.L.P.센터 가발 부티크의 자원봉사자였다. 화학요법치료 후에 머리가 빠져버린 여자들이 주로 이용하는 곳이었다. 아를렛이 유방암 수술을 하고 육 개월 동안 치료를 하며 머리가 빠졌을 때 가발을 인조모로 할지 인모로 할지 둘을 섞어서 할지 상의한 사람이 제너비브였다.

(아를렛은 비교적 초기인 2기 때 유방암 진단을 받았다. 아를렛보다 제노가 더 겁을 먹은 것 같았다. 몇 달간 힘들게 화학요법치료와 방사선치료를 하며 아를렛은 점점 말랐고, 마치 이 세상 사람이 아닌 천상의 존재처럼 가벼워지고 '빛이 나고' '영성이 깊어졌다'. 반면 제노는 점점 산만해지고 너저분해졌다. 그리고 갑자기 알코올중독자모임에서조차 통제 불가라는 소리를 들을 지경으로 술을 마셨다.)

중고 위탁상점에서 25달러 이상을 쓰면 무분별한 쇼핑이라고 생각하는 아를렛과 달리 제너비브는 늘 신경써서 세련되게 차려입었다. 아를렛이 물 빠진 청바지, 수선한 스웨터와 나일론 파카를 입는 데 반해, 제너비브는 디자이너 진과 캐시미어 스웨터, 인조 모피 코트를 입었다. 제너비브가 한 계절에 구두나 부츠를 사는 데 쓴 돈이 아를렛이 결혼생활 내내 쓴 신발 구입비보다 많았다.

제노는 공인으로 활동할 때 캐주얼하면서도 신경쓴 옷차림을 했었다. 그는 대담한 색상의 넥타이가 가진 가치를 알았다. 사치스럽지 않으면서 세련된 옷의 가치를 알았고, 아를렛은 그가 그런 옷을 고르도록 도와주었다—정치인은 자신감을 북돋워야지 질투나 미움을 일으키면 안 되었다. 제노는 고집스럽게 모자 쓰기를 거부하고 뉴욕주 북부의 살을 에는 겨울날에도 코트를 입지 않겠다고 종종 버텨 실용적 마인드를 지닌 집안 여자들에게 놀림을 당하곤 했다.

이제 절반은 은퇴하고 반의반만 살아 있는 답답하고 권태로운 상황에서 제노는 늘 입는 낡은 옷만 입었다. 트위드재킷, 팔꿈치가 닳은 스웨터, 해진 진바지. 축 처진 몸에 장갑처럼 딱 맞게 된 예전에 입던 J.프레스 양복들을 입었고, 넥타이는 전혀 매지 않고 시장 시절 트레이드마크였던 빳빳하게 세탁한 흰 와이셔츠도 거의 입지 않았다. 매일 아침 샤워하고 숱 많은 잿빛 머리를 감는 오래된 습관은 여전했다. 하루라도 거르면 전설 같은 끝이 시작될 것 같았기 때문이다.

처음에는 제너비브에게 선물을 받으면 기분이 좋았다. 매력적인 여자가 그를 생각해준다는 데 감동을 받고 고마워했다. 그러다가 곧 그는 그녀가 주는 옷 선물들—이탈리아 디자이너 셔츠, 캐시미어 스웨터, 가죽벨트, 장갑—이 그의 취향 또는 취향 부재에 대한 힐난으로 느껴졌다. 그리고 제너비브는 야수파풍으로 꽃을 그린 작은 유화와 도자기를 만들어 선물했다. 그녀는 '생기를 불어넣는다'며 이것들을 그의 아파트 곳곳에 두었다.

또한 그녀는 고급 와인을 여러 병 가져왔다. 제너비브는 와인에 대해서는 모험가였다. 믿을 수 있는 이탈리아산, 프랑스산, 캘리포니아산보다 뉴질랜드산, 모로코산, 브라질산을 즐겼다. 두 사람이 함께하는 즐거움은 위스키, 진, 보드카, 브랜디, 그리고 제노가 모험해보는 독특한 종류의 라거맥주와 에일맥주를 비롯해 와인과도 관계가 있었다.

너그럽게／기분좋게 취하면 일부러 용기를 내지 않아도 아주 자연스럽게 용기가 났다.

그런 상태에서 제너비브는 소녀처럼 높은 목소리로 웃었다. 마음에서 우러난 듯한 기분좋은 웃음이 자연스럽게 나왔다.

"다시 웃으니 좋네요, 제노. 그래줘서 고마워요."

제노는 뭐라고 말해야 좋을지 몰랐다. 그는 정신이 멍했다.

그들이 아직 외우지 않은 대본이기 때문이었다. 아직 작업이 끝나지 않은 서툴고 희망적인 대본.

한 변이 8인치 정도인 제너비브의 정사각형 그림들은 풍성하고 관능적이고 경박한 활기에 찬 생명력을 뿜어냈다. 그 작품들을 보며 제노는 크레시다와 너무도 다르다고 생각했다.

크레시다의 그림과 너무도 다르다는 뜻이었다.

제노는 제너비브에게 딸의 드로잉 몇 점을 보여주었다. 그는 그 그림들이 얼마나 크고 얼마나 복잡하게 묘사되었는가에 놀랐었다. 화가의 시각이 얼마나 독특하고 접근방식은 또 얼마나 까다로웠던가.

제너비브가 데려간 카시지의 미술전시회에서 제노가 본 그녀의 화가 친구들의 그림들은 연못에 떠 있는 화사한 색깔의 수련처럼 표면만 유독 두드러져 보였다. 크레시다의 강박적이고 매우 복잡한 그림은 깊이가 관건이었다.

대담한 색감의 그림에, 그것을 그린 유명화가의 삶에 본능적으로 이끌리기 마련이다. 하지만 사람을 자극하고 혼란스럽게 만드는 것은, 주의를 사로잡는 것은 더 복잡한 그림이었다.

"정말 특이해요, 그애 그림이라니! 정말 비범해요……"

제노는 그 공허한 말에 내심 찌푸렸다. 그는 크레시다의 반응을 상상할 수 있었다.

"딸이 몇 살 때였어요? 고등학생 때?"

제노는 그럴 거라고, 그렇다고 대답했다.

사실 어지럽게 연결되는 다리들의 그림, 뉴욕주 카시지의 독특한 여섯 개의 다리를 M. C. 에스허르의 상상에 포개놓은 듯한 그림은 크레시다가 더 어릴 때 그린 것이었다. 다리의 '그림자들'에 색을 칠한 흔적들이 있는 걸 보면 그랬다.

제너비브는 그 그림들에서 에스허르의 영향을 알아채지 못했고, 제노는 굳이 말할 필요를 못 느꼈다.

사실 제너비브는 2006년 카시지 공공도서관에서 열린 크레시다 메이필드의 전시회에서 그녀의 그림을 봤던 것을 기억하고 있었다. 그 전시회는 아를렛과 도서관장이 마련했고, 열아홉 살의 어린 화가를 '비극적으로 잃은' 데 초점이 맞춰지며 지역사회의 호평을 받았다.

제너비브는 메이필드 가족을 몰랐고, 그 전시회에 대해 그들과 이야기해본 적도 없었다. 그 몇 년 후에 제노를 만났고, 그가 크레시다의 드로잉 몇 점을 보여주자 그녀는 생생하게 기억이 떠올랐다. "그 드로잉들에 강렬한 인상을 받았어요. 비범한 여자애일 거라 생각했어요. 그리고 그애 부모들이 분명 힘들 거라고 생각했고요."

"그렇긴 하죠." 제노는 잠시 멈췄다. "아니 그랬었죠."

제노는 크레시다의 그림에 대한 지역사회의 반응이 흐뭇하면서도 약간의 거부감을 느꼈다. 딸의 냉소적인 반응이 상상됐다. 내가 살아 있을 때는 그 '팬들'이 다 어디 있었대요?

카시지신문 두 면에 걸쳐 전시회 소식이 실렸다. 헤드라인이 거창했다.

비범한 예술적 재능의 성장을 추적하는
경이로운 전시회
'사후의 선물'

도서관 전시회에 걸렸던, 젊은 화가 크레시다 메이필드가 드물게 미소를 짓거나 적어도 찡그리지 않은 가족사진들이 확대되어 몇 달 뒤 카네기하우스에 다시 걸렸다. 카네기하우스는 공공서비스와 비영리 활동을 위해 지자체에 기부된 공간이었다.

제노는 외롭고 까다로운 사춘기 소녀가 지독한 낙담 속에서 미니멀리스트 에스허르에게 영감을 받아 창조한 작품들이 딸의 사후에 지역에서 명성을 얻는 수단이 된 것이 아이러니하다고 생각했다. 이제 카시지에서는 모두가—크레시다 또래 청소년들은 물론이고 모든 연령대가—화제의 예술가일 뿐만 아니라 강간 살해(로 의심되는) 사건의 피해자(로 여겨지는) 크레시다 메이필드를 알았다.

"맙소사! 크레시다가 원통해할 거야." 제노는 곧 날카로워질 수도 있는 뭉툭한 기구로 찔린 짐승처럼 고개를 내저었다.

아를렛은 화를 냈다. 2005년 7월 이후 그녀는 냉소적이고 악의적이고 불결하고 부정적 강화*를 일으킨다고 스스로 규정한 언어에 민감했다.

"크레시다가 어떻게 느낄지는 모르는 일이야. 당신은 크레시다가 어떻게 느낄지 전혀 몰라. 우리 딸에게는 타인들—공동체—과 이어지고 싶어하는 일면이 있었어. 수학지도단에서 자원봉사했을 때 봤잖아. 크레시다는 부정적인 사람이 아니라 복잡한 아이였어."

제노는 부정적이라는 말 자체에 아를렛이 신경을 곤두세운다는 것을 자주 알아채게 됐다. 2005년 7월 이후 크레시다에게 쏠린 관심의 소용돌이는 그해 10월 킨케이드 상병의 자백 이후로도 사그라들지 않았다. 이런 분위기에 평소 회의적인 성격이 더해져 크레시다가 어떻게 반응할지 예상하면서 아를렛은 미간을 찌푸렸다. 실종된 딸의 대변인, 실종된 딸의 대리인이 된 사람은 아버지 제노가 아니라 어머니 아를렛인 것 같았다.

제노는 가족 중 누군가가 죽으면 남은 가족들 사이에 극심한 구도의 변화가 생긴다는 말을 들은 적이 있었다. 예전의 관계는 사라지고 새로운 관계가 확립되어야 한다지만, 어떻게 해야 할까? 실종된 사람은 부재하면서도 애를 태우며 놀리듯이 존재하기도 했다.

제노는 실종된 딸에게 신경을 쏟느라 그들이 살아 있는 딸을 방치하고 있다는 것을 깨달았다. 오랜 세월 부모가 쏟는 관심의 중심은 줄리엣이었고, 크레시다는 그 때문에 피해를 봤다. 이제는 양상이 완전히 달라졌다. 그러나 줄리엣 역시 돌이킬 수 없이 깊은 상처를 입었다.

(동생을 잃은 일에 대한 줄리엣의 대처법은 그 이야기를 거의 하지 않는 것이었다. 약혼자를 잃은 것에 대한 줄리엣의 대처법은 그 이야기

---

* 불쾌한 결과나 고통을 회피하려고 바람직한 행동을 하는 것.

를 전혀 하지 않는 것이었다.)

　(카시지에서의 삶이 결딴난 것에 대한 줄리엣의 대처법은 떠나는 것
이었다. 결국 그녀는 올버니로 이사해 뉴욕주립대 올버니 캠퍼스에서
공교육 분야 석사과정에 들어가 영어교육학 석사학위를 받았다. 그후
올버니 교외지역의 명문 사립고인 헤들리아카데미의 교사가 되었고
거의 동시에 새로운 피앙세가 생겼다. 카시지에 남은 부모는 결혼 전까
지 그 남자에 대해 거의 알지 못했다.)

　가족의 삶에서 크레시다가 사라지자, 아를렛은 딸을 추모하기 시작
했다. 제노는 그녀의 방식에 처음에는 감탄했지만 이내 불편하고 불쾌
해졌다. 아를렛이 그가 감당하지 못할 방식으로 딸의 죽음을 받아들인
다고 느꼈다. 제노는 이성적인 존재이려 하고 상식을 적용하려 했지만,
그의 머릿속 한구석에는 여전히 어떤 것—의심? 희망?—이 버티고 있
었다.

　대학 때 배웠던 풀기 어려운 수수께끼인 슈뢰딩거의 고양이가 생각
났다.

　1930년대의 사고력 실험. (상자에 들어 있는) 고양이는 사람이 상자
를 열어 살았는지/죽었는지 직접 보기 전까지는 살아 있고/죽어 있다
는 패러독스.

　제노는 상자를 여는 관찰자도 고양이의 운명에 영향을 미치는지 그
렇지 않은지 기억나지 않았다. 상자를 여는 것이 고양이의 죽음을 재촉
할까? 방사선, 독성 사료에 대해 어렴풋이 기억났다…… 아무도 이 사
고력 실험이 '동물에게 잔혹하다'고 여기지 않았다. 당시 유별난 생체
해부 반대론자들을 제외하면 아무도 실험용 동물들의 고통과 죽음에

는 관심을 갖지 않았다. 확실히, 아무도 슈뢰딩거의 유명한 고양이는 신경쓰지 않았던 것 같다.

몇 년 동안 불면의 밤을 보내며 그는 수색 초기의 일들을 되새겼다.

견디기 힘든 열기, 흥분감―희망이 있었던 초기……

보호구역의 수색팀. 애디론댁산맥에서 실종된 등산객들을 찾는 방법을 아는 전문 수색자들.

우리가 따님을 찾을 겁니다, 메이필드씨. 크레시다가 여기 있다면, 우리가 찾을 겁니다.

그래서 믿었었다. 그는 믿고 싶었다.

육체적 존재, 남자로서 그의 인생 최후의 분투.

필사적으로 매달렸지만 그는 실패했다. 이글스카우트에서 배운 기술들을 동원했지만 그는 딸을 찾는 데 실패했다.

실패했던 더 근본적인 이유는 (본인 외에는 아무도 그를 원망하지 않았을 테지만) 산림보호구역에서 수색자로 나선 지 겨우 몇 시간(여덟 시간?) 만에 덮친 통증이었다. 등산 실력을 자랑하던 제노 메이필드는 시장실 직원들과 관계자들에게 주말에 애디론댁산맥으로 휴가를 가자고 고집했었다. 그런데 이제 그럴 만한 상태가 아님을, 체력이 부실하다는 것을 인정할 수밖에 없었다. 몇 년 후까지도, 과음으로 기억이 나지 않을 때를 제외하고는, 그는 발작적인 통증으로 쓰러졌던 그날의 수치스럽던 기억을 무기력한 습관처럼 계속 되새기며 스스로에게 상처를 입혔다. 그때 그는 무릎을 꿇으며 주저앉았고 젊은 사람이 달려와 구해주었다.

메이필드씨! 제노! 제가 잡아드리겠습니다.

제너비브에게 그런 사정은 말하지 않을 생각이었다. 애처로운 병의 원인은.

제노가 카시지 일부 지역에 도는 소문과 달리 (사실 헛소문이었지만, 그는 좋아했다) 섹시하지도, 관능적이지도, 여자에게 유혹적이지도 않고 여자를 좋아하지도 않는다는 것을 그녀 스스로 깨닫게 놔두었다.

실종된 열아홉 살 소녀의 부모.

살해된 열아홉 살 소녀의 슬픔에 젖은 부모.

아를렛은 딸의 실종을 아무도 예상하지 못한 방식으로 치러냈다. 완전히 공개적으로 일종의 추모행사를 벌였다. 킨케이드 상병이 자백하고 유죄판결을 받아 댄모라의 교도소에 수감된 직후 실종 소녀 수색이 종결된 듯하자, 아를렛은 카시지 공공도서관과 함께 전시회를 준비했다. 또 폭력피해여성쉼터를 위한 기금 마련에 적극적으로 나섰고, 워터타운의 CBS TV 계열 방송사의 오후 토크쇼에 게스트로 출연했다. 그녀는 지역 갤러리들과 홈프런트연합에서 전시회를 더 열었고, 홈프런트연합 연례행사의 하나인 경매에 크레시다의 큰 그림 한 점을 기증했는데, 이 그림은 상당한 금액—2천 달러—에 낙찰됐다. (제노는 아를렛이 상의도 없이 딸의 〈하강과 상승〉을 내놓은 데 크게 화를 냈다. 그리고 그녀는 그의 분노에 충격을 받았다.) 그녀는 공개적으로 열렬한 코멘트를 하며 수학지도단에 기부했다. 가족이 알다시피 크레시다는 이 자원봉사 프로그램에서 실망스러운 경험을 했지만 남들은 그녀가 대단히 성공적으로 참여한 줄 알 것이다.

더욱 적극적으로 아를렛은 공감하는 여자친구들의 지원으로 프렌드십파크 산책 코스에 '기념 정원'을 조성했는데, 실종된 딸을 기리는 이 코스는 블랙강 위 절벽을 따라 수마일에 달했고, 강이 굽어보이는 곳에는 아름답게 조각된 참죽나무 벤치를 놓았다. 제노는 벤치에 붙은 작은 황동판—크레시다 메이필드 1986~2005—에 질색하며 아를렛에게 이건 이상한 짓이라고, 잘못된 짓이라고, 가당찮은 짓이라고 소리질렀다. "그냥 이름만 넣으면 안 되나? 왜 연도까지 넣어야 하지? 왜 언제나 연도를 넣어서 일을 끝내는 거지?"

또다시 아를렛은 남편의 분노에 속이 상했다. 아를렛은 자신과 다른 사람들처럼 제노도 깊이 감동받을 거라 기대했었다. 그녀는 상처받고 당황한 목소리로 말했다. "나는 모르겠어, 제노. 왜 그래? 당신은 이 집안의 지성인이잖아. 그런데 왜 일을 끝내냐니?"

강 위쪽 정자에서 열린 프렌드십파크 기념관 개관행사 또는 카네기 하우스에서 열린 비슷한 다른 행사에서였을 것이다. 제노는 눈에 띄게 과음했다. 전에는 그저 술을 많이 마시는 정도였지만 이제는 가족과 가까운 친구들 외에 다른 사람들까지도 그의 음주를 눈여겨볼 정도가 되었다. 제노는 불행했고, 혼자서 불행해하는 건 제노 메이필드의 성향이 아니었기 때문이다. 그는 사생활이 노출되는 공인이었지만 수다스러운 인파 속에서 어색함을 느꼈다. 전에는 늘 사교생활에서, 유난히 흥분되는 사교활동에서 위안을 얻었었다. 그런 자리에서 제노 메이필드는 언제나 빛나는 인물이었지만, 이제 그런 자리는 남의 것처럼 느껴졌다. 셰익스피어의 『리어왕』에서 늙은 리어가 어리석게도 폄하하고 오해했던 딸 코딜리어가 살해당하자 내뱉었던 "개도 말도 쥐도 생명이

있는데, 왜 너는 숨을 쉬지 않느냐?"라는 대사가 머릿속을 맴돌았다

그것은 심오한 질문이고, 답이 없는 것이었다.

그는 작은 플라스틱컵으로 와인을 너무 많이 마셨다. 그런 자리에서는 모두가 화이트와인을 조금씩 홀짝이며 다른 사람들과 대화를 나눈다. 제노처럼 와인을 마셔서는 안 된다. 손등으로 입을 닦아서도 안된다.

그러다 제노는 손힘을 조절하지 못하고 플라스틱컵을 너무 세게 잡는 바람에 컵이 우그러지고 와인이 옷에 튀었다.

"제기랄."

"어머, 아빠." 줄리엣이 놀란 눈으로 그를 보고 있었다.

줄리엣은 종이냅킨으로 옷을 닦아주려다가 제노의 험악한 표정을 보고 망설였다.

곧 이런 말이 나올 것이다. 딱한 제노. 술을 조절하지 못해요, 제노는 그걸 감추지도 못하네요.

그리고 곧 이런 말이 나올 것이다. 딱한 아를렛! 아를렛이 얼마나 더 견딜 수 있을까요?

그는 그녀를 사랑했다. 그의 단출한 가족을 사랑했다.

딸들이 그에게 도전했던 것과는 다른 방식으로 그에게 도전했을 아들은 없었다. 그래서 제노는 아마도 자신이 불완전하고 미숙하다는 것을 인정할 수밖에 없었을 것이다. 그는 늘 사랑받는 남편, 사랑받는 아빠이기만 했으니까.

하지만 그는 그들을 악착스레 사랑했다. 두 딸의 탄생은 각각 기적

같았다. 그리고 그는 아내 아를렛을 점점 더 깊이 사랑하게 되었다.

크레시다가 실종된 후로 그녀를 미워하기도 했다.

죽음을 인정한 후로, 그래서 기억하고 추모해야 하게 된 후로.

처음에는 그녀와 같이 애도했다. 심지어 술도 같이 마셨다.

그러다 아를렛이 점점 그에게서 떨어져나가는 것 같았다. 포옹에서 위로를 받다가 숨이 막힌다고 느끼는 사람처럼.

그는 아를렛이, 그녀가 딸을 잃은 것을 기독교도답게 받아들이는 것이 끔찍하게 싫었다. 제노는 머릿속 한구석으로는, 가장 원초적인 한구석으로는, 단순히 딸이 죽었다는 증거가 없으니 살아 있는 거라고 계속 믿고 있었다.

헷갈리고 혼란스러운 그의 꿈속에서 크레시다는 분명 살아 있었다.

그가 기억하는 딸이 아니라 말이 없지만 분노에 찬 여성의 형태, 신화에 나오는 딸이었다. 술이 불러일으킨 꿈들이 노토가산림보호구역에 대한 그 꿈속의 기억, 결실이 없었던 악몽 같은 수색과 뒤섞였다. 하지만 당시 착각에 빠진 아버지로서는 딸이 발견되지 않은 것이 아주 당연한 듯했다. 당연해. 크레시다가 가까운 데 있지 않으니까. 그애는 자취를 감춘 거야. 하지만 살아 있어.

그런 생각은 어리석었다. 건강하지 않고, 병적이고, 신경증적이었다.

하지만 맥주 몇 병, 와인과 얼음을 넣은 위스키를 몇 잔 마시고 나면 그 생각이 자연스럽고 합리적인 것으로 변했다. 심지어 상식적인 사고가 되었다.

자취를 감춘 거야. 하지만 살아 있어.

제노는 분노하고 싶었다. 술을 마시지 않는 사람은 이해하지 못했다.

음주는 모든 역사를 현재형으로 만든다. 과거는 사라지고, 미래에는 다가가지 못한다. 오직 지금만 있을 뿐이다.

그는 웃음이 나왔다, 그게 위로라니! 술을 한 잔 더 따랐다.

"시간을 멈추는 건 순리를 거스르는 거야. 시간을 멈추려고 애쓰는 건. 당신이 그랬잖아, 플라톤의 우매함은 그가 시간을 '멈출' 수 있다고 믿었던 것, 변하는 것은 선할 수 없다고 믿었던 거라고. 하지만 우리 삶은 변해, 제노. 신은 우리가 변하지 않고 남아 있길 바라지 않으실 거야. 우리 딸이 우리 인생에서 사라진 건 하느님 계획의 일부야."

아를렛은 그런 식으로 말하기 시작했다. 제노와 함께 술을 마시면서가 아니라 함께 술을 다 마신 후에.

제노는 놀라서 귀담아들었다. 아를렛의 자리에 다른 사람이, 그가 모르는 사람이 서 있었다.

그의 아내! 그의 아내.

"브렛이 그런 건 고의가 아니었어. 그런 무서운 짓을 저질렀다고 자백한 걸 보면 용기가 있는 거야. 브렛은 크레시다를 돌려줄 수 없고, 우리가 브렛에게 화를 낸다고 크레시다를 돌려받을 수도 없어." 아를렛이 잠시 말을 멈췄다. 어떻게 해야 한마디 한마디가 제노에게 돌이킬 수 없게 달라붙을지 아는 것처럼 그녀는 신중하게 어휘를 골랐다.

그러다가 단도직입적으로 말했다. "브렛은 아파, 그 역시 피해자야. 두 젊은 인생이 모두 망가졌어. 우리는 그를 용서하려고 노력해야 해."

아를렛의 결기에 찬 목소리는 용서라는 말에서 현저하게 갈라졌다.

제노는 잘 들리지 않게 웅얼댔다.

"제노, 뭐라고? 뭐라고 했어?"

"좋아하시네, 라고 했어! '용서' 좋아하시네."

그는 머뭇머뭇 방에서 나갔다. 견디지 못할 정도로 괴롭힘을 당해 상처 입고 앞을 못 보게 된 곰이 결사적으로 뒷다리를 끌며 달아나는 것 같았다. 하지만 어디로 달아나겠는가? 집에서는 당연하게도 이 집을 같이 쓰는 여자가 어딜 가든 그를 쫓아다녔다. 그가 문을 잠그면, 가령 욕실 안에서 문을 잠그고 있으면 놀라고 긴장해 문고리를 덜컥거리면서 현모양처처럼 담담한 목소리로 말하려고 애썼다.

"당신은 자신에게 상처를 주고 있어, 제노. 우리는 용서해야 해. 이제 크레시다는 해를 입지 않을 곳에 있어."

아를렛이 떠난 것은 명확하지가 않았다. 줄리엣이 떠난 것은 고통스러울 만큼 명확했지만.

제노의 잘못일까? 매일같이 계속되는 금주禁酒 상태의 줄타기, 맨정신일 때의 멍하고 무서운 공포, 그 지루함이 그에게 너무 지나쳤을까?

그럴까, 계단을 내려올 때 고꾸라지지 않으려고 난간을 붙드는—부여잡는—일이 생기기 시작한 것이 그의 잘못일까? 혹은 만찬 파티에서 그에게 어색하게 미소짓는 사람들을 보고 당황한 그가 웃음을 터뜨리며 "내가 무슨 말을 하고 있었죠? 미안해요"라고 털어놓게 된 것이?

가족이 어떤 차를 타든 제노 메이필드가 타면 당연히 그가 운전을 했다. (딸들이 면허를 따서 운전연습을 했을 때를 제외하고는.)

술이 있는 사교행사에 갈 때는 제노가 운전을 하고 돌아올 때는 으레 아를렛이 운전했다. 그러다 어느 때부터인가 행사에 갈 때도 돌아올 때도 모두 아를렛이 운전하기 시작했다.

그러다가 아를렛이 그런 초대를 습관처럼 사양하기 시작했다. 제노와 상의하거나 상의 없이 사양했다.

사교상의 술자리.

혼자 마시는 것보다야 낫지!

(당연히 제노는 혼자서도 술을 마셨다. 하지만 아무도 몰랐다.)

(아무도 몰랐을까? 천만에.)

그것은 일종의 떠다니는 섬뜩함이 되기 시작했다. 계단을 내려가며 어설프게 디딘 발 너머의 깊은 공허.

모든 감각을 날카롭게 세우지 않으면 의식을 잃을 것 같고, 균형을 잃고 굴러떨어질 것 같았다.

아를렛과 대화하면, 둘의 언쟁은 마치 펜실베이니아 교외 유전에서 수십 년 동안 연기가 났던 것처럼 땅속에서 연기가 피어나는 것 같았다. "그애를 용서한다면 당신은 크레시다를 사랑하는 우리 모두를 모욕하는 거야. 딸을 모욕하는 거야."

그는 떨고 있었다. 그토록 온화한 아내에게 분노를, 갑작스러운 증오를 느끼는 것은 아를렛에게뿐만 아니라 제노 자신에게도 충격이었다.

"제노, 아니야. 용서는 개인적인 선택이야. 당신이 브렛 킨케이드를 용서하건—어떤 식으로든 그를 '용서'한다는 의미야—미워하건 뭘 선택하든 그건 당신의 권리야. 우리 딸이 뭘 원할지 당신은 몰라. 어쩌면 이제 그애는 브렛을 용서했을지도 몰라."

용기를 내어 떨면서 한 말이었다. 제노가 남편다운 분노로 그녀의 어깨를 부여잡고 흔들어댈 거라 예상했다.

"그건 개소리야, 아를렛. 킨케이드는 그애를 해치고 익사하게 했어. 우리 딸을 쓰레기처럼 던져버렸다고."

"그건 모를 일이야. 그애의 자백이 어디까지 '진실'인지 모르잖아. 그애 기억력은 손상됐어. 우리는 그 점에 대해 토론을 했고."

토론이라니. 말이 좋아 토론이다.

제삼자들이 사건에 대해 의견을 내고 논평할 권리가 있다는 듯 굴자, 피해자의 아버지로서 제노는 경악했다―울화통이 터졌다, 분개했다고 말할 수도 있다. 브렛 킨케이드 상병은 정신이 온전하지 않아서 자신의 혐의를 제대로 이해하고 답변한 게 아닐 수 있다는 기사가 나오기도 했다. 심지어 그가 범죄를 저지를 만큼 정신이 온전하지 않다는 이야기도 나왔다. 검사가 피고측 변호사와 협의해서 그의 죄목을 2급 살인 또는 우발적 살인으로 해야 한다는 말도 있었다.

또 어떤 사람들은 킨케이드가 잔인한 살인을 저질렀으나 검사가 너무 관대하게도 그의 형량을 낮추기 위해 유죄 인정을 허용한 거라고 말했다.

킨케이드가 사형선고를 받길 바란 사람들도 있었을 것이다. 하지만 제노는 아니었다.

제노는 사형제도를 지지하지 않았다. 딸을 잔인하게 죽인 범인이라도 마찬가지였다.

킨케이드가 자신을 변호하고 '옳고 그름을' 구분할 능력을 가졌는가도 문제였다. 비첨 카운티 보안관보들이 증언했다. 그들은 킨케이드가 처음 체포되어 본부로 끌려갈 때 '범죄를 은폐'하고 '혼선을 일으키려' 했다고 말했다. 범죄를 은폐하려고 했다는 것은 그것이 범죄임을 알기 때문이라는 것이 형법의 원칙이다. 또한 '혼선을 일으키려' 했다는 것은 그래야 할 이유가 있음을 안다는 뜻이다.

네이선 브레드의 법정에서 브렛 킨케이드는 변명하는 어떤 말도 하지 않았다. 변호사가 그의 유죄를 인정하는 듯 '후회'라는 표현을 쓰는 동안 족쇄를 찬 그는 말없이 허공만 바라보며 서 있었다. 궁지에 몰린 위험한 짐승 같았지만 안돼 보이지는 않았다.

제노는 킨케이드가 유죄라는 것은 의심하지 않았다. 의심의 여지 없이 킨케이드는 장기형을 선고받아 마땅했다.

우발적 살인으로 기소한 것은 약했다. 십오 년에서 이십 년 형은 칠 년 후 가석방될 자격을 가진다는 뜻이다. 제노도 이를 알았고, 알기 때문에 넌더리가 났다. 하지만 공개적으로 반대해선 안 된다는 것도 알았다. 뒷다리로 버티는 고통스러운 곰처럼 선 채 TV 카메라 앞에서 폭언을 하고 싶지는 않았다. 그는 만족을 모르는 뉴스미디어에 구경거리를 제공하고 싶지 않았다.

하지만 변호사로서 제노는, 변호인 없이 일곱 시간의 경찰 심문 끝에 나온 상병의 자백에 전반적인 의문점이 있다고 생각했다. (킨케이드가 변호를 거부했기 때문에 변호인이 입회하지 않았다.) 그의 자백이 어디까지 진짜일까? 자백의 세부사항들은 얼마나 입증될까? 자백을 강요한 걸까? 호숫가에서 피해자에게 범행을 할 때 다른 사람들도 있었을까? 로벅인의 주차장에서는? 혹은, 범행이 전적으로 노토가산림 보호구역에서만 이루어졌을까, 브렛 킨케이드 단독 소행일까? 제노는 비첨 카운티 보안국에서 허락을 받아 킨케이드가 받은 심문의 많은 부분을 TV 모니터로 확인할 수 있었다. 그는 나중에 이 일에 대해 반쯤 취한 상태에서 말했는데, 자기 내장을 꺼내 비틀고 찌르고 태우는 누아르 유머 같았다고 묘사했다. 그런 엄청난 고문이 일곱 시간 동안 지속되는 동안 여전히 의식이 붙어 있었다면.

그랬다. 제노는 그의 딸을 죽였다고 자백한 청년이 진심으로 후회하는 것을 알 수 있었다. 이빨로 자신을 물어뜯으려는 듯한 과격한 짐승처럼 킨케이드가 자기 자신을 끔찍해한다는 것을 알 수 있었다. 하지만 그것이 킨케이드의 죄를 덜어주지는 않았다. 그것이 그를 덜 미워하게 하거나 용서할 마음이 들게 하지는 않았다.

브렛 킨케이드 상병이 이라크에서 소대원 동료에게 불리한 정보를 제공했다는 소문이 있었다. 미군 병사들이 이라크 민간인들에게 저지른 잔학행위와 관련해 군당국의 조사를 받았다는 이야기가 있었다. 그가 당한 부상의 일부 혹은 전부가 증언한 결과일 거라고도 했다. 또 군당국이 그가 살해되는 것을 막기 위해 서둘러 소대에서 빼내야 했다는 소문도 있었다. 이런 소문의 진위는 확인되지 않았고, 제노 메이필드는 직접적으로 또는 워싱턴디시의 보훈부 고위직인 듯한 인맥을 통해 알아보려 했지만, 결국 그런 조사기록이 없다는 말만 들었고, 킨케이드 상병이 속한 소대 누구도 기소된 적이 없었다는 것을 알았다.

그것은 무슨 뜻일까? 미군이 조사를 묻어버렸다는 뜻일까, 아니면 조사 자체가 없었다는 뜻일까? 킨케이드 상병은 이라크의 적에게 부상을 입었을까, 그의 전우들에게 부상을 입었을까? 아니면 양쪽 다일까?

크레시다가 사라진 것을 단순한 실종으로 보고 대중에게 도와달라고 호소하느라 처음 몇 차례 인터뷰한 후, 메이필드 가족은 다시는 인터뷰를 하지 않았다.

에비 에스테스가 지나치다 싶을 정도로 연락해오자 제노는 직설적으로 그만해요. 오락거리 노릇은 그만할 거요 하고 말했다.

아내에게도, 어떤 여자에게도 욕망이 생기지 않았다.

그의 유일한 욕망은(무의미한 공상임을 알았지만) 2005년 7월에 잃은 것들 전부를 복구하는 것이었다. 잃어버릴 무렵에는 그것의 거대하고 끝 모를 가치를, 거기 비친 자신의 가치를 어렴풋하게만 느꼈었다.

아를렛이 '외출하고'(그녀는 어디에 가는지, 어떤 자원봉사단체인지, 어떤 여자친구들을 만나는지 세세히 설명했다) 혼자 있는 저녁이면 그는 큰 잔에 따른 위스키와 『율리시스 S. 그랜트의 회고록』으로 자신을 달랬다.

*

뒤늦게야 그는 아를렛의 병까지도 부부 사이를 소원하게 만들었다는 것을 깨닫게 된다. 그것이 소원해진 계기였다.

예전 같았으면, 오래전 딸들이 태어나기 전후 강렬하고 격정적이던 시절 같았으면 그런 건강상의 위기는 두 사람을 더 돈독히 했을 것이다. 그러나 지금 아를렛이 암에 '걸린' 것은 팔꿈치로 남편의 갈비뼈를 찌르며 밀어내는 것과 비슷했다.

제노는 그렇게 느꼈다. 그러자 억누른 공포감이 올라와 가끔 (은밀히, 집에서) 술을 마시게 됐다. 딱 한 잔.

아니 한 잔 반.

(아무도 모르겠지?)

(삶이 거미줄처럼 아주 정밀하고 훨씬 빡빡한 일정으로 채워진 아를 렛은 몰랐고, 이때 제노는 불안에 떠는 남편이란 존재는 축복이 아니라 걸림돌임을 알았다.)

처음 유방 엑스레이 촬영과 CT 촬영으로 아를렛의 왼쪽 유방에서 작은 혹이 발견된 이후 조직검사와 수술을—2006년부터 2007년까지, 늦여름에서 가을, 겨울로 접어드는 육 개월 동안 아주 힘든 화학요법치 료, 방사선치료, 투약을—거치며 그녀가 의지했던 사람은 남편이 아니 었다. 그녀는 자매와 여자친구들에게 의지했고, 그들은 험한 바다에서 고통받는 동족에게 달려오는 돌고래들처럼 아를렛에게 모여들었다.

제노는 킨케이드에게 새로이 분노가 일었다. 그의 딸을 죽인 자가 이제 그의 아내를 죽이고 있었다.

우연일 리 없다고 제노는 생각했다. 그의 아내, 크레시다의 어머니가 딸이 실종된 지 약 일 년 만에 암에 걸린 것은 우연이 아니었다.

(언니인 케이티 휴잇처럼 아를렛과 친한 사람들도 그렇게 생각한다 고 믿을 만한 근거가 있었다. 하지만 메이필드 가족들은 눈치껏 서로 그런 말을 하지 않았다.)

'감씨만한'(아를렛은 동화에 나오는 단어로 묘사하려 했다) 작은 혹 은 제노가 생각하기에 딸을 앗아간 파괴적인 요소가 그의 결혼 속으로 침입할 다른 방법을 찾은 것만 같았다.

그는 아를렛을 버펄로의 로즈웰파크암센터로 데려가고 싶었다. 뉴 욕주 북부 최고의 유방암 전문의들에게 치료받게 하고 싶었다. 하지만 아를렛은 집에서 먼 곳으로 가지 않겠다며 거부했다. 그녀는 여자친구들과 의논해서 지역의 의사들—외과의, 방사선 전문의, 암 전문의—
에게 계속 치료받기로 결정했다. "버펄로는 200마일이나 떨어져 있잖
아. 거기 가면 일만 복잡해질 거야. 부탁이니 이 일을 내가 고민하지 않
고 처리하게 해줘."

"하지만 당신은 내 아내야! 나는 당신에게 최고로 해주고 싶어."

제노가 카시지병원에서 받은 '외과적 시술'이—아를렛이 '조직검사'
를 에둘러 표현한 것이었다—어떻게 되었느냐고 묻자, 아를렛은 마지
못한 듯 그제야 두려운 소식을 들려주었다.

그녀가 울었더라도, 비탄에 빠져 누군가의 품에서 울었더라도, 남편
의 품속은 아니었다.

"나한테 말하지 않을 작정이었나? 나한테 언제 말하려고 했지?"

"걱정시키고 싶지 않았어, 제노. 당신은 너무—평소 당신은 너무—"

"너무 걱정이 많다고? 내 가족에 대해?"

"제발 나한테 화내지 마, 제노. 당신은 걸핏하면—"

"화내는 게 아니야! 나는 놀랐고, 나는 당황했고, 나는 실망했지만—
화가 난 건 아니야."

그와 거리를 두고 생각하기 위해 아를렛이 할 수 있는 전부가 그것
이었던 것 같았다.

최근 몇 달간 제노는 자신이 예전의 평정심을 잃어버렸다는 것을 알
았다. 아내를 곁으로 부르고 싶지만, 오히려 그녀를 겁먹게 하고 멀어
지게 하고 있었다.

"당신을 미리 걱정시킬 필요는 없잖아, 제노. 흔히 그렇듯 낭종이 양
성으로 판명나면……"

"당연히 나한테 말했어야지! 이건 말도 안 되는 일이고 모욕적인 일이야."

"나는—나는 모욕하려는 뜻은 없었어……"

"어떻게 카시지에 소문이 퍼지는지 알잖아. 제노 메이필드의 아내가 병원에서 조직검사를 받았는데 그는 알지도 못했다고 한다면 사람들이 뭐라고 하겠어?"

제노의 귀에 제노 메이필드의 아내라는 말이 들렸다. 내 아내인데.

제노는 그렇게 말하면 안 된다는 것을 알았다. 불안감을 남편에게 숨기려고 용감하게 애쓰는 아내에게, 그를 사랑해서 보호하려는 아를렛에게 그래선 안 되는 것이었다. 그러나 그는 상처가 너무 깊어 자제할 수 없는 듯했다.

"당신을 버펄로로 데려가고 싶어, 아를렛. 예약을 하고, 내일 운전해서 가자고. 버펄로에 있는 의사 친구 아티 벤더에게 전화할게. 아티가 로즈웰 최고의 유방암 전문의에게 진찰받도록 예약해줄 수 있을 거야."

"제노, 아니야! 그럴 수 없어."

"그럴 수 없다니 무슨 뜻이지?"

"나를 담당하는 외과의와 암 전문의가 있어. 나는, 나는 두 사람 모두 아주 마음에 들어. 그들을 신뢰해. 두 의사를 나에게 추천해준 사람들이나 그들에게 진료를 받아본 사람들, 친구들과도 계속 이야기하고 있고. 그리고 케이티도 그들을 좋아해. 언니가 얼마나 깐깐한지 당신 알잖아……"

"그놈의 케이티! 케이티는 당신 남편이 아니야, 내가 남편이야."

당신 남편. 내가 남편이야.

이 유치한 말이 머릿속에서 울렸다. 하지만 제노는 멈출 수 없었다. 그는 그녀와 입씨름을 벌이고 자기 뜻을 관철해야 했다. 제노의 아내에게 최고의 것을 해주기 위해.

"당신은 인생에서 나를 배제하고 있어, 아를렛. 다른 면에서도 그래, 나는 그게 싫어."

"나는―나는 그럴 의도가 아니었어."

그랬다, 아를렛은 교회 예배에 더 자주 나가고 있었다. 지역 봉사모임, 지역의 기금 마련 행사를 위해 저녁에도 집을 비웠고, 제노는 그녀가 어디서 누구와 뭘 하는지 거의 몰랐다.

아를렛 대체 어디 다녀왔어? 왜 이렇게 귀가가 늦은 거야?

제노, 당신한테 말했잖아. 설명했는데 당신이 잘 듣지 않았어.

그럴 땐 한번 더 말해줘. 그럼 들을게.

그랬다, 아를렛은 교회 예배에 더 자주 나가고 있었다, 혼자서.

줄리엣이 떠나버렸으니까. 제노는 교회에 나가지 않으니까.

(아를렛이 부탁했다면 제노는 같이 조합교회에 나갔을 것이다. 그는 아를렛이 그렇게 생각했길 바랐다.)

또한 그랬다, 아를렛은 극도의 합리주의자인 제노의 신경을 긁는 말을 하기 시작했다.

"가끔 이런 느낌이 들어, 제노. 뭔가 내게 무슨 말을 하려는 것 같거든. 그걸 '읽어'보려 노력하는데, 그럴 수가 없어. 꿈속에서처럼 읽을 수가 없어."

"'꿈속에서처럼 읽을 수가 없다'는 게 무슨 뜻이지?"

"꿈에서는 책이나 신문의 글자를 애를 써도 읽을 수가 없잖아. 초점이 맞질 않아서."

"누가 그래?"

"누가 한 말이 아니라니까!" 아를렛은 웃었다. 예전과 같이, 약오른 것 같지만 애정이 담긴 반응이었다. "내 생각엔 다들 흔히 겪는 일 같은데."

제노는 회의론자였다. 그는 코넬대학 인지심리학 교수인 친구에게 메일을 보내 전문가의 의견을 구할 생각이었다.

"다음에 꿈을 꾸면 '읽을' 수 있는지 봐, 제노. 신문이나 책을 봐봐. 글자들이 전부 흐릿할 테니까."

제노는 웃었다. 그에게는 허무맹랑했다. 그녀의 말이 사실일 것 같지 않아서, 사랑하는 아내 아를렛이 인간의 뇌는 물론이고 심리학에 대해 별로 아는 것도 없는데 그런 생각을 한다는 것이 우스웠다.

그러나 그러면서도 제노는 점점 더 비합리적이고 미신적으로 변해갔다. 이성에 반항하는 이기적인 중년 남성답게 그는 고쳐보려는 의지가 통하지 않는 영역에서 바스러져 무너져내리는 상황에 직면했다. 지역 정치가 제노 메이필드는 한때 봐줄 만하고, 일을 척척 해내는 사람이었다. 거의 언제나 그의 존재는 도움이 되었고 정적들까지 그를 남자로서 좋아했다. 하지만 관직에서 물러나 예전 카시지 인맥을 챙기지 않고 몇 년 지내자, 시간을 쏟을 일거리가 없었다. 진흙탕에 빠져 헛도는 차바퀴처럼 생각들이 끓어올라 마구 휘돌았고, 그것이 문제였다.

그러면 아내의 암을 선거처럼 치를 텐데, 그러면 좋았을 텐데!

줄리엣에게 말했다. 왜 네 엄마는 내가 돕게 해주지 않았을까? 내가 그녀를 사랑했다는—사랑한다는—걸 몰랐을까?

그러자 줄리엣이 대답했다. 아니요 아빠, 엄마는 알아요. 하지만 이게 엄마의 새로운 삶이에요, 이제는.

그들은 그 집을 도저히 팔 수가 없었다.

키 큰 참나무와 참죽나무가 빼곡한 3에이커 면적의 아름답고 고풍스러운 식민지풍 저택은 컴벌랜드 애비뉴의 높은 언덕 동네에 있었고, 가까이에 성공회교회 묘지가 있었다. 그런 집을 차마 팔 수가 없었다.

그러나 아를렛은 이사를 나갔다. 그리고 제노도 그렇게 큰 집에서 (그가 표현하길) 덜걱대는 딱정벌레 덫 안에 든 딱정벌레처럼 혼자 살 수는 없었다.

아를렛은 이 주 동안 에이버릴파크에 사는 줄리엣에게 가서 지냈다. 아이들을 돌보러 간다는 명목이었다. 그리고 돌아온 뒤, 다시 시작할 때라고 말하고는 집을 나갔다.

예전의 삶을 되풀이할 때가 아니었다.

그녀는 제노에게 계획에 대해 말했다. 이미 준비해놓은 계획에 대해 말했다. 근 삼십 년 동안 중요한 결정을 스스로 한 적 없었던 아내가 결단력 있게 혼자서, 어떤 일을 했는지 어떤 일을 할지 그에게 설명했다.

제노는 몰랐다고 받아쳤다. 짐작도 못했다고 했다. 그러나 그는 당연히 알았고, 틀림없이 짐작하고 있었을 것이다. 컴벌랜드 애비뉴의 집에 몇 주, 몇 달 동안 미묘하다가 분명해진 불화가 있었기 때문이다.

몇 주, 몇 달 동안의 음주. 혼자서, 사람들과 함께.

오후 늦게 잠들어 저녁 여덟시쯤 노곤하고 멍한 상태로 깨면 해질

녘인지 새벽녘인지 헷갈렸다. 집에 혼자 있던 아래층에서 아를렛이 음식을 차려놓고 끈기 있게 기다리든, 그는 먹으려고 마음먹을 수가 없었다.

아를렛이 기다리지 않는 횟수가 늘었다.

나를 당신 인생에서 배제하는군. 내 인생도 나에게서 점점 떨어져나가는 것 같은 마당에 당신을 사랑하는 나에게 어떻게 그럴 수 있지.

강한 자존심 때문에 반대하지 못했고, 강한 자존심 때문에 옆에 있어달라고 그녀를 잡지 못했다.

제노는 그것을 술이 올랐다고 표현했다. 취했다고 하지 않았다.

'술이 오르다'에는 히피 같은 순수함이 있었다. '취하다'에는 순수함이 없었다.

하지만 아를렛이 설명할 때 그는 술을 전혀 마시지 않았거나 거의 마시지 않은 멀쩡한 상태였다.

그녀는 제노의 손을, 곰 발바닥처럼 큰 손을 잡았다. 설명하려 했다.

아를렛은 8마일 떨어진 마운트올리브에서 앨리샌드라 라울이라는 여자 변호사와 한집에 살 거라고 말했다. 앨리샌드라는 폭력피해여성 쉼터 공동관리인 중 하나였고, 아를렛은 쉼터에서 거의 상근할 예정이었다.

제노는 이 쉼터에 대해 전부터 들었었다. 충분한 주의를 기울이며 듣지는 않은 것 같았지만.

그런데—"'앨리샌드라 라울'? 그게 누구지?"

"제노, 당신한테 말했었어. 앨리샌드라에 대해 여러 번 얘기했어."

"아니, 아닌 것 같은데. 그런 이름은 들어본 적 없어. 내가 얼마나 이름을 잘 기억하는지 알잖아."

그럼에도 그들은 집을 팔고 싶지 않았다. 줄리엣은 부모에게 집을 팔지 말아달라고 간청했고, 크레시다가 살아 있다면(크레시다가 살아 있다면은 제노가 내세우는 상처뿐인 논리였다) 그애 역시 간청했을 것이다.

설명할 수는 없었을 것이다. 결혼은 언제라도 되찾을 수 있지만, 집은 일단 팔리면 되찾을 수 없고 남의 수중으로 영영 넘어가버린다는 것을.

설명할 수는 없었을 것이다. 실종된 딸이 집에 돌아오면, 물론 그럴 것 같지도 않고 불가능하겠지만, 만약 그런다면 가족이 살던 집에 있는 낯선 사람들을 보고 딸이 얼마나 충격을 받을지를.

앞쪽 잔디밭에 선명한 노란색과 검은색으로 매매/임대라고 적은 부동산회사 팻말이 꽂혔다. 비바람이 한차례 지나가자 팻말은 약간 비스듬하게 기울어졌다.

아를렛은 마운트올리브로 이사가서 분주하고 매력적인 새로운 인생을 사느라 정신없고 무심해져서 컴벌랜드 애비뉴에는 한 번도 오지 않았다. 제노는 카시지 시내의 새로이 고급화된 지역에서 최고급 부동산이 된 강변의 아파트단지에 살았다. 그는 자주 차를 몰고 가서 옛집을 둘러보았고, 그렇게 챙기는 것이 남편의 도리라고 생각했다.

가슴이 아팠다. 버려진 집 냄새.

확실히 느껴졌다. 버려진 집 냄새.

아직 임대되지 않았지만 집에는 여전히 전기, 가스, 수도가 들어왔다. 그런 서비스는 끊지 않았다. 방방에 거의 그대로 가구들이 남아 있었다. 심지어 지하 TV방 TV까지 그대로 있었다.

그러나 여자 중개인이 '좋은 소식'이 있다며 월세를 조금만 낮춰주면 계약하겠다는 사람이 있다고 전화했을 때, 제노는 단호히 안 된다고 대답했다.

여자 중개인이 메이필드 부인을 설득하려고 전화하자 아를렛은 미안한 듯 웃으며 말했다. 이런, 어쩌죠! 부동산은 제노 소관이라 나는 간섭하지 않아요.

이런 식으로 컴벌랜드 애비뉴의 집은 임대되지 않은 상태로 있었다.

아를렛은 언덕이 많은 마운트올리브, 낡은 빅토리아풍 집들이 들어선 오래된 주거지역에서 살았다. 그곳 집들은 수리 개조되어 젊은 변호사나 건축가, 치과의원, 선물가게, 한약방, 비첨 카운티 생태 엔지니어 사무실 등으로 쓰였다. 폭력피해여성쉼터를 운영하는 우먼스페이스는 전에 가톨릭 여학교였던 붉은 벽돌 건물에 있었고, 서른다섯 개의 침상을 보유하고 있었다. 주위에 넓은 풀밭이 있고 철망이 둘려 있었다.

밤이면 단지에는 환하게 불이 켜지고, 마운트올리브 경찰국에 경보를 보낼 수도 있는 감시카메라가 작동됐다. 폭력피해여성쉼터가 처음 마운트올리브에 생겼을 때 이웃 주민들은 봉사자들을 홀대했고 지역 법 집행기관도 그들을 무시했다. 하지만 경찰 내에 변화가 일어 지금은 적은 인원이나마 '가정폭력 감소' — '가정에서 시작되는 세상의 폭력을 감소시키다'라는 취지 아래 우먼스페이스의 활동을 지원했다. (마운트올리브 경찰국 경위 한 명이 쉼터 설립자들 중 한 명의 형제이고, 전에는 경찰이 모두 남자였지만 이제 여자도 한 명 있다는 것이 확실히 도움이 되었다.)

지역의 여성 화가들이 디자인한 폭력은 가정에서 시작됩니다. 살펴보세요라고 쓰인 포스터들이 봉사자들과 기부를 불러들였다. 아를렛은 크레시다가 에스허르의 그림에 영향을 받기 전인 초기에 그린 그림을 내놓았다. 아이 같은 형체들이 초록빛 오아시스에 둥둥 떠서 동물들과 노는 그 그림은 우먼스페이스의 포스터 배경으로 등장했다.

아를렛이 딸의 그림을 마음대로 사용한다고 자주 화를 냈던 제노도 이 일에는 감동을 받았다. 매력적인 그 그림은 크레시다가 덜 내성적이고 덜 까다롭고 더 행복하던 때 그린 것이었다.

외로운 오후면 제노는 마치 아를렛이 그를 생각하기라도 한 것처럼 마운트올리브로 차를 몰고 갔다. 그녀가 부르기라도 한 것처럼.

그는 아를렛이 어디 사는지 알고 있었다. 크로스패치 레인 18번지.

크로스패치 레인*이라니! 동화책에나 나올 법한 주소였다.

오래되어 재건축하며 지붕널을 올린 집은 밝은 녹색 칠이 되어 있고 앞에는 작은 잔디밭이 있었으며, 정문의 통로는 산호색이고, 비슷하게 재건축된 마젠타, 피콕블루, 크림 빛깔 칠이 된 집들이 늘어선 막다른 골목에 자리하고 있었다. 제노는 낮에는 아를렛도, 함께 사는 앨리샌드라도 집에 없을 거라는 걸 알고 느릿느릿 그 동네를 돌았다. 두 사람은 폭력피해여성쉼터에서 일하고, 제노 메이필드만 떠돌고 있었다.

그는 비첨 지역전문대학에서 강의를 할 수도 있었다. 전에 '미국의 기원: 톰 페인에서 우디 거스리까지'를 주제로 가르친 적이 있었다. 성

---

* 크로스패치(crosspatch)에는 '잘 토라지는 여자'라는 뜻이 있다.

인 남자 봉사자들을 필요로 하는 홈프런트연합에서 시간을 보낼 수도 있었다. 그는 할 수 있는 일이 많지만 하고 싶지 않았다.

제노는 차를 몰고 우먼스페이스 앞을 지나갔다. 사유지 출입금지라고 적어놓은 경고판들이 보였다. 6피트 높이 철망 너머에 절망한 여자들과 그들의 자녀들의 숙소로 개조한 소박한 붉은 벽돌 건물이 있었다. 카시지 시장 시절 제노는 가정폭력에 대해 잘 알았고, 집에서 도망쳐야 했던 여자들을 지원하기 위해 할 수 있는 일을 했었다. 일부 여자는 끔찍하게 구타당해 생명까지 위협받았다. 하지만 피해를 당한 여자들이 마음을 돌려 남자를 고소하는 것을 단념하는 아이러니한 일들이 잦았다.

어쩌면 시대가 변한 것이다. 어쩌면 마운트올리브의 우먼스페이스에서 극한에 이른 여성들이 더 단호해진 것이다. 그들을 구해준 아를렛 메이필드 같은 이들이 그들의 보호자가 되어줄 것이다.

제노는 우먼스페이스에서 두 여자와 함께 진입로에 주차된 차로 걸어가는 아를렛을 본 적이 있었다. 화창하고 바람이 부는 날이었다. 아를렛은 머리를 새로 하고 스카프를 두르고 있었는데 여전히 야위고 회복중인 사람으로 보이긴 했지만 명랑한 소녀 같은 분위기를 풍겼다. 제노는 그녀의 주의를 끌고 싶었다. 경적을 울리고 창밖으로 손을 내밀어 흔들고 싶었지만, 그러지 않는 편이 나았다. 우먼스페이스 구역은 우체부나 배달원, 어머니와 동반한 열두 살 이하 소년을 제외하면 남자는 출입금지였다. 아를렛은 마치 자신이 남자에게 쫓기는 사람이기라도 한 듯 남자들은 들어갈 수 없는 여자만을 위한 '안전한 집'이 꼭 있어야 한다고 힘주어 말했었다.

제노는 너무 고통스러워서 그런 모임에 참석하지 않았지만, 아를렛이 청중 앞에서 '남성 폭력'—'알코올로 악화된 남성 폭력'으로 딸을 잃은 사연을 털어놓았다는 것을 사람들에게서 들어 알고 있었다. 그녀는 이라크전쟁 참전용사인 청년보다 어린 여자들을 상품 광고를 위해 물건처럼 소비하는 '병적이고 폭력적이고 잔인하고 비정한 소비문화'가 더 문제라고 주장했다. 제노는 자신이 원한다 해도 우먼스페이스에는 접근할 수 없다는 것을 깨닫자 충격을 받았다. 그저 아내와 대화하기만 원한다 해도 그는 철옹성 같은 그 건물에 들어갈 수 없었다.

달아난 아내를 찾아와 '대화'만 하겠다고 주장하는 폭력적인 남자들이 얼마나 많겠는가.

그는 마운트올리브에서 아를렛과 몇 번 저녁식사를 했다. 이제 그들은 크레시다 이야기를 꺼내지 않았다.

아를렛의 건강에 대해 말했다. 전반적으로 좋은 소식이었으니까. 화학요법치료 효과인지 암은 전이되지 않았다.

아를렛은 인모 가발을 썼다. 구불대는 짙은 금발은 원래 그녀의 머리와 흡사했다. 숱이 더 많고 광택이 도는 것만 달랐다. 아를렛의 여자친구가 화학요법치료를 받으면 머리가 한 움큼씩 빠질 테니 가발을 준비하라고 조언했었다. "대머리가 되는 건 양쪽 유방 절제만큼 끔찍하거든. 어이없는 소리라고 생각하겠지만 나를 포함해서 많은 여자들이 정말로 그래."

제노는 이 말을 전해들으며 찡그렸었다. 양쪽 유방 절제라는 말이 양쪽 고환 절제와 비슷하게 들렸다.

아를렛은 양쪽 유방 절제는커녕 한쪽도 절제하지 않았다. 그녀의 감씨는 일찌감치 발견됐다. 그래서 아를렛은 운이 좋다고 믿었고, 항암제 때문에 어지럽고 기운이 없고 메스꺼워도 불평하지 않았다. 이렇듯 새로운 삶에서 그녀가 아무런 불평도 하지 않는 것이 그는 신기했다.

"나는 우리가 '난기류'에 휩쓸린 비행기 승객들 같단 생각이 들어. 아직 추락하지 않았으니 고마워해야지."

아를렛은 즐거운 듯이 깔깔댔다. 제노는 찡그렸다.

그는 다른 여자들을 만나고 있었다. 아니 다른 여자들이 그를 만나고, 저녁식사에 초대하고, 사교모임에 데려가려 했다. 제노 메이필드는 독신남은 일종의 공백 같은 것이고, 자연이 공백을 싫어하듯 독신녀는 독신남에게 거부할 수 없이 이끌리기 마련이라고 씁쓸하게 생각했다.

어떤 만남도 그에게는 생생하지 않았다. 기억 속을 맴도는 여자도 없었다. 그는 손에 잡히지 않고 그 속을 헤아릴 수 없는 아내를 여전히 사랑했다.

마운트올리브의 레스토랑들은 대개 목조주택을 개조한 듯했다. 다닥다닥 붙은 탁자들 위에 촛불이 놓여 있고, 음식들은 유기농이고 술은 팔지 않았다. 기민한 제노는 미리 전화로 주류 판매가 허가된 음식점인지 묻고는 와인을 챙겨 갔다.

"조금 마시는 게 어때, 아를렛? 반잔만."

"고마워, 제노. 그런데 사양할게. 당직이라서."

"'당직'이라니, 어떤?"

"쉼터에서. 우리는 직원이 너무 부족해서 거의 늘 당직이야."

아를렛은 행복하게 미소지었다. 거의 늘 당직이라니! 제노는 그녀가 부러웠다.

술을 마실 때나 마시지 않을 때나 제노는 많은 것이 비현실적이고 부자연스럽게 느껴지기 시작했다. 웅장하고 고풍스러운 식민지풍 건물 원목 바닥의 레스토랑에서 촛불을 밝히고 아내와 저녁식사를 한 뒤 각자 차를 타고 아내 없이 혼자 돌아가야 한다는 것을 자신이 안다는 것이 아주 이상했다. 일어서면 한쪽 다리가 풀려 주저앉으리란 것을 미리 아는 것과 비슷했다.

인생은 조금 앞뒤가 안 맞는 꿈이다.

(누가 한 말이었지? 몇 세기 전인가? 파스칼?)

(그는 모두가 동요하면 아무도 동요하지 않은 것처럼 보인다는 말도 했다.)

소원해진 남편은 아내를 다시 만나 구애를 하고 다시 그녀를 얻는 것을 상상한다. 예전에 그와 사랑에 빠졌으니 다시 그러지 못할 이유가 있을까? 제노는 그렇게 상상했다. 그렇게 작전을 짰다. 그는 우연인 듯 아를렛의 가는 손가락에 손을 슬쩍 스쳤지만, 아를렛이 말을 하거나 들으면서도 정신은 다른 데 가 있다는 것을 알았다. 식사 도중 그녀의 휴대폰이 너무 자주 울렸다.

"정말 미안해, 제노! 받아야 해."

예전 같으면 그가 화를 냈을 상황인데 아내는 아랑곳없이 테이블에서 전화를 받았다. 제노도 아를렛도 딸들에게 허용하지 않았을 무례한 행동이지만, 지금의 제노는 아를렛이 양해를 구해야 한다고 느낀다는 데 감격했다. 그녀는 여전히 나를 사랑해. 내가 필요하다고 하면 그녀는 돌아올 거야.

그는 줄리엣과 자주 휴대폰으로 통화하며 물었다. 네 어머니는 왜 우리 결혼생활에서 떠났을까? 왜 이사를 나갔을까? 왜 네 어머니가 이제 날 사랑하지 않을까, 라고는 묻지 않았다. 정말 그렇다고 믿을 수 없었기 때문이다.

당황한 줄리엣은 모르겠다고 대답했다.

마운트올리브에 있는 몇 곳의 작고 이국적인 레스토랑에서 식사를 하다가 아를렛이 일찍 자리를 뜨는 일이 종종 있었다. 그녀는 사과의 말을 중얼거리고 제노의 뺨에 살짝 입을 맞추고 나갔다. 그러면 혼자 남겨진 남편은 남은 와인을 홀짝이며 생각에 잠겼다.

(가져온 와인병을 비우고 싶은 유혹이 일었다.)

당연히 그는 자신이 돈을 내겠다고 고집했다. 제노는 아를렛에게 돈이 별로 없다는 것을 알았는데, 그녀가 그에게 돈을 달라고 말하지 못하는 거라고 생각했다.

컴벌랜드 애비뉴에 있는 집이 팔리면 두 사람은 그 돈을 반씩 나누어 갖게 될 것이다. 하지만 그러면 둘의 파경은 돌이키지 못할지도 모른다. 그 가능성이 제노를 무기력하게 만들었다.

소원해진 남편은 아내가 필요 때문에라도 그와 엮여 있다고 여길 거라 상상한다—다른 게 아니라 돈 때문에라도. 지역사회에서 봉사활동에 분주한 아를렛은 자신을 위해서는 필요한 것이 거의 없는 듯했다.

다음번 식사 자리에서 제노는 수표를 내밀어 아를렛을 놀라게 했다.

"아, 제노! 이게 뭐야—?"

우먼스페이스 앞으로 된 3천 달러 수표.

"아아, 제노. 고마워."

그녀는 일어나 제노에게 다가가 포옹하고 수염이 까칠한 그의 뺨에 입을 맞췄다. 그의 상상 속에서는 그녀의 눈물이 그의 얼굴을 적셨을지도 모른다.

반쯤 취해 감상적인 기분으로 울퉁불퉁한 포츠담 스트리트를 내려갔다. 그곳에 킨케이드의 집, 집이었던 건물이 있었다. 칠이 벗어진 목조 건물이 보도 가까이에 있었다. 창문마다 가리개가 내려져 있고, 앞쪽 현관에는 오래된 신문과 전단이 고대의 뼈들처럼 쌓여 있었다.

이제는 아무도 그 집에 살지 않았다. 에설 킨케이드는 카시지를 떠났다.

그녀는 그렇게도 증오했던 이 도시를 떠났고, 그녀의 임대주택에는 온갖 쓰레기가 가득했다(기사에 그런 내용이 실렸다). 축축한 쓰레기와 썩어가는 쥐의 사체들은 그녀가 표출한 마지막 분노였다. 에설 킨케이드가 어디로 갔는지는 아무도 몰랐다. 처음에는 수감된 아들 가까이에 살기 위해 댄모라로 이사했다는 보도가 나왔다.

그러나 그것은 낭설로 판명됐다. 에설 킨케이드는 댄모라가 아니라 버펄로 교외의 토나완다에서 친척들과 살고 있었다. 그녀는 카시지와의 모든 교류를 끊어버렸다. 심지어 분노에 찬 인터뷰마저 끊었다. 아니, 선정적 언론들이 참전용사의 애끓는 어머니에게 질렸을 것이다.

버려져 방치된 집을 보며 제노는 2005년 7월의 그 아침, 조마조마한 희망을 안고 달려왔던 일을 떠올렸다.

그때 이미 딸은 사라지고 없었다. 그의 딸은 이미 없었다.

하지만 그는 에설 킨케이드의 현관문을 두드렸다. 그 슬픈 사실을 몰랐었다. 그의 뇌는 희망의 소용돌이에 빠졌었다. 이제 와서 그때의 아버지 – 제노를 떠올리니 그는 그때의 자신이 부러울 지경이었다. 그때 그는 실종된 크레시다를 찾으리라는 허세와 결기에 차 있었다.

깜짝 놀란 에설 킨케이드에게 집에 들어가게 해달라고, 브렛의 방을 보게 해달라고 청했었다. 그와 딸이 남녀 사이일 리 없었지만 딸이 브렛 킨케이드와 함께 있을 거라는 불온한 생각을 했고, 썩은 동아줄에 매달리듯 그런 생각에라도 매달려야 숨을 쉴 수 있었다.

그러자 에설은 조롱하며 그를 쫓아냈다.

그러자 에설은 가파르고 허름한 포츠댐 스트리트가 아닌 컴벌랜드 애비뉴에 사는 잘난 메이필드 집안의 가장에게 악담을 하며 쫓아냈다. 내 아들은 당신들을 다 싫어해.

*

그 여자는 함께 술을 마시면서 그의 인생에 들어왔다.

그를 격려하고, 그의 장황한 말을 들어주고, 농담에 웃음을 터뜨렸다. 그를 사랑했다.

"제노? 언제 저녁 먹으러 올래요? 저녁을 대접하고 싶어요."

그는 머뭇거렸다. 이게 뭐지? 새 인생으로 향하는 흔들리는 첫걸음? 아를렛 이후의 인생으로? 혹은 이어지는 실수로의 흔들리는 첫걸음?

그녀의 이름은 제너비브였다. 제노는 그녀의 성은 제대로 못 들었다.

두 사람은 2012년 1월 카시지의 어느 행사장에서 만났다. 제노는 그녀의 남편을 알았지만—그렇지 않았던가?—그의 이름이 기억나지 않아 안부를 묻지 못했다.

그는 미소지었다. 그는 망설였다. 손에 술잔을 들고 있었다. 큰 손가락으로 자칫하면 우그러뜨릴 수 있는 약한 플라스틱컵이었다.

그는 그녀에게 고마워요! 하고, 신사답게 유감을 표했다. 이보세요, 나는 번아웃 상태예요. 당신 삶으로 달아나요.

하지만 그녀가 이겼다. 휴대품 보관소에서 미소를 띤 여자가 제노를 기다리고 있었다.

길 건너에서 술 한잔하자고 권할 수밖에 없었다. 축하연에 나온 싸구려 화이트와인의 시큼한 맛을 지우게 한잔하자고.

카네기예술재단 이사의 은퇴를 기념해 카네기하우스에서 열린 축하연에서 제노 메이필드는 전처럼, 잃어버린 시절의 그처럼 대화의 중심인물 중 하나였고, 그는 그런 것이 신경쓰이고 서글프기도 했지만 기분이 좋았다. 이 행사에 초대될 만한 카시지 사람들은 누구나 제노 메이필드를 알았다. 모두가 그의 유머감각, 웃음, 명민함과 대담성, 상냥함으로 자신들도 활력을 얻길 바랐다. 아마도 그는 최근 과음을 했을 테고 아내가 떠난 뒤 점점 번아웃되어가고 있을 테지만, 활기찬 목소리와 웃음소리가 이어지는 곳에서 누가 그런 말을 할까? 누가 그런 걸 신경쓸까?

"당신 이름이, 제너비브 맞죠? 솔직히 이러는 건 좋은 생각이 아닌 것 같은데요."

그는 더듬거리며 사과조로 말했다. 조명이 환한 축하연장에서 보여줬던 달변은 사라졌다.

제너비브는 서른다섯 살도 안 되어 보였다. 그는 나이보다 늙어 보였다. 하긴 나이가 무슨 상관이겠는가.

"저녁식사일 뿐인데요? 간단한 식사가 뭐가 그리 위험할까요? 우리가 같은 건물에 사는 거 아시죠, 아닌가요? 당신은 펜트하우스 층, 나는 오층에."

제노는 이 여자의 인생에서 뭔가가 끔찍하게 잘못됐다는 이야기를 들었었다. 남편, 십대 아들의 일. 그는 묻지 않을 생각이었다. 눈물바람을 일으키기 싫었다. 공감을 끌어내고 싶지 않았다. 그런 것은, 그런 유의 공감은 출혈 같았다. 그는 그녀가 예쁜 손에 반지 몇 개를 끼고 있지만 결혼반지는 없다는 것을 알았다. 위험 신호였다.

제노의 결혼반지는 두툼한 손가락에 거의 묻혀 있었다. 켈트 디자인의 은반지였다. 아를렛은 손가락이 너무 가늘어져 반지를 다 빼야 했다.

제너비브가 웃으며 말했다.

"우리는 각자 상실을 겪었어요. 나는 이해해요. 당신의 상실이 내 경우보다 더 깊고 비극적일지도 모르지만……"

제노는 그녀의 손을 만지고 싶은 충동을 억눌렀다. 그녀의 손을 잡고 싶었다. 그러나 그러지 않기로 마음먹었다. 그 대신 와인잔을 들었다.

망할 싸구려 플라스틱컵보다 와인잔이 나았다.

제노는 그녀의 입술이 움직이는 것을 보았다. 제너비브는 열심히 말하고 있었다. 지나치게 환한 카네기하우스보다 이 어두컴컴한 실내가 나았다.

"아들은 살아 있지만 나는 아들을 '잃었어요'. 지금 스물네 살이고, 나는 이 년 가까이 그애를 보지 못했어요. 비슷한 상실을 겪은 사람들은 서로 이해하고 도울 수 있다고 생각해요. 그건, 그건 과거에 머물러 사는다는 뜻은 아니에요…… 내 말은, 내가 생각하기에 내 말은 현재를 살려고 노력한다는 뜻이에요." 그녀는 불현듯 명랑한 웃음을 터뜨리더니, 잔을 들어 제노의 잔에 부딪쳤다.

머서 스트리트의 라운지 바에서 마시는 와인이 길 건너 복잡한 축하 연장에서 마신 와인보다 훨씬 나았다.

"그래요. 그것을 위해 건배."

"나도 건배."

그들은 웃었다. 그들은 술을 마셨고, 웃었다.

마시는 것, 웃고 마시는 기회보다 소중한 것이 있을까.

그는 제너비브에게 아내가 징그럽게 용감하고 징그럽게 훌륭해서 얼마나 화가 나는지 털어놓았다. 건강에 대해 징그럽게 냉철해서 그를 벌벌 떠는 바보로 느끼게 한다고, 아내가 너무나 무서웠다고 털어놓았다.

하지만 무엇보다도 용서할 수 없는 건 그녀가 딸을 죽인 살인자를 '용서'했다는 것이었다.

"오! 오, 제노."

아를렛은 교도소로 살인자를 면회하러 다녔다. 제노에게 말한 적은 없지만 그는 알고 있었다. 그것을 알아냈다.

징글징글한 여자, 그 대단한 기독교정신. 그녀는 용서할 수 없는 자를 용서했고, 그는 그녀가 미웠다.

그는 지금 그 말을 내뱉었다. 그는 모르는 사람에게 이런 말을 하지 않겠다고 다짐했었다. 아무리 선의를 가진 친척들이 말해보라고 부추기더라도. 그런데 이제 그는 가파른 경사면을 내려와 달아나는 바퀴처럼 내달리는 자신의 목소리를 들으며 충격을 받았다.

아를렛은 하느님을 '용서'했고, 제노는 그것도 미웠다.

"엿 먹어라 망할 놈의 하느님."

너무 열을 내서 말하자 다른 테이블의 손님들이 그들을 힐끗거렸다. 제너비브는 웃음을 터뜨렸다.

지각 있는 여자라면 도망쳤을 것이다. 제너비브는 두 사람의 잔에 와인을 더 따르고 웃었다.

그를 보고 움츠러드는 대신 웃어주다니 얼마나 기분이 좋던지.

"나도 그렇게 생각해왔어요, 제노. 여러 번. 엿 먹어라 망할 놈의 하느님."

제노는 그녀에게 고대 그리스인에 대해 말했다. 피의 열정. 아이스킬로스*, 오레스테이아**. 말라붙은 기름이 열에 녹듯 뇌에서 샘이 철철 흘러넘친 것 같았다. 그는 술을 마시면 언제나 달변이었지만 최근에는 그럴 기회가 없었다.

법이 만들어진 것은 복수하려는 원초적 열망을 막기 위해서였지만, 분노의 감정이나 피의 복수를 감행하려는 열망은 쉽게 진정되지 않는다고 말했다.

그는 완전히 집중해서 경청하는 여자에게 흐뭇해하며 전날 밤 TV에서 본 다큐멘터리에 나온 미국의 이슬람교도 가정에서 벌어지는 명예 살인에 대해 말했다. 일부는 심지어 교육받은 중산층 가정이었다. 경찰

---

* 고대 그리스의 비극 시인.
** 아이스킬로스의 서사시 3부작 「아가멤논」「코에포로이」「에우메니데스」를 통틀어 이르는 말.

에 체포된 아버지들은 가문을 '더럽힌' '불순종한' 딸들을 죽이고서 흐느꼈다. 미친 짓을 저질렀지만 슬픔에 빠진 무슬림 남자의 표정은 제노 메이필드와 형제처럼 닮아 보였다.

견디기 힘든 건, 그의 딸이 살해됐지만 그는 너무 약해서 복수를 하지 못한다는 것이었다.

물론 너무 문명화되어서.

'법조인'이라서.

그리고 이제 그에게는 남은 명예가 없는 것 같았다. 그의 영혼은 바짝 말라 껍질뿐이었다.

몇 년이 흘렀다. 육 년도 더 흘렀다. 그는 악성골수처럼 그것을 뼛속에 지니고 살았다. 어스름 속에서도 그의 내면에서 빛나는 치명적인 적의가 고스란히 보였다.

그녀는 "나는 그걸 감당할 수 있어요"라고 말했다.

*

전화벨이 울렸다. 발신자는 제너비브의 성姓 트랙트먼이 아니라 스테드먼이었다. 줄리엣의 결혼 후 성이다.

"아빠? 제가 오늘 심란한 전화를 받았어요."

오늘이 며칠이지? 멍한 눈으로 보니 3월 중순이었다. 책상 위쪽에 걸린 달력에 3월의 중간까지 엉성하게 엑스가 쳐져 있었다. 하지만 그건 지난주까지였다.

줄리엣은 그날 아침 들은 '앳된 목소리'에 대해 말했다. 모르는 사람이―그녀 생각에―전화해서 자신이 크레시다라고 주장했다는 것이었다.

제노는 제대로 들었는지 확신할 수 없어 수화기를 더 힘껏 쥐었다.

"제 말은, 당연히 모르는 사람이 분명하고, 그리고," 줄리엣은 말을 멈췄다. 제노는 혼란스러워하며 얼핏 미소를 띤 딸의 표정을 상상할 수 있었다. "아니었어요, 그애의 목소리가. 크레시다의 목소리 같지 않았어요. 확실해요."

"얘야, 잠깐. 누가 전화를 했다고?"

"그녀가 말을 했는데, 무슨 말을 했는지는 기억나지 않아요. 순간적으로 저는 당연히 크레시다가 아니라 잔인한 장난전화일 거라 생각했거든요. 그런데 그녀가 다시 전화해서 메시지를 남겼는데, 어쩌다보니 지워져버렸어요."

"메시지가 지워졌다고?"

"제가 당황했었나봐요, 어쩌다보니 제가 그걸 지웠더라고요."

제노는 줄리엣에게 통화기록이 남아 있는지 침착하게 물었다.

"휴대폰에는 남아 있죠. 번호만요, 메시지는 아니고요. 하지만 걸어도 받지 않았어요, 그 번호는 없는 번호 같아요."

책상에 앉은 제노는 이제 몸을 숙여 팔꿈치를 괴고 눈을 감고 집중했다.

"줄리. 누가 왜 그런 장난전화를 걸었을까?"

"아빠, 그야 저도 모르죠! 아마 인터넷에서 봤을 거예요. 아직도 온라인에 크레시다의 정보가 있어요. 저는 찾아보지 않지만, 사람들이 그게 돌아다닌다고 말해줘서 알고는 있었어요. 어떤 부류의 사람들에게는 크레시다의 일이 '미스터리'예요, 그애의 소재가요. 시신이 어떻게 됐는지가요. 그리고 사람들은 아무 이유 없이도 잔인한 짓을 해요."

제노는 여전히 침착하게 말했다.

"네가 받은 전화 말이다. 그 전화한 사람. 그녀가 어디서 전화하는 거라고 말했니?"

"아뇨." 줄리엣은 생각에 잠겼다. "아니. 한 것 같아요, 플로리다라고."

줄리엣은 다시 생각했다. "그녀는 '집에 돌아간다'고 말했어요. 그런 것 같아요."

"'집에 돌아간다'고 말했다고?"

제노는 부서질까봐 걱정될 만큼 수화기를 꽉 쥐었다.

"엄마에게는 전화하지 않았어요. 엄마를 혼란스럽게 하고 싶지 않아서요. 엄마는 자신과 이미 그 일에 대해 화해한 상태 같거든요. 그게 엄마가 크레시다를 잃은 일을 감당하는 방식이죠. 그런데 엄마에게 희망을 품게 하는 건 잔인한 일 같아요."

"그래. 네 말이 맞아. 네가 엄마에게 하지 않고 나한테만 알려줘서 고맙다, 줄리. 그리고 그 전화는 네 말처럼 잔인한 장난전화일 거야."

줄리엣은 조심스럽게 대답했다. "브렛이 자백했어요. 그리고 경찰이, 아시잖아요, 그 스웨터를 찾았고요."

제노는 대꾸하지 않았다. 그런 말이나 그 비슷한 말을 너무 많이 했던 터라 마치 터널 속으로 들어가는 기분이었다. 더이상 그것을 견딜 수 없었다.

그 이야기를 할 때 줄리엣은 가끔 내 스웨터라고 말하기도 했다.

그럴 때 그녀는 자신이 무슨 말을 하고 있는지 모르는 것 같았다. 내 스웨터라니.

제노가 말했다. "전화 건 그 사람—크레시다 같지 않던 그 사람—이 또 뭐라고 말했지?"

"메시지를 남길 때, 제 기억으로는 플로리다에서 전화한다고 말했어요. 플로리다 어디라고 말한 것 같아요. 그런데 제대로 듣지 못했어요. 연결 상태가 좋지 않았어요. 아니면 목소리가 웅웅거렸거나. '나는 아픈 사람은 아니야'라고 이상한 말도 했어요. 그리고 이렇게 말했어요. '가족이 아무도 나를 많이 사랑하지 않는다고 생각했어⋯⋯'"

"또 뭐라고 했지, 줄리? 다른 말도 했니?"

"아뇨. 아닐 거예요."

"그래서—너는 무슨 말을 했어?"

"아무 말도 하지 않았을 거예요. 아마—아마도 전화를 끊었던 것 같아요."

뒤쪽에서, 줄리엣의 집에서 아이가 떠드는 새된 소리가 들렸다.

제노는 건성으로 딸의 아이들과 남편의 안부를 물었다. '아이들'이라는 말 자체가 정말 편안하고 일상적이고 평범해서 이 기이한 순간 그에게는 위로가 되었다.

줄리엣은 평소처럼 활기찬 목소리로 가족에 대해 말했다. 새로 꾸린 가정에 무슨 문제가 있어도, 건강이나 치료와 관련된 무슨 문제가 있어도 줄리엣은 언제나 밝고 편안하게 한참 이야기한 뒤에나 그 문제들을 입에 올리곤 했다.

줄리엣도 예의상 아버지에게 여자친구 궨덜린의 안부를 물었다.

제노는 간단히 대답하고 넘겼다. 딸이 잘못 말한 이름을 수정하는 수고는 하지 않았다.

그는 더 활기찬 말투로, 둘 사이의 어색한 침묵으로 생긴 틈을 메웠다. "나는 하루에 열두 번씩 되새긴단다, 손주들이 있어 내가 얼마나 행복한지."

"아, 아빠. 그래요! 저도 제 아이들에 대해 똑같은 감정이에요."

줄리엣은 브렛 킨케이드와는 아주 다른 남자와 결혼했다. 줄리엣보다 열아홉 살 많은, 세대가 다른 남자였다. 그는 메이필드라는 성을 몰랐고, 비첨 카운티에서 그 이름이 가진 정치적 영향력을 몰랐다. 공립학교 교원조합의 로비스트를 하다가, 지금은 뉴욕주 교육부 고위 공무원으로 주정부—주지사, 주의회—가 교체되어도 굳건하게 자리를 지켰다. 그는 고등교육신문, 뉴욕타임스 교육면에 글을 쓰기도 했다. 올버니의 유서 깊은 집안 출신으로, 증조부는 토머스 듀이 주지사의 참모를 지냈다. 그리고 윌리엄스칼리지를 나온 직후 가나에서 평화봉사단으로 활동했다. 한 번 결혼했지만 자식은 없고 '우호적인' 이혼으로 끝났다.

스테드먼 집안은 1890년대에 철도사업으로 큰 부를 축적했고, 그 일부가 21세기까지도 남아 있었다. 제노가 중년의 사위를 미워할 이유가 없는 건 데이비드 D. 스테드먼이 딸의 인생에 있는 것이 진심으로 고맙기 때문이었다.

사실 데이비드 스테드먼은 성실하고 품위 있는 사람이었다. 과묵하지만 친절했다. 그는 타인을 완벽히 조종할 줄 알았고, 그것은 바로 제노가 복잡한 정치공학 속에서 공인으로 살며 배운 기술이었다. 그래서 제노는 스테드먼에게 따뜻한 마음을 가질 수는 없지만 그를 존중했다.

제노는 한밤중에 깨어 미래에 대한 공포에 초조해하며 식은땀을 흘리곤 했는데, 그럴 때면 데이비드 D. 스테드먼이 그의 딸을 사랑하고 지켜주고 싶어한다는 것만 생각하려 했다.

스테드먼이 크레시다를 만난 적이 없다는 것도 중요한 듯했다. 그의 공감, 연민, 분노는 추상적일 뿐 구체적이지 않았다.

손주들은 그보다 오래 살 테니 얼마나 다행인가 하고 생각했다.

젊은 세대가 연장자들보다 오래 사는 것이 자연의 법칙이니까.

줄리엣이 입을 다물고 있자 제노는 다시 그 통화에 대해 물었다.

줄리엣은 되풀이했지만 이번에는 느릿느릿 자신 없는 목소리로 말했다.

제노는 온화한 말투로 심문하는 변호사처럼 물었다.

"'가족이 아무도 나를 많이 사랑하지 않았다'였어, 아니면 '누구도 나를 많이 사랑하지 않는다고 생각했다'였어?"

"'않는다고 생각했다……'였던 것 같아요."

"'않는다고 생각했다', 줄임말을 쓰지 않고 말이지."

"아무튼 딱딱하게 말했던 것 같아요. 격식을 차려서요. 영어를 잘 모르는 사람, 아니면," 줄리엣은 말을 끊었다가 이었다. "말수가 없는 사람처럼요."

"그녀가 '집에 돌아간다'고 말한 게 확실해?"

"'가족들이 나를 원한다고 하면'이라고 했어요."

"'나를 원한다고 하면.' 딱 맞는 구어체는 아니구나."

"가정법이잖아요. 아니면 영어 구사가 편하지 않은 사람일 거예요."

"너한테 말하는 게 편하지 않은 사람이거나."

"하지만 저는 그녀가 저를 모른다고 생각해요. 저를 어떻게 알겠어요."

"그러면 에이버릴파크의 네 전화번호를 어떻게 알아냈을까?"

줄리엣은 대답하지 않았다. 뒤쪽에서 카랑카랑한 목소리로 즐겁게 재잘대는 소리가 계속 들렸다.

"'집에 돌아간다'고 했으니—그래, 두고보자꾸나!"

제노는 웃음을 터뜨리고 전화를 끊었다.

서재 구석에 가까스로 발을 딛자마자 주저앉았다. 90킬로그램에 육박하는 몸이 가죽소파에 쓰러졌다.

컴벌랜드 애비뉴의 이웃에게서 전화가 걸려온 것은 그날도, 그다음날도 아닌 그다음주였다.

"제노? 누군가 당신 집 그네에 누워 있는 것 같아요. 현관 옆 덱에 있는 그네예요. 집사람 말로는 그 사람이 한 시간 전부터 거기 있었다는군요."

제노는 누구일 것 같냐고 물었다. 노숙자일까요?

그럴 것 같지 않았다. 컴벌랜드의 주거지역에는 노숙자가 없었다.

제노는 이웃에게 고맙다고 인사했다. 어쨌든 그날 늦게 차를 몰고 가서 집을 둘러볼 계획이었다. "내가 지금 가보죠."

참전용사들. 온 나라에 그들이 넘쳐났다. 뉴욕주 서부와 북부뿐만 아니라 애팔래치아 벽지 마을들, 서부와 남서부 히스패닉 지역사회들, 대평원지대의 주들에 테러와의 전쟁에 참가했던 용사들이 밀려들었다. 제대로 걷지 못하는 부상병들, (눈에 보이게, 또는 보이지 않게) 장애가 있는 '장애인'들. 강을 따라 달리다가 시내로 들어가 카시지 서부 노동자들이 주로 사는 지역을 지나자 참전용사들이 점점 더 많이 보였다. 젊은 남자들, 좀더 나이든 남자들이 목발을 짚거나 휠체어에 앉아 있었다. 검은 피부, 하얀 피부. 전쟁 부상자들. 아프가니스탄과 이라크에서의 전쟁이 서서히 끝나가고 있었고, 큰 파도가 밀려간 후 해변에 쓰레기가 남듯 참전용사들이 민간인의 일상으로 되돌아올 것이다.

정치인이자 진보주의자로서 제노 메이필드는 그들의 운명에 연민을 느꼈다. 순진한 애국심으로 희생한 군인들에 대한 연방정부의 보상은 시작되지도 못하리란 것을 제노는 알았다. 그럼에도 아버지로서 비이성적인 분노가 치밀었다. 젊은이들은 전쟁터에서 살인을 배웠고, 살인의 맛을 알고 고국으로 돌아왔고, 그의 딸이 그중 하나에게, 흥분하여 살인을 저지르는 살인기계나 다름없는 정신병자 손에 살해됐다.

비첨 카운티 보안국 역사상 브렛 킨케이드처럼 그렇게 오랫동안 횡설수설하면서도 숨김없이 자기 죄를 자백한 사람은 없었다고 한다. 그는 크레시다 메이필드뿐만 아니라 여러 번의 살인에 대해 말하는 것 같았다고 한다.

그는 소대 상관들의 이름을 말했다. 동료들의 이름을 말했다. 경찰은 그에게 그가 더이상 이라크 전장의 병사가 아니라 카시지에 사는 민간인이라는 것을 상기시켜야 했다. 희생자가 크레시다 메이필드라는 것을 상기시켜야 했다.

컴벌랜드 애비뉴의 변함없는 동네의 집들을 보자 제노는 가슴이 저미는 듯한 특별한 기쁨을 느꼈다. 쭉 늘어선 키 큰 참나무들과 참죽나무들. 집을 둘러보지 않은 지 일주일도 안 됐으니 당연히 그사이에 변한 것은 없을 것이다. 그런데도 부동산에서 집 앞과 보도에 꽂아놓은 매매/임대 팻말을 보자 그는 마음이 놓였다.

제노는 진입로에 차를 세웠다. 해질녘으로 접어들며 어둑어둑해져서 처음에는 덱의 그네에 앉은 형체가 보이지 않았다. 가까이 가서야 담요를 뒤집어쓰고 있는 누군가가 보였고—남자인가, 여자인가? 열두 살쯤 됐을까?—그들이 늘 덱의 그네에 놓아두는 엘엘빈에서 산 낡고 지저분한 빨간색 모직 담요였다. 여자의 형체였다. 소녀였다. 뼈대가 가늘었다. 머리색이 검고 얼굴 일부가 담요에 가려져 있었다. 몹시 추운 듯 몸을 한껏 웅크리고 있었다. (기온이 0도쯤 되는 날이었다. 진눈깨비가 내리자마자 녹았다.) 그녀는 거칠게 숨을 쉬었다. 더 가까이 다가가자 그녀의 숨소리가 들렸다. 몸 상태가 좋아 보이지 않았다. 911에 전화해야 할까? 더 가까이 다가섰다. 홈프런트연합에 가면 여성쉼터에 침상을 마련해주고, 자원봉사자 의사가 진찰하고 항생제를 처방해줄 텐데.

제노는 지저분한 담요를 덮어쓴 채 잠든 소녀에게서 몇 걸음 떨어진 곳에 서 있었다. 얼마나 웅크렸는지 발이 보이지 않았다. 그는 소녀가 맨발일 거라는 말도 안 되는 생각을 했다. 그녀는 열이 나고 아파 보였다. 의료처치가 필요해 보였다. 하지만 그는 소녀가 깨서 그의 존재를 알아차릴 때까지 거기 서 있자고 생각했다. 잠든 소녀를 깨울 수가 없었다. 그러면 마법이 풀릴 것 같았다.

16장
어머니

:

2012년 3월

그녀는 방금 쉼터에서 돌아왔다. 오후 여섯시에 쉼터 근무를 끝냈어야 하는데 더 늦게까지 일했다. 이날 까다로운 상황의 입소자가 있어 마운트올리브 경찰국에 연락하고 정신과 간호사까지 호출해야 했다. 살인협박을 하는 익명의 전화가 걸려왔기 때문이다. 저녁 여덟시 넘어서 크로스패치 레인에 있는 집에 돌아와 십 분도 채 안 됐을 때 초인종이 울렸다.

이런 저녁시간에 찾아오면 그게 누구든 문을 열기가 불안해진다. 생명의 위협을 받은 적이 한두 번이 아니었다. 숨어 있던 성난 남편, 애인, 포주에게 기습 폭행을 당하기도 했다. 젊은 여자들은 우먼스페이스를 피난처로 삼았다. 동유럽 태생으로 영어를 모르는 불법 이주자들은 추방을 겁냈다. 하지만 그들은 괴롭히는 자들에게서 달아났고, 마운트올리브 쉼터에서 보호를 받았다. 그들의 '고용주들'은 공격적인 변호사들에게 의뢰해 성추행과 폭력을 당했다는 여자들의 주장에 소송하겠다는 협박으로 맞섰다.

앨리샌드라가 현관문을 열러 나갔다. 아를렛은 친구의 억양이 높아지는 것을 들었다. 네?

앞쪽 현관에 그녀의 남편 제노와 딸 줄리엣이 서 있었다.

"이런."

아를렛은 완전히 어리둥절했다. 처음 든 생각은 이것이었다. 그들이 나를 강제로 집에 데려가려고 왔구나.

그녀는 두 사람의 얼굴을 보았다. 그들의 삶을 근본적으로 바꾼 일이 벌어졌다는 것을 알았지만, 그것이 뭔지는 짐작되지 않았다.

줄리엣은 그녀를 꼭 끌어안았다. 제노는 특유의 초조한 미소를 지으며 그녀의 어깨를 어루만졌다.

"엄마. 안에 좀 들어가도 될까요? 엄마가 앉을 만한 데로? 전할 소식이 있어요."

그녀는 몸을 떨었다. 그들의 눈에 묘하게 들뜬 기색이, 흥분 혹은 두려움이 어려 있었다.

아를렛은 주방 식탁 앞에 앉았다. 암 치료로 줄어든 체중에서 몇 킬로그램밖에 돌아오지 않아 그녀는 종종 기절의 기미를 느꼈다. 가끔은 남모르게 기절했고 아무에게도 말하지 않았다. 앨리샌드라는 제노와 줄리엣에게 자신은 위층에 있을 테니 필요하면 부르라고 말했다.

윙윙거리는 귀울림 속에서 그녀는 두 사람이 크레시다가 살아 있다고 말하는 소리를 들었다. 크레시다가 그날 카시지에 돌아왔다고 했다.

하지만 몹시 아파 지금 카시지병원으로 옮겨졌고, 아침에 병원에 가면 크레시다를 만날 수 있다고 했다.

제노는 크레시다가 지저분한 담요를 덮어쓰고 집 옆쪽 덱의 그네에 있는 것을 발견했다고 설명했다. 크레시다는 열이 높고 의식이 혼미하고 헛소리를 했다. 그는 크레시다를 차에 태워 응급실로 갔고, 폐렴 진단이 내려졌다.

병원으로 가는 길에 제노는 줄리엣에게 전화했다. 아직 아를렛에게는 알리고 싶지 않았다.

나중에 그는 크레시다가 죽을까봐 두려웠다고 설명했다. 도저히 그런 상황에서 아를렛에게 연락해 병원으로 오라고 할 수 없었다고.

크레시다가 살아 있다니! 아를렛은 남편과 딸이 무슨 말을 하는지 이해할 수 없었다.

크레시다는 플로리다에 있었던 것 같았다. 거기서 얼마나 있었는지, 어떻게 살았는지, 산림보호구역 안에서 무슨 일을 겪었는지 그들은 알지 못했다.

제노는 크레시다와 이야기할 수 없었다. 크레시다가 너무 아팠다.

아이가 어때 보였을까? 당연히 좀더 나이가 들었고, 무척 아파 보였다. 하지만 확실히 그들의 딸이라고 제노는 말했다. 크레시다가 분명하다고.

산림보호구역에서 브렛 킨케이드와 무슨 일이 있었는지 제노는 알지 못했다. 그는 급히 비첨 카운티 검사, 뉴욕주 교정당국, 브렛 킨케이드가 수감된 댄모라의 클린턴 남자 중범죄자 교도소로 연락했다.

제노는 크레시다가 위기를 넘기면 다른 조치도 취할 생각이었다. 브

렛 킨케이드의 살인혐의는 무고가 확실했다. 그는 경찰에 허위자백을
한 것이다.

어쩌면 그는 경찰들에게 강요를 당했을 것이다. 혹은 자신이 크레시
다를 살해했다고 정말로 믿었을지도 모른다.

브렛 킨케이드가 그녀에게 상해를 입히기는 했을 것이다. 하지만 증
언했던 것과 달리 그는 그녀를 죽이지 않았고 시신을 블랙스네이크강
에 유기하지도 않았다.

아직은 이것저것 따질 계제가 아니었다. 브렛 킨케이드가 부당하게
기소되어 실형을 선고받은 일은 나중에 처리할 생각이었다. 당장 신경
써야 할 것은 병원에 있는 크레시다였다. 그녀는 원격측정병동에서 열
이 39.6도까지 올라 목구멍에 호흡관을 끼고 사투를 벌이고 있었다.

아를렛은 까무러칠 것 같은 기분을 느끼기 시작했다. 그 소식을 듣
자 갑자기 밝은 빛이 뇌를 달군 것처럼 앞이 캄캄해졌다.

제노는 놀란 목소리로, 크레시다를 보자마자 알아봤다고 말했다.

크레시다? 돌아왔다고? 칠 년이 지난 후에? 하지만 그는 알아보
았다.

어제 이웃 남자가 제노에게 전화를 걸었다. 제노는 당장 차를 몰고
집으로 갔다. 현관 옆 덱의 낡은 그네에 누군가 담요를 덮어쓰고 누워
있었다. 얼굴 대부분이 담요에 가려진 어린 사람, 체구가 아주 작은 소
녀가 미동도 없이. 그는 그게 누구인지 당장 알아보았다.

그 즉시 믿을 수는 없었다. 알기는 했지만 믿을 수 없었다.

줄리엣에게 걸려온 의문의 전화 속—그녀는 잔인한 장난이라고 생
각했었다—그녀는 자신이 크레시다라고 했다.

"전화를 걸어도 받지 않았어요. 아빠에게는 알렸지만 엄마한테 여태 알리지 않은 건 엄마를 혼란스럽게 하고 싶지 않았기 때문이었어요."

제노는 아를렛에게 지치고 아픈 크레시다가 엘엘빈의 낡은 빨간색 모직 담요를 덮고 있었던 것을 자세히 말했다. "당신이 매번 쓰레기통에 내다버릴 때마다 내가 다시 꺼내왔던 담요 알지? 우리가 그네에 놔뒀던 것 말이야."

아를렛이 미소지었다. "그 해진 체크무늬 담요! 나는 당신이 버린 줄 알았는데."

빨간색 모직 담요를 덮어쓴 크레시다는 카시지병원 응급실로 옮겨졌다. 제노는 딸을 안아올려 그의 차에 태우고 운전을 해서 병원에 갔다. 도중에 911에 전화해 어떤 조치를 취했는지 말했고, 그런 다음 올버니에 있는 줄리엣에게 전화로 알렸다. 줄리엣은 당장 SUV를 몰고 올버니에서 달려왔고, 크레시다가 진단을 받고 원격측정병동으로 옮겨질 때쯤 병원에 도착했다. 줄리엣은 의식이 혼미한 동생을 보자, 겁이 나면서도 기쁨과 놀라움에 울음을 터뜨렸다.

크레시다는 많이 변해 있었다! 하지만 줄리엣은 어디서 보든 동생을 알아봤을 것이다.

그녀는 동생이 살아 있다는 것을, 그것이 사실일 수 있다는 것을 믿지 않았었다.

사람들이 (이론적으로) 크레시다 메이필드가 죽지 않고 살아 있을 수 있다고 추측한다는 것을 줄리엣도 알았다. 브렛 킨케이드 본인 주장과 다르게 (이론적으로) 그가 그녀를 죽이지 않았을 수도 있었다. 사람들은 그녀가 도망쳐서 아무도 그녀를 모르는 어딘가에서 살고 있을 가능성이 있다고 추측했다. 크레시다가 실종된 후 적어도 일 년 동안 인터넷에서 그런 추측들이 난무했지만, 줄리엣은 온라인 포르노를 피하는 것처럼 그런 포스팅을 외면했다. 그런 추측들이 사실일 수 있다고는 전혀 믿지 않았다. 그런데 지금—

"그애와 만나도록 병원으로 모셔가려고 왔어요, 엄마. 가요!"

"그래. 그래주렴."

아를렛은 희미하게 미소지었다. 그녀가 팔을 들고 부축을 받으며 일어나자 제노는 갈비뼈가 으스러질 듯 그녀를 꼭 껴안았다. 그랬다! 그녀는 그를 사랑했다.

물론 그녀는 남편을 사랑했고, 그를 떠난 것은 잘못이었다. 그리고 아를렛은 줄리엣을 사랑했다. 그녀를 사랑하는 사람들이 그녀를 데리러 왔다. 그들은 그녀가 극심한 충격을 잘 이겨낼 수 있도록 애썼다. 너무 행복해서 감당할 수 없는 충격을. 그리고 이제 병원에 데려가 잃어버린 딸을 만나게 해주려 하고 있었다.

그녀는 딸을 잃었다고 인정했었다. 죽었고, 잃어버렸다고. 왼쪽 유방에 감씨만한 혹이 왜 생겼는지 묻지 않았듯 신이 대체 어떤 이유로 딸을 데려갔는지 의문을 품지 않았고, 살면서 어떤 아픔, 수모, 슬픔에 대해서도 이유를 묻지 않았던 것은 인간이 하느님 안에 있고 하느님 없이 존재할 수 없듯 하느님 가슴 깊은 곳에 존재하는 모든 것의 정당성을 마음속 깊이 믿었기 때문이었다. 이 모든 것을 아를렛은 받아들였다. 그리고 불신 속에서 흔들리고 좌절했던 남편을 밀어냈다. 남편의 불신이 그녀에게 위협이 됐기 때문에 사랑하는 남편을 버렸던 것이다. 그러나 이제 그들은 딸을 되찾았다. 지금 신은 그녀에게 가장 심오한 신비를 보여주고 있었다. 이해하고 공감하려는 인간의 노력이 못 미치는 신의 신비처럼, 신의 자비라는 가혹한 논리도 인간이 검증할 수 없는 영역이었다.

아를렛은 코트를 입었다. 더듬거리며 코트를 입으려 했다.

제노는 자동차 열쇠를 흔들며, 우기는 듯한 다정한 목소리로 자신이 운전하겠다고 말했다.

17장
언니
:

2012년 4월

이제 나는 젊지 않은 것 같다. 마음이 늙었다는 생각이 든다.

내가 간직하고 있는 편지. 내가 가지고 있다는 것을 아무도 모르는 편지. 고이 간직하고 있다.

줄리엣 당신을 정말로 사랑하니까. 이것이 내가 아는 유일한 진실이야.

그리고 나는 그녀를 용서해야 한다는 것을 안다.

사람들은 나도 그들처럼 기쁨에 겨울 거라고 생각한다. 모두가 나를 그녀의 진정한 언니라고 생각한다. 세상이 그렇게 생각한다. 메이필드 자매, 재회했다.

하지만 나는 그녀를 용서하지 않았고, 그녀를 증오하는 것 같다.

그 증오의 감정이 생생하고 새롭고, 그로 인해 나는 숨을 쉴 수가 없다. 내 인생을 망치고 브렛 킨케이드의 인생을 망친 그녀를 어떻게 용서할 수 있을까. 그녀는 칠 년간 부모가 겪은 고통의 원인이었고, 그녀의 부재는 매시간 매 순간 그들의 삶을 갉아먹었다.

그녀의 이기심이 경멸스럽다, 세상은 병으로 잘못 해석하지만.

정신병, 심리적 고통, '기억상실'……

동생은 도덕적으로 결함이 있다. 정상인이 아니다. 늘 특별했고, 예술가였다. 특별하지 않고 예술가도 아닌 우리 보통 사람들은 그녀를 배려하고 맞춰줘야 했다. 무례하고 차갑고 이기적이어도 항상 용서해줘야 했다.

네 동생은 다른 여자애들과는 달라, 줄리엣. 나름의 방식대로 살겠지만 쉽지는 않겠지.

이제 나는 더이상 내가 기독교도라고 확신하지 않는다. 마음속에서, 나는 변했다.

하지만 누구에게도 드러낼 수 없었다. 줄리엣 메이필드는 메이필드 자매 중 예쁜 아이이고, 줄리엣이 아버지처럼 회의적인 비신자非信者가 되었으리라고는 아무도 예상 못하니까.

당신들 비신자들은 우월감을 확인하려고 우리를 이용한다. 당신들은 우리를 변하지 않고 변할 수도 없는 부류로 치부해야 할 필요가 있겠지.

우리를 무지하고 뇌가 이상한 사람들로 봐야 하겠지. 우리를 어린애로 봐야 하겠지.

하지만 나는 이제 어린애가 아니다. 스물아홉 살이다.

2006년 4월 이후 댄모라의 클린턴 남자 중범죄자 교도소에서 수감 생활을 한 브렛 킨케이드는 이제 서른세 살이 되었다.

우발적 살인으로 받은 형이 감형된다 해도 교도소 내에서 벌어진 '사건들'에 연루된 탓에 언제까지 수감될지 알 수 없다. 아버지의 청원으로 주지사가 감형을 해준다 해도, 브렛은 인생의 칠 년을 잃어버렸고 그 시간은 되찾을 수 없다.

오 줄리엣 정말 기적이야! 너와 부모님에게 얼마나 놀라운 일일까, 크레시다와 다시 만나다니. 가족 모두 얼마나 행복할까!

사람들은 그렇게 단언한다. 세상은 우리가 그럴 거라고 생각한다.

하지만 뭐가 기적인가? 동생이 칠 년간 스스로 우리를 피해 살다가 돌아왔다는 건 사실 기적이 아니다.

그녀는 죽음에서 귀환한 것이 아니다. 크레시다는 그런 것이 아니다!

나는 그녀의 고의였다고 생각한다. 그녀의 복수, 그녀의 앙심.

하지만 기적 같은 면도 있다. 아버지는 기쁨을 누리기 위해 이제 술을 마시지 않는다. 어머니는 내 기도가 응답받았어요. 나는 희망을 버리지 않았죠라고 진심으로 말할 수 있게 되었다.

신문에 실린 사진과 TV에서 메이필드 가족은 당연히 미소짓고 있다. 크레시다까지도.

공개된 곳에서 내 미소는 스위치로 켜지고 꺼지는 전등처럼 떠올랐다 사라졌다 한다.

예쁜 아이—스위치 켜짐, 꺼짐.

나를 사랑해, 나를 용서해줘. 그녀의 눈이 간청한다.

그녀는 언니가 자신을 사랑하지 않는다는 것을 안다. 예전의 가족사랑—우리가 어릴 때 내가 크레시다에게 느꼈던 사랑—은 사라졌다.

그녀가 죽자, 그녀가 '살해'되자, 나는 엄청난 공포와 함께 동생에게 연민과 사랑을 느꼈다—몇 년 전에.

하지만 이제는 그렇지 않다. 나는 그녀를 용서할 수 없다. 병원 침대 옆에서도 신에게 그렇게 고백했던 것 같다. 신은 내게 거짓을 둘러댄 사람들을 용서하는 예수 같은 힘을 주지 않았으니 이해하실 것이다.

크레시다의 폐렴은 더디지만 회복되고 있다. 병이 그녀를 헤집어놓아 앳된 모습은 간데없고 한을 품은 어른 여자로 보인다.

한, 후회. 참회.

크레시다는 장거리 버스를 타고 북쪽으로 오는 동안 아팠다. 병이 그렇게 심각해질 거라 짐작하지 못했다. 양쪽 폐가 감염된 위중한 상태였다. 카시지병원에서 그녀는 죽음의 고비를 넘겼다. 타블로이드 매체들이 시체를 찾는 독수리떼처럼 모여들었다. 칠 년 동안 죽은 줄로 알았던 여자가 가족에게 '기적'같이 돌아와 병원에서 폐렴으로 죽는다면 얼마나 아이러니할까, 얼마나 끔찍한 아이러니일까, 얼마나 놀라운 아이러니일까.

신은 내 마음을 들여다보고 알고 계신다. 나는 그녀가 플로리다에서, 나에게 전화하기 전에 죽기를 기도했던 것 같다.

다만 부모님이 달라졌다는 것. 그건 없던 일로 되돌리고 싶지 않다.

나는 그녀와 대화할 수 있을까. 함께 있는 걸 견딜 수 있을까.

우리는 화해할 수도 있었다. 브렛과 나는. 부상을 당했지만—그의 영혼이 변해버렸지만—나는 내 피앙세와 결혼할 수도 있었다. 내가 그러겠다고 서약했으니까.

아플 때나 건강할 때나 죽음이 두 사람을 갈라놓을 때까지.

그때 나는 충분히 강인했다. 나는 젊은 여자—더 젊은 여자—였고, 이상주의와 첫사랑의 힘이 넘쳤다.

몇 달간 그를 태우고 재향군인병원에 다녔다. 그를 재활클리닉에 데리고 다녔다. 그가 운동하도록 돕고, 함께 대화하고 웃으며 기운을 북돋워주었다. 우리 삶에 동생이 끼어들지 않았다면 나는 브렛 킨케이드와 결혼했을 것이다.

크레시다는 이렇게 말할 것이다, 내가 막아줬어! 언니가 육체적으로 정신적으로 불구인 남자와 결혼하는 걸 내가 막아준 거야, 그러면 나는 그녀의 면전에 대고, 나는 막아달라고 한 적 없어, 라고 말할 것이다.

칠 년간 나는 당신을 죽은 사람이라고 생각했어. 동생이 죽은 것처럼.

그런데 이제 동생이 살아났으니, 당신도 다시 삶을 돌려받게 될 거야.

아버지는 당신이 교도소에서 풀려날 거라고 믿어. 당신을 돕기 위해 아버지는 할 수 있는 일을 다 할 거야.

나는 당신을 만날 수 없어. 다시는 당신을 보지 않을 거야.

나는 당신을 볼 용기가 없었어. 어머니가 당신을 여러 번 면회했고 당신 이야기를 해주려 했지만 내가 막았어. 됐어요!

어머니는 나를 데려가고 싶어했어. 당신을 만나보라고. 하지만 나는 됐어요! 라고 말했어.

줄리엣 왜? 왜 싫어? 딱 한 번만 같이 가자. 브렛은 네가 보고 싶을 거야. 그가 네 안부를 묻는단다. 네 결혼생활, 네 아이들에 대해. 그는 네가 잘 지내서 좋다고 하더구나. 말하진 않았지만 브렛은 너를 여전히 사랑하고 있어. 너를 보는 건 브렛에게 아주 큰 의미가 있을 거야.

(나는 어머니가 제정신이 아니라고 생각했었다. 그녀의 기독교적인 용서를 미쳤다고 여겼다. 어머니가 교도소에 같이 가자고 했던 것을, 그러자고 간청했다는 것을 아버지가 알았다면, 그는 경악하며 불같이 화를 냈을 것이다. 네 어머니가 생각을 제대로 못하는구나. 너무 큰 상실을 겪어서 판단력이 흐려진 거야. 그 말 들을 것 없다!)

언젠가 나는 당신을 사랑하는 아내가 되겠습니다. 항상 그리고 영원히 아멘이라고 서약했어.

우리는 결혼식을 올리지는 않았어. 혼인하지는 않았지. 하지만 당신에게 서약했고, 당신도 내게 서약했어. 우리 구세주 예수님께 항상 그리고 영원히 아멘 하듯이.

그것은 바뀌지 않을 거야. 우리가 서로를 다시 못 본다 해도.

새로운 인생에서 나는 행복한 여자야. 축복받았어, 애정이 깊은 남편과 예쁜 아이들이 있어.

나는 강인하고, 그녀를 용서할 수 있어. 아버지는 그녀를 용서하라고, 그녀 잘못이 아니라고, 칠 년 동안 사라진 채 지냈던 것이 불법도 아니니까 법적으로 크레시다가 비난받을 일은 없다고 말했어.

그러면 도덕적으로는요? 도덕적으로는 유죄인가요? 나는 아버지에게 물었지.

그러자 아버지는 신중하게 대답했어. 아니. 크레시다는 도덕적으로

나 법적으로 유죄가 아니야.

왜 도덕적으로 유죄가 아니죠, 아버지? 내가 물었어.

차분하게 던진 질문이었어. 열을 내며 분노에 차서 대든 게 아니었어. 하지만 아버지는 예쁜 아이가 그런 흉한 말을 입에 담는 것은 처음 본다는 듯이 나를 빤히 쳐다봤어.

네 동생은 아팠어. 우리는 그애가 어떻게 지냈는지 몰라. 몸이 망가졌어. 힘겹게 살아온 것 같아. 우리는 크레시다를 심판할 수 없어. 그애가 우리에게 돌아온 것만 기뻐하면 돼.

하지만 나는 그녀를 심판할 수 있어. 나는 그녀를 심판해. 모질게.

크레시다는 브렛 킨케이드를 풀려나게 하려고 돌아온 거야. 몇 년이 지난 후에야.

나는 조만간에, 몇 달 안에 브렛이 가석방 신청자격을 얻거나 감형되기를 바란단다.

아버지는 생각에 잠겨, 이제는 말끔히 면도한 턱을 파르르 떨며 말했어. 술을 끊어 손도 덜 떨고 말소리도 분명해졌어.

그러나 아버지에게는 말하지 않았어. 브렛 킨케이드는 내 진정한 사랑이었어요. 내가 변했다고 해도 그 사실은 변하지 않아요. 내 사랑을 망친 그애를 영원히 증오할 거예요.

그녀는 용감하게 말한다. 하지만 나는 하고 싶어! 꼭 해야 할 거야.

그녀는 말한다. 더이상 숨을 수는 없어.

크레시다가 퇴원하고 사흘 후, 어머니와 나는 그녀를 태우고 프렌드십파크에 갔다.

운전은 내가 했다. 어머니는 조수석에 앉아 있고, 크레시다는 뒷좌석에 뻣뻣하게 앉아 마치 통증을 예상하는 듯 어색하고 심각한 표정을 지었다.

백미러에 그녀의 얼굴이 이지러진 달처럼 맴돌았다.

창백한 피부, 그늘진 눈, 구불거리는 검은 머리는 병치레에 숱이 줄었다. 저 여자가 내 동생인가? 크레시다가 돌아온 후로 나는 그녀를 보면, 이렇게 가까이에서 볼 때마다 충격을 받는다. 나는 생각한다. 크레시다는 동정받아야 할 사람인데 왜 나는 그녀를 동정할 수 없을까. 그녀가 여러 사람의 인생을 망치고도 자신을 구하지는 못했는데.

크레시다는 병원에서 더디게 회복했다. 병원내감염으로 목숨을 잃을 수도 있었다. 우리는 그녀의 간이 손상됐고 회복 불가능할 거라는 말을 들었다. 백혈구 수치가 높고 빈혈이 있었다. 초기에 혈액검사에 이상이 나타났고, HIV 양성일 수도 있다는 표시였지만, 전반적으로 회복하면서 그 걱정은 수그러들었다.

(HIV 양성! 가족은 경악했다. 크레시다가 어쩌다 감염됐을까? 칠 년 동안 그녀의 삶이 어땠길래?)

4월 말 햇살이 포근한 오후. 노토가강은 깨진 유리처럼 빛을 반사하고, 물가에는 막 싹이 트고 있는 연한 나무들 사이로 바람이 불고 있었다. 프렌드십파크 안, 웅장하고 고풍스러운 빅토리아풍 정자의 계단에서 눈부시게 하얀 드레스를 입은 젊은 여자가 사진촬영을 하고 있었다. 젊은 신부와 신랑의 웨딩촬영이었다. 신부는 긴소매의 긴 드레스를 입고, 정자 계단 아래까지 늘어지는 베일을 썼다. 사랑스러우면서도 어리석어 보인다. 윤나는 옅은 금발을 땋았고, 바람에 레이스 베일이 머리부터 흔들린다. 이 광경을 구경하느라 나도 모르게 액셀에서 살짝 발을 뗐지만, 결국 어머니가 내 공상을 방해했다. 그래, 둘이 아름답지 않니.

그녀는 할말이 더 있는 것 같다. 그래. 그런 위험을 감수하겠다니 둘이 용감하지 않니.

내 웨딩드레스. 디자인은 정말 예뻤지만 재봉되지 않았다. 아주 사랑스러운 아이보리색 레이스, 아이보리색 실크, 레이스로만 된 등판, 주름잡힌 보디스와 퍼지는 스커트는 바느질되지 않았다.

내 베일, 내 '드레스자락'.

(신부의 드레스자락이 땅바닥에 질질 끌려 더러운 계단을 타고 내려가는 건 진짜 바보 같은 일이다. 아름답고 값비싸고 눈부시게 흰 실크가 저렇게 금방 더러워지는데 뭐 때문에 입을까.)

웨딩드레스 디자인은 우리를 사로잡았다. 사랑하는 어머니와 나를.

그래서 지금의 남편과 결혼할 때 나는 마치 재혼하는 기분이었다.

초혼은 식을 올리지는 않았지만 아직도 나를 사로잡고 있다. 재혼은 식을 올렸지만 내 기억에 새겨지지 않았다.

우리는 '신랑신부'가 아니었고—전통적인 신랑신부 예복을 입지 않았다—화려한 예식 없이 결혼했다. 스테드먼 집안의 친구인 올버니의 판사가 주례한 의식에 따라 거행한(이런 표현이 맞나? 적절한 것 같긴 하지만) 식이긴 했다.

우리는 신랑신부 예복을 입지 않았다. 주중의 한낮이었기 때문이다. 남편의 친구가 일하는 사무실이었기 때문이다. 법률 서적들과 간행물들이 바닥부터 천장까지 쌓여 있는 곳이었기 때문이다. 따뜻하지만 단출한, 교회 예식이 아닌 예식에 우리 가족 말고는 거의 초대하지 않았기 때문이다.

나는 탁한 크림색 모직 정장을 입었다. 어머니가 나를 위해 할인가 85달러에 구입한 주름치마 정장은 '중고' 베르사체였다. (우리는 정장을 구입한 뒤에야 소매에 희미한 얼룩이 있다는 것을 발견했다. 하지만 아주 흐려 아무도 못 알아볼 거라고 어머니는 확신했다.) 데이비드는 짙은 색 줄무늬 정장에 흰 실크 셔츠를 입고 커프스링크를 했다.

그것은 내가 바란 대로였다. '비공개 스몰' 웨딩. 피앙세의 삶의 풍경을 더 명확히 알게 된 데이비드 역시 그런 결혼식을 바랐다.

호시탐탐 기회를 엿보는 '뉴스 미디어'가 내 새로운 삶, 결혼, 남편에 대해 알까봐 항상 두려웠다. 그들이 머지않아 내 아이들이 태어난 것까지 알아낼까봐 겁을 먹었다.

무엇보다 먹이를 노리고 모여드는 맹금류같이 가차없고 몰인정하고 빈틈없는 타블로이드 매체가 겁났다. 그런 매체는 먹이를 물려고 조바심치며 커다랗고 검은 날개를 펄럭이며 공중을 맴도는 맹금류 같은 본능을 가지고 있었다.

갑자기 어디선가 맹금류가 모여든다. 초파리가 보이지 않을 만큼 작은 알을 과일 껍질 위에 낳으면 과일이 스스로 미세한 초파리들을 만드는 것처럼 보이듯이.

데이비드 전에 다른 남자들을 만났고—불과 몇 명이지만—그들은 '타블로이드 신문에 나오는 오명' 때문에 내게 끌린 것 같았다. 한동안 사귀면 그 사실이 드러났다. 하지만 데이비드 스테드먼은 묻지 않았다. 그도 크레시다와 브렛 킨케이드 상병에 대해 알았던 것 같지만, 어느 저녁 내가 그에게 털어놓기 전까지, 그는 물은 적이 없었다.

그러자 데이비드는 내 손을 잡고 손등에 입을 맞췄다. 그는 충동적인 사람이 아니며, 나는 아버지가 그와 함께 있는 자리를 불편해한다는 걸 안다. 데이비드가 제노 메이필드의 농담에 쉽게 웃지 않기 때문이다. 그날 데이비드는 나를 사랑하고 모든 해로운 것들로부터 나를 지켜주겠다고 말했지만—과거를 없던 일로 되돌릴 수는 없어. 그러니까 우리는 함께 미래를 기대하자—그런 말로 확신시켜줄 필요가 없을 만큼 성실하고 믿음직한 사람이다.

남편을 사랑하느냐고 묻는다면, 그렇다, 무척 사랑한다. 남편과 두 아이를 내 생명보다 더 사랑한다!

그런데 어떻게 그녀를 미워할 수 있을까, 데이비드와 내 아이들과 함께하게 해준 동생을 어떻게 순전히 미워할 수 있을까. 이게 내 미래인데.

그러니 어찌 자기 자신뿐만 아니라 다른 사람들에게 상처 주는 줄도 모르고 막무가내로 행동한 동생을 용서하지 않을 수 있을까.

당신이 전쟁터에서 돌아오지 못했을 때에만 열어보라고 부탁한 편지에 당신은 내 다른 남자, 남편과 아이들에 대해 썼었지. 그애들은 당신의 아이들이기도 할 거라고.

당신이 이라크에서 죽는다면. 당신이 부상을 입고 죽는다면. 당신이 돌아와 나와 결혼하지 못하게 된다면.

그래서 가끔 나는 데이비드 스테드먼과 나 사이에 생긴 아기들이 당신 아기들이기도 하다는 생각을 해.

당신이 두번째로 떠나 그곳에서 그렇게 크게 다치기 전. 당신의 영혼이 다치기 전. 우리가 함께 슬퍼하던 그때. 아주 오래 떨어져 지내야 하고 아직 확실한 계획도 없었지만 우리는 함께 누워서 순수한 행복을 느꼈고, 그때 나는, 내가 지금 임신을 하게 되면 우리 둘의 사랑이 축복받는 사랑이라는 것을 알 텐데, 라고 생각했었어.

그리고 당신의 말이 내 머릿속에서 메아리쳤었어. 나는 큰 소리로 말하진 않았어. 뭔가가 오늘밤에 결정된 것 같아, 그렇지 않아? 오 하느님.

함께 그런 행복에 젖었었지. 우리가 누운 침대 주변에서 순수하게 불꽃이 타올라 우리의 눈을 가린 것 같았어. 불꽃이 우리를 덥히고 모든 사람에게서 우리를 보호해주는 것 같았어.

"아름다워요. 정말 아름다운 날이에요."

우리는 차를 몰고 프렌드십파크에 갔다. 크레시다가 처음 햇빛 속으로 나간 날이었다. 그녀는 열심히, 정신없이 주위를 둘러보았다. 낯익은 풍경이었고, 어린 시절 우리는 프렌드십파크로 소풍과 나들이를 자주 갔었다. 하지만 이제 크레시다에게는 주위의 풍경이 다르게 보이는 듯했다. 그리고 아를렛이 그녀에게 달라진 점들을 가리키며 말해주고 있었다. 새로 단장한 야외 연주무대, 넓어진 놀이터.

크레시다의 눈은 빛에 민감해서 내가 쓰던 선글라스를 쓰고 있었다. 머리에는 엄마가 가발을 쓰기 전에 두르는 색이 화려한 스카프를 두르고 있어 밝고 회복해가는 분위기를 풍겼다.

우리는 크레시다에게 그녀의 이름을 딴 추모 산책코스가 있다고 이야기했었다. 벤치에 크레시다 메이필드 1986~2005라고 적은 현판이

붙어 있다고 귀띔했었다. 그녀는 현판을 멍하니 바라보았다. 그리고 손
끝으로 현판을 훑어내렸다.

"저를 위해 이걸 하신 거예요, 엄마? 정말 아름다워요."

"나 혼자 한 게 아니야. 다른 사람들이 기부를 해줬어. 제노와 줄리엣
도 도왔고, 당연히 그랬지."

그게 사실일까? 아버지가 그 일에 관여했다는 건 의심스럽다. 그는
우리의 사적인 상실에 사람들이 과하게 주목하는 것을 못 견뎌했었다.
그리고 나도 그와 같은 이유로 최소한의 관여만 했다.

어머니는 공개적으로 슬퍼했고, 다른 사람들이 그녀의 잃어버린 딸
을 기억에 간직해주길 간절히 바랐다. 그녀는 딸의 실종을 카시지 지역
사회 공동의 기억으로 만들려 했다. 그녀는 내게 자식을 잃은 다른 어
머니들과 끌어안고 같이 울었다는 이야기를 했었다.

마치 슬픔의 강이 있는 것 같았다. 그리고 우리는 모두 강으로 들어
가 물살에 휩쓸려야 했다.

"마치 제가 유령 같아요. 돌아온 유령."

크레시다는 목쉰 소리로 속삭였다. 폐렴 때문에 성대가 꺼끌꺼끌
했다.

어머니가 말했다. "현판은 곧 떼어버릴 거야! 공원관리국에서 약속
했단다."

"여기 카시지 사람들은 모두 저를 미워하죠? 제가 그들 입장이라면
저도 그럴 거예요."

"크레시, 아니야! 절대 그렇지 않아. 모두 네가 아픈 걸 이해한단다."

어머니는 햇빛이 쏟아지는 벤치에 앉아 있었다. 그녀가 크레시다와

내게 와서 앉으라고 손짓했고, 나는 옆에 앉았지만 크레시다는 계속 서 있었다.

크레시다는 가벼운 카키색 바지와 풀오버 스웨터를 입었고, 여전히 아주 마르고 피부는 병색이 짙어 창백했다. 하지만 예전의 활력을 찾아가고 있어 드문드문 기운을 냈다.

그녀가 왼손 중지에 낀 별 모양의 반지는—은 같았다—예쁘지가 않았다. 가는 그녀의 손가락에 너무 커서 반지 주변에 대충 끈을 둘둘 감아놓았는데, 그녀는 무의식적으로, 미친듯이, 초조한 듯이 그 반지를 잡고 습관처럼 빙빙 돌려댔다. 언니로서 그만 좀 하라고 그 손을 찰싹 치고 싶어 견딜 수 없을 정도였다.

우리가 둘 다 어린 소녀일 때, 크레시다에게는 사람을 미치게 만드는 습관들이 있었다. 발을 달달 떨고 꼼지락대고, 식탁 의자에 앉은 채 예의 없이 크게 한숨을 쉬며 몸을 뒤척였다. 머리를 벅벅 긁고 얼굴과 겨드랑이를 세게 문지르기도 했다. 작은 원숭이처럼 거기 말고 다른 어느 곳을 더 긁는지는 알 수 없었지만. 부모님은 '크레시'가 귀엽다고 믿었을까?

그애의 냉소, 남의 말을, 특히 언니의 말을 자르는 습관을 그들은 매력적이라고 생각했을까? 몇 안 되는 여자친구들에게 못되게 굴고, '인기 있는' 반 친구들과 교사들에 대해 시건방지게 비꼬는 것을 기특하다고 생각했을까? 내 인생에서 어머니에게 충격을 준 것은 단 한 번, 아이를 갖는 게 걱정스럽다고 어머니에게 힘없이 말했을 때였다. 우리 가족이 가진 '자폐증'이나 '경계성 인격장애' 종류의 유전자를 아이에게 물려줄게 될까봐 걱정된다고 말했을 때였다. 그것이 무엇이든 크레시다를 규정하는 유전자를 아이에게 물려줄 수는 없다고 말했을 때였다. 그러자 어머니는 전혀 이해할 수 없다는 듯이 나를 멀뚱멀뚱 쳐다보기만 했다.

줄리엣 대체 그게 무슨 말이니? 나는 이해가 안 되는구나.

그러자 나는 얼른 그 이야기를 접었다. 하지만 그때 나는 결혼을 약속했던 데이비드에게 내 걱정을 말하고 상의했다. 그러자 데이비드는 말했다. 줄리엣 제발 그런 생각 하지 마! 우리 아이들은 아름답고 똑똑하고 완벽할 거야. 믿음을 가져.

크레시다가 내게 플로리다에서의 생활을 말해주었다. 어떤 여자와 여러 도시 여러 곳을 전전하며 살았고, 둘이 서로 사랑하기는 했지만 연인 사이는 아니었다고 했다.

이 말을 듣고 충격을 받았다. 물론 크레시다는 이제 아이가 아니었고, 스물여섯 살 성인 여자였다. 우리는 섹스나 어떤 종류의 성적/감정적 문제에 대해 이야기해본 적이 한 번도 없었다. 크레시다는 그런 취향을 자신과는 거리가 먼 약한 면모로 치부하고 경멸하는 성향이 있었다.

크레시다는 사랑에 빠져본 적이 없다고 말했다. 말하자면 그녀가 사랑하는 사람에게 사랑을 받아본 적이 없다는 뜻이었다.

여기서 잠시 말이 끊어졌다. 예의상의 침묵이 아니었다. 입을 다문 크레시다의 눈꺼풀이 떨렸다.

그래 나는 그 사람을, 언니의 피앙세를 사랑했어. 당연히 그를 사랑했고 내 이기적인 사랑이 우리의 인생을 갑자기 망쳐버렸어.

크레시다는 자신은 다만 사랑을 배우고 있는 거라고 조심스럽게 말했다. 그 안에 행복이, 내밀한 의미가 있을 수 있다고. 타인을 사랑하되 돌려받을 거란 기대를 하지 않는 것을 배우고 있다고.

그녀에게 고함을 지르고 싶었다. 손을 찰싹 때리고 손가락에 낀 조악한 반지를 빼버리고 싶었다.

나는 예전의 상냥한 줄리엣처럼 조용히 말했다. 그래, 그게 삶일 수 있지. 풍성하고 온전한 삶—사랑하는 것이.

오래전 동생에게 들은 비수 같은 비난이 기억났다. 그녀는 지역사회 단체에서 자원봉사하는 다른 식구들을 조롱하기 위해, 사회복지사들에 대해 오든이 쓴, 사람들을 돕는 목적에 대해 관한 싯구를 재치 있게 인용해 냉소하며 말했었다.

하지만 지금의 크레시다는 진심으로 말하고 있었다. 이제 우리는 그녀의 말을 있는 그대로 알아들어야 했다.

사랑하는 것!

크레시다는 나뭇조각이 깔린 산책로를 한동안 제 발로 걷지 못하는 사람처럼 걸었다. 숲과 잇닿은 길은 약 2마일의 순환로였다. 어머니와 나는 그 산책로를 서툰 아이처럼 불안하지만 열심히 걸어가는 그녀를 지켜보며 더듬더듬 손을 맞잡았다.

둘 다 손이 찼다. 어머니의 손은 언제나 찼다.

내 머릿속에 이런 생각이 떠올랐다. 저애는 또 도망칠 거야. 사라질 거야. 이번에는 강물 속으로. 그래서 우리에게 돌아온 거야, 종지부를 찍으려고.

공원 절벽에서 50피트 아래는 노토가강이고, 머리 위 하늘 높이 떠가는 구름들은 재빠르고 우스꽝스러워 보였다. 아직도 밤에는 쌀쌀했지만 4월 말의 낮은 온화하고 포근했다. 중력이 끌어당기듯 강이 미묘하게 우리를 잡아당기는 것을 느낄 수 있었다.

브렛이 내 인생에서 떠난 후, 내 사랑하는 브렛이 우스꽝스러운 작은 종이배처럼 나를 떠나보내버린 후, 나는 가끔 강 위의 난간에 기대섰다. 그리고 혼잣말을 중얼거렸다. 예수님은 나를 놓지 않으실 거야, 이건 잔인해. 그런데 어째서 예수님은 내 피앙세를 내게서 돌아서게 하셨을까.

카시지 사람들은 줄리엣 메이필드가 나서서 브렛 킨케이드 상병과 파혼했다고 믿었다. 메이필드네 예쁜 딸은 경박한 기회주의자니까 무례한 말, 불쾌한 눈길, 경멸을 받을 만하다고 믿었다.

그런 오해를 바로잡을 수가 없었다. 그들은 듣는 데서 말하지 않고 넌지시 중얼댔으니까. 거울에 비친 뿌연 상들처럼 못마땅한 표정들이 눈에 들어왔다.

브렛 역시 결국에는 나를 조롱했다. 마치 그의 망가진 몸이, 흉터 있는 얼굴이 나를 조롱하는 것 같았다. 포기해. 이건 못해먹을 노릇이야. 네 인생을 찾아 도망쳐. 뒤도 돌아보지 말고.

나뭇조각이 깔린 길에서 등산객들은 튼튼한 근육질 다리로 빠르게 크레시다를 지나쳐 갔다. 산책하던 사람들은 그런 상황에서 흔히 그렇듯 인사는 하지만 그녀가 누군지 알아챈 기색을 드러내지 않았다.

4분의 1마일쯤 걸은 후 크레시다는 돌아왔다. 힘이 다 빠져서 돌아올 수밖에 없는 것 같았고 절룩대며 가까이 오더니 불쑥 눈물을 터뜨렸다.

기절하는 걸까? 푹 주저앉으려는 걸까? 우리는 놀라서 바라보았고, 그녀는 길옆 풀밭에 갑작스럽게 무릎을 꿇고 앉았다. 그녀의 목쉰 소리가 들렸다. "정말 고마워. 정말 고마워." 그녀는 참회하는 사람처럼 양팔을 벌리고 엎드렸고, 얼굴은 초봄의 여린 풀들에 가려 보이지 않았다. 그녀는 되찾은 삶에 대한 감사의 말을 중얼거리며 땅에 입을 맞추려는 것 같았다.

그녀가 매몰차게 싫다고 했었던 이 땅에. 하지만 그녀는 이 땅을 열렬히 사랑하고 있었다.

나는 그것을 알았다. 크레시다에게 설명을 들을 필요도 없었다.

너는 망가졌었지. 하지만 이제 낫고 있어. 우리도 너와 함께 낫겠지. 우리는 너를 사랑해.

집으로 가는 길에 크레시다가 말했다. 언니 날 용서해줄래?

나는 차분하게 말했다. 용서할 게 어디 있어.

에필로그

:

2012년 4월

긴 담장을 따라 운전한다.

끝이 없는 (보이지 않는) 60피트 높이의 담장.

나는 혼자 댄모라로 가는 중이다. 댄모라에 있는 최고보안 수준의 교도소에 가서 나 혼자 브렛 킨케이드를 만나려 한다.

어머니 없이 나 혼자 그를, 브렛을 만나려 한다. 어머니는 함께 만나자고 했지만, 나는 아니라고, 그러면 내게 너무 쉬운 일이 된다고 거절했다.

산길을 운전한다. 애디론댁산맥의 좁은 도로들은 구불구불해서 최면에 걸릴 것 같다.

나의 새로운 삶. 내가 되찾은 인생. 워터먼 스트리트에서 자전거를 타다 넘어졌을 때 브렛이 도와주러 달려왔던 일은 늘 기억 속에 간직할 것이다.

그가 타이어에 닿지 않게 흙받기와 손잡이를 바로잡아주었던 것도.

그날 그가 나를 집까지 태워다주었던 일을 늘 기억 속에 간직할 것이다. 그의 마음을 고스란히 보여준 친절과 다정함.

또다른 브렛, 킨케이드 상병, 그는 낯선 사람이다.

그 또다른 브렛 역시 사랑받아야 한다.

아버지는 브렛이 일 년 안에 석방될 거라고 확신한다. 아버지는 되살아나 예전의 스타일을 찾았고 생기 있게 여기저기로 전화를 건다. 이 사건을 처리한 카운티 검사에게, 뉴욕주 최고 법원에, 주지사 사무실에, 재향군인국에, 워싱턴디시에 있는 사면국 검사에게.

또 재향군인단체도 있다. 상이군인을 위한 프로젝트.

나 또한 아버지를 도울 것이다! 브렛을 돕기 위해 내가 할 수 있는 일을 다 하려 한다.

브렛, 당신에게 간청합니다! 당신이 아무리 여기 오래 수감되어 있더라도 나는 댄모라에서 살 거고, 당신의 친구가 될 겁니다.

당신을 사랑하는 친구가 되겠지만, 당신이 나를 사랑하리라 기대하지 않을 거라는 건 알아줘요.

나는 이제 더이상 아무것도 모르는 아이가 아닙니다. 나는 어른이에요.

어머니는 브렛이 다른 사람이 됐다고 말했다. 그는 우리가 아는 상처 입은 사람이 아니며, 우리가 알던 젊은 브렛도 아니라고. 고통스러운 잠에서 완전히 깨어나려고 애쓰는 사람이 됐고, 나를 기꺼이 만나줄 거라고 했다.

어머니는 브렛에게 면회를 허락해달라는 편지를 보내보라고 내게 조언했고, 그는 좋다고 답했다.

그에게 보낸 내 편지는 짤막했다. 그의 답장은 더 짤막했다.

어머니가 말했다. 브렛에게 계속 말하려고 하지 않아도 돼. 그냥 둘이 함께 앉아 있기만 해도 된다. 그를 초조하게 하지 않는다면, 브렛도 너를 초조하게 하지 않을 거야. 무슨 말을 해야 할지 확신이 서지 않으면, 적당한 말이 저절로 떠오를 때까지 아무 말도 하지 말고 가만히 기다려.

퀘이커교도처럼, 내적인 빛을 기다려.

나는 그럴 것이다. 내적인 빛을 기다릴 것이다.

애디론댁의 소도시 마운틴폴스에 있는 식당에서 웨이트리스가 내게 댄모라에 가느냐고 묻는다. 나는 그렇다고 대답한다. 그녀는 교도소 면회객은 늘 마운틴폴스에 들른다고 말한다. 대부분은 어머니나 아내, 여자친구 같은 여자라고. 수감되고 일 년쯤 지나면 면회하러 오는 사람은 줄어들고 계속 오는 건 여자들밖에 없다고.

웨이트리스는 내게 특별한 사람을 만나러 가는 거냐고 묻는다.

이 묘한 질문에 어떻게 대답해야 할지 난감하다. 그녀에게 그렇다고, 그는 특별한 사람이라고 말한다. 이라크전쟁에 나갔다가 중상을 입었지만, 뉴욕주에서는 최고보안 수준 교도소에 수감하지 못할 만큼 심하다고 보지는 않았다고.

나는 말한다. 이게 첫 면회예요. 댄모라에서 하룻밤 보내고 아침에 그를 만날 거고 나는, 아마도 나는 겁을 내겠죠……

웨이트리스는 다른 손님들이 듣지 못하게 소리를 낮춰 말한다. 아, 이봐요, 다들 겁내지만 익숙해질 거예요. 죄수복을 입은 그를 처음 볼 때가 가장 힘들지만 곧 일상처럼 느껴진다고요, 알겠죠? 나도 아는 사람을 면회하러 거기 가본 적이 있어요.

웨이트리스가 댄모라의 교도소 면회에 대해 알려준다. 검색대를 통과할

때 겪게 될 일. 자동판매기가 작동이 안 될 때도 있다는 것. 교도관은 교도
소 안으로 들어가지 못하게 가로막을 권리가 있는 사람들이므로 그들이 뭣
같은 짓을 해도 예의를 지키고 공손히 받아들여야 한다는 것. 면회하기 위해
장거리를 운전해 왔는데 자칫 교도관이 다 망쳐버릴 수도 있다고.

나는 식당의 칸막이 자리에 앉아 있다. 인조 참죽나무 테이블이 놓여 있
다. 지독하게 나약한 기분이 밀려들어 쓰러질 것만 같다. 눈물이 나올까봐
겁이 난다. 낯선 사람들 앞에서 감정이 무너질까봐 두렵다. 웨이트리스가 그
런 그녀를 보고 말한다. 아, 이봐요. 괜찮을 거예요. 정말, 괜찮다니까. 그냥
감당해요, 한 번에 숨 한 번씩 쉬는 것처럼.

중요한 건 울지 않는 거예요. 그를 봐도 울지 말아요. 울어봤자 그 사람에
게나 당신에게나 아무 도움도 안 되니까. 남자는 눈물을 보고 싶어하지 않아
요. 눈물을 보는 건 그에게 위험한 일이거든. 남자는 울음을 싫어하니까. 그
러니까 울면 안 돼요.

375번 고속도로를 달려 댄모라로 간다. 멀고 고된 여정이다. 그런 거리
를 혼자서 운전하는 건 무모하다고 아버지는 못마땅해했다. 어머니가 동행
하고 싶어했다. 줄리엣은 아무 말도, 단 한 마디도 하지 않았다.

언니는 여전히 브렛 킨케이드를 사랑하고 있다. 순수함으로 빛나는 젊은
군인을. 그녀는 부상당하기 전의 브렛 킨케이드에 대한 기억과 사랑에 빠져
있다. 그래서 그를 만나서 그 사랑을 다시 느끼고 싶지 않은 것이다. 그 열
망이 또 한번 일깨워지는 것을 원치 않는 것이다.

나는 그 사랑을 이해했다. 이해했고, 질투심과 심술 때문에 씁쓸했다. 그
래서 나는 그들의 사랑을 죽였고, 진정한 용서를 바랄 수 없다.

나는 그 사실을, 진정한 용서를 바랄 수 없다는 것을 받아들여야 한다. 나

는 줄리엣의 용서를 바라지 않을 것이다. 혹은 브렛의 용서를.

수감되어야 할 사람은 크레시다다. 똑똑한 아이 크레시다가 나병 환자처럼 긴 담장 안에 있어야 한다.

고속도로 옆으로 보이는 높고 긴 담장과 첫 표지판이 주는 충격──클린턴 남자 교도소.

오리온 교도소에서 느꼈던 감금된 것 같은 불쾌한 느낌, 절망감. 사형장, 죽음을 가둔 녹청색 다이빙벨.

갑작스러운 무너짐, 절망의 감각이 기억난다. 마치 몸의 분자들이 해체될 것 같은 느낌. 몸의 고유수용성감각이 씻겨내려간 기분.

나는 사형대에 누워 있었다. 손목과 발목에 끈이 있었다. 하지만 결박되지는 않았다. 독물주사를 맞지도 않았다. 나는 죽지 않았다.

어머니가 내게 경고했다. 얘야 감옥은 바깥에서도 무시무시한 곳이란다.

용기가 필요할 거야. 그에게 네 고통을 감추려면 힘이 필요할 거야.

나는 마음을 굳게 먹었다. 댄모라로 이사해서 그와 가까이 있으면서, 가능하면 버몬트주 벌링턴에 있는 대학에 다닐 생각이다. 브렛에게 책을 가져다주고, 가능하다면 공부를 도울 것이다, 가능하다면……

나는 브렛 킨케이드와 세상을 잇는 고리가 될 것이다. 그가 허락해준다면.

긴 담장을 따라 운전한다. 곧 댄모라 경계 안의 시내다. 앞으로 몇 달간 내가 익숙해질 곳이다.

높고 긴 콘크리트 담장은 끝이 없는 것처럼 보인다. 동화를 각색한 영화에 나오는 것과 비슷하다. 담장 때문에 운전석에서는 오른쪽이 잘 보이지 않아 폐소공포증을, 갇힌 것 같은 기분을 일으킨다.

규칙은 이렇다. 면회객이 도착하면 교도관이 그 수감자를 호출한다. 수감자가 면회실에 들어와야만 면회객이 시설에 들어갈 수 있다. 그런 다음 면회 마지막에 수감자가 호위를 받아 나간 뒤에 면회객이 그곳에서 나온다. 어머니는 둘 사이에는 플렉시글라스 창이 가로놓여 있을 거고, 그 창에 있는 작은 구멍들을 통해 대화를 주고받지만, 곧 자연스러워지게 될 거라고 했다.

언제쯤이면 그게 브렛 킨케이드와 나에게 자연스러워질까? 궁금하다.

높고 긴 담장을 따라 운전해서 댄모라의 마을로 들어간다. 긴 담장을 지나간다.

2부의 요약본이 2011년 로디 도일이 편집한 파이팅 워즈에 실렸다.

헌터 칼리지의 허톡 연구원으로 이 원고를 세심하게 읽어준 전직 해병대 병장 매리엇 칼리노스키와 마틴 퀸에게 감사한다. 한결같은 우정과 날카로운 눈과 귀, 완벽한 문학적 판단력을 지닌 그레그 존슨에게도 감사를 전한다.

심오한 어둠을 지나 귀환한 영혼의 속죄

조이스 캐럴 오츠는 1938년 뉴욕주 북부의 록포트에서 공구 제작자인 아버지 프레더릭과 가정주부 어머니 캐럴라인의 세 자녀 중 맏이로 태어났다. 가족은 외가 소유의 농장에서 살았다. 오츠가 태어난 무렵 록포트는 대공황의 직격탄을 맞은 상태였다. 얼마 되지도 않는 공장들이 문을 닫고 주민들은 일터를 잃었다. 농장을 운영하던 가족은 먹고살기 위해 안간힘을 썼다.

오츠는 글을 배우기도 전에 상상 속 이야기를 그림으로 그려 가족에게 보이곤 했다. 다섯 살 때 글을 배운 후로는 늘 책을 좋아했고, 자연에 둘러싸인 농장에서의 삶을 누구보다 좋아했다. 처음으로 감동을 받은 책은 루이스 캐럴의 『이상한 나라의 앨리스』였다. 오츠는 자신이 낯을 심하게 가리는 겁쟁이라는 걸 깨닫고 모험심 많은 앨리스보다 이

책을 쓴 작가에게 더 매료되었다. 부모는 배움이 짧았지만, 작가를 꿈꾸는 남다른 딸의 희망을 격려해주었다. 오츠는 어머니가 다녔던, 교실이 하나뿐인 작은 학교에 다녔다.

열네 살 때 외할머니에게 타자기를 선물받은 오츠는 이후 수천 장의 글을 쓰며 작가가 되기 위한 훈련에 본격적으로 돌입했다. 도서관에서 빌린 헤밍웨이의 『우리 시대에*In Our Time*』를 읽으며 헤밍웨이식 작품 구성을 흉내내기도 했지만, 시간이 너무 걸려서 원래 자기 스타일로 돌아왔다고 후일 고백하기도 했다. 1953년 고등학생이던 열다섯 살 때 오츠는 첫번째 소설을 써서 출판사에 보내지만 거절당했다. 마약중독자의 재활을 다룬 소설의 내용이 십대 독자들에게 너무 무겁다는 이유였다.

고등학교를 졸업하고 시러큐스대학 영문과에 장학금을 받으며 입학하면서 오츠는 가문 최초의 대학생이 되었다. 열아홉 살 때는 잡지 〈마드무아젤〉 주최 대학생단편소설공모전에 출품해, 공동 입상했다. 1960년 수석으로 대학을 졸업한 뒤 위스콘신대학 영문과 석사과정에 진학했고, 일 년 뒤 석사학위를 취득했다. 그리고 함께 수학하던 레이먼드 스미스를 만나 이듬해 1961년에 결혼했다.

초기 사실주의 소설과 고딕소설

1962년, 미시간주 디트로이트로 이주한 부부는 1967년까지 디트로이트대학에서 강의하면서 1960년대 미국 사회를 집어삼킨 격동의 현장을 목격했다. 디트로이트에서 본 파괴적인 현실은 오츠의 초기 여러 작품의 소재가 되었다. 1968년, 윈저대학교에서 강의를 하게 된 부부는 캐나다 온타리오주 윈저로 이주했다. 이후 십 년간 이 대학에서 전업으로 강의하면서 오츠는 일 년에 두세 편씩 경이로운 속도로 작품을 발표했다. 다작을 하지만 대부분 좋은 평가를 받았고, 소설과 시, 비평, 산문 등 장르를 넘나들며 명성을 굳혔다. 일부 비평가들이 다작 활동에 대해 비판하기도 했지만, 오츠는 이미 삼십대에 미국에서 가장 존경받는 작가로 우뚝 섰다. '일중독'이 아니냐는 기자의 질문에 오츠는 "글을 쓰는 일은 그리 어렵지 않으며 나는 그것을 일이라고 생각하지 않는다. 글쓰기와 강의는 내게 큰 보람을 주기 때문에 나는 그것을 세간에서 말하는 '일'의 일반적인 의미로 받아들이지 않는다"고 답했다. 몇십 년이 지난 지금도 그녀는 매일 오전 여덟시부터 오후 한시까지, 저녁에도 두세 시간씩 글을 쓰고 꾸준히 달리기를 하고 있으며, 다작이 자신의 가장 유명한 자질이 된 것 같다고 2014년 어느 인터뷰에서 밝히기도 했다.

1963년 첫 소설집 『북문에서』를 출간한 오츠는 1970년 장편 『그들』로 전미도서상을 수상하면서 작가로서 성공적인 길을 걷기 시작했다. 대표작 중 하나인 『그들』은 환상 같은 진실과 역사적 사실을 엮은 작품으로, 1937년부터 1967년까지 디트로이트 빈민가의 격동적인 삶을 온몸으로 겪어낸 가족의 연대기를 사실과 환상이 교차하는 독창적인 플롯으로 풀어낸 수작이다.

1978년부터는 프린스턴대학으로 자리를 옮겨 강의하면서 수많은 젊은 작가의 멘토로서도 활약했는데, 제자로는 『동물을 먹는다는 것에 대하여*Eating Animals*』를 쓴 조너선 사프란 포어 등이 있다.

1980년에는 『벨플뢰르』를 시작으로 기존 고딕소설을 재해석한 작품들을 잇달아 발표했다. 베스트셀러가 된 이 작품을 기점으로 급격한 문체의 변화를 보였는데, 역사적 사실에 과감하면서 예지력, 흡혈귀 등의 몽환적인 요소를 섞어 로맨스와 역사소설을 생생하게 구현했다. 인간이 가진 근원적 공포와 폭력적인 세상이 휘두르는 공포를 꿰뚫는 고딕소설을 연속으로 발표하면서 오츠는 학자로서 다진 문학적 지식을 전복해 다양한 장르를 구현하며 역사적 격동기 속 미국인의 삶을 그려나갔다.

사실주의 소설로의 귀환

오츠는 몇 년 후 다시 현실에 바탕을 둔 가족소설로 돌아와 『이것을 기억하라』(1987), 『아프니까, 내 마음이니까』(1990) 등을 발표했다. 로런 켈리, 로저먼드 스미스라는 필명으로 『쌍둥이의 삶』(1987) 『솔 / 메이트』(1989) 『네메시스』(1990) 『배런 가족』(2001) 등의 실험적 소설을 쓰기도 했다.

1996년 오츠는 『멀베이니 가족』을 발표했다. 1970년대 가장 이상적이었던 가족이 강간이라는 범죄를 겪으며 균열하다가 속수무책으로 해체되는 모습을 그린, 고통을 이겨내는 가족의 힘을 그리는 동시에 미국 사회가 말하는 가족의 행복이라는 허구를 고발한 작품이다. 이십여 년이 흐른 후에야 해체와 고립을 거쳐 용서와 화해를 위해 멀베이니 가족은 다시 모인다. "뭔가 잘못됐는데 아무도 바로잡는 법을 몰라서 세월만 흘려보낸 거지"라는 막내 저드의 말처럼 멀베이니 가족은 예전 과 다른 모습으로 삶을 이어간다.

2000년에 발표해 퓰리처상 후보에 오른 『블론드』는 메릴린 먼로라 는 섹시 아이콘의 삶을 그린 장편소설이다. 이전에 발표된 먼로에 관한 전기소설과는 달리 오츠는 입체적인 구성으로 그가 줄곧 다뤄온 남성 우월주의 사회에서 살아가는 여성들이 겪는 성적 차별과 폭력을 날카 롭고 강렬하게 그려냈다. 기존 작품들과 차별화하기 위해 먼로의 내적 목소리를 삽입해 참된 자아와 거짓 자아 사이의 균열을 안타까워하는 외침이 독자들의 귀에 울리도록 장치했다. 오츠는 자신의 작품을 처음 접하는 독자들이 읽어줬으면 하는 작품으로 『그들』과 『블론드』를 꼽기 도 했다.

2008년 남편 레이먼드 스미스가 사망하자 극심한 우울증과 자살 충 동에 시달렸지만, 다음해 프린스턴대학 찰스 그로스 교수와 이 위기를 극복하며 재혼했다. 이때의 경험을 2011년 펴낸 회고록 『과부 이야기』 에서 고백하기도 했다.

끝없는 비극의 책임은 누구에게 있는가, 『카시지』

2014년 발표한 『카시지』에서 오츠는 위기를 겪는 가족과 가족이라 는 울타리 안에서 어울리지 못하는 한 소녀의 이야기를 집중적으로 파 헤친다. 이 작품은 『멀베이니 가족』을 연상시킨다. 기쁨과 슬픔을 겪고 농담과 유머를 통해 아픔을 공유하고 자유를 갈망하면서도 가정을 지키고자 하는 갈등, 말 못할 비밀을 가슴에 품은 채 서로 얽히고설켜버린 복잡한 인생, 한 여인의 강간 사건이 가족에게 끼치는 영향을 다양한 각도에서 그리며 수십 년간 감춰왔던 비밀과 약점이 드러나는 과정을 그린『멀베이니 가족』을 발표한 지 거의 이십 년 만에 작가는 다시한번『카시지』에서 가족의 풍경을 탐험한다.

뉴욕주 소도시 카시지에 사는 명망 있는 변호사이자 카시지의 전 시장 제노 메이필드와 배려심 깊은 아내 아를렛에게는 두 딸이 있다. 큰딸 줄리엣은 착하고 아름답다. 작은딸 크레시다는 부부에게 '어려운' 딸이다. 크레시다가 실종되면서 벌어지는 비극으로 이야기는 시작된다.

2005년 어느 무더운 여름날, 작은딸 크레시다가 실종되자 아버지 제노는 딸이 실종된 게 아니라 길을 잃었다고 주장한다. 갑작스러운 실종에 작은 도시는 발칵 뒤집히고 경찰과 주민이 수색에 나선다. 열아홉 살 크레시다는 평소와 달리 늦은밤 호숫가 근처 술집에서 언니의 파혼한 피앙세를 만난 후 실종된 것으로 추정된다. 이곳에서 크레시다와 브렛 킨케이드가 함께 있는 마지막 모습이 목격되었다. 브렛은 이라크 전장에 파병 갔다가 심각한 부상을 입고 돌아온 참전용사로, 독실한 기독교도인 줄리엣의 전과 다름없는 사랑을 더이상 받아들이지 못한다.

전쟁터에서 목격하고 당한 비인간적인 행태와 그로 인한 상처는 시력을 잃은 왼쪽 눈과 티타늄 임플란트로 고정한 골절된 두개골과 찢어진 육신뿐 아니라 젊은 남자의 영혼을 흔들어놓았다. 결국 파혼에 이르고, 크레시다는 브렛을 이해할 수 있는 건 자기뿐이라고 믿고 그에게 그렇게 말한다.

술과 복용중인 약에 취해 그날 일을 기억 못하는 브렛은, 시신을 찾지 못한 와중에 법정에서 자신이 크레시다를 살해했다고 자백하고 수감된다. 가족들과 브렛과 카시지 공동체를 혼란에 빠뜨리고 각자의 삶에 균열을 일으킨 장본인 크레시다는 어디 있을까. 이후 이들은 삶과 현실에서 어떤 경험을 하며 나아갈까, 혹은 멈출까. 흩어진 삶들은 그대로 흩어져버릴까, 아니면 다시 이어지며 다른 그림을 만들어낼까.

『카시지』라는 제목만 봐도 로마 시인 베르길리우스가 쓴 『아이네이스Aeneis』가 연상되면서 비극적인 분위기를 짐작할 수 있다. 트로이 몰락 후 유일하게 살아남은 장수 아이네이아스는 유민을 이끌고 새로운 땅을 찾아 배를 타고 떠난다. 초자연적인 힘의 보살핌을 받아 우여곡절 끝에 아프리카 북부 카르타고('새로운 도시'라는 뜻이 있다) 근처 해안가에 도착한다. 그곳에서 아이네이아스는 디도 여왕을 만나 사랑에 빠지는 바람에 눌러앉고 만다. 그의 소문을 들은 제우스는 아들 헤르메스를 불러 아이네이아스에게 자신을 위해 로마를 건설하라는 명령을 전하라고 한다. 헤르메스가 아무도 모르게 아이네이아스에게 제우스의 전갈을 전하자, 아이네이아스는 그제야 정신을 차리고 부하들에게 은밀히 출항 준비를 시킨 후 디도에게 알리지도 않고 떠나버린다. 디도는 배신감에 치를 떨다가 아이네이스아가 남긴 무기와 침대를 장작에 태우라고 지시한 후, 활활 타오르는 화염 속에 몸을 던진다.

등장인물의 이름에서도 오츠의 의도가 강조된다. 제노 메이필드는 소크라테스 이전 그리스 엘레아학파의 철학자로 제논의 역설(사물이 움직이고 있다고 우리가 느끼는 것은 모두 환상이라는 파르메니데스

의 사상을 지지하기 위해 만든 것으로 '아킬레우스와 거북이의 역설'
이 가장 유명하다)로 유명한 제논에서 따왔다. 오츠는 두 딸의 이름도
문학 속 여인의 이름을 빌려 똑똑한 여자 대 멍청하고 예쁜 댄스파티
퀸의 대결 구조를 만들었다. 제노는 예쁘고 착한 큰딸에게는 셰익스피
어『로미오와 줄리엣』의 여주인공 이름을, 까다롭고 불만 많은 작은딸
에게는 초서의『트로일러스와 크리세이드』의 여주인공 이름을 주었다.
크레시다는 열두 살 때 아버지 제노에게 왜 줏대 없는 여자의 이름을
지었느냐면서 "저주받은 기분이 든다"고 말한다. 제노는 "1996년 미합
중국에 사는 우리는 운명이 정해져 있다고 믿지 않는단다, 지금이 중세
도 아니고"라고 달래지만, 부모라면 누구나 안다. 줄리엣처럼 그늘 없
이 밝고 속임수를 모르는 자식이 있는가 하면, 크레시다처럼 아이러니
라는 잉크병에 담갔다가 뺀 것처럼 어려운 자식이 있다는 것을. 그렇다
면 누가 왜 이렇게 만든 것일까? 작가는『카시지』에서 독자들에게 미
국에서, 인생에서 그들이 '운명'이라고 느끼는 불운이 계속 이어진다는
사실을 알리며 만약 이 운명이 그들의 책임이 아니라면 누구를 탓해야
하느냐고 묻는 것 같다.

　오츠는 문단이나 장이 바뀌면 화자가 바뀌면서 이야기를 이어가는
방식을 취했는데, 이는 솔리스트들이 모여 그리스 합창단을 이룬 모습
을 연상시킨다. 시간도 지그재그로 넘나들며 진행되기에 내레이터들
도 그들에게 닥친 일을 제대로 이해하지 못한 채 연이어 말하고, 독자
들은 대체 울프스헤드호수에서 후텁지근한 여름밤에 무슨 일이 벌어
졌는지 불편한 진실을 찾아 헤매게 된다. 중반을 넘어가면서 예상을 뒤
엎는 기이한 반전이 일어난다. 가족의 해체와 전쟁으로 인한 상처를 그

리는 것 같았던 초반부를 지나면서 작가는 더 넓은 의미의 폭력, 심리적-정서적 폭력을 파헤친다.

오츠의 등장인물들은 저마다 자신을 알아가는 고통스러운 여정을 보낸 뒤 천천히 카시지로 다시 모인다. 한때 온유했던 줄리엣은 동생을 죽인 혐의로 기소된 브렛보다 동생을 더욱 비난한다. 오츠는 도덕적 기준이 흔들리는 상황에서 누군가에게 죄를 씌우는 행위, 책임을 지우는 행위가 얼마나 위험한 것인지, 희생자와 가해자 사이에 선을 긋는 것이 얼마나 어려운 문제인지를 반복해서 보여준다.

소설의 끝에서 젊은 주인공들은 심오한 어둠을 거친 후 죄를 용서받고 제자리로 돌아온다. 이 과정을 구원이라 부를 수 있겠지만, 구원은 반드시 속죄를 통해야 얻을 수 있다. 『베니스의 상인』에서 랜슬롯이 "아버지의 죄는 아이들에게 씌워진다"고 했듯, 자신은 물론 아버지의 죄까지 속죄해야 한다. 미국이라는 '아버지'는 세계의 전쟁터에서 참혹한 죄를 저지르고, 참전용사든 그 가족이든 '자식들' 개인이 죄의 어두운 결말을 감당해야 한다. 이 작품은 개인과 가족이 경험하는 죄와 벌을 예리하게 파헤치지만, 나락으로 떨어진 개인들이 삶을 회복해서 구원받을 수 있을지 또 어떻게 회복하고 구원받을지 탐색한다. '카시지'는 그 긴 여정을 다룬 깊은 이야기다.

공경희

1938년	6월 16일 미국 뉴욕주 록포트에서 프레더릭 제임스 오츠와 캐럴라인 오츠의 세 자녀 중 장녀로 태어남. 대공황 시절 뉴욕주 에리 카운티 밀러포트의 농장에서 할머니 블랜치 우드사이드, 부모와 생활함.
1943년	어머니가 다녔던, 교실이 하나뿐인 학교에 다님. 남동생 프레드 주니어 태어남.
1944년	『이상한 나라의 앨리스』를 읽고 문학적 감명을 받음.
1952년	할머니에게 타자기를 선물받음. 브론테 자매, 도스토옙스키, 포크너, 헤밍웨이, 소로 등에 매료되었고 습작을 하며 작가의 꿈을 키움. 후에 장편 『사토장이의 딸Gravedigger's Daughter』(2007)에서 어릴 때 아버지의 자살을 겪었던 할머니의 인생을 씀.
1953년	윌리엄스빌사우스고교 재학중 마약중독자 재활에 관한 첫 소설을 출판사에 보내지만 내용이 십대에게 맞지 않는다는 이유로 거절당함.
1956년	여동생 린 앤 태어남. 나중에 여동생에게 자폐증세가 나타남. 시러큐스대학 영문과에 장학생으로 입학함. 프란츠 카프카, D. H. 로런스, 토마스 만, 플래너리 오코너의 작품에 심취함. 재학중 〈마드무아젤〉 주최 대학생단편소설공모전에 「구세계에서In the Old World」를 출품해 공동 입상함.
1960년	시러큐스대학을 수석으로 졸업함. 위스콘신대학 석사과정에 입학해 일 년 만에 영문학 석사학위를 받음.
1961년	위스콘신대학에서 만난 대학원생 레이먼드 스미스와 결혼.

1962년	라이스대학원 영문학 박사과정 중퇴. 디트로이트로 이주해 1962~1967년까지 디트로이트대학에서 문학을 가르치며 글을 씀.
1963년	첫 책이자 소설집 『북문에서By the North Gate』 출간.
1964년	첫 장편 『아찔한 추락With Shuddering Fall』 출간.
1965년	각본 「달콤한 적The Sweet Enemy」을 쓰고, 오프브로드웨이에서 상연됨.
1966년	밥 딜런의 〈이젠 다 끝났어, 베이비 블루It's All Over Now, Baby Blue〉의 가사에 영감을 받아, 미스터리한 노인을 통해 성적 각성을 하는 소녀의 불온한 일상을 그린 단편 「너는 어딜 가니, 어디에 있었니?Where Are You Going, Where Have You Been?」를 써서 밥 딜런에게 헌정함. 이 단편은 1985년 동명의 영화로 제작되고, 오츠의 작품들 중 대중적으로 가장 유명한 작품이 됨. 소설집 『홍수가 휩쓸고 갈 때Upon the Sweeping Flood』 출간.
1967년	디트로이트폭동을 목격함. 남편과 캐나다 온타리오로 이주해 윈저대학에서 강의를 시작함. 단편 「얼음 나라에서In the Region of Ice」로 오헨리상 수상. '원더랜드 콰르텟' 시리즈 첫번째 장편 『세속적인 쾌락의 정원A Garden of Earthly Delights』 출간.
1968년	『세속적인 쾌락의 정원』으로 로젠탈상 수상. '원더랜드 콰르텟' 시리즈 두번째 장편 『사치스러운 사람들Expensive People』, 시집 『사랑하는 여인들Women in Love』 출간.
1969년	단편 「사자The Dead」로 오헨리상 수상. '원더랜드 콰르텟' 시리즈 세번째 작품이자 디트로이트폭동을 다룬 장편 『그들Them』, 시집 『익명의 죄Anonymous Sins』 출간.
1970년	『그들』로 전미도서상 수상. 소설집 『사랑의 바퀴The Wheel of Love』, 시집 『사랑과 그 광기Love and Its Derangements』, 희곡 『내 존재의 존재론적 증명Ontological Proof of My Existence』 출

간. 각본 「일요일 만찬*Sunday Dinner*」을 쓰고, 오프브로드웨이
에서 상연됨.

1971년 '원더랜드 콰르텟' 시리즈 네번째 장편 『원더랜드*Wonderland*』
출간. 이후 매년 평균 두 권씩 새 작품을 발표함.

1972년 소설집 『결혼과 부정*Marriages and Infidelities*』, 산문집 『적대
적 태양: D. H. 로런스의 시*The Hostile Sun: The Poetry of D. H.
Lawrence*』 출간.『내 존재의 존재론적 증명』이 오프브로드웨이
에서 상연됨.

1973년 장편 『나와 함께 그대 뜻대로*Do with Me What You Will*』로 에
드거상 최우수단편상 후보에 오름. 시집 『천사의 불꽃*Angel
Fire*』『꿈꾸는 미국*Dreaming America*』출간.

1974년 남편과 문학잡지 〈온타리오리뷰*Ontario Review*〉를 창간하고 편
집위원으로 참여함. 소설집 『너는 어딜 가니, 어디에 있었니?』
『허기진 유령들*The Hungry Ghosts*』『여신과 여인들*The Goddess
and Other Women*』, 희곡 『기적의 연극*Miracle Play*』, 산문집
『새로운 천국, 새로운 세상*New Heaven, New Earth*』출간.

1975년 장편 『암살자들*The Assassins*』, 소설집 『독이 묻은 키스*The
Poisoned Kiss*』『유혹*The Seduction*』, 시집 『신비한 짐승들*The
Fabulous Beasts*』출간.

1976년 중편 『거미원숭이의 승리*Triumph of the Spider Monkey*』『차일
드우드*Childwold*』, 소설집 『국경 너머*Crossing the Border*』출간.

1977년 미국으로 돌아와 프린스턴대학에서 문학과 창작을 가르침. 소
설집 『밤의 영역*Night-Side*』, 시집 『위험한 시절*Season of Peril*』
출간. 「얼음 나라에서」가 단편영화로 제작돼 1978년 제49회 아
카데미에서 단편영화작품상을 수상함.

1978년 미국학술원 회원으로 추대됨. 장편 『아침의 아들*Son of the
Morning*』, 소설집 『내가 떠나온 모든 선한 사람*All the Good*

People I've Left Behind』, 시집『여자의 삶은 음식이고, 남자의 삶은 돈이다*Women Whose Lives Are Food, Men Whose Lives Are Money*』『새아버지*The Stepfather*』출간.

1979년   장편『불경한 사랑*Unholy Loves*』『키벨레*Cybele*』, 소설집『아비살리아의 새끼양*The Lamb of Abyssalia*』출간.

1980년   남편과 출판사 '온타리오리뷰북스' 설립. 장편『벨플뢰르*Bellefleur*』, 소설집『감정 교육*A Sentimental Education*』, 희곡집『세 편의 희곡*Three Plays*』출간. 단편「데이지*Daisy*」가 오프오프브로드웨이에서 상연됨.

1981년   장편『천사의 빛*Angel of Light*』, 시집『천상의 시계*Celestial Timepiece*』, 산문집『대조들*Contraries*』출간.

1982년   장편『블러즈무어의 사랑*A Bloodsmoor Romance*』, 시집『보이지 않는 여인*Invisible Woman*』출간.

1983년   시집『죄악이라는 사치*The Luxury of Sin*』, 산문집『세속적인 예술*The Profane Art*』출간.

1984년   장편『윈터선의 신비*Mysteries of Winterthurn*』, 소설집『마지막 날들*Last Days*』『격렬한 토요일*Wild Saturday*』출간. 각본「프레스크 아일*Presque Isle*」을 쓰고, 뉴욕에서 상연됨.

1985년   장편『하지*Solstice*』, 소설집『사나운 밤!*Wild Nights!*』출간.『거미원숭이의 승리』가 LA에서 상연됨.

1986년   장편『마랴의 인생*Marya A Life*』, 소설집『까마귀의 날개*Raven's Wing*』출간.

1987년   장편『이것을 기억하라*You Must Remember This*』, 산문집『복싱에 대해*On Boxing*』, 로저먼드 스미스(Rosamond Smith)라는 필명으로 장편『쌍둥이의 삶*Lives of the Twins*』출간.

1988년   세인트루이스문학상 수상. 소설집『암살*The Assignation*』, 산문집『(여성) 작가: 시기와 기회*(Woman) Writer: Occasions and*

Opportunities』출간.

1989년   장편『미국인의 기호*American Appetites*』『솔 / 메이트*Soul /
         Mate*』(로저먼드 스미스), 시집『시간여행자*The Time Traveller*』
         출간.

1990년   장편『아프니까, 내 마음이니까*Because It Is Bitter, and Because
         It Is My Heart*』가 미국문학에서 가장 악명 높은 신경쇠약 묘사
         로 유명했던 실비아 플래스의 유일한 장편『벨 자*The Bell Jar*』
         (1963)와 비교되며 거론되자, 오츠는『벨 자』를 "완벽에 가까운
         예술작품"이라 하면서도 그녀의 낭만적 자살 관념에 대해서는
         인정하지 않는다고 선을 그음. 중편『나 자신에게 문을 잠그다
         I Lock My Door Upon Myself』『네메시스*Nemesis*』(로저먼드 스미
         스), 소설집『망명중*In Exile*』, 희곡『톤 클러스터*Tone Clusters*』
         출간. 각본「미국의 휴일*American Holiday*」을 쓰고, LA에서 상
         연됨.

1991년   중편『지상 생명체의 변성*The Rise of Life on Earth*』, 희곡집『가
         장 어두운 미국에서*In Darkest America*』『열두 편의 희곡*Twelve
         Plays*』출간. 희곡『나는 벗은 당신 앞에 서 있다*I Stand before
         You Naked*』를 출간하고, 뉴욕에서 상연됨. 각본「고기를 얼마나
         익힐까요?*How Do You Like Your Meat?*」를 쓰고, 뉴욕과 뉴헤이
         븐에서 상연됨.

1992년   중편『블랙 워터*Black Water*』로 퓰리처상 후보에 오름. 장편
         『뱀눈*Snake Eyes*』(로저먼드 스미스), 소설집『여기는 어디인
         가?*Where Is Here?*』『열기*Heat*』출간. 각본「검정*Black*」을 쓰고,
         윌리엄스타운 서머페스티벌에서 상연됨. 각본「걸프전쟁*Gulf
         War*」을 쓰고, 앙상블스튜디오극장에서 상연됨. 각본「비밀의
         거울*The Secret Mirror*」을 쓰고, 필라델피아에서 상연됨.『이것
         을 기억하라』가 TV영화로 제작 방영됨.

1993년	장편 『폭스파이어Foxfire』, 소설집 『너는 어딜 가니, 어디에 있었니?』 재출간. 각본 「리허설The Rehearsal」을 쓰고, 앙상블스튜디오극장에서 상연됨. 각본 「완벽주의자The Perfectionist」를 쓰고, 프린스턴에서 상연됨.
1994년	장편 『내가 사는 이유What I Lived For』로 퓰리처상 후보에 오름. 소설집 『사로잡힌Haunted』 출간.
1995년	장편 『좀비Zombie』 『나를 붙잡을 수 없어You Can't Catch Me』(로저먼드 스미스), 희곡집 『완벽주의자The Perfectionist』, 산문집 『조지 벨로스George Bellows』 출간. 각본 「그녀가 여기 있네!HERE SHE IS!」를 쓰고, 필라델피아에서 상연됨.
1996년	『좀비』로 브램스토커상 수상. 펜/맬러무드상 수상. 장편 『멀베이니 가족We Were the Mulvaneys』, 중편 『첫사랑First Love』, 소설집 『날 언제나 사랑할 거야?Will You Always Love Me?』, 시집 『부드러움Tenderness』 출간. 『블랙 워터』가 존 더피 작곡의 오페라로 제작돼 필라델피아 뮤직페스티벌극장에서 상연됨. 『폭스파이어』가 영화로 제작됨.
1997년	존사이먼구겐하임기념재단 이사로 추대됨. 미국공로아카데미 골든플레이트상 수상. 장편 『미친 남자Man Crazy』 『이중 쾌락Double Delight』(로저먼드 스미스) 출간.
1998년	F. 스콧 피츠제럴드상 수상. 장편 『내 마음을 들키다My Heart Laid Bare』, 희곡집 『새로운 희곡들New Plays』 출간.
1999년	장편 『애절한 블루스Broke Heart Blues』 『스타 브라이트가 곧 올 거야Starr Bright Will Be with You Soon』(로저먼드 스미스), 소설집 『마음 수집가The Collector of Hearts』 출간.
2000년	장편 『블론드Blonde』로 퓰리처상 후보에 오르고, 2001년 CBS 방송 미니시리즈로 제작 방영됨.
2001년	장편 『중년Middle Age』 『배런 가족The Barrens』(로저먼드 스미

674

스), 소설집 『믿을 수 없는*Faithless*』 출간. 『멀베이니 가족』이 오프라윈프리 북클럽 도서에 선정됨.

2002년 	페기 헬머리치 저명작가상 수상. 장편 『빅 마우스 어글리 걸 *Big Mouth & Ugly Girl*』『너를 거기로 데려갈 거야*I'll Take You There*』, 중편 『짐승들*Beasts*』 출간. 『멀베이니 가족』이 TV드라마로 제작 방영됨.

2003년 	장편 『타투를 한 소녀*The Tattooed Girl*』『초록눈 프리키는 알고 있다*Freaky Green Eyes*』, 중편 『강간*Rape*』, 소설집 『작은 산사태*Small Avalanches*』, 산문집 『작가의 신념: 삶, 기술, 예술*The Faith of A Writer: Life, Craft, Art*』 출간. 커먼웰스 작가상, 케니 언리뷰상 수상.

2004년 	장편 『폭포*The Falls*』, 소설집 『나는 네가 아는 사람이 아니야 *I Am No One You Know*』 출간. 로런 켈리(Lauren Kelly)라는 필명으로 장편 『우리를 데려가, 나를 데려가*Take We, Take Me With You*』 출간. 노벨문학상 후보로 거론되기 시작함.

2005년 	『폭포』로 페미나상 외국문학상 수상. 장편 『섹시한*Sexy*』『사라진 엄마*Missing Mom*』『도둑맞은 마음*The Stolen Heart*』(로런 켈리), 중편 『옥수수 소녀*The Corn Maiden*』, 소설집 『여자라는 종족*The Female of the Species*』, 산문집 『검열되지 않은: 보는 것과 (다시) 보는 것*Uncensored: Views and (Re)views*』 출간.

2006년 	시카고트리뷴 평생공로상 수상. 마운틴홀리오크대학에서 인문학 명예박사학위를 받음. 장편 『흑인 소녀 / 백인 소녀*Black Girl / White Girl*』『나는 일어나, 날개를 펴고, 날아올랐다*After the Wreck, I Picked Myself Up, Spread My Wings, and Flew Away*』『피의 가면*Blood Mask*』(로런 켈리), 소설집 『하이론섬 *High Lonesom*』 출간. 단편 「작은 산사태」가 영화로 제작됨.

2007년 	미국인본주의협회 올해의 인본주의자상 수상. 소설집 『닥터 모지스의 박물관*The Museum of Dr. Moses*』 출간.

2008년 장편 『나의 동생, 나의 사랑*My Sister, My Love*』 출간. 남편 레이먼드 스미스가 사망하자 심각한 우울증과 자살 충동으로 고통받음.

2009년 전미도서비평가협회 평생공로상 수상. 장편 『천국의 작은 새 *Little Bird of Heaven*』, 소설집 『사랑하는 남편*Dear Husband*』 출간. 프린스턴 심리학과 신경과학연구소 교수 찰스 그로스와 재혼.

2010년 미국국립인문학훈장 수훈. 이탈리아 문학상인 페르난다피바노상 수상. 중편 『예쁜 소녀*A Fair Maiden*』, 소설집 『사워랜드 *Sourland*』, 산문집 『거친 나라에서*In Rough Country*』 출간.

2011년 단편 「화석 형상*Fossil - Figures*」으로 세계환상문학대상 수상. 산문집 『과부 이야기*A Widow's Story*』 출간. 펜실베이니아대학에서 명예박사학위를 받음.

2012년 오리건주립대학에서 스톤 평생공로상 수상. 노먼메일러 평생공로상 수상. 장편 『머드우먼*Mudwoman*』 『깜빡 잊고 말 못한 두세 가지*Two or Three Things I Forgot to Tell You*』, 중편 『존속살해*Patricide*』 『구조자*The Rescuer*』, 소설집 『검은 달리아와 흰 장미*Black Dahlia & White Rose*』 출간.

2013년 『검은 달리아와 흰 장미』로 브램스토커상 수상. 장편 『대디 러브*Daddy Love*』 『저주받은*The Accursed*』, 소설집 『이블 아이*Evil Eye*』 출간.

2014년 장편 『카시지*Carthage*』, 소설집 『중범죄 지역*High Crime Area*』 출간. 로저 S. 벌린드 특훈교수로 오랫동안 창작을 가르쳐오던 프린스턴대학에서 은퇴함. 이후 UC버클리대학 등에서 창작 강의를 함.

2015년 장편 『희생*The Sacrifice*』, 소설집 『사랑스럽고, 어둡고, 깊은

Lovely, Dark, Deep』으로 퓰리처상 후보에 오름. 소설집 『스페이드 잭*Jack of Spades*』, 산문집 『잃어버린 풍경: 작가가 되어간다는 것*The Lost Landscape: A Writer's Coming of Age*』 출간.

2016년   장편 『그림자 없는 남자*The Man without a Shadow*』, 산문집 『백열의 영혼: 영감, 강박, 글쓰는 삶*Soul at the White Heat: Inspiration, Obsession, and the Writing Life*』 출간.

2017년   장편 『미국 순교자에 관한 책*A Book of American Martyrs*』 출간.

2018년   장편 『시간여행의 함정*Hazards of Time Travel*』, 소설집 『아름다운 날들*Beautiful Days*』 출간. 이 소설집에 수록된 단편 「불법체류자*Undocumented Alien*」로 푸시카트상 수상.

2019년   장편 『쥐로 사는 인생*My Life as a Rat*』 『추구*The Pursuit*』 출간. 남편 찰스 그로스 사망. 이스라엘 최고문학상인 예루살렘상 수상.

문학동네 세계문학전집 발간에 부쳐

세계문학은 국민문학 혹은 지역문학을 떠나 존재하는 문학이 아니지만 그것들의 총합도 아니다. 세계문학이라는 용어에는 그 나름의 언어와 전통을 갖고 있는 국민문학이나 지역문학의 존재를 인정하면서 그것을 넘어서는 문학의 보편적 질서에 대한 관념이 새겨져 있다. 그 용어를 처음 고안한 19세기 유럽인들은 유럽문학을 중심으로 그 질서를 구축했지만 풍부한 국민문학의 전통을 가지고 있는 현대의 문학 강국들은 나름의 방식으로 세계문학을 이해하면서 정전(正典)의 목록을 작성하고 또 수정한다.

한국에서도 세계문학 관념은 우리 사회와 문화의 변화 속에서 거듭 수정돼왔다. 어느 시기에는 제국 일본의 교양주의를 반영한 세계문학 관념이, 어느 시기에는 제3세계 민족주의에 동조한 세계문학 관념이 출현했고, 그러한 관념을 실천한 전집물이 출판됐다. 21세기 한국에 새로운 세계문학전집이 필요하다는 것은 명백하다. 우리의 지성과 감성의 기준에 부합하는 세계문학을 다시 구상할 때가 되었다.

문학동네 세계문학전집은 범세계적으로 통용되는 고전에 대한 상식을 존중하면서도 지난 반세기 동안 해외 주요 언어권에서 창작과 연구의 진전에 따라 일어난 정전의 변동을 고려하여 편성되었다. 그래서 불멸의 명작은 물론 동시대 세계의 중요한 정치·문화적 실천에 영감을 준 새로운 작품들을 두루 포함시켰다.

창립 이후 지금까지 한국문학 및 번역문학 출판에서 가장 전문적이고 생산적인 그룹을 대표해온 문학동네가 그간 축적한 문학 출판 경험을 바탕으로 새로운 세계문학전집을 펴낸다. 인류가 무지와 몽매의 어둠 속을 방황하면서도 끝내 길을 잃지 않은 것은 세계문학사의 하늘에 떠 있는 빛나는 별들이 길잡이가 되어주었기 때문이다. 우리가 자부심과 사명감 속에서 그리게 될 이 새로운 별자리가 독자들의 관심과 애정에 힘입어 우리 모두의 뿌듯한 자산이 되기를 소망한다.

문학동네 세계문학전집 편집위원
민은경, 박유하, 변현태, 송병선, 이재룡, 홍길표, 남진우, 황종연

지은이 조이스 캐럴 오츠

1938년 6월 16일 미국 뉴욕주 록포트에서 태어났다. 위스콘신대학에서 영문학 석사학위를 받
았고, 1962년부터 디트로이트대학에서, 1978년부터 프린스턴대학에서 문학과 창작을 가르쳤
다. 1964년 첫 장편 『아찔한 추락』을 펴낸 뒤 1967년 「얼음 나라에서」, 1973년 「사자」로 오헨
리상을 받았고, 1970년 『그들』로 전미도서상; 1996년 『좀비』로 브램스토커상, 2005년 『폭포』
로 페미나상 외국문학상, 2011년 『악몽』으로 브램스토커상, 「화석 형상」으로 세계환상문학상
을 받았다. 2019년에는 이스라엘 최고 문학상인 예루살렘상을 받았다. 그밖의 작품으로 『멀베
이니 가족』 『이블 아이』 『대디 러브』 『소녀 수집하는 노인』 『폭스파이어』 등이 있다.

옮긴이 공경희

서울대학 영어영문학과를 졸업했다. 성균관대학 번역 TESOL대학원 겸임교수를 역임했고, 서
울여자대학 대학원에서 영문학을 강의했다. 『좀비』 『대디 러브』 『봄에 나는 없었다』 『딸은 딸
이다』 『시간의 모래밭』 『호밀밭의 파수꾼』 『모리와 함께한 화요일』 『타샤의 정원』 『파이 이야
기』 『우리는 사랑일까』 『프레디 머큐리』 『데미지』 등을 우리말로 옮겼고, 지은 책으로 북에세
이 『아직도 거기, 머물다』가 있다.

세계문학전집 182

카시지

1판 1쇄 2019년 7월 15일
1판 2쇄 2019년 8월 27일

지은이 조이스 캐럴 오츠 | 옮긴이 공경희 | 펴낸이 염현숙

책임편집 김혜정 | 편집 안강휘 황정숙 오동규 | 독자모니터 유부만두 | 모니터링 이희연
디자인 윤종윤 최미영 | 저작권 한문숙 김지영
마케팅 정민호 정진아 함유지 김혜연 박지영 김수현 | 홍보 김희숙 김상만 이천희 오혜림
제작 강신은 김동욱 임현식 | 제작처 영신사

펴낸곳 (주)문학동네
출판등록 1993년 10월 22일 제406-2003-000045호
주소 10881 경기도 파주시 회동길 210
전자우편 editor@munhak.com | 대표전화 031)955-8888 | 팩스 031)955-8855
문의전화 031)955-8862(마케팅), 031)955-1904(편집)
문학동네카페 http://cafe.naver.com/mhdn
문학동네트위터 http://twitter.com/munhakdongne
북클럽문학동네 http://bookclubmunhak.com

ISBN 978-89-546-5699-3 04840
    978-89-546-0901-2 (세트)

www.munhak.com

● 문학동네 세계문학전집은 계속 출간됩니다